中国社会科学院文学研究所　编

《文学评论》
六十年纪念文汇

60

社会科学文献出版社
SOCIAL SCIENCES ACADEMIC PRESS(CHINA)

文学研究所的第三个"六十年"

刘跃进

这几年，文学研究所相继迎来三个"六十年"纪念日，感念之情，油然而生。

2013年，文学研究所建所六十周年。为此，我们主持编辑五部纪念文集：一是访谈录《甲子春秋——我与文学所六十年》，二是资料集《文学研究所所志》，三是《告别一个时代——樊骏先生纪念文集》，四是演讲集《翰苑易知录》，五是在所庆五十周年纪念集《岁月熔金》基础上形成的《岁月熔金二编》。在《岁月熔金二编》序言中，我试图梳理文学研究所的传统，认为何其芳同志在1954年建所之初提出的"谦虚的、刻苦的、实事求是的工作作风"，或许可以视为文学研究所精神的一个基本内涵。谦虚，是就为人而言，低调做人，和谐共事。刻苦，是就做事而言，焚膏继晷，钻研终身。而实事求是，则是做人做事都必须遵循的准则。正是在这种精神引领下，文学研究所探索出一条独特的发展道路，形成了自己的传统。其一，贯彻执行党的正确路线，发挥国家级科研机构的示范作用，这是文学研究所成立六十年最基本的经验，也是最重要的特色。其二，遵循学术规律，整合团队力量，夯实学科基础，这是文学研究所在学术界保持较高学术声誉的根本保障。其三，尊重学术个性，鼓励广大科研人员潜心研究，撰写传世之作。其四，贯彻"双百"方针，坚持"二为"方向，遵循"双创"原则，把编选优秀的古今文学读本作为一项重要的学术工作来做。

2014年，《文学遗产》创刊六十周年。我们又编辑了两部著作：一是《〈文学遗产〉创刊六十年纪念文汇》，二是《〈文学遗产〉六十年纪事初编》。在《〈文学遗产〉创刊六十年纪念文汇》序言中，我着重阐发了

《文学遗产》创刊以来在三个方面的重要推进：一是更新研究理念，推陈出新，加强对传统文献学、中国文体学，尤其是对文学经典的研究；二是拓展时空维度，海纳百川，将华夏各民族文学纳入中华文学研究的大视野；三是强化综合比较研究，旁罗参证，将物质文化、制度文化、地域文化、媒体文化以及性别文化等不同专业知识和研究方法引进古典文学研究领域，将古今文学与中外文学联系起来，将文学艺术与相关学科贯通起来。

2017年，我们又迎来文学研究所的第三个"六十年"，即《文学评论》创刊六十周年。我们一如既往，组织编选三部纪念文集：一是《〈文学评论〉六十年纪念文选》，从已刊发的六千多篇文章中，选录一百余篇，按照文艺理论、比较文学、古代文学、现代文学、当代文学五大板块编排，虽不免挂一漏万，但总体上可以从一个侧面展现六十年来中国文学研究的风貌。需要说明的是，为保持历史原貌，除个别地方略作技术调整外，文字表述一仍其旧；二是《〈文学评论〉六十年纪念文汇》，收录七十多位作者的回忆性文章，记录作者与《文学评论》的渊源关系以及与此相关的风云际会；三是《〈文学评论〉六十年总目及编后记》，虽为资料汇编，存而不论，但从中依然可以读出很多有趣的信息。王保生先生的《〈文学评论〉编年史稿（1957~2010）》对这些信息多有解读。为此，我们征得作者同意，这次一并列入纪念文丛，希望为学术界提供经过系统整理的资料。

在组织编辑的过程中，我有机会系统地阅读这些文献，收获良多，感慨也很多。就其荦荦大端者而言，我认为，《文学评论》至少有三个重要特色值得关注。

六十年来，密切关注现实，把握时代脉搏，体现国家主流意识形态，这是《文学评论》最鲜明的思想品格。《文学评论》的前身是《文学研究》季刊，创刊于1957年。何其芳同志在创刊号《编后记》中强调，《文学研究》"将以较大的篇幅来发表全国的文学研究工作者的长期的专门的研究结果。许多文学历史和文学理论上的重大问题，都不是依靠短促的无准备的谈论就能很好地解决的，需要有一些人进行持久而辛勤的研究，并展开更为认真而时间也较长的讨论"。《文学研究》非常注重专业性和前沿性：一是研究队伍，是专业的"文学研究工作者"；二是研究对象，是"文学历史和文学理论上的重大问题"；三是研究途径，是"持久而辛勤的研究"。

随着新中国成立十周年庆典的临近，1958年《文学研究》第4期《编后记》中指出："要求全国的作者从各个方面来总结我国这伟大的10年来社会主义文学的经验。"为体现出文学研究的现实性、战斗性，翌年将《文学研究》更名为《文学评论》，用大部分篇幅刊载对当代作家作品与文学现象的评论文章。即便是古代文学研究，重点讨论的也是如何继承与发展以及古为今用等亟待回答的重要现实问题。

1978年，《文学评论》复刊，依然坚持面向当代的办刊方针。在《致读者》中明确提出："《文学评论》当前时期的首要工作，就是要从理论上、从总结社会主义文艺的成就和经验上，深入批判'四人帮'在文艺方面所制造的种种谬论，特别是'文艺黑线专政'论。"改革开放初期，《文学评论》积极参与拨乱反正工作，总结新中国成立三十年文艺运动的经验教训。积极组织召开座谈会，讨论刘心武短篇小说《班主任》，并刊登系列评论文章，为"伤痕文学""反思文学""改革文学"等鸣锣开道，专辟"新书新作评价""中篇小说笔谈""关于当前文艺思潮的笔谈"等栏目。此后，又专辟"新时期文学十年研究""新时期30年中国文学研究""台港及海外学人园地""世界华文文学"等栏目，拓展研究空间。还围绕着"两个崛起""朦胧诗""先锋小说""新历史小说""新写实小说""女性写作""网络文学""莫言研究"等话题，组织专题文章，展开深入讨论，推进当代文学研究，总结中国文学经验。

六十年来，围绕重大的理论问题与现实问题，开展积极的思想交锋，始终走在学术的前沿，这是《文学评论》最重要的学术特色。1957年创刊号的《编后记》写道："我们深信，我们的学术水平，我们这个刊物的质量，都只有在'百家争鸣'的方针下广泛发表各类意见和自由竞赛，然后有可能逐渐提高。在任何学术部门，一家独鸣都是只会带来思想停滞和思想僵化的。"创刊之初，《文学评论》结合文学发展的实际，围绕着现实主义与浪漫主义、典型性格与典型人物、历史剧创作与理论、政治标准与艺术标准以及诗歌格律等基本理论问题展开讨论。

1961年，《文学评论》第3期刊发严家炎的《谈〈创业史〉中梁三老汉的形象》引发了广泛的讨论，把关注的重点全面引向当代文学创作领域。这场讨论，不仅仅限于研究者之间，创作者也参与其中，发表了针锋相对的意见。2005年，刘纳发表《写得怎样：关于作品的文学评价——重读〈创业史〉并以其为例》(《文学评论》2005年第4期),又引发新一轮争论。可惜作者早已离世,不能亲自作答。在纪念柳青一百周年诞辰学术研讨会以及最近召开的"新语境、新方法、新视野下的柳青研究"国际学术研讨会上,这个话题一直是学者讨论的核心议题之一。可见,这场持续半个多世纪的讨论,其意义已远远超出《创业史》本身,实际上牵涉创作者与研究者、文学理论与文学实践的关系问题。柳青坚持认为,文学理论研究、美学研究,必须结合艺术创作实践才会有说服力,否则只是纸上谈兵,并无实际意义。此后,由批判"人性论""人道主义"等话题逐渐引申到文学上的共鸣现象、山水诗和自然美的问题;又由历史剧创作引发关于历史与历史剧的论争。这些话题,时至今日依然有值得讨论的空间。

1978年,《文学评论》复刊第1期刊发毛泽东与陈毅同志谈诗的一封信,同一期,还刊发王朝闻的《艺术创作有特殊规律》,引发学术界关于艺术规律、形象思维问题的大讨论。《文学评论》持续关注,相继刊发陈涌《马克思、恩格斯的美学和历史的批评》(《文学评论》1983年第1期)、李衍柱《美的规律与典型化原则》(《文学评论》1991年第5期)等论文,就这些问题展开深入探索。他们提出的一些论点,今天看来也许已不新鲜,但在当时特定背景下,确有振聋发聩的意义。

20世纪80年代以来,随着西方思潮的涌入,社会-历史批评、精神分析批评、结构主义批评、比较文学批评、文体形式批评、印象批评、文化研究等新的研究方法纷至沓来,众声喧哗。《文学评论》为此专辟"外国文艺理论评介""发展马克思主义文艺理论笔谈""当代中国文艺理论新建设"等专栏,积极开展学术讨论。早在1962年,钱锺书就在《文学评论》上发表《论通感》(1962年第1期)一文,较早运用心理学方法,比较亚里士多德的《心灵论》与中国的《乐论》,比较唐宋诗词与西方古典诗歌中的通感现象。他指出,把事物的无声的姿态描摹成好像有声音,表示人们在视觉里仿佛获得了听觉的感受,用现代心理学或语言学的术语来说,就是"通感"或"感觉移借"。这些理论的探讨,成为后来文学研究的理论先声。郑敏《解构思维与文化传统》(《文学评论》1997年第2期)比较系统地论述了法国哲学家德里达的解构理论,认为解构主义强调歧异的存在是多元的必然,也是事物发展的动力,在差异的运动中,由于变是不可停止的,矛盾成为互补而非绝对对抗。这种理论有其合理性的内涵，可以借此批判西方中心主义，并引发女权主义思潮，有助于后殖民主义对文化侵略的批判，也有助于后现代主义艺术观对无序、无整体宇宙观的形成和表达。林兴宅《论系统科学方法论在文艺研究中的运用》（《文学评论》1986年第1期）较早地从方法论角度论述我国文艺研究、文艺批评的变革过程，认为系统科学方法论的核心在于有机整体观念。强调整体性观念，这在今天看来可能已是常识，而在当时，他运用系统科学方法论讨论文学问题，让人感觉耳目一新。听觉文化与视觉文化的比较研究也备受瞩目。早在20世纪80年代，美国学者鲁道夫·阿恩海姆《艺术与视知觉》就被介绍到中国，重点分析视觉艺术心理学问题。傅修延《为什么麦克卢汉说中国人是"听觉人"》（《文学评论》2016年第1期）指出，以拼音文字为主体的西方文化，对于"图像"非常重视，甚至成为视觉文化的核心概念。相比较而言，以形声文字为主体的中国文化传统，对于听觉形象更加关注。看字听声，"闻声知情"，这是中国文化的特点。明清小说中存在着的"草蛇灰线"的艺术手法，强调艺术结构要有"连"有"断"。这与西方艺术更专注于一以贯之的"连"有所不同。陈平原《有声的中国——演说与近现代中国文章变革》（《文学评论》2007年第3期）从近现代的"演说"入手，着重讨论"演说"在新文化运动中的作用，别开生面。

近代以来，随着自然科学的高度发展，后工业化的西方社会，出现了种种畸形和矛盾，打破了上帝创世的神话，打破了理性万能的说法。当人们有意识地发现丑，表现丑，把丑当作美的时候，荒诞便代替了崇高，非理性也就成为一时的审美思潮。蒋孔阳《说丑》（《文学评论》1990年第6期）一文指出，作为美的对立面，丑，自有其积极意义。问题不在于写什么，而是站在什么立场来写，要表达什么样的审美追求。美与丑，滑稽与崇高，这些曾经的老话题，在审美追求日益多元化的今天，依然有重新思考的必要。

文学创作、文学理论的本土化，中国古代文论的现代化，也是持续不断的讨论话题。黄浩的《文学失语症》（《文学评论》1990年第2期）认为新小说患上了"运动性失语"，"通俗一点讲，就是新小说说话困难"。由此延伸，古代文论也面临着现代转化的难题。季羡林《门外中外文论絮语》（《文学评论》1996年第6期）强调我们应当秉承"不薄西方爱东方"的态度，"让这两种话语并驾齐驱，共同发展"。为此，《文学评论》编辑部在1997年第1期特设专栏，精心择选四篇论文与一篇报道，引导"中国古代文论的现代转换""重建中国文论话语"的学术讨论。

世纪之交，文化研究理论与实践问题逐渐引起学界的格外关注。面对中国文论转型过程中呈现出来的重大理论问题，文学研究所适时承担院重大课题"新世纪全球化格局与中国人文建设"项目，系统回应急剧变化中的中国社会文化现实问题，同时，又组织专家按照类别编选"新世纪文论读本"，选录近十年来重要的理论文章。《文学评论》也积极跟进，组织"二十世纪文学回顾""文学史史学笔谈""中国当代文学史写作笔谈""全球化趋势中的文学与人""社会文化转型与文艺美学研究""中国传统文学与经济生活""关于文学理论边界的讨论"等栏目，重新审视传统文学思想的价值和20世纪中国文学研究的成就与不足，回答人们关切的问题。从这些学术活动中可以看出，文学研究所的科研人员既要坚持"文以载道"悠久传统，又不能放弃研究者应有的文学立场和人文情怀。钱中文就坚持认为，过度强调文化研究的价值其实是泛化了"文学性"，取缔了文学自主研究和独立的学科价值，一味地关注文学外部研究，最终将导致文学的消亡。站在今天的立场看，这场讨论才刚刚开始，今天学术界热衷讨论的生态美学、比较文化等论题，已向传统文艺学、当代文学批评等领域延伸，影响不可小觑。

六十年来，《文学评论》不拘一格扶持青年学人，确保优秀稿件源源不断，这是《文学评论》最根本的制度保障。从《〈文学评论〉创刊六十年纪念文汇》所收文章可以看出，很多青年学者的处女作，就发表在《文学评论》上。我对该书七十多位作者略作统计：30年代出生的有8人，40年代和60年代出生的各占15人；50年代出生的居多，有30人；70年代出生的5人。这五代人，是目前《文学评论》的主要作者。30年代出生的作者多为新中国成立前期培养起来的，四五十年代出生的作者，多为改革开放初期的研究生，或者是七七、七八、七九"新三届"大学生。而今，这些作者大多年过耳顺，陆陆续续退居二线。在纪念文章作者队伍中，"70后"虽然仅占很小比例，但他们正奋战在科研一线，已经成为《文学评论》的最重要的作者群体，代表着中国文学研究界的未来。当然，随着学术环境的变化，很多刊物都面临着潜伏的危机。《文学评论》能否承担起名刊的责任，能否不断激发思想的活跃，能否持续推动学术的进步，都是我们面临的新问题、新挑战。我们期待着年轻一代学者给予更多的支持。

  在历史的长河中，六十年只是短暂的瞬间，可能无足轻重，而在共和国的学术发展史上，文学所的六十年，《文学遗产》《文学评论》的六十年却在其中占据着独特位置，扮演了重要角色。我们在感念前辈学者艰辛创业的同时，更感到肩上责任的重大。我们一定要不忘初心，在广大作者和读者的鼓励下，勇于面对现实，积极迎接挑战，在新的世纪，再创辉煌。

2017年8月8日写于京城爱吾庐

第一辑　《文学评论》编者

我与《文学评论》五十年
　　——读者·作者·主编　　　　　　　　　　　　钱中文 / 003
我与《文学评论》　　　　　　　　　　　　　　　　张　炯 / 017
一段历史的记忆
　　——《文学评论》：从复刊到 20 世纪 80 年代　　陈骏涛 / 021
杂忆"老文评"　　　　　　　　　　　　　　　　　董乃斌 / 037
摇篮·台阶·舞台
　　——纪念《文学评论》创刊六十周年　　　　　　杨　义 / 044
"残瓣"与"百花"
　　——杨绛先生菲尔丁论文的两个版本　　　　　　陆建德 / 048

第二辑　《文学评论》编委

旧友与良师
　　——贺《文学评论》六十年　　　　　　　　　　谢　冕 / 067
我和《文学评论》古典组三代人的交往　　　　　　　孙　逊 / 070
生命中一直有你
　　——恭贺《文学评论》六十华诞　　　　　　　　姚文放 / 076
我与《文学评论》　　　　　　　　　　　　　　　　赵炎秋 / 081

名刊的责任与困境
  ——为《文学评论》六十周年而作 　　　　　　　　陈平原 / 084
《文学评论》与中国文论话语建构　　　　　　曹顺庆　时　光 / 086
我与《文学评论》的半甲子 　　　　　　　　　　　　周　宪 / 095
桂馥兰馨　金声玉振
  ——我眼中的《文学评论》 　　　　　　　　　　蒋述卓 / 098
《文学评论》如何进入当代文学学术史　　　　张福贵　王文静 / 101
四十年风雨同程
  ——谈谈我与《文学评论》的因缘 　　　　　　　谭桂林 / 110

第三辑　《文学评论》作者

文艺理论学科　　　　　　　　　　　　　　　　　　　　　　119

家园、眼光与情怀
  ——祝贺《文学评论》创刊六十周年 　　　　　　曾繁仁 / 119
我与《文学评论》的感悟 　　　　　　　　　　　　　张玉能 / 123
《文学评论》：记录了我文艺理论研究成长的轨迹 　　朱立元 / 126
沃土与园丁
  ——写在《文学评论》创刊六十周年之际 　　　　鲁枢元 / 130
走向"评"—"论"相融共生的文学评论 　　　　　　尤西林 / 133
文学主体性论争的缘起与反思 　　　　　　　　　　　杨春时 / 139
"文评"，你早！ 　　　　　　　　　　　　　　　　　高　楠 / 145
我的"京派批评观"与《文学评论》 　　　　　　　　刘锋杰 / 149
我的"文评情结" 　　　　　　　　　　　　　　　　欧阳友权 / 151
《文学评论》引我走上学术之路 　　　　　　　　　　赖大仁 / 154
文学评论的多种可能 　　　　　　　　　　　　　　　李建中 / 157
我与《文学评论》的缘分 　　　　　　　　　　　　　李春青 / 161
另一所"母校"
  ——我与《文学评论》三十年 　　　　　　　　　张　晶 / 164
潮起海天阔，扬帆正当时
  ——回眸20世纪80年代的《文学评论》 　　　　 杨守森 / 172
无法忘却的日子：我与《文学评论》 　　　　　　　　徐　岱 / 176

我所感谢和期盼的《文学评论》	吴　炫 / 182
我与《文学评论》二三事	张永清 / 187

古代文学学科　　　　　　　　　　　　　　　　　　　　190

为了永不忘却的纪念	
——我与《文学评论》文字往还中的温暖故事	刘敬圻 / 190
刊庆的随想	葛晓音 / 200
贺《文学评论》创刊六十周年	陈大康 / 203
与《文学评论》学术相伴	胡大雷 / 207
《文学评论》办刊特色之我见	郭英德 / 211
人中难得九方皋	吴承学 / 216
学术视野与学术胸襟	
——我心中的《文学评论》	左东岭 / 221
王国维研究平议	
——以《文学评论》（1957—2017）为中心　关爱和	朱秀梅 / 225
《文学评论》给予我的学术滋养	
——写于《文学评论》六十年华诞之际	李　玫 / 244
新世纪以来《文学评论》古代文学研究论文作者队伍的格局	
分布与发展趋势　　　　　　　　　　王兆鹏	宋学达 / 249
堂堂溪水出前村	
——《文学评论》与我的文学思想启蒙	傅道彬 / 260
我眼中的《文学评论》	朱万曙 / 266
冷淡生涯与《文学评论》	刘　石 / 268
长在学术春风里	
——《文学评论》创刊六十周年有感	彭玉平 / 272
《文学评论》引领我走向学术人生	汪春泓 / 275
我与《文学评论》的学术因缘	潘建国 / 277
我的呼兰河，我的迦南地	
——与《文学评论》相伴走过的一路	宋莉华 / 279

现代文学学科　　　　　　　　　　　　　　　　　　　　286

在《文学评论》的培养和鼓励中成长	范伯群 / 286
我心目中高张学术大旗的《文学评论》	吴福辉 / 289

八十年代的《文学评论》	许子东 /	292
学术的摇篮与旗帜		
——祝贺《文学评论》创刊六十周年	陈思和 /	295
我和"文评"的两代编辑	李　今 /	299
在挑战自我的路上	孙　郁 /	303
《文学评论》的王信老师	董炳月 /	308
感恩与祝福		
——我与《文学评论》	杨联芬 /	311
哺育与扶植		
——我与《文学评论》	吴晓东 /	313
我与《文学评论》	郜元宝 /	316

当代文学学科　　　　　　　　　　　　　　　　　　　　　　320

《文学评论》与华文文学研究	刘登翰 /	320
我与《文学评论》	於可训 /	324
为我引路的良师益友		
——我与《文学评论》	丁　帆 /	328
刻在心碑上的记忆		
——由20世纪80年代初给《文学评论》的一次投稿说起	吴秀明 /	333
在《文学评论》发表第一篇文章	程光炜 /	338
我与《文学评论》三十年	陈晓明 /	340
天下担当的气象与胸怀		
——我所见的《文学评论》	吴　俊 /	344
感谢《文学评论》	王彬彬 /	346
我与《文学评论》	张清华 /	349
《文学评论》与我的"十七年文学"研究	张　均 /	352
永恒的学术引领着我们飞升		
——我与《文学评论》的学缘	李遇春 /	358
《文学评论》"稿约"的历史变迁与中国当代的文学研究	寇鹏程 /	363

第一辑

《文学评论》编者

我与《文学评论》五十年
——读者·作者·主编

钱中文

一

《文学评论》1957年创刊,至今已整整六十个春秋。它创刊后的第二年,我就认识了它。

我有一位在中国人民大学学习的同班同学于海洋,他毕业后被分配到中国科学院的一个部门做翻译工作,后来转来转去转到了文学研究所的文艺理论组。那时我正在苏联学习,1956年他曾寄给我一本人民文学出版社出版的《忆鲁迅》;1958年他写信给我,说文学研究所正在扩充研究队伍,需要大量人才,各个研究组都在招兵买马,问我回国后愿不愿意来文学研究所工作,如果愿意,他可以向文学所领导传递消息。我想,我回国后有两个去向,一是去高校教书,二是进入研究机构,做研究工作,我当然首选研究机构,于是给他回了信。接着他就给我寄来了两册厚厚的《文学研究》——创刊号与第2期,扉页上写着"中文同志国外阅读——于海洋,1958年"。这样我就第一次接触到了《文学研究》。

一看"编委会"名单,几十位编委中,我只听说过戈宝权、何其芳、陈涌、俞平伯、唐弢等人的名字。在中国人民大学学习俄语时,我读过戈宝权翻译的《普希金文集》。何其芳的姓名是我中学时代阅读《大公报》副刊上的一篇短文时知道的,它描写抗战时期文人汇集重庆的盛况,他把不少作家的名字凑成了一首诗,其中有两句至今记得:"芳草何其芳,长歌穆木天",现在当然还听了于海洋的介绍,说他是副所长,所长是郑振铎。陈涌的名字是得之于新中国成立初期的《文艺报》,他有一篇论文《鲁迅的思想才能》(大意),我那时觉得这篇文章题目有点独特,所以留下了印象。俞平伯先生的《红楼梦研究》在新中国初期受到大规模的批判，所以自然知道了俞先生。至于唐弢，在中学里我读过他的一本散文《落帆集》，所以也有印象。至于其他绝大部分编委，我都没有听说过，后来到了文学研究所，和同事们闲聊起来，才得知他们都是我国中外文学研究界的顶尖人物，由于我的知识有很多局限，所以造成了我的孤陋寡闻，以至到了有眼不识泰山的地步。这样，我从1958年起，就成了《文学研究》的忠实读者，直到今天。但是我不仅仅是个读者，而是我工作一开始就成了它的作者，后来在一个相当长的时间里，又成了它的主编。

1959年秋回国后，我被分配到文学研究所的苏联东欧组，组长是戈宝权，副组长是叶水夫，准备从事19世纪俄罗斯文学的研究。1958年的《文学研究》，较之1957年的《文学研究》，在气氛上大有变化，多了不少批判文章，主要批判文学研究中的资产阶级思想、资产阶级研究方法和右派思想。1959年开始为了使《文学研究》贴近现实，通过1957年年底有关文学研究的方针任务的一场辩论，将原来的《文学研究》改成了《文学评论》（双月刊），好使文学研究贴近革命现实的需要，为现实斗争服务。同时在文学研究的各个方面，加强了大批判的力度。

1959年秋、冬，中苏两党分歧公开化，双方分歧事关世界革命大事，主要表现在解放第三世界的被压迫人民，是和平过渡还是革命战争，是列宁主义还是修正主义以及人道主义、人性论等一系列问题。对于这些重大问题，文学研究所自然无法置身局外，于是，在1959年末，我这个初来乍到的小青年很快被编入了文学所所领导的批判修正主义、资产阶级文艺思想小组，我的任务是专读苏联文学杂志的论文，收集其中的所谓宣传人道主义、人性论的修正主义观点，进行写作批判。

经过了所谓反右倾机会主义运动，不断聆听首长的反修报告与讲话，包括反复阅读周扬的《文艺战线上的一场大辩论》等，我的思想很快就被引入极"左"的文艺思想的框架里。这样，就在1960年初，我和叶水夫先生合作写了《国际修正主义文艺思想必须彻底批判》一文，经小组讨论、修改同意，刊于该年《文学评论》第2期上，叶水夫写的上半篇三节是就苏联学术界关于人道主义、人性、战争与和平等的问题进行批判，我则对文艺和政治关系、党性原则以及创作与世界观方面的所谓修正主义言论进行批判。但是我似乎意犹未尽，又就卢卡奇关于托尔斯泰的创作与世界观的关系提出问题，经领导同意，于是很快写就《反对修正主义者对托尔斯泰的歪曲》一文，刊于同年《文学评论》第6期。卢卡奇由于"匈牙利事件"早就被我国定为老牌"修正主义者"，他就托尔斯泰创作与世界观的关系所进行的论说，其实完全是学术问题，涉及19世纪文学现实主义的特征。我在这篇文章中，还是想遵循何其芳先生的教导，充分说理，所以不少段落努力进行了学术性的辩论。但那时开口修正主义、闭口机会主义，不由分说地把卢卡奇的文艺思想当作政治问题批判，把那种原本想保留一些学术气氛的初衷，完全被强制阐释稀释了。批判者凭借所谓政治道德高地与手中无可辩驳的权力，可以给对方扣上先验设置的帽子，置对方于无权辩说的地位。就像《文艺战线上的一场大辩论》那样，把各个被批判者当成反党分子、修正主义者，把他们打倒在地，一面踩住他们的脖子，一面说我们在进行辩论呀，但是被踩住脖子的人还能爬起来发声辩论吗！

这样，我刚走上工作岗位，就受到了"左"倾文艺思想的极大影响。从这时起，运动连连，批判一个接着一个，就所谓资产阶级人道主义、人性论等问题不断发起攻击，我竟在几种报刊上著文，触动了一些研究外国文学的老专家。几年之后，在"文革"中由于"机缘巧合"，我自己成了"非人"，在反思中才体悟到过去被我批判的人性、人道是多么可贵！"文革"后，我伺机向这些老专家们表示了深切的歉意。这是我在"文革"前的一种写作，我后来把它叫作"白天的写作"。这个时期我还另有一种写作，我称它为"晚上的写作"，即就文艺理论基本问题所进行的写作，并就俄罗斯作家果戈理写了一部知识性的书稿（18年后才出版），它们都是在晚上写的，这种写作对我后来的工作十分有益。

二

改革开放开始后的六七年间，我与《文学评论》的关系更为密切，主要从1978年起到1984年，我在《文学评论》上年年发表文章，有一年发表了三篇，我深感《文学评论》在学术上培育了我。不过值得一提的是，我与《文学评论》编辑之间，并没有什么特殊关系，不过是投稿者与编辑之间的一般关系，现在看来，这好像有些不可理解了。

从1975年起，《文学评论》已酝酿复刊，但直到1978年才实现了复刊的计划。1977年末，当时负责《文学评论》工作的邓绍基先生邀我为

《文学评论》第 1 期复刊号写篇稿子，我马上答应下来。那时大家正在清理极"左"文艺思潮的错误影响，我就"四人帮"对 19 世纪俄罗斯的著名文学理论家所作的歪曲与否定，写了一篇批判文章——《推倒诬蔑，还其光辉》。这篇文章在 1978 年的《文学评论》复刊号上发表了出来。它表现了特有的大批判的调门，那时风气如此。复刊号上发表的文章，有毛泽东主席就诗歌问题给陈毅的信，有何其芳回忆周恩来总理的遗作。此外有王朝闻、蔡仪、唐弢、柯灵、洁泯、叶水夫、秦牧、赵寻、余冠英、王元化、王水照、贾芝的文章。这些学者，都是文学研究界各个方面的代表人物，《文学评论》复刊号把他们汇集在一起，似有让文学研究、批评界集体亮相之意。真是"文革"烧了十多年的野火，土地已是处处焦黑，但是离离原上草，春风吹又生，文艺界的诸神复活了。《文学评论》让我忝列其中，这自然使我高兴和感到光荣。大约是多年的大批判与"文革"的压抑了很久的缘故，1978 年我一连发表了五篇论文（其中一篇与同事合写），有七万多字，除《文学评论》上的那篇外，其他三篇发表于上海的《文艺论丛》，一篇发表于《南开大学学报》，它们是探讨文化、文学遗产与形象思维的，以及清理、批判苏联"无产阶级文化派"的历史教训的。

1978 年，所里在布置 1979 年的工作时，提出要纪念周恩来总理，发扬他的文艺思想，要理论组拿出文章，领导把这一工作交给了我。因为材料很多，也很熟悉，我很快就写出《繁荣文艺百花园地的雨露阳光——学习周恩来同志的有关文艺问题的讲话》一文，刊载于 1979 年《文学评论》第 2 期上。周恩来总理在新中国成立后就文艺问题所做的报告与讲话，常常被当作右倾文艺观点而得不到张扬。但是人们经历了"文革"的灾难之后，再来阅读周总理有关文化、文艺问题的报告与意见，就觉得它们真正是把握了文艺与文艺工作的特点的，是理解了文艺自身的规律的真知灼见，是繁荣文艺百花园地的雨露阳光。

那几年我埋头写作，不想思考过去，也没有时间去思考过去。但是到了 1980 年代初的几年，我一面写作，一面进入了自我反思、自我批判的时期，这是一个方面；另一方面，文学理论、批评中出现了大量的问题，我选择了其中对当时理论与批评最为迫切的一些问题，进行思考与研究，其中一些论文发表在《文学评论》上。1980 年《文学评论》第 3 期头条，刊出了我的《论艺术真实和艺术理想》一文。此文的提纲是我在从西郊到建国门（18 公里）骑自行车的上班路上酝酿完成的，骑车的时间，我的思维十分活跃，思想也高度集中、紧张，几次撞了人，下车说几声"对不起"、扶起被撞的人就了事，没有被揪住讹诈过。此文发表后不久，编辑部转给我几封读者来信，指出有的地方对生活真实说得太死，我很感谢读者的好意，个别地方确实存在这种缺点。这年年末，新疆大学的一位素不相识的老师寄给我一册维吾尔文刊物《图书》，里面刊有我的在《文学评论》上发表的《论艺术真实和艺术理想》的译文。这自然使我感到欣慰，觉得我的文章还是有几个读者的。20年后我再读这篇文章，对该文的前面几节表示认可，但是在最后一节"新的生活真实，新的艺术理想，新的艺术真实"里，我觉得我并未完全摆脱教条主义，我对生活现实的发展，了解得太简单了，对新的艺术真实的论述，有些重设框框的味道了，我只能说我那时的认识就是这么一个水平。发现了这篇文章最后部分的弱点，很是使我沮丧，后来编辑自己的单卷本与多卷本文集，都没有把它收进去。1980年夏天，副所长许觉民先生找我，要我就刘梦溪先生发表在《文学评论》上的《关于发展马克思主义文艺学的几点意见》一文，做出回应。我说，刘文我曾看过，说马克思主义经典作家的有关文艺方面的著作不过是断简残篇，不成体系，只是一种意见，我不想和人去辩论问题，弄得不好变成大批判的东西。许先生说，杂志发了这类文章，一定要有回应，否则过不了关，所以一定要我写一篇，并说不要批判，但要辩论。到了这种地步，我只好答应下来，写成了《马克思主义经典作家的文艺理论体系与文艺科学的发展》一文，用魏理的笔名发表在当年《文学评论》第5期上。该文就如何看待马克思主义文艺思想、它的指导意义，以及在建设我国文艺学中的历史地位提出一些看法，认为"断简残篇"之说失之偏颇。这是一篇应命之作，改革开放之后，我曾努力摆脱这种处境，寻找自我，但仍然未能免俗。

　　1981年与1982年，我在《文学评论》发表了《论文艺作品中感情与思想的关系》与《论人性共同形态描写及其评价问题》。前一篇文章主要是针对"文革"与之前文艺作品中声嘶力竭地宣传思想的现象而说的，是针对改革开放后的一段时间里，文艺批评中反对文艺创作表现思想、要远离思想的倾向而说的。后一篇文章是讨论人性问题，这是1979年开始哲学界、文学界不断讨论、批判的问题。描写人性本来就是文学创作的本性，优秀的古代文学表现了古人的人性美的多样性、它的高尚与生动以及人性的丑陋方面。极"左"文学思潮把封建时期、资本主义时期创作出来的优秀文学作品中的人性、人道思想，统统贬为封建阶级、资产阶级的思想，稍一触及便诬称这是宣传抽象的资产阶级人性论，用"资产阶级"帽子压人。其实正是这种思潮及其代表人物，不见人性的共同之处及其复杂、多样而生动的表现，把人性规定成一个抽象的模板，扼杀了文学创作的生机，却还说别人把人性抽象化了。我写这篇文章，一是想积极参与人性问题的讨论，偏重于文学创作与理论，二是反思自己、批判自己：过去只知跟着乱跑，在这一问题上是多么幼稚与无知。在这篇文章中，我首次提出了文学是审美意识形态的观点。这三篇文章的论题，都是当时文学创作与文学理论、批评中的热门话题，我尽量使理论与文学创作实践结合，举了大量文学作品来阐明理论问题，写得还算有一定深度，后来被选入了陈荒煤先生总主编的《中国新文艺大系（1976～1982）理论一集》。据说改革开放后几年出版的杂志不多，《文学评论》每期发行量竟达近20万份，反映了读者阅读求知的渴望。

　　1983年之前的几年，西方的现代主义文学与文学思想快速进入我国，并且对现实主义文学与文学思想进行激烈的批判。我对介绍过来的多种现代主义文学作品的多样形式，抱有惊奇的感觉，但对它所张扬的理论，特别是攻击、否定现实主义文学的观点与现实主义必为现代主义文学所替代的主张，很是不以为然，于是我比较了这两种文学的诗学及其创作原则，于1983年初写成了《当前文艺理论中的现代主义思潮》长文，然后不断进行修改，直到初冬才交给《文学评论》。这年9月，《文学评论》召开关于"当代文艺思潮"的座谈会。我应邀出席，后将发言写成短文《现实主义与现代主义不能合流》，再以魏理为笔名，刊于《文学评论》第6期上。文章虽短，但是我不是信口开河，是以大量研究为基础的。1983年末，当时还在《文学评论》工作的邓绍基先生跑来找我，说要我去他那里一下。他说我的文章马上就用，发在明年（1984年）《文学评论》第1期，但是现在正在搞"清污"运动，需要我配合一下，对现在相当流行的现代派文艺思想进行批判，要我把我的稿子改成批判性的文章。我说，1978年写了几篇批判"四人帮"文艺思想的文章之后，批判文章我早就不写了，现代主义与现实主义文艺思想的关系我已留心多年，阅读了不少资料，现在写成的这篇稿子，与"清污"没有关系。要我改成批判性的文稿，那这篇稿子就报废了，可不要把我的稿子凑到"清污"中去。后来几经商量，邓先生说稿子一定要用，但要我必须在开头举出有错误观点的作者与文章，说明现代主义思想流行的情况，否则《文学评论》不好向上交代云云。又和1980年的情况一样，到此地步，我不好推托，加添一个开头，但稿子本身不动。于是我在稿子开头部分，添加了孙绍振先生的《新的美学原则在崛起》与徐敬亚的《崛起的群诗》等文章的观点。后来稿子如期发表了出来，1985年还获得1978~1984年《文学评论》中青年优秀论文一等奖。但我对那篇文章强加上去的那个开头，始终耿耿于怀，觉得被"清污"利用了一下，而"清污运动"实际上只搞了28天。但是，真是不打不相识，1986年我认识了孙绍振先生，先是做了道歉，然后我们在学术上谈得很是投机，几十年来，我们不断互赠新著。孙先生思维敏捷，才思过人，论著多有新见，保持着理论创作的旺盛精力，直到今天。对于徐敬亚先生，也是早想表示歉意的，但真是隔行如隔山，竟是无缘见面。

在1984年的《文学评论》第4期、第6期上，我分别发表了《评波斯彼洛夫的〈文学原理〉》与《文艺理论的发展和方法更新的迫切性》两文，提出审美反映与重申文学是审美意识形态的论点。

1984~1985年，我写成了《最具体的和最主观的是最丰富的——论审美反映的创造性本质》一文，有三万余字。这是我酝酿最久、写得最为用力的一篇文章，是表现了我独立的学术个性的文章，也是我告别过去的文章。1986年初的一个星期六上午，我把这篇稿子送到了《文学评论》编辑部，谁知星期一上午，一位编辑就把稿子退还给了我，表示不拟刊用，也没有多余的话。我接过稿子，大为纳闷，心想，改革开放以来，除了1980年代初《读书》杂志把我一篇书评删成一条书讯外，还没有一家杂志用这种方式给我退稿的。我猜想，退稿不外乎几个意思。一，我的稿子中对文学所的领导就反映论所发表的意见有所批评，认为他把反映论再次庸俗化了；我支持主体性说，以为此说极为重要，切中创作肯綮，但一些地方把主体的自由绝对化与抽象化了。二，我1984年发表的那篇比较了现实主义与现代主义诗学，并对现代主义理论有所批评的文章，可能不合一些编辑人员的开放的编辑观点，所以进行了刹车。三，可能我在《文学评论》上发的文章太多，要让我休息一下。在这种情况下，我赶快把退稿寄给上海的《文艺理论研究》，所幸《文艺理论研究》很快就发表了出来。这使我大有东方不亮西方亮的奇妙感觉，这样我与《文学评论》一下就变得生分了。1985年到1994年的10年，我只在《文学评论》上发表了一篇书评、一篇访问苏联文艺界的访谈、一篇《世纪之争及其更新之途——20世纪中外文化交流中我国文艺观念的流变》(1993年第3期)、一篇《〈青天在上〉与高晓声文体》(1989年第4期)。在当代作家中,高晓声是与我相互来往、有着深情厚谊的唯一的一位作家。我喜爱他的作品的语言、文体、幽默与民族文化特色。他看到我的那篇文章后,对我的说法深为赞同,甚为高兴,认为谈到了他的创作的主要痛处。以后好些年,直到他1999年逝世,我们经常就生活、文艺问题通信,他给我书信有21封之多。1990年代初,江苏作协准备为高晓声的创作组织讨论会,高晓声邀我去南京主持这次会议。我赶紧回信,说还是由江苏作协主持讨论会为好,名正言顺,避免同行之间产生误解与隔阂。然而这一时期正在大力反右,学术界相当沉闷。由于高晓声的小说涉及"反右"题材,而"反右"题材被规定为禁区,于是讨论会被另一种反右压了下来,竟胎死腹中,让他十分遗憾。

这一时期表现了我自己较为系统的理论观点的多篇论文,都是在其他杂志上发表的。

三

1989年初冬以后,副所长马良春先生主政文学研究所,1990年初,他找我谈话,要我去《文学评论》任副主编,协助他工作。我因刚动过大手术后不久,身体虚弱,何敢担此重任,所以没有答应。但看到马良春先生工作繁多,身体也不好,我只好提议一位研究古代文论、美学的侯敏泽先生去《文学评论》工作,他当时正在文学理论研究室。据说,上面领导部门也在关心《文学评论》,也向有关部门推荐了侯敏泽,随后,侯敏泽先生就去了《文学评论》。

1995年,我在《文学评论》第5期上发表了《文学艺术价值、精神的重建——新理性精神》,次年就被译成英文刊于美国纽约圣约翰大学出版的《多元比较理论,定义与现实》文集。奇怪的是美国人用了别人的文章,居然可以不告诉作者一声,要不是那时在苏州大学工作的丁尔苏教授给我通报,我也不会得此信息的,他还将这篇文章的英译本复印给了我。后来围绕这篇文章,我进一步提出了新理性精神文学论。

1996年,侯敏泽先生患了重病,难以主持《文学评论》的工作。张炯所长找我谈了几次,要我去主持《文学评论》,担任主编。我说我不愿去那里，编辑部的工作一般比较复杂些。最后一次所长说这是院部意见，你去后，就主要文章把把关就行了。这样，我觉得不太好办了，而且有我的个人打算。新到的领导一到中国社会科学院，房子好像等着他似的，马上有大房子住，我在中国社会科学院已待了30多年，也没少干活，住房总是有一种局促感，也从来没有人认真地来问过我，我的住房还没有落实呢，所以就去了《文学评论》。当然，这不是主要原因。

　　刚到《文学评论》不几天，就发生了一场小小的风波。《文学评论》自1990年代起，发表过一些好文章，但由于几年内受到"左"倾思潮的影响，问题是存在的。不少人嫌它"左"了，出现了"三多"：版面老话套话多了，帽子多了，说教的东西多了；还有"三少"：发表的文章生气少了，读者少了，影响少了。有人说一本《文学评论》在手，觉得很是沉闷。但有一些人说它"右"了，直至有的权威径直写信给主编，责问主编为何发表某某人的文章，等等，侯敏泽觉得十分难办。他的编辑意图不易在那里贯彻，在那里比较孤立，有时见到我要诉说好长时间。我有时对他做主发表在《文学评论》上的一些毫无新意的直至放在头条的应景文章与大批判式的气势汹汹的文章，委婉地提过批评意见，我直白地说，这些东西是没有人看的。

　　侯敏泽先生因病辞去《文学评论》工作不久，《中华读书报》发表了一条消息，说《文学评论》改组，主编被改换下去了，说由我接手后，《文学评论》将会改变旧容，一展新颜（大意），这条消息自然说得过头了。侯敏泽先生见到后，极为不满，马上告到所长那里，提出抗议，要求说明原委。后来所长写了一篇短文说明这次更动《文学评论》主编，实属工作的正常安排，主要由于原主编有病在身，难以继续工作，换了新的主编，谈不上什么改组、撤换，更不要猜测与过度解释，这才算平息了这场小小的风波。

　　我去《文学评论》后，主要抓文学理论部分。《文学评论》是面向全国的，整个杂志要有导向，体现在各个栏目中。何其芳先生在世的时候，特别提出，文学理论板块与当代文学板块，最能体现出杂志的导向性，尤其是文学理论这一块，要起导向作用。这样，杂志根据文学研究的实际需要，需要提出新的理论问题，组织讨论理论问题，一个问题可以讨论一个时期，甚至几年。如果一个专业的杂志没有问题感，缺乏导向，有什么刊登什么，这就无异于一本论文集，就平淡无奇了。同时每期《文学评论》，都应发表两三篇有较高学术价值的文章，各个栏目要起码保证有一篇高质量的文章——提出有真知灼见的新问题的文章，这样才能引起读者的兴趣，推动学术的进步。

1990年代初，新时期文学理论新形态的建设，究竟包括哪些方面，我根据我所理解的文学研究态势的发展与需要，参与策划了不少理论问题的讨论，如原有的"20世纪文学回顾"继续下去，同时与大家提出了当前文学理论中的新问题，如"古代文论的现代转换"，当前文学创作、文学批评、理论中的重大问题，文学与人文精神，西方文论思潮对当代中国文艺创作的影响，文学研究与文化研究，传统的定位与选择，共和国文学50年，当前文学创作思潮研究，什么是20世纪文学经典，全球化趋势中的文学与人，文化诗学，学术论坛，海外学人园地，学人专栏，配合香港回归探讨香港文学的专辑，1990～1996年的《文学评论》优秀论文评奖活动，等等。回顾了《文学评论》40年来的经验与教训，作为学术刊物，强调思想解放、实事求是，坚持科学性与创新性的统一。像"古代文论的现代转换"，并不是将古代文论现代化一下，而是吸取其中的有用成分，使之参与当代文论的建设，对这一问题讨论了好几年，还吸引了老学者如季羡林先生参与讨论。

1995年的深秋，北京大学的刘烜教授告诉我说，季老想见一见我，了解一下文艺理论界的情况，并想为《文学评论》写稿。后来见面一直拖到年底，那时我开始在《文学评论》上班。听到老先生要为《文学评论》写稿，自然欢迎。对于积学深厚的老学者来说，即使是他们思想的边边角角，片言只语，也是吉光片羽，我们自当珍惜。后来我收到季老寄来的一篇稿子《门外中外文论絮语》，由于有一个注释的问题，编辑部让我与他联系，请他核对一遍，我去了信，向季老请教。他的文章《门外中外文论絮语》稍后发表在《文学评论》1996年第6期上。下面即季老给我的来信：

中文兄：

　　拙文引《世说新语》，系根据《四部丛刊》本。现在又根据张永言主编之《〈世说新语〉辞典》稍加核对。现将核对稿寄上，排印时即按此稿。

　　祝

　　　　近安

季羡林　1996年11月18日

季老对后学如此谦虚，使我极为感动。

约半年后，季老又给我来信：

中文兄：

久未晤面，遥想近况定当佳胜，为颂为祝。

我又忽然心血来潮，发了一通怪论。我自己一方面感到，所言把握不大；但在另一方面，又觉得持之有故，言之成理。这样的怪论，只有半瓶醋才敢发。你于此是内行里手，请法眼鉴定：是否还有点"合理的内核"？当一个反面教员，还是可以的吧。

即祝

夏安

季羡林　1997 年 5 月 4 日

1997 年 5 月 16 日，我和刘炬老师再次访问季老，谈了他 1996 年那篇文章刊出后的反应，有的认同，有的提出"商榷""批评"。然后问起他的"怪论"，欢迎写出来，交我们发表。我笑着对季老说，不管您意见怎样，也算是参加古代文论的讨论了，为我们杂志增光添彩。稍后，他寄给我一篇稿子《美学的根本转型》，刊载于《文学评论》1997 年第 5 期上。季老的两文引起了文论界与美学界的广泛注意。有关和季老的交往，我在《季羡林先生二三事》一文中有所记述，可见拙作《桐荫梦痕》（北京师范大学出版社，2013）。

关于古代文论的现代转换的讨论，分歧很大，以致现在反对的一方还有人说，"古代文论的现代转换"或是转化，是个误导当代文学理论建设的错误口号。不过，赞成"现代转换"的学者已经做出了不少成绩，出版了不少著作，不赞成的学者一般仍然停留在古代文论归古代文论的思想中。对古代文论进行其自身的研究完全必要，但如何使古代文论思想融入当代文论，或者以当代融入古代，争论当然需要。同时研究出一套新的范式，主要还是拿出实际的东西来。

此外我还参与策划了《文学评论》发起的一些其他活动，其中之一，是与南京大学中文系合作，实现了《文学评论丛刊》的复刊等。1997 年 10 月，我主持了《文学评论》创刊四十周年纪念会。

1999 年各所班子又要换届，我本来是个"征夫"，所以申请下岗，以实现五六十年代《文学评论》所长、主编一体制。但是我要求离开《文学评论》的这个方案未获院里同意，却仍要我干一届。在这种情况下，我也只好硬着头皮继续干下去，一直到2004年又一次换届才让我下来。这样，我在《文学评论》当了八年主编。从《文学评论》下来后，我向所里领导要求是否可以给我配个助手。这时领导关怀地对我说，这事无先例可循。我自然知趣，转身就走，从此不再提及此事！此事确有难处，我也完全理解。

我在《文学评论》工作八年里，对《文学评论》的形象大体有所改善，《文学评论》的质量有所提升，应景文章虽然也有，但这绝对不取决于我们。我遇到不少文论界的朋友，都说这一时期的《文学评论》面貌大有改善，不少文章很有看头，而且表现了全局的观念，又表达了明显的向上的导向，不断提出一些迫切的文学问题，主持一些学术研讨会，引导大家对话与讨论。这一时期《文学评论》"好看"，其实也与当时的学术氛围有关。在全球化的语境中，学术气氛似乎相对宽松，需要讨论研究的问题多而复杂，更主要的是大家写的稿子质量也提高了。在发稿中，各组组长都很负责，交上来的入选文稿反复不大。我在1993年主编"文艺理论建设丛书"时，提出"主导、多样、鉴别、创新"的主导思想，力图把它也应用于主编《文学评论》的编辑工作中去。

在每次的结稿会议上，参与会议的各组组长都是严格把关的，对于提出入选的稿件，都有具体的、明白的说明。一次我发现对一篇稿件的作者说明含混，会后要来稿子看了看，觉得确实水平不够，于是向编辑说明原因，表示歉意，撤下了这篇稿子。至于我个人会常常收到一些稿子，有的是认识的人，有的是不熟悉的，一般我会立刻把这些稿件转给编辑初审，由他们选择。但是我也曾有过失误，一次我提上去的一篇有关巴赫金的论稿，觉得勉强可以，但黎湘萍先生看后认为没有把问题说透，比较一般，于是拉了下来。我觉得他表达的意见很有道理，所以同意赶快用预备文稿替换，我是十分感谢黎湘萍先生的，否则我就会留下遗憾了。

编辑杂志，需要对中外古今文学有大局意识，要敏感地把握文学的各个分支学科前沿问题，要广泛地了解各个研究领域中老中青学者的研究特色，并善于发现新的学术思想与新人，并给以切实的扶持，当然重要的是这里需要有学术的公正。

1996年后我在《文学评论》上发表的文章有《会当凌绝顶——回

眸 20 世纪文学理论》(1996 年第 1 期)、《文学理论现代性问题》(1999 年第 2 期)、《文学理论：在新世纪的晨曦中》(1999 年第 6 期)、《全球化语境与文学理论的前景》(2001 年第 3 期)、《〈文学评论〉——文学研究所的学术窗口》(2003 年第 1 期)、《文学理论反思与"前苏联体系"问题》(2005 年第 1 期)、《论文学审美意识形态的逻辑起点及其历史生成》(2007 年第 1 期)、《三十年间》(2009 年第 4 期)，这些论文都是针对那时文学理论中新出现的问题而作，带有一定的现实性与理论性。2009 年第 2 期"学人研究"栏刊有李世涛先生的《钱中文先生文学理论研究述评》一文，大概算是对我学术研究工作的一个小结。

2010 年后，我因身体健康情况急剧下降，写作不多。

我以读者、作者、主编的身份与《文学评论》前前后后保持了五十年的来往。我感谢它对我的扶持，同时我也为它付出了不少心力。

《文学评论》在学术界具有相当高的权威性，这不仅仅由于它的特殊地位，同时六十年间各个时期都有一批优秀的编辑，以自己丰富的专业知识，维护了《文学评论》的高度学术性，在推动我国的文学研究事业中，起到了良好的作用。我到《文学评论》后，尽量与同事们建立良好的关系，尊重他们的意见，他们不少是老编辑，经验丰富，熟悉业务，与外界联系多，因此与蔡葵、胡明、王保生、黎湘萍、董之林、邢少涛、李超、范智红、郭虹、吴子林、王秀臣等同行关系很好，不少问题常向他们讨教。

我在这里特别要提到几位同事，其中如蔡葵先生与王信先生，他们以自己的高度责任感、丰富的文学知识与经验一生守护着《文学评论》，起到了中坚的作用，获得同行与学界的高度评价。又如陈骏涛先生和胡明先生，他们将编辑工作与学术研究两肩挑，对各阶段的文学现象具有敏锐的观察力，深刻地把握问题，回应现实，而且个人著述丰富。特别在与胡明先生共事的时期，我对他的深厚的学养、把握全局的魄力十分佩服，所以与他共事，感到放心、踏实。其他各个时期的领导如何其芳与毛星，是《文学评论》的创办人，后来的领导与编辑人员如陈荒煤、许觉民、邓绍基、侯敏泽、张晓翠、彭韵倩、曹天成、贺兴安、朱建新、张朝范、赵友兰、王兴志、杨世伟、卢济恩、符淑媛、王则文、解驭珍、张国星、安兴本、厉焕娴（不知有无遗漏）等，我与其中大部分人未曾一起同事过,但他们在几十年里,一代接一代,都做出了各自的贡献。

在纪念《文学评论》六十周年创刊之际,应该对他们做出的贡献给以表彰,他们是《文学评论》的有功之人!

(作者为中国社会科学院文学研究所研究员)

我与《文学评论》

张 炯

《文学评论》是中国科学院文学研究所于20世纪50年代创办的刊物，1978年划归中国社会科学院文学研究所。我既是《文学评论》的作者、读者，也数度担任过《文学评论》的编者，可以说关系匪浅。

我最早给《文学评论》写稿是1960年，那时我刚从北京大学中文系毕业，分配到中国科学院文学研究所工作，在文学理论组担任实习研究员。恰好话剧《甲午风云》演出，《文学评论》其时比较重视文学的发展，编辑部召开一次讨论该剧的座谈会。编辑张晓翠同志邀我参加。我斗胆在会上发言，张晓翠就约我给《文学评论》写篇稿，而且要求得快。我赶了一整天，写了将近万字的评论。隔两天，张晓翠同志拿排好的清样给我看，我看到有许多被钢笔删掉的段落，心里不大高兴，就问："为什么删这么多？"张晓翠同志说："这是其芳同志亲自删改的，你要有意见，可以直接找其芳同志谈谈。"

我听后相当吃惊！我知道何其芳同志是著名的诗人兼文艺理论家、评论家，又是文学研究所所长、《文学评论》主编，他亲自改我的稿，我怎么敢去跟他申说呢？张晓翠见我犹疑，就说："其芳同志平易近人，你尽管去说。"第二天，她打电话告诉我说，"其芳在家里，约你到他家去谈"。我硬着头皮就去了。没有想到，进了他的家，其芳同志竟感冒发烧躺在床上，家人通报后，他立即起来招呼我进他的卧室，领我到窗前的桌子边，说："听晓翠同志反映，你对删改你的文章有些意见，你可以提出来，我们一起研究一下，好吗？"接着他摊开清样，一段一段给我讲为什么要删去这一段那一段。我也讲了有些段不宜删去的理由。他觉得我讲得有理的部分，就给我恢复了。最后，文章剩了八千多字。他的态度非常和蔼和民主，跟我这个后辈说话，完全用商量的口气，使我非常感动！我永远记得他说的如下一段话："你把《甲午风云》跟席勒的《阴谋与爱情》相比是不恰当的。席勒的作品是世界名著,《甲午风云》怎么能比呢?写评论文章,必须有分寸,虽然要做比较,但就像评价乒乓球比赛一样,一定要看世界冠军级比赛才会知道什么是最好的。"

从此,我永远记住其芳同志的教导,并且把他看作《文学评论》编辑的榜样:既平等地对待作者,又善意地帮助作者。可惜我当时没有机会当编辑,而是被派去跟蔡仪先生编写《文学概论》。三年后又到农村参加社会主义教育运动。直到"文革"开始后,《文学评论》也停刊了。

1975年邓小平同志主持中央日常工作,给中国科学院哲学社会科学部派来新的领导,要求恢复业务工作,指示筹备《文学评论》和学部原先的《新建设》杂志改为《思想战线》一起复刊。当时文学所的领导指定何其芳同志为筹办《文学评论》编辑部核心小组组长,毛星为副组长,调邓绍基、蔡葵和我为小组成员,要我负责现代文学组。这样,我才首次进入《文学评论》编辑部工作。当时现代组的成员还有陈骏涛、杨世伟和彭韵倩。由于我在新中国成立前参加地下党时便参与过福州市的地下刊物《骆驼》月刊的编辑工作,在北京大学读书时还当过学生办的文学刊物《红楼》月刊的编辑,因此,对编辑刊物还有一些经验。我们很快便积极开始拟选题和组稿。没有想到,"四人帮"很快刮起"反击右倾翻案风"的妖风,《思想战线》和《文学评论》也被迫停止复刊的工作。大家便转去撰写评论《水浒》的文章。不久,"四人帮"垮台,中央决定从哲学社会科学部调人去接管姚文元主管的《红旗》杂志的编辑工作。我也被调去,后来负责《红旗》的文化组。因此,就无缘再参与中国社会科学院成立后《文学评论》再次复刊的工作了。

何其芳同志于1977年去世。之后沙汀、陈荒煤同志主持文学研究所,《文学评论》复刊后迎来改革开放的春天,大力促进文学创作复苏,积极为"伤痕文学"、"反思文学"和"改革文学"开道。徐迟的著名报告文学《哥德巴赫猜想》发表时,彭韵倩同志便约我写了篇评论,在《文学评论》发表。这是我隔了将近20年才为《文学评论》写的第二篇稿。1980年我从《红旗》杂志调回文学所当代文学研究室工作,才陆续为《文学评论》写了几篇其他的文章。当时《文学评论》编辑部主任是许觉民同志,他是著名的文学评论家,长期以"洁泯"的笔名撰写文学评论。后来他继沙汀之后担任文学所所长和《文学评论》主编。

1980年代初,在荒煤同志主持下,《文学评论》曾为文艺理论的拨乱反正和扶植复苏的文学创作做了许多工作,与《文艺报》联合开了不止一次座谈会,并发表相关的文章和报道。当时全国文学报刊很少。《文学评论》一时发行量曾达空前的20万份。我从1982年被列为《文学评论》编委,但没有参加实际的编务。1984年刘再复继任文学所所长和《文学评论》主编。我作为当代文学研究室主任,有好几年忙于编写《中国当代文学史》和中国当代文学研究会的工作,很少再给《文学评论》写稿。1989年1月也不再担任编委。直到1990年,马良春继任所长和《文学评论》主编,当年5月,调我到《文学评论》任副主编,协助他和另一主编侯敏泽工作。次年马良春病逝,中国社会科学院要我主持文学研究所的工作,仍兼《文学评论》副主编。1994年我被任命为文学研究所兼民族文学研究所所长并兼《文学评论》主编。继任侯敏泽的另一主编是钱中文同志。1999年1月退居二线前,有九年时间我一直参与《文学评论》的编辑工作。前三年面临新的拨乱反正,必须组织文章批驳当时被认为错误的思潮。但编辑部除坚持为人民服务、为社会主义服务的方向,仍坚持学术刊物"百花齐放、百家争鸣"的方针,坚持何其芳同志当年所定的作为学术刊物的取稿标准,即文章"须有新意,言之成理,持之有故,论证充分,自圆其说"。不符标准的,即使老专家的稿件也照退;符合标准的,即使年轻作者初投的稿件也录取。我在职期间,编辑部主任先后由陈骏涛、杨世伟等担任。他们都是老编辑了,在困难的情况下,与全体编辑一起坚守岗位,圆满地完成编辑的任务。所有稿件都坚持三审制,最后定稿在编务会议上通过。担任副主编时,我得审阅各组送审的稿件,感到不妥处也亲自修改。担任主编后,我因负责两个研究所的工作,就只能抓头版头条的文章,并参加编务会议,其他定稿都由钱中文同志负责。九年间,刊物保证了学术质量,没有再出现被上级机关追究的责任问题。我实在十分感谢任何情况下都坚守岗位的编辑部全体工作人员。作为编辑,我始终以何其芳同志为榜样,对待作者平等相待,善意帮助。见到有基础的稿件,或建议作者再三修改,然后采用,乃至自己动手做些修改后征求作者同意再发稿。我也要求自己属下的编辑都这样做。如今,许多老同志已先后退休。继我任主编的是杨义、陆建德等同志。编辑部已换了一代新人,使我欣慰的是,《文学评论》仍然维持文章的相当学术质量,并被视为全国性的学科权威刊物。

当然,《文学评论》之所以得到广大读者的欢迎,首先离不开众多作者的大力支持,正因为他们把自己最好的学术研究成果投给《文学评论》,

刊物才能维持自己的质量，否则，编辑再努力，也不能做出"无米之炊"。虽然，历届编辑人员也都尽了自己的努力。

六十年弹指一挥间，在历史的长河中不过短短的一瞬。但在五四以来的新文学史上，《文学评论》却是为数不多的、存在岁月最长的期刊之一。当我们纪念它的六十周年时，我们自然不能忘记那许多编辑为《文学评论》贡献了自己的一生、或者贡献了自己最宝贵年华的老同志。像何其芳、毛星、唐弢等正副主编和正副编辑部主任，张白山、吕林、尹锡康等《文学评论》的第一代创办者固然功不可没，从20世纪50年代便先后参加编辑工作的劳洪、张晓翠、吴子敏、林非、王信、蔡葵、王俊年、范之麟、彭韵倩、杨志杰等老编辑也都多所奉献。老校对王则文尤为负责。《文学评论》复刊后到我离休前，先后担任过副主编的邓绍基、何西来、王信、蔡葵、曾镇南、许明、王保生、胡明、高建平，编辑部主任除上面提到的外，尚有解驭珍、贺兴安、董之林等，他们的辛勤工作，人们自然也不应忘却。由上所述，《文学评论》工作人员中有不少是著名学者，也有一辈子为他人作嫁衣裳的资深编辑。

我想，《文学评论》创办以来，尽管也经历过坎坷，最重要的传统便是坚持正确方向，坚持"双百"方针，坚持刊物的学术品格，坚持以质衡文。我虽离休多年，年过八旬，作为一个老编辑，仍然希望这样的传统在一代代新人的努力下能够发扬光大！

（作者为中国社会科学院文学研究所研究员）

一段历史的记忆

——《文学评论》：从复刊到 20 世纪 80 年代

陈骏涛

1966 年 6 月"文革"开始后，中国社会科学院（其时称中国科学院哲学社会科学部，简称学部）所属的所有刊物几乎都被迫停刊，由文学研究所主办的《文学评论》即其一。《文学评论》的前身是《文学研究》，创刊于 1957 年 3 月，是国内创刊最早的文学研究批评刊物之一，初为季刊，1959 年 2 月改为现名。随着 1976 年 10 月"四人帮"的垮台，《文学评论》在停刊了将近 12 年之后，于 1978 年获得了重生。《文学评论》的复刊，在当时被看成是一件大事（至少在文学界和学术界是如此），新华社和《人民日报》都发了消息，对当时和日后的中国文坛产生了重要的影响。我作为从筹备复刊之初就参加工作的这个刊物的一员，亲身参与了《文学评论》和文坛的许多重要活动，我想就我所知道的一些情况公之于众，以为后人记载这一段历史提供一点资料。

一 复刊的前前后后

（一）筹备

《文学评论》的复刊号（即第 1 期）出版于 1978 年 2 月（由于印刷延误，实际见刊的时间已到了 3 月），但为复刊所做的准备工作却历时三年之久，这中间有过一段相当曲折的经历。

1975 年，邓小平主持中央日常工作，在意识形态领域做出的一个重要决策就是准备恢复一批"文革"中被迫停掉的刊物，同时创办一些新的刊物，以占领部分舆论阵地。这批刊物中首先便有中国科学院的几个刊物：《哲学研究》、《历史研究》和《文学评论》（以上恢复），以及《思想战线》（创办）。1975 年 9 月 18 日学部临时领导小组签发了《文学评论》复刊的请示报告。

《文学评论》本来有一个近20人的编辑部，停刊时就解散了，人员被安置到文学研究所的各个研究组（室）。如今准备复刊，首先得组建一个新的班子，于是就从各个研究组（室）抽调一些人上来，我就是从现代文学组抽调来的。记得当时领导找我谈话时特别强调，这是一个政治任务，问我愿不愿意去。我于1964年4月从上海复旦大学到文学研究所报到后，脚跟尚未站定，就被派到安徽寿县去搞"四清"。"四清"回来后没过多久就是"文革"，这中间几乎就没有干过什么专业工作。有这么一个我所渴望的搞专业工作的机会，而且又在第一线，我为什么不去，我没有什么犹豫就答应了。

被抽调到《文学评论》做复刊筹备工作的有十来个人。有的是临时抽调来的，如许志英（后调到南京大学）、徐兆淮（后调到江苏省作协）、吕薇芬（工作结束后回到文学所原组室）；有的则一直待下去，我属于后一类人。筹备组的负责人我记得有何其芳、毛星、邓绍基、张炯、蔡葵几位，何其芳任组长，毛星和邓绍基任副组长。1977年7月何其芳去世以后，就由毛星和邓绍基主要负责。

为了给《文学评论》复刊开辟道路，当时曾组织几路人马外出搞调查研究，用的是文学研究所的名义，调研的一个主要内容是征集对文学研究所和《文学评论》复刊的意见。如彭韵倩和吕薇芬去了天津，徐兆淮去了东北。我和许志英则去了南方四省（山东、安徽、江苏、浙江）八市（济南、合肥、宣城、芜湖、南京、扬州、杭州、上海），1975年10月6日出发，11月7日回京，历时33天。我们每到一地，都依靠当地的文化宣传部门或高等院校，组织召开座谈会，也个别走访了一些人。由于当时"四人帮"还在台上，形势错综复杂，出发前（10月4日）几位领导专门同我们谈了一次话。何其芳强调，这次出去以文学研究所的名义，说《文学评论》正在筹备，但不要说得太死；主要是听和记，我们的情况也可以讲，但尽量少讲，不讲也可以；说我们过去是"三脱离"（脱离实际，脱离工农兵，脱离政治），现在要改变这种情况，所以出来搞调查研究。根据领导的上述指示，我们每到一地，都一再强调我们是来学习取经的。但地方上的人可不这么看，他们似乎总觉得你是上面派下来的钦差大臣，是负有某种使命的，而且知道你是邓小平线上的人。因此，他们对我们一般很热情，从生活到工作都考虑得很周到，使我们感到亲切、温暖。同时，他们也或委婉、或直率地对我们过去"三脱离"的倾向提出了批评,反映出人民群众需要文艺、专业工作者应当重视人民群众这种需求的心声。

这是我在"文革"十年当中,一次真正地深入基层倾听民众的心声,当时一个深刻的感受是:"山雨欲来风满楼"。人们对"四人帮"的不满,也通过文艺这个窗口倾泻出来了。比如在安徽,我们就听到大量对"四人帮"统治下的文艺和文艺评论不满的声音。有的说,现在有些作品"一号"人物写得干瘪,缺少血肉,很概念化,为了拔高人物,就用豪言壮语。有的说,以往报告文学是写真人真事,现在出现了另外两种报告文学:一是假人真事,一是假事真人。——这些都是针对"四人帮"的"三突出"等创作原则而提出的。对于文艺评论,有的说,过去的文艺评论主要是宣传革命样板戏,就文艺创作中的问题进行讨论的很少;评论文章看风向、看动向,你抄我抄,没有自己的特点;评论文章主要谈思想,不谈或少谈艺术,不是两个标准,而是一个标准;评论文章没有一分为二,一说好,大家就都说好,一边倒,一说不好,大家也说不好,没有具体分析。——这些都是针对"四人帮"的御用写作班子的评论文风而发的。

回到文学所以后,我在一次汇报会(1975年11月21日)上说了这样一句话:"是到了改变我们的文艺和文艺评论的时候了!"但很可惜,随着整个局势的逆转,不要说改变文艺和文艺评论的愿望没有实现,就连《文学评论》复刊的计划也流产了。

(二)流产

1975年年底就有消息传出,说中央要发动一场新的运动,目标是针对当时中央的主要负责人邓小平、叶剑英等人的。很快,在第二年年初,学部就在北京虎坊桥工人俱乐部召开大会,传达中央1976年第2号文件,动员大家"积极开展革命大辩论,回击右倾翻案风,批判修正主义路线"。说是"大辩论",实际上是"大批判"——因为紧接着,各个研究所就相继成立了"大批判组"。文学研究所也在2月16日召开大会,提出要"牢牢掌握革命大方向,开展革命大批判,掀起运动的新高潮",以及"边学,边议,边揭,边批"的八字方针。在批判会上,有的人把学部准备创办《思想战线》和恢复三个刊物也作为"右倾翻案风"和"修正主义"回潮的一种表现来批判,提出必须坚决打击回潮风。这样,《文学评论》复刊的计划就很自然地流产了。

《文学评论》复刊的计划流产以后，筹备复刊的一部分人员便被分到文学研究所的其他部门，大部分人仍然被留下来，作为一个待命的集体存在。不过，接下来的事情就不是筹备复刊的事，而是投入新的"反击右倾翻案风"的斗争，以及诸如"学大寨"、"学点哲学""学点鲁迅"、与工农兵相结合编著"学点鲁迅小丛书"的各项工作当中。直到"四人帮"倒台，这个集体还存在。

（三）复刊

1976年10月粉碎"四人帮"以后，学部这块意识形态领域的重要阵地仍然是人们瞩目的中心。1977年，有关方面提出了包括《文学评论》在内的学部几个刊物的恢复问题。学部主要负责人胡乔木在1977年10月25日专门就《文学评论》复刊问题召见了邓绍基，并作重要指示。指示中既有原则意见，又有具体意见，比如说《文学评论》应该发表什么样的文章，等等，应该说胡乔木考虑得十分周密、十分细致，一些论点也说得很辩证。根据我的记录并参照了有关文件，胡乔木大概讲了这么几点意见。

第一，《文学评论》要办成什么样的刊物。他说，要吸收《文艺报》的一些长处，但不能完全办成像《文艺报》那样，因为研究所毕竟不是文联和作协。《文艺报》登"时评"，《文学评论》也可以登时评，但时评也有一个写法问题。他举了莱辛的《汉堡戏剧论》（也译作《汉堡剧评》），提出时评也可以发表系统的意见。他说，今后的文艺作品会越来越多，《文学评论》可以发表评论，也可以不发表评论。作为欢迎和鼓励，应该发一点。但是《文学评论》的评论不应当只是人云亦云，泛泛而谈。我们应当看到这种情况：一时很受欢迎的作品，过一阵子也会证明它并不成熟。

第二，对"四人帮"文艺思想的批判问题。胡乔木说，《文艺纪要》（指《林彪同志委托江青同志召开部队文艺工作座谈会纪要》）中关于"文艺黑线专政"的提法是错误的。如果说是"文艺黑线专政"，那么我们置毛泽东主席的革命路线于何地？"四人帮"说"黑线专政"，是为了制造"空白"论，"空白"论的前提就是"文艺黑线专政"论。有人说"别、车、杜"（按指别林斯基、车尔尼雪夫斯基、杜勃洛留波夫）是左联的指导思想，这是没有常识的话。

第三，关于鲁迅与创造社、太阳社的论争和"两个口号"的论争问题，胡乔木强调他们之间在大方向上是一致的。鲁迅不是孤家寡人，他是有战友的。"四人帮"把鲁迅描绘得好像是没有战友的，这实际上是在否定鲁迅。

第四，关于具体选题。胡乔木提出，可以重新评论《二月》《林家铺子》《红日》等作品。他说，过去批判柔石的《二月》，有一种意见说，经过了"大革命"，怎么还会有不受"大革命"洗礼的地方和人物？不知道这是一种什么逻辑！他还提出，也可以评论一些当前出现的优秀的作品，但要有选择。

第五，胡乔木提出，不要只看到目前的困难，出刊后肯定会有大量作者来稿支持的。文学史也会有人来写的，可能还不会少。

我之所以较多地介绍胡乔木的讲话，是因为《文学评论》在复刊后的相当一段时间里是受到胡乔木这些意见的很大影响的，或者说是根据他的这些意见去组稿的，包括发表关于"两个口号"论争的文章，鲁迅关于"国防文学"论述的文章，重评《二月》《林家铺子》《红日》的文章，以及评论当时的一些优秀作品如话剧《丹心谱》、长篇小说《李自成》、报告文学《哥德巴赫猜想》、短篇小说《班主任》等，都是与胡乔木的讲话有关的。

由于当时意识形态上的主要任务是拨乱反正，清理和恢复被"四人帮"搞乱的东西，而中国社会科学院的所有刊物差不多都被看成意识形态的重要阵地，因此《文学评论》也把拨乱反正作为自己的首要任务。在复刊第1期的《致读者》中就明确提出："《文学评论》当前时期的首要工作，就是要从理论上、从总结社会主义文艺的成就和经验上，深入批判'四人帮'在文艺方面所制造的种种谬论，特别是'文艺黑线专政'论。"

只要翻开复刊第一年的《文学评论》就可以看出，有关这方面的文章的比重是相当大的。仅以第1期来说，有关这方面的文章就占了一多半，后来几期占的比例虽然有所降低，但仍然不少于1/2。当然，这些时评式的文章，与外界报刊上的这类文章还是有区别的：《文学评论》的这类文章比较讲究说理，而且力求提高到学术理论层次，而不搞简单的"大批判"。到了第二年，这类文章就明显地减少了。我们特地开辟了一个新的栏目——"论坛"，专供发表文风比较犀利的、针对某一问题的短论，一方面是为了适应读者的需要，使《文学评论》刊载的文章能够更好地走近读者，另一方面是为了让这个栏目分担时评的任务，以减少大块头的时评式文章，进一步提高《文学评论》的学术分量。

关于《文学评论》的编制，在1978年4月11日的一次编辑部会议上，邓绍基宣布了研究所领导的议定：全部人员可达21人，分现当代、古代、理论和外国、编务四个组。后来，为了加强对现状的跟踪研究，现当代组又分家，变成了五个组，但人员一直没有达到21人。我就是在现当代分家的时候转到了当代文学组并受命负责这个组的工作的。

（四）影响

《文学评论》的复刊在当时文坛上和高等院校中的影响是很大的。这一方面是因为当时这样的刊物还很少，所以一些本不该由《文学评论》承担的任务也由《文学评论》承担起来了。如揭批"四人帮"的文艺谬论、刊登领导人（毛泽东等）关于文艺问题的讲话和信件等，这就不能不引起人们的关注；另一方面也是由《文学评论》的地位所决定的，它是中国社会科学院文学研究所主办的刊物，一般都被看成是代表了这个领域（文学研究和文学批评）的最高水平，在当时可看的刊物不多的情况下，自然吸引了人们的注意力。当然，最根本的原因，还是由于它能够在文艺方面率先提出人们所关心的一些问题。我记得，复刊第1期出版以后，在北京的几个邮局零售点很快就脱销了，于是又增加印数。此后，刊物的印数不断攀升，大概在1979～1980年，最高印数曾达到18万份，这是《文学评论》历史上的最高发行量，是至今任何一个理论批评刊物包括《文学评论》自身所难以企及的。

以1978年出刊的六期来说，据我的记忆，比较引起人们关注的就有如下一些文章：《毛主席给陈毅同志谈诗的一封信》、《回忆周恩来同志》（何其芳，以上第1期），《关于长篇历史小说〈李自成〉》（茅盾）、《评一九二八年无产阶级文学的倡导和论争——关于鲁迅和创造社、太阳社论争的几个问题》（严家炎，以上第2期），《拨乱反正，开展创造性的文学研究评论工作》（周柯）、《评一九三六年"两个口号"的论争问题》（唐沅）、《从生活出发——评话剧〈丹心谱〉》（朱寨，以上第3期），《形象思维和马克思主义的认识论》（周忠厚）、《关于〈李自成〉的书简》（姚雪垠）、《研究美学史的观点和方法》（朱光潜，以上第4期），《读毛主席诗词三首》（周振甫）、《关于三十年代左翼文艺运动的若干问题》（吴黎平，以上第5期），《文艺批评与双百方针》（周柯）、《要按艺术规律办事》（辛宇，以上第6期）等。仅以第3期周柯的《拨乱反正，开展创造性的文学研究评论工作》一文来说，它是代表编辑部的一篇署名文章（由我和邓绍基执笔），发表以后新华社发了通稿，全国至少有十多家省级以上的报纸转载或摘转了这篇文章，中央人民广播电台也在新闻联播节目时间摘要播出了这篇文章。这在当时是少有的。其后一段时间，"周柯"就成了我的一个笔名。

当然，读者对这些文章还是有所不满的，不时有来稿来信提出批评。仅以代表编辑部的一篇署名周柯的文章《文艺批评与双百方针》（1978年第6期）为例，这篇文章总的来说在当时是站在潮头上的，提出了人们关心的一些重要问题。但由于受到"凡是派"理论的限制，思想还不够开放，不时还给自己设置了一些框框。一位远在云南的读者杨德春就来信很直率地对这篇文章提出了批评（见《文学评论》1979年第2期）。比如关于"放"的问题，周柯文章虽然也提倡"放"，但却强调要"在不违背六项政治标准的前提下，对人民内部而言"。这位读者却不以为然。他认为："放"是"没有任何附加条件"的，如果定了"前提"，"那不是事先给群众划好框框吗？在划好框框内，根本不能各抒己见，畅所欲言，也根本不可能真正发展各种意见之间的相互批评和相互争论"。又如关于"非无产阶级作品"问题，周柯文章提出："对于非无产阶级的作品，也不忙去禁止。对于当前和今后我们要引进的一些外国进步文艺作品，更要从大处着眼，而不要看到一点副作用，就匆忙禁止"。这位读者也认为有问题。他认为：对文艺作品贴阶级标签是最不科学的，不应该贴什么"无产阶级"和"非无产阶级"的标签，而应该对作品的内容进行细致分析，做出恰如其分的评价；另外，应该将"不忙禁止"改为"不应禁止"，因为"不忙禁止"等于现在不禁止，将来还可以禁止，而"不应禁止"就不一样了。

现在看来，读者的这些意见是基本正确的，我们之所以给自己划框框，定调调，是由于受到当时意识形态的制约，反映了我们的思想确实还有保守的、不够开放的一面。这只有到了1978年12月党的十一届三中全会解除了"两个凡是"的禁令，特别是思想解放运动全面开展起来之后，才得以彻底解决，从而才迎来了《文学评论》的真正辉煌期。

二 在20世纪80年代

(一) 背景

20世纪70年代末，随着真理标准问题的大讨论、党的十一届三中全会的召开、"凡是"派的落马，思想禁锢开始松动。1980年，邓小平代表中共中央明确提出了要"坚持'双百'方针和'三不主义'，不继续提文艺从属于政治这样的口号"，更使文艺工作者突破了唯政治是从的旧的思维框架，开始广阔地思考文艺自身规律的诸问题，促进了新时期文学观念的一次很大的突破。尽管此后还有回潮，甚至还有禁锢，但总的来说，文艺生产力还是获得了极大的解放，真正开始了文艺思想活跃、文艺百花竞放的前所未有的时期。

20世纪80年代也是新中国成立后文艺批评的真正的辉煌期。这时期，文艺批评摆脱了对社会政治的依附，从而造成了一种相对独立的格局。就文艺批评的种类来说，就有诸如社会—历史批评、文化批评、精神分析批评、结构主义批评、比较文学批评、文体形式批评、印象批评等不同的形态，尽管还不能说已经形成了不同的批评学派，但至少已经造成了相对多元的批评格局。文艺批评工作者的主体创造精神得到了很大的张扬，出现了自新中国成立以来文艺批评最活跃、最有创造性的局面。用"辉煌"一词来形容80年代文艺批评的盛况，是并不为过的。那个时候，有多少文艺批评期刊啊！除了现在依然存在的《文艺研究》《当代作家评论》《文艺争鸣》《小说评论》《当代文坛》……这些刊物之外，还有现在已经不存在但在当年却是办得很不错且影响很大的刊物，如《当代文艺思潮》（甘肃）、《当代文艺探索》（福建）、《批评家》（山西）、《上海文论》（上海）、《文艺新世纪》（广东，后改名《当代文坛报》）、《青年评论家》（河北，后改名《文论月刊》《文论报》）、《百家》（安徽）等。《文学评论》作为一家兼具文学研究和文学批评职能的，又是中国社会科学院文学研究所主办的文学学术期刊，自然格外引人瞩目。

1978年《文学评论》复刊时，老所长何其芳已经去世，《文学评论》的实际工作先是由毛星、邓绍基负责。陈荒煤和许觉民（洁泯）相继调来以后，就由陈荒煤和许觉民实际负责。其时，先前从各个研究室调来的邓绍基、蔡葵和张炯等相继回到了有关研究室。《文学评论》先前没有主编的设置，所长何其芳自称是编委会召集人，实际上行使了主编的职能。何其芳去世以后，《文学评论》很长一段时间没有主编、副主编的设置，编委会也没有来得及组建，就由时任文学研究所所长的沙汀、副所长陈荒煤行使主编的职能。后来沙汀和陈荒煤先后调离，许觉民任副所长和所长后，就接替沙汀、陈荒煤行使主编的职能。编委的职能则由各个研究室主任行使。到了刘再复当所长（1985年）之后，即从1985年第4期开始，正式在刊物上刊登了主编、副主编和编委会成员的名单，主编是刘再复，副主编是何西来，一直到1988年。1989年改由刘再复、何西来联名主编，王信副主编。复刊以后的编辑部主任先后有：许觉民（兼）、解驭珍、王信和我。我是从1989年才正式担任编辑部主任的，此前是副主任。

（二）前沿

20世纪80年代，《文学评论》可以说始终是处于文学学术前沿地带的，这在《文学评论》的历史上是罕见的，当然也是那个特殊年代所赋予《文学评论》的一种特殊品性。这个时期，《文学评论》除了坚持文艺理论、古代文学、现代文学、当代文学这四大板块以外，还不间断地推出不少新的栏目，就一些文学发展的前沿性问题发表意见，展开讨论。例如，前半期的"文艺与政治关系"的讨论，"发展和活跃文学评论"的讨论，"文学创作中的人道主义和人性"的讨论，"人物性格二重组合原理"的讨论等，后半期的"文学主体性"的讨论，"发展马克思文艺理论"的讨论，"当代文艺理论新建设"的讨论，以及"我的文学观"及"新时期文学十年研究"栏目的推出，等等，都在文学界和学术界产生过广泛的影响。这些文章未必篇篇都好，可能还包含着某些错误，但它提出了问题，引起了人们的思考和研究、讨论和争论，从而将这些问题的研究推进了一步。例如，关于"文学创作中的人道主义和人性"问题的讨论以及"论文学主体性"问题的讨论等，就是如此。

"文学创作中的人道主义和人性"是80年代人们（不独是文学界）十分关注的一个前沿问题。《文学评论》在1981年第1期发表了俞建章的《论当代文学创作的人道主义潮流》（下称俞文），对自粉碎"四人帮"之后几年间文学创作中的人道主义潮流作了梳理，肯定了这些作品在暴露和鞭挞"文革"反人道的社会现实，通过反映这些现实，揭示人的异化现象，思考和认识由此出现的人的价值问题，以及在暴露、揭示、思考中对人性美的追求、对理想人物的塑造等方面所取得的成就。文章是摆事实、讲道理的，提出了一些引人思考的新问题，但显然也存在着一些疏漏和偏颇。于是，就有了《文学评论》1982年第1期的商榷文章——陈传才、杜元明的《也论文学创作中的人道主义问题》（下称陈文）的出现。陈文在肯定了俞文的"理论探索是重要而有益的"的前提下，对俞文中的某些观点——特别是在冲破了人性、人道主义的种种禁区后，究竟应该站在什么样的立场上，以什么样的观点，来科学地揭示和表现我们时代的人性和人道主义问题——提出了他们的看法。陈文也是摆事实、讲道理的，没有简单地扣帽子、打棍子，表现出学术讨论争鸣中的良好作风。

"文学主体性"问题也是80年代的一个前沿性问题，是刘再复继"文艺批评方法论""人物性格二重组合原理"之后提出的另一个文艺理论方面的重要问题，他试图以此对长期盘踞于文艺理论中的唯意志论和机械反映论为主要特点的"左"倾观点进行纠正。在提出这些命题的时候，一方面表现了作者的理论勇气和创新精神，另一方面存在着一些矫枉过正和难以自圆其说的弊病。于是，《文学评论》在1985年第6期和1986年第1期连载了刘再复的《论文学的主体性》之后，紧接着又在1986年第3期以《自由地讨论，深入地探索》为题，发表了文学研究所文艺理论研究室讨论《论文学的主体性》的全部发言，其中有赞成的，或部分赞成的，也有不完全赞成甚至持批判立场的，体现了学术讨论中的百花齐放、百家争鸣的精神和风尚。

由于《文学评论》发表的文章、讨论的问题具有前沿性的特点，自然也就引来了越来越多读者的关注和兴趣，《文学评论》的影响也就不断扩大。为了帮助读者开阔视野，获取新知，《文学评论》曾经在1985年3月，举办过一届为期一个月的"《文学评论》进修班"，开展了"一次密集知识和拓展思维的进修"，收到了良好的效果。这方面的情况，已经有王信（时任编辑部主任）的《春寒时节的爱智山庄》一文予以披露，我就不再赘述了。以下我想主要就《文学评论》与文学界、学术界的交往和互动方面，以我切身的经历，介绍两次由《文学评论》参与策划和筹办的全国性文学学术会议，由此也可以约略窥见文学研究所和《文学评论》当年在人们心目中的地位，它所起的作用，以及当年自由、活跃的会风和学风。

三 1985年·厦门·方法论的突进

20世纪80年代中期，具体说就是1985年和1986年，曾被称为所谓"方法年"，也就是文艺研究和文艺批评方法革新的年份。厦门会议和其后召开的扬州会议（由文学研究所文艺理论研究室参与策划）和广州会议，都是以文学研究和批评方法为主题的，都成为"方法年"的标志性事件，反映了当年文艺理论批评界的一批中坚分子变革文艺批评现实的迫切愿望。下面我想主要谈谈厦门会议的一些情况。

从1984年开始，我作为《文学评论》的代表，参加了厦门会议的筹备工作。筹备组成员一共有五个人，其他四人分别是《上海文学》周介人（上海）、《文学自由谈》滕云（天津），《当代文艺探索》魏世英（即魏拔，福州）、厦门大学语言文学研究所林兴宅（厦门），由我担任召集人。

这个会议是在80年代初中期文艺批评"方法论"变革的潮流中召开的，会议的指导思想受到刘再复关于"方法论变革"的一系列思想的影响。刘再复在这次会议之前所发表的《文学研究思维空间的拓展——近年来我国文学研究的若干发展动态》以及对林兴宅《论阿Q性格系统》和对吕俊华《论阿Q精神胜利法的哲学内涵和心理内涵》的推介，成了这次会议的一个热门话题。刘再复当时刚刚上任文学研究所所长，原是准备参加会议的，后因事未能成行，曾约我谈了一个晚上，中心话题就是他对厦门会议的一些想法，要我在会上做个主题发言。这对我来说，无异于赶鸭子上架，因为我当时对方法论问题的认识，还只是一知半解、囫囵吞枣的水平。但我还是根据刘再复的想法和他近一两年发表的一些文章的观点，整理出了一篇稿子，权充这次会议的主题发言。现在看来，这篇发言虽然框架很大，但显然有些大而无当，缺乏一些更具体的切实的分析。

到会者有120多人（其中有厦门大学中文系其时正在举办的"文学评论方法论讲习班"的学员和厦门大学师生四五十人），当年和日后成为批评界中坚力量的许多中青年朋友都到会了。会议开得很热烈，从大的方向上说，大家都赞成方法论的变革，认为文学批评应该彻底从"左"的阴影和教条主义的影响下解脱出来，但各人的着眼点和着重点有所不同，对某些问题的看法也有很大歧异，并展开了热烈而友好的争论。当年还是刚刚崭露头角的青年评论家南帆，他的发言在倡导文学研究和评论开放体系的同时，又特别指出新方法运用中的生搬硬套等不成熟现象，并强调应该充分注意到文学审美的特点，要用审美的眼光对各种研究方法进行审视。当年已经颇有名气的孙绍振，在会上也充分显示了他的独到眼光和雄辩风度，他说他非常支持思想方法上的一场革命，也很同意刘再复和林兴宅关于要让人的心灵得到自由发展的思想，但他不认为应该跟着刘再复和林兴宅跑。新的方法必然带来新的局限，这种局限还必须依靠老方法来补充。他也不同意我在发言中关于旧的研究方法存在着线性的因果关系思维的观点，认为用这样的说法来概括传统思维模式的缺陷是不准确的。陈思和、王光明、许子东等当年都还只是小试锋芒的年轻人，也不讳言自己的看法。陈思和认为批评方法无所谓新旧，而且对自然科学的一套方法是否适用于文学研究和文学批评表示质疑。王光明直言社会历史批评并不像某些人所描绘的那么面目可憎，他认为，最伟大的批评应该是对内容的批评。许子东则将其意见简化为：文学刚刚从政治的奴役下解脱出来，不要让它过早地让位给另一个主人。周介人的看法比较辩证也比较全面，他的意见可以归纳为这样三句话：多层次地理解方法问题，批评方法应该多样化，运用任何一种方法的最高境界是无迹可求。这"无迹可求"讲得非常之好。

林兴宅的发言成了会上争论最热烈、最有趣的话题。林作为东道主和会议筹备组的主要成员，对这次会议贡献很大，而且他对方法论问题确实很有研究，有不少独到的见解。他的中心观点是文艺科学可以"数学化"。他引用马克思关于任何一门科学只有运用数学方法才能成为真正科学的意见，认为从整个人类文学发展的趋势来看，数学和诗最终是要统一起来的，成为数学的诗，诗的数学，这也是文学的最高境界。他进而系统地阐述了方法论变革的三个层面：借鉴西方现代各种流派的批评方法；引进自然科学的概念、知识和方法；运用系统科学方法论，包括系统论、信息论和控制论。他强调，方法论的变革绝不只是具体方法的改善，而是人类思维方式的一场革命，方法的变革必然带来文艺观念的变革。

对林兴宅的独到见解，多数人表示质疑。鲁枢元从他所研究的文艺心理学角度断言，文艺心理学很难数学化、科学化，很难成为一门严格的、客观的、规范化的科学，也不要把一切都搞成科学。我个人对林兴宅的说法也感到疑虑和困惑，会间在回答《文艺新世纪》记者陈志红的提问时，曾表述过如下的看法：自然科学有自己的规律，文学也有自己的规律，二者不好混同。自然科学的研究法，具体地说，如定量化和数学化的方法，能否完全移植到文学研究中来，是一个有待研究和试验的问题。自然科学的新进展、新发现，特别是它在方法论上的新突进，一定会对社会科学和文学研究有所冲击、有所影响，引发文学研究思维空间的拓展，但不管怎么样，都不能取代对文学的审美研究，科学分析不能代替审美感受，审美感受的消亡也就意味着文学批评的消亡。

参加这次会议的前辈学者除了时任文学研究所顾问和《文学评论》主编的许觉民（洁泯）以外，还有厦门大学的著名教授郑朝宗。郑先生在大会上的简短祝词给我留下了很深的印象。他引用福建先辈林则徐说过的"海纳百川，有容乃大"，作为献给大会的祝词，他说，文学理论工作者只有胸襟广阔，博采众长，才能丰富自己的理论宝库。当然，百川之中有长江、黄河，也有涓涓细流，不可等量齐观。我们今天应该特别注意吸收的是最新的科学文艺理论，除此之外，还必须听取不同的意见，进行多角度的探索。

尽管会议上有些不同意见，但整个会风是友好、热烈的，在文坛上的影响也很大，很多报刊都作了报道。厦门会议结束以后，我曾经向刘再复谈了会议上的一些不同意见，刘再复表现得很大度，他认为大家能够敢于表达自己的不同意见，这说明会议并没有开成"一言堂"，而是"群言堂"，体现了学术民主和自由，这是好事。当时他已经把注意力转移到"文学主体性"问题的研究上，随后便发表了影响更大的《论文学的主体性》的长文，没有就"方法论"问题发表更新的意见。

四　1986 年·北京·凝聚力

1986 年 10 月在北京召开的"新时期文学十年学术讨论会"，是我在 80 年代经历的与文艺批评有关的最重要的事件。这就是当年由文学研究所主办的一个影响很大的学术讨论会。先是由《文学评论》倡议，得到了研究所领导的肯定和支持，并成立了一个以《文学评论》为核心的会议筹备组，由我负责筹备组的全面工作。

筹备工作从 1985 年下半年开始。先是向全国各地的有关单位和个人发出预备通知和 50 个学术选题，反馈十分强烈，要求参加会议的人数非常之多，以至从原议的 80 人，一再突破，到发正式通知的时候，到了 160 人。

外加列席人员和工作人员，开幕式那天的到会人数有将近 300 人，宽敞的国谊宾馆会议厅座无虚席。会议从 9 月 7 日开幕到 12 日闭幕，会风既热烈活跃，又有较高的学术水平。会中和会后报刊上都有不少关于这次会议的报道，据闭幕不久的一个不完全统计，共有 20 多家报刊社、新闻社、电台和电视台向国内外报道了这次会议的消息或刊登了这次会议的有关文章。不仅文学圈内的人关心它，文学圈外的人也关心它。

过了这么多年后，我依然认为，这确确实实是新时期文学界老中青三代文坛精英荟萃的一次盛会！会议既有像钱锺书、张光年、陈荒煤、冯牧、许觉民、朱寨这样一些老一辈的学者和文艺家，也有像王蒙、唐达成、李泽厚、刘再复、谢冕、何西来、张炯、阎纲、刘锡诚、陈丹晨、徐俊西、范伯群、李子云、周介人、刘思谦、於可训、王愚、鲁枢元、张韧、杨义、杨匡汉和刘心武、李陀等这样一些中年理论批评家和作家，还有像陈思和、王晓明、吴亮、许子东、潘凯雄、周政保、王光明、李劼、宋耀良等这样一些年轻的文坛新秀。一个学术讨论会，能够集聚这么多当代文坛的名家，实属难得，只能认为，这个学术会议具有一种天然的凝聚力。

这次会议的中心议题是"新时期文学观念的变革及其流向"，但谈论的话题却远为开阔。80 年代宽松、宽容的文化氛围，以及对创作自由和评论自由的倡导，十分有利于人们对文艺方面的广泛问题进行独立思考并展开自由交锋，从而取得了积极的、创造性的思维成果。

对新时期文学的总体评价问题，是会上讨论的一个中心议题。尽管有一些不尽相同的意见，甚至还有"新时期文学面临危机"的言说，但总体来看，大多给予了很高的评价。以美学家身份参加会议的李泽厚甚至认为，新时期文学的十年，是继五四之后新文学历史上最辉煌的十年，其成果无论从数量上还是质量上都超过以前，在艺术上和思想上都达到了相当的深度和广度。唐达成在代表中国作家协会的讲话中也认为，十年来我们的文学经历了从复苏到兴盛的空前发展，今天已迅速进入新中国成立以来最繁荣活跃的新时期，他特别强调，这个新时期应以 1978 年党的十一届三中全会为起点。与上述表述略有不同的是张光年和朱寨，他们认为，新时期文学也许并非社会主义文学最光辉的十年，但它无疑是最关键、最重要的十年，是文学起死回生、青春焕发的十年，是五四以来又一个开放的时代。

对新时期文学发展的历程，在这次会上，许多人提出对它可以且应该多角度地进行描述，突破以往单一的规范。时任文化部部长的王蒙以小说家的身份在会上谈到了对新时期文学多角度概括的可能性，例如从政治生活的变化，从艺术本身的发展，从文化思潮，从中国文学与世界文学的关系，从中国文学与古典文学的关系等方面来对它进行概括，多种概括的本身，就说明新时期文学有了可喜的变化，像生活一样，是一个丰富的整体。刘再复在《论新时期文学主潮》的长篇发言中，从反思这一角度，对新时期文学的发展做了这样概括的描述：政治性反思—文化性反思—自审性反思。

会上，对刘再复主题发言中的两个问题都有一些不同的意见，这也是这次会议上讨论得最热烈的两个问题：第一个是人道主义问题，第二个是自审意识问题。人道主义问题是新时期以来刘再复反复谈论的一个问题，也可以说是他文艺思想的一个核心。他认为，新时期文学的发展过程，是社会主义人道主义的观念不断地超越"以阶级斗争为纲"的观念的过程。对于人道主义的现实意义，很多人认同刘再复的观点，认为从这个角度概括新时期文学不仅具有鲜明的历史针对性，而且为创作和理论设立了战略性的框架。但也有不少人认为，人道主义是19世纪资产阶级上升时期的思想武器，今天面临20世纪所遇到的种种复杂问题，这个武器是不是显得滞后了？我们现在对人道主义的解释还没有超出自由、平等、博爱的范畴，体现不出当今的时代特色和现代意识。对自审或忏悔意识问题，有赞成的，认为自责和自审，是更高层次的自我怀疑和否定，包含着自爱和自强之道，不能从消极方面去理解，但也有人担心不适当地强调与民族共忏悔，会导致类似宗教式的"原罪"感情，把十年动乱的责任让大家承担，这很不公平。

对一些比较重要的问题，这次会上差不多都存在着差异、分歧和争论。文学所的前辈学者朱寨在会议的小结发言中特别指出：这是一切开得比较成功的学术会议的常态，正因为存在着差异、分歧和争论，每一个与会者才显示出自身独立的价值和意义，才体现出真正的学术民主和言论自由。

钱锺书的到会被认为是这次会议的一桩新鲜事。钱锺书当年被胡乔木说动，出任中国社会科学院副院长。开会前数日，我偕同刘再复、何西来、张炯几位前去他家中拜望，邀请他光临讨论会的开幕式。事前，我们估计，要请动他是很难的，不要说是一个学术讨论会，即便是中南海的国宴，他也是难得出山的，这倒并非外界议论的他清高不清高的问题，而是几十年来他就是这么一种性格：不趋同，不凑热闹！这一次我们也只是抱着试一试的态度，请他出席一下开幕式，在主席台上坐一坐。没有想到他居然爽快地答应了，这让我们有点喜出望外。从他家出来以后我们还在议论：会不会到开会那天又托辞变卦呢？很有可能，反正我们做了两手准备。但开会那天钱锺书不但按时到会，而且没有中途退场，直到开幕式结束。这也从一个侧面反映出他对蓬勃发展的新时期文学的一种积极支持的态度。这不仅让作为会议东道主的我们受到鼓舞，与会代表也把它当成一件新鲜事在会内外传扬，多少年以后，当人们谈到"十年会"的时候，也都要提到这桩新鲜事。

笔者附言：

此文脱胎于笔者下列先后发表的三篇文章：1、《〈文学评论〉复刊的前前后后》（载《岁月熔金》一编，文学研究所50年记事，中国社会科学出版社出版2003年）；2、《〈文学评论〉在获得新生之后》（载《岁月熔金》二编，文学研究所60年记事，中国社会科学出版社出版2013年）；3、《〈文学评论〉：从复刊到20世纪80年代》（载《中国哲学社会科学发展历程回忆》文学卷，中国社会科学出版社出版2014年）。此次除个别史实有所校正外，文字方面也作了若干校改或增删。

2017年2月18日于北京耄耋斋

（作者为中国社会科学院文学研究所研究员）

杂忆"老文评"

董乃斌

"文评"是人们对刊物《文学评论》及编辑部的简称，也可以说是昵称。在文学所工作过的人，多少都会和"文评"发生一点关系，留下些许回忆。"老文评"，则是我的杜撰，所谓新、老的界限，在我心目中大致是20、21两个世纪之间，纯粹个人私见而已。

我1963年于复旦大学毕业，分配到文学所工作，可是我对《文学评论》的记忆却开始在这之前。还在上大学的时候，我就在中文系阅览室里看到这个刊物，就曾被它刊发的两篇文章深深地震动过。那就是何其芳在1959年第1、2期上接续发表的谈诗歌形式问题的文章。何其芳一生中少有被文艺界批判的经历，他这位热情的马克思主义诗人、理论家没想到在1958年的新民歌运动中竟被推到了它的对立面而受到围攻。阅读了连篇累牍或正面或侧击的批判，他愤怒了，先后写了两篇反驳文章，为自己辩护，反击批判者。文章写得少有的直截了当、痛快淋漓。我觉得是何其芳平生最有特色、最见个性的雄文。作为一个大学生，我当时读了这两篇连续刊发在《文学评论》头条的文章，真是激动不已，对何其芳的血性横肆和锋芒无忌佩服得不得了。从此，何其芳和他主编的《文学评论》在我脑海中留下了不可磨灭的印象。

到我大学毕业的时候，竟然被分配到了文学所工作，成了何其芳的部下，我内心的激动和兴奋可想而知。

何其芳是文学所所长，例兼《文学评论》主编。他是文学所的灵魂，也是《文学评论》的主心骨。文学所人都习惯地称他"其芳同志"。他年轻时是诗人、散文家，后来是延安鲁迅艺术学院文学系的教师和活跃的批评家，参加革命早，被视为知识分子改造得好的典型，理论水平高，组织能力强，作风民主，为人又谦和温厚，所以在文学所乃至文艺界威望很高，人缘也好。不用说，文学所和《文学评论》的一切大事、大计方针都由他领导和决定。

然而个人强不过形势，何其芳必须紧跟他的领导。文学所和《文学评论》究竟怎么办，一直是个问题。记得我进入文学所后，还参加过"办所方针"的大讨论。据老同志说，这样的讨论已不止一次，尽管每次讨论的结果，办所方针和文学所的学风总是把"马克思主义的、战斗的"放在第一条，却总还是通不过。我的感觉是，何其芳是个马克思主义者，但有人情味，在某些人看来，就是有些"右"，革命性不够，也就是不够"左"。何其芳生活的时代，许多事情都会牵涉到政治立场的左右问题。左右的选择和平衡恐怕是何其芳一生都在琢磨而未解决好的难题。

这从《文学评论》的名称也可看出。《文学评论》原名是《文学研究》。照理，文学研究所办《文学研究》，名正言顺。人家《历史研究》《哲学研究》《经济研究》不都是这样叫得好好的吗？可是，问题来了，"研究""研究"，你是要钻进象牙塔故纸堆、走旧知识分子老路脱离群众、不把工农兵方向和为服务现实放在第一位吗？尽管有人坚持，"研究"可以涵盖评论，文学研究所既不必改为文学评论所，《文学研究》也不必改名。但最终还是决定把《文学研究》改为《文学评论》——以避免"只要学术、方向模糊"的可能指责。而且《文学评论》虽自创刊起就很想认真做到百花齐放，但对高举着的"批判"旗帜也不敢怠慢；虽不一定想在这方面充当排头兵，但紧跟斗争的步伐却绝不能松懈含糊。所以创刊以后，也没少干批这批那的事，时代烙印深深。

不过，说实话，《文学评论》倒是始终没有忘记和放弃学术性，始终保持了它的学术品格，或在斗争形势稍缓时，或在政策弹性限度内，便努力回归学术。俞平伯的《红楼梦研究》挨了批，但1960年代《文学评论》还发了俞平伯论金陵十二钗的文章；据说挨批也没有妨碍俞平伯成为文学所罕有的几位一级研究员。《文学评论》关注学术动态，善于发现和抓住学术动向。主编高瞻远瞩，早期的编委会阵容强大，编委都是全国顶级的学者。刊物接受全国来稿，信息灵通。编辑部每年派人去各地访问或组稿，也常常就前沿问题组织学术讨论。记忆中，由批判"人性论"而导致共鸣问题、山水诗和自然美的讨论，就因学术性强而吸引了全国学界，讨论热烈、时间长，规模和影响都大。后来还有过历史剧理论的讨论等。即使发表涉及文学现状的评论文章，也尽量体现学术性的要求，而不满足于一般的泛论或时评。回答一些群众关注而敏感尖锐的问题，像怎样合理评价《青春之歌》《林海雪原》这样的作品，就是由何其芳亲自出马的。重视学术，努力提高文学评论的学术性，可以说是《文学评论》的一大传统。也许正因为这样，《文学评论》在学术界一直保持较高的名声和地位。

20世纪60年代初，毛泽东对文艺工作做出两个重要批示，一开始虽还没有正式下达，何其芳一级的干部应该已有所闻。从那以后，他恐怕不得不更加时刻惕厉自己，千万莫犯右的错误；主编起《文学评论》来，恐怕也要格外小心翼翼才是。"文革"前夕，上海刊发姚文元批判吴晗《海瑞罢官》的文章，北京被强令转载，《文学评论》也和全国所有文艺刊物一样茫无头绪，乱了手脚。形势逼人，不紧跟不行，文学所必须参与这场斗争，《文学评论》必须刊登批判文章。我想，那时此类外稿应该不缺，可是若没有文学所自己的文章可不行。《文学评论》是要按期出版的，时间紧迫，所内偏偏一时人员稀少——大队人马，特别是许多文章高手那时还在江西"四清"未归。显然是出于万般无奈，《文学评论》竟约了我和沈斯亨兄——两个到所不久的小青年——赶写批判文章。先是老编辑劳洪同志布置任务、具体辅导，稿子不知改了多少遍，最后是副主编毛星同志出马指点乃至操刀修改。

这次经历使我初次与《文学评论》及文学所的老一辈有所接触，却很难忘。劳洪早年是个热血青年，据说被关进过渣滓洞。但与我们接触时，他已是老成的编辑，说话做事都很慎重。我最深刻的印象是，他对年轻人的友善和对领导指示的尊重。毛星不但是《文学评论》的实际负责人，而且因为资格老、水平高，深得何其芳信任，是文学所党组的领导成员。据说何其芳几次想请他出任副所长，他都没答应，说只想抓好《文学评论》的工作，可见他为人的低调和对《文学评论》的重视与热爱。也是，《文学评论》编辑部虽是文学所内的一个中层单位，但地位特殊，关键就在于它广泛的社会联系和在学界的影响力，当好《文学评论》的领导，确实需要全神贯注、集中精力。与毛星初次接触，不免怀着敬畏，后来在"四清"和干校更多的交往，才知道他虽严肃寡言，但非常平易近人，有着延安老干部善于团结群众组织群众的作风。而且他生活俭朴，律己颇严，非常重视调查研究和学习马克思主义经典著作。他热爱文学，曾对民间文学和古典文学都下过一番功夫，取得了不少有影响的成果。多年领导《文学评论》的工作，贡献之大自不待言。

除了劳洪和毛星，《文学评论》还有很多老同志，他们不但年长，而且资历老，像白山、吕林、尹锡康，都是老革命，有的是地下党，有的去过延安或苏联。他们的朴实谦逊和勤恳负责都令人钦敬。陈翔鹤是沉钟社老作家，参加革命也较早，从四川调来北京，先在作协，后来在文学所。《文学评论》的不定期《集刊》就是由他负责的。彭韵倩做过他的助手。《集刊》在"文革"前出过几期，影响不如《文学评论》大。但白发萧疏、名士风度的陈翔鹤（我们叫他"翔老"）却给我印象很深。我去过他在六号楼的办公室，也应邀去过他在建国门外的家。他为人随和，襟怀坦白，一片童心，口无遮拦。一支烟，一杯茶，能和年轻人聊上半天。常常口出妙语，他说自己"房子越住越小，汽车越坐越大"，就曾引得我们哈哈大笑。不幸的是，他太热爱创作，1960年代初先后发表了《陶渊明写挽歌》《广陵散》两篇历史小说，被康生诬为"反党"。"文革"前就开始被批判，"文革"中更是被不停地揪斗，要他交代创作的"黑心"。他本有严重的高血压和心脏病，结果就在一次挨斗后回家午餐毕乘车赶回来准备继续接受批斗时，倒在了公交车站上。他是《文学评论》——也是文学所在"文革"中第一位遭难去世的人。那时候，工军宣队才进驻学部不久。

还有很多"老人"在不同时期参与了《文学评论》的工作，像"文革"刚结束时的侯敏泽，也是文艺界一位遭际坎坷的老同志，来文学所后就在《文学评论》负责过颇长一段时间。他编刊极为认真，往往事必躬亲。为了追回以往被浪费的时光，工作之余抱病读书写作，写出《中国美学理论史》等多卷著作，并为《文学评论》培养出了胡明等研究生，后来成了编辑部的骨干。又如陈祖美、美学家王朝闻的妻子解驭珍等，大概也是这前后加盟《文学评论》的。她们一来，很快融入集体，发扬《文学评论》敬重前辈、扶掖后进的传统，联系许多老作者，也发了不少青年人的文章。我在《文学评论》上的古典文学研究论文，最早就是陈祖美编发的。"文革"结束、拨乱反正时期，所里更多行政领导和学术大腕，许觉民、邓绍基、钱中文、曹道衡、何西来都曾在《文学评论》工作，为《文学评论》的复苏和健康发展做出了贡献。现在也可称"老人"的刘再复，本是学部刊物《新建设》和组建中的院刊《思想战线》的青年骨干，后来到文学所鲁迅研究室，1985年任所长。张炯则于1994年起任所长。他们是《文学评论》的当然主编。这两位福建籍的老乡，年龄相差八九岁，有种种不同，也有不少相同之处。比如，他们都是热情洋溢的诗人。就《文学评论》而言，他们的共同点是，都想把它办好，办出更大的成绩和影响来。在《文学评论》编辑部和所内外同行的支持下，他们的努力也确实没有白费。也就在此期间，文学研究界涌现出一大批潜力巨大的新生力量，许多人成为新时期的学术中坚。不能说这全是《文学评论》的功劳，但若说《文学评论》在培养提携这些学术新星上有功，恐怕绝不过分。

这里特别要提到的是《文学评论》的"老人"王信。文学所有两位待我最厚、助我最多的老王大哥，王信是其中一位。他到所很早，当年我们曾是八号楼单身宿舍的邻居，在干校则是劳动队的队友。他为人慷慨正直，率真无私，绝不萦怀个人名利得失到了被认为"怪"的程度。何西来称他为"衡文圣手"，对他衡鉴文章的能力佩服得五体投地。我要说的是他识拔年轻作者的眼力和把他们推上前台的巨大热诚。他和他的挚友樊骏在现代文学研究领域所做的工作、所积的功德，无须我多说，有比我更合适的人可以做证。王信又是一个把一辈子奉献给《文学评论》的人——经过"文革"的动荡，加上所里的工作需要，不少"文评人"离开了。就我记得的，像我母校的学长林非。他本是《文学评论》年轻人中的佼佼者，我到所时，他已在所里崭露头角。他不但《文学评论》编辑做得好，自己也常发表研究文章，而且新诗散文创作甚得何其芳欣赏，在社会上颇有名气。"文革"后，他离开《文学评论》，在所里创办鲁迅研究室，出了很多书，带出一支在全国很有影响的队伍。又像范之麟兄，与我先后到所，他是北京大学林庚先生的研究生，这时也从《文学评论》到了古代室。已是《文学评论》骨干的栾勋则到了理论室。栾勋与我同年到所，因为有过当兵的经历，免除一年劳动实习，进所后就直接到《文学评论》上班。等我们劳动一年归来，看他在《文学评论》已干得游刃有余如鱼得水。我曾偶然地看到过他用毛笔蘸蓝墨水写的审稿单，蝇头小楷，滔滔长篇，几近小论文。我不知道，现在是否还有刊物编辑肯下功夫写这样的审稿单。他们都是好编辑，也具备很强的研究能力，到研究室后，都是硕果累累，成绩骄人。其实，王信出身于北京大学，文思敏锐深邃，文笔简洁爽练，做研究写论文本是一把好手，但他似乎更钟情于发现人才和佳文的伯乐角色，更愿意发挥使后来者成名的"人梯"精神。他始终默默地坚守在他的岗位上，直到年龄和制度迫使他不得不离开。

在《文学评论》，像王信这样始终不渝的"老人"，当然不止一个。我母校的另两位学长蔡葵和陈骏涛也是如此。蔡葵早年到所，人称"小蔡",是真正的"老文评"。他最出名的逸事是"斧砍茅公文"。据说,当年《文学评论》要发茅盾先生一篇文章,蔡葵担任责编。他觉得茅公的文章长了,可压缩。于是就未征询茅公意见,提笔删去了一段。刊物出版后,茅盾没来兴师问罪,编辑部也没责怪蔡葵,事情就这样平平淡淡——或者说平平安安地过去了。这事后来才传出来,成为《文学评论》——也成为蔡葵个人的一则逸闻。而我今天除了佩服蔡葵年轻时的豪气,倒更感到《文学评论》民主和茅公大度之可贵。陈骏涛比蔡葵进《文学评论》晚,但同样也是全心全意为《文学评论》效力。他性格善良,极端勤快,与外界联系广泛,总想帮别人,也总能得到别人的帮助。我看过长篇历史小说《金瓯缺》,觉得有话可说,试写了一篇评论。没有把握,请他看看,他却不顾我的幼稚和不当行,帮我修改后在《文学评论》发表了。

《文学评论》留在我记忆中的人实在很多,像后来分到外国文学所去的周铮大姐,像也是同年到所、人们爱称她为"小鸭子"的郑启吟,像人称"杨超"、平时话少却言必有中的杨世伟兄,还有像非科班出身却极富钻研精神的张朝范,都是真正的"文革"前"老人";还有虽然晚来早走但性格鲜明的王行之,以及稍年轻一些的张国星、董之林、邢少涛、郭红、朱建新,等等等等。《文学评论》就是在他们大家的共同努力下,才建设得像一个团结的大家庭,做出一番事业来的。《文学评论》确实有点像大家庭,集体活动多,人际关系好,还非常会调动编辑部外同志的力量来协作,像请阅读特别细心的沈斯亨兄通读校对,请退休的会计厉焕娴帮忙料理财务。他们都成了大家庭的一员,干得高高兴兴。

故人……往事……电影般在脑中映过。我在文学所30多年,离开文学所也有了十五六年,半个多世纪的人事沧桑,怎能不令我思念不止,感喟不尽!可惜回忆总是零散残缺,也许有更值得缅怀的,却被我漏掉了,也就只能期诸异日。时光如逝水,等到杨义兄出任所长和主编,王保生和胡明二兄在《文学评论》身负重责之时,21世纪的足音已经登登响起,他们的那一段已不在我回忆的"老文评"之列了。

感谢《文学评论》编辑部为创办六十周年征文,使我有机会作此回忆,并凭记忆写成这芜杂散乱的小文。"老文评"的许多前辈,有的已离世,愿他们安息;有的还健在,祝他们长寿;更多的是如我这样,已入老境而似不知老,祝大家永葆青春。而对于现在执掌和服务于《文学评论》、手持接力棒向前冲刺的人们,则衷心祝愿:风帆顺利,前景辉煌!

文成低回,吟得四句,不避打油,聊以收尾:
> 潮汐风烟惊甲子,苍茫人事记难真;
> 积薪从古后居上,继往开来更胜今!

(作者为上海大学教授,原为中国社会科学院文学研究所研究员)

摇篮·台阶·舞台

——纪念《文学评论》创刊六十周年

杨 义

屈指数来，我与《文学评论》的联系头绪繁多，缘分匪浅。梳理起来，我在中国社会科学院文学研究所学习工作四十年，办公室的斜对面就是《文学评论》编辑部，常常在午饭之后和编辑部的同志们一起看看电视，聊聊天，此是其一；出任文学研究所所长、少数民族文学研究所所长十一年，兼任《文学评论》主编近十二年，主持刊物发稿会数十次，此是其二；应编辑部之约，撰写纪念老所长郑振铎、何其芳、文学研究所五十年学术史以及五四新文化运动、鲁迅周年纪念的文章，加上其他研究性的长文、短论，从现代文学、古典文学、各民族文学、诸子学的论文，计有25篇，此是其三。我的学术生涯的重要时段是与《文学评论》紧密联系在一起的，它是我成长的摇篮，我前进的台阶，我施展的舞台。

《文学评论》创刊已经六十年，我与它结缘就有四十年。长久的缘分中，包含着对前辈筚路蓝缕的感恩。《文学评论》的前身《文学研究》季刊，于1957年3月创刊，由人民文学出版社出版。这份刊物是在"双百"方针提出后创办的，办刊方针是"中外古今，以今为主"，"百家争鸣，保证质量"。在创刊号《编后记》上，就宣布："将以较大的篇幅发表全国的文学研究者的长期的专门的研究的结果……我们将努力遵循党所提出的'百家争鸣'的方针，尽可能使多种多样的文章，多种多样的学术意见，都能够在这上面发表。"以"长期的""专门的"来限定所刊载的"研究结果"，表达了对刊物质量的重视。这本文学研究所主办的全国性文学研究和理论批评的顶级学术性刊物，团结了全国各高校和研究机构的著名学者，许多人的代表作、成名作都在此刊亮相，真是中外古今，目不暇接，佳作连篇如云，赢得了广大读者的喜好和信任。其中不少上乘之作，至今读来，犹觉新鲜、厚重，富有启发力。1959年初，《文学研究》改名为

《文学评论》，其间虽然因政治形势的变化而停刊、复刊，名字和旗帜却一直沿用至今而不替。

还在文学研究所创办之初，何其芳所长就提出，文学研究所的学风是："谦虚的、刻苦的、实事求是的"，进一步的解释是："谦虚的反面是自满和骄傲，刻苦即是反对不努力，不刻苦。别人对我们有误解，以为我们涣散，这当然是不行的，我们在一定时期就会拿出有一定水平的成果。实事求是即是马列主义的工作态度，'是'者乃是事物的内部联系，是它的规律性。学术工作上的主观主义之一是臆测，武断，牵强附会；另一表现为用马列主义的词句往文学现象上硬套，即是教条主义。"《文学研究》的创办，体现了这种学风，以文学研究所这种国家队的学术定位，在所内聚集了一批国内外有影响的文学研究专家学者，积学深功，秉持着积极的、科学的进取创新精神，以此团结和带动全国文学学术的深入研究。名刊风采，是一种无形的资产，这使我们后继者受益尤多。

说起我和《文学评论》的结缘，还可以前推到1970年代前期。那时北京琉璃厂中国书店内部，重新销售一些古籍和旧版书刊。我在其中淘到了一套五册《文学研究集刊》，盖有"西谛藏书"印章，是郑振铎先生的家藏本。这令我浮想联翩，早在1955年7月，文学研究所（1953年2月22日在北京大学临湖轩召开成立大会，当时编制上属北京大学，1956年改属中国科学院）出了三十二开本的《文学研究集刊》第一册，刊登所内一部分研究论文，篇幅上几乎没有限制。该刊基本上半年出一册，接连出了五册，最后一册的出版时间为1957年5月，末一页的《停刊启事》署的时间是1957年1月20日。然后衔接上1957年3月开门办刊的《文学研究》季刊。珠联璧合，真可谓《文学评论》的前身试刊了。这一套五册盖有"西谛藏书"印章的《文学研究集刊》，我一直珍藏，还拿出来参与文学研究所建所五十周年的展览。《文学研究集刊》之名，1964年春文学研究所又决定恢复，专门成立了编辑部。同年7月第一册印行，刊有杨绛先生的《李渔论戏剧结构》和钱锺书先生的《林纾的翻译》。这已经是后话了。

我在《文学评论》发表的25篇文章中，留下深刻记忆的有2003年第2期刊出的《解读文学所》。这是五万余字的长文，是我作为所长，为纪念文学研究所成立五十周年出版的《文学研究所学术文选（1953~2003）》五卷200万字所写的序言。我已经提早从中国社会科学院财政基建局筹到

20万元的编纂出版经费，才使这五卷文选的出版有了着落，敢于着手编纂。令人感慨的是，研究所经历十年"文革"，人际关系颇不平顺，评议时谁谁的文字多了一些，谁谁的文字少了一些，都相当敏感。我作为后入所的新人，落笔写此文之初，对此浑无用心。幸而发表之前，召集了樊骏先生等几位前辈学者座谈，征求意见，他们在赞扬文稿的同时，帮我推敲语句，弥补了不少疏漏。文选以每位学者最佳的文章为入选标准，去世的学者由集体衡量，在世的学者由自己酌定。樊骏先生希望我选现代文学研究领域的论文，于是我就选了《京派和海派的文化因缘及审美形态》一文。编选时我希望长辈学者尽量选早期的文章，但遴选的结果，前三十年仅占一卷，后二十年却占了四卷。可见许多优秀的文章都是改革开放、解放思想后写出来的。每听人断言改革开放以后的学术不及1950年代的学术，就令人百思莫解，感到若不是缺乏深入的统计分析，或中了今不如昔的毒而产生了迷糊，就是他们揄扬前人，居心在于贬抑后人。因而我们有必要大张旗鼓地宣传改革开放给中国学术输入的强大动力，带来的丰硕成果。有趣的是，我希望曹道衡先生选文在他的学生刘跃进之前，但曹先生掂量的结果竟然比刘跃进先生的文章晚了二二年，可见他认为自己最好的文章不在五六十年代，而在改革开放以后。编纂这五卷文选，对我的思想冲击极大，启示也极大，是对我的思想认识的一种磨炼。

至于我在《文学评论》发表的其他文章，1986年第5期刊出的《当今小说的风度和发展前景——与当代小说家一次冒昧的对话》，是改革开放十周年对当代小说创作的成就与缺陷的学术检阅。其时有一种乐观主义的看法，觉得改革开放十年，中国小说已经达到历史最好时期。但我提出，这十年是短篇、中篇小说的十年，按照现代文学发展的规律，下一个十年将是长篇小说的十年，这十年的短板和缺陷将在新的十年中得到补偿。我将这些意见在北京京西宾馆召开的国际研讨会上作了讲演，引起了广泛的反响，而且其后中国文学的发展证明所言不虚。我在《文学评论》上发表了几篇作家论，包括张恨水、萧乾、路翎、刘以鬯。1992年第2期刊载的《萧乾的小说艺术》，收到萧乾先生的来信，称：对我文章的重视"超过了1979年给我的改正通知，您是真正的文学史家"。他还称我的《中国新文学图志》是"一部旷世奇书"。1993年第3期发表的《刘以鬯小说艺术综论》，受到刘以鬯先生的高度重视，后收为他的选集的附录，被认为是香港文学研究的新收获。1995年第5期发表的《张恨水：热闹中的寂寞》，被张恨水研究会推许为"研究张恨水最好的论文",多次邀请我参加他们的年会。但我由于兴趣已经转向古典文学,并没有与会,这是非常抱歉的。《重绘中国文学地图与中国文学的民族学、地理学问题》发表于《文学评论》2005年第3期,是我2003年任英国剑桥大学客座教授时的讲演及其后在国内几所著名大学的讲演做基础上综合而成的。这篇文章打开了文学民族学、文学地理学的窗户。其后出自荣任中国社会科学院首批学部委员的学术担当,我转治先秦诸子学,以期对中国学术智慧作出返本还原的一竿子到底的清理,于是2009年以后陆续发表了《庄子还原》《韩非子还原》《老子还原》等论文。2016年第2期发表的《〈论语〉早期三次编纂之秘密的发明》,引起较多的注意,被认为是"《论语》研究中的新发现"。还有一篇《文学地理学的渊源与视境》,刊发在《文学评论》2012年第4期,算是我文学地理学研究领域提纲挈领的文章。这两篇文章都是我在澳门大学写的,缘由是2009年12月20日,时任国家主席胡锦涛在横琴岛出席澳门大学横琴校区奠基仪式,希望把新的澳门大学建成一所具有一流设施、一流师资、一流人才、一流成果的一流大学,为澳门特别行政区人才培养和经济社会发展作出更大贡献。2010年8月中国社会科学院领导遵照胡锦涛主席的指示,批准和支持我加盟澳门大学讲座教授行列。

需要补充说明的是,继我之后出任文学研究所所长的陆建德先生、刘跃进先生,高度关注和赞赏我在经学、诸子学研究方面的点滴进展,这也成了鞭策我自己不可懈怠,而终日乾乾,自强不息,以期百尺竿头更进一步的动力。他们多次出席我的新著出版座谈会,发表了热情的充满真知灼见的讲话。国家图书馆的博士后学人为我的著述校勘引文,做出规范的注解,也对我的学术起了促进作用。平心而论,我的许多学术成果,都凝聚着北京—澳门的多方面的关怀和支持,这是令我永志不忘的动力源泉。

(作者为中国社会科学院文学研究所研究员)

"残瓣"与"百花"

——杨绛先生菲尔丁论文的两个版本

陆建德

杨绛先生是作家、翻译家,也是一位学者,她在20世纪五六十年代在《文学评论》发表过的几篇论文[①]经得起时间的考验,今日读来,仍能得到许多教益。

《文学评论》是1956年"双百"方针的产物。这一年11月,经过一段时期的酝酿,第一次编委会在京召开,1957年3月创刊号问世,刊名初为《文学研究》季刊,1959年第1期改现名且改为双月刊。早在1955年7月,文学研究所(1953年2月22日在北京大学临湖轩召开成立大会,当时编制上属北京大学,1956年改属中国科学院)出了三十二开本的《文学研究集刊》第一册,刊登所内一部分研究论文,篇幅上几乎没有限制,该刊基本上半年出一册,接连出了五册,最后一册的出版时间为1957年5月,末一页的《停刊启事》署的时间是1957年1月20日,显然两份刊物是前后衔接的,新来者面对全国学界征稿,不再关门办刊。1964年春,文学研究所决定恢复《文学研究集刊》,专门成立了编辑部。同年7月第一册印刷出版,刊有杨绛先生的《李渔论戏剧结构》和钱锺书先生的《林纾的翻译》。杨绛先生成为专业研究者后,对戏剧理论、作品结构颇多关注,也是顺理成章的。她在沦陷期的上海就是有名的剧作家。《李渔论戏剧结构》是60年代出现的沟通中外的比较文学杰作,如翻译成外文,其学术价值会得到普遍承认。杨绛先生指出,在传统戏曲中,"曲"重"戏"轻,而李渔在《闲情偶寄》的"词曲

[①] 它们分别是《斐尔丁在小说方面的理论和实践》(《文学研究》1957年第2期)、《萨克雷〈名利场〉序》(《文学评论》1959年第3期)、《艺术是克服困难——读〈红楼梦〉管窥》(《文学评论》1962年第6期)、《堂吉诃德和〈堂吉诃德〉》,(《文学评论》1964年第3期)。

部"和"演习部"讨论了戏的结构,重视故事的整一性,隐含着戏曲向戏剧的转变,这是他对中国戏剧理论的非凡贡献;但是"李渔说"的戏剧结构带中国特点,不受时间地点的限制,与亚里士多德的《诗学》中所谈的悲剧模式异趣,更接近史诗。杨绛先生阅读《诗学》,很有心得,论文中十几条引文都是自己翻译的。①

杨绛先生治学,注重叙事技巧(如全知视角与第一人称视角的利弊)和艺术特色。她进入文学研究所后,就将注意力集中于小说。1949年夏她从上海到清华大学兼任教授,教大学三年级英文,主要讲的就是英国小说。

在《我们仨》的第三部第12章,杨绛先生回忆,她完成法国18世纪流浪汉小说《吉尔·布拉斯》的翻译(《译文》从1954年第1期开始连载)后"就写了一篇五万字的学术论文":

> 恰在反右那年的春天,我的学术论文在刊物上发表,并未引起注意。锺书一九五六年底完成的《宋诗选注》,一九五八年出版。反右之后又来了个"双反",随后我们所内掀起了"拔白旗"运动。锺书的《宋诗选注》和我的论文都是白旗。郑振铎先生原是大白旗,但他因公遇难,就不再"拔"了。……只苦了我这面不成模样的小白旗,给拔下又撕得粉碎。我暗下决心,再也不写文章,从此遁入翻译。锺书笑我"借尸还魂",我不过想借此"遁身"而已。

杨绛先生自称这篇论文"并无价值",但是她做了精心准备,前后费时约三年,"不过大量的书,我名正言顺地读了"。以前这样的条件无法想象:"我沦陷上海当灶下婢的时候,能这样大模大样地读书吗?"看得出来,她对这篇论文很有感情。《我们仨》初稿于2002年9月30日完毕,一周后的10月7日,杨绛先生写《记我的翻译》,再提起这篇文章:"我在着手翻译《堂吉诃德》之前,写了一篇研究菲尔丁(Fielding)的论文。我想自出心裁,不写'八股',结果挨了好一顿'批'。从此,我自知脑筋陈旧,新八股学不来;而我的翻译还能得到许可。"

---

① 杨绛先生在自撰的《杨绛生平与创作大事记》中说,她在50年代中期根据英译《勒勃经典丛书本》并参照其他版本翻译亚里士多德《诗学》,钱锺书先生与她一同推敲译定重要名称。"我将此稿提供罗念生先生参考。罗念生译亚里士多德《诗学》序文中有'杨季康提出宝贵意见'一语。此稿遗失。"

这两处说的学术论文就是《文学研究》1957年第2期（亦即总第2期）刊出的《斐尔丁在小说方面的理论和实践》（第107～147页），字数略多于五万。①

英国18世纪小说家"斐尔丁"（Henry Fielding，1707～1754，现在通用译名为菲尔丁）是世界和平理事会在1953年11月底的维也纳会议上决定1954年纪念的四大文化名人之一（另三位是德沃夏克、契诃夫和阿里斯多芬）。没有世界和平理事会的这一号召，中国的英国文学学者写关于这位英国作家的论文，会有一定的风险。当时我国文化界的纪念活动开展得有条不紊。1954年第9期《译文》（即现在的《世界文学》杂志）刊出苏联学者叶利斯特拉托娃的《菲尔丁论》。1954年10月27日，中国人民保卫世界和平委员会、中国人民对外文化协会、中国文学艺术界联合会、中国作家协会、中国戏剧家协会在北京青年宫举行隆重纪念大会，这一年的《人民文学》（1954年第6期）和山东大学《文史哲》杂志（1954年第12期）刊出萧乾的《关于亨利·菲尔丁——读书札记》和黄嘉德的纪念文章《菲尔丁和他的代表作〈汤姆·琼斯〉——纪念亨利·菲尔丁逝世二百周年》。② 当时为了强调菲尔丁如何站在被压迫的民众一边，有关人士揭露18世纪上半叶的英国的国体、政治的腐败，全面否定英国的一切政策，多少有点夸张。伏尔泰于1726年至1729年流亡英国，回法后撰写《哲学通信》，对英国的法治和重商主义很是赞赏。各国有各国的国情，菲尔丁参政议政，从无改朝换代的念头，将英国的制度彻底掀翻对他来说不可想象，这绝不是他的所谓"局限性"。

《斐尔丁在小说方面的理论和实践》积有数年功力，从规模、深度和文笔来说远胜1954年的所有纪念文章。杨绛先生读周扬编的《马克思主义与文艺》（解放社版）和德文版的《马克思、恩格斯论文艺》（柏林，1953），很有心得，她甚至引用了发表于50年代初中期的英文、法文学术期刊（法文的《比较文学杂志》《法国文学史杂志》和英文的

---

① 除了茅盾先生的《关于历史和历史剧——从〈卧薪尝胆〉的许多不同剧本说起》（1961年第5期、第6期连载），《文学评论》还没有刊发过规模更大的论文。
② 萧乾的《菲尔丁——英国现实主义小说奠基人》（上海译文出版社，1984）约六万字，但是这本小册子的文字和风格写作时间较早，未能反映改革开放之后学界"解放思想、实事求是"的新气象。

《英国文学研究杂志》）上论文的观点，这在当时是非常少见的。杨绛先生尤其重视批评观念与实践的演化，艾特金斯的《古代文艺批评》（Literary Criticism in Antiquity）、斯宾冈的《文艺复兴时代的文艺批评》（Literary Criticism in the Renaissance）、威利的《十八世纪背景》（The Eighteenth Century Background）和韦勒克的《近代批评史》等著作都出现在论文注释中。

但是外国文学研究界在回顾学科发展史时普遍忽略杨绛先生这篇文章，令人遗憾。

论文分上、中、下三部分。上：菲尔丁关于小说创作的理论；中：菲尔丁在小说创作方面的实践；下：几点尝试性的探讨。文章的开篇介绍时代背景，近两千字。杨绛先生谈到英国政体为什么在1688年"光荣革命"之后巩固久长，采用了《资本论》里的解释；为什么18世纪英国思想家持保守态度，引征的是人民出版社1955年版的苏联科学院历史研究所的《新编近代史》。她还提及高尔基对菲尔丁的推重，根据是发表在《译文》上的《菲尔丁论》。诚然，学术论文的注释反映了时代特征，但是杨绛先生完全不是生搬硬套苏联学者的观点，她无非用来强化自己想说的话，这也是一种叙述技巧。她还指出，18世纪是理性的时代，对自然规律的摸索并不排斥信仰，宗教上的怀疑主义尚未到来："外界秩序井然的星辰，内心是非了然的理性，都证明上帝的存在。"英国当时主流思想的特点是"在开明的趋势里采取保守态度"，而菲尔丁小说所体现出来的正是这样一种立场。1954年纪念菲尔丁的文章一律回避宗教话题，杨绛先生实事求是地讨论18世纪的信仰，已经是一个突破。

菲尔丁的小说理论在当时国内外都是新的话题。《李渔论戏剧结构》与这篇论文有明显的连续性。菲尔丁论文第一部分依旧关注亚里士多德所界定的悲剧与史诗的差别，杨绛先生首先谈意大利文艺复兴时期和法国古典主义的文学理论如何继承亚里士多德的《诗学》和贺拉斯的《诗艺》，菲尔丁如何赓续这一传统并推陈出新，如何在创作实践中体现他的小说理论。① 论文第三部分讨论的问题包括：一、关于反映现实以及

---

① "中"分五节："一、有布局的故事；二、是否严格摹仿自然；三、他的幽默；四、对当时社会的反映和批评；五、他的说教"。第一节概述了《汤姆·琼斯》、《阿米丽亚》、《约瑟夫·安德鲁斯》和《江奈生·魏尔德》四部代表作的"布局"。杨绛先生将英文"plot"译为"布局"，但是她后来也曾用"结构"一词来代替。

创作方法和作者世界观的关系；二、关于典型人物；三、关于写作的技巧。

世界观是不是能够决定创作方法？何为"反映现实"？何为"典型人物"？现实主义、典型环境下的典型人物是50年代我国文学理论界的热门话题，杨绛先生涉足这一领域是有点出乎意料的。她不是按照一个固定的模式照本宣科，请看两个例子。

作家的人生观如何形成？杨绛先生在"下"的第一节末尾强调："小说家的世界观往往不是经过自己有意识的思辨、精密的分析和批判后综合起来的；里面有偏见，有当时的主流思想，有从切身经验得来的体会等等，感情成分很重。"不能简单地看作家的抽象的世界观，或容易上口的观念上的赞同，而且世界观也不是脱离社会实践、成长过程的。人的正确思想是从哪里来的？钱锺书在《宋诗选注·序》比较了活的记忆和死的记忆："对祖国的忆念是留在情感和灵魂里的，不比记生字、记数目、记事实等等偏于理智的记忆。"他举例说，雕在石头上的字，年代久了也会销灭模糊，而刻在树上的痕，年轮越多，字迹却越长越牢。①杨绛先生晚年回忆小时候在上海启明女校的三年多寄宿生活以及那几位爱她的修女嬷嬷，就是刻在树上的痕。爱国心如此，思想觉悟也是如此。抽象的、观念上的赞同并不是真正的出自内心的信仰，后者经过感情的渲染才能长久。注重形式的训导不一定具有移人的力量，所谓的"化"必然是润物无声的。清末民初著名的外交家伍廷芳在《中华民国图治刍议》中反思前清日日求材，不知播种，官僚阶层的贪腐却不能绝迹。政府频繁发布长篇训诫，却收不到实效，"外域人见之，则吃吃不止"。何以故？原来国外的少年儿童在幼儿园、小学阶段就养成了最能体现公民美德的习惯。②没有好的习惯，大道理是进不了心的。成人担任公职后再死记硬背一些条文，未见得有用。《汤姆·琼斯》里那位布力非少爷很会说大道理，但是他是心口不一的典型，嘴上的仁义道德或做一点好事都是说给人听的，而琼斯虽然做过荒唐事，却是心地纯良的人。要看他思想是否正确，没有什么意义。世界观或作者的主观思想与创作方法、作品的客观意义未必完全一致，甚至存在的矛盾，在20世

---

① 《宋诗选注》第2版，人民文学出版社，1989，"序"，第4页。
② 《伍廷芳集》，中华书局，1993，第574页。

纪50年代的理论界是比较敏感的话题,"形象大于思维"一说往往用来论证两者之间没有必然的联系,因此有人对这个说法大表怀疑。①

在讨论"典型人物"时,杨绛先生谈及《学习译丛》1956年2月号刊出的苏联《共产党人》杂志上的《关于文学艺术中的典型问题》,也从柏林1953年德文版马克思、恩格斯《论文艺》中引了恩格斯致明娜·考斯基信上一段文字:"[恩格斯]称赞她描摹的人物,'每个人是类型(ein Typus),然而同时又是性格分明的个人(ein bestimmter Einzelmensch),正如黑格尔老人所说的"这一个"(ein "Dieser")',也就是说她写出一个人的类型的共性之外,再能写出他个人的特性。"值得注意的是杨绛先生把德文"ein Typus"翻译成"类型",而不是"典型"。接着杨绛先生对"类型"与"典型人物"作了区分:

> 斐尔丁创造了许多人物,除去没写活的几个人,我们可以从艺术的角度上分别出三类:(一)没有个性的,(二)有个性的,(三)个性鲜明而有概括性的。第一类一般称为类型(type),或称平面人物(flat character);第二类一般称为有个性的人物(individual character);第三类一般称为典型人物(typical character)。典型两字的意义有时用得有点儿含混。我们通常说的典型就是典型人物的简称,但西文典型(type)和典型人物(typical character)有个区别:前者指一类人的共名,或者指属于这类型的任何人,等于类型;后者指类型里的"这一个",个性鲜明而有概括性——就是我们所谓典型。为了避免混乱,下文把西文典型所指的称为类型,以别于典型人物。

杨绛先生以此为背景分析了菲尔丁笔下的一些人物,尤其指出作家

---

① 如毛星发表在《文学研究》1957年第4期的《论文学艺术的特征》一文否定形象思维。1960年代初期,钱锺书、杨绛、柳鸣九和刘若端选译了西欧古典理论批评家和作家部分论形象思维,发表于1966年4月出版的《古典文艺理论译丛》第11期,改革开放后收入《外国理论家、作家论形象思维》一书(中国社会科学出版社,1979)的上编,该书下编的西欧及美国现代理论家和作家部分由钱锺书、杨绛选译。钱锺书1986年1月12日致胡乔木信中又提及形象思维:"今之文史家通病,每不知'诗人为时代之触须(antennae)'(庞特语),故哲学思想往往先露头角于文艺作品,形象思维导逻辑思维之先路,而仅知文艺承受哲学思想,推波助澜。……盖文艺与哲学思想交煽互发,转辗因果,而今之文史家常忽略此一点。"(《钱锺书散文》,浙江文艺出版社,1997,第423~424页)这是对五六十年代一些观点的回应。

必须防止"公式化概念化",写得极为精彩。她强调一位典型人物可以表现出几种类型的特征,这可以说是差不多三十年之后关于性格复杂多面性的先声。1984年爱·摩·福斯特的《小说面面观》译成中文,书中谈得较多的"扁平人物"和"圆形人物"激发了新时期批评界的创新活力,创作界也力求走出"扁平人物"的窠臼,同一人物性格的多样性、丰富性,在这篇文章里已经提到了。18世纪英国小说家都喜欢在小说里发议论,小说初创时期没有一定之规,菲尔丁直接跳到前台,无可厚非,有时作家借书中人物代言,"这来〔样〕不仅阻滞故事的进展,还破坏人物的个性"。让笔下的人物做自己的传声筒,这在当时的文学作品中还是常见的。

这篇菲尔丁论文对于我们了解杨绛先生的创作是非常有启发性的,甚至还可以说,读了上篇第一节"散文体的滑稽史诗"(comic epic in prose),① 对《围城》的类型也有参考的意义。杨绛先生的创作、翻译和学术研究是一个有机的整体,她翻译的《堂吉诃德》、《吉尔·布拉斯》和《小癞子》都可以归入"散文体的滑稽史诗"一类。杨绛先生后来谈萨克雷、简·奥斯丁的文章(尤其是关于"笑"的分析)也和这篇菲尔丁论文前后呼应。《围城》和《洗澡》都有点喜剧的精神,这也是两位作者的性格所决定的。杨绛引述亚里士多德《诗学》中一段话:"一种人严肃,他们写高尚的人,伟大的事;一种人不如他们正经,他们写卑微的人物和事情。前者歌颂,后者讽刺。前者成为悲剧作家,后者成为喜剧作家。"杨绛先生和钱锺书先生都属于喜剧作家,写的是沉浮于时代浪潮的普通人物。这类作家还有一个好处:虚荣心不重(菲尔丁《汤姆·琼斯》的第六卷第一章的题目就是"说'爱'":"以自我为中心,是虚荣心太重在这儿作祟。这是我喜欢奉承——也就是无人不喜欢奉承——的一个事例。因为几乎所有的人,不管多么看不起一个阿谀者的人格,而奉承起自己来,却都要尽猥自枉屈之能事。")他们注意的焦点是周围的人和事。杨绛称柯灵"惯爱抹去自我,深藏若虚,可是他抹

---

① 也可以翻译成"喜剧性的散文史诗",或"散文体的喜剧史诗"。杨绛先生没有直译原文中的 comic 一词,或因菲尔丁在第一次用到这短语时特意交代,这一文类的作品不同于喜剧。详见《约瑟夫·安德鲁斯的经历》,王仲年译,新文艺出版社,1962,第2页。本文这条注释得益于韩加明著《菲尔丁研究》,北京大学出版社,2010,第137~144页。

不掉自己的才华"。她在《读〈柯灵选集〉》中评柯灵写情写景:

> 作者并不像杜少陵那样"此身饮罢无归处,独立苍茫自咏诗"(杜甫《乐游园歌》),或陆放翁那样"此身合是诗人未,细雨骑驴入剑门"(陆游《剑门道中遇微雨》),露出诗人自我欣赏的姿态。他着眼的是浔阳江上夜航讴歌的舟子,为全家老少饥寒温饱或忧或喜的打鱼人,傍岸的采菱妇女,或顶风逆浪向暴力拼斗的孤舟。水乡渡口,他看到的是沉默的摆渡老人和来往渡客。(《杨绛文集》第2卷,第352~353页)

喜剧作家好用幽默、滑稽的笔法,他们写作的目的不是单纯的娱乐和消遣。文学是要正人心、厚风俗的,喜剧润物无声,"化"的作用绝不亚于悲剧。杨绛先生说,菲尔丁主张严格模仿自然,就是要"举起明镜,让千千万万的人在私室中照见自己的丑相,由羞愧而知悔改",这也符合西塞罗论喜剧的名言:"喜剧应该是人生的镜子,品性的模范,真理的反映。"① 菲尔丁论文中"上"和"中"两部分有很多关于"笑"的论述,杨绛先生谈萨克雷的《名利场》时也说到"忧郁的微笑",至于奥斯丁的《傲慢与偏见》为什么好,"笑"更是一个关键词。奥斯丁生性开朗,富有幽默感,"看到世人的愚谬、世事的参差,不是感慨悲愤而哭,却是了解、容忍而笑"。杨绛先生在数个场合引用过18世纪英国小说家华尔浦尔的妙语:以理智来领会这个世界,就会把它看成喜剧。她在《有什么好?——读奥斯丁的〈傲慢与偏见〉》中说,笑并不是调和,因此也有不肯权宜应变的"闪电般的笑":"奥斯丁不正面教训人,只用她智慧的聚光灯照出世间可笑的人、可笑的事,让聪明的读者自己去探索怎样才不可笑,怎样才是好的和明智的。"自以为有正义感的人不能在阅读时"自己去探索",不免要责备奥斯丁说得不够明白,他们是愚陋的读者。

马克思曾说:"如果你愿意欣赏艺术,你就必须是一个有艺术修养的人。"杨绛先生好读书,善观察,通人情,还积有大量翻译、创作经验,是真正有艺术修养的。她的论文中多经验之谈、感悟之言,这是不知创作甘苦的专业研究者和空头理论家所不及的。

---

① "品性的模范,真理的反映"在后来的版本中改为"风俗的榜样,真理的造象"。

二

这篇菲尔丁论文的全貌一般读者是看不到的,《杨绛文集》第 4 卷和《杨绛全集》第 5 卷所收的《菲尔丁关于小说的理论》只是发表于《文学研究》的原文的第一部分,篇幅约为原文的 2/5。杨绛先生并不是舍不得自己文字的人,她在为《杨绛文集》写的《作者自序》中说:"不及格的作品,改不好的作品,全部删弃。文章扬人之恶,也删。"但是"有'一得'可取,虽属小文,我也留下了"。

1979 年 10 月,上海文艺出版社出版了杨绛先生的论文集《春泥集》(此前一个月上海古籍出版社出了钱锺书的《旧文四篇》)。改革开放后,钱、杨两位先生差不多同时受到读书界的广泛关注。《春泥集》篇幅不大,只收六篇论文,其中五篇都是在《文学评论》发表过的论文,外加一篇《重读〈堂吉诃德〉》。作者的《序》(写作时间为 1979 年 1 月)很短,应该全文录下:

> 这里是几篇旧文,除了《重读〈堂吉诃德〉》一篇外,都是十多年前在《文学评论》、《文学研究集刊》上发表过的。这次编集时,我都作了删改。龚自珍有两句诗:"落红不是无情物,化作春泥更护花。"但愿这些零落的残瓣,还可充繁荣百花的一点儿肥料。

将这些旧文称为"零落的残瓣"是自谦,但也是事实——几篇文章都是删改过的。残瓣化作春泥,希望迎来百花齐放。①《春泥集》出版后,朱虹先生在创刊不久的《读书》(1980 年第 3 期)上发了书评《读〈春泥集〉有感》,很多人物的性格也是与时俱进的,不同时代有不同的堂·吉诃德,关于他们的讨论不可穷尽。"这里没有武断的线条分明的鉴定,而是充分看到此类形象中那种使人永远琢磨不尽的多重性"。这本文集割弃最多的就是《斐尔丁在小说方面的理论和实践》,朱虹先生回避了这个话题,不然不免勾起牵涉到原西方组(后来分为数个研究室,英美室为其中

---

① 陈乐民先生一本文集(花城出版社,2008)与《春泥集》同名。这纯粹是巧合,但道出了两位作者同样的心愿。陈先生在前言中也引了龚自珍这两句诗,"因为它寄寓着对未来的希望"。

之一）不大愉快的回忆。杨绛先生仅保留了这篇长文的"上"，即第一部分，题目改为《斐尔丁的小说理论》（《春泥集》，第 66~96 页）。原文开篇部分有六个段落，现在第五段的主干构成了第一段。旧作的目的是按照菲尔丁自己的小说理论来讨论他的创作，并进一步结合他的小说来看世界观和创作方法的关系，反映现实、典型人物和技巧，等等。由于原论文第二、三部分"中"和"下"都舍弃了，读者不知菲尔丁如何在实践中体现他的理论，旧作第五段收尾的一句不得不删去："好比学画的人学了大师论画的法则，又看他作画，留心怎样布局，怎样下笔，怎样勾勒点染，又听他随时点拨，这就对作画的艺术容易领会，对那艺术成品也更能欣赏。"《斐尔丁的小说理论》是砍余之文，杨绛先生也略有增加，末尾一句不见于杂志上最初发表的版本："以上从斐尔丁的作品里撮述了他的小说理论，也许可供批判借鉴之用。"在很长的一段时间里，"批判"两字是不可缺位的护身符，说多了也就变成套话。在《杨绛文集》的版本里，"批判"两字删去，这一点小小的改动揭示了改革开放以来文学研究大环境的巨变。

也许杨绛先生在1978年依然要表示她虚心听取二十年前针对她的批评意见。

人民文学出版社的《杨绛文集》（2004）第 4 卷和《杨绛全集》（2014）第 5 卷所收的《菲尔丁关于小说的理论》就是《春泥集》的版本。也就是说，发在《文学研究》第 2 期的长文的第 124~147 页的三万多字全部割爱了。也许，在 70 年代后期，她以为介绍菲尔丁的小说理论比较方便，在此基础上作一些引申的发挥容易引起争议，而她并不愿意成为注意的焦点。也许当年批判过她的人命运坎坷，已不在人世，非常值得同情，杨绛先生愿意听取他的意见，将一朵完整的花摧折成"残瓣"，固然可惜，也是一种无言的追思？

《文学研究》第 2 期发表杨绛先生的长文时正处于极为敏感的时期。王保生先生《〈文学评论〉编年史稿：1957~1966》一文（载《山东师范大学学报》2014 年第 2 期）提供了具体的背景。[1] 1957 年下半年中国科学院文学研究所关于方针任务问题进行辩论，1958 年第 1 期的《文学研究》"学术动态"专栏有一篇综述。这一年第 3 期《文学研究》是大批判

---

[1] 《文学研究》第 3 期第一篇文章是《保卫文学的党性原则》，署名"本刊编辑部"。

专刊,① 第 4 期继续刊出一组批判文章,受批的四位资产阶级学者分别是李健吾、杨绛、孙楷第和王瑶。

批杨绛先生的作者开门见山第一句话就确定《斐尔丁在小说方面的理论和实践》是"一面白旗",错误首先是歪曲、贬低了菲尔丁作品的意义,更严重的是"介绍了大量资产阶级的文艺观点"。菲尔丁的世界观是进步的世界观,讽刺的主要对象是上层阶级,同情下层人民,作品带有鲜明的倾向性。杨绛文章用的是"唯心主义的、形而上学的、形式脱离内容的研究方法"。文章第二部分是"放在真空管里审视他的本来面目",第三部分关于典型人物的讨论"大力发挥了'人性论'";而对怎样算是"反映现实"作了"自然主义"的解释。②

马克思主义创始人也讨论过主观意图与实际创作的不一致。杨绛先生说:"我们研究斐尔丁在小说方面的理论和实践,就明白小说家尽管有主观意图要反映客观真实,事实上总受他立场观点和人生经验的局限,不免歪曲了人生的真相。"这句话在那篇批判文章作者看起来就是不正确的:"杨先生不是说我们有了无产阶级的立场、辩证唯物主义和历史唯物主义的观点就不能正确认识现实,就会歪曲人生的真相吗?"杨绛原文的意思被简单化了。作者恐怕并未对"席勒化"和"莎士比亚化"的差别有什么体会。倾向性越"鲜明"越好,"他揭发、讽刺统治阶级的种种不义,但对劳动人民处处表示深厚的同情",但是菲尔丁本人担任过相当于伦敦警察厅厅长的职务,设计了防止穷人犯罪的方案,自己也是统治阶级的一员。

---

① 其中包括姚文元的《驳秦兆阳为资产阶级政治服务的理论》,炮火对准了秦兆阳的《现实主义——广阔的道路》。1963 年第 3 期又刊出姚文元《关于加强文艺批评的战斗性》一文。二十年后,《文学评论》发表过何西来、安凡和田中木为秦兆阳辩护的合作文章(《重读〈现实主义——广阔的道路〉》,载《文学评论》1979 年第 2 期)。但是对姚文元的批评方法的系统分析却很少见。详见李洁非《典型文坛》中《姚文元:其人其文》一章。李洁非指出姚文元所开辟的"反对修正主义"批评话语也是"一种遗产和资源储备"(详见《典型文坛》,湖北人民出版社,2008,第 139 页)。陈晓明的《当代文学批评的政治激进化——试论姚文元的批评方法》(载《中国现代文学研究丛刊》2014 年第 6 期)也讨论了相关的话题。

② 从这位作者的《"格列佛游记"论》(载《文学研究》1957 年第 3 期)来看,他的英国文学功底是非常不错的。但是他未能在这一领域充分发挥自己的潜能。他在《文学评论》上还发表过两篇论文:《欧洲十九世纪资产阶级文学中的劳动人民形象》(1960 年第 3 期,第一作者);《反对美化资产阶级,反对阶级调和论——评影片〈林家铺子〉》(1965 年第 3 期)。

这一期的《编后记》说，发表的几篇有关学术思想批判的文章，是由文学研究所的青年研究人员写的，所谈问题都曾在"该所的学术批判会上讨论过，文章的作者除了自己的论点还吸收了会上其他一些同志们的意见"。何其芳主持下的编辑部绝无将几位学者一棍子打倒在地的意思："希望大家特别是被批判者提出不同意见，以进行讨论。学术问题是需要反复讨论的，真理是愈辩愈明。"

被批判者写作的权利并没有被剥夺。1959年第3期《文学评论》登出了李健吾的《司汤达的政治观点和〈红与黑〉》和杨绛的《论萨克雷〈名利场〉序》。两人都没有直接回应批判。杨绛增加了俄文的资料。她首先通过车尔尼雪夫斯基来肯定萨克雷："车尔尼雪夫斯基称赞他观察细微，对人生和人类的心灵了解深刻，富有幽默，刻画人物非常精确，叙述非常动人。他认为当代欧洲作家里萨克雷是第一流的大天才。"这段话后有一注释，引的是《俄罗斯作家论文学著作》俄文版。她在说到时代背景时还参考了列夫宁科夫的《世界史近代讲座》和叶非莫夫的《近代世界史》，这两本书已有高等教育出版社和中国青年社的中文版。杨绛四次引用了俄文版的阿·阿尼克斯特的《英国文学史纲》，这本后来在我国英语文学研究界特别有名的著作1956年在苏联出版，1959年10月出戴镏龄先生等六人中文译本，还没有翻成中文，杨绛先生使用的是俄文原版。这也说明杨绛先生除了英语、法语、德语和西班牙语，还学过俄语（当时钱瑗在北京师范大学俄文）。但是在《杨绛文集》和《杨绛全集》的《论萨克雷〈名利场〉》，阿·阿尼克斯特的《英国文学史纲》从注释中消失了。[①] 但写到人物描写时，杨绛丝毫没有从1957年的观点退缩。她说萨克雷刻画人物总是力求客观，绝不因为自己对人物的爱憎而把他们写成单纯的正面或反面人物，能把真实的人性全部描写出来是他唯一目的，他创造的任何人都是复杂多面的。《名利场》里没有理想的人物，没有英雄。小说实事求是地反映真实就好，写出真实情感。他不仅揭露种种丑恶现象，指出其根源，还要"宣传仁爱"，跳出狭隘的自我，舍己为人，一心想到别人的快乐，反而能摆脱烦恼，领略到幸福的真谛。

1959年第3期《文学评论》还报道了一条消息，讲的是这年4月12

---

① 张隆溪先生在1982年9月的《读书》上评过这本书，称作者"用剪裁过的史料去说明既定的结论"。

日至 14 日召开了一次编委会，与会者共 24 人。17 日，周扬应邀与《文学评论》和《文学遗产》的编委举行座谈会，专门谈方向问题解决以后如何提高学术水平的问题。他说学术水平要上一个层次，必须形成有利于交流思想的氛围，"学术讨论不要随便扣帽子，而应是平等自由的讨论，采取商量的态度"。周扬已经落后于时势了，《文艺思想论争集》（1964）里反"修正主义"的立场和文体正是在 50 年代中后期形成的。

杨绛先生的菲尔丁论文稍后又受到一篇权威性的总结（《文学评论》1959 年第 5 期）的关注：

> 有一篇论菲尔丁的文章一开头就笼统肯定"欧洲十八世纪是讲求理性的时代"，英国十八世纪主流思想的特点是"在开明趋势里采取保守态度"，由此出发，当然会自然而然，错误地把"充分表现了时代精神"的菲尔丁的小说看作了对于社会现实的纯客观的反映，而且总是"不免歪曲了人生真相"的反映。实际上，不作阶级分析，抽空社会内容，结果当然只看见这位现实主义小说家作品里反映的一些表面现象，看不见那里所反映的本质方面，也曲解了现实主义的概念。①

讨论典型环境中的典型性格（现在一般翻译为"人物"）是很难的："我们分析作品里的典型人物也显然必须结合作品反映的当时社会的实际矛盾关系的分析来进行。我们不能从概念出发，着眼在抽象地或者孤立地考虑人物的性格。"典型环境和典型人物是不可分开的："这里涉及的是一个认识现实、概括现实的创作方法问题，不是一个写作技巧问题。……作家掌握了正确表现出'典型环境中的典型性格'的创作方法，我们就容易恰当分析作家创造人物的艺术技巧。"② 认识并概括现实还有一层意思，"现实"不是自然主义的现实，必须包含着对现实的本质规律的深刻领会。"作家塑造正面典型人物，施展高度集中的概括本领，无须兼顾到再在人物身上加几点瑕疵。读者或者听众如果真被一个正面艺术典型形象吸引住了，感动了，也不在乎能不能在他身上找出几个斑点。"反面人物也是这

---

① 卞之琳、叶水夫、袁可嘉、陈燊：《十年来的外国文学翻译和研究工作》，《文学评论》1959 年第 5 期，第 63 页。
② 卞之琳、叶水夫、袁可嘉、陈燊：《十年来的外国文学翻译和研究工作》，《文学评论》1959 年第 5 期，第 68 页。

样，读者不在乎他身上是不是具有某些人性。① 单纯谈技巧是行不通的，即便谈得好，"也还是说不清我们更需要了解的作家如何通过人物塑造来反映现实本质、表达思想意图的艺术"。如果作家主张"写美人一定要在她脸上着一点疤痕，写英雄一定要在他性格上涂一些阴影，才贴切自然，才合乎'人性'"，那就是错误的。②

杨绛先生为《春泥集》准备这些文章应该是在1978年，可以肯定杨先生是在十一届三中全会（1978年12月）之前交稿的。什么是现实主义，什么是典型，文学作品有无可能超越时空引起"共鸣"，这方面的辩论旷日持久，甚至撕裂了学界，因观点不同而使同事、朋友反目的例子所在多有，今人看了，能不连连叹息？比如朱光潜先生在创刊不久的《外国文学研究》（1978年第2期）发表文章《马克思和恩格斯论典型的五封信》，在这种时候就此表示意见，容易引起误会，而且杨绛先生不会加入学术争论，将《斐尔丁在小说方面的理论和实践》一文的中、下两部分删去，就不难理解了。马克思主义经典作家在特定历史条件下针对具体的文学作品提出过个别探讨性的议题，但是当时学界还不能走出条条框框，往往拘泥于相关的论说，视之为超越时空的绝对真理，用来生硬裁减活生生的文学创作实践。

走笔至此，还应该为批判文章作者、当时文学所西方组的杨耀民先生（1926~1970）说句公道话。杨耀民先生患小儿麻痹症，行走不便。他父亲是燕京大学的校工，燕京大学校长司徒雷登得知杨耀民先生好学，让他到英文系注册读书，以示对这位残疾青年的关心和鼓励。据在中国社会科学院外国文学研究所的我的同事回忆，文学研究所成立后，杨耀民先生经常向同在西方组的钱锺书先生请益，他在1958年写批判"师母"的文章，不能说没有跟风趋时的一面，也可能是勉为其难地完成一项交派的任务。据说后来他曾向同事吐露愧怍之情，但是他没有勇气向杨绛先生当面致歉。杨绛先生当然也不会责怪作者本人，她从来没有利用自己的声誉嘲讽作者。杨耀民先生1970年自缢身亡，年仅44岁。杨绛先生斧削菲尔丁论文时，不可能不想到它的批判者令人唏嘘的命运。俄罗斯文学研究者冀元

---

① 卞之琳、叶水夫、袁可嘉、陈燊：《十年来的外国文学翻译和研究工作》，《文学评论》1959年第5期，第70页。

② 卞之琳、叶水夫、袁可嘉、陈燊：《十年来的外国文学翻译和研究工作》，《文学评论》1959年第5期，第72页。

璋曾经在1966年夏批斗过她,自己因冤案("5·16分子")受调查时,一度徘徊在自杀的边缘,杨绛先生偷偷给予他经济上的帮助,他感受到人间毕竟还有温暖在,熬过了"逼供信阶段"。① 杨绛先生对那些"劈开生死路,退出是非门"的人,深深怀念。《集外拾零》只有七篇短文,其中四篇是怀念故人的,他们(园林学家"吾先生"、清华化工系教授高崇熙先生、剧作家石华父[陈麟瑞笔名]和傅雷、朱梅馥夫妇)都走上了同一条道路。《干校六记》之三"学圃记闲"中"扁扁的土馒头"② 下面的那位"庐主"去世时年仅33岁,想必也是被打成"5·16分子"后对人世绝望了。

三

卞之琳先生在1986年春天为他的《莎士比亚悲剧论痕》(生活·读书·新知三联书店,1989年12月)写的"前言"是值得细细体味的。卞先生自述,书中有的章节曾打印出来提交了讨论会。其实关于《里亚王》、《哈姆雷特》和《奥瑟罗》的三篇长文分别发表于《文学研究集刊》第1册、第2册和第4册。卞先生注意给研究对象划成分,归阶级。比如《论〈哈姆雷特〉》(接近七万字,1955年2月10日写毕)里就把丹麦王子定性为先进势力的代表。在当时,卞先生对这篇文章还是感觉良好的,他在总结外国文学研究时一次次把自己这篇文章的特点用作衡量其他文章的标准。③ 1986年春天,卞先生作了自我批评:

---

① 据《杨绛生平与创作大事记》,1970年6月13日"女婿王德一被极左派诬为'5·16'自杀身亡",同年12月1日"妹婿孙令衔在天津大学自杀去世"(《杨绛全集》,人民文学出版社,2014,第9卷,第477页)。复旦大学外文系副教授、翻译家杨必是杨绛先生的小妹妹,在"清理阶级队伍运动"的初期(1968年3月4日)突然去世,年仅46岁。杨绛先生认为她是死于急性心脏衰竭。新中国成立初期,杨必曾在国际劳工局兼职,这成了她需要交代清楚的"历史问题"。

② 隋末唐初白话诗僧王梵志小诗《城外土馒头》:"城外土馒头,馅草在城里。一人吃一个,莫嫌没滋味。"作者以馒头比喻墓冢。钱锺书在《宋代诗人短论(十篇)》中指出范成大好用"释氏语":"例如他的'重九日行营寿藏之地'说'纵有千年铁门限,终须一个土馒头';这两句曾为《红楼梦》第六十三回称引的诗就是搬运王梵志和尚的两首诗而作成的,而且'铁门限'经陈师道和曹组分别在诗词里使用过,'土馒头'经黄庭坚称赞过。"《文学研究》1957年第1期(创刊号),第85页。

③ 另如他在1960年第3期《文学评论》还发表《略论巴尔扎克和托尔斯泰创作中的思想表现》。

过往的文学现象，比当时的社会现象更为复杂，我如此作阶级分析，固然有点简单化、庸俗化、机械、生硬，大体上倒还通达，后来中断了一些岁月，再捡起莎士比亚悲剧研究这个题目，既从西方现代莎士比亚评论新说中得到了一些启发和面对了一点无形的挑战，又从国内当时批判"洋、古"的文艺思潮中受到一点不自觉的影响，因此一方面分析趋于烦琐，一方面立论趋于偏激。这些倾向正有待领教了"文化大革命"的灾难才得解脱。①

80年代中后期，卞先生将这些论文结集出版，作了一些改动，"删去一些废话、套话，略去一些浮夸语、过头语，摘去一些本不恰当或属多余的'帽子'，揭去一些容易揭去的标签……即使是自己的失误也可以成为他人的启发"。② 我认为，这些文章的问题恐怕不是个别用词是否恰当。

杨绛先生的《斐尔丁在小说方面的理论和实践》在《文学研究》刊出近六十年了，她是真正耐得住寂寞、守得住底线的，因而她的文章和思想更经得起时间的检验。这篇代表着当时国内英语文学研究最高水准的文章，无须改动，这是她让人由衷敬佩的地方。杨绛先生以她的深厚学识修养赢得学界尊重，以高尚的人格魅力引领风气，《杨绛全集》再版时可以考虑收入被杨绛先生因一些我们无法猜透的原因舍弃的文章，不然太可惜了，而且，不会有钱锺书先生在《〈写在人生边上〉重印本序》说到过的"被暴露的危险"。杨绛先生在为《傅译传记五种》作序时有一句乐观的话："傅雷已作古人，人死不能复生，可是被遗忘的、被埋没的，还会重新被人记忆起来，发掘出来。"③ 杨绛先生自己的文字，也是这样。

郭宏安先生的《走向自由的批评》一文也是他所编辑的他导师李健吾先生批评文集的后记，他写道："文学批评演化的过程不是一个自然地优胜劣汰的过程，天道无言而人道有言，当代人的盲目、迟钝甚至偏见完全可能导致劣币驱逐良币的现象发生，或者使一些新观念新趋向遭到不应有的漠视。于是，萌芽尽可以夭折，只要种子不死；河流尽可以消失，只要它潜入地下；总有春暖花开的时候，总有汇入大海的时候。"④

---

① 《卞之琳文集》，下卷，安徽教育出版社，2002，第8页。
② 《卞之琳文集》，下卷，第10页。
③ 《杨绛文集》，第2卷，第363页。
④ 《李健吾批评文集》，珠海出版社，1998，第315页。

读《干校六记》，必须把钱锺书先生的《小引》（写于1980年12月）当成书的画龙点睛之笔。所谓的六记分别为记别、记劳、记闲、记情、记幸、记妄。钱先生则觉得，杨绛先生少记一篇，"篇名不妨暂定为《运动记愧》"："学部在干校的一个重大任务是搞运动，清查'五一六分子'。干校两年多的生活是在这个批判斗争的气氛中度过的；按照农活、造房、搬家等等需要，搞运动的节奏一会子加紧，一会子放松，但仿佛间歇疟，疾病始终缠住身体。'记劳'，'记闲'，记这，记那，都不过是这个大背景的小点缀，大故事的小穿插。"钱先生说，在这次清查运动里，"如同在历次运动里"，少不了三类人。假如要写回忆，有些受冤枉的人可以"记屈""记愤"，[①] 而一般群众都得写一篇《记愧》，或因自己糊涂随大溜，或因"惭愧自己是懦怯鬼"，看出冤屈却没有胆量出头抗议。另一类人最应该"记愧"："他们很可能既不记忆在心，也无愧怍于心。他们的忘记也许正由于他们感到惭愧，也许更由于他们不觉惭愧。惭愧常使人健忘，亏心和丢脸的事总是不愿记起的事，因此也很容易在记忆的筛眼里走漏得一干二净。惭愧也使人畏缩、迟疑，耽误了急剧的生存竞争；内疚抱愧的人会一时上退缩以致一辈子落伍。所以，惭愧是该被淘汰而不是该被培养的感情；古来经典上相传的'七情'里就没有列上它。在日益紧张的近代社会里，这种心理状态看来不但无用，而且是很不利的，不感觉到它也罢，落得个身心轻松愉快。"他希望将来有一天缺掉的篇章会被陆续发现，"稍微减少了人世间的缺陷"。这篇"记愧"的大文章，应该大家来做。今后人民文学出版社再版《杨绛全集》，也应该收入1957年的《斐尔丁在小说方面的理论和实践》全文。

（作者为中国社会科学院文学研究所研究员）

[①] 杨绛先生"文化大革命"时挨批斗，当然受了冤枉，但是她叙述当时经历的文字却是从容不迫的，甚至可以说拒绝流露一丝一毫自己的感受。显然，她不屑于"记屈""记愤"。这种克制让人敬佩。杨绛先生逝世后，笔者在接收采访时称《干校六记》"不怨不愤"，有这一特殊背景。

第二辑

《文学评论》编委

旧友与良师

——贺《文学评论》六十年

谢 冕

一眨眼就是一个甲子，《文学评论》创刊六十年了。记得《文学评论》当时的刊名好像是《文学研究》，后来何其芳先生主政，不知何因改了今名。我总觉得原先文学研究的名字好，从宽泛的意义讲，"文学研究"当然涵盖了"文学评论"（或"文学批评"）的意义，有更强的概括性，而且更显端庄凝重。现在的名字当然也有好处，它突出了文学研究的现时感和及时性，但总觉得研究的意蕴（或格局）小了。时过境迁，这的确已不重要，重要的是，六十年来，经过历届主编和编辑的坚持与拓展，《文学评论》已形成自己稳定的风格，整个文学界对它的地位和影响已有定评——它当之无愧是国内文评学刊之首。

《文学评论》创刊之时，我还是文科的一名在校学生。当时我观"文评"，如望高天。每次新的一期到来，看到那些散发着墨香的文章，总油然升起一种肃穆的神圣感。我觉得这刊物对于我，有一个遥不可及的距离，说是仰望还不够，简直就是敬畏！这种感受，一直保持到现在。我深知这并非是一般的文科大学生的幼稚，而是我的确被当年《文学评论》的作者队伍和文章的质量所"威慑"了。在我的心目中，这刊物就是一座庄严巍峨的文学殿堂。从中，我不仅学到为文之法，而且学到治学之道。《文学评论》对我的启蒙是具体而深远的：学问来不得半点虚妄，即使是一个注释、一个判断，都要言必有据，都要兢兢业业，如履薄冰，都要弃轻薄敷衍、取凝重专注。我把受益于《文学评论》的这些心得，化为了随后指导学生的学术规约。

经由阅读而思考的漫长过程，我受到的是来自《文学评论》的启示而溶解于内心的领悟，我自己也从学习前辈学者的为文治学精神，由幼稚而逐渐成熟。六十年不离不弃的追随，我终于由《文学评论》忠实的读者而转化为认真的作者（有一段时间还荣幸地受聘为编委）。从这样的经历看来，《文学评论》于我岂止是"旧友"（陆建德主编约稿函用语），更准确地说，它应该是助我成长的良师！大学毕业之后的相当时间我羞于向它投稿，即使有了得意之作，也还是心怀忐忑不敢轻易发出，刊物的权威性让我望而却步。事情可能是在我获得教授职称之后的某年某月，也许是《文学评论》殷切约稿，也许是我壮胆投稿，我终于幸运地成为了它的一名作者。数十年中，我在《文学评论》发表的文章寥寥可数，因为敬畏，也因为矜持，我始终是一名胆怯的投稿者。

说到我和《文学评论》的友谊，我成为它的作者可能是在"文革"结束、改革始兴的年月。约稿也好，投稿也好，我总是慎之又慎，深恐我文字的浅陋让主编和编辑为难，而且我反复提醒自己投稿仅限于自己从事的学科范围之内，我坚持不在自己不知或少知的领域发言。回想数十年间我与《文学评论》的交往，真的是乏善可陈。也许可以勉强提及的是我在《文学评论》发表的最初的那篇长文——《文学的纪念 1949～1999》。这篇文章倾注了我对中国当代文学的热情，也涵容了我对它的艰难过程的全部批判性的反思，我的有点粗粝的文字受到《文学评论》编者宽容的肯定，他们的开放心态和包容精神体现了它的锐气，给我以另一种全新的感受。

最难忘的是我的另一篇论文《论中国新诗》。这篇文章发表于 2002 年第 3 期。《文学评论》的编者在有限篇幅的《编后记》中为此写了一段不短的文字：

> 谢冕先生《论中国新诗》，其逻辑起点是中国旧诗。中国古典诗歌创造了中国文学的极度辉煌，确立了新诗审美的不可超越的规范。然而，这个规范确立之时便正是危机发生之日，五四前后的新诗正是对这个危机的排除。新诗为寻求适应时代潮流的而经历了艰难的探索，其中包括对传统的继承。谢冕先生说，新诗的成立使它成为现代中国人无可替代的传达情感的方式。谢冕先生是研究当代诗歌的权威学者，他将目光与兴趣回溯到新诗出世之初和成立之前，或许觉得最近十几年的中国新诗暂时无话想说。90 年代以来，或许是海子自杀以后，已经有很长一段时间了，劝人阅读新诗，有点像劝人大胆消费一样，效果总觉不大。但愿我们已有了传达情感的另外方式。

我不知这文字出自哪位主编之手，我很珍惜这段文字。因为这不仅表明编者对这篇论文的看重，而且表现出一个编者对一个作者的深知，是建立于理解基础上的内心的交流。这段《编后记》让我感到温暖，这种温暖一直保持到现在。学问做久了会有自己的体验，我有时想，最值得看重的不一定是那些厚厚的专著，而极可能是一篇貌不惊人的、普通的论文。正是在这一点上，我在《文学评论》的编者中找到了知音。我坦陈，为了写这篇《论中国新诗》，我投入了毕生的学术积累，并融入了伴随我漫长岁月的辨析与认知。这点隐秘的初心，被非常专业的《文学评论》编辑捕捉到了。

其实说到底，作者和刊物编者之间的关系只能是精神层面的，而绝对不是世俗层面的。《论中国新诗》从投稿到发表，从发表到最后的被推荐以及推荐后的获奖，这一切都是在默默之中进行的，我和编辑之间几乎没有一句话的交流，而这一切却是如此持久的感动和难忘。

（作者为北京大学教授）

我和《文学评论》古典组三代人的交往

孙　逊

2017年,《文学评论》迎来了六十周年大庆。在这个世界上,无论是人还是物,一个甲子都是值得好好纪念和庆贺的日子,更何况《文学评论》这样一个在文学研究界具有标杆性的刊物。今天,谨以对往事的点滴回忆来纪念这个学界的盛典。

一

余生也晚,没有和《文学评论》最初的十年有过瓜葛,当年执掌《文学评论》的老一辈的风采更未能有幸一睹,只是从刊物排出的主编、副主编、编委和作者的名单上,知道那是文学研究界最为强大而令人仰望的阵容;那些如雷贯耳的名字,几乎每个人都有着一串传奇式的故事。说实在的,当时除了抱着敬畏之情拜读上面的大作,或是偶尔和同学交流阅读体会,从未想过自己会和这个"高大上"刊物发生近距离接触,更未想过有一天要在上面发表文章。

在结束了"文革"十年浩劫以后,学界终于迎来了一个久盼的真正意义上的春天。这是一个百废待兴、思潮涌动的年代,也是一个充满希望和憧憬的时代。"忽如一夜春风来,千树万树梨花开",正是在这股骤然而至的春风的吹拂下,被迫在1966年停刊的《文学评论》也于1978年复刊。复刊以后的《文学评论》继承了它原有的学术传统,在文学研究界重又树起了一杆有学术公信力的旗帜。一时间,沉默了多年的老一辈学者纷纷把他们潜心研究的旧作和新作在复刊后的《文学评论》上发表,而一些在"文革"前就已崭露头角却又被"文革"耽误了十年的中青年新锐也先后登上了学术舞台。记得在1985年《文学评论》第1期上,公布了一份《文学评论》复刊后至1984年6月以前发表的中青年作者的优秀论文获奖篇目，其中钱中文、陈伯海、乐黛云等年届半百的学者都赫然在列。今天，把这些大名鼎鼎的著名学者冠以"中青年作者"未免有点滑稽，但想想他们确实也是从"中青年"走来。透过这份获奖的名单，我们一方面感慨时间的悄然流逝，同时更叹服《文学评论》在文学研究界新老交替进程中所发挥的特殊而重要的作用。

正是在当时学术氛围的熏陶和带动下，我也萌发了在《文学评论》上发表文章的念头。大约是在20世纪80年代初，一次全国性的古典文学研讨会上，我有幸认识了《文学评论》的陈祖美老师：不高的个儿，朴素的穿着，和气的笑脸，实诚的言谈，从里到外透出女性特有的亲和力，让初次见面的我不仅不感到陌生和拘束，而且油然而生一种亲近感。当时自己还只是个讲师，初出茅庐，虽发表过一些文章，但从未和《文学评论》有过近距离接触。这次见面，不仅给自己留下了难忘的印象，也鼓起了向《文学评论》投稿的勇气。会议结束以后，我就将自己平时在教学和研究中积累的体悟，打磨成一篇题为《孙悟空、猪八戒形象塑造的艺术经验》的文章，试着投寄给了陈祖美老师。印象中没有等太长的时间，也没有作太多的修改，文章就在《文学评论》1985年第1期上发表了。当看到寄来的刊物中有自己署名的文章，内心那股子高兴和激动劲，至今犹难以忘怀。

尤其需要一提的是，当时《文学评论》非常重视发现新作者。就在刊登我的文章的同一期上，我还发现有我"文革"中毕业的学生张民权的一篇文章《试论巴金小说的"生命"体系》，《编者的话》还特别推介了这篇文章。同样的情况，这之前不久，《文学评论》还发表了我当时在读的本科学生杨文虎的一篇文章《论艺术真实》。他们都是比我年轻很多的学生辈，当时就已经在《文学评论》上发表长篇论文，由此可见《文学评论》在培养和发现新人方面所做的一以贯之和难能可贵的努力。

因为有了第一次的成功，加之当时《文学评论》确实重视中青年作者的投稿，受其鼓舞，我又试着写了第二篇文章。这也是自己平时读书时的积累，题目是《东西方启蒙文学的先驱——"三言""二拍"和〈十日谈〉》。这是一篇较早从比较文学视角研究东西方文学名著的论文，当时比较文学研究还不像后来这么流行，自己其实也并不从事比较文学研究，但因为在阅读《十日谈》时所积累起的强烈感受，觉得它和我所熟悉的"三言""二拍"实在有着太多的相似。于是通过对文本的反复细读，找出了其中大量有着惊人相似的例证，并联系时代背景，加以归纳提炼，写成了一篇一万六千多字的论文，发表在《文学评论》1987年第4期上。虽然文章还难免肤浅之弊，但尝试了一种新的研究视角，可见《文学评论》对一个刚出道的中青年教师实在比较宽容。

以上是我20世纪80年代和《文学评论》古典组的交往，现在回想起来，可谓"君子之交淡如水"，当年除了偶尔在学术会上见面，很少有其他往来。但就如同咀嚼一枚橄榄，时间越长，越感到一缕淡淡的清香沁人心脾。随着年龄的增长，常常会想起自己那段青涩的岁月，想起祖芬老师那和气的笑颜和充满亲和力的眼神。时间已过去了三十多年，相信祖芬老师依然拥有那一份只属于她的清淡恬和。

二

时间在不知不觉中悄然流逝，很快祖芬老师到了退休的年龄，以后接触较多的《文学评论》古典组老师换成了胡明和张国星二位。虽然我比他俩痴长了几岁，但年龄比较接近，因而和他俩交往的时间比较长。其间，我从"中青年"慢慢变成了"中老年"，而胡明，则是看着他从一般编辑升为副主编，再到名字后面用括号加了"常务"二字，国星则一度荣任《文学评论》杂志社副主任。他俩是这段时期《文学评论》办刊的中坚力量。

胡明是中国社会科学院文学所"文革"后较早招收的一批研究生，这批学生因为有丰富的人生经历和深厚的知识积累，其学术之成熟，远非后来的研究生所能望其项背。胡明由于个人的努力，不仅有着这一代人共同的求学经历，而且具有学识渊博、见解宏通的治学特点，他和那种学术兴趣只专注于某个狭窄领域的专家不同，于中国古代文学和现当代文学都有较深切的了解和体悟，涉猎面既广，又极具眼光，因而成就了他成为一名学者型编辑，成为一个著名杂志的"管家"。

国星也是"文革"后入学的"老三届"大学生。知识面广、能力强是他们这代人共同的特点，这一特点使他在《文学评论》编辑生涯中如鱼得水，他本人也在这个平台上把其特点发挥到了极致。他和胡明既具有"老三届"共同的优点，又有着明显的个人秉性的差异，依我不成熟的观察，如果说胡明身上多"书生意气"，那么国星身上则多"豪侠义气"，这二

"气"互为补充，构成了《文学评论》编辑队伍的多元色彩。

这时期我个人独立的投稿主要集中在《红楼梦》研究上，1980年代末1990年代初，因为某种特殊的原因，我有段时间反复阅读《红楼梦》，对其中的人生况味有了更深切的体悟，于是挥笔写就了《论〈红楼梦〉的三重主题》一文，发表在《文学评论》1990年第4期上。十多年以后，我又写了《〈红楼梦〉的文化精神》一文，发表在2006年第6期上。这两篇红学论文，前者提出了《红楼梦》主题分别由文学审美、政治历史和哲学等三个层次构成，这三个层次的主题又都埋伏在作者精心结撰的前五回里，即分别为第五回的判词和《红楼梦十二支曲》、第四回"护官府"上的俗谚口碑，和第一回的《好了歌》与《好了歌注》，构成了作者自我阐释的完备体系；后者提出了《红楼梦》的"情本思想"，并具体论述了"情本思想"的丰富内涵及其在中国文学史上的地位。因为学界有专门的《红楼梦学刊》，《文学评论》一般不发表有关《红楼梦》的论文，所以这两篇文章能在《文学评论》发表实属幸运。

为了学科的拓展，我和一些志同道合者为学校建立了一个新的都市文化的研究平台，于是我也把学术兴趣转移到了对中国古代小说与城市关系的研究上。我先为一位博士生确定了"中国古代小说与城市"的学位论文选题，并由此开始此后的"中国古代文学双城书系"：让五位博士生分别就"长安与洛阳""汴京与临安""扬州与苏州""北京与南京""上海与广州"展开各自的研究。作为这一研究的阶段性成果，在各类刊物上发表了一系列论文，其中时间较早的是发表在《文学评论》上的《中国古代小说中的"东京故事"》（2004年第4期，和学生合作）、《都市文化研究：世界视野与当代意义》（2007年第3期），以及发表在《中国社会科学》上的《中国古代小说中的"双城"意象及其文化蕴涵》（2004年第6期，和学生合作）、《中国古代小说中的城市书写及现代阐释》（2007年第7期，和学生合作）等，这些论文在当时产生了一定的影响，对推动文学与城市关系的研究具有某种引领作用。这一切都得感谢《文学评论》的上述两位和王保生同志，是他们较早支持了这一文学新视域研究的尝试。

需要大书一笔的是，这期间的《文学评论》一如既往，不遗余力地发现和培养新作者。就像当年一样，这时期的《文学评论》先后发表了我好几位学生的文章，他们之中有潘建国、宋莉华、赵红娟、施晔、宋丽娟、张灵等，他们或以文献发现和考订见长、或以跨文化和跨文本研究取胜，都不同程度地亲炙过胡明和张国星等人的教诲，有的现已卓然成长为国内古代小说研究的中青年代表。在他们学术成长的道路上，最不应忘记的就是发现和培养他们的《文学评论》《文学遗产》等杂志的编辑们。

三

随着我们这一代人的渐渐老去，包括编辑在内的学术界也加快了新陈代谢的步伐。很快，张国星、胡明也先后退休，《文学评论》古典组的接力棒又传到了李超手上。

其实和李超较早就有学术联系，她还做过我部分文章的责编，只是她年龄比胡明、张国星小很多，是个"小字辈"，所以我把她作为《文学评论》古典组第三代人。

最初看到李超，应是20世纪90年代末，她还是一副刚毕业的学生模样，扎着一个马尾辫，红润的脸上散发着青春的气息，显得阳光而清纯。她善解人意，善于倾听和交流，很有亲和力。也许就是因为她有这样的好性格，所以被领导和群众看中，在《文学评论》编务之外，又委以文学所科研处处长的重任。两份工作一人干，本已经超负荷，更何况又是科研处处长这样的岗位！从此以后，每次见到她，总是一副缺少睡眠、疲惫不堪的样子，脸上的红润也渐渐褪去，慢慢泛出憔悴来。

但她身不由己，每天的脚步已停不下来，《文学评论》古典组小说戏曲这一块的审稿看稿任务依然由她承担。正因为此，我和《文学评论》的学术联系便变成主要和她之间的联系。

这一时期，我的研究重点已移至东亚汉文小说。2015年，是我国抗战胜利70周年纪念，一次通电话，我问她能否组织两篇历史上有关中朝两国抗倭小说的文章？她听后立即表示赞同。于是我重点准备古代朝鲜有关"倭乱小说"的文章，约请浙江工业大学的万晴川教授撰写我国明清时期"抗倭小说"的文章。因为平时有思考和积累，文章很快写好并打磨后，朝鲜半岛的政治形势却发生了微妙变化。正当我们担心文章能否如期发表时，李超电话告知我们，编辑部已经通过，决定刊发。这就是发表在《文学评论》2015年第6期上的我的《朝鲜"倭乱"小说的历史蕴涵与当代价值》和万晴川的《明清"抗倭小说"形态的多样呈现及其小说史意义》。这两篇文章以史为鉴，通过翔实的资料和对版本的详细梳理，对历史上发生在东亚大地的侵略和反侵略战争进行了有一定深度的探讨。后来我的那篇于 2016 年 11 月获得了上海市哲学社会科学优秀成果奖。其间李超的组稿、力荐和刊物领导的拍板无疑起了决定性的作用。

这期间，我因参与中央文史馆袁行霈先生主编的《中国地域文化通览·上海卷》的编撰，对上海地方文学和文化予以了一定关注，其中尤其对松江民间才子郭友松创作的吴语讽刺小说《玄空经》产生了兴趣。先是指导一位硕士生写了学位论文，后自己也写了两篇分别探讨郭友松生平著述及其所创作的吴语讽刺小说《玄空经》的文章，一篇题为《〈玄空经〉作者郭友松生平交游及著述考论》，一篇题为《从〈何典〉到〈玄空经〉——我国吴语讽刺小说的重要一脉》，前者投给了《文学遗产》，后者投给了《文学评论》。承蒙两家编辑部厚爱，两篇文章先后刊登了出来。不用说，《文学评论》的一篇从审稿到修改、再到最后发稿，李超花费了很多的心力。总算没有辜负两家编辑部，以《文学遗产》一篇为主报、《文学评论》一篇作为辅助材料的评奖申报，也于 2016 年获得了上海市中国特色社会主义理论体系研究优秀成果奖（该奖获奖条件中有"对地方文化研究作出贡献"一条）。我一个人同时获得两个奖项，于本人纯属运气，其中《文学评论》和《文学遗产》两家的品牌效应应是一个重要因素。

时间总是在不经意间流逝，今天，《文学评论》迎来了一甲子大庆，我和《文学评论》古典组的交往也已持续了半个甲子之久。这三十多年，我先是作为一个"中青年"，和祖美老师交往，从她身上感受到了前辈学者的谦和和对后辈的提携；接着是和胡明、张国星这样的同辈人交往，在他们身上看到了同龄人的意气风发，和甘愿为他人做嫁衣的奉献精神；然后是和李超这样的"小字辈"交往，在她身上看到的是年轻人的踏实而不辞辛劳，低调而不事张扬。三十年来，我从"中青年"变成了"老一辈"，而和我交往的《文学评论》编辑却从"老一辈"变成了"中青年"，这证明个人的生命有限，而一个高端学术刊物的生命无限，因为它不时有后来者跟上，有新鲜的血液输入。可以说，正是《文学评论》编辑部一代又一代人的新老交替，成就了《文学评论》一个甲子的传奇，以及今后更多的辉煌！

（作者为上海师范大学教授）

生命中一直有你

——恭贺《文学评论》六十华诞

姚文放

《文学评论》创刊六十周年了,值得庆贺。一个甲子,风云变幻,沧海桑田,《文学评论》的命运有起有落,我与《文学评论》的缘分也时断时续,但用得上这么一句话:"生命中一直有你"。

20世纪60年代初,我还是一个懵懂少年,就知道有个《文学评论》杂志。50年代后期,家兄在北京工作,是一位爱好创作的文学青年,曾在文学研究所主办的文学讲习班学习过,当时给学员上课的都是国内文学研究最负盛名的专家学者,时任文学研究所所长、兼任《文学评论》主编的何其芳先生也亲自给他们授课。后来家兄从北京带回来的书刊中,就有《文学评论》,记忆中该杂志朴实无华但不失大气和厚重,当时这种纯学术的文学杂志很少,我虽然看不懂,但心生敬畏,一直将其珍藏在家里的书橱中。后来1966年"文革"开始,家里被红卫兵抄家时,这几本《文学评论》连同其他书籍字画统统被付之一炬。

等我经历了十年动乱、上山下乡,再次捧读《文学评论》时,已是把握住了恢复高考的机遇、考入扬州师范学院中文系的事情了。该刊在1966年6月停刊,于1978年初复刊,躬逢其盛,我是入学之后第一个春天在学校图书馆见到刚复刊的《文学评论》的,真有劫后余生、久别重逢的感觉!多么希望拥有这久违的老友啊,那年头书刊读物刚刚开禁,百废待兴,印刷落后,纸张奇缺,私人订阅报刊是非常困难的事儿。我好不容易找到扬州地委机关的一个关系,才订上了一份《文学评论》,拿到全年的订单,喜悦之情难以言表!这在后来几年大学生涯中成为重要的学术导航,它将我的专业学习引领到一个高大上的平台上。一直到今天,我还妥善保存着当年自己装订的《文学评论》合订本,那时为了便于阅读、查找和收藏,过一段时间就会将零散的各期装订成册,给每册糊上牛皮纸,加上标记，此事特别费事，但我却乐在其中。

与《文学评论》同人的初次交集是在1985年4月，我已在山东大学中文系读研究生了。当时由中国社会科学院等单位联合主办、扬州师范学院承办的"文艺学与方法论问题"学术讨论会在扬州召开，我的导师周来祥先生让我随他回来参加会议，其间结识了许多曾经在《文学评论》上拜读过文章但尚未谋面的前辈师长，以及当时在《文学评论》编辑部工作的知名学者，聆听了他们的高见宏论、要言妙道，受到了一次非常难得的精神洗礼。我还陪同周先生去住处看望了时任文学研究所所长的刘再复先生，记得刘先生还向我推荐《文学评论》，称之为"了解学术动态的窗口"。那一年后来被称为"方法论年"，其显著标志就是在厦门、扬州、武汉先后举行了三次有关文艺理论方法论的全国性学术研讨会，其学术信息在当年的《文学评论》这一"窗口"均得到及时的反映。

到了1980年代后期，我中断了该刊的订阅。后来重新订阅《文学评论》，已经是21世纪之初的事儿了，因文艺学重点学科建设而获得了经费支持，每年给学科成员订阅《文学评论》，至今不辍，已成为本学科的常规。

后来《文学评论》与我供职的扬州大学文学院联合办会也是21世纪了，一次是2001年的"全球化语境中的文学理论研究与教学"学术研讨会，一次是"回顾与展望：共和国文学研究六十年"学术研讨会暨2009年《文学评论》编委会。两次会议都选择了"烟花三月下扬州"的时节，春江潮生，海上月明，老友新朋，济济一堂，谱写了新世纪文学研究的新篇章。每一次盛会，都强力推助了我院学科建设、梯队建设、科学研究、研究生教育等方面的发展。我从2009年第4期起任《文学评论》编委会编委。

与《文学评论》的文事交往也成为我个人学术生涯中的浓墨重彩之处，其中有许多令我难以忘怀和深长思之的片段。

1999年参加中国中外文艺理论学会南京会议，我提交了一篇题为《文学传统与科学传统》的论文并作大会发言，第二天《文学评论》编辑部黎湘萍兄找到我，说钱中文先生读了我的文章，觉得写得很好，希望尽快完善一下，以便《文学评论》刊发。当时那篇文章是用老式打印机打印出来的，又是油印，模糊不清，纸张质量也较差，而钱先生恰恰从大量的会议论文中把它挑了出来，这种把握研究动态的学术敏感、对学术研究一丝不苟的精神，以及奖掖后学的仁心高义，使学术精神的精髓得到有力的昌明和光大。该文是我主持的国家社科基金项目"当代性与文学传统的重建"中的一部分，后来同名书稿撰成，我感念钱先生提携，不揣冒昧请先生赐序，先生欣然应允。但先生文事蒌繁，不宜催逼太紧，我已打算推迟书稿的出版时间，恭候先生拨冗赐文，不意元旦夜晚接到先生电话，告知已利用假日写就，从网上发过来了。且不说先生的关照之情让我感动不已，先生彰明的学理更令我受益匪浅，先生在这一长篇序言中通过对拙著的阐发，对当下若干重大学术问题表明了自己的态度，包括审美文化、人文精神、传统文化、文化研究、现代性、文学终结论等问题，对于当时的文学研究具有重要的指导意义，对我也是一次可贵的激励和鞭策。

在我发表于《文学评论》的文章中，2009年第2期的《从文学理论到理论——晚近文学理论变局的深层机理探究》是影响较大的一篇。该文认为，晚近以来，文学理论出现了重大变局，文学理论的研究对象往往不是文学，文学理论自身的方法和话语也变得不确定了。这种书写方式被称为"理论"。从文学理论走向理论，其原因在于现今的知识状况发生了变化，更在于后现代氛围中人们价值取向的转折。支撑上述判断的是我对《文学评论》杂志2005～2007年"文艺理论"栏目发表论文所作的统计，三年来该栏目发表论文共109篇，其中没有引述任何文学作品的论文共75篇，占全部论文的68.81%；引述文学作品的论文共34篇，占全部论文的31.19%，而且后者多半只是引用文学作品的篇名，对作品未作具体的分析和解读。这一数据显示，这些论文与文学的关联度已相当薄弱。该文发表后，引起了广泛关注，有一次开会党圣元兄对我"将了一军"，说你这篇文章本身也没有提到任何文学作品啊。此话引起了我进一步的思考：文学理论是以文学批评为中介对于文学现象的本质、规律所作的提炼和总结，它与文学现象隔着两层。白马非马，马也非白马，文学理论是对文学现象的概括提升但两者又不是一回事，因此文学理论与文学现象之间存在距离、与文学作品相对隔膜是可能的，此其一。其二，文学理论运用的研究方法理应与文学本身相适应，这是基本要求，但它借取其他知识领域的研究方法来研究文学也是再平常不过的事，譬如文学研究对于哲学、伦理、宗教、科学等方法的吸收早已有之，故此现今引进自然科学、社会科学和人文科学的新方法也实属正常，经过上述1980年代"方法热"中对于种种新方法的吸收借鉴，要想再回到那种假想的纯净、单一的文学研究方法是根本不可能的。其三，对于文学作品而言，文学理论在很大程度上是一个相对独立的知识体系，它有自身的原则、逻辑、方法、模式、规范、命题、范畴，其中每一个方面是具有自洽性、自足性和自组织性的，如果丢掉了这种自主性，那就失去了文学理论。有论者称文学理论是"仆人的仆人"，认定它的作用在于辅佐批评家，而批评家的作用则是通过阐释经典来为文学服务。这一说法让业界的同人很伤自尊。不言而喻，文学理论虽然挂着"文学"二字，但它绝不是文学的附庸和仆从。正因为以上原因，所以在具体运用中有可能出现文学理论与文学作品的关联度被淡化和弱化的情况。而这一情况在如今后现代语境中被夸张和放大了，就像福柯那样为了避开文学竟刻意进入边缘学术的领域，使用非文学的话语，就是显例，其实在后现代语境中谁也无法超乎其外。而改变这一格局的转机在于文学理论经过"理论"与文学的游离状态又合乎逻辑地呈现出朝向文学、美学、诗学的复归的势头。而这一点，正是我在《从文学理论到理论》一文的结尾之处着力阐扬和充分肯定的。

在与《文学评论》的文事往还中，我不仅在学术问题的讨论中有所长进，而且在编务的探讨中也颇多感悟。由于目前学术不端行为在发表、出版过程中呈蔓延之势，各个刊物加强了在这方面的管理，借助先进的信息处理手段来加以监控，在稿件的编辑中增加了"查重"的环节。不仅检测文稿与他人成果的雷同之处，而且检测与作者自己成果的重复情况。以往人们只知道前者，但对于后者却不甚了然，而现今后者也被纳入"学术不端"范围。《文学评论》大约是2016年在编务中增加了这一道"查重"手续的，而我有一文稿恰恰撞在枪口上，当编辑将校样发给我时，看到文章中一块块刷红之处被指认为"疑似剽窃文字"，简直心惊肉跳！再加之"查重"的电脑软件特别的不人性，我以往文章中写过的每一句话，该文稿只要使用便统统被判定为"自我剽窃"，呜呼老天！对此我不敢苟同。后来我与责编通电话讨论此事，我认为，对于作者论文中某些自我重复之处，不宜一概以"剽窃"论处。因为学术研究是讲求连续性、一贯性的，它往往是学者已有研究的延伸和扩展。学者的研究领域和学术取向有相对的稳定性，"打一枪换一个地方"肯定不是好的状态。对于某个学术问题，学者不能今天说一套，明天又说另一套。如果说学者的整个学术观念像一张网的话，那么他对某个具体问题的看法便是网上的一部分，牵一发而动全身，新见解的论证难免牵扯到以往的研究成果。另外，学者对于某个概念的界定是经过长期思考和反复推敲的，再次使用这一概念时，对它的定义可能连一个字都不能更改。由此可见，同一作者的不同论文存在自我重复之处是难免的，甚至是必然的，但只要是必要的、不超出常识认可范围的，都可以允许。其实我特烦做自我重复之事，我有学术"洁癖"，不会去沿袭别人，也不愿重复自己，在我看来，走走过的路、吃嚼过的馍，是一件特别乏味、特别没劲的事儿。因此我乐于在修改稿中体现这一点，将"自我重复"之处清理干净。不过这只是我个人的意愿，如果推及一般层面，是否有必要将文章中的自我重复之处认定为"疑似剽窃文字"，这仍是一个值得进一步商讨和辨正的问题。据知《文学评论》目前给出的限度是每篇文章的自我重复之处不超过一千字，这无疑是一个良好的开端，有理由相信这一限定在实际操作中会变得更有弹性、更具宽容度，就刊物而言，可进一步完善检测的标准，就作者而言，可使对于学术规范的恪守更加严谨，这在双方都是一件促进学术发展的好事。

（作者为扬州大学教授）

我与《文学评论》

赵炎秋

第一次知道《文学评论》，是 1979 年，那时我正在湖南师范大学中文专业读本科二年级，系里为了繁荣学术氛围，提升学生的学术热情，举办了中文系教师学术报告会，中文系的大腕们一个个登上讲台，宣读自己的学术论文，介绍自己的治学经验，我们在下面认真地听，接受学术的熏陶。其中一位老师在宣讲论文前，郑重说明他这篇论文是新写的，已经向文学类最高刊物《文学评论》投稿，以此证明他对这次学术报告会的重视，拿出的是真正的干货。

以后便有意无意地陆续听到老师们谈论到《文学评论》，态度是既崇敬又神秘。听说这个杂志的文章很不好发，它既是学术水平的证明，也是学术地位的肯定。"你今年评教授肯定没问题，你都在《文学评论》上发了文章了。"有一次，我听见一位老师向另一位老师说。

真正阅读《文学评论》，是 1984 年的事。那时我在陕西师范大学攻读比较文学硕士学位，毕业论文写狄更斯。在阅读相关资料的时候，我发现，到当时为止，国内学者研究狄更斯，写得最好的一篇文章是杨耀民的《狄更斯的创作历程与思想特征》，而这篇文章就发表在 1962 年第 6 期的《文学评论》上。从此我对《文学评论》有了一种更深刻的感性认识。

但我自己在《文学评论》上发文章，则到了 1996 年。那时，我在北京师范大学攻读博士学位，毕业论文写的是语言与形象的关系问题。步骤是先将相关内容写成单篇论文，然后再修改、补充、扩展为博士学位论文。单篇论文先送给童庆炳先生审阅。有一篇论文童先生看后对我说，这篇写得不错，可以投到《文学评论》试试。我有点胆怯，问童老师能否给我推荐一下。童先生要我先投出去，他以后碰到责编再说一说。于是我大着胆子把稿子投了出去，为了保险，还寄了一份挂号。不多久，就接到了责编李兆忠先生的信息，说稿子他已经看了，还不错，并提了几点修改意见。我将此消息告诉了童先生。他很高兴，说他还没来得及打招呼，《文学评论》就有了反馈。"好兆头，"他说，"要抓紧，最好与责编接触一下。"因此，我特意跑到建国门《文学评论》编辑部找了李兆忠先生。他中等个子，年纪比我大不了多少。印象中李兆忠先生比较严肃，但比较健谈，从北京师范大学的博士生活到我的导师到稿件的修改，天南海北和我谈了一个多小时。我当时很想请他吃顿饭，但心里有点害怕，一是怕他拒绝，二怕他觉得我想借机与他拉关系。因此几番犹豫，最后还是没有开口。告辞出来，已是十一点半。走到街上，又觉得后悔，怕李兆忠先生以为我小气，怕他因此不高兴，不发我的文章，或者往后拖个几期。但文章还是如期发出来了，这就是发表在1996年第4期《文学评论》上的《论文学形象的语言构成》。

现在想来，当时之所以患得患失，还是因为不能以平常心对待自己和编辑。其实，就是一餐饭而已。请了，李老师不会认为我有意巴结；不请，李老师也不会认为我小气，或者没有礼貌。编辑和作者，其实是一而二、二而一的关系，所谓作者需要刊物，刊物也需要作者。这个道理，在自己也当了一家小刊物的主编之后，更加明白了。当然，《文学评论》是文学类的顶级刊物，编辑与一般刊物的编辑自然会有所不同。不过我以为，这种不同，更多的是学术水平和编辑水准的不同，而不是为人处世的不同。

人们常说，教授是编辑评出来的。这是句玩笑话，然而却有着某种真理。至少对于《文学评论》这种刊物是如此。我自己就是在《文学评论》的指导与帮助下成长起来的。

因为此，我对《文学评论》充满了感情，因为充满感情，我真心地希望《文学评论》越办越好，也因此不避浅陋，冒昧地在这里提几点希望或者说建议。

首先，希望《文学评论》坚持学术本位，多发有创新、有见解、有自己思考的文章。《文学评论》是国内文学类的顶级刊物，但从根本上说，顶级刊物最终要靠其所发表的学术论文的质量来支撑。只有不断地发出高质量的论文，引领学术潮流，创新学术思想，才可能使《文学评论》永远立于潮头，成为中国文学研究的一面旗帜，在国际学术界产生应有的影响。

其次，希望《文学评论》兼容并包，成为各种学术观点展示与争鸣的场所。《文学评论》在学术界有着举足轻重的地位，这既是历史的选择也是中国特色学术体制的结果。至少在可以预见的将来，其地位无法为其他刊物所取代。这样，《文学评论》就不能办成同人杂志，不能以编辑个人的观点和思想倾向来决定文章的取舍。任何文章，只要有质量，即使是与编辑的理论背景、立场观点、思想倾向不合，也应给其发表的机会。这样，才可能促进中国学术的发展。

再次，希望《文学评论》能多给青年学者发表论文的园地和机会。青年学者是学术的未来与希望，尽快地帮助他们脱颖而出，是《文学评论》义不容辞的责任。理想的编辑原则是以质选文，而不是以人选文，这方面《文学评论》给我们做出了榜样。但给青年学者的支持力度是否可以更大一点。国家社科基金有青年项目，《文学评论》是否也可以设一个青年栏目，给那些确有思想但技巧还不纯熟的青年学者的文章一个发表的机会？文章不一定要长，万把字、几千字，只要言之有物，有创新，均可。现在由于期刊评价体制等方面的原因，杂志往往喜欢发长文章，且有越来越长的趋势。但长文章有长文章的优势，短文章有短文章的好处。《文学评论》应该不存在排名的隐忧，可以考虑发些有内容的短文。

这些想法不一定有新意，甚至不一定正确。但赤诚之心长在，拳拳之情可表。纸短情长，谨以此祝贺《文学评论》创刊60周年。

（作者为湖南师范大学教授）

名刊的责任与困境

——为《文学评论》六十周年而作

陈平原

十几年前,在谈论什么样的人该出"全集"时,我曾引清代史学家全祖望及诗人袁枚的意见,区分"大家"与"名家"。结论是:"名家有所得,大家有所失,得失之间,最该关注的,是其学问及文章的气象、境界和范围。"[①] 人物如此,杂志也不例外。套用全祖望的说法,办名刊不难,"瘦肥浓淡,得其一体"即可;而大刊则"必有牢笼一切之观"(《文说》),不是很容易做到的。除了主观努力,还得有天时地利人和;单靠政府一纸公文,解决不了问题。

发如此迂腐的感叹,那是因为,在我看来,走过六十年征程且取得辉煌业绩的《文学评论》(简称"文评"),要想百尺竿头更进一步,最终成为引领一代风骚的"大刊",实在太难了。今天的《文学评论》,名气远比20世纪80年代大;但那是不合理的评鉴制度造成的,并非自家努力的结果。甚至可以这么说,今日的"高处不胜寒",成了"文评"健康发展的巨大障碍。

我与"文评"结缘,始于初刊1985年第5期的《论"二十世纪中国文学"》(与黄子平、钱理群合撰)。此后若即若离,到今天,总共也才刊出十文,算不上铁杆作者。尤其整个90年代,我从没在"文评"上露过脸。并非有什么过节,只因那时正与友人合办民间刊物《学人》,好文章留着自己用,次一点的又不好意思给"文评"。而且,说实话,那时年少气盛,并不觉得《中国社会科学》或《文学评论》的水平比我们《学人》高。只是最近三十多年,中国人文学界风水轮流转:"八十年代民间学术唱主角,政府不太介入;九十年代各做各的,车走车路,马走马道;进入

[①] 陈平原:《"大家"与"全集"》,《中华读书报》2003年9月17日。

新世纪，政府加大了对学界的管控及支持力度，民间学术全线溃散。随着教育行政化、学术数字化，整个评价体系基本上被政府垄断。我的判断是，下一个三十年，还会有博学深思、特立独行的人文学者，但其生存处境将相当艰难。"[1] 这种状态下，《文学评论》的名声及地位水涨船高，吸纳好稿子的能力也就迅速提升了。

资源多了，地位高了，责任也就更大，学界希望你成为"中流砥柱""学术标杆"。早年即便若干动作不太雅观，大家也都能理解，因为生存不易；现在不一样了，稍有差错，媒体及民众必定穷追猛打。记得某杂志2009年刊登某大学副校长《何谓"理论"?》，竟被揭发抄袭云南大学某讲师多年前的讲稿，作者难堪不用说，名刊也因此英名扫地。此等困境，一次就足够你难受好多年，弄不好，几十年努力前功尽弃。正因此，责任重大的名刊主编，不能不小心翼翼，如履薄冰。

这个时候，我对"文评"的最大担忧，不是发很烂很烂的文章，而是全都合格，但出不了彩。最近十年，大批训练有素的新晋入列，学术规则得到较好的遵守，加上各大学加大奖励力度，《文学评论》所刊论文，基本上过得去。但仔细观察，你会发现，诸文大都稳妥有余，而勇猛精进不足。如果十年后总结，本领域最具创见的文章不是或很少发表在《文学评论》上，那没什么好说的，编辑部及主编都必须检讨。

说这句话，是因为20世纪80年代的《文学评论》，与其他刊物处在竞争状态，主编及编辑都积极参加各种学术活动，努力追赶学术潮流，把握发展脉搏，主动争取好稿子。如今杂志名声在外，老少贤愚全都往这里挤，推都推不开，编辑根本没时间及精力去主动发掘。以我研究晚清以降报章书局的体会，最具创新意识的，当属同人杂志；至于已成名且规模巨大的书局或报章，往往各有其"傲慢与偏见"，守成有余而拓展不足，导致其在文学史、思想史、学术史上落了下风。

真心希望，再过一个甲子后回望，历尽沧桑的《文学评论》，没有辜负世人的期待，当得起堂堂正正的"大刊"二字。

（作者为北京大学教授）

---

[1] 陈平原：《人文之"三十年河东"》，《读书》2012年第2期。

《文学评论》与中国文论话语建构

曹顺庆　时　光

  2017年悄然降临，自1957年创刊以来，《文学评论》已整整走过了一个甲子。六十年来，作为国内最重要的文学研究与理论批评的学术刊物之一，《文学评论》以其过硬的学术质量与鲜明的学术个性而一直为学界所重视，长期在文学研究领域发挥着导引潮流、培育风气的重要作用。例如，在20世纪90年代中后期围绕"重建中国文论话语"而进行的那场旷日持久的学术大讨论里，《文学评论》在其间既充当了不可或缺的"催化剂"，又为论争各方提供了建言发声的"会议桌"。站在今天的角度审视二十余年前的这场"轩然大波"时，我们不难发现它对国内文学研究的强力"塑形"作用。值《文学评论》创刊60周年之际，笔者拟在此择要回顾这场与《文学评论》有着密切关系的学术讨论，算是对《文学评论》光辉历史的一种致敬吧。

一

  "话语"无疑是这次讨论中的核心术语。此词本为语言学术语，后经巴赫金、福柯等人阐发，"话语"一词从语言学范畴中走出，其意义更多地落脚于文化学及社会学领域，它迅速地与思想体系、意识形态、价值观、信仰及权力关系相结合，成为西方学术体系最热的批评术语之一。20世纪80年代以来，西方现代主义、后现代主义的诸多理论在极短的时间内大量涌入中国，令人眼花缭乱地以共时态呈现在国内学人面前，"话语"就是在这样的大背景下进入了我们的视野，并被严谨或不严谨地广泛使用着；也正是在这样的大背景下，原本在国内一直被用于临床医学、语言学领域的术语"失语症"，逐渐与"话语"糅合在一起，悄然潜入文学批评领域当中。

20世纪90年代初期,"失语症"就已在《文学评论》掀起过不小的"风波"。黄浩在发表于《文学评论》1990年第2期的《文学失语症》一文中区分了"运动性失语"与"感受性失语",并认为新小说患上的是"运动性失语","即语言传达的功能性障碍疾病。通俗一点讲,就是:新小说说话困难",换言之,黄浩认为新小说语言探索过于激进,以至形式与内容脱节,令创作难以为继。① 特别需要指出,在黄文中,引用了唐跃、谭学纯的一些表述用以支持自己的论述。随后,唐、谭二人也在《文学评论》上发表了文章,针锋相对地反对黄浩"文学失语症"的说法,并依据语言学理论认为"文学尚未失语",另外,二人还严厉地批评了黄浩对于"失语症"一词的移用:"……黄文的中心论点是新小说患有失语症,这也是用科学语言的功能性障碍现象来说明文学语言问题,并在移用过程中没有附加任何相关条件。由于黄浩同志使用了两套不能混用的计量系统来看待新小说语言实验,所以他不断发生矛盾……"② 这两篇文章的发表,一方面显示了"失语症"与《文学评论》是"颇有渊源"的;另一方面表明,"失语症"从一开始进入文学批评领域,就是一个"麻烦不断"的"棘手"术语——正如后来的情况所一再证明的那样。

　　在90年代中后期频繁"出镜"之前,还有一些文章也零星地使用"失语症",不过对其的理解与用法各不相同:有的用以指代文学在商品经济的冲击下道德操守和精神品格的沦丧③,有的用以指代新时期以来小说创作中"文革"题材的缺失,以及对"文革"的更深入反思的匮乏④,还有的用以指代电影评论家面对汹涌而来的好莱坞电影的无法言说的困境⑤……然而,这些文章大都对"失语症"的移用较为随意,缺乏系统性的阐述,因此,这一术语并未得到学界广泛的认可和使用。"失语症"真正在学界引起共鸣和讨论,是在笔者发表的一系列专题论文将其引入文论领域之后。在这些论文中,笔者明确指出,中国文论患上了严重的"失语症",这突出表现在"中国现当代文化基本上是借用西方的理论话

---

① 黄浩:《文学失语症——新小说"语言革命"批判》,《文学评论》1990年第2期。
② 唐跃、谭学纯:《文学尚未失语——关于黄浩同志〈文学失语症〉一文的不同意见》,《文学评论》1991年第1期。
③ 邵建:《"精神失语"及其文化批判》,《文艺评论》1994年第6期。
④ 邹忠民:《历史的失语症——"文革"题材创作论》,《小说评论》1995年第5期。
⑤ 未泯:《失语"好莱坞"》,《电影新作》1996年第3期。

语，而没有自己的话语，或者说没有属于自己的一套文化（包括哲学、文学理论、历史理论等）表达、沟通（交流）和解读的理论和方法"，若想真正地展开多元文化的对话与交流，就必须根植于中国本土文论的深厚土壤，认真地开始"重建中国文论话语"的工作。① 后来的情形正如程勇所描述的那样："斯论一出，顿时激起轩然大波，学者们或支持或反对，或深入追思，或另辟思想阵地，成为世纪末文坛最抢眼的一道景观。"②

如果说"失语症"是针对中国文论界的"望闻问切"，那么"重建中国文论话语"则是随之而来的"对症下药"，而在三种文论资源（古代文论、西方文论、现当代文论/俄苏文论）中，"古代文论"作为最为"中国"的"话语"，它在当代的价值与意义受到学界格外的重视也就"顺理成章"了。有鉴于此，若想较为完整地勾勒出始于20世纪90年代中后期的这场学术讨论的话，我们就必须把"失语症"、"重建中国文论话语"以及"中国古代文论现代转换"当作"中国文论话语建构"这一问题不可分割的三个部分。

二

与"失语症"一词"颇有渊源"的《文学评论》在这"世纪末文坛最抢眼的一道景观"中，时时扮演着"先锋队"与"组织者"的角色。《文学评论》在1996年第6期刊发了季羡林先生的《门外中外文论絮语》一文，这篇文章主要是针对笔者发表在《中外文化与文论》第1辑上的《重建中国文论话语》一文而写作的。季先生为人谦和率真，自言"我那爱好胡思乱想的老毛病又发作起来，如骨鲠在喉，必须一吐为快"，他在此文中指出，"东西文艺理论之差异，其原因不仅由于语言文字的不同，而根本是由于基本思维方式之不同"，正因如此，面对东西方两种话语，我们应秉承"不薄西方爱东方"的态度，"让这两种话语并驾齐驱，共同发展"，然而，要想做到这一点，我们就必须"认真钻研我们这一套植根

---

① 曹顺庆：《21世纪中国文化发展战略与重建中国文论话语》，《东方丛刊》1995年第3辑（总第十三辑）。
② 程勇：《对九十年代古文论研究反思的检视》，《江淮论坛》2001年第3期。

于东方综合思维模式的文论话语,自己先要说得清楚,不能以己昏昏使人昭昭"①。季老这篇深入浅出的文章,一经发表就受到了国内学人的密切关注,在极大地"刺激"了相关的学术论证之进程的同时,又在后来学术论争的过程中成为被征引最频繁的文献之一。

紧承着季先生的文章,《文学评论》编辑部在 1997 年第 1 期特意设立了专栏,精心择选出了四篇论文与一篇报道,集中展示了不同学者对于"古代文论的现代转换"的看法和意见。事实上,四篇论文的作者分别从不同的方面探讨了"现代转换"这一命题:栾勋从"转换"的主体条件出发,认为研究者必须要发挥主观能动性,及时调整自身知识结构,以为"转换"的成功实现提供必要的准备②;党圣元则试图在有限的篇幅内高屋建瓴地勾勒出中国古代文论的范畴与体系,从而为"转换"规划了较为系统的"路线图"③;如果说刘烜尝试从前辈学人王国维的学术实践历程中寻找"转换"的经验的话④,那么,李春青则试图以自己对于"自然"这一范畴的三层内涵的解读作为"转换"与"阐释"的示范。⑤ 屈雅君对 1996 年 10 月 17 日到 20 日在陕西西安举办的"中国古代文论的现代转换"研讨会的综述报道,基本上涵盖了当时学界围绕"转换说"争鸣的各个方面:从"转换"的必然、难点与定位,到"转换"的可能、实例与前景。⑥《文学评论》这一专栏的设立,既是对"失语症"命题的明确回应,也是对"重建中国文论话语"在策略、路径方面的有力补充。

在为此专栏撰写的《编者按》里,《文学评论》编辑部非常具有前瞻性地指出,"建设有中国特色的文艺理论,将有一个相当长的探索期,预期将会出现不同观点与争鸣"⑦。这一判断无疑是精准的,因为自此之后,围绕"失语"、"转换"以及"重建"等议题的讨论,其时间跨度之长、

---

① 季羡林:《门外中外文论絮语》,《文学评论》1996 年第 6 期。
② 栾勋:《学人的知识结构与中国古代文论研究》,《文学评论》1997 年第 1 期。
③ 党圣元:《中国古代文论的范畴和体系》,《文学评论》1997 年第 1 期。
④ 刘烜:《王国维创造"新学语"的历史经验》,《文学评论》1997 年第 1 期。
⑤ 李春青:《论"自然"范畴的三层内涵——对一种诗学阐释视角的尝试》,《文学评论》1997 年第 1 期。
⑥ 屈雅君:《变则通 通则久——"中国古代文论的现代转换"研讨会综述》,《文学评论》1997 年第 1 期。
⑦《文学评论》编辑部《编者按》,《文学评论》1997 年第 1 期。

波及范围之广、反思研探之深都是以往少见的。在这篇《编者按》里，《文学评论》编辑部还允诺，"为了展开这一问题的讨论，本刊将陆续刊载这方面的研究成果"。他们后来也确实对上述诸议题保持了相当的敏感度与关注度，在进入21世纪之后仍不时刊发相关文章，鼓励学界对此进行持续的切磋与争鸣：这都使得《文学评论》成为学界讨论"中国文论话语建构"话题的最活跃、最权威的学术平台之一。

三

以较宏观的视角来审视二十余年来以《文学评论》为发表平台的相关论争的话，笔者认为，可将其大致划分为以下三个阶段。

第一个阶段，"争鸣期"（1996～2003年）。

以季羡林先生《门外中外文论絮语》的发表以及"中国古代文论的现代转换"专栏的设立为开始标志，《文学评论》在这一阶段刊发了多篇有关"中国文论话语建构"的重量级论文，来自不同学科领域的专家学者就"失语""重建""转换"各抒己见，一时之间形成了"百花齐放、百家争鸣"的蓬勃气象。关于这一阶段或针锋相对或遥相呼应的各方观点，已有多名学者进行过凝练的梳理与总结，无须过多重复。

笔者想在此简要地谈谈"争鸣期"阶段中的讨论呈现出的两个突出特征。首先，参与讨论者对"话语""失语"等核心术语的理解不尽相同。在《也谈中国文论的"失语"与"话语重建"》一文中，陈洪、沈立岩二人在认识到"失语症"与"影响深远的语言学转向的精神关联，以及与话语理论的更为直接的呼应"的基础上，敏锐地察觉到"人们在使用这个借喻式的名目时，包含了许多不尽相同的意思"[①]，这一发现对于学界具有极强的警醒意义，然而在随后的讨论中，尽管笔者一再重申自己使用"话语"与"失语"的最初内涵，对于这两个核心术语的理解还是出现了较大的分歧，并最终使得讨论不断挟裹进新议题，如"滚雪球"一般越滚越大。其次，除了学理层面的争鸣外，参与讨论者还借机真诚地检视了新时期以来的治学风气与心态。例如，季羡林先生在文章中大力主张"送去主

---

① 陈洪、沈立岩：《也谈中国文论的"失语"与"话语重建"》，《文学评论》1997年第3期。

义"的同时，还号召学界"彻底铲除'贾桂思想'，理直气壮地写出好文章，提出新理论"，老一辈学人的"苦口婆心"与"殷殷期待"令人感奋。又如，郭英德先生将新时期以来中国古典文学研究中的"理论的困惑"区分为"伪理论形态"、"准理论形态"以及"非理论形态"——这一精当概括完全可以算作对"失语症"最贴切的"脚注"，而之所以产生这样的现象，其根源有二，"其一曰研究者的理论修养不足，其二曰研究界的学风不正"，因此郭文呼吁"拨乱反正，重铸中国古典文学研究的理论品格"①，这无疑与上文提及的栾勋先生文章的出发点是一致的，即，无论是否"失语"、能否"重建/转换"，研究者都必须要提高自己的理论素养水平，坚持实事求是的良好学风。

带着对20世纪学术研究的严肃审视，学界将对"失语症"及其相关问题的讨论一直延伸到了21世纪初期。随着对各个议题的争辩、切磋、研探的逐渐深入，诸如像陈雪虎先生的《1996年以来"古文论的现代转换"讨论综述》②一样的爬梳整理类的文章次第刊发于《文学评论》之上。这一方面证明了学界围绕着"失语""重建""转换"的讨论已日趋成熟，另一方面也意味着持续数年的学术热潮终于开始"退烧"。

第二个阶段，"反思期"（2004~2008年）。

相对于前一时期"百家争鸣"的热烈情况，这一阶段的学者开始以冷峻的眼光审视上一阶段论争过程中的诸种观点，并将持续深入的反思自觉地带入各个相关的研究领域之中。例如，王富仁、何锡章二人都对中国文论"失语"这一判断持谨慎的态度，他们分别在自己研究现代文学的经验的基础上，指出"中国现代文学研究之所以选择西方话语而没有选择自己传统的研究话语，正是研究与研究对象之间的这一内在规律决定的，绝非盲目和偶然"③，而学界在反对"西方话语霸权"的同时，"不应把中国现当代文化主动接受西方文化的影响、革新发展本民族文化的行为一律视为对西方话语霸权的屈服和顺从"④，在这样的反思中，中国现代文学研究的学科定位、研究方法与目的等问题也得到了一定程度上的澄清。除此之外，这一阶段的《文学评论》上还有两篇文章格外引人注目：蒋寅先生的

---

① 郭英德：《中国古典文学研究的理论品格》，《文学评论》1997年第4期。
② 陈雪虎：《1996年以来"古文论的现代转换"讨论综述》，《文学评论》2003年第2期。
③ 何锡章：《中国现代文学研究为什么会选择西方话语》，《文学评论》2003年第6期。
④ 王富仁：《"西方话语"与中国现当代文化》，《文学评论》2004年第1期。

《对"失语症"的一点反思》[①]以及笔者的《论"失语症"》[②]。这两篇文章皆是针对"失语症"的集中言说：蒋先生词锋犀利地再度申明了自己判定"失语症"是"不能成立的命题"的理由，而笔者则在文章中尽可能全面地一一回应了"失语症"提出以来的学界反对意见，重新阐述了"失语之因"与"重建之途"。抛开学术观点上的具体分歧，其实不论是蒋先生还是笔者或是其他的参与讨论者，大家争鸣的落脚点都放在了当下与未来——学风如何改善，阐释怎么有效，路径如何择取，如蒋先生所言的"'失语'绝不是什么有没有自己的话语，用不用西方话语的问题，而是有没有学问，能不能提出新理论、产生新知识的问题"，确实有其现实针对性，十分具有警醒意义。这样的例子在此次讨论中还有很多，在某种意义上，这种直面现实、关注现实之务实学风的提倡与围绕"失语"进行的学术争鸣具有同等重要的价值。

第三个阶段，"实践期"（2008年至今）。

随着参与论争的各领域学者开始重返各自的研究领域，以实际的行动落实中国文论话语建构的工作，关于"失语"、"重建"以及"转换"的讨论逐渐消歇。然而，这次讨论的消歇不意味着它的失效，经由这次讨论达成的共识，预计将在接下来很长一段时间内对中国文论界产生持续的"塑形"作用，而回顾这一进程发生的背景、经验及教训，同样对当下有很强的指导意义。

四

在简要回顾这场延续近十年的"失语症"以及由其引发的"中国古代文论的现代转换"、"重建中国文论话语"讨论的历程之后，笔者还想继续就此零碎谈谈自己的几点想法。

（1）将"失语症"引入文论领域是这场学术论争得以发生的重要契机。平心而论，将"失语"由神经病理学领域"移植"到文学理论领域，确实是一种极具创新精神的举措，"失语"一词所具有的生动的表达效果以及丰富的象征意味，使其一经使用就迅速流布，在很短的时间内成为各

[①] 蒋寅：《对"失语症"的一点反思》，《文学评论》2005年第2期。
[②] 曹顺庆、靳义增：《论"失语症"》，《文学评论》2007年第6期。

领域专家、学者皆可借以表达、交流、论争的一个公共"话语"。这一事实启示我们：在结合具体的学术实践的基础上，不仅要重视"表达什么"，也要重视"如何表达"，而对其他学科领域术语的"借调"或许是保持文学研究"话语"活力的重要途径之一。然而，我们必须要防范"失语症"讨论中出现的"误解之上的对话"以及"滚雪球式的膨胀"的不良倾向，这就需要我们今后在移用术语时，必须要明确其内涵、界定其范围、规定其对象——否则，像鲁迅先生在《扁》① 一文中所讥讽的"中国文艺界上可怕的现象"还是会一而再、再而三地上演。

（2）20世纪80年代中后期以来，随着市场经济的兴起与全球化时代的到来，来自西方的经济、文化等诸多事物一起涌入中国，强烈地冲击着中国人从物质生活到精神生活的方方面面。在经济领域出现了所谓的"麦当劳取代了饺子馆"，而在大众文化领域，以好莱坞大片为代表的西方文化产品在营造视听奇观的同时，也暗自"兜售"着个人英雄主义及其主流价值观念；精英文化领域的情况也同样不容乐观，西方文论批评话语的大规模密集引用，精英知识分子不但在对其不停的追逐中"消化不良"，而且不得不面对文学边缘化、商品化这样的尴尬局面。由此，西方经济、文化上的强势"侵入"，使得"后殖民"的预言变成了并非危言耸听的事实，而剧变带来的"切肤之痛"，正是"失语症"讨论在当时兴起的精神背景——这是不容否认的彼时实际情况，当我们在回顾这次论争时，就必须要将上述事实纳入考查范围之内，因为正如南帆先生所言，"'失语症'之说产生的巨大效果表明，仅仅考察逻辑的脱节无法释除众多响应者的强烈情绪。理论家的民族身份产生的意义可能比预想的要大得多"②。

（3）进入21世纪前，学者开始主动地对20世纪（尤其是新时期以来）的文学理论界乃至学术界的发展历程进行清理、总结、反思，在一种世纪末的焦虑情绪下，试图通过严肃的"向后看"来获得"向前走"的"勇气"与"视野"，朱立元先生在《走自己的路——对于迈向21世纪的中国文论建设问题的思考》一文中的这段话在当时很有代表性：

> 在逼近20世纪末的今天，随着中国向社会主义市场经济的革命性转型，中国文化也在经历着巨大而深刻的变动：中西文化的交流与碰

---

① 鲁迅：《扁》，《鲁迅全集》第四卷，人民文学出版社，2005，第88页。
② 南帆：《现代性、民族与文学理论》，《文学评论》2004年第1期。

撞在一个新的历史高度上展开，前现代、现代、后现代的历时性文化现象，奇迹般地投射在当代文化的共识屏幕上。面对着这样一个令人眼花缭乱的文化景观，一个百年前被提出过的老问题又一次提到人们面前：中国文论向何处去？①

《文学评论》编辑部组织召开"世纪之交：中国古代文学研究的回顾与前瞻研讨会"，专门开辟"二十世纪文学回顾"专栏等举措，都自觉不自觉地体现了上述"焦虑"；而关于"失语症""转换""重建"的讨论在这种"焦虑"下愈演愈烈也就不足为怪了。其实，"失语症"从来都不是一个新话题，而伴随着学界"焦虑"感也非20世纪末才独有的经验，近现代以来，"现代性"与"民族性"之间拉锯式的"冲突"一直都是学术研究领域的常态：从晚清的"中体西用"到新文化运动中的"学衡派"，再至抗日战争时期围绕"中国作风和中国气派"的讨论，一直到这场"失语症"大讨论——虽然这些命题产生的时代语境与文化背景不尽相同，但其潜在的基本心态、内在动因具有不少相似之处。

带着以上这些认识，笔者确信"中国文论话语建构"从来不是"一时之事"，更不可能"一蹴而就"，它始终伴随在中国已经走过的以及继续要走的现代化进程之中，也始终是一项不断的"试错"与"证伪"的长期工程；因此，围绕着"中国文论话语建设"而进行的讨论及工作，不会过时，也不应过时。笔者真诚希望"中国文论话语建构"工作在今后能继续扎实地向前推进，也衷心祝愿《文学评论》越办越好，能继续在这项对学界具有重大意义的工作中发挥一如既往的先锋作用！

（作者曹顺庆为四川大学教授，时光为北京师范大学博士研究生）

---

① 朱立元：《走自己的路——对于迈向21世纪的中国文论建设问题的思考》，《文学评论》2000年第3期。

我与《文学评论》的半甲子

周　宪

一个学者的学术成长,总是和社会学意义上的学术体制关联在一起,这些体制如学术杂志、出版社、大学、学术会议等。假如把学者比作鱼儿,那么,这些体制就是水。离开了水,鱼儿便不复存在。学者与体制这种鱼和水的关系,决定了鱼儿的成长与水不可分离。

我与《文学评论》颇有些缘分,而且时间久远。记得改革开放初期,我上本科三年级时小试牛刀写了一篇文章,自觉有些心得和新见,于是不知天高地厚地投给了《文学评论》。当时心里盘算着,先从最高级别的刊物开始投,也算是对自己学术潜力的一次试探。令我没想到的是,这篇处女作竟然被《文学评论》全文发表,那是1981年的事。从一个人的学术生涯来说,处女作的发表算是一件具有出发点意义的重大事件,因为它从一开始就给以学术为志业的人注入了强大的驱动力。此后几十年中,我的学术研究始终和《文学评论》多有交集,不少自认为有些创建的文章就投给这家刊物,并有幸在这个号称中国文学研究 No.1 的学术杂志发表过多篇论文。值得一提的是,1990年代我在《文学评论》上发表的一篇论文,还荣幸地获得"《文学评论》(1992~1996)优秀论文奖"。一个作者与一本杂志半个多甲子的因缘,虽说不上是一段动人的佳话,却也蕴含了许多耐人寻味的故事。当《文学评论》六十年盛事向我约稿时,真令我感慨良多,我甚至突发奇想:当年如果没有《文学评论》给我提供发表处女作的机会,我的学术生涯又会怎样?

《文学评论》在中国文学研究的知识场域中是 No.1 的顶尖杂志,此判断并非吹捧或过誉之词。据南京大学中国社会科学评价中心数据,在中国文学大类来源期刊中,《文学评论》多年来始终首屈一指,未有可取代或可与之 PK 的其他对手。在我看来,《文学评论》所以在中国的学术生态中占有独一无二的地位,不只是它后面有中国社会科学院文学研究所的强大学术支持，更重要的是，在今天高校学报、同人杂志集刊铺天盖地的境况下，《文学评论》作为一个独立学术机制，海纳百川，兼收并包，超越了特定学术单位、研究机构和学派同人的捆束与局限，进而使其不但在事实上，而且在学者们心中，成为中国文学研究界所翘望的崇高舞台。《文学评论》所特有的独立而开放的特性，自然吸引了高水平的作者争相投稿，它本身也是知识场中提出新问题、引领新方向的顶尖杂志。

学者与杂志的鱼水关系其实也是一种互惠互赢的关系。高水平的杂志有赖于高水平的作者，而高水平的作者又从高水平的杂志中得到提升。所以，能在《文学评论》上刊出自己的研究成果，其意义不啻是对学者自己学术研究的肯定。据我所知，在一些国外知名大学的图书馆里，《文学评论》是杂志柜架上的常客。这表明《文学评论》一方面是彰显本土文学研究成就的舞台，另一方面是向国际学界展示中国学术的重要窗口。

一刊一甲子，《文学评论》六十年，刊物的历史不但见证了中国社会文化研究翻天覆地的变化，它也发现、提携和惠及了好几代学人。当年我发表处女作时还未入"而立之年"，如今已是"耳顺之年"了。这三十多年里，我与《文学评论》一起成长，不断地受惠于《文学评论》文学研究的学术引领，亦受教于诸多学者所提出的本土性和世界性难题的开拓性研究，还目睹了这本杂志的栏目、版式甚至印张等方面的变化。在和《文学评论》结缘的几十年中，我有幸结识了《文学评论》几任主编及诸多编辑同道，特别是和钱中文先生交往较多，曾得到他的指点和鼓励，深感其学术影响和人格魅力。用通俗的比喻来说，《文学评论》就像是知识界的茶馆，各路学人历经学业艰辛旅途后，来到《文学评论》品茗会友，坐而论道。编辑部各位同道如茶馆掌柜，边沏茶上水，边攀谈闲聊，他们热心学术并助人为乐的品格，给人留下了深刻印象。尤其是过去一些年，我观察《文学评论》还有一个不成文的传统，经常走出皇城四方联络沟通作者，商议选题或稿件，参与各地学术活动。一个杂志俨然成为文学知识生产中一个不可或缺的发动机。说来惭愧，作为《文学评论》多年的评委，我除了参加为数不多的几次编委会之外，实在对这本重要的杂志无甚贡献，还多年接受杂志社赠送的刊物而先睹为快。

《文学评论》一甲子，历经"十七年文学"、"文革"、改革开放和21世纪几个不同阶段，作为一个老作者，除了对一个老刊物叙旧忆旧之外，更关注并期待着《文学评论》的未来。今天中国的学术生态既生机勃勃，亦危机重重，学术研究不但高度体制化，而且高度分层化了，德国社会学家韦伯所说的现代性弊病的"科层化"以及工具理性支配，也在学术界随处可见。想当年一个初出茅庐的本科生，能在顶尖刊物上发表自己的处女作，今天这样的情况虽不能说全无，却也概率很低了。回想20世纪80年代，学术与学者的现实关怀和生存状况密切相关，而时至今日，学术更像是为稻粱谋的工具。尤其是当下，人文学术不断边缘化，宏大叙事日渐衰落，知识已越来越成为商品，学术的尊严日益受到挑战。面对这样的困局，《文学评论》如何以变应变？如何引领中国的文学研究？我想，这是《文学评论》的铁杆作者和读者所关心的。

（作者为南京大学教授）

桂馥兰馨　金声玉振

——我眼中的《文学评论》

蒋述卓

《文学评论》杂志已走过六十年路程了。它敏锐地感应着时代变革的浪潮，始终贴近时代的脉搏，始终与文学创作、文学研究工作者的步伐同节奏，为新中国文学研究树起了一根标杆与旗帜，并成为广大文学研究工作者心目中的最爱，难能可贵，可喜可贺！

我是1977年才上的大学，愚智开启甚晚，《文学评论》的前二十年路程我没有相伴而行，但它自1978年复刊以来的四十年路程尤其是近二十年来的路程，我却有幸能感受它的感受，脉动它的脉动，并深情地投入并参与它的事业，伴随它的成熟我也成为它的一名同行者，我发自内心地感到自豪，也从它的成熟中获得了更多的自信。

《文学评论》给我最强烈的印象是它非常具有节点意识和学科意识，也就是说它能非常敏锐地把握住文学随时代变化的节奏，在关键点上去观察文学、分析文学、引领文学。如在1978～1979年，发起了关于形象思维的讨论和文艺与政治关系的讨论；在1984年开设了"文学研究方法创新"的笔谈，它是1985～1986年文学研究方法论热的先声；之后，它开设过"发展马克思主义文艺理论笔谈""当代文艺理论新建设""社会转型与文艺美学研究笔谈""新时期文学十年研究""新时期文学二十年""二十世纪文学回顾""二十世纪中国文学研究回顾"等栏目。对节点的把握，既是一种文学对时代的回应，又是一种学科史的建设，因为在相关的节点讨论文学重要的问题以及讨论有关文学发展的节点问题，都是可以进入学科史之内的。像"新时期文学十年研究"、"新时期文学二十年"，抓住的不仅仅是一个时间的概念，它对新时期文学进行时间意义上的分析，讨论的结果是可以促发某些问题进入文学史的。同样，"二十世纪文学回顾"栏目，从1996年开设一直延伸到2009年，达十三年之久，它既是对"二十世纪文学"概念讨论的一种深化，又具有文学史学的意义。"二十世纪中国文学研究回顾"栏目则是对文学研究的研究，就更有学科史的意义了。

《文学评论》对栏目的设置还能抓住文学研究的前沿问题和关键问题来展开讨论，并借此推动与引领文学研究的走向。像1997年开设的"关于中国古代文论现代转化的讨论"栏目，就敏锐地抓住了当时文艺理论讨论的热点问题进行了广泛而有深度的讨论，使这一问题的研究取得了相当厚重的成果，为中国特色社会主义文艺理论的建设做出了贡献。我也是在参加这场讨论当中开始在《文学评论》发表文章的（我的文章是《论当代文论与古代文论的融合》，载《文学评论》1997年第5期）。又比如2004~2005年"关于文学理论边界的讨论"栏目，虽然是由著名文艺理论家童庆炳教授与他的学生的争论引起的，但此问题的讨论关涉新的时代文艺学学科的定义与发展问题，关涉文学是否终结或即将终结问题、文化研究或文化批评是否可以取代文学研究的问题，以及今天我们究竟需要什么样的审美问题。这一讨论与它设立的"社会文化转型与文艺美学研究笔谈"栏目一道，共同推进了文艺学学科在21世纪头十年的研究与进展。也正是在这场讨论的驱动下，我在《文学评论》2005年第6期发表了《消费时代文学的意义》一文，从文化研究的视野对消费时代来临文学的意义生产作了积极的回应。

《文学评论》的另一些栏目如"我的文学观""作家作品评论小辑""加强文学评论笔谈""当代诗歌价值取向""学人研究"等，紧密贴近文学、文学评论和文学研究的实践，给学人以发挥的空间，常能带来一些耳目一新的文学思想与观念。

特别值得一提的是，《文学评论》还设立"青年学者专号"与"新人评介"专栏，提携与奖掖青年学者，这对学界也是一种福音，对鼓励青年学者从事文学研究、提升他们的信心与能力是很重要的环节。在这当中发表文章的青年学者，如今有的已成长为"长江学者"或"青年长江学者"了。《文学评论》在培育文学研究人才上也是可圈可点的。

我们还见到，《文学评论》还举办优秀论文评奖活动。从当时的获奖名单看，其中青年学者也占有相当大的比例，如1990~1996年的获奖者中，有吴承学、谭桂林、周宪、高小康等青年学者，如今他们都成为学界的领头人了。其中谭桂林在后续的两次评奖中继续获奖，吴承学则是将他的获奖论文《江山之助——中国古代文学地域风格论初探》视为他学术研究的发端。

在中国近百年文学与文化的发展史上，一本杂志、一份报纸、一家出版社对一场文化运动、文学思潮与文学流派的推动起到举足轻重的作用，屡见不鲜，如《新青年》之于五四新文化运动，《现代》杂志之于中国现代主义文学思潮，《中国新诗》之于"中国新诗派"（九叶派），等等。《文学评论》之于新中国以来文学研究的作用与贡献，也是有目共睹的。它在培养文学研究人才、站立文学前沿、引领学界风气等方面，都是值得大书特书的。正值它创刊六十周年大庆之际，我拟了一副对联，以表示我的祝贺和祝愿——

桂馥兰香滋畹亩，金声玉振领风骚。

（作者为暨南大学教授）

《文学评论》如何进入当代文学学术史

张福贵　王文静

平心而论,从中国当代文学学术发展的历史进程来看,《文学评论》尚不能算是中国文学研究和批评领域中最前沿和先锋的专业刊物。但是,几乎在文学发展的每一个重要时刻,《文学评论》又都是一种标志性的文化和学术符号,引领和制衡着中国文学批评和学术发展的方向。《文学评论》的创刊背景和所属机构的性质,决定了其主流学术话语的地位和影响力。无论是从时间的持久性还是从刊物学术品格的稳定性来看,《文学评论》都在中国当代学术史上显示出特殊的价值。

在当代中国思想文化环境中,刊物的发展并不完全是一个自主自为的过程,而其内涵成长更受制于社会时代的变化。按照纯文学研究的逻辑,从其发展实际来看,又恰恰最能体现学术刊物与政治文化之间的关系,也能从刊物的内外变化看到时代的变化。当历史构成本身包含鲜明的时代元素之后,从文学刊物与时代关系的角度研究历史,本身就符合历史的真实。所以说,在中国当代文化语境和文学史发展过程中,《文学评论》又是最具本质性的主流价值观的表征。在当代社会信息高度发达的时代,每一个时期在媒体上都有流行的关键词,从政治概念到学术话语乃至日常用词都是如此。应该说,《文学评论》对于中国当代文学发展和评价的突出作用,就是提供了许多关键词,并以此反映和引导创作与研究的基本态势。

文学的发展本身并非始终遵循某种既成的内在逻辑,在文学与时代关系的考量上,与其说时代的变更制约着学术刊物的发展走向和成长历程,倒不如说学术刊物最大的文学属性就是时代性。学术刊物既是学科发展和评价的引导和反映,也是一个社会政治环境变幻的晴雨表。脱离时代来谈学术刊物的价值显然是不客观的,但过分强调又会湮没刊物本身的创办初衷和办刊理想。"在近代以来功利主义价值观的影响下,文学被社会发展看得过轻，又被意识形态看得太重。于是，人们对于中国现当代文学史的评价，往往就不是一种单纯的学术史和艺术史的评价，而是有关中国政治史和思想史的评价！"① 文学史著作呈现出的在场性往往是针对一定历史时段的概括性的存在，它从根本上来说是编写者立足当下对历史话语进行的一种叙述选择，而学术刊物的在场性却是贯穿整个文学时代的具体的存在。由于未来时代走向和文学发展方向皆不明确也未可知，因此，由学术刊物记录的特定时间节点下的文坛状态，相对来讲更为客观。它更能相对真实地还原文学发展的本真状态和一个文学时代的基本风貌，这是由刊物的性质所决定的。学术刊物是研究者发表学术见解、参与学术热点讨论的重要路径之一，由其刊发的具有重要影响力的文章在当代文学史上产生的学术价值和由此生发的文学研究效应，都是不可预估的。它既是对文学研究历史客观而稳定的一种记录方式，同时在一定程度上持续推动着当代文学史发展的历史进程。学术刊物的这种稳定、持续而客观的在场性，也自然而然地使它成为见证中国当代文学发展的文学史料。

不可否认，学术刊物对当代文学历史的记录与还原存在着局限性。受刊物篇目和刊期的限制，文学刊物与实际文学事件的发生存在一定的时间差。与刊物本身产生的文学效应一样，具有相对的延迟性和滞后性，仅仅依靠期刊研究，并不能得文学发展之全貌。客观地说，学术刊物的发展也并不完全是自主自为的，除去刊物坚持秉承的办刊初衷之外，存在很多外力影响着刊物的文学立场和文章的刊用，这相对淡化了其作为学术史可能有的纯粹性，但是也增加了它见证当代文学发展史的丰富性和整体性。随着时间的推移，当文学史家站在整个文学发展的暂时终点来梳理学术刊物和它走过的每一段历史历程的时候，就会发现，这种影响与介入却也恰恰使它客观映现出不同时代文学所处的社会背景，也理应成为文学史还原相对真实的历史现场的入径。基于对学术刊物价值和影响力的这样一种认知与评价，才能够更为清晰准确地考察《文学评论》作为一个相对专业的学术期刊的价值，以及其如何进入当代文学研究史的过程。

文学史著作侧重的是"以点带面"，即以文学史发生过程中的重要事件或时间点作为衡量、概括和评价一段历史时期文学状态的中心。而学术

---

① 张福贵：《对近年来中国现当代文学几种命名的反思》，《中国现代文学研究丛刊》2016年第9期。

刊物则是"以点生面",这个点就是每一期刊物提出或推介流行关键词的当下历史时刻。学术刊物是研究者发声的基本窗口,是学术名词和核心学术热点生发的直接途径,作为记录文学史实载体的文学刊物本身已然成为了文学史实。它不单单拘泥于记录文学发展历程中的重要历史时刻,在关注核心学术热点的同时,也展现学术界所关注的其他问题以及关于这些问题的诸多视角和看法。它虽然缺少文学史著作清晰严谨的逻辑性与条理性,但是不可否认,它更具针对性、更细枝末节地展现着文学史过程。从文学研究共时性的角度来看,《文学评论》在引发文学当下"热点效应"方面成绩斐然。

其一,六十年来《文学评论》除了"文革"十年停刊之外,其在有限的篇目和刊期之内,不断引发关于学术热点问题的讨论。"百家争鸣"可以说是贯穿六十载《文学评论》始终的办刊理念,《文学评论》渴望听到来自学术界不同的声音,也在创办的行进过程中更新着"百家争鸣"的时代内涵。"百家争鸣"最初作为政治方针,是《文学评论》得以创办的"推动力"之一。1957年在创刊号的《编后记》中,时任主编的何其芳先生写道:"我们深信,我们的学术水平,我们这个刊物的质量,都只有在'百家争鸣'的方针下广泛发表各类意见和自由竞赛,然后有可能逐渐提高。在任何学术部门,一家独鸣都是只会带来思想停滞和思想僵化的。"[1]在共和国文学起步初期,"百家争鸣"作为政治符号,更多被理解为对文艺创作和文艺研究的一种要求。而新时期以来,《文学评论》为"百家争鸣"衍生了新的时代内涵,并作为其促进文学研究领域的繁荣和倡导多元化文学主张的办刊理念。正是在"百家争鸣"观念的引领下,《文学评论》多次引发有关学术热点问题的讨论,其中极具代表性的是对中国文学史分期问题、中国诗歌问题、历史剧问题、"中间人物论"、有关"国防文学"和"民族革命战争的大众文学"两个口号论争以及"朦胧诗"等问题的集中讨论。

其二,《文学评论》始终注重追踪和引导学术热点,创造和重复文学创作和批评的关键词。1961年《文学评论》第3期刊登严家炎的《谈〈创业史〉中梁三老汉的形象》,以更为冷静清醒的眼光来评价《创业史》塑造的人物形象,见解独到地剖析出人物形象"梁三老汉"的时代价值,

---

[1] 何其芳:《编后记》,《文学研究》1957年第1期(创刊号)。

可谓独树一帜。临近21世纪，洪子诚在其《"当代文学"的概念》(《文学评论》1998年第6期) 一文中以文学史写作的广角，阐述了自己对"当代文学"概念的理解与界定。陈思和则以《文学评论》为平台，在其《试论当代文学史（1949～1979）的"潜在写作"》(《文学评论》1999年第6期) 一文中提出"潜在写作"的文学概念。2014年末，张江的《强制阐释论》于《文学评论》第6期一经发表，"强制阐释"迅速成为学术热门词语，热度始终居高不下。而由这篇文章引发的学界对"强制阐释"理论的热烈探讨使《文学评论》在2015年第3期特辟"关于'强制阐释'的讨论"笔谈，刊发四篇文章推进学界对这一学术热点理论的理解。以既成历史的视角去回顾《文学评论》的发展历程便会发现，《文学评论》引发的不单单是众多有关学术热点的当下讨论，从更为深远的角度来看，它更注重为中国当代文学研究和理论批评提供新的学术生长点。以《文学评论》刊登的新作批评相关文章为例，选用文章多侧重以新的研究视角来阐释新问题，注重挖掘新的学术思想。《文学评论》更看重的是新的学术思路。因为新的学术思想是最具生命力的，它既可能站在崭新的历史节点上重新掌握当下时代对某些以往问题的话语权，重新评定或追认其文学史价值，也可能提出话题成为引领未来学术思路走向的预兆。借用1989年"中国当代文学四十年"专栏的《编者按》中的话来说就是："我们不惮于某些旧的思想、观念和信仰的动摇和失落，用于探讨和创立新思维、新观念、新学说。"

其三，在中国当代文学发展的各个重要转折和文学事件节点，《文学评论》都把握住了参与讨论的时间点，并成为记录文学事件发生的载体。20世纪80年代初期，学术界掀起了有关"人性和人道主义问题"的热烈讨论。《文学评论》1981年第1期刊发《论当代文学创作中的人道主义潮流——对三年文学创作的回顾与思考》。1982年3月《文学评论》编辑部召开有关文学中人性、人道主义问题座谈会，并于同年第4期集中刊发《"人性"断想》《谈新时期文学中的人道主义问题》等文章参与讨论。1985年第6期、1986年第1期分别刊发的刘再复的《论文学的主体性》和《论文学的主体性（续）》，实际上也是对这一问题讨论的延续。20世纪80年代以来，围绕与现当代文学学科发展密切相关的问题，如有关"重写文学史"和"重读十七年文学"等，《文学评论》都积极组织学术研讨会，刊发文章参与理论建构和文本讨论。2012年10月，莫言成为首位获得诺贝尔文学奖的中国籍作家,《文学评论》2013年和2014年的当代文学研究专栏持续关注莫言及其创作,积极推进"莫言研究"。以上三点,是在当代文学研究学术史共时性的视角下,《文学评论》本身呈现出的当代文学史价值。

考察一个时代的文学研究图景,相较于文学史著作,学术刊物可以提供一个更为直截了当的视角,每一期刊物都可视为了解特定时期文学状貌的一个"横切面"。一个高品质学术刊物囊括的所有"横切面"累计之形成的纵向体系,则又能反映出一个时代文学发展的整体脉络与风貌。站在中国当代文学研究历时性的角度上,透过《文学评论》创办至今一个甲子六十年的时间,回顾当代文学纵向的发展历程,《文学评论》不仅可被视为中国当代文学研究与理论批评的历史史料,同时,作为中国当代文坛的重要学术符号,它实际上已然建立起了自己独特的"话语体系"。换句话说,六十载《文学评论》形成的文学场域,其本质其实是一种话语力量。这种话语力量是由六十年来其刊登的每一篇文章、每一期刊物一点一滴建构起来的,它既是无声的又是有声的。无声在于刊物的效用与意义之深远并不能在刊发的当下就能被清晰地预见,它拥有的是一种具有滞后性的、潜移默化的影响力。而有声则在于它的学术立场实际上是透过其刊发的文章表达出来的,也正是由其刊发的一篇又一篇的文章,参与并构成了中国当代文学文坛众声喧哗的时代状貌,使《文学评论》得以积极发挥引导学术潮流和学科发展的作用。

六十年《文学评论》的外在形式变迁和内在文章建构共同构成了它的话语体系。所谓刊物外在形式变迁,指的是其栏目设置上的变化。

除常驻栏目文艺理论研究、古代文学研究、现代文学研究、当代文学研究、外国文学研究之外,其余专栏依据文学发展的需要、文学格局的变化以及刊物与读者互动交流的渴望等因素几经更替,在创办过程中伴随历史的行进及时地进行着调整。《文学评论》在栏目设置上的准确把握,既体现在其对现代文学史上重要历史事件的回顾,也体现在它对当代文学史发展过程中政治对文学诉求的及时记录和反映。《文学评论》始终呈现出"大视野"的办刊定位和格局。从注重对一段历史时期内文学发展历程的总结与概括,到宏观上关注文学史书写和文学史观的流变,《文学评论》凭借全局性的文学研究视野努力构建着当代文学研究学术史。为庆祝蓬勃发展的新时期文学十年,1986年第1期起开设"新时期文学十年研究"栏目；临近21世纪，《文学评论》特辟"二十世纪文学回顾"专栏（1996年第1期）、"文学史史学笔谈"专栏（1996年第2期）以及"新中国文学五十年"专栏（1999年第4期），总结20世纪文学发展并对"新世纪文学"提出了要求与希望。文学史观方面，唐弢、刘再复、严家炎、洪子诚等都曾在《文学评论》上为自己的文学史观发声。1985年，《文学评论》于第4期开设"我的文学观"专栏，同年第5期刊发了黄子平、陈平原、钱理群的《论"二十世纪中国文学"》，阐发了三位学者对20世纪中国文学的理解和构想，也是后来为人所称道的"二十世纪中国文学三人谈"的雏形；21世纪初，又推出"中国当代文学史史学观念"笔谈（2001年第2期）。《文学评论》文章栏目的设置和调整始终切合着中国当代社会发展的时代主题，以文学研究的形式记录了社会发展不同阶段下时代对文学的潜在需求，以及二者之间的一种必然联系。《文学评论》于1960年第2期刊登了"纪念左联成立三十周年座谈会"专栏文章；1980年，为总结新中国成立三十年文学艺术的经验与得失，特辟"文艺与政治关系问题的讨论"专栏；1987年第2期开辟"当代中国文艺理论新建设"栏目，以配合建设具有当代中国特色的社会主义文艺理论。1959年，时任《文学评论》主编的何其芳先生在多期《编后记》中真诚地邀请读者朋友们多多写信来提宝贵意见，希望与读者保持良性的互动，《文学评论》随即于1962年开辟了"读者·作者·编者"专栏；为更好地实现作者、读者和编者之间的对话沟通，从1964年第2期开始，"读者·作者·编者"专栏与"学术通信"合并为"通信"专栏；1966年第2期新开辟了"工农兵谈文学"专栏以配合文化运动的发展。20世纪80年代初期，当代文学研究逐渐走出"冰冻期"。1983年《文学评论》第6期开辟了"新作评赏"栏目，1984年第3、4期分别开辟"近期新作漫评"专辑和"文学新人评介"专栏。在关注新近文学创作的同时，《文学评论》密切关注并把握时代变幻中当代文学衍生的新特质：2003年第6期关注"历史题材的小说和电视剧问题"，随后，2004年第3期在"关于历史题材文艺创作的思考"笔谈中又推出了钱中文的《历史题材创作、史实与史观》、童庆炳的《历史题材创作三向度》等七篇文章。从当下历史题材通俗小说创作和影视剧改编的混乱现状来看，《文学评论》在21世纪初期对通俗文艺这一发展走向的讨论显然是有先见之明的；"网络文学"的兴起与发展也是《文学评论》关注的对象，2004年第3期刊发"网络文学与数字文化学术研讨会"，2008年第2期则开设"'网络文学':技术祛魅与文学性坚守"专栏;2014年,《文学评论》围绕"文学与时代"开设具体专栏全方位地展开讨论,第2期设有"文学不能'虚无'历史"和"文学与伦理"两则笔谈,第3期探讨文学与生活、与精神能量的关系,第6期的专栏主题则是"文学与市场"和"文学与公共性"。由上述可以看出,《文学评论》外在栏目设置上的变化配合并促进了当代文学研究的发展,勾勒出了文学研究与时代、与人民、与当代文学学科发展之间的关系的流变过程,反映出了它们之间多向的选择关系,实际上也是《文学评论》话语权走向自主的过程。

而内在文章建构则指的是《文学评论》创刊至今为中国当代文学研究贡献的学术研究资源。《文学评论》走过的六十年,是老一辈学者与青年学者薪火相传的六十年,是新旧思想碰撞与交替的六十年,是学术热点不断衍生与更替的六十年。它对中国当代文学研究学术史的贡献,一方面在于《文学评论》对现代文学研究中学术生长点的再挖掘,并在新的历史语境下对现代文学思潮与文学创作的再批评和再阐释。1978年《文学评论》复刊后的第3期,刊登了有关"国防文学"和"民族革命战争的大众文学"两个口号论证的三篇文章。同年第5期又发表了关于20世纪30年代左翼文学运动中"两个口号"论争的文章。21世纪以来,《文学评论》的现代文学研究专栏刊发过鲁迅研究领域颇有建树的文章,像1985年第3期、第4期发表的王富仁的《〈呐喊〉〈彷徨〉综论》,这虽然是作者的博士学位论文摘要,但在当时也引起了学界的广泛关注。再如1986年第5期发表的汪晖的《历史的"中间物"与鲁迅小说的精神特征》,作者提出了"中间物"意识,拓宽了鲁迅研究的学术视野。刊发于1988年第1期的陈平原的《"史传"、"诗骚"传统与小说叙事模式的转变——从"新小说"到"现代小说"》,将新的研究视角带到现当代文学研究之中,使小说的"叙事模式"研究成为风靡一时的研究方法。

另一方面,是《文学评论》在当代文学发生的历史行进过程中,对新人新作的推介与评价,对新近产生的文学现象的总结,同时,着力寻找并遴选当代文学中的"文学经典"。我国自古就有重"史"的传统,"史书"在传统观念中代表着界定价值的话语权威。在当代文学研究中,文学教科书在一定程度上扮演着"史书"的角色。在衡量学术刊物具有的文学史价值的过程中,极易受到轻视的是对新人新作的评论和推介,以及由此累计而来的后续文学效应。这源于一种来自文学教科书的既成的、对文学史实认知上的时间错位。文学教科书侧重提供稳定的"学术名词",这些看似逻辑清晰、极具概括性且措辞简练的名词,为学术思维的发散和对实际文学史实的探寻圈定了一个无形的框架,即在文学研究中以"学术名词"去圈定与之匹配的文学史实,而不是以实际的文学史实作为第一手研究材料,去总结文学发展的某种阶段性特征。"学术名词"实际上是在学术刊物刊发的具有某种相似特征的文学现象的批评文章集聚而成的对文学创作潮流的概括与命名。也就是说,在今天看来相对成熟的当代作家与耳熟能详的当代文学作品,在其初生的时刻是被学术刊物作为新人新作加以推介的。当然学术期刊对新人新作的推介也不无选择标准,但从其根本来说还是出于学术刊物对某些作品文学价值的初步判定和衡量。文学批评与研究的集聚使部分新近文学文本成为某一文学潮流的代表性创作,甚至有可能进入当代文学史中的"文学经典"的行列。一个新产生的文学文本凭借高品质学术刊物的推介而受到更广泛的关注,加速了学术界探究文学文本的文学价值和阐释空间的进程。总而言之,学术刊物在这一过程中可谓起到了"引著入史"的作用。1977年,《人民文学》发表了如今被视为开"伤痕文学"之先声的刘心武的短篇小说《班主任》,1978年《文学评论》复刊后在北京召开座谈会,就这篇小说的评价问题和创作意义展开探讨,同年第5期刊登了对短篇小说《班主任》的五篇评论文章,这显示出《文学评论》捕捉具备文学史转折性和标志性特质的文学作品的敏锐洞察力。当然,20世纪下半叶已经成为过往的文学时代,如今将"伤痕文学""反思文学""朦胧诗""先锋小说""新历史小说""新写实小说""女性写作"等文学名词作为20世纪八九十年代文学发展历程中或更替或交错的文学标志,重新带回《文学评论》的发展脉络之中去考察,依旧能够清晰地看到《文学评论》推介和创造这些学术名词的过程以及为此做出的重大贡献。正因如此,《文学评论》始终显现出强劲的前沿性与先锋性以及对文学发展走向的预见性和引导力。

《文学评论》对中国当代文学研究学术史的贡献,更为重要的是,《文学评论》记录了当代文学研究日渐走向繁荣的发展历程。将共和国文学以政治事件为节点划分出时间区间,不同区间内《文学评论》刊发的现当代学科相关文章的数量和所占刊物篇目比重,可以反映出现当代文学学科的发展的整体态势。自1957年文学研究所以《文学研究》为名创刊,1959年更名为《文学评论》至今,《文学评论》刊登中国现当代文学学科相关文章总计4000余篇。就现当代文学学科而言，从创刊初期1957年《文学研究》第2期刊登中国现代文学研究第一篇文章——楼栖的《论郭沫若的诗》开始，1957~1966年，年均刊发现当代文学相关研究文章30余篇，在侧重文艺创作批评的文艺政策的影响下，现当代文学研究篇目所占比重逐年上升，其中1965年所占比重达到近85%。新时期文学中1978~1999年，《文学评论》现当代文学相关研究年均刊文量在90篇左右，所占比重年均约为80%。进入21世纪以来，2000~2016年，《文学评论》年均刊发现当代文学相关研究文章150篇左右，约占总篇目数的75%。六十年来，《文学评论》刊出的现当代文学研究文章所占比重的上升趋势，是不同时期文化政策的变更与调整的体现，也映射出当代文学创作与研究的波峰浪谷的局面，以及当代中文学科整体发展的态势。纵观其所发表的各类文章，在某种程度上构成了文学史和学术史本身。

在创刊初期，何其芳先生就始终强调：除了政治标准而外，还需要有一个学术标准，这就是一般的文章都要经过一定时期的研究，占有一定的材料，有自己的见解并有科学的依据。六十载风雨兼程，《文学评论》努力地调整和保持着学术刊物与时代之间恰当的距离，尽量坚守一个学术刊物应有的纯粹。这是《文学评论》的创刊初衷，也是它理想的办刊理念。《文学评论》作为一个反映和引领文学发展与学术批评方向的文学学术刊物，早已形成了对当代文学的独到理解和鉴赏力。因此，无论从哪一个方面讲，《文学评论》都已然建构起了自身当代文学史的"话语体系"，也理应进入当代文学研究学术史。当然，有一点不应忘记，文学研究的目的是更好地促进文学事业的繁荣与发展，而文学，说到底还是人民的文学。时下，中国当代文学在本能化、玄幻化、宫闱化、娱乐至死、一夜升天等道路上越走越远。在保持学术刊物高品质的严肃性、引导当代文学走向之外，《文学评论》更多走近大众公共视野，注重当下的文学效用以及当下的影响力，最大可能地发挥文学及文学研究的社会功效，倡导追求美好人性的健康文学价值取向，则是新的历史时期《文学评论》作为中国当代学术刊物标尺所面临的新的挑战和理应承担的历史重任。

（作者张福贵为吉林大学教授，王文静为吉林大学博士研究生）

四十年风雨同程

——谈谈我与《文学评论》的因缘

谭桂林

用这样一个题目来写我与《文学评论》的因缘，也许有点儿夸大其词，但对我而言，它却是一句再实在不过的真心话。

"文革"后，《文学评论》复刊于1978年2月底，我作为"文革"后参加高考的第一批大学生，入学是1978年的3月初。现在回想起来，这种巧合，对于当年我们这些中文系的大学生来说，真是太重要了。1977年我是以下乡知青的身份参加高考的，在全区两千多名考生中，成绩排名第一，但因为家庭历史问题，被父母单位的同事以"革命群众"的名义向省招生办检举揭发，差点失去入学资格。幸亏自己在下乡时表现优秀，几番政审，最后才作为可以教育好的子弟补录到了郴州师专。说来也是一个奇迹，那时郴州师专中文系的师资可谓超一流的豪华：教古代汉语的是陆宗达先生的嫡传弟子单则周；教唐宋诗词的是程千帆先生的研究生吴代芳；教现代文学的是田仲济先生的研究生唐广瑞；教文艺理论的是来自复旦大学的钟永传（在课堂上开口就是蒋孔阳）；教明清小说的是来自北大的罗宪敏（他曾与著名批评家谢冕、孙绍振等先后同学，一口蓝山"普通话"，《红楼梦》课讲得如醉如痴）。这些老师都是见过大世面的，有很高的眼界，知道什么是经典，什么是好的读物。复刊后的《文学评论》就是他们强烈向学生推荐的课外读物。那时候为了充分利用资源，班上同学搭伙在邮局订阅刊物，每人一种，互相换阅，我负责订的就是《文学评论》。可以肯定地说，刚入学时，我是满脑子的作家梦，只想毕业后到哪家出版社去当编辑，搞创作，毕业后却留校做了教师，做起学术研究来，究其原因，《文学评论》潜移默化的影响功莫大焉。

近代以来，印刷术的改革和发展促进了学术生产方式的变化和知识传播方式的转型，学术生产与期刊之间的关系越来越紧密。在这种情景下，一个学者的成长往往会与某个刊物紧密地连接在一起。如果要我列举出若干与自己的学术生命攸关至要的刊物，我会不假思索地举出《文学评论》。记得1985年初，我参加山东师范大学的研究生考试，专业试卷有一道试题是谈谈你对新方法在现代文学研究中的运用。说来也巧，正好在考试之前不久，我读到了林兴宅先生在《文学评论》上发表的一篇谈科技革命与文学研究关系的理论笔谈，我就现学现用，顺手拈来，洋洋洒洒写满了几大张纸，这件事入学后一时成为美谈。当然，这种机缘也许一生都让你饶有兴趣地记起，但它毕竟只是一个学者与一篇论文的邂逅。真正有意味的是这样的事实：在一个学者的学术生命成长中，总会有一些优秀的论文在某一个时刻猛烈地震撼着他的心灵，尖锐地刺激着他的思想，就像一颗楔子深深打入他的内心，时而用颤栗和阵痛影响着他的学术进程。我自己也拥有过这种感受和经验，而这些论文则大多与《文学评论》相关。譬如1980年代初期，还在做学生的时候读过刘梦溪先生《关于发展马克思主义文艺学的几点意见》，他的那几点意见现在完全记不得了，但是他直言马克思、恩格斯的文艺观点只是"断简残篇"，没有形成完整的理论体系，这一观点在那时对我们这些唱"语录歌"、背"老三篇"成长起来的大学生而言，犹如当头棒喝，醍醐灌顶。几十年了，读这篇论文时的那种思想的震惊感至今绵延不已。后来读王富仁先生的《〈呐喊〉〈彷徨〉综论》，读陈平原、黄子平、钱理群诸先生的《论"二十世纪中国文学"》等论文，也都产生过这种思想的震惊感。我在1990年代初期协助冯光廉先生主编《中国新文学发展史》，当时的基本框架有意摆脱近代、现代和当代的政治概念而走向观照主题和母题的宏观叙事，这就是深受"二十世纪中国文学"这一观念与思路的影响。尽管后来我曾在某些观点上对"二十世纪中国文学"的理论提出过质疑，但我一直坚持下来的对现代文学的母题研究、对文学与宗教的关系研究，其实在某种意义上，都是对自身学术成长过程中"二十世纪中国文学"这一理论曾经给予过的"震惊感"的一种致敬。至于王富仁先生《〈呐喊〉〈彷徨〉综论》的影响之巨，则恐怕是伴随终生。尽管后来也有更年轻的学者批评他的鲁迅小说研究，体现着时代的局限，没有摆脱反映论、决定论的模式，我也十分认同这种批评，但无论从思想上还是从情感上，我都依然是且以后也会是一个无可救药的启蒙派。我坚信，《〈呐喊〉〈彷徨〉综论》之后的三十年间，无论什么新的模式、新的理论、新的观点与方法，在鲁迅研究的某一个方面也许有所推进，但在鲁迅研究的思想与境界的整体格局上，都难以与王先生的《〈呐喊〉〈彷徨〉综论》相提并论。这样说也许有点偏执，但偏执又何尝不是一种学术坚守。

作为一个引领国内学界潮流的刊物，《文学评论》不仅在每个时代里都有这种给读者以"思想震惊感"的论文问世，而且在刊物选文的整体规划与论文写作的文体风格上也尽力展现着自己的美学追求。记得2013年底在成都召开的《文学评论》编委座谈会上，我曾经给编辑部提出一个建议，希望《文学评论》多发表一些有才气、有灵性、有激情、有文采的批评文章。说这话也许会产生一些误解，以为我是在批评现在的《文学评论》的文风，其实并非如此。当时主要是有感于近年来学院派的琐碎风格在文学批评中越来越占主导地位，为了遵循学术规范，学者们注重文献考据，注重逻辑分析。这本来无可厚非，但是批评文字在规范的引领下越来越落入学术范型，形成写作套路，使得文学批评四平八稳，可读性差。所以，说这话的意思是鉴于《文学评论》在评论界的领头大哥地位，希望它能带头倡导一种文学批评的风格，多发表一些将思想、才情与灵性熔为一炉的评论文章，将评论重新带回可以与创作比肩而坐的时代。从上大学到现在，四十年读过的文章难以计数，许多已经忘记，但当年读刘再复"论性格二重组合"和"论文学主体"、许子东的"论郁达夫浪漫主义风格"、宋永毅论"当代小说创作中的性心理"、黄子平给其导师谢冕先生做的序言等，那种痛快淋漓的感觉，至今记忆犹新。这些论文思想丰沛，情感激昂，才华横溢，灵性飞扬，文字也相当明快优美，读它们简直就是一种审美体验，那种心灵的震撼、情绪的升华，包括文字美的享受，丝毫不亚于阅读一部优秀的文学作品。20世纪80年代以来，《文学评论》上刊发过不少这类思想文采相互激扬的文章，哪怕是在后来阅读活动逐渐多元化的时代里，《文学评论》依然拥有大量的读者，拥有一个比较稳定的阅读群体，主要的原因我以为就在于《文学评论》的论文相对于学报而言，它的可读性强，编辑部对于评论的文学性有所偏爱，有所坚持，有所倡扬。我自己就是《文学评论》的忠实读者，出于精力的原因，虽然已经不能再像年轻时候那样整本整本地阅读，但也习惯性地每期都要翻翻目录，找出若干自己想看的文章，这种习惯，潜意识里就包含着对不断重温曾经拥有过的强烈感觉的期待。

至于自己的学术研究与《文学评论》之间的关系，说来就更加亲切。与同年龄段的学者相比，自己在《文学评论》上发表论文也许不是最多的，但自己受到的惠泽毫无疑问是最为丰沛的。自己在学术上的第一次重要的突破就与《文学评论》相关。1991年第5期的《文学评论》发表了我的《现代都市文学的发展与〈子夜〉的贡献》一文，这是我在《文学评论》上发表的第一篇论文。这篇论文所得到的稿酬是520元，我把汇款单复印下来，至今还贴在我的日记本上。那时的复印机不像现在这样普及方便，我记得是到省社会科学院的院长办公室找朋友帮忙才复印下来。特意做这样的一件事，倒不是因为那时的520元几乎称得上是一笔巨款，而是因为这篇论文的发表对我的纪念意义太过重要了。这是我第一次向《文学评论》投稿。那时的《文学评论》，可以说是我这样的文学青年心目中的圣殿，可望而不可即的。第一次冒冒失失地投稿就被采用，而且被放在这一期的第一篇的位置上。这所谓的"第一篇"的位置是否真的重要，我迄今还表示怀疑，当时拿到刊物时也只顾高兴，没有细想那么多，后来是一个亦师亦友的评论界前辈打电话来祝贺，特别地强调这个位置的意义，我这时才不免有点惶恐起来。但不管怎样，可以想见的是，这对一个青年学子的自信心将是一个怎样大的激励。为写这篇文章，我翻看了一下当时的日记，稿子是1990年11月19日寄出的，直接寄给编辑部收。12月6日收到编辑部印刷体的收稿通知，1991年2月4日收到当时还是青年编辑的邢少涛先生的亲笔信件。那时觉得这种稿件处理的方式和快捷，理所当然，现在经常听到青年学者或者自己的博士生抱怨自己投出去的稿子往往是石沉大海，回头想想，那时刊物对作者的这种负责态度是多么的可贵，简直可以用古风犹然来形容之。与少涛兄二十多年的友谊，就是从这次投稿开始的。未识其人，先得其信，印象最深的是他那独特的瘦长瘦长的字体。字如其人，从他还是青年编辑相识始，直到他从刊物退休，我就见他总是这样精精瘦瘦、矍铄有神的样子。我知道他也做研究，但他是把全部的精力都扑在了自己的编辑事业上。这些年来，常常在各种学术会议上与少涛兄见面，一起聊天，当然也免不了私下里笑谈士人文字，指点学界江山，常常在深受启发之时也真心感叹：站在《文学评论》这个平台上，各类文章看得多，各类作者接触也多，少涛兄评点文章的问题和境界之精准，绝非一般编辑所能及。记得那次在信中他给我提出了详细的修改意见，还用商量的语气问我是否愿意对论文做出充实。论文的修改工作，包括充实，也包括删削。当时的我私心里把自己的论文看成字字珠玑，删削哪一句都有点舍不得，而在充实方面则兴奋不已，尽其所能。结果初稿时一万五千字的文章，修改后交过去差不多两万字了。编辑部原封不动地给我发表了，这件事至今让我感念，因为此后在学术研究中经常得到这样的编辑回信：稿件拟采用，因本刊篇幅有限，请压缩在万字以内。这似乎已经是学术界的一个规则，我能够理解编辑，也尽其可能地予以照办，但有时实在难以在有限的篇幅里表达清楚自己的思想，也不由得会想起当年《文学评论》对自己的任性的包容与善待。

此后，自己学术上的每一个进步与转型都得到了《文学评论》的指导与扶持。我的博士学术论文的总纲《佛学与中国现代作家》两年后发表在《文学评论》上，而且是以首篇的位置发表的。后来，我的博士学术论文《佛学与人学的历史汇流》提交答辩，前去担任答辩委员会主席的就是《文学评论》的王信先生。王信先生长期在《文学评论》编辑现当代文学研究的栏目，在1980年代后期曾担任刊物的副主编，是80年代以来几代学人都极为崇敬的老编辑，我曾多次听到导师王富仁先生称他是自己"学术道路上的引路人之一"，是自己的"无冕导师"。那年答辩前送博士学术论文去他家，简直是怀着朝圣的激动心情，在先生府上坐了一个多钟头还不愿告辞。隐约记得王先生亲切地问了一些情况，还以樊骏先生为例，勉励我做学问要做到专，专才能深。当时聊天的内容大多忘记了，但王信先生的这个嘱咐和王先生那特有的明敏目光、言谈举止间的睿智的神态，至今还铭刻于心。博士毕业以后去了湖南师范大学工作，有一段时间突然兴起做起了中西诗学的比较研究，其中几篇重要的论文也蒙《文学评论》予以刊发。2011年调入南京师范大学工作，一边做鲁迅研究，一边做现代中国佛教文学史研究，这两方面的工作是国家社科基金资助的项目，部分阶段性成果的发表，都得到了《文学评论》的大力支持。这些论文发表后几乎都得到《新华文摘》《中国人民大学复印资料》等报刊的转摘，在学术界产生了一定影响，自己也曾有幸三次蝉联《文学评论》的优秀论文奖。在现在各种评估体系中，这个奖既不是部级，也不是省级，甚至说是厅级也会被人质疑，无法在评估中作为有用的数据。这些年我也陆续获过各种各样的省部级奖，但比较而言，我更为看重的是《文学评论》的优秀论文奖。因为这个奖对我本人而言，它不仅意味着一种论文的优选，而且意味着作者与刊物的一种特殊的情感联系。就作者方面而言，不管别人有什么看法，我是从来就把《文学评论》当作自己心中的学术圣地，始终如一地把自己写得最好的学术论文投给它，决不敷衍，也绝不抱投机侥幸心。就刊物方面而言，在与《文学评论》交往的二十多年中，主编换了几届，编辑队伍也在不断变化，但我始终能够感受到刊物对自己的一份信任与支持。确实，作者和刊物的关系可能有多种模式，我很在意和敬重这样的互信模式，它是作者与刊物互动的一种良性回应。这种回应对作者尤其重要，一个学者在他的学术成长道路上，如果能够毫无保留地信任一份刊物，同时能得到这份刊物的信任与支持，这无疑是一个非常值得庆幸的事情。

从《文学评论》的忠实读者，到《文学评论》的作者，四十年光阴已经过去。四十年，已经足够用漫长来形容了。在这漫长的四十年中，因《文学评论》而关联的许多人、许多事，都深深地刻印在自己的心灵里，使自己的心灵深处始终保留着一种学术友情的温暖与积极向上的动力。我知道，与我怀着同样心情的作者，芸芸学界，何止千百！自创刊迄今，《文学评论》就一直以发现、培养和扶持年轻学者为己任，尤其是新时期以来，一代又一代富有成就的学者，几乎都是在《文学评论》崭露头角的。他们真心诚意地希望刊物能够为有创新力的青年学者多留些园地；我曾经听说《文学评论》的编辑怎样敬业，在凌晨四五点钟还在给作者发修改意见；我也曾经许多次看到年轻的学者第一次在《文学评论》上发表文章时表现出来的欣喜与激动。看到这样的情景，感同身受的我，往往会心一笑，为他们高兴，为中国学术的代有人才出高兴，当然也为自己喜爱的刊物如此深受学者们的信任和器重而高兴。学术刊物乃天下之公器，它的生命在于学术，它的发展在于读者的喜爱和作者的器重与信赖，六十年的历程，《文学评论》也曾经历过种种风雨，但它像一棵青翠挺拔的松树，屹立在中国学术的地平线上，始终被当作当代中国文学批评与研究的学术标杆，这是《文学评论》之幸，也是中国学术之幸。所以，在《文学评论》六十年的辉煌面前，虽然自己的赞美并不能为它增添一丝光彩，但我还是愿意说说自己的心里话，既作为对自我学术生命的一份纪念，更以此向《文学评论》六十周年诞辰献上自己热切真挚的祝福。

（作者为南京师范大学教授）

第三辑

《文学评论》作者

文艺理论学科

家园、眼光与情怀

——祝贺《文学评论》创刊六十周年

曾繁仁

陆建德主编来函要我为《文学评论》创刊六十周年写一篇纪念文章。接到来函，跳入我脑海的立即有"家园、眼光、情怀"这三个词。首先说"家园"。我最近很长一段时间都在做生态美学，所以经常使用"家园"这个词。所谓"家园"，按照海德格尔的说法即是"这样一个空间，它赋予一个人处所，人唯有在其中才有在家之感，因而才能在其命运的本己要素中存在"。也就是说，所谓"家园"是一个生命个体的空间与处所，这个处所使其有在家之感，并获得一种本真的存在。那么刊物与作者的最佳关系就是刊物是作者得以有在家之感的"家园"。我从21世纪初卸掉行政工作，集中精力做点学问，在这个过程中，我觉得《文学评论》就是我学术的"家园"，使得我作为作者的本真的存在得以实现。首先我说一下21世纪初我做的第一件事，那就是在教育部的支持与各位同人的参与下成立了我国第一个"文艺美学研究中心"，作为教育部百所文科科研基地之一。文艺美学是我国新时期在拨乱反正的形势下由北京大学与山东大学部分学者较早倡导的一种以探索文艺内在规律为其旨归的学术形态。它是一种新的学术发展方向，对于它的研究有利于文艺学的进一步发展与中国古代传统的发掘。2000年2月经教育部批准在山东大学成立文艺美学研究中心。该中心2001年5月正式宣告成立，《文学评论》即于2001年第5期发表我的文章《中国文艺美学学科的产生及其发展》，该文阐释了文艺美学学科产生的历史必然性、学术价值、意义，以及学术界的反响，同时论述了文艺美学研究中心的学术主旨。该文的发表既是对我本人学术工作的支持，更是对我们山东大学文艺美学研究中心的支持。文艺美学研究中心成立17年来，《文学评论》先后发表了我们中心学者的文章二十余篇，我本人就有九篇，使得我们中心由初创逐步走向比较成熟，也使文艺美学学科内涵更加充实。文艺美学研究中心刚刚成立之时我自己作为中心主任其实并没有多少底气，但经过十七年的发展，特别是经过包括《文学评论》在内的重要期刊的支持，我们的自信心越来越强，影响也越来越大。在这里面，《文学评论》作为文学评论界最重要的期刊做出了巨大贡献。《文学评论》六十年的辉煌就理应包括对于我国这些新兴学科和学术机构的支持，《文学评论》是我国文学领域众多学术机构与学者名副其实的学术"家园"。我经常想，有这个家园与没有这个家园其实差别还是很大的。因为有了这个家园，外界就逐步了解我们的情况，我们也通过这个窗口了解外面的情况，这个"家园"其实是一种重要的媒介和阵地。即便在网络电子时代人们仍然重视像《文学评论》这样的纸质学术阵地，因为任何时代纸质文本的阅读都是最基本的阅读。我不知道《文学评论》支持了多少像我们这样的学术机构和像我这样的学者，但我们中心与我本人就是一个典型的例证。现在还要回到我本人，十七年来《文学评论》对我本人的支持更是特别突出。上面说到《文学评论》十七年来发表了我的文章九篇，这里面包括五篇生态美学方面的论文。我从2001年开始研究生态美学，这是一种与生态文明相适应的新的美学形态，刚开始时生态美学并不被学术界看好，甚至被广为诟病。但《文学评论》在十余年内发表我的生态美学文章就有五篇，使得我的生态美学研究有了一个重要的充分阐释自己学术观点的阵地，从而逐步被学术界理解。也使得我对于自己的生态美学研究越来越有信心。一个能够包容他人并让他人充分阐释理论观点的阵地不就是一个学者的"家园"吗？我一直认为《文学评论》就是自己的学术家园。

下面要说一下"眼光"的问题，所谓眼光就是一种对于学术问题进行辨别的眼光，需要在一个学术论题刚刚萌发和有争议的时候看到其价值与意义。《文学评论》就具有这样的学术眼光。文艺美学在21世纪初期，还是一个争论不休的论题，对于文艺美学的内涵居然有八九种不同的看法，有的学者根本不承认有什么文艺美学存在。但《文学评论》的主编与编辑却看到文艺美学论题所包含的文艺学转型意义与拨乱反正价值，毅然决然地给予支持，如果没有一种敏锐的眼光和气魄是难以做到的。至于说到对于生态美学的支持，那更加需要眼光与勇气。《文学评论》2005年第4期发表了我的《当代生态文明视野中的生态美学观》。大家可以看看文中提到的一系列观点："生态文明新时代""当代存在论审美观""对实践美学的超越""生态整体主义原则""深层生态学""中国古代生态智慧"等。这些新的观念如果没有学术的眼光与勇气，是很难得到认可并有发表机会的，特别在21世纪初期生态问题还没有提到议事日程的历史条件之下。此后《文学评论》在2012年第2期发表了我的文章《人类中心主义的退场与生态美学的兴起》，批判了当前仍然在流行的"人类中心论"及其哲学与美学理论形态，文章是具有某种针对性与尖锐性的。其实对于"人类中心主义"，学术界至今仍然分歧很大，但《文学评论》仍然给予认可，在学术界引起一定反响，转载的刊物较多。当前生态美学已经从最初的为自己的合法性论证到目前可以坐下来进行较为系统的研究，我们山东大学文艺美学研究中心已经先后承担了有关生态美学的国家社科一般项目和国家社科重大攻关项目多项，召开了四次大型的国际生态美学研讨会，出版专著十余部，培养有关研究生十多名。这些成绩的取得与《文学评论》的支持都是分不开的。说到这里，我想我们应该感谢《文学评论》的编辑，刊物之所以具有这种敏锐的眼光，使得刊物成为学术机构和学者的"家园"，归根结底还是有了一批具有人文情怀的编辑。所以我觉得《文学评论》最重要的是具有一批怀揣人文情怀的编辑。钱先生是著名文艺理论家、《文学评论》的前主编。我和钱先生是地地道道的君子之交，但钱先生对于我们山东大学文艺美学研究中心和我本人的关心却又是十分感人的，我前期在《文学评论》发的文章都是钱先生的约稿，文艺美学的那篇文章是他觉得需要在学术界支持文艺美学而向我约的稿，后面的生态美学文章是他别具眼光的支持。我至今还记得，2003年初我在《文学评论》发表的文章《试论当代存在论美学》，那也是钱先生的约稿。这篇文章主要是力主超越传统的认识论美学与实践论美学，走向当代存在论美学，超越传统主、客二分的工具理性思维模式，走向当代现象学思维模式。这实际上是对于当时流行的文艺学与美学理论进行了某种批判和告别，理论的跨度较大，我一开始觉得钱先生恐怕难以接受，岂知钱先生自己早就觉得"非此即彼"的思维模式应该退出一线了。钱先生与编辑部接受了这篇文章。不仅如此，我后来才知道，钱先生在退休后还要求他的学生支持我的生态美学研究。我知道这是钱先生特有的人文情怀的表现，首先他对学术有一种特殊的关怀，甚至是责任感，他认为传统的"左"的僵化思潮应该打破，应该发扬新的人文精神，支持新的学术形态，对不成熟的观点也需要鼓励支持。他很能体会到我长期从事行政再从业务出发的难处，所以分外给予关注与爱护,这份感情是一种难得的情怀。至于其他编辑,也有许多感人的故事。高建平先生接手《文学评论》"理论版"之后,也继承了《文学评论》的传统,对于学术与学者满怀人文情怀。那篇《人类中心主义的退场与生态美学的兴起》寄到刊物后,我颇有顾虑的,觉得学术界在"人类中心主义"问题上分歧颇大,恐难接受,但高建平先生觉得这是一个具有意义的学术话语,给予发表,这也是一种学术情怀的体现。

总之,家园、眼光与情怀使得《文学评论》成为名刊,也使得《文学评论》对我国文学学科做出重大贡献。《文学评论》度过了辉煌的一个甲子,未来的一个新的时代即将开始,我相信《文学评论》一定会取得新的辉煌。衷心祝贺《文学评论》创刊六十周年。

(作者为山东大学教授)

我与《文学评论》的感悟

张玉能

我与《文学评论》打交道并不多，也谈不上什么密切关系。但是，我与《文学评论》仅有的一点交往却给我留下了深刻的印象，也让我有着一些特殊的感悟。趁着《文学评论》创刊六十周年之际写一点文字，以作纪念。

我开始与《文学评论》直接打交道是在 1980 年。当时我在复旦大学中文系文艺理论专业读研究生。1980 年 10 月我们文艺理论专业八位研究生由应必诚、秘燕生老师带领拿着蒋孔阳先生的介绍信到北京去做学术访问，先后访问了美学和文艺学的一些著名学者——朱光潜、宗白华、蔡仪、李泽厚、侯敏泽、陆梅林、程代熙等。我们访问侯敏泽先生就是在当时的《文学评论》编辑部进行的。不过，当我们一行十人找到《文学评论》编辑部时确实有点出乎意料。侯敏泽先生所在办公的编辑部是一间不大的房间，房间中摆着几张旧写字桌，桌子上堆满了稿件和书籍，周围也是一堆堆稿件和书籍、刊物，甚至连旁边楼道里也堆得满满当当。侯敏泽先生招呼我们就座，可是我们一行人只能让两位老师坐着，我们学生就站着聆听侯先生的教诲。当时《文学评论》办公条件如此简陋，我竟然不敢置信一本享誉国内外的名刊就出自这里。尽管当时改革开放新时期初始，百废待兴，条件自然艰苦一点，但是《文学评论》编辑部的简陋程度确实令我们大感意外。不过，现在想想，办刊物靠的是编辑，学者办刊才是关键。《文学评论》之所以能够成为国家权威刊物，就靠一代代像侯敏泽先生这样的大学者。就我后来所接触到的《文学评论》的编者，如钱中文、黎湘萍、党圣元、高建平、吴子林等，个个都是专业领域中的著名学者，而且大多是学科带头人。正是他们的努力，保证了《文学评论》的高质量、高水平。

我在《文学评论》上发表的第一篇文章是《当代文学与传统审美心理》(《文学评论》1992 年第 6 期)，这篇文章虽然发表在"来稿撷英"栏目里，并不是全文发表的，可是还是有一点小小影响，《文学世界》1993

年第 1 期就转载了。从我个人的体会来看,《文学评论》选题用稿比较关注热点问题和学术趋势问题。我之所以写这篇文章,就是因为从 1985 年美学和文艺学"方法论热"以后,我的学术研究有一段时间主要集中在文艺心理学和心理学美学,继在《文艺研究》1986 年第 4 期和第 6 期上发表《试论心理学方法在美学和文艺学中的运用》《论审美活动中的意志》以后,我又写了一系列文艺心理学方面的文章。当时,文艺心理学和心理学美学确实在美学和文艺学中形成了热点。大概就是因为这,《文学评论》才把我的文章作为"热点"收录进了"来稿撷英"栏目中,表明编者的关注。翻开《文学评论》,我们可以看到新时期的热点问题在上面都有反映,不胜枚举。

我在《文学评论》上发表的第二篇文章是《时代需要这样的国学读本——评王先霈〈国学举要·文卷〉》(《文学评论》2003 年第 6 期)。这是一篇书评,之所以能够在《文学评论》上登出来,首先是因为王先霈先生的原因,不过,从中我也可以感悟到《文学评论》对于中华民族传统文化的热衷和推崇。众所周知,中国现当代美学和文艺学从五四新文化运动以来就是在西方美学和文论的"强制阐释"之下发展的,中国传统美学和文论基本上"失语"了。经过新时期改革开放、解放思想的反思,中国当代美学和文论界得出了一个基本共识:应该建设中国特色的当代美学和文艺学。在这样的形势下,王先霈先生的《国学举要·文卷》出版了。我觉得应该大力推荐这样与时俱进的中国传统美学和文艺学的著作,就写了这篇书评,并很快就在《文学评论》上发表出来。这无疑表明了《文学评论》对于中国传统美学和文艺学的积极态度。

我在《文学评论》上发表的第三篇文章是《大众媒介、话语实践与文学生产》(《文学评论》2007 年第 5 期)。这篇文章针对西方后现代主义的影响,大众媒介的图像化、平面化、虚拟化使得话语生产感觉化、消费化、幻象化,同时使得精神生产感性化、市场化、虚幻化,还使得中国的文学生产发生了外在实像化、即时消耗化、生活陌生化等一系列变化,因此我主张应该利用机遇,让文学生产利用大众传媒发挥多媒体化、大众化、象征符号化等优长,避免文学生产和文学意象失去内在心象性、深度思想性、现实真实性等审美特性,利用话语生产的中介性促使文学生产与大众媒介相互促进,以加强日常生活的审美化和审美的日常生活化,为人的自由全面发展发挥大众媒介和文学生产的巨大作用。我想,《文学评论》

之所以刊登这篇文章，那就是体现出编辑部的一种前沿意识，要在国家级的文学平台上表明中国当代美学和文艺学对于后现代主义思潮带来的美学和文艺学前沿问题的反思和对策。

我在《文学评论》上发表的第四篇文章是《实践转向与文学批评》（《文学评论》2014年第1期）。我认为，马克思主义在20世纪中期实现了世界哲学史的"现代实践转向"，而20世纪70年代以后西方后现代主义与马克思主义同步发展实现了哲学和美学的"后现代实践转向"。美学的"实践转向"极大地影响了作为审美实践和艺术实践的文学批评。实践转向将使文学批评由意识形态分析转向实践分析，转向文化艺术及其产品本身；文学批评的实践分析将由反映论转向社会本体论，不仅关注文化艺术及其产品所反映的社会生活的分析，同时注意文化艺术及其产品的符号存在的本原和存在方式；文学批评的实践分析还将由意识形态分析转向精神生产分析和话语生产分析，不仅反映出文化艺术及其产品的审美意识形态性，而且揭示出文化艺术及其产品的审美意象性和审美形象性；文学批评的实践分析将首先分析研究文化艺术及其产品的审美存在和艺术存在，然后分析研究这种审美存在和艺术存在的政治倾向性的自由创造性显现，并综合其审美价值和意识形态价值的统一性以判别评价其社会存在价值。这是我在1990年代实践美学与后实践美学的论争中总结出的一种世界美学在马克思主义美学影响下所产生的"转向实践"的发展趋向。因此，我写了一系列关于美学"实践转向"对文艺学影响的文章，其中《实践转向与文学批评》这一篇就投给了《文学评论》，很快就给发表出来了。这使我感受到，《文学评论》对美学和文艺学的创新精神的提倡。尽管"实践转向"并不是我第一个提出来的，但是，把马克思主义美学的"实践转向"与后现代主义的"实践转向"联系起来，认为马克思主义美学"实践转向"的根源性创新及其与后现代主义思潮"实践转向"是同步发展的，却是我的一点心得体会，而把"现代实践转向"和"后现代实践转向"对文学批评的影响具体分析一番，也是我的一些研究成果。我想，正是这一点点的创新精神让《文学评论》看中了这篇文章，并且比较快地刊登了出来。

以上就是我与《文学评论》直接打交道中所感悟到的一点点关于《文学评论》的看法，写出来作为纪念《文学评论》创刊六十周年的生日礼物。

（作者为华中师范大学教授）

《文学评论》：记录了我文艺理论研究成长的轨迹

朱立元

我是"文革"后第一批复旦大学文艺学专业毕业的研究生。1981年底我留校工作以后，开始了文艺学美学研究的学术生涯。《文学评论》由于在国内文艺理论界享有很高的学术声誉和地位，成为我仰慕和向往发表研究成果的重要园地。

但是，说起来也有趣，俗话说"不打不相识"，我与《文学评论》最初的结缘居然是因为一篇批评当时的文学所所长、《文学评论》主编刘再复先生的文章。大约在1984年或1985年，刘再复先生发表了当时影响颇大的关于人物性格"两重组合原理"的长文，我拜读后，觉得虽然很有新意，但是还存在一些片面性和简单化的问题，于是，我也写了一篇近两万字的长文提出商榷意见，强调人物性格不限于两重组合，其复杂性和典型性更多体现在"多重组合"中。然而，《文学评论》当时没有录用拙作，而是摘录了拙作中一千余字，放在"来稿撷英"栏目下。记得当时我的心态有点不平，觉得《文学评论》气度不够大，对小人物的批评不太重视。后来这篇文章发表在《复旦学报》建校90周年特刊上。一年后，我另外一篇文章《论艺术真实的动态模型》则顺利地在《文学评论》上刊发了。这下我意识到是我错怪了《文学评论》和再复先生。这是我与《文学评论》结缘的开始。

20世纪80年代后期，我的文论研究集中在两个方向。一是从对现实主义创作原则进行理论反思入手，对"艺术真实"这个虽然老而又老却始终未讲清楚的问题，尝试运用新的观念、视角和方法做出新的系统的探讨，《论艺术真实的动态模型》就是其中的尝试之一。我对"艺术真实"的系列探讨在1989年以"真的感悟"为名由上海文艺出版社出版。二是对当时国内还了解不多的接受美学理论进行系统研究和介绍。记得1986年去美国访学一年，我所做的主要工作就是阅读、研究接受美学代表人物尧斯等人的著作和论文，1987年回国后写了一系列关于接受美学的论文，1989年我的《接受美学》一书作为"新学科丛书"的一种由上海人民出版社出版，是国内第一部关于系统研究接受美学的专著。它使我对于文学、文学史的基本性质、特征等文学重大理论问题有了探讨的新视角和新认识。1988年发表在《文学评论》上的《接受美学与中国文学史研究》是我与同学兼同事杨明先生合写的。他是专业研究中国古代文学、文论的，这篇合作的文章使我对接受美学理论有了更深的理解，对从读者接受的新视角研究中外文学史的合理性、可能性有了比较切实的体会。由此可见，我那个时期学术上的主要关注点和研究重心的成果，都在《文学评论》上反映出来了。

1990年代中期，我的研究兴趣逐渐转向文学、美学的本体论问题。我发现文学、美学界较多存在着对"本体论"（ontology，亦译"存在论"）和"本体"概念的误解、误用的情况，不利于对文学、美学一系列基本问题的深入研讨，于是写了《当代文学、美学研究中对"本体论"的误释》一文，寄给当时《文学评论》负责人钱中文先生，他看了以后颇为重视，认为此文提出的问题十分重要。文章很快（1996年）发表了出来。不过，不久之后，中文先生告诉我，文学所新进一位在国外留学多年的年轻学者，对拙文有不同看法，写了一篇文章与我商榷。我说有不同意见是好事情。我认真拜读了这篇文章，作者就是后来《文学评论》的负责人之一、我的好友高建平先生。初读此文的印象是批评挺尖锐，但是有理有据，虽然并没有能说服我改变基本观点，但是，有两点我觉得很受教益，印象极深：一是我对ontology的理解不够全面，本体论与本质论、本原论等是有密切关系的，西方学界也多有如此理解和使用；二是我对几位国学大家在这个问题上的批评不甚妥当。我仔细思考，反复推敲，觉得建平的批评是有道理的，特别是对一些大学问家的批评确实失之轻率，自己对他们的学术整体实际上缺乏全面深入的了解。所以，尽管当时我并不认识建平，心里却对他产生了几分敬意。而且，我决定不撰文与他商榷，要是按我过去的性情，肯定要写文章反批评了；相反，建平的批评促使我潜下心来，继续对有关ontology问题的诸多方面进行学习、研究，努力对自己的观点加以修正、完善。我后来提出的"实践存在论美学"主张，最初应该就来源于我与建平在《文学评论》上的这次未见面的对话。

1990年代末，学界纷纷对各学科近百年的曲折演进加以历史的总结和反思，对21世纪未来发展和建设的道路进行思考和设计，《走自己的路——对于迈向21世纪的中国文论建设问题的思考》（2000年第3期）和《关于当前文艺学学科反思和建设的几点思考》（2006年第3期）这两篇文章，便是我个人围绕这个重大主题，结合当时文艺理论界关注的热点问题，所做的比较系统的新思考，集中表达了我在那个时期所形成的一些比较重要的、对我以后学术发展影响较大的新观点：比如，认为现今呈现在我们当代人面前的中国文化、文论传统不是一个，而是两个：一个是学界公认的19世纪前的古代文化、文论传统；一个是百年以来——特别是五四以来在社会大变革、大转型过程中逐步形成的、我们现在直接身处于其中的现当代文化、文论新传统。这个新传统，并非一个已完成、定型的东西，而是一个古代文论不断进行现代转换和中西融通的错综、曲折的动态过程，至今尚未完成。进而提出面向新世纪，中国文论应该走自己的路，即立足当代，今古对话，中西汇通，大胆创新，综合创造，构建具有中国特色和现代性的文论新体系。再比如，21世纪初部分学者受西方文化研究思潮的影响，通过推动"日常生活审美化"的讨论，质疑文艺学学科出现了"合法性危机"，提出文艺学"文化研究转向"的主张。我对此发表了不同意见，一是以大量事实性材料回顾、总结、肯定了新时期以来——特别是1990年代以来，文艺理论所取得的前所未有的巨大成就，认为当代文艺学学科并没有出现全局性危机，只是存在局部性问题和危机，主要是对中国当代文学和世界文学发展的新现实、新思潮、新特点有所疏离，对信息时代急速发展的大众传媒文艺、网络文学等新形态、新体制等的研究还远远不够；二是结合西方文化研究步入衰退的现实趋势，从学理上指出"文化研究转向"论的失误。

此后，我更加注重对我国文艺学学科生成和演进的历史进程的考察、研究。我和博士生栗永清合作写了《试论现代"文学学科"之生成》和《新中国60年文艺学演进轨迹》两篇文章，分别发表于《文学评论》2008年第5期、2009年第6期。前者偏重于对晚清、民国时期历史资料的钩沉、考量和实证，后者则主要勾勒和叙述1949年新中国成立以来文艺学学科几起几伏、曲折发展的历史脉络。这样一种历史的思考，坚定了我上述关于存在着两个文论传统的观点，特别是确认了自晚清民初起，我国现当代文论始终处于剧烈变化和动态生成之中，经过内外诸种因素（包括现代大学体制和学科建制的建立和曲折发展）的交织作用和不断的变革、创新，已逐步形成了一个不同于古代文论传统的具有新质的传统。

这样一种动态生成的文论史观，使我对新中国文论之所以走过如此曲折的历程深有体会，特别是对"文革"前后文学观念的根本变化更是感同身受。其中，尤其是钱谷融先生"文学是人学"的主张以及文学与人性、人道主义存在本质性关系的观念，被视为修正主义观点长期遭受批判，直到新时期才得到"正名"。我发表于2012年的《对"文学是人学"命题之再认识——对刘为钦先生观点的若干补充和商榷》一文就是对这个问题的新思考。文章对刘为钦先生文章的补充主要是，新时期初期"文学是人学"命题并非一帆风顺地被重新肯定，而是仍然经历了曲折。我用大量材料揭示出造成这一曲折的深层原因，同时，对这个命题的人道主义、人性论的合理内涵和本质性意义作了较为深入的开掘和学理上的辩护。文章发表后，有朋友说，这虽然是文艺学上的老问题，但是你还是说出了新意。当然，这是对我的鼓励。

通过上面的简单梳理，我在《文学评论》上发表的文章虽然不算多，但也约略勾勒出我三十多年来文艺理论思想观念成长、演进的脉络和线索。三十多年，可不算短啊，就我而言，经历了从中青年到老年的漫长人生。20世纪80年代的文章可能有点锐气和虎气，20世纪90年代逐渐成熟，21世纪以来趋于平和，这就是成长的过程。但有一点前后一致，即始终关注现实问题，始终有商榷和对话。我在2000年出的一本文艺理论的论文集就取名为"理解与对话"。我深信，论争与对话，有助于深化对问题的认识，有助于在碰撞中闪出理论创新的火花。

在《文学评论》创刊六十周年之际，写下以上文字聊作纪念，同时，对《文学评论》之助我学术成长深表感谢。

（作者为复旦大学教授）

沃土与园丁

——写在《文学评论》创刊六十周年之际

鲁枢元

我在《文学评论》上发表文章,始于中国文学的"八十年代"。20世纪60年代我在家乡读大学中文系时,就知道这是一本高端的文学研究刊物。系里一位毕业不久的青年教师在上面发表了文章,便一下子成为我们大家崇拜的对象。

由于"文革"荒废了十年,我在《文学评论》发表文章时已经快到不惑之年,然而在当时仍被人们称作"文坛新秀""青年评论家"。

不像现在的博士、硕士,我没有受过严格的学术训练,大学实际上只读了一年多的书,我的学问根底很差,只是赶上了一个好时代。"好风凭借力,送我上青云"。1980年代初由朱光潜先生开创的文艺心理学重新面世,而且成为众人瞩目的一门显学。当时的我,由于从西方机能主义心理学、精神分析心理学、格式塔心理学诸流派中广泛吸纳了一些元素,特别强调个体心理在文学创作过程中的重要性,于是便受到当时的中国社会科学院文学研究所所长、《文学评论》主编刘再复先生的关注。他在公开发表的文章中一再讲到我,并邀请我到文学研究所举办的高级讲习班讲课。刘再复先生当时正在构建他的"文学主体论",他对我的赏识完全是"道同谋合",我也由此进入《文学评论》编辑部的视野。1985年我在《文学评论》发表了《用心理学的眼光看文学》一文,是刊物新辟专栏"我的文学观"约的稿,那时我的职称不过是一个讲师。

作为一个内地普通大学的教师,《文学评论》的学术地位似乎高不可攀,再加上我自己总也挥之不去的自卑心理,并不曾踊跃向其投稿。先后发表的五篇文章,现在想来全是刊物的邀约。

最初发表的与文艺心理学研究相关的两篇文章,使我结识了当时的几位编辑:王信、王行之、贺兴安、陈骏涛、何西来等。他们都比我年长,我诚心诚意把他们当作自己的老师。他们并不以"老师自居",而是把我视为"兄弟",视为学术界新冒出来的"苗子"加以呵护、栽培。比如,王行之先生在回老家奔父丧的路上,还不忘向我催稿。他们视学术为天下公器,以振兴学术为自己的天职。他们克己奉公的工作态度、悉心严谨的专业精神和雍容平和的气度风韵,至今给我留下不可磨灭的印象。

1980年代过后,我去了海南岛,与《文学评论》几乎完全失去了联系。一个偶然的机会,在岛上遇到编辑部的董之林女士。我与她并不熟识,只知道她是中国现代著名文学翻译家、编辑家董秋斯的女儿,便心生许多敬意。董之林女士热心地向我约稿。那时我已从文艺心理学研究转向生态批评,正致力于"精神生态"的探讨,于是便写了《韩少功小说的精神性存在》一文给她。文章很快登出,这是我在海南八年时间里,在《文学评论》上发表的唯一一篇文章。

再后来,我调入苏州大学,成立了"生态批评研究中心"。在中国从事生态批评与生态文艺学研究,我或许是起步比较早的,有一段时间发表文章也多,但并没有想到给《文学评论》投稿。又是一个偶然的机会,大约是在广州的一次会议上吧,会间休息的时候碰上胡明先生,他这时是《文学评论》的副主编,此前我与他也接触不多。胡明先生当面夸奖我以往写的文章思路新、文笔好,恳切邀我为《文学评论》写文章。而我知道,我的所谓"思路"与"文笔"其实一直都是有争议的,甚至也有人说我的治学为文是"野路子""不入门",我自己也缺少应有的自信,往往是文章发表了,转载了,有人说好了,自己再拿出来看一遍,方才找到感觉。所以,胡明先生当面的夸奖使我很兴奋,也很感激。

三年内我接连寄给他两篇稿子,他都以最快的速度发表了。一篇是《汉字"风"的语义场与中国古代生态文化精神》,另一篇是《百年疏漏——中国文学史书写的生态视阈》,两篇文章发表后倒还真的引起学界的关注。《汉字"风"的语义场与中国古代生态文化精神》曾被《中国社会科学文献》《文艺报》《社会科学报》转摘;待到我在台湾淡江大学讲演过后,讲稿又被《光明日报》以整版的篇幅登载,《新华文摘》又加以转载;《百年疏漏——中国文学史书写的生态视阈》在《文学评论》发表后,《新华文摘》以及《中国人民大学复印资料:文艺理论》都转载了。这两篇文章还曾被收进党圣元等先生编纂的生态批评论文集中。

"知己难得""知己为恩",是我一贯的信条。

对刊物的约稿，我在感动之余，自己也总是倾心倾力投入写作，从不敢苟且从事。三十年来交给《文学评论》的这五篇文章，实际的质量与品位还有待于进一步验证，但从我自己来说，也都是我在那一时期从事学术研究的潜心之作。即使从友情的角度讲，我也不能让如此信任我的编辑朋友因我而蒙羞。

在中国当代学术界，《文学评论》是一方沃土，历任主编、编辑是辛勤无私的园丁，数十年来他们曾发现、培育了如我这样的许多"新人"。我希望在刊物创办六十周年之际，再次表达自己的感激之情。

近年来，学术刊物规范化的要求日益严格，从思维方式、写作风格到文章样式，里里外外都有了齐一化的要求。电子软件"查重"、聘请专家"外审"，也都成为编辑工作的日常制度。于是我的那种"野草蔓生"般的、"散文化"的、"碎片式"的、时不时还会抒发些主观情绪与感慨的文字，便越来越不能适应新的规章制度。

大约是五年前吧，我遭遇了《文学评论》的第一次退稿。我的这篇稿子是我承担的国家社科基金项目的所谓"中期成果"，文中试图挖掘中国古代诗人陶渊明的精神生态及其对于当下社会生活的意义，文风一如既往。退稿并非主编的排斥，更不是责编的否定。据说稿子本来是准备放在重要位置刊发的，之所以被退稿，只是由于"外审专家"有"异议"，而这又是完全符合当下审稿制度的。

对此，我无以置辩。但我有时会想到：在1980年代，我发表的每一篇文章，几乎都有过争议，像《文艺报》《文艺争鸣》这些颇有影响力的报刊，曾经持续有年地对我进行过批评与讨论。如果在1980年代就制定一整套严格的撰写学术文章的规约与编审文章的章程，我的那些文章也许从一开始就发表不出来了。

人老了，跟不上时代的发展，还总有些怀旧，希望大家海涵。

（作者为黄河科技学院教授）

走向"评"—"论"相融共生的文学评论

尤西林

《文学评论》问世业已六十载。文学作品批评与文学理论研究构成《文学评论》的两大板块。但二者关系有待深入研究。六十年历史演化，特别是当今与未来社会趋势，使这二者关系更加复杂。对文学批评与文学理论关系的梳理，庶几关系《文学评论》未来六十年的生命力。

一

一般而言，文学作品作为语言文字艺术活动的代表形态，由于它属于人类公共精神产品，不仅需要读者差异个性的阅读反应交流，而且需要融入普遍的审美诠释，还需要超出文学艺术乃至审美精神之外的社会、政治、经济等影响评估（甚或监管）。因此，对作品的阅读欣赏与理论分析原初即是一体。此即文学评论。浸淫赏析、深度思辨、客观评价可以各有侧重而形成评论风格。但六十年来中国的文学评论却呈现出不同阶段的分裂。

承接五四科学精神的新中国文学评论以对文学作品的社会科学理论分析与政治意识形态评价（包括"文革"时期达到顶峰的更严厉的批判监管）为主要内容。改革开放后的文学评论不仅复兴了文学鉴赏的古典传统，而且奠定了人文精神的文学观，从而以更为内在的人文经验诠释取代了外在的社会科学因果关系说明。空前增多的国外文学理论与美学译介，提供了令人目不暇接的理论框架与概念术语，但是，这些理论话语并未内在地融入文学批评，由此造成了理论与批评不仅相互脱离而且彼此缺损的情况：臃肿的文学理论大厦成为独立的专业学术王国，如同数学形式一样自洽、自我地再生产，而甚少关注具体文学作品的批评；文学批评则一方面被理论化，即成为各种新的理论例证式的套用，甚至出现在文学批评名义下的极为抽象的无涉文学经验的观念推演"批评",文学作品成为文学理论的观念印证;另外,那些从作品阅读出发的传统文学批评却又停留在浅表读后感水平,而鲜见批评深刻的启迪与震惊力量。总体而言,近四十年来的文学评论主要成为文学理论的观念演示场。

对文学理论上述畸形发展的反思,不能仅仅从"中—西"失衡框架强化中国话语——那实际是落脚于古代中国话语并转入"古—今"框架。仅仅立足于中国古代思维框架重建文学理论是片面的,它不仅忽视了中国现代文化及其文学理论的存在,也忽视了19世纪业已明朗的世界文学的传播及其与中国文学的融合。

文学评论的当前困境不在于理论观念的本土化。强调本土化的真正意义在于,它指向一个结构性的症结:文学研究脱离了本时代的文学经验。

二

恢复文学理论的正当功能不能囿于文学理论自身的更新转变,也不可能是理论与批评之间简单的混合,而需要转向对文学经验这一作为文学批评与文学理论根本基础的思考。以电子技术融合生产技术并延伸向生活世界的当代社会,深刻改变着包括中国在内的人类思维与感知方式。康德感性直观的两大构成条件——时间与空间,使我们活着的现代人与自然物、社会、自我的关系形成着新的特性。语言文字的外在运用及其内化的思维势必基于上述改变发生语文语调语用格式塔的转型。这也就是当代人真实的文学经验。文学理论必须关注的不仅是微小说的快速阅读社会心态,而且需要具有超出艺术哲学狭隘框架的哲学美学深刻眼光,关注并不以传统文学作品形式存在却更普遍地存在于主持人话语、微信帖子等话语文字中的语调节奏、词语选择,乃至与视觉性的身体语言一体化的综合美感。这就是国际文学理论的所谓"文化转向"。文化,在此成为融合文学、美术、音乐、戏剧、电影等传统艺术与传媒技术乃至社会、政治、经济的符号表达的场域。

文学理论与美学对上述当代文学经验的关注揭示与梳理表述,提供着文学经验的观察与解释框架。文学批评则会使文学理论的思维框架活跃为作品分析的深层眼光而直接提升文学经验。但无论从何者开端,对文学经验的敏感与深度意向,都既是原创性文学理论与真切性文学批评各自生成的前提，同时也是文学理论与文学批评融合共生的共同基础。现实的本时代的文学经验植根于作为人文学科理解与表达的诠释学根据的生活世界，因而也是激活古典文学经验的诠释学视野融合基点。

三

文学理论的学科专业化是近代以后学科专业化的产物。文学批评由于并不以概念逻辑本身为对象，因而曾长期处于专业化体制边缘。然而，当代教育正在转变以专业为主导的模式。跨学科的主题教学、实践情境讨论，以实际经验性的课题为学习平台，正在逆转19世纪以来的专业分科格局。芬兰融合学科专业的教育变革（2016年）正在成为包括中国在内的世界性教育模式与专业分科的转型代表。正是在这一更深层的文化教育变革视野中，文学理论与文学批评基于文学经验的动态融合，才显示出它的时代必然性。

文学理论与文学批评融合共生，是以文学批评为枢纽、运用文学理论对文学经验的诠释。在这一诠释中，文学批评与文学理论共同运动而获得生长。文学批评直接体验与描述包括文学作品在内的本时代活着的文学经验，使之凸显成型。然而，如康德所揭示的："思维无内容是空的，直观无概念是盲的。"[①] 文学批评对文学经验的捕捉，并非白板式感知经验接纳，而是文学理论观念（包含更深层的生活世界结构与更高的意识形态社会监督）指引下的经验诠释。但是，诠释不是自然科学或社会科学实证裁判性活动，亦即并非依据现成规定寻找事实例证的"规定性"（bestimmend）判断（康德语），而是基于文学经验感悟而上升寻找相宜普遍对话的"诠释学视野融合"运动过程。在这一运动中，文学经验的感悟描述与相宜的文学理论在文学批评实践中相向融合，从而激发文学理论格局新的变动延伸，同时使文学经验获得深度诠释与理性表述。因此，这一运动过程是文学理论与文学批评基于文学经验的融合的新生运动。它是深度的文学批评与获得想象力的文学理论相融合发展的文学评—论。

这是人类文学评—论史向今人显示其魅力的经典模式。不必援引现象直观与本质顿悟一体"目击道存"（庄子语）的古典评论，仅以迈入

---

① 〔德〕康德：《纯粹理性批判》，邓晓芒译，人民出版社，2004，第52页。

现代文学评论门槛的王国维为例。在与同是亡国君主抒情喟叹却只是"自道身世之戚"的宋道君对比下，李后主亡国后的抒情咏物却以其深广时空的超越性，将一己命运升华为人类命运，这种对作品包含的文学经验的深度体悟，使王氏做出了"俨有释迦、基督担荷人类罪恶之意"的深度批评。也正是以这样的批评为基础，才孵化出普遍审美范畴的"境界"说。反过来，"境界"观念使上述批评又可获得清晰而普遍的理性表达。这样的文学评—论才是赋予读者、作者、社会三方文学经验以新生命的文学评论。

文本细读规范，并非脱离文学经验的训诂学章法。有生命真实体验的文学批评，可以从细密的考证比较中诠释出启人深思的精神发现。程千帆先生对周邦彦《兰陵王·柳》的评析堪为典范。① 在逐一考评诸家评论之后，思路如此聚焦：

> 在旧评中，使我最感兴趣的，乃是谭献在周济《词辨》卷一的评语中，对此词第三叠"斜阳冉冉春无极"句所下的一句话："斜阳"七字，微吟千百遍，当入三昧，出三昧。……但真正深明周词此句之佳处的，还得数俞平伯先生，其《唐宋词选释》卷中释"斜阳"句云：一句中含两意，一日光景已近黄昏，春光却无限，也是无穷的。俞释简而明，却可以说是直指心源，即看出了周邦彦当时面对那样一种难忘的景物而在心灵深处发出的微妙的悸动。只有将这许多细致的描绘与抒写，再统一在一个能够表现空间不断开拓与时间不断流逝的过程的浑然景象中，才能显示出其完整而深刻的意义。这正是"斜阳"一句在全篇显得突出的秘密……这七字，除了在本词《兰陵王》中所展现的意义之外，我们也无妨进一步发掘一下其形象所蕴含的更深邃的人生启示。"斜阳冉冉"，是形容时间即将消逝。"春无极"，则是形容空间杳无边际。我们知道，时间与空间总是互相关联的。时间无始无终，空间无边无际，但就某些具体的物和人所能据有的时间、空间而言，它们又总是在不断地流动着、变化着的。没有比时间与空间所具有的两种形态更能包罗人生的了。所以"斜阳冉冉"与"春无极"也就正好象征地体现了在时间和空间中的一切物和人的存在与活

---

① 程千帆：《说"斜阳冉冉春无极"的旧评——清人词论小记之二》，程千帆著《千帆诗学》，江苏文艺出版社，2010。

动，囊括了人类生活舞台上出现的千变万化的离与合、悲与欢，生命的消逝与永恒、有限与无际。

这一时空人生美学理论是特定批评的自然扩展，理论思辨在此是批评深化的要求，因而可视为批评本身的延伸，同时理论所带入的观念思想又将批评提升到更高、更普遍的人文精神层面。无论是批评还是理论，在此都真切地贴近并起源于"斜阳冉冉春无极"这一文学词句所凝聚的文学经验，二者在共同的文学经验诠释中获得了评—论的融合共生与成长。

文学经验甚至在文学理论的支持下，可能抗衡科学事实。当考古学与文献学证明特洛伊战争中的海伦属于误传幻象、真实历史中的海伦当时在埃及时，布洛赫（Ernst Bloch）对这一希腊史诗所包含的文学精神经验作出了与实证科学完全相反的诠释："这件事情的真正深刻之处在于：特洛伊的或者说幻影的海伦比埃及的海伦更为优越，因为前者在梦中活了十年，并使梦想真正获得了实现。这是不能完全由后来的真正现实所取消的；……只有特洛伊的海伦而不是埃及的海伦和军队一道行军，只有她使她的丈夫度过十年苦苦的徒然思念的岁月，使他备尝痛苦与又恨又爱的感情，使他背井离乡地度过许多夜晚，尝尽艰苦的军营生活，急切地盼望胜利。砝码已经被轻易地互换了一下：在这个迷惑混乱之中，同一个罪恶的、受苦的但主要是有希望的世界连接在一起的、幻想出来的特洛伊的诱人的女妖几乎是唯一的现实，而现实倒几乎变成一个幻影。"[①] 这一文学评论所蕴涵的人文理想揭示了实证科学所盲视的逻辑，它照亮了十年特洛伊战争的精神境界，也引领阅读这一评论的读者进入了这一境界，从而保护了这部古希腊史诗的文学艺术性质。这一评论的基点在于情感性的文学经验："只有特洛伊的海伦而不是埃及的海伦和军队一道行军，只有她使她的丈夫度过十年苦苦的徒然思念的岁月，使他备尝痛苦与又恨又爱的感情，使他背井离乡地度过许多夜晚，尝尽艰苦的军营生活，急切地盼望胜利。""希望"情感经验的实存性及其价值，拒绝以"历史误会"一笔抹杀，它在"希望"构成实在人生的"希望美学"原理中获得辩护，并成为印证这一理论的经验个案。

---

① 〔英〕利·拉贝兹编选《修正主义》，商务印书馆，1963，第204页。另可参阅梦海中译本，上海译文出版社，2012，第215~216页。

但愿看到更多此类令人耳目一新的文学评—论，愿《文学评论》内在地转向"文学评—论"。

谨以此纪念《文学评论》创刊六十周年。

（作者为陕西师范大学教授）

文学主体性论争的缘起与反思

杨春时

文学主体性论争是 1980 年代发生的最重要的学术事件之一，它标志着以苏联反映论为思想资源的文学理论向以近代主体论为思想资源的文学理论的转化。这场论争的起因是刘再复的《论文学的主体性》[①] 在《文学评论》上的发表，后来才有陈涌的批判文章《文艺学方法论问题》[②] 的回应，而后扩展为整个文学界的论争。这场论争一直持续到 1980 年代末，最后形成了主体性文论的事实上的主导地位。我是这场论争的主要参加者之一，也在一定程度上参与了这场论争的发起。在这场论争发生十多年后，我又对主体性文论进行了反思，建立了主体间性文论。为此，我要对关于文学主体性论争的缘起及日后的反思做出说明。

大约在 1985 年春，我去厦门大学参加新时期文学方法论学术研讨会，途经北京，到刘再复先生家拜访。在交谈间，我提到李泽厚先生发表在《中国社会科学院研究生院学报》的一篇文章《康德哲学与主体性论纲》。我认为主体性概念的提出很有意义，可以用作批判反映论的思想武器，并且建议刘再复先生写一篇论文学主体性的文章。刘再复先生很感兴趣，说要阅读一下，并且邀我开完会后再谈相关文章的写作事宜。数天后，我开完会，从厦门回到北京，住到刘再复先生家。他说看了李泽厚的文章，很兴奋，很受启发，要动手写《论文学的主体性》文章，请我与他共同商讨一下写作思路。于是，我们用了两三天时间讨论这个题目。刘再复先生已经有了一个大致的思路，我也提出了一些参考意见，这样文学主体性的思想就比较成型了。

刘再复先生的《论文学的主体性》一文连载在《文学评论》1985 年

[①] 刘再复：《论文学的主体性》，《文学评论》1985 年第 6 期、1986 年第 1 期。
[②] 陈涌：《文艺学方法论问题》，《红旗》1986 年第 8 期。

第6期和1986年第1期上。该文思想尖锐、激情澎湃，这是那个时期学术文章的特点。如果以现在的眼光看，可能在学理方面尚嫌薄弱。发表后，引起轩然大波，赞成的和反对的都大有人在。很快，《红旗》杂志就发表了陈涌先生的批判文章《文艺学方法论问题》。陈涌先生坚持反映论和意识形态论的文学观，批判刘文提出的文学主体性理论。由于《文学评论》和《红旗》的影响力，这两篇文章都产生了非同寻常的反响，从而正式掀起了关于文学主体性的论争。这场论争的级别也被极大地提高了，不仅顶级刊物成为主战场，而且几乎全部社会科学期刊都被卷入；同时，新时期文学理论界的代表人物几乎都披挂上阵，展开交锋。这场论争持续长久，直到1980年代末才由于非学术的原因而终止。可以说，文学的主体性观念的提出，把新时期文学思想的变革的核心问题鲜明地提出来了，因此这场论争成为新时期带有总结性的、最重要的文学事件。

其实我们早就预感到会发生一场学术论争，只是没有想到冲突如此激烈、规模如此之大。陈涌的文章发表后，刘再复先生嘱我写文章回应。于是，我用了大约半个月的时间写了一篇为文学主体性理论辩护的文章，题目是《论文艺的充分主体性和超越性——兼评〈文艺学方法论问题〉》，并且托一位上北京办事的朋友面交刘再复先生。据这位朋友说，刘再复先生当即阅读，非常满意。很快，文章就在《文学评论》1986年第4期发表，成为回应陈涌批判的第一组文章，也被许多刊物转载、摘编。我一方面为刘再复提出的文学主体性思想进行了辩护，对陈文进行了反驳，同时提出了自己的思想。我首先为文学主体性找到了马克思主义的理论根据，就是实践论哲学。我认为主体性是建立在马克思主义的实践论基础上的，实践就是主体对客观世界的改造，使世界人化的主体性活动，这样就驳斥了陈文把主体性归结为反马克思主义的主观主义、唯心论的罪名。其次，我强调了文学主体性的特殊性，认为一般实践活动的主体性受到客观条件的制约，并不充分，而文艺活动是"自由的精神生产"，因此充分体现了人的自由本性，具有充分的主体性。再次，我提出了文艺不仅具有主体性还具有超越性的观点。我认为，文艺作为审美活动，超越现实和意识形态，是自由的意识。这个观点是我在硕士学位论文中提出的，在这篇文章中有所发挥。关于文学以及审美的超越性观点，在那个时期还鲜有人提出。刘再复先生的文章中也论述了文学的超越性，但主要是在现实意义上提出的，是指人的自我完善。而我的文学超越性论述是指文学超越现实领域、超越意识形态，作为自由的精神生产达到了彼岸世界。

关于文学主体性的论争，是新时期文学理论发展的重要里程碑。新时期之前，中国文论受苏联"文学是现实的反映"的观念的影响，形成了反映论的文学本质观；同时继承了苏联文学理论中的文学的阶级性、党性的观点，以及中国传统的"文以载道"论、革命战争时期形成的"文学从属于政治"的观念，形成了意识形态论的文学本质观。新时期文学理论变革主要就是针对这两个观点，针对反映论的文学本质观，提出了主体论的文学本质观；针对意识形态论的文学本质观，提出了审美论的文学本质观。而这两种新的文学本质观都源于近代启蒙主义思潮，包括对人的主体性的肯定、对人的自由本质的确定等。值得注意的是，新时期文学理论的变革是在马克思主义内部发生的，即苏联阐释的物质本体论的、反映论的马克思主义与源于《1844年经济学哲学手稿》的实践论的、人道主义的马克思主义之间的争论。从总体上说，这场论争推进了中国文论的发展，使其走出了苏联文论的樊篱，把文学变成了人学。随着时代的发展，现在很少有人再把主体性当作唯心论了，文学主体性也不再是禁区了。但是，文学主体性理论也有其缺陷，这一方面体现在与当代世界文论之间的历史距离，另一方面体现在其学理性上的片面性，就是片面地强调主体性，而忽视了文学对象的客观性。因此，在"后新时期"，它遭到了新的质疑，包括我自己的反思。

1990年代以后，主体性文论在确立主导地位的同时，也逐步被质疑、消解，这主要是后现代主义的作用。后现代主义批判主体性，认为主体被话语权力所规训，主体死了；文学不是主体的创造，不是人在说语言，而是语言在说人。后现代主义输入中国后，主体性文论逐渐退潮，但并没有彻底消亡，因为它毕竟还有一定的解释效力；而后现代主义也不能独霸文坛，因为它毕竟具有片面性。我认为，后现代主义对主体性的解构虽然有一定的合理性，但完全抹杀主体，把文学归结为语言的游戏或话语权力的生产，就否定了文学的自由性。就我自己而言，不是从后现代主义方面而是从现代哲学方面反思主体性文论，也就是以主体间性文论取代主体性文论。在中国，文学主体性理论的美学基础是实践美学，这个以李泽厚为代表的美学流派在20世纪80年代成为主流学派，我也属于这个学派。文学主体性理论就是实践美学在文学理论上的具体化。但是在1990年代初期，我反思了实践美学的历史局限，发表了《走向后实践美学》[①] 等一系列文章，掀起了后实践美学与实践美学的论争。我的观点主要是依据审美的超越性理论，认为实践具有现实性，是异化的活动，不具有自由性，而审美（艺术）超越现实，是自由的精神生产。所以虽然实践是审美的现实基础，但不能决定审美的性质，审美超越实践，具有自由性。但是，90年代对实践美学的批判，还没有触及主体性，我还没有找到批判主体性的武器。2000年后，我对主体间性理论进行了改造，应用于美学和文学理论的建设，也据此对1980年代的文学主体性论争进行了反思。在2003年，我发表了《论文学的主体间性》等一系列文章，以后又有专著出版，建立了文学主体间性理论。在此期间，我也与刘再复先生就文学主体性论争和主体间性理论进行了对话，反思了文学主体性理论，认同了文学的主体间性，从而达成了共识。[②]

我认为，主体性文论相对于苏联的反映论文论有其合理性，它肯定了文学主体的创造性。但是，它把文学归结为人的本质的实现，这有其局限。这是因为，人的本质并不是本源性的，它是由存在的本质决定的；而且作为人对世界的改造、征服，主体性虽然有其现实依据，但并不能获得彻底胜利，也不会带来自由。自由不是主体性的胜利，而是主体与世界之间对立的解决。这个解决的途径就是把世界作为主体，与之对话，彼此理解、同情，最后融为一体，这就是我与世界之间的主体间性。主体间性成为由我与世界对立的现实生存回归存在的同一性的途径。主体间性概念本来是胡塞尔提出的，他的现象学理论把现象作为先验主体的构成物，但这就产生了问题：面对同一事物，每个主体都可能获得不同的本质，从而导致自我论而丧失了现象学的科学性。于是，它考察认识主体之间达成共识的可能性，而这就是所谓的主体间性。但这种主体间性只是认知主体之间的共同性和认识结果的同一性，因此是认识论的主体间性理论而不是本体论的主体间性理论。在这种主体间性之外，认识主体与对象之间的关系仍然是意向性的关系，这是主体性的，不是主体间性的。除此之外，还有哈贝马斯在社会学领域考察人与人之间的"交往理性"，但它不是主体与世界之间的本源关系，因此也不是本体论的主体间性理论，而是社会学的主

---

① 杨春时：《走向后实践美学》，《学术月刊》1994年第5期。
② 参阅刘再复、杨春时《关于文学的主体间性的对话》，《南方文坛》2002年第6期。

体间性理论。我认为,从本体论上说,存在即我与世界的共在,它具有同一性。但在现实中,存在异化为生存,同一性破裂,我与世界对立,而主体性主导了世界,存在的同一性只保留了一种"残缺样式"即有限的主体间性。只有在审美领域,我与世界之间才充分实现了主体间性,回归了自由的生存,从而恢复了存在的同一性。用主体间性理论解释文学现象,就会克服主体性理论的不足。例如,作者、读者与文学描写的对象(文学形象)之间的关系,不是主体支配客体的主体性关系,而是我与对象对话、沟通,彼此理解、同情,最后合而为一的关系,这就是主体间性关系。文学就是把现实生存的主体性关系变成审美的主体间性关系,并且超越了现实,回归了存在,从而实现了自由。

此外,针对1980年代成为主导的审美主义的文学本质观,我也进行了反思。审美主义也是我的文学本质观,即认为文学的本质是审美,审美超越现实。我的这种文学本质观在文学主体性论争中得到了充分发挥,作为反驳反映论美学和意识形态论美学的依据。但我在2000年后意识到,文学固然具有审美属性,但并不是说文学仅仅有审美属性,而不具有现实性和其他属性。我认为,文学具有多种层次、多种形态、多重性质和意义。文学的最高层面审美层面,具有审美属性,也就是形而上的性质。文学的基础层面是现实层面,具有现实属性,也就是意识形态性。文学的深层结构是原型层面,具有自然性,也就是无意识性。与此相对应,文学就同时具有了审美意义、现实意义(意识形态性)和原型意义(自然性)。这些意义互相关联,彼此冲突,构成了文学的多重性质,也形成了不同的文学形态。审美意义主导的,就形成了纯文学,它主要关注生存意义问题,表达形而上的思想。现实意义主导的,就形成了严肃文学,它主要关注社会问题,表达某种意识形态。原型意义主导的,就形成了通俗文学,它注重消遣娱乐性,恢复人的自然天性。这些思想在我的多种著作中得到了系统的论述,从而建构了与审美主义不同的文学理论。

在历史的硝烟消散后,可以把文学主体性论争还原为一场学术思想的讨论,冷静地进行学理的反思,从而为中国现代文论的建设提供历史经验和思想资源。我认为,文学主体性论争虽然标志着中国现代文学理论的历史转折,但这并不意味着是一种线性的进步,也就是说,不意味着主体性文论就是绝对的真理,而反映论文论就是绝对的谬误。真理是在对话中形成的,是对双方的合理性的继承和片面性的扬弃。对我而言,反映论文论可以看作正题，而主体性文论可以看作反题，主体间性文论可以看作合题。这就是说，这场论争的历史的成果是在日后的反思中获得的，它超越了反映论和主体论，从而接近了真理性。有鉴于此，在《文学评论》创刊六十周年之际，回顾三十多年前在《文学评论》上掀起的这场学术论争，并且对此加以反思，是非常必要的，有意义的。

（作者为四川美术学院教授）

"文评",你早!

高 楠

距我20世纪90年代在《文学评论》发表第一篇论文,至今已有二十多年了。

这二十多年里,我由中年步入暮年。不,如果向前推算的话,我与《文学评论》的宿缘,当追溯到三十余年前,那时,我还是青年。学术生涯的每一个阶段,《文学评论》都伴随着我,给我激励,给我引导,并引发我对于学术奋斗的快乐。

那是20世纪80年代中期,正是文学理论的主体性研究在国内红火起来的年代,也是第二次全国规模的美学大讨论如火如荼的年代。那时,在威海,已经说不准是哪一个学会,办了一个文学理论主体性及文学新方法论的讲习班。那是一个简陋而空旷的礼堂式建筑,里边的凳子,是长条的木板凳,一条板凳上,能肩并肩地坐上八个人,在这一空旷的空间里,坐满了来自全国高校的中青年教师,大概不少于千人。主席台上的资深学者,现在回忆,只记住了童庆炳先生。在开幕式上,主持人介绍来宾,提到了《文学评论》的两位编辑,他们坐在第一排左侧,自然也记不得他们的名字了。

海,就在会场的近旁,那哗哗的海浪声间或传入会场。中午休息,我到海里游泳,在淹没在潮水中的沙滩上脚被一片贝壳划伤,鲜血淋漓。我挣扎着走出海水,鲜血印在身后的沙滩上。我一瘸一拐地前行,离住处不远时,遇见《文学评论》的那两位编辑,其中一位立即上前挽住我,搀我前行,并安慰我说,海水消炎,不会感染,马上到卫生所用云南白药止血。是他们把我扶进那个不大的卫生所。于是,便有了我与《文学评论》最初的挽臂之交。这段经历,后来被我写在一篇散文中,发表了,叫《海的泡沫》。后来,在几次会议上我都努力寻找《文学评论》的挽臂之交,但终没有实现。

此后，我发着狠地连续出了几本书，并发表了一些论文，但没有给《文学评论》投稿。我不是不想，而是自知功底不够。当时，我的一个学生说我发狠写作，简直就像一匹北方的狼。几天后，她给了我一盒录音带，其中就录了一首歌——《北方的狼》。当我在盒式录音机里放出这首歌时，我心中浮现的，竟是《文学评论》。那歌词中说："凄厉的北风吹过，漫漫的黄沙掠过，我只有咬着冷冷的牙，报以两声长啸。不为别的，只为那传说中美丽的草原。"与我有挽臂之交的《文学评论》，在那时，就是传说中的美丽的草原。

后来，传说便变成了现实。

那是在20世纪80年代的中后期，在北京师范大学开的一次研讨会上。会议主办方的童庆炳先生对大家说，我们的会再稍等一会儿，《文学评论》的主编钱中文带着他的几位编辑，挤公交车耽搁了，正往这赶。那时，我还处于多有期待并容易紧张的年龄，我当时真的既期待又紧张。很快，钱中文带着他的几位编辑匆匆地来了。那几位同行者是杜书瀛、许明、王保生、党圣元。他们后来接纳我为《文学评论》的写作者，并建立了经常交往的关系。在那次会上，钱中文谈的是文学主体性的文学反映论。临近中午，钱中文一行午饭也不吃就匆匆返回了，说是下午有很重要的会议。看着他们离去，我问身旁中国人民大学的金元浦，这么了得的《文学评论》主编，就带着他的编辑们挤公交车去了？金元浦用司空见惯的口气回答我：那还挤什么，他们就挤公交车。金元浦这句平淡的回答，令我唏嘘良久。

此后与《文学评论》交往就日渐频繁，总能在全国性的学术会议上，见到《文学评论》的人，再后来，高建平、丁国旗作了中外文论学会的会长与秘书长，接触就更多了。

我与《文学评论》副主编高建平都姓高，他是会长，我是副会长，有机会能常常聚在一起。他在很多聚会上都称我为本家老大，因为我长他几岁。我们都有晚上散步的习惯，我们相聚于会上，会余的晚上便一起漫步。我们曾一起在月下登过岳麓山、香山，也在月下走过扬州街头。还记得他在扬州运河边的一句话，说的是学者当以学问为本，情谊当以仁义为先，人子当以尽孝为重。在2016年香山国际会议将要结束时，由于香山交通拥堵，我只能为预先定好的火车票，找一个北京站附近的住处。我记得中国社会科学院附近有一个四川某单位的驻京招待所，但我没有那里的电话，也记不准那招待所的名字，便去找高建平。高建平正要离会回家，听到我的想法问我那个饭店的名字是什么，我说我只记得那有一个饭店，我住过。他便立即打手机询问，先后询问了几个人，记得他问到丁国旗，正赶上丁国旗家有急事，忙在外边。我看到他真是着急了，就对他说算了，我在香山再住一宿吧。他非常认真地对我说，那你很可能就赶不上火车，你等一会儿，我继续联系。过了一段时间，他如释重负地来到我房间，笑着对我说，解决了，你直接就去。说完他留了个电话就走了，头也没回。这给我留下了深刻的《文学评论》印象，那是一种质朴、友善、热情、真挚的印象。

回味与《文学评论》多年交往的点点滴滴，与钱中文先生的两次交往，至今记忆犹新。一次是西安中外文论协会年会，会议期间的中午，吃过午饭，钱先生胃不好，要去药店买药，我有点感冒，呼吸不畅，也要到药店买滴鼻液，我就陪他同行。钱先生走路很快，步子迈得很大，我跟着他走。路上谈到身体锻炼，他说他经常走步，他边走边指着腿说，不锻炼腿就容易老化，思维也会老化。我说，年会每次设立讨论题目，都既切合我们的研究，又有全国文学理论研究的重点性与预见性，大家都觉得您尺度把握得准确，因此每次年会都能推动全国文学理论研究的深入，这种开阔的理论视野和缜密的理论思维，真是不容易。我的这番话很多学者都深有体会。他笑了笑说，你们的很多文章我都找来读，你们年轻，有学术敏感性，又能安下心来思考问题，所以能从你们那里学到很多东西；再有，就是多年在这个领域研究、思考，所以对它的发展状况更熟悉些，现在，有些人做学问安不下心来，深入不进去，时间长了就要走偏的。当时我四十岁出头，钱先生的这番话对我在这条学术路上坚持下来，很有教益。

再一次就是在钱先生家里，我为所在学校的学科建设事宜拜访他。他住在北京外国语大学院里，居室房间不大，书房也很小。他安排我坐下，给我倒了杯水。我环顾书房，堆着满满的书，我问，这要是写起东西来，书都摆不开了。他指着那些书说，不需要太大地方，能安静地坐在这里，读书写作，很不错了。说着，他从架上拿出一本他刚出版的《文学发展论》，说有时间的话，你看看，有什么不妥，随时给我写信、打电话。然后，他把书翻到扉页，拿起桌上的钢笔，认真地写出"高楠先生存正"六个字，又从抽屉里取出名章，一丝不苟地把印印在钱中文签名的下面，还拿出一块薄纸把红印罩上，合上书的封面，把书交给我。当时我很窘迫，因为钱先生一直是我仰视的人物,他的学品与人品素来令我敬佩,此时他称我为先生又要我存正指出不妥,我真是汗颜了。告别时,钱先生坚持送我下楼,又坚持送我出了学校大门,挥手与我告别。这就是我印象中的钱中文先生,那么深邃、那么认真、那么平易近人,那么置身物外又那么质朴。

作为文学理论领军人物的钱中文,出任《文学评论》主编和中外文论学会会长期间,用他深厚的学识和超越的理论视野,带领全国文学理论队伍扎扎实实地前行。这段时间,正是社会转型、文学理论全面建构的时期,局面很复杂,理论状况也很混乱。他在每一个理论建构阶段都针对当时的理论与文学实践状况,敏感地提出重要理论问题,并予以深刻阐发。文学的审美意识形态论、审美反映论、文学现代论、文学发展论、新理性精神论等,他的每一论都具有强大的理论冲击力及理论争论的带动性,因此每一论都引起全国文学理论界的普遍关注与讨论,并成为各层次文学理论学术会议与学术刊物讨论与探索的热点。这就是领军人物不可取代的价值。钱中文先生又是一位有血气的学者,他注重学术规范,担当学术责任,他的讨论发言有时会慷慨激昂、言辞犀利,这时,他是在守护着应有的学术规范,引申着深刻的学术理性。

多年与《文学评论》交往,这个在中国文学理论领域至高的学术刊物,对我来说已由传说中美丽的草原变成可以徜徉其中、领略其中、求教其中、愉悦其中的理论绿洲。它不再遥远,它时时都在我的身旁。它创办六十年了,这对于一个理论刊物来说,正是学术生命力最为旺盛的阶段。它像一位精力充沛的刚刚步入中年的学者,强健有力,视野深远,学富五车,融贯中西。它正迎着冉冉升起的朝阳走来,沐着习习春风走来。我迎上去,用深受于它的平实与质朴,问候一声——"文评",你早!

(作者为辽宁大学教授)

我的"京派批评观"与《文学评论》

刘锋杰

在《文学评论》上发表拙作《京派批评观》，对我而言，真的不是一件小事。学习文论之初我就拜读过《文学评论》上的大量文章，知道它是中国文学研究的顶尖杂志，在它上面发表一篇文章就可证明自己的实力。可是，在1990年代前期，那时还极少学术会议，又缺乏交流，一名默默无名的人，要想实现这个愿望，好像比登天还难。在写成《京派批评观》后，我是再三斟酌，抱着无希望的心情投稿的。可是，不久，竟然意外收到编辑来信，不仅表示可以发表，而且要求我将一万字左右的篇幅扩展到一万五千字左右，真是喜出望外。结果，我战战兢兢地将稿子扩充了寄回去，结果却一字未改地发表出来，拿到杂志一看，还登在头条，一时间，我是信心满满，原来笼罩在心头的写作焦虑，一夜之间消失得了无踪影。

照时下的情况看，如果能够在某刊物发表文章，想必是与编辑至少在会议上见过，或者聆听过他的学术报告，或者是作者的某位师友的师友，可那时，我却对编辑先生一无所知，只在通信上知道尊名卢济恩。因为去北京极少，根本没有机缘去《文学评论》编辑部请教这位先生。后来，我也始终没有见到卢先生本人。据说，他早已退休。北京虽大，我要是全力去寻找卢先生，当然可以找到。可是转而一想，既然当初不相识，那又何必后来再认呢？人生中，本来就有许多我们精神上的友人是永远不相识的。不过，这一点也不影响卢先生在我心目中的地位，而且我感到，随着时间的流逝，这种感觉变得越来越清晰、越来越高尚。特别是当我以教导者的身份教育学生时，我总会想起卢先生的无私关心后学，并立意传承这份关心。卢先生特别令我感动的是在发表《京派批评观》后，又向我约稿写周扬。我当时正在思考这个问题，接着写了一篇，他回信说不拟刊登，我也没有往下问了。但是卢先生很负责，把我的稿子荐给《江淮论坛》的王献永先生，结果发在《江淮论坛》上，开启了我与《江淮论坛》的一段稿缘。后来，凡我给《江淮论坛》的稿子，王先生都无一例外地予以发表，极大地鼓舞了我的研究热情。卢先生、王先生把我引向了更大的学术空间。

  这篇拙文还引发了另一个小故事，使我认识了乡贤吴小如先生。我在文章引用"少若"的观点以为佐证，不意被吴先生读到，他说那是自己所写，1948年前后投给了朱光潜先生所办的杂志，可后来天翻地覆，处于急遽变动的大时代，自己根本顾不到这样的小事，把它给忘了。如今知道旧文出处，真是喜出望外，希望我尽速复印给他，好收入集中。后来，吴先生把这篇文章收入《书廊信步》，并特别送我一本，他在文尾注上找到佚文的原因，并且予以感谢。由此可见前辈学者做事认真，无论所得多少，都记得来处。我从《文学评论》以及卢先生、王先生身上得到的，值得感念终身。说吴先生是我的乡贤，是因为他们一家原籍泾县茂林，那里真的是茂林修竹，青山绿水。他的父亲是吴玉茹先生，其书法乃神品，我极喜爱之。他的同宗叔伯辈如吴作人、吴祖缃先生，同样大名鼎鼎，构成我们家乡的一道极其亮丽的文化风景。家乡为了纪念他们一族的贡献，设有"三吴堂"以便人们参观欣赏呢。

  单纯的文字之交是多么快乐啊！这是《文学评论》带给我的，是诸位先生带给我的。《文学评论》托起了我，我也将托起更多学子，一起向文学评论的高地攀登。

（作者为苏州大学教授）

我的"文评情结"

欧阳友权

大凡走上学术之路,心中总不免有自己钟爱和向往的学术期刊,并将其作为自己发表成果所追求的目标。自进入文学研究领域,在众多理论评论期刊中,我一直关注《文学评论》。曾经,我最大的梦想,就是有朝一日自己也能在《文学评论》上发表文章。现在,尽管这个目标早已实现,但心中的"文评情结"却一直都在,因为在我看来,堪称文论期刊"大哥大"的《文学评论》,不仅是文学研究者的一个园地,是窥视我国文学研究成果的一个窗口,也是衡量一个文学研究者学术水平的一把标杆,甚至成为刊发高水平研究成果的理论"圣地"。

最早读到《文学评论》是在20世纪70年代末上大学的时候。我们这批"七七级"大学生经历过"文革"时期的文化荒漠,对读书和求知有一种"海绵吸水"般本能的渴望,学校图书馆的阅览室成为我们课堂之外的必争之地,抢地儿占座争刊物都是常有的事。那年月拨乱反正的大潮首先是在文学领域展开,文学创作和研究都被视为思想解放的"晴雨表",文学的地位很高,文学批评也很"热门",无论创作还是评论的期刊,发行量都很大。当时,我们这些恢复高考首届走进大学的莘莘学子对文学的热爱近乎痴迷,文学创作类的刊物许多同学都有"私人订制",同学之间可以交换传阅,而要阅读理论评论类刊物则必须去阅览室。正是在那里,我有了与《文学评论》的"一见钟情"。那时,该刊经"文革"停刊复刊不久,在思想解放大潮中充满生机和锐气,刊发的文章所讨论的中外文学史上重要作家作品和文学史问题,常有不同于教科书上的分析与观点,而对当时的文学评论界的焦点话题,如写真实问题、形象思维问题、现实主义问题、人性论等的讨论,总能让人眼界大开,特别是对当时一些热门作品如刘心武的《班主任》、鲁彦周的《天云山传奇》、谌容的《人到中年》等的讨论,常常成为我们的"饭桌争议"或"寝室话题"。

后来做了一名高校中文系的文艺理论教师,订阅《文学评论》就成为我的首选。阅读时间长了,"文评"这个圈内人亲切的简称成了一个有温度、有品位刊物的代名词,不仅对刊物的栏目和一些知名学者越来越熟悉,也萌生了向"文评"冲刺的想法。特别是读完硕士和博士以后,这个"文评圆梦"的情结似乎挥之不去。终于有一天,我把自己博士学位论文"导论"部分仔细加工打磨,抱着试试看的态度斗胆投给了《文学评论》,没承想很快就收到刊物的反馈——一张盖有编辑部印章的小纸条,谢天谢地,不是"谢谢投稿,不宜刊用,请继续支持"之类,而是一个用稿通知。看到它时,那种激动的心情难以言表,"我也可以上'文评'了",成为一个初学者的一大幸事。那篇文章的题目是《网络文学本体论纲》,有一万多字,刊出后我才知道,责任编辑叫黎湘萍,看名字还以为是女的,时隔几年有缘见面才知道是位温文尔雅的先生。这篇"破冰之作"让我圆梦"文评",同时也没给"文评"丢脸,文章刊出后,很快被《中国人民大学复印资料·文艺理论》全文复印,接着又被《新华文摘》全文转载,后来还被收入多种年度文集、年鉴、专题论文汇编中,转载和引用率都挺高,产生了较好的反响。

成为《文学评论》"挂了号"的作者后,自己感觉与该刊的感情又深了一层,"文评情结"似乎更浓了。我知道,作为文学研究首屈一指的刊物,"文评"的大牌作者多,稿源丰富,总得要间隔一两年才好再次给它投稿,不过由于了解它的风格、品位和栏目要求,往往是"对症下药",认真对待,把自己觉得"拿得出手"的东西交给"文评",一般命中率会比较高,此后在该刊发表的四篇文章均有较好反响。我知道,这些反响不单靠文章选题和质量,更是得力于"文评"的声誉。

一来二去跟"文评"多了一些联系,也和"文评"人开始熟络起来,特别是两次与《文学评论》编辑部联合举办学术研讨会后,陆续认识了王保生、胡明、党圣元、高建平等诸位先生,也和吴子林、王秀臣等少壮派"文评"学人有了一些学术交往,感觉"文评"人不仅学养深厚,且待人谦和,对工作十分敬业,待作者也特别热心。记得2007年冬在北京的一个学术会上,我有一个谈网络审美问题的大会发言,党圣元先生在现场,他说这个话题好,持论角度不错,让我整理成文给他看看。我把文稿发给他后,他给我提了许多中肯的意见,该文《网络审美资源的技术美学批判》在《文学评论》2008年第2期刊发。2013年,我把《新媒体与中国文艺学的转向》一文投给"文评",高建平先生提出了十分精到的修改意见,让我感佩不已,该文2013年第4期刊登后,被众多刊物转载或摘转。

我想,《文学评论》之所以能有今天的地位和影响,与"文评"尊重学术的办刊宗旨和"文评人"关注学人、唯学不唯人的学养风范是分不开的,我的"文评情结"就是在这个过程中日渐形成的。

(作者为中南大学教授)

《文学评论》引我走上学术之路

赖大仁

"文革"结束后我大学毕业留校，被分配任教文学理论课程。当时正处于改革开放初期，文学理论界正在进行拨乱反正，对过去的文学观念进行理论反思，并探寻文学理论观念的变革与重建。我作为青年教师，急于补充积累专业知识，便如饥似渴地搜寻阅读各种专业报刊书籍。当时文学理论专业刊物不多，《文学评论》无疑是最权威、最有影响的学术期刊，不仅理论性和学术性强，而且能够反映文学理论观念变革的最新动态和趋向。因此，当时对这本刊物每期必读，而且每篇文章都读，详细地做笔记摘录。因当时收入微薄，舍不得自己掏钱订刊物，反正有的是时间，可以整天坐在系资料室里阅读。我那时开始习惯用系里发的那种活页纸做读书笔记，把从书籍报刊上读到的自认为有价值的内容，用活页纸摘录下来，不仅方便备课和讲课时使用，而且为以后进行研究做准备。

那时对于《文学评论》刊登的一些重要文章，读得尤为细致，不仅详细摘录文章的基本观点，而且会琢磨文章的学理逻辑和论证方法，留意什么是学术化的语言表达，从中获得最初的学术营养，逐渐培养起自己的学术感觉。当然，在对这些文章的学习琢磨过程中，也会激发起一些理论思考，形成一些自己的想法，这样也会随时记录下来，并进一步琢磨思考。由于感到自己学识不够，所以在最初几年里，都只是埋头阅读积累，没敢动笔写学术论文。

后来有一次，在《文学评论》1982年第6期，读到一篇李春青《浅谈美与善的关系》的论文，拜读摘录之后，对于文中关于艺术性与艺术美问题的论述，却总是在头脑里盘桓不已，感到作者阐述的观点似乎有可商榷之处。这篇文章认为，艺术美与艺术性是不同的概念，艺术美是生活美的反映，只能是反映生活中美的事物，比生活美更高、更鲜明、更具有审美价值；而艺术性则是指文艺作品反映生活的准确、生动、鲜明程度而言，在美的或丑的形象上都可能体现出很高的艺术性来。文学史上有许多著名的丑的形象广泛流传并为人们所喜爱，这不在于他们美而在于他们具有高度艺术性，等等。我觉得文章把艺术性与艺术美区分开来理解，认为不应把艺术性等同于艺术美，这一看法是有道理的；但如果把艺术美仅限于反映生活中美的事物，等同于美的艺术形象，从而把以生活中丑的事物为描写对象的作品，以及丑的艺术形象排除在艺术美之外，断定它们只有艺术性没有艺术美，则可能过于简单化绝对化了。因为艺术美是一个艺术审美的范畴，应当从艺术的审美观照、审美创造和表现审美理想的意义上理解，而不应仅仅从艺术形象的美与丑的表现形态来理解。有了这个初步认识和想法，我于是就继续一边读书一边琢磨思考，断断续续写下一些读书笔记。在有了一些思考和积累之后，于是就想是否也能学着别人学术论文的样子，试着把这些想法也写成论文？为这个想法所驱动，我便鼓起勇气写起来，结果就写成了一篇五千多字的文章，名为《试谈艺术美——兼与李春青同志商榷》，这是我平生所写的第一篇学术论文。

　　文章写完后，自己不知道写得怎么样，有意去投稿却不知该怎么投才好，如果投往《文学评论》总觉得有点高不可攀，底气不足，而投给其他刊物却又不知是否合适。后来想想还是投给《文学评论》试试吧，因为毕竟是跟它刊登的文章商榷的，这也比较符合逻辑，不至于被人误解为不知天高地厚，于是就忐忑不安地把稿子寄出了。此后过了大半年都毫无音讯，自己本来并不抱多少希望，到这时也就差不多淡忘了。然而差不多到了1983年底，有一天突然收到《文学评论》编辑部寄来的一封信函，感到有点意外也有点激动。打开来一看，里面是一张顶上印有"文学评论"蓝色字体刊名的白色暗格信笺，上面是蓝色钢笔字体手写的短信，大意是说：寄来的文章早已收到，久未回复是因为编辑部本打算围绕艺术美问题编发一组讨论文章，或做一个讨论综述，你的这篇文章准备留用。但后来计划有变未能实现，现在版面有限看来更难以安排了。由于以上原因拖延过久谨致歉意，希望对本刊继续关心支持。底下署名为《文学评论》编辑部。

　　记得当时自己读了短信心情很复杂，首先当然是感到有些遗憾和失落。要是刊物能够按计划安排，文章顺利发出来就好了！要知道这是自己第一次写学术论文，也是第一次往这么顶级的学术刊物投稿，如果能够发表那就多少有点一鸣惊人的意思了。可惜时运不济还是失之交臂，那种隐隐的失落感可想而知。然后再转念想想，也还是有点高兴，虽然文章未能发表，但是曾被编辑部留用准备发表，说明文章写得还可以，达到了一定的学术水平，得到了编辑老师的认可，这也是一种莫大的鼓励，因此对自己的研究写作增添了不少自信。还有就是对编辑老师的认真负责精神深为感念。时间过去这么久，而且投稿未采用的情况再正常不过，其实用不着特意对作者进行说明解释。然而当时这位编辑老师特别认真负责，专门寄来了这封手写的短信，读来温暖亲切，的确令人感动。我始终不知道这封短信出自哪位编辑老师之手，但就是这百十来字的一页薄纸，在一个年轻学人的心目中却具有很重的分量，成为一种自我激励的精神动力。我在很长时间里一直保存着这封信，只是后来几次搬家不知怎么找不着了，想来有些遗憾。

这篇文章后来发在我们省里的一本刊物上，已是不足为道。不过，这第一次写学术论文、第一次投稿的经历，却记忆至深难以忘怀。自此之后，更是对《文学评论》这本刊物抱有一种特殊的感情，并且在自己的专业工作和学术道路上始终与它为伴。后来我经济条件稍好时，便开始自订这本刊物，至今未曾中断。

要说我从《文学评论》这本刊物的获益之处，除了如上所说这次投稿经历所得到的激励和自信，更多的则还是从阅读它所刊载的许多文章，特别是许多让我景仰的前辈老师们的文章中，得到了丰富的学术滋养和理论启示。或许还值得一提的是，我后来也有机会再向这本刊物投稿，先后在该刊发表了几篇文章，这也算是实现和弥补了自己当年那个未了的心愿吧。还有一点要说的是，当年我与李春青先生素昧平生，完全不知道对方是谁，就是因为读了他发表在《文学评论》上的那篇文章，让我起意要写那篇商榷文章，由此也就记住了这个名字，并经常注意在报刊上搜寻阅读他的文章。后来我有机会与春青兄相识并成为同行朋友，也算是一种学术缘分吧，而这又恰恰是由于《文学评论》提供了这种机缘。

正值纪念《文学评论》创刊六十周年之际，谨对这本引我走上学术道路、让我受益匪浅的学术期刊，表达由衷的感谢和敬意！

（作者为江西师范大学教授）

文学评论的多种可能

李建中

标题中的"文学评论",既指六十周岁的《文学评论》,又指已经活了几千年、不知道还要活几千年的文学评论。

笔者以文学评论为业已有四十个年头,从业伊始便开始在《文学评论》上发表文章,与之相知相爱长达四十余年!21世纪发表在《文学评论》上的两篇文章,都是讨论文学评论的言说方式:《论古代文论批评文体的无体之体》(2009年第2期),《批评文体的"第二形式"》(2011年第5期)。

古往今来的文学评论无非是做两件事:说什么与怎么说。我这里不讲"说什么"而只讲"怎么说"。

古代的文学评论"怎么说"?其批评文体是"无体之体",其美学魅力是"第二形式"。所谓"无体之体"就是无体不用、无体不有:从哲学类的论、说、议、对到史学类的传、赞、志、表,从文学类的诗、词、赋、话到实用类的序跋、书信、碑诔,每一种文体都可以用来书写文学评论。所谓"第二形式",是指批评文体本身所具有的形式之美,诸如"表之出之"之言说、"使笔使墨"之修辞、"神韵气味"之体貌以及"愈增其美"之成效等。

古代文论"无体之体"及"第二形式"的影响,至少在20世纪还有流风余韵:比如鲁迅杂文批评的卓吾体貌,周作人小品文批评的晚明韵味,钱锺书管锥谈艺的诗话体制,又比如朱自清的"经典常谈",宗白华的"美学散步",李健吾的"印象批评",李长之的"传记体批评",沈从文的那些可与《边城》和《湘行散记》相媲美的评论文字,等等。这么好的传统,这么美的言说方式,居然被今天的学人弃之如敝屣。殊可叹夕!

今天的文学评论"怎么说"?其言说方式必须遵守严格的文体规范:一样的文本框架,一样的段落层次,一样的句型句式,一样的语格语调。

几年前，已有学术圈中人将现代学术生产模式下的产品称为"学报体"，亦即"在职称与考核的多重压力下写一些不痛不痒的八股文"，其特征为"甘于征实不问发扬，甘于书斋求知不问广场启蒙，甘于在技术层面安顿自己不追求在思想层面有所建树"（汪涌豪《"学报体"与学术生产模式》）。

刘勰将阅读的快感喻为"春台之熙众人，乐饵之止过客"（《文心雕龙·知音》），如果春台堆满瓦砾，乐饵是一些重弹的老调和馊了的饭菜，则何以熙众人又何以止过客？俄国形式主义文论有一个著名的观点：表达（怎么说）可以激活思想（说什么），表达在一定程度上具有本体价值，"注意表达自身，更能活跃我们的思想，并迫使思想去思考所听到的东西。反之，那些司空见惯的、呆板的话语形式，仿佛在麻痹着我们的注意力，无法唤起我们任何想象"（鲍里斯·托马舍夫斯基《艺术语与实用语》），后者正是"学报体"的阅读效果。

当然，《文学评论》并非"学报体"。早期的《文学评论》连"内容提要"和"关键词"都是不要的，现在的《文学评论》依然保留着"论坛""学人研究"等鲜活多姿的栏目，也依然刊发有才情有见识的好文章，每期的《编后记》更是识深鉴奥、情真才高。但是，在现代学术体制的强力管控之中，在西方学术话语的强势规训之下，《文学评论》的文章是否会慢慢演变为"学报体"，亦未可知。

《文学评论》无疑是国内级别最高的文学评论类期刊，虽说是高处不胜寒，毕竟高屋之上可建瓴水，故《文学评论》的文体品味及言说旨趣，在批评文体的多样性和言说方式的多元化层面，或可开风气之先。如果说，自然科学和社会科学领域的学术书写，其"论文体"甚至"学报体"的大量存在尚有其合理性，而人文科学尤其是文学评论领域，其学术书写的千人一面、万文一体则无论如何是值得反思甚至警醒的了。

从孔子师徒说《诗》开始，中国的文学评论已有两千多年的历史；而两千多年的文学评论史之中，期刊论文体的书写史不足百年，而"学报体"的书写史更短。就文学评论这一特定领域而言，我们是否做过这样的比较：一篇传记体的《屈原贾生列传》或书信体的《与元九书》胜过多少篇权威或核心期刊的论文？一部骈体文的《文心雕龙》或随感式的《沧浪诗话》又胜过多少部国家级或省部级出版社的专著？在司马迁、刘勰或者白居易、严羽的时代，如果文学评论家都按统一的文体模式书写文学评论，还会有真正意义上的文学理论和文学批评吗？

当然，一时代有一时代之批评文体；但是，此一时代与彼一时代的批评文体（从体裁体式到体格体貌），如果前后全无关联甚至完全割裂则是很不正常的。有一件事我始终想不明白：诗词歌赋和诗话词话都是古典文体，而当代中国有那么多人创作古典诗词却极少有人撰写诗话词话曲话文话。既然可以借用古典的格律词牌或文言骈语抒情言志，为何不能借用古典的批评文体即言说方式论诗品文？同样是继承文学遗产、光大文化传统，为何创作领域如火如荼而批评领域却冷冷清清？个中缘由或许非常复杂，诸如机械的学术生产机制，僵化的科研考核制度，为稻粱谋、为利禄计的学者问学心态，等等，而我以为学术期刊的文体选择及言说旨趣亦为"个中缘由"之一。

传承发展优秀传统文化已成为时代主题，故当下文学评论书写理应吸纳古代文论诗性言说的文化传统，否则我们的文学评论难逃如彼归宿：或者是西方学术新潮或旧论的"中国注释"，或者是各种学术报表中的"统计数字"，或者是毫无思想震撼力和学术生命力的"印刷符号"或"文字过客"。美国汉学家宇文所安（Stephen Owen）直言当代中国的文学评论书写，非常需要的是"散文"（Essay）而不是"论文"（Thesis）。Essay用作动词有"尝试"或"企图"之义。基于历史使命和文化忧患，作为国内顶级期刊的《文学评论》或可大胆尝试文学评论的多种可能。

文学评论的对象理所当然是"文学"，但学界的有识之士早已发现，当下的文学评论是没有"文学"的文学理论和文学批评：或者是远离文学作品的自说自话，或者是不接地气的术语轰炸，或者是纯理论的部落黑话。刘勰《文心雕龙·序志》篇的"四项基本原则"，其一是"选文以定篇"，亦即具体的作家作品评论。《文学评论》以"文学"为关键词，故栏目之设计须以"文学"为旨归。早期《文学评论》有"作家作品评论小辑"，或可恢复；亦可设计新的专栏，或融通古今创作，或借鉴他山之石，或针砭时弊，或开创风气。

文学评论的文体（包括体裁与风格）应兼具学术性和文学性，兼具理思与诗性。汉字源于象形，汉语擅长表意，汉语书写有形、声、义三美，汉语文体更须摹体定习、因性练才。同为六朝文学评论，曹丕论文朗畅通达，陆机文赋精巧细密，刘勰文心情彩双美，钟嵘诗品秀隐皆备。以"学报体"为代表的当下学术书写，早已远离了"汉语美"，早已远离了"文学性"。而以"文学"为旨归的《文学评论》，针对不同的评论对象，或可尝试不同的批评文体：臧否作家可用"世说体"，品味诗歌可用"诗话体"，识鉴小说可用"评点体"，辨析流派可用"书信体"，评骘理论可用"序跋体"……

文学评论是一项最需要个性、风骨、灵魂和生命的事业，这与"批评文体"的语根"體"的辞源义是血脉相连的。中国古代文学评论的言说，不仅是"文备众体"，更是"其异如面"：同说"建安文学"，曹氏兄弟有情有义，刘勰钟嵘知人知心，初唐子昂悲歌浩叹，盛唐李白旷放达观。《文学评论》若要远离"学报体"，则应该在尝试批评文体多样化的同时倡导言说风格的多元化。借用《二十四诗品》的诗句，《文学评论》的各体文章，或"真力弥满"或"妙机其微"，或"窈窕深谷"或"横绝太空"，要之须"不著一字，尽得风流"，方可"书之见华，其曰可读"。

子曰"六十而耳顺"。何谓"耳顺"？郑玄解为"闻其言而知其微旨"，王弼则释为"心识在闻前"。我上面的这些话无甚"微旨"，而我年届耳顺的老朋友《文学评论》或许早已"识在闻前"了。

（作者为武汉大学教授）

我与《文学评论》的缘分

李春青

在学术圈里，我们这些"50后"大约都有庶几近之的读书经历：上大学以前是逮着什么读什么，上大学的时候是什么有名读什么，只是在读研究生之后，大体知道这辈子要做什么了，这才开始有意识地建立自己的知识结构，读书也就有了选择。记得读中学的时候，既无升学压力，也没课外作业，更没有电脑可玩儿，读书就成了唯一一种可以缓解青春期躁动的好办法。那时确实如饥似渴，只要是带字儿的，都会拿过来翻阅一通。记得从柜子里翻出来一本竖排版的《李杜诗选》，原本挺好的一本书，一两年就被我翻得破烂不堪了。更不可思议的是，就连译自苏联的《政治经济学教科书》也能认真地读上一遍。有一次又翻出来了三四本《文学评论》和李希凡先生的《四大古典名著评论集》，读得极有兴味。那几本《文学评论》的具体内容差不多都忘记了，只记得有好几篇是讨论新诗格律的。对我来说重要的是，从此我知道了世界上还有文学理论这样一门学问，这与我后来以此为专业恐怕是有些关系的。这是我和《文学评论》第一次结缘。

后来读大学，作为中文系的学生，《文学评论》自然是每期都要翻阅的。此外便是什么书有名便读什么。开始是世界名著，特别是像《九三年》《红与黑》《战争与和平》之类久闻其名而不得一见的书。临近毕业的时候，"美学热"兴起，便找了许多美学书籍啃起来。康德的《判断力批判》、黑格尔的《美学》、马克思的《1844年经济学哲学手稿》等自然都是要读的，也自然都读得懵懵懂懂，似懂非懂。愿意读而且能读懂的是1950年代美学大讨论之后编的那六本论文集，它们使我对"美是主观的还是客观的""美的本质"之类的问题产生了极大的兴趣。正当沉浸在这种美学热的亢奋中的时候，我在《文学评论》上读到著名莎士比亚研究专家方平先生的一篇文章，是专门讨论"美的个性"的，大意是说成功的文学人物形象即使是一个坏人、恶人，也常常会带有"美的个性"，也就是生活丑变为艺术美，记得是举了王熙凤和莎翁笔下的福斯塔夫等为例。我反复看了几遍，总觉得难以接受方先生的观点。实在按捺不住，便奋笔疾书，一口气写了一篇八千多字的文章，题为《浅谈美与善的关系——兼与方平同志商榷》。文章主要意思是说美与善从根本上说是分不开的，王熙凤、福斯塔夫等之所以具有"美的个性"，那是因为她作为一个人也有其善的一面，并非十恶不赦之徒。生活中的丑恶现象之所以能够成为文学表现的对象，不在于其可以变为美，而恰恰是因它们是美的对立面。艺术作品中丑的形象可能体现出很高的艺术性，但这并不是美。艺术性和美是不同范畴。记得我还举了罗丹的《欧米埃尔》等大量例证。文章寄给了《文学评论》。其实我并没有真的想到发表的，只是一时冲动而已。没想到仅仅过了一个月就收到了《文学评论》编辑部的信，说准备采用这篇文章，但是举例过多，要删去一些。毫无疑问，我当时是很激动的，赶紧回信说没问题，随便删。又过了几个月文章就发表出来了，是在1982年第6期。在文末还有作者简介。这可以说是我和《文学评论》的第二次结缘。

我从心底里感谢《文学评论》，最重要的不是给我发表文章，还给了差不多相当于一个月工资的稿费，重要的是给了我这初出茅庐的年轻人以极大的信心。文章发表后的一段时间我收到几十封读者来信，其中批评者多，赞同者少，许多人对于我作为年轻人却反对"美的个性"，是很不理解的。后来我跟童庆炳老师读研究生时才知道，那时候的文学理论界，"美的特性""美的本质"是时髦和前卫的标志，体现着时代的潮流，而我却站出来强调"美"与"善"的联系，确实是不合时宜的。当然也有很多人是和我讨论相关的学术问题，特别是生活丑变艺术美的问题。批评也罢，讨论也罢，这些来信大大激发了我对文学理论问题的兴趣。那时我刚刚本科毕业留校，工作是给外语系、历史系大一学生讲《大学语文》，并没有认真想过将来干什么。正是《文学评论》的这篇文章激励我在文学理论研究的道路上走下去。大致算了一下，迄今为止我在《文学评论》上发表了十三篇文章，与那些勤奋耕耘的同辈学人比起来不能算多，但完全可以说，是这本刊物伴随并激励着我在学术道路上一路走来。

我对《文学评论》有很深的感情，自觉也有很深的缘分。三十多年来我一直是它的忠实读者与作者，至今还是常常会想起它1982年第6期那浅绿色的封面。今天这本优秀的学术刊物已经走过了六十年的风雨历程，我衷心地祝愿它始终保持文学研究最高学术平台和权威期刊的地位，继续引领、推动文学理论和批评不断取得新的成绩。

（作者为北京师范大学教授）

另一所"母校"

——我与《文学评论》三十年

张 晶

到 2017 年的春天,《文学评论》这个文学研究的殿堂,已经整整创刊六十周年了!六十年,一个甲子,风雨春秋,培育了一代一代的文学研究学者。从风华正茂的青年学子,到白发华巅的学术名家,这其中的很多学人都是从《文学评论》这个殿堂走出来的啊!如果把这个刊物人格化的话,她像一个循循善诱的良师,把作者引向学术研究的正轨;她像一个辛勤劳作的园丁,培植出无数学术研究的硕果;她像一个公正严明的裁判,评判着文学论坛上的良莠真伪。对我来说,她就是另一所不毕业的"母校"。我的学术起点,在这个"母校"开启;我的学术特色,在这个"母校"形成;我的学术道路,在这个"母校"开拓;我的学术缺陷,在这个"母校"里匡正;我的学术理想,在这个"母校"里光大与坚定!

我的学术人生,和《文学评论》结下了不解之缘!从 1987 年《文学评论》给我发表的第一篇文章《审美价值与社会价值的交融》算起,到现在整整三十年了!这三十年,我在《文学评论》上发表了十六篇论文(不包括会议综述之类)。这三十年,是祖国步入新时期以来、文学思潮发生许多重要变化的三十年,也是我个人从一个讲师到"资深教授"的三十年,我也从满头青丝到了今天的"鬓也星星也"。我的学术研究,当然有一个从稚嫩到成熟、从肤浅到深邃、从零散到系统的过程,一路上正是有《文学评论》牵着我的手走过来。名不见经传时,是《文学评论》发现了我这个学术苗子;迷茫彷徨时,是《文学评论》引导了我的学术方向;浮躁急进时,是《文学评论》给了我真诚的告诫。我在学术道路上的深浅足迹,离不开《文学评论》的牵引;我在学术发展上数度转折,都离不开《文学评论》的鼓励。这三十年,对《文学评论》来说是风云激荡的三十年,对我来说,是学术成长最关键的三十年!三十年,我与《文学评论》

情缘之深，焉能不怀感恩之心！

一 凯风自南，翼彼新苗

　　善于发现新人，培育新人，奖掖新人，这是《文学评论》数十年来的优良传统。不以名声地位取人，而从文章本身取人，几代的《文学评论》编辑，都秉持着这种理念。《文学评论》的编辑慧眼擢拔，认真点拨，使很多新人脱颖而出，成为日后的著名学者。在这方面，我的体会尤为深切。1984年，我从吉林大学研究生毕业，分配到辽宁师范大学中文系任教。虽然我的硕士专业是古代文学，方向是唐宋文学，但我的导师公木（张松如）、喻朝刚和王士博教授都是以理论见长的学者，读研的时候都深受濡染，培养了浑厚的理论兴趣。到辽宁师范大学虽然是在古代文学教研室，但是思考问题的方式和角度，往往带着明显的理论色彩。1986年我写了一篇《审美价值与社会价值的交融》的文章，试着投给了《文学评论》编辑部。这篇文章篇幅很长，有一万五千多字。是以系统论和价值学的方法来分析温庭筠的乐府诗的。自己觉得有些新意，但对能在《文学评论》上发表没抱什么希望。我和《文学评论》的编辑老师们从来没有任何接触，也不知道他们姓什名谁，只是看着刊物后面写的地址"北京市建国门内大街5号　中国社会科学院文学研究所《文学评论》编辑部"直接邮过去的。我当时连讲师都还不是，只是个硕士毕业不久的助教而已。过了几个月时间，我突然接到了《文学评论》编辑部陈祖美老师的亲笔信，大意是说文章有内容，有新意，发人所未发，准备刊用，但是要作相应的修改。且前面刚刚发表过杨海明先生论温词的一篇文章，因为是同一个作家，可能要等一段时间。我看了祖美先生的信，非常激动，马上写了回信表示要按着编辑老师的意见认真修改。几天内就把文章的修改稿寄回给编辑部了。到1987年秋天，突然在系资料室看见刚到的《文学评论》第5期上我的文章发表出来了，高兴的心情真是无以言表，不敢相信这是真的。后来我在编辑部给我寄来的样刊的扉页上，用毛笔隶书体工工整整地写下了杜甫的两句诗："文章千古事，得失寸心知！"在文章发表出来之前，我还不知道祖美先生是男是女。直到应邀参加《文学评论》编辑部主办的会议（记得是在杭州），我才第一次见到这位风姿高秀的著名女学者。

　　《文学评论》给我发表的这篇文章，对我的激励是非常大的，在某种意义上，也是对我的学术研究方向的一种肯定。在那几年时间里，我用了很多功夫来阅读理论经典。包括西方的和中国的，包括哲学的和美学的。对于西方近现代美学著作也用力甚勤。从理论的角度来观照中国古代文学作家作品，得到了许多新的"景观"，也逐渐形成了属于自己的学术特色。这种学术路数，也得到了后来任《文学评论》古典组组长乃至《文学评论》主编的胡明老师的认可。胡明老师博见多识，思想敏锐，目光犀利，他本人就是一位不可多得的优秀学者。在《文学评论》的鼓励下，我对学术研究有了越来越浓的兴趣，也对理论学习和研究越发投入，研究对象仍是中国古代诗学。在《文学评论》上发表了第一篇文章后，我更勤于思考，努力写作，评讲师的时候已经发表了二十几篇论文，其中有《文学评论》和《文学遗产》这样的名刊的文章。之后我又写出了《情感体验的历程：中国古典诗歌的原型意象》的长文，又投给了《文学评论》。这篇文章是用西方的原型批评方法来研究中国古典诗歌。虽是以西方的理论为方法，我特别注意不要生搬硬套地运用西方理论，而是借他山的石，攻自己的玉，将其改造为适合研究中国的文学传统。这篇文章得到胡明老师的欣赏和鼓励，他在来信中提出了中肯的修改意见，指出文章中关于对文学典故的分析与之前葛兆光先生发表过的《论典故》一文中的观点有不谋而合之处，建议重新考虑那一节。我按着胡明老师的意见进行了认真修改。文章发表在《文学评论》1990年第2期上。文章发表后在学术界引起了很好的反响。由于我在那几年的学术研究上表现出来的势头和理论特色，被文艺学专业看好。系主任曲本陆先生本身就是文艺学专业的教授，他征求我的意见，是否愿意由古代文学专业转到文艺学专业，以作为这个专业的接续力量。当时的辽宁师范大学中文系（就是以后的文学院），以文艺学专业的学术实力最强，有几位享誉国内学术界的著名学者，如冉欲达教授、叶纪彬教授、曲本陆教授等。在1980年代末期就有了硕士点。我对这几位文艺理论家充满了敬意，于是欣然同意转到文艺学专业。我刚到文艺学教研室，就开始带研究生了，当时还是讲师的身份。这当然要感谢《文学评论》编辑部的老师们。我这个当时还是一个"初出茅庐"的青年学子，读书与工作都不在北京，开始在《文学评论》发表文章时，与编辑老师都素昧平生，却得到了他们的发现与擢拔。在学术道路上能满怀热爱地走了三十年，正是源于开始的时候《文学评论》给予我的信心和鼓励。在《情感体验的历程：中国古典诗歌的原型意象》一文发表之后，我又在陶渊明诗中看到了魏晋玄学的痕迹。于是又花了很多时间研读玄学，并写出了《陶诗与魏晋玄学》的长文。我当时住在学校分给我的筒子楼里，一共不到40平方米，分成了一大一小两个房间，小间大约有不到6平方米，是我的书房兼卧室。我读陶诗读出了味道，灵感迸发，下笔不休，只用两天时间就写出了一万五千字的文章，写完后又寄给了《文学评论》。当时研究魏晋南北朝文学的著名学者曹道衡先生负责古典组，他看了之后十分欣赏，只用3个月时间就把这篇文章发表出来了，发表在《文学评论》的1991年第2期上。这对我来说，当然又是极大的鼓励。

二 导引学术流向 开拓学术空间

作为文学研究界的"旗舰"，《文学评论》一直对文学研究起着导向、引领的作用。回望数十年来中国文学界的学术发展的道路，在很大程度上，《文学评论》发表的文章都是在"导夫先路"。这当然也是《文学评论》的地位所决定的，同时，也有编辑老师们的眼光和担当意识。

20世纪八九十年代，我把研究视野投向辽金元诗学研究，花了数年的笨功夫，在图书馆查资料、抄卡片，先是对诸多诗人进行个案性研究，陆续发表了数十篇辽金元诗人和作品的研究论文，主要见于《文学遗产》《民族文学研究》《社会科学辑刊》《学术月刊》《辽宁师范大学学报》等刊物上。后来就考虑建构辽金诗歌发展史的框架。经过多年的思考耕耘，写出了《辽金诗史》（东北师范大学出版社，1994）和《辽金元诗歌史论》（吉林教育出版社，1995）两部专著。辽金文学本是古代文学研究中的"小邦""偏师"，研究者少，其目光也主要是围绕着元好问等几位作家，缺少整体性的文学史思考。我在进入这个领域之后，思考这段文学发展的特征，包括诗歌的审美思潮和发展阶段，并非以一般的文学史眼光进行的，而是从辽金文学的地域文化特征及与中原汉文化关系的角度加以考察，所以在辽金文学的研究中，蕴含着自觉的方法论意识。我的辽金元诗学研究对我的研究工作起了很重要的推动作用，也获得了学界同人的高度认可。后来在21世纪初，由我联络、组织成立了中国辽金文学学会，聚集了海内外一批有志于辽金元文学研究的学者，这个领域得到了相当大的拓展。1992年，我将关于金诗发展的整体性认识——也可以认为是《辽金诗史》金诗部分的框架，写成了一篇很长的论文《论金诗的历史进程》，投给了《文学评论》。文章很快得到了胡明老师的肯定，他同时提出了相关的修改意见。该文发表在《文学评论》1993年第3期。这篇文章，针对文学史的一种流行看法，即金诗与南宋诗词是在不同地区具有同一时代特色的产物，只是具有内容的差异金诗不过是宋诗的分蘖，缺少属于自己的特点。在我看来金诗与宋诗固然有着千丝万缕的联系，金代诗人、诗论家们也常以宋代诗学的一些问题作为话题，北宋一些诗人如苏轼、黄庭坚对金诗坛也确有重要影响，但这不足以说明金诗没有自己的特色，而只是宋诗的延续或附庸。金诗与宋诗，有着不同的文化心理作为各自的土壤，金诗的发展在几方面的合力的作用下，形成了不同于其他历史时期文学的独特轨迹。这种基本认识，在新时期的辽金文学研究中，是有代表性意义的。对于辽金元文学研究，起到了"张目"的作用。《文学评论》发表此文，大概也是从这个角度考虑的吧。

从美学的角度对中国古代文学和古代文论进行独特的观察与思考，从而得出与一般流行的理论不同的看法，是我1990年代以来在学术研究方面逐渐形成的特色。在这方面，我得到了《文学评论》的编辑老师们的支持，从而也在学界产生了很广泛的影响。1998年，我受著名作家王充閭先生之邀，为他编选的《诗性智慧——古代哲理诗》作序，引发了我对诗中之理的价值思考。当时我还在复旦大学中文系读博士学位，师从文学批评史的大家顾易生先生。在复旦南区的那间斗室中，深夜无眠，苦思移时，形成自己不同于"形象思维"倡导者、俄国著名民主主义思想家别林斯基的认识。我在这篇书序写完之后，又沿着这个思路进行纵深的开掘，写成了《论中国古典诗歌中"理"的审美化存在》一文，系统地阐述了我对诗中之理存在价值及存在方式的观点。这篇文章，寄给《文学评论》编辑部，受到刊物的重视，发表在2000年第2期上。是年，我恰好从辽宁师范大学调转到北京广播学院（即今之中国传媒大学）任教，我又以这篇文章的题目，作为到北京广播学院工作后的第一部著作的书名。2001年3月，我被增补为广播电视艺术学专业文艺美学方向的博士生导师，同时，又主持文艺学专业的建设。这样，对自己的研究又进一步坚定了方法论上的美学取向。同年，我写成了《中国古典诗词中的审美回忆》的文章，将"回忆"从心理学的学科范围，拉到哲学美学方面进行考察，分析其在创作中的审美意义，并系统地建构了中国古典诗词中回忆的存在形态，同时揭示回忆在诗词的审美创造性质。这篇文章被发表在《文学评论》2001年第5

期上。文章发表后获得广泛好评。文章获得了《文学评论》编辑部颁发的"《文学评论》1997~2002年优秀论文奖"和国家新闻出版广电总局优秀科研成果一等奖。2004年,我在对晚唐五代词的阅读中,感受到了诸多篇章中的装饰化审美效果,于是进行全面的研究,写成了《晚唐五代词的装饰性审美特征》一文,很快发表在《文学评论》2005年第3期上。

  我在这些年的古代文论研究中,注重从哲学角度切入,对于玄学、佛学、理学等中国哲学史的背景,下过不少的功夫。这在很大程度上源于与胡明老师的一次闲谈。记得好像是1980年代,在江西修水举办的黄庭坚学术研讨会上,休会时我和胡明老师找了一条小船,在修江上泛舟。胡明老师说,将来在文学研究上有突破的,很可能是搞哲学的而未必是搞文学的。说者无心,听者有意。这句话对我影响甚深,之后若干年内我在哲学史上下了很多功夫,现在也一直保持着读哲学书的爱好和习惯。我1980年代研究宋代严羽的《沧浪诗话》,从他的方法论"以禅喻诗"入手,花了相当多的时间研习佛学和禅理,并以其考察唐宋诗的一些禅学内涵,写成了专著《禅与唐宋诗学》(人民文学出版社,2002),其后数年对这个问题继续思考,我又写成了《禅与唐宋诗人心态》一文,发表在《文学评论》1997年第3期上。2004年,我写了《广远与精微——中国古代诗学的一对辩证命题》,看起来哲学色彩并不十分浓厚,但其间渗透着很深的哲学意味。这篇文章发表在《文学评论》2004年第4期上。2012年,我从古代诗学的大量关于"偶然"的材料中提炼出"偶然"的范畴,并对其进行了哲学的美学的分析,写成了《中国古代诗学中"偶然"论的审美价值意义》一文,发表在《文学评论》2013年第4期上。这类文章,都有较深的哲学背景,但同时又是从中国诗学的实际出发,并不是牵强附会的产物,因而,得到《文学评论》编辑老师的赞赏。

  20世纪的后现代文化、视觉文化、审美文化等学术话语,对中国学术界有相当广泛的影响。我在治学的过程中,也以理性的眼光来了解、把握相关理论。在视觉文化研究中,"图像"是一个特别核心的概念,具有后现代意味的图像在社会生活中的普遍存在是一个重要的文化现象。我从价值论的角度,对图像进行了系统的研究,从正面和负面对图像进行了学理性的分析,写出了《图像的审美价值考察》一文,在《文学评论》2006年第4期上发表了。责编是年轻的编辑吴子林博士。这篇文章发表后在学界引起了广泛的关注。在2008年,我写出了《中国古典诗词中的审美空间》一文，是以西方的空间理论来透视中国古代诗词，打开了一个新的视角。这篇文章发表在 2008 年第 4 期上。

三 编辑者，良师也，诤友也

离开母校，在大学里当了一名老师，尤其是后来当了教授，又担任了院系的行政领导职务，自己是一个教育者的身份，很少能听到在学术方面的批评声音。现在的学术界和高校，在面上都是"表扬与自我表扬"，诚恳的批评是少见的。对自己的学生或许时常可以在学术上指点乃至批评，而在同事中几乎听不到令人警醒的批评意见了。而真正能在学术上得到指导的，却是来自《文学评论》和其他刊物（如《文学遗产》）的编辑。无论是前面提到的陈祖美老师、胡明老师、张国星老师，还是现在的王秀臣老师、吴子林老师、何兰芳老师，无论他们是比我年长还是比我年轻，《文学评论》编辑们的修改意见，对于自己的学术发展，都有重要的指导意义。我在《文学评论》上发表的这么多文章，大多是根据编辑的修改意见进行认真修改后才发表出来的。有一次到文学评论杂志社，张国星老师拿出我的文章，上面布满了他给我删节后又添上去的逻辑"缝合"的词语。我看了之后大为感动，心中尤为敬佩这位平时相处幽默可亲而在编文稿时一丝不苟的学者型编辑。

我应《文学评论》之约，写了《三个"讲求"：中华美学精神的精髓》一文。文章交出后，何兰芳老师为责任编辑。兰芳老师，我还未曾谋面，但我知道肯定是比我年轻。她为了文章中一个词语，打了几个电话和我订正，使我大为感动。这篇文章发表在《文学评论》2016 年第 3 期上。编发《图像的审美价值考察》一文的责任编辑是吴子林老师。子林是一位才华横溢的年轻学者，没想到他对稿子的要求也是那样严谨。为了几个文献处理，反复和我"较劲"。《中国古代诗学中"偶然"论的审美价值意义》的责任编辑是王秀臣老师。他虽然年轻，在学术上却是造诣深厚，尤其是文献功夫精深。编我这篇稿子时，他提了好几处修改意见。我虽然老大不小了，但在进入学术领域之初，时有草率的毛病。记得 1980 年代初期，我给《吉林大学学报》写了一篇《李白乐府因革探》的文章，当时的编辑徐老师，看了稿子后，用红笔在便笺上写了"文章有新见，惜乎太草，很可惜！"后来还是通知我修改。我看了这个条子，很受刺激。给

《文学评论》这样的权威刊物写稿，也是自己不断接受学术训练的过程。这个毛病可以说是在编辑老师们的"修改意见"中逐渐改掉的。从校门出来自己为人师，编辑的指点甚至针砭，恰恰成为自己学术道路上的老师。

记忆犹新的还有胡明老师和我的一次谈话。我的文章在《文学评论》和其他一些刊物上发表了不少，有一个阶段，开始变得急功近利，为了写文章而写文章，选题和深度都有问题，文章写了数量不少，但分量不足。记得一次见到胡明老师，他指出了我的问题，认为我缺少深入的研究，文章写得多，但是"平滑"了。这对我来说，是一个"警钟"。我听了胡明老师的话，觉得震撼极大。胡明老师对我一直都像家里的兄长，蔼如春风，而这番话，正是点中了我的要害，使我警醒，令我反思，催我奋起。从那以后，我沉下心来，深入研究，又写出了能让《文学评论》接受的优质文章。

在《文学评论》这个"母校"中，我学习了三十年，从一个助教，到今天的"资深教授"，一直都没有毕业，也不想毕业。还要再学十年、二十年——

在学术研究的道路上，《文学评论》是我永远的"母校"！

（作者为中国传媒大学教授）

潮起海天阔，扬帆正当时

——回眸20世纪80年代的《文学评论》

杨守森

由中国社会科学院文学研究所主办的《文学评论》，创刊六十年来，在不同的历史时期，都是我国文学研究的重要阵地，一直享有极高的声誉，一直在引领着中国文学研究的潮流。中国文学研究领域的一代代学人，或直接或间接，无不得以滋育，受其惠泽。

我这个年龄段的人，尤其难忘20世纪80年代。在那个年代里，《文学评论》顺应思想解放的时代大潮，不断推出具有强烈思想震撼力的文章，给人以凌厉高蹈、呼风唤雨之感。在三十年后的今天，翻检浏览之余，仍不能不为之激动：如刘再复那篇影响颇大的《论文学的主体性》，虽有这样那样的不足，但所论述的尊重人的主体价值、恢复人的主体地位、"而不是把人看作物，看作政治或经济机器中的齿轮和镙丝钉，也不是把人看作阶级链条中的任人揉捏的一环"之类"文学主体性"见解，无论对于文学创作还是文学研究，至今也还是一个值得进一步深思与强化的问题；王富仁的《〈呐喊〉〈彷徨〉综论》一文，从反封建思想革命的视角对鲁迅小说的探讨，虽存在简单化的"反映论"的局限，但在当时，不仅促进了鲁迅研究及整个中国现代文学研究领域的观念变革，也有力地冲击了中国文学界根深蒂固的"文学是政治工具论"；汪晖的《历史的"中间物"与鲁迅小说的精神特征》一文，在质疑传统的"认识论映象"研究模式的基础上，认为"鲁迅小说不仅是中国近现代社会这一外部世界情境的认识论映象，而且也是鲁迅这一具体个体心理过程的总和或全部精神史的表现"，从而使鲁迅研究进一步贴近了文学的本体性研究；应雄的《二元理论、双重遗产：何其芳现象》一文，从政治与艺术二元心态与二元人格分裂的角度，深刻分析了"思想进步，创作退步"的"何其芳现象"。其论述与见解，对于总结20世纪中国文学的得失，至今仍不无振聋发聩的启示意义。

另如许多评论文章，视点独特，文笔灵动，评析精当，有的仅凭题目就会让人感到别有匠心与意绪，就会激起人们的阅读欲望，如刘湛秋评论昌耀诗的《他在荒原上默默闪光》，曾镇南评李杭育小说的《南方的生力与南方的孤独》，黄子平评林斤澜小说的《沉思的老树的精灵》，王绯评残雪小说的《在梦的妊娠中痛苦痉挛》，等等。

为了激发思想活力，推动文学研究，这一时期的《文学评论》还特别注重发表学术争鸣文章，经常组织各类对话会、座谈会、学习班、进修班等，为培养学术人才与繁荣学术事业做了大量工作。

在学术争鸣方面，引人注目的有程光炜就"诗的现代意识与社会功能"问题与谢冕的商榷（《诗的现代意识与社会功能》）；张国民与高尔太之间关于"美学能否用熵定律"的商榷（张国民《文艺学引进自然科学横断科学应注意的几个问题》；高尔太《美学可以应用熵定律吗？》；张国民《读〈美学可以应用熵定律吗？〉》）；李乃声就对传统文化的评价之类问题向姚雪垠先生的请教（《只有开拓历史，才能有历史》）；等等。这些文章，虽针锋相对，但意绪平和，恪守学理，营造了学界所向往的良好学术氛围。在这类文章中，特别值得提及的是陈燕谷与靳大成的《刘再复现象批判》，该文在肯定刘再复"主体性"理论积极意义的同时，亦明确指出存在知识的贫乏，以及"命题意义不平衡，思维层次不平衡""无法上升到他所向往的'形而上'境界""未能达到主体理论应有的深度"之类不足；认为刘再复虽富有怀疑精神、批判精神，但"他对人生的形而上的思辨不具有年轻人的现代感"，"他的怀疑和批判停止在世界观的大门之外，使思想发展的溪流回转到西方十九世纪的沟渠"。外人自不清楚这篇文章写作与发表的背景，但鉴于此时《文学评论》的主编尚是刘再复，会让人意识到编辑部是在着意创造自由平等的学术氛围，引领自由平等的学术风气，正如该期刊物的《编后记》中特别申明的："这篇文章显然不只是对刘再复个人的某种肯定或否定，作者的意图是在于通过对刘再复这一特定现象的考察，以达到对当代中国精神文化现象的整体把握。褒贬的尺度和评价的分寸是否得当自然可以商讨，但探索的方向却值得肯定。我们都希望研究和评论文章彻底摆脱那种庸俗吹捧和随意攻击，期待着那种从对历史的沉思中引发出来的有价值的论断，这篇文章也许可以给人一点这样的启发。"编辑部的这般用意与举措，自然不仅活跃了时代的学术气氛，深化了对相关问题的探讨，也显示了刊物的生机与活力、气魄与胸怀、责任与担当。

在对话会、座谈会方面，仅刊物发表过纪实的就有：作家与评论家专题对话会（《创作多样化 评论怎么办》）、文学编辑谈当前文学创作座谈会（《文学与时代脉搏》）、青年军人作家座谈会（《几位青年军人的文学思考》）、青年评论工作者座谈会（《面向新时期第二个文学十年的思考》）、近期军事文学走向座谈会（《艰难跋涉中的军事文学》）等。这些对话会与座谈会，或提供了大量的文学研究信息，或有助于激发诗人、作家们的创作能量。莫言就是在那次青年军人座谈会上，最早发出了"创作折腾论"的宣言，认为一位创作者就是要"敢于折腾，善于折腾。那股折腾劲儿，犹如猛虎下山、蛟龙入海，犹如孙猴子钻进铁扇公主的肚子里拳打脚踢翻跟斗，折腾个天昏地暗日月无光一佛出世二佛涅槃，蝎子窝里捅一棍"。后来的莫言，无疑就是凭着这股"折腾"劲儿，走向了世界，获得了诺贝尔文学奖。

在《文学评论》编辑部举办的数次培训与交流活动中，规模最大、影响最为深远的一次应当是1985年早春时节，在北京昌平区的爱智山庄举办的进修班。本人忝有幸参加了这届进修班，历时15天，来自全国各地的学员近百人，应邀前来讲课的先生有唐弢、朱寨、洁泯、陈荒煤、袁可嘉、邓绍基、刘世德、何西来、杜书瀛、钱中文、涂武生、樊骏、林非、张炯、蔡葵、陈骏涛、曾镇南、袁良骏、吴元迈、柳鸣九、朱虹、吴小如、袁行霈、严家炎、黄修己、谢冕、胡经之、陈传才、邵牧君、黄式宪、顾骧、吴祖光、刘心武、李陀等数十人，均为当世名家名流，他们各具创见的报告式讲课，从不同角度谈论的文学理论以及创作问题，极大地开拓了学员们的视野，激发了学员们的才智，后来，有不少人成为全国文学研究领域的骨干人才。此外，这次学习期间，具体主持了这次进修班的当时的编辑部主任、可亲可敬的王信先生，担任了进修班班主任；忙前忙后的杨世伟先生，以及一直与学员吃住在一起，及时为大家提供各种服务的曹天成先生、邢少涛先生，都给大家留下了难忘的印象。

"潮起海天阔，扬帆正当时"，正是得利于思想解放的时代良机，亦是得利于编辑部的精心擘画，使20世纪80年代的《文学评论》，激流勇进，生机勃发，在自己的办刊史上留下了浓墨重彩的一页。此后，在不论面对什么困难的情况下，《文学评论》的一届届编委会与相关主编、编辑先生们，亦都在凭依追求真理的学术信念，对民族文化建设与发展的神圣责任感，在设法维护着刊物的学术声誉，在保持着刊物的学术品格，为我国的文学事业做出了令人敬重的卓越贡献。

时代在前进，文学在发展，祝《文学评论》不断创造新的辉煌！

（作者为山东师范大学教授）

无法忘却的日子：我与《文学评论》

徐　岱

曾经也是阳光少年的我，不知不觉间就到了"耳顺"之年。这是一个特别容易让人进入回忆的年龄。无论是漫步于校园的草坪，还是在夜深人静的时刻，总有许多往事涌上心头。但此时此刻我最想谈论的话题，就是我与《文学评论》。作为毕生在校园中度过的"人文教师"和"文学研究者"，著书立说是我们这些人的共同特点，和许多同行朋友一样，我在许多刊物上发表过文章，其中不乏留下深情厚谊的刊物；但与《文学评论》的情感却要另当别论。我想我的这个感受应该也是许多业内朋友的同感。《文学评论》于我们不仅仅是一本优秀的"学术期刊"，更有着让人无穷回味的别样味道，一种伴随着那个激情燃烧的"新时期文学"的气息。对于我自己的另一种意义是，创刊于1957年的《文学评论》，也正是我来到这个世界的那个年头。

在某种意义上，我的所谓"人文学术之路"起步算是早的。自大学本科三年级起，就开始在《文艺研究》、《外国文学研究》和当时由中国社会科学院文学研究所主办的《诗探索》上发表一些文章。但回过头看，这些文字的确只是自己在人文研究领域的"试笔"之作，无论是思想观点还是文字的表达，都显稚气。这个"转折"或者说"拐点"出现在1986年初，在那年的《文学评论》第1期上，刊登了我的《哲学观的更新与文艺学的发展》一文。这当然不是我第一次给《文学评论》投稿，但却是我在《文学评论》发表的第一篇文章。尽管这之前已陆续在不同学术期刊上发表了不少文章，但当我尝试给《文学评论》投稿时，却并不顺利，大概接连被退了三四次稿。这有点出乎我的意料。作为一个在学术研究领域已经正式"出道"的我，真的不明白《文学评论》的"门槛"怎么会那么高。但在仔细阅读了《文学评论》上的文章后，我发觉一个特点：这本刊物不仅对观点的深刻和见解的独特性有很高要求，而且在表达上同样不仅要文通字顺，而且要有能体现出文学理论文章自身的那种内在魅力。为此，我付出了十分艰辛的努力，把《哲学观的更新与文艺学的发展》前后修改了五六遍，直到最后连每个标点符号都反复推敲。当我定稿后，终于觉得有了点"底气"。

过了不久，我就收到了时任《文学评论》文艺理论版编辑曹天成先生的回信，表示准备刊用这篇文章。时至今日我还清楚地记得，在我接到曹天成先生的信时那种说不出的愉悦和兴奋。虽然只有不多的文字，但它清晰地传达出当时《文学评论》的一个办刊理念：不搞论资排辈，只需文章有真知灼见。对此，我曾当面与天成先生有过交流，他的回答是如此明确，让我看到了真正的一流刊物在面对学术质量时的"平等"意识。这是《文学评论》之所以能够在长时间里，代表中国文学研究最高水平刊物的品质保证。我这篇文章的背景，是当时风靡一时的关于文学研究领域如何引入科学方法论的大讨论，"老三论"和"新三论"等来自科学领域的各种方法被作为"批判的武器"，在当时国内诸多文学研究期刊上风起云涌。一时间，许多讨论文学作品的刊物上，出现了形形色色的表格甚至科学方程式。但这种趋势很快由于其与文学作品的隔阂而受到质疑。随着思考的深入，越来越多的研究者感到，需要一种对"武器的批判"。我的这篇文章也正是在当时这种氛围中，根据自己的思考写下的一些心得。后来看到中国社会科学院文学研究所内部刊物《文学研究参考》中一篇文章说，我这篇一万字左右的文章在某种意义上，给这场已接近尾声的讨论画上了个句号。尽管今天反省起来，无论在理论的深度方面还是知识的厚度方面，这篇文章的不足显而易见，但它的观点和格局，仍然让我欣慰。

可以这么说，正是《文学评论》培养了一批批作者，尤其是对于我们这拨"文革"后第一届、第二届大学生，其中不少人日后成为《文学评论》所覆盖的中国古代和现当代、文艺理论和评论等各个领域里的代表性学者（用当下的流行语：领军人物）。这是一种十分理想的互动：《文学评论》全方位地培养了这批作者，使他们在治学研究方面获得迅猛发展的机会。同样，当他们的学术水平日益提高、学问境界越来越得到提升之际，也正是这批学者顺利地接过了前辈学者的班，给《文学评论》以强大的支持。他们相对更为开阔的视野和自觉的创新意识，让《文学评论》自始至终得以保持在国内外的影响力。在我出访过的国外许多大学的东亚系图书馆，从哈佛大学、耶鲁大学、普林斯顿大学、杜克大学到哥伦比亚大学等的期刊阅览室，我都曾在十分醒目的位置看到过这本让人无比亲切的《文学评论》。我的这种表述也许过于"私人化"，但我不想错过这个机会，向当年在我治学求道的路途上，给过我莫大帮助的老一辈"《文学评论》人"表达深深的感谢。

在已达退休年龄的现在，我必须向资深编辑王行之先生、前主编钱中文先生和胡明先生等"老《文学评论》人"表达这份心情。或许只有到了这个年纪，才能真正体会到这份感情的弥足珍贵。世界很大、历史很长，但人生很短，此身能始终相伴的，莫过于情义二字。而当这种情义具体落实在人文学问方面，就更让人难忘。我不会忘记行之先生的几次约稿，这迫使我在加倍的付出和艰苦的自我突破中，进入人文研究的深处。更不会忘记有次钱中文先生，因为当时他手上那期刊物的内容不能让他满意，而给我电话。电话中钱先生几乎是下指令般的要求我在一个月内给他一篇文章。这不是因为我与中文先生之间的私人关系如何，而是一种珍贵的信任：他相信我能交给他的，一定是一篇经得起同行检阅和时间考验的文章。尽管钱先生的这个要求，让当时正被行政工作搞得焦头烂额的我，一时感到压力巨大，但我还是利用晚上下班回家后的写作，按约定时间给了他题为"诗学何为"的文章。这个题目为后来此起彼伏的相关讨论，起到了一种抛砖引玉的作用。由此可见，我在学问上能够相对顺利地走到今天，在某种意义上讲与《文学评论》的"助力"关系无疑是密切相关的。尽管后来，自己在学术上达到相对成熟的阶段，对文艺学领域和美学领域的诸多思想有了自己的重新认识，但对《文学评论》给予过我的帮助始终充满感激和感恩之心。

接下来的日子，曾经有十年多的时间，我渐渐与《文学评论》"失联"。一方面是因为行政事务缠身，文章的"年产量"逐步下降；另一方面因为随着年龄的增长，自己的文章也越写越长。许多不错的文章由于篇幅原因而不适合在《文学评论》刊登。但终于有一天，多少带有些怀旧的心情，我想到应该在《文学评论》上再次"露脸"。记得当我将一篇文章发给高建平先生时，顺手写了句："把这作为向《文学评论》告别的仪式吧！"建平先生的回答是："徐岱，除非你今后不再做研究，不然这个仪式就无限期推迟吧！"这番朋友间的对话，当时让我感慨万端。说《文学评论》见证了几代中国学者的成长史，这话绝不夸张。这不是说没有《文学评论》，从事当代中国文学研究的学者就会偃旗息鼓；而是指因为有了

《文学评论》，让这几代中国人文学者的学术之路，走得更快、境界更高。我相信，许多同行也会有同样的感受。与《文学评论》相随同行的那段日子，曾被命名为"新时期文学"。那是中国思想界的一次再启蒙，是中国人文精神得到全面弘扬的时期。文学创作和文学研究相互促进、及时对话，体现了一种良好的氛围。对于这种关系的深刻意义，可能只有在时过境迁的今天才能更好的体会。

那时的我们可以像后来的金庸小说迷们"通宵达旦读金庸"那样来谈学论道，就一个个应接不暇的问题展开辩论，为纷至沓来的诸多"斯基"与"格尔"们的种种理论和学说所着魔；就像沉浸其中多年的吸毒者那样，陷入各种概念和术语的困境而难以自拔。一群刚进入人生壮年的书生，处于一种"激情燃烧"的状态，颇有点"新浪漫主义"的色彩，幻想着像鲁迅那样，通过绚丽多彩的文学梦来推动中国社会的改革开放。当然没过多久，这种书生梦就在现实面前渐渐消融。当王蒙用他向来的敏锐写出《文学失去轰动效应》之际，同样也是文学研究的高谈阔论的终结之时。但事后的清醒并没有让我们为当年的那种迷狂而感到任何羞愧，反而是一种如同宝贵的"青春的小鸟一去不返"的那种怀念。时至今日，我们仍会以"八十年代精神"而自豪，因为正是在那种激烈的辩论之中，我们中的许多人因为一种共同的追求，建立起了保持终身的真挚友谊。或许对于未曾经历过这一切的人们，这样的日子是无法想象的。但我们中的许多人都明白，这种梦想的不切实际恰恰正是它的意义所在。

活色生香的生活世界的美好，绝不是单纯由物质的丰富性所能决定的，它离不开一种永远处于"超现实"层面的货真价实的理想主义信念支撑。就像我们并不需要头上的星空能够化作一块块金条落入我们的怀中，而只是希望它们能够不被强大的"科学主义"击败，而始终保持一种神秘的诱惑闪耀于遥远的宇宙。这种信念在我们这辈学者身上依然能够看到，但它的逐渐形成并慢慢地得以牢固的确立，与所谓"八十年代精神"无疑是分不开的。因为正是这种精神的拥有或缺乏，在很大程度上决定了一个人能否在精神上超越"平庸"。诚然，再好的文学作品也不能当饭吃，文学研究更不能代替日常生活世界的那些琐碎事务。但这并不是我们可以远离文学作品和文学研究的理由。因为人类的美好生活并不能等同于衣食住行的极大的满足，还需要有哪怕一点点"对远方的向往"。尽管马车早已载着那些留下了许多经典的作家们远去，当帆船消失在遥远的地平线，大海似乎从此也不再有诗意的涛声，但我仍然坚信，人类对于超越物质之上的精神需求，是永远不会消失的。出于这样的信念，我相信《文学评论》一定能够与它的研究对象——作为艺术的文学那样，仍将拥有灿烂的未来。

江山代有才人出。现在的《文学评论》舞台上，占据中心的早已是许多年轻学者。如同当年的我们一样，他们拥有属于新一代学人的优势。而《文学评论》显然也呈现出与时俱进的姿态，向着更加开阔的世界开放，让自己融入"现代之后"的历史之中。凡此种种，无疑是值得称赞的，对于年青一代的学者，我愿意给予他们发自内心的掌声。但前提是，请给我一个理由！我希望他们能够吸取我们当年的教训：对前辈学者艰苦努力的成果，给予足够的尊重。借用董仲舒的一句话："天不变道亦不变。"这与"文化保守主义"无关，而是指人类文明的基本诉求。这种诉求从来没有改变，也不会改变。因为正是这种力量在推动时代的革故鼎新。在这个意义上，我认为《文学评论》同样有必要，在与时俱进之际保持一种内在的稳定性，不能让自己随波逐流地湮没于各种"主义"的口号之中，更不能成为花样翻新的"理论"的代销点。尽管一度炙手可热的"作为主义的理论"，随着"解构主义"的"被解构"，如今已黯然失色；但借助于冠冕堂皇的所谓"方法论"的名义，这些幽灵仍在试图借尸还魂。不能忘记，正是那些拥有常识的曾经的"理论主义者"们，在经历了这种只有教条没有思想的"主义"对文学和艺术的无情摧残之后，发出了驱逐这种主义的声音。

身处所谓"大数据"时代，我们当然没有理由拒绝它带给我们的种种好处，但同时也不能让我们自己彻底地成为一个"数据人"。因为体现着各种偶然性的生活世界，从来不是由数理逻辑所建构的。"世事洞明皆学问，人情练达即文章"，曹雪芹这句名言经过了几千年历史的检验。对于从事文学研究和评论的人们，它的意义无须证明。在这个知识爆炸、信息过剩的世界，"人的解放"依然是"作为艺术的文学"有待实现的目标。在虚无主义盛行的时候，轻易地谈论那种曾经带给我们巨大灾难的"乌托邦复活"话题，这或许未必是明智之举。但如何重新竖起理想主义的旗帜，至少对于文学艺术而言，是一个无法回避的问题。无论如何，"简洁是天才的姊妹"，俄国人契诃夫当年的这句话，对于每一个"文学人"而言仍然是深刻的。优秀的文学评论文章，只能属于有真知灼见的表达，而不是由一大堆术语垒成的文字。过去如此，现在如此，未来仍将如此。因此，走自己的路，让别人去说吧！和每一位把毕生投入文学研究之中的人一样，我真诚希望经历了六十年风雨的《文学评论》，一如既往地走下去，向着文明的远方。我相信《文学评论》能够做到，因为今天，它的背后有着从未有过的庞大的作者队伍。

最后，请容许我向陆建德先生表达一份感谢！谢谢您给我这样一次宝贵的机会，在我们的老朋友《文学评论》创刊六十周年之际，向它表达我发自内心的祝福！

(作者为浙江大学教授)

我所感谢和期盼的《文学评论》

吴 炫

我的成长历程，想起来差不多与《文学评论》六十年的办刊历程是同步的，这就对《文学评论》增加了一份亲切感。知道中国社会科学院文学研究所有一份叫作《文学评论》的刊物还是读大学中文系后的事情，我1982年大学毕业后相当长一段时间，所写文章因初涉文学评论，印象化文章为多，《文学评论》肯定是不敢投稿的。这种心理其实直到今天也还是时隐时现：《文学评论》所发的文章，应该是有一定理论深度且有自己观点的。这种看法的形成，大概来自《文学评论》的高定位。虽然《文学评论》所发的文章不一定都符合我所理解的定位，但至少我是这样去做的。

1995年第一次在《文学评论》上发表《文学批评学何以成为可能》的时候，并没有想到这篇文章对我究竟意味着什么。"文学批评学"也是1990年代文艺理论界的不算热点的话题之一，我记得潘凯雄、张力群诸兄都写过这方面的文字，这大概是1985年文学批评方法科学化讨论的一种延伸。1993年我还和不少朋友在河北的《当代人》杂志共同推出了"第三种批评"观念的持续讨论。这个观念从我的理解来说，是想在中国当代文学批评理论上做一种原创性的努力，突破文学批评观念和方法对中西方既有理论的依附状态。现在想起来，可能是主要精力放在建构自己的否定主义理论上的缘故，居然使得这样的思考和研究一直持续了下来。所以近十几年来我一般不大参与围绕引进西方文学观念引起的热点思潮来写文章，也不会去写把中国当代文学理论建构放在由儒道释哲学支撑的中国古代文论的阐释基础上——如果一种哲学不支持原创和独创，怎么可能解释创造性最强的中国文学经典？所谓"第三种批评"的态度，就是把"文学批评学何以可能"这样的理论建构问题，放在一个中西方既有批判理论"不能直接解决"的思考场域中，去突破对西方文学批评理论总体依附的状态，这样的状态简单地说就是"理论批判"状态。可能就是这样一种意识的坚持，二十年后我的《以独创性为坐标的文学批评方法》在《文学评论》发表的时候，忽然发现这篇文章可以算作对我第一篇文章所提问题的一种解答："原创"和"独创"也可以作为一种批评方法去建构，这是目前的中西方文学批评理论均没有过的。不知这是不是巧合，总之这种解答还包含了这样一种理论的逻辑延伸：文学批评的观念和方法是由自己的文学理论的观念和方法派生出来的，而对"文学"的理解又是以自己对"人的存在"之哲学理解生长出来的，关键是对"人"或"人的存在"的理解不能依附任何既定的中西方哲学，这才是最难的事情，这大概就是一种"批评观"是否最后可以成为"批评学"的困难所在。所以1995年提出的问题2015年来回答，其原因只能归结于一个学者始终面对从文学理论到哲学理论建构的坚持。其中隐含了一个批判性的话题：如果不能解答自己所提出的理论性问题，那么这些问题可能就不算真正的问题。学术界一直有"提出问题比解答问题重要"的共识，但我现在越来越对这个共识产生质疑：不能最终解答的问题在理论建构的意义上很可能就是假问题，因为你很可能是依据西人的思想和理论去看中国问题，也可能是依据别人的思想去阐发自己所发现的问题，甚至只是依据自己的感觉和经验去提问题——问题之间很可能是矛盾冲突的。比如把中国的伦理困境当作"反理性"问题、把"中国缺乏自己的文学理解移植西方文学观问题"混淆为"反对文学本质主义"问题、把中国学术缺乏真正的理论批判问题置换为"要加强学术规范化"问题，这些"有问题的问题"都是在既有理论观照下得出的，当然就很难导致真正的理论创新。所以我想，《文学评论》圆了一个学者"自问自答"的理论之梦，那可不是一个"感谢"二字就可以了结的事，而是《文学评论》不经意间树立起的一种也许可以进一步发扬的办刊理念：鼓励一个学者提出自己的理论问题，经过若干年后再写出自己解答这个问题的文章，也许可以形成一个新的问题共识："解答问题与提出问题同样重要"。因为这样的共识可以逼着一个学者考量自己的问题是不是以挑战既有理论的方式提出的，也迫使中国学者将文艺理论问题深入哲学建构中去寻找方案。所以，那种普遍性的打一枪换一个地方的理论和评论研究，可能正是造成中国学者思想破碎、话语忙乱从而失去学术话语的原因吧。

同时，我印象比较深的是《文学评论》始终关注"文学性"问题的讨论，近些年还开辟过专栏进行研讨，零星的与"文学性"相关的研究文章也时常见到。《文学评论》似乎并不热衷于思潮的追逐，这是刊物能够办得从容大气的重要原因。我的那篇《论中国式当代文学性观念》之所以交给《文学评论》发表，同样是因为这是我近十年建构自己的"文学性"观念的一种努力。这种努力集中体现在突破中国学者多半只是在梳理西方各种纯文学的"文学性"观念和"消解文学性观念"的依附性研究定式。《文学评论》很快发表了这篇文章，我深感欣慰。也因为如此，便萌生了一些进一步的想法。近几十年来，中国文学研究强调"学术规范"的讨论，对纠正印象感觉和经验化的学术研究是有作用的，一定程度上遏制了学术抄袭或者引用别人学术观念却没有出处的不规范现象。但学术抄袭现象为什么屡禁不止？我觉得根本问题在于中国文学研究者没有自己的独特的理论问题阈，也没有根据这样的问题阈展开的理论分析和论证——而转述别人的分析和论证，不可能解决你所发现的理论问题。这就导致一个我称之为"隐性抄袭"或"变相抄袭"的现象。这个现象表现为用自己的话语重复西方的思想和理论，对之改头换面予以表述，但因缺乏必要的思想理论批判从而不能产生"思想和理论增量"，而这样的现象，学术检索机构是查不出来的。那种大量引用外国学者的思想但最后却提不出作者自己的理论问题并对所引用的理论进行批判性分析的文章确乎不少，很多权威刊物和著名刊物依然在发表这一类文章。这样一来，"学术规范"这个基本问题怎么可能触及中国学术研究的根本症结？这就跟逻辑思维与批判性思维其实是两种不同性质的思维一样，很多学者逻辑思维没有问题，但批判性思维和创造性思维基本上是陌生的。再追究一下：中西方学术积累厚实、古诗词大赛、学术抄袭和变相抄袭，这些其实都是同一性质的儒家"依附性思维"所致，其根源可以追溯到《文心雕龙》的"宗经"思维和《易传》"八卦统一于太极"的思维。原因大概也不在于别的，而在于这样的文章可以帮助读者学习既有的知识和理论，但却不大可能给作为思想、理论和观念的中西方知识"增加什么"。之所以说这样的问题，是因为我们的学术如果不能给中西方思想史"增加什么"，就会造成中国学者有"中国经验"但没有"中国思想"和"中国知识"。甚至因为我们缺少"中国思想创造"和"中国知识建构"的自觉，那些受既有中西方思想理论约束去描述的"中国经验"，价值也容易被质疑。正是出于以上考虑，我尝试采取"从自己的理论问题到自己的理论建构"的路径来展开研究。这样的路径，是否也能成为《文学评论》在承担中国现代文学理论主体性建设的一种自觉呢？一个真正的理论家不应该设计一个大家都能接受的四平八稳的观念，而只能设计一种大家可能会有不同争议的个人化观念。看看先秦百家争鸣，不是已经提供了这样的中国个体思想创造的经验了吗？

正因为如此，我觉得《文学评论》不仅要发表每个学者最好的文章，还要有意识地从中国人文社会科学理论主体性特别是原创性角度去引领和影响每个学者的"好文章"，这可能才是我所期盼的中国社会科学院主办的杂志应该承担的责任。要承担这份责任，建议《文学评论》无论是发表理论性的文章，还是发表作家作品评论的文章，均应该注意"感觉经验遮蔽理论追问"的普遍问题。这种问题主要表现为以观念拼凑代替理论创新，看上去不偏不倚十分稳当，但因为其理论内在的矛盾使其很难具备可操作性。比如，有的文章喜欢既强调法制的权威性，又强调意识形态的指导性。这样的"既要……又要……"的表述方式，无法告诉我们该怎样处理其间可能存在的冲突和矛盾，因为无论偏重哪一方，均会使另一方名不副实，而两者都重要，也就不具备实践的指导性。又比如，审美的超功利性是康德美学的重要范畴，在中国整体性的文化语境下是否适合使用，这本身就是一个问题。因为中国所有的超现实性均是与现实性缠绕在一起，这种缠绕很难剥离出"纯粹性""超功利性"这些西方二元对立思维的概念。但中国学者喜欢一方面强调文学的时代介入性，另一方面喜欢强调文学的纯粹性，两者如何组合却难以拿出中国文学创作的范本，这就使得这样的表述具有"感觉大于理性"的问题。这样的问题，这种看似稳妥的思维方式，其实正是阻碍中国文艺理论主体建设的隐而不察的症结。以"经验遮蔽理论"的另一种表现，就是我们的文学批评和作家作品研究对既有常识和观念的捍卫。这种捍卫有的时候是可敬的，这突出体现在文学批评对"民主和自由"的坚守以及对"专制和守成"的批评，中国文化现代化和中国文学现代化在根本上也确实需要这样的价值追求，就是说中国的现代之强是否建立在尊重生命、自由、个体的基础上。然而，无论是理论研究还是对作家作品内容的评价，理论性的对"民主和自由"的努力却不是一个坚持抽象的"民主和自由"的观念就可以实践的，更不是以西方的民主自由理念和实践为参照就可以直接进入中国文化和文学实践的。所谓"理性的"而不是"经验的"，就是中国的现代民主和自由的观念和内容，是有待于建构的，而不是依托既有现实经验就可以实践的。如果是有待于建构的，那么中国的现代民主和自由理念对于西方的民主自由观念就是一种"理论批判"，与传统儒释道这些不尊重个体自由和创造的哲学当然也是一种"理论批判"。这种批判一方面要建立中国自己的"非专制"文化经验，另一方面需要对中国个体的自由意志和权力文化做理论性的发现、分析、提升、建构，只有这样才有可能形成一种建构式的价值立场和思想内涵。由此一来，对像"大秦帝国"这样的作品就不是简单的褒和贬的问题了。因为自周代以后，中国文化在各个历史时期都是皇帝专权的，但是不同的专权其性质和方式又是差异很大的。但是中国学者写文章，却很容易形成一种"非褒即贬"的思维模式——"中西冲突"也是这种思维模式的产物。如何走出这种"非专制即民主"的感觉化研究定式，我是很希望《文学评论》能开设相应的理论建构性专栏，加强对中国文学理论家和批评家的理论性引导。我只是把这样的引导作为真正的"理论性"呼唤，寄予《文学评论》。

(作者为上海财经大学教授)

我与《文学评论》二三事

张永清

屈指算来,结缘《文学评论》已有三十四年!

作为文学研究领域的一位永远的"初学者",我本人对《文学评论》始终怀着一份特殊的感情。

大学期间,在文学学科老师们的引导下,我和其他同学慢慢养成了翻阅《文学评论》等"大刊"以及其他"小刊"的习惯。但是,作为一名"听话"的大学生,老师们有这样的要求,我们自然就这样做了,当时并未发自内心地觉得自己必须读。大学毕业后的六年间,我在一所专科学校中文系任教,由学生到教师的身份变化,使得阅读《文学评论》成了我这个青年教师在教学、科研活动中的必修课。尽管我个人后来又走过了考研、读博、进站等不同的人生阶段,但对《文学评论》的"细读"早已成为一种个人自觉。

2002年夏,我出站后来到了现在的工作单位,专门从事文艺理论方面的教学和研究工作。自那时起,受惠于学术交流等诸多因素,我开始与《文学评论》的编辑相识相交,他们有的已成了我的良师益友。

如果说,我本人在2010年前只是《文学评论》的一名"老"读者,之后就十分有幸地成了它的一名"新"作者。尽管起步晚、发文少,但每当回想起三篇拙文在《文学评论》发表的经过,相关细节依然历历在目,令我感动不已。在2008年夏天的一个学术会议期间,时任副主编的党圣元先生友情提醒:"三年多前,你就宣布要给《文学评论》投稿,至今未见,究竟怎么回事?"坦率地讲,我这个人是有点懒,写作的手出奇的慢,文章自然就写得格外艰难,属于"干坐不出活"的那种,患上了疑似无药可救的"拖延症"。诚然,在学术研究领域,慢工未必出细活,低产未必是高品。但是,我自己在学术论文写作的过程中要求自己绝对不能"天马行空""信口开河",一定要对相关材料反复筛选,一定要对相关问题反复思考。即便如此，我生怕自己的"些许新意"在专家的眼中成了"一派胡言"，贻笑大方不说，还制造了自己本不齿的学术垃圾。因此，对我个人而言，一个问题的思考成熟，一篇文章的写作完成，少则两三年，多则七八年。在圣元先生的再三催促下，拙文《改革开放三十年作家身份的社会学透视》终于在2009年春完成写作，并按程序投寄给了《文学评论》。此后，我又根据编辑部转来的审稿意见作了相关修改，吴子林先生在这一过程中付出了很多心血。

2010年的《文学评论》不仅在第1期刊发了前述那篇文章，还在第5期刊发了《从"西马"文论看当代马克思主义文论话语形态的构建》。一年两篇！一些同行打趣说：你有门子。我回应说：是《文学评论》的厚爱。实际情况是，当年4月初，我在接到《文学评论》马克思主义文论专题的约稿函后，主动去电表达自己的态度：刚刚发过，可不能坏了刊物的规矩。回复的大致意思是：约稿函其实是征稿函，之所以还考虑我完全是由于我现在的研究专长，最终能否被那组笔谈专题刊用，要视文章本身的质量而定，建议我不妨写篇"征文"。对我来说，这当然是一个十分难得的学术机会，自然也就非常尽力地写成了那篇短文。两年多后才偶然得知，《从"西马"文论看当代马克思主义义论话语形态的构建》其实是得到了时任常务副主编胡明先生的"青睐"才入选的。我与胡先生仅有几面之缘，他对我的"另眼相看"实则出于对后进者的奖掖。至于《时代境遇中的马克思主义批评理论》，这是我在《文学评论》刊发的第三篇，它的发表过程同样令我感动。2015年10月初，我按照规定程序把文章寄给了编辑部，年底给我的反馈意见是"再等等"。当时的我反复琢磨后觉得"不等"可能更好：不要给刊物出难题，改投其他刊物。几天后，在京郊的学术会议间隙，副主编高建平先生把相关情况给我做了详细说明：文章要放在专题，但需要等一段时间。在此后的其他学术会议上，主编陆建德先生表达了同样的用稿意向。一般来讲，只要稿子的质量能过得了方家的"法眼"，只要能在《文学评论》这样的"名刊"发文，这是绝大多数研究者"求之不得"的。说实话，我是很乐意等等的！在之后的改稿期间，编辑何兰芳博士对待工作的那种一丝不苟精神也深深地感染了我。一言以蔽之，我个人在与他们的交往过程中收获的不仅仅是学术理想、学术品格、学术精神，还收获了浓浓的情谊。如果用最直白的语言来表述就是：对于刊物、师友的扶植和帮助永远感铭在心；凡事皆有度，平常心做平常事；使人舒心而非窝心，给学术添彩而非添堵。

创刊一甲子，耕耘数代人。衷心祝愿《文学评论》再创辉煌！

（作者为中国人民大学教授）

古代文学学科

为了永不忘却的纪念

——我与《文学评论》文字往还中的温暖故事

刘敬圻

平生第一篇论文习作
懵懂地寄往《文学评论》

我与《文学评论》的文字往还，是在一个空前澄澈的大文化背景下开始的。那是1979年。

那一年，我懵懂地把平生第一篇学术论文习作寄到《文学评论》去了。不是少不更事，是中年无知，不知道"文评"门槛的深浅高低。

人到中年了，已在北疆一个综合大学做了21年助教和半年讲师了，却没有进入正宗的学术研究状态，多么怪异的现象。对此，我的"40后""50后""60后""70后"乃至少数"80后"的学生能懂，也宽谅我。大多"80后""90后"的小朋友们，则一头雾水了。他们感到好乖张啊，一个在层层的教学环节上痴迷地关注学术前沿的老师，何以在写作研究文字的实践中滞后？在这一考问面前，痛与愧同时发生。考问那一荒唐年代，也要考问自己，考问在极左意识形态桎梏下的软弱、迷茫和自我放逐式的思维惰怠。

1978~1979年，我重新拜在吴组缃先生门下。在北京大学图书馆和国家图书馆古籍部稳稳地坐了两个学期。离京前，怯怯地向吴先生交出三种读书笔记。三种笔记的兴奋点都是爬梳文本中的点滴发现，即力求让竭泽而渔之后的材料说一点话。在吴先生简约明澈从容率情的引领下，三种笔记抽绎出三篇论文初稿：《〈三国志演义〉嘉靖本与毛本校读札记》（上）（下）；《嘉靖本〈三国志演义〉中的曹操形象》；《〈聊斋志异〉女性王国的一线光明》。暑假初始,我把后两篇两万字以下的论文习作,寄往《文学评论》。

时至今日,反思往事,依然认定这是一个鲁莽的动作,不是深思熟虑的选择。它源于对学术信息的不甚了了,如盲人摸象。其次,与当时学术氛围的轻松淡泊也有关连。比如那个时段,学术刊物远不像当下这样三六九等,人们对《文学评论》的尊崇仰视也极其单纯素朴,很少有人把在著名学刊上发表论文作为追逐某种目标设计某种命运的重要支撑,学术刊物自身也很少受到世俗风习的骚扰。在如此清明的学术背景下,我的懵懂鲁莽又似乎是可以原谅的了。再说,主观上的无知和环境的轻松还赐给一种虽非初生牛犊却也不怕虎的平和心态,不紧张,不忐忑,不期待乐观的结果。

转眼到了9月。开学不久,一个天高气爽的日子,我接到《文学评论》编辑部的第一封信。信中说,两篇来稿均已读过。"经和敏泽同志研究,感到曹操一文写得更有新意,更扎实一些。缺点是理论概括还欠缺些,文字也长了。""初步拟用于正刊。"但要"修改一遍,把文章搞得更精练一些,字数压缩到一万五千以内。""十一月中旬以前寄回"。署名编辑部(加盖稿件专用章,以下不赘)。复函时间,1979年9月4日。

这里用得上一个老套的成语——喜出望外。

压缩字数不难,不手软。然而强化"理论概括",却不是一蹴而就的了,它是综合功力的交集和互动。就在我绞尽脑汁、搜索库存、调动往日储备以增重理论色彩的时候,拜收编辑部第二封信,时间是10月18日。要点有三。一,修改稿请于10月底寄回;二,由于明年改版增幅,字数稍多无妨;三,接信后希立即复信,说明目前进展情况,以便于编辑部安排。

自当一一遵嘱不误。11月中旬,编辑部赐下第三封信。其中两个信息让我感动且愧疚不已。一,"原拟用于第一期,因稿挤,又拟用第二期。请原谅"。二,"看过修改稿后感到,第一稿中有些好的意见似乎没有包括进来……请您将上次的稿子(第一稿)寄来,由我们动手对修改稿充实一下"。时间,11月18日。

一篇中年"少作",正是这样被温暖而有质感地打磨出来的。

"经验,是一所学费昂贵的学校。"(美国谚语)懵懂投稿竟获得资深学者指点,免费闯入一个义务传经授业的教育机构,一所领引你做研究做论文的学校。

还有让人震撼并被净化的第四封信。

1980年春，接到《文学评论》第2期赠刊。细读，尤着力体察责编亲自动手"充实"拙文的良苦用心。在这过程中，也发现了几处校对的疏漏。一份因少见多怪而煞有介事的小小勘误表出现了，并将它寄往《文学评论》编辑部。哪能想到，一封来自新作者的楞头楞脑的校勘信，竟如引玉之砖，引发出编辑部第四封信，而且是主编敏泽先生亲笔作复。信中说："你的文章中出现的错误完全是我刊的责任……特别是有些错误是很不应该的。为了挽回影响，我们将在第三期上予以更正，……谨向你致以最大的歉意。"（附敏泽先生复函照片）

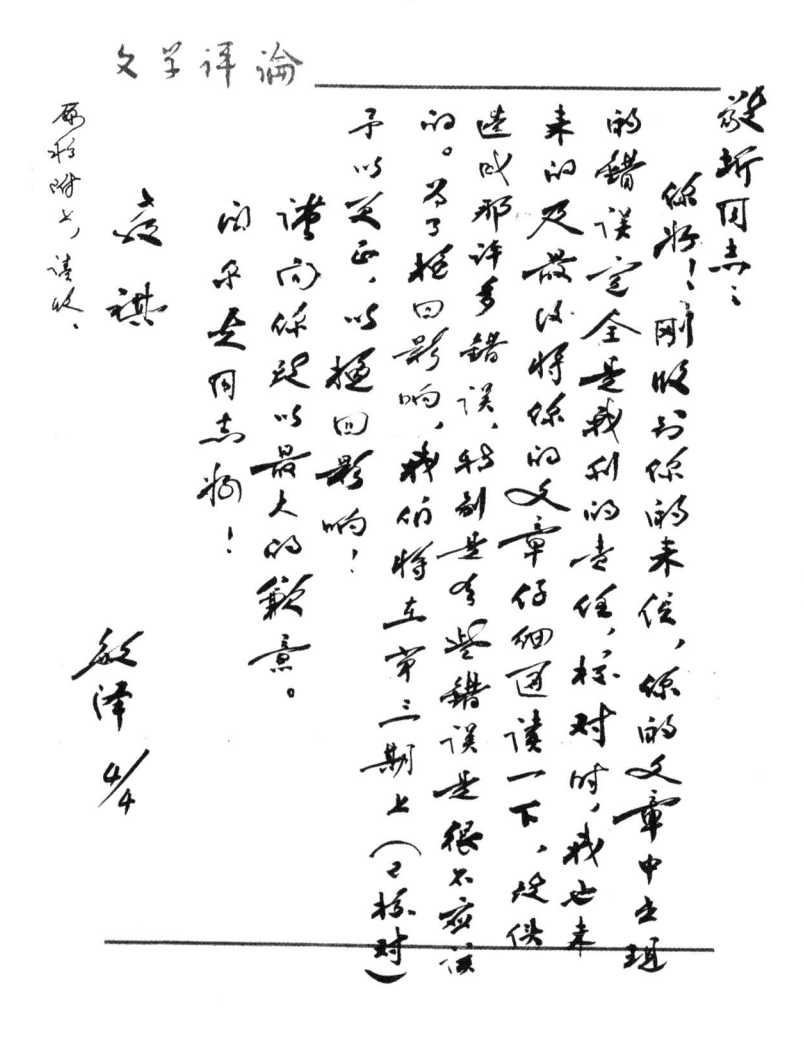

原来，真正的教养是无差别地尊重和善待每一个人、每一个认真撰稿的人，而不计较他是多么幼稚。

原来，在这个世界上，最珍贵的东西从来不是权与钱，而是一种沉甸甸的责任。

根脉相连的两代学子
在《文学评论》公正谨严的平台上
清峭雅健的对话

《文学评论》1982年第4期发表了一篇与我商榷的美文。题目是《关于曹操形象的研究方法》，作者李庆西。论文的要点是对《嘉靖本〈三国志演义〉中的曹操形象》《〈三国演义〉嘉靖本与毛本校读札记》（上）（下）（后文见《求是学刊》1981年第1、2两期）中对曹操性格的解读以及毛宗岗修订《三国志演义》的"度"，提出质疑。

庆西已是当今著名文学评论家。撰写这篇美文时还是大学四年级学生，是我任教的黑龙江大学中文系1977级最具有文学潜质的才子之一。入学前已有小说问世。与我商榷的论文是庆西的毕业论文（自选题）。他选择我即他的商榷对象作为论文指导老师。我欣赏庆西的选题，欣赏他直气劲节、辨析流畅、辞采迸发的论说风格，还欣赏他对我的信任。论文在《文学评论》发表后，引起学界的较大关注。后收入中国语言文学专业《全国大学生毕业论文选编》（浙江文艺出版社，1985），文末附"指导老师评语"。

在庆西之前，也有两位同龄学者发表过与我商榷的论文，我都不曾以文字形式回应与对话，只是把他们的指教作为潜心读书的推动力。面对庆西的美文，也一如既往，不准备借助文字媒介去延续关于"方法"和版本的讨论。

然而，事情往往由于某一偶然因素的出现而发生变化。

在1982年底或1983年初，接到第二届《三国演义》研讨会将于1984年4月在洛阳牡丹节期间召开的通知。几位天南地北的朋友不约而同地来信，建议我把为洛阳会议撰稿与回应"商榷"的文章合二为一，写出一篇纯粹的为学术而学术的文字。有朋友还推心置腹地说，唯有如此，才有益于相关视域相关命题的深入讨论，才是对相关学者相关刊物的由衷尊重。

我择善而从了。一年多之后，一篇呕心文字《关于〈三国志演义〉的研究方法》提交洛阳会议。会上，欣逢恩师吴小如先生，幸运地接受了先生针对文稿的耳提面命。会后再次认真修改一过，寄奉《文学评论》。

当年7月3日、8月2日、10月6日，《文学评论》先后发函三封。给予鼓励的同时，着力引导修改。三封大函的署名已与四年前不同，已没有"编辑部"字样，也不加盖"稿件专用章"，而明白无误地签署上稿件责任人的名讳——胡明。

多少年以后方才知道，拙稿"方法"的责编胡明先生是中国社会科学院文学所在"文革"后招考培养出来的第一届硕士，审处拙稿时，已是令人瞩目的《文学评论》青年才俊、准资深编辑了。三封大函透露出一位底蕴深厚的编者的优游不迫和沉着痛快，以及与作者对话中的抑扬有度、宏微兼顾和辞约旨达。

> 三个单篇（即三个章节）都有较高的理论水准，不但可与李庆西文章互为映照，而且对推动历史小说基本审美原则的探讨有一定的积极意义。已建议留用双月刊，争取年内发表。（见第一封信）

> 修改意见有两点。一，文章尽量以论述自己观点为主，不必拘拘于李庆西文章。……同时，对西方文论的摘引发挥力求正确公允，不致引起"断取"之嫌。二，文章还可洗练些。第一部分中众所周知的论点可简谈，后两部分有创见的章段可深谈。笔力老健，文字雅洁，是最受读者欢迎的。（见第二封信）

> 校样正巧赶上二校退厂前收到，没有耽误。大函已敬读，勿念。几处小改动都遵照您的意见校改了，字数出入不大，想来印刷厂方面不致会有什么意见。（见第三封信）

我喜欢如此澄静空明的华函。

"年内"，即1984年第6期《文学评论》，刊发拙文《关于〈三国志演义〉的研究方法》。

两篇讨论"方法"的文章，时隔两年多，先后在《文学评论》刊发，而且，作者都来自北部边陲同一所地方性综合大学。这是很暖很美的事情。

我和庆西与黑土地上的黑龙江大学结有深缘。听年轻朋友说，庆西的简历中，总是堂堂正正地写上"毕业于黑龙江大学"几个大字。我也从不曾为1958年前义无反顾地告别北京直奔黑龙江且始终服务于黑龙江大学而感到失落。

有智者说，当我们偶尔沮丧的时候，在世界上某个角落却正发生着一些美好的事。只要你用心的生活，总有一天，这些美好也会发生在你的身边。因为人生啊，就是不期而遇的温暖和生生不息的希望。

《文学评论》启示着我，让我感悟并接受了这种旷达舒朗的思维方式。

拳拳之心与阴差阳错与"聊斋宗教现象"一文的出笼

从1984年末到1996年秋，我没有向《文学评论》投寄过说稗文稿。1987年第3期、1992年第2期刊发过陶尔夫与我共同署名的讨论诗词的文章①，但两文主要是陶的劳作成果，选题、构架、主要论点，草拟初稿等都源于陶。我只是在一些无关宏旨的地方，如大小标题、细部论述、话语习惯等，尽了绵薄之力。

1996年秋，拙稿《贾宝玉生存价值的还原批评》修订搁笔。文章较长，过程很苦，难免敝帚自珍，有点偏爱。半是清醒半是混沌状态中给了胡明。胡明先生倒是复函迅捷，也没在意没责怪我思虑不周。只是说《文学评论》这些年来原则上不发表《红楼梦》文章，有专刊嘛。不过，贾宝玉一文所涉及的诸多问题已超出一部名著、一个人物的范畴，有较宽阔的探讨空间。他个人认为可以用于双月刊（原信暂不在手边，但所引要点是准确的）。看来，让胡明先生为难了，他力争留用的诚恳之心让我愧疚。

大约过了两周吧，突然间拜收《红楼梦学刊》主编张庆善先生大函，内附贾宝玉一文的大样。我瞠目结舌了。明明只有一份手抄稿，明明是寄往《文学评论》还收到胡明先生复信的，怎么转眼间就变成红学刊大样了？于是紧忙细读庆善先生来函。函中说了四层意思。一，"大作我已安排发到学刊九七（1997年）第一辑"。二，"我见到胡明了，问他发不发，不发我可发了。我让他们11月15日以前给我个准信"。三，"《文学评论》发《红楼梦》文章并不容易……学刊发了也很好。以后再给他们写"。四，"感谢刘老师对学刊的关心和支持"。

---

① 《盛唐高峰期的西部诗歌》，《晏几道梦词的理性思考》。

庆善先生年轻睿智、仁厚坦诚，在红学界颇有声望，我也喜欢他这个人和他主持的刊物。在眼下这一阴差阳错的小小波澜中，他能以迅雷不及掩耳之势把拙文发排在来年第一辑而且是此辑论文第一篇，其爱心和力度也令人感佩。但手稿的凭空飞转之谜总让我如坠五里雾中，且不说还有一稿两投之冤呢。

接下来，先后拜收胡明先生12月20日和1997年1月14日来函。两函均以急切的心情说明贾宝玉一文的走失缘由，并催促我以最快速度寄上一篇补救性文章。胡明先生在说明贾宝玉一文的走向时，以亲近朋友的口吻直指张庆善，说，"贾宝玉，几乎是张庆善缠磨扯夺去的"，"似乎非要拿到手才肯罢休"，"一再让我放手"，并"称他们已打出大样……已将大样寄给您了"。函中将双方争辨情由一一列出之后，无奈地说，"如此拖拉几番，最后我只得让步"。

张、胡二位都是宽厚谦和、忍让包容的君子。他俩围绕"贾宝玉"一文的对话，满溢着为学术而学术的赤子之心。然两位君子却共同回避了一个节点，即胡明案头唯一的一份手抄文稿，是如何飞转到红学刊的？这中间，是不是有一位他们共同的朋友？一位恪守着《文学评论》不发表《红楼梦》文章的原则，却又不忍心让此文泥牛入海的朋友？把问号画作句号吧。

"友直，友谅，友多闻。益矣。"

"门内有君子，门外君子至。"

"君子周而不比"。

我已懂得也铭记了张、胡二位气度雍容的风采。他们让《文学评论》、"红学刊"、作者、以及飞转手抄稿的朋友，都得到了尊严。

为了弥补"贾宝玉"的飞转，胡明先生在上述两函中反复叮嘱：

"请立即将那篇《聊斋志异》与宗教现象的文章以快件寄我"。

（"聊"稿原是香港浸会大学筹办的"古代小说与宗教"研讨会论文，后因老母骨折卧床，未赴会。）

"未知何故，（"聊文"）一直没有收到"。

"我怀疑前一信您没有收到或是"聊"与宗教尚在最后完稿？不管怎样，请立即将此文寄上。或来电话，以释遥念"。

因教学事繁、老母病重，延误了"聊"文的交奉时日，辜负了编者安抚作者之心。幸而，迟到的"聊文"，客观上吻合了《文学评论》的约稿思路，选题较有弹性，爬梳材料较细密，理论色彩较浓，信息量也较大，得以一路绿灯通过了审议，在当年第5期刊发。胡明先生的拳拳之心终于落到白纸黑字之间。

"君子交有义，不必常相从。"《文学评论》《文学遗产》《红楼梦学刊》一些识见渊博气度雍容的资深编者，无论在职与否，永远是作者们眼中心中记忆中表里澄澈、仙风道骨的师友。

为了永不忘却的纪念：
四天时间，把一篇散文改造为
贴近"文评"的论文

2012年9月8日，是北京大学吴小如先生九十华诞。先生当年的研究生北京大学陈熙中教授和福建师范大学齐裕焜教授等主持编辑了一册厚重的纪念文集《学者吴小如》，商定由北京大学出版社出版。齐、陈二位指定我交一份作业，题目可以自选。我毫不犹豫选择了重读先生"少作"[①]，继续领略"少作"中坦荡清朗直言不讳的批评品格，走近"少作"思乘风驰情逐浪涌的文字风采，诉说"少作"给予后学的难以言传的感动。

由于对小如先生一向敬畏，读写过程中一直诚惶诚恐，小心翼翼。材料啊，词语啊，尽量慎择约取，不敢汪洋恣肆。题目，也力求朴素，暂定为《"少作"的品质》。听齐裕焜教授说，小如先生审阅后相当开心，我一块石头才落了地。

同门师弟陶文鹏浏览"少作"一文后，有亲切感，也喜欢，便推荐给胡明先生过目。胡明先生与他的团队也正琢磨着为前辈学者吴小如先生祝寿的事，从而一拍即合，便有了如下的电话与对话：

> "刘老师，我是胡明。我们刊物一直想以适当方式对吴小如先生九十诞辰虔心祝福。您《"少作"的品质》一文能在出版社出书之前，先在"文评"发出吗？"

[①] 1946至1948年间在京津报刊上发表的数十篇文史批评文字，古今中外文史名家多有涉及。

"当然。我愿意"。

"由于版面所限,您能把两万多字压缩到一万二千字以内吗?"

"有难度,但尽力而为。"

"还有,"文评"的文字风格您是熟悉的。您能把原文的散文笔调淡化,强化论文色彩吗?"

"我懂。放心。"

"但只有四天时间了。是明年第一期,(稿子)马上要下厂了。"

"啊?四天?您忘记我的年龄了?还以为是四十多五十来岁的人?"(我一字一顿的说)

"我怎么会忘记年纪?但相信刘老师能行。"(胡明也一字一顿的说)

我是果真不自信。我需要纠结片刻。我需要听听文集约稿人与知情人的声音。于是风驰电掣,与齐裕焜、陶文鹏通话。两位校友则同出一声:"大师姐,您就听胡明的吧!""文评的读者比文集的读者广阔得多。为了更多后来人知道吴小如'少作',四天就四天吧。"

四天后,浓缩并"变了性"的新文稿《吴小如先生"少作"的批评境界》仓促落地。尽管散文化的词语章句大都删削,理性的逻辑的元素也有所凸显,小标题也有全新的调适,比如,原稿《"少作"的品质》有小标题三:

　　澎湃着少年精神
　　涌动着学子底蕴
　　夯实着大家丰碑

浓缩稿《吴小如先生"少作"的批评境界》则有小标题四:

　　热切揄扬,坦诚摘谬:"少作"的鲜活个性
　　视阈宏阔,窄题宽做:"少作"的批评张力
　　博学慎思,识古通今:"少作"与大家对话的桥
　　呼唤"刘西渭":"少作"对批评家品质的礼赞与期待

浓缩稿还忍痛删节了原稿中"为大家夯实丰碑"的一大节文字。尽管如此努力种种,但我知道它,还生涩着呢。

发出邮件的同时,头脑清醒地拨通了胡明先生的电话,几近央求地说,时间与才力都不济,只能是半生不熟的模样了。您审阅中,凡是上下文衔接不良、用词不当、表述不清的地方,都拜托您、依赖您了。为我,也为贵刊。胡明慷慨地应承下来。

当日下午,手机上赫然出现编辑部负责人董之林研究员的短信:"大作已下到工厂"。"文评"的惊人效率,再次让人瞠目。

"斯文有传,学者有师,君子有所恃而不恐,小人有所畏而不为。"

"天地君亲师。"

《文学评论》如此积仁累德,懿行淑举,重道尊师,斯文,必有传矣。

(作者为黑龙江大学教授)

刊庆的随想

葛晓音

《文学评论》建刊六十周年了。接到主编先生约我为刊庆撰写纪念文章的邮件，赶快检点以前曾经刊载在《文学评论》上的论文，恍然发现原来数量这么少，不由感到愧疚。反思自己投寄稿件的去向，大概是综合性的社科类刊物和学报比较多，这与各地刊物编辑约稿的频度有关。其次是做古典文学研究的，一般会先往《文学遗产》投稿，总觉得《文学评论》包含古今中外的文学史以及文学理论，给古典文学的版面不一定那么多。不过回过头来看看已发的论文，数量虽少，自问凡是投给《文学评论》的论文，还都是很下了功夫的。例如《王维·神韵说·南宗画——兼论唐代以后中国诗画艺术标准的演变》《论李白乐府的复与变》《论诗经比兴的联想方式及其与四言体式的关系》等，大体上能反映我所涉及的几个主要研究方向，当时也引起过一点反响。其中还有一篇《论初盛唐绝句的发展——兼论绝句的起源和形成》获得了《文学评论》的优秀论文奖。而数量少的原因可能和大多数学者一样，心目中有一把衡量《文学评论》水准的尺子，所以不敢轻易投稿。

早年间，除了《文学遗产》以外，国内绝大多数学术刊物是没有匿名评审制度的。保持一家刊物的质量主要依靠编辑部的操守和专业眼光。刊物在几十年里所赢得的声誉和坚守的传统也就成了作者们衡量其水准的尺子。《文学评论》审稿和录用文章的流程是怎么样的，我并不知道。但有一个事实很清楚：这本刊物的主编、副主编和编辑大多是各领域的专家，甚至是卓有成就的名家，看稿自然能准确地把握分寸。所以这么多年来，《文学评论》一直保持着它在学术界的崇高地位，与《文学遗产》成为中国文学研究界的双璧。记得有一年我应邀担任中国社会科学院全部学术刊物评奖的评委，当时是江蓝生副院长主持这项工作。经过很严苛复杂的评审程序，最后评出的文学类优秀学术期刊，还是《文学遗产》和《文学评论》。我在日本东京大学任教的时候，中文系的阅览室里，只摆着两种中国的学术期刊，也是这两家。东京大学的教授们已经把这两份刊物看作反映中国文学研究动态和水平的主要窗口。最近，教育部规定的文学类学术刊物的A刊中，《文学评论》名列第一。这充分说明《文学评论》六十年来的成绩得到了全国乃至海外学界的充分认可。

在刊庆时回顾以往的辉煌，自然也会瞻望将来的路向。眼下我们已经进入了数字时代，一切都要以量化的标准来衡量。无论人文学科的学者们如何质疑评估程序的烦琐和不合理，这个紧箍咒嵌在头上是摘不下去了。明知道那些从理工科套来的标准不一定符合人文学科的学术规律，还不得不面对。那么今后的学术刊物是否就要受这些数字的制约呢？比如退稿率，听说有的刊物为了提高退稿率，发动在校学生大量投稿，不合格的文章多了，退稿的数量自然大大增加。近来又有报载一些名校学报的人文社会科学版因为影响因子不达标而被剔出CSSCI。这些学报很不服气地说，有些地方的学报为了提高影响因子，串通起来相互引用，或者干脆要求作者本人安排引用。甚至达到一定引用次数还可以发奖金。如果不肯这样做，就只好出局。也有的学报说，因为传统文史哲学科的学者一般不太征引他人，所以刊物的影响因子低，以后要增加影响因子高的政治类、社科类论文的比例。姑且不论这类评估标准是否会促进学术造假，至少就影响因子这一项而言，就危及文史哲类学科及其专业刊物了。因为人文学科专业方向繁多，有比较热门、研究者众多的专业，也有相对偏冷、研究者和受众都很少的专业。再缩小到文学专业，同样有热门和冷门的课题和研究对象。热门课题关注度大，影响因子就高；冷门课题关注的人少，影响因子就低。但专业和课题的冷热不能决定学术水平的高低。有时，很多难度大、原创性高的研究往往出自这些冷门。有时，一些水平并不高却可能招来不少研究生模仿追随或者在学界引起争议的论文倒会产生很大影响力。因此影响因子的测算，虽然未尝不可作为一个参考数据，但要作为评判刊物水平高低的主要标准，恐怕就缺少科学性。

在这样的评估环境中，能否坚持学术的良心，既考验着正在一线工作的研究者，也考验着学术刊物的编辑们。虽然像《文学评论》和《文学遗产》这样的刊物应当不愁优秀稿源，还不至于落到要造假的地步，但是受到干扰是在所难免的。我觉得一家刊物的自处，正像一个学者的立身。要在风风雨雨的侵袭中，始终保持既有的定力，必须基于对以往走过的学术道路的自信。因此在六十年刊庆时，认真总结《文学评论》究竟依靠什么力量保持了在学术界不变的地位，或许对今后的发展是至关重要的。衷心祝愿《文学评论》进入下一个甲子以后，焕发出更加活跃的学术生命力！

（作者为北京大学教授）

贺《文学评论》创刊六十周年

陈大康

　　《文学评论》创刊已经六十周年了。国内能庆祝自己六十岁生日的刊物实在不多,其中能长期稳居本学科最高权威刊物位置的,则更是屈指可数。《文学评论》创刊时并未将这耀眼的地位列为自己追求的目标,现在也说不清楚整个中文学界对《文学评论》的地位形成共识的准确时间,但有一点很清楚,整体共识的形成不是因钦定,不是凭自夸,也不是靠联络一些人拥戴,而是基于六十年来始终如一的事实:以卓越的见识作引领,以敏锐的学术眼光发现优秀稿件,把关慎重且审读有严格的制度,编辑处理又严谨而细致;选刊的论文或注重于新的研究领域的开辟并向纵深发展,或推荐经长期专门研究而获得的重要成果,或展示新的研究方法与风格,或提醒研究者关注有价值的文学争论。时光荏苒,初衷不改,六十年来每期刊物都是这样浸透了主编与编辑的心血,逐一问世。工作严谨实在且对中文学界具有指引作用,随着时间的推移,一期期的逐步积累终于造就了刊物今日的地位。

　　这一积累过程也包括了广大作者的信任与尊重。多年来,《文学评论》不管来稿是否录用,对作者始终热情地鼓励和支持。正因为如此,投稿成功者固然会兴奋与感到荣耀,失利者也不会改变对刊物的信任与尊重,往往会更发愤努力,为下一次投稿作准备。我也曾是投稿失利行列中的一员。20世纪80年代末,我曾对一个长期悬而未决的历史问题感到困惑:元末明初已有《三国演义》《水浒传》这样的长篇巨著问世,可是其后通俗小说却出现了近二百年的创作空白。后来通过对明代印刷业发展状况的调查分析,终于发现虽然经过长期的酝酿准备,出现供案头阅读的通俗长篇小说的文学条件业已形成,但其传播所依赖的印刷业状况却未跟上,故而直到印刷业大发展的嘉靖朝,长篇通俗小说才重又出现。当然,这其中还有商业交换网络受到诸多限制以及封建统治者出于意识形态考虑的禁毁等其他因素。我将这个研究结果整理成文投稿给《文学评论》，不久就收到手写的回信。来信充分肯定了我的研究及其成果的意义与价值，确应呈现于学界；同时又指出，由于论文中关于明代印刷业状况的调查与分析占了相当大的篇幅，这与《文学评论》的选刊标准不甚相符，因此建议我改投他刊。后来我按来信的指示，论文转由一家综合性学术刊物发表。这封手写的回信有鼓励、有指点，尽管初次投稿失利，但我对《文学评论》的信任与尊重更加深了一层，同时还形成了一种约束意识，即成稿后先让自己站在编辑的立场去审读，确实感到符合《文学评论》选刊标准后再投稿。

由于种种原因，我再次向《文学评论》投稿已是二十多年后的2011年，论文的内容是关于近代小说与白话文的关系。当时我正在根据所拍摄的约40万张有关近代小说的书籍报刊的照片撰写《中国近代小说编年史》，而通过对相关资料的归类梳理，发现以往关于白话文运动的论述，因资料掌握的不足，得出的结论需作一些修正。《晚清小说与白话地位的提升》写成后，自己审读感到可以向《文学评论》投稿，就斗胆发出了。自我感觉稿件可能会被刊出，但结果还是有点出乎我的意料，它居然被安排在《文学评论》2011年第4期首篇论文的位置，而且在《编后记》中，还有段文字对拙稿作了专门评价。《编后记》从批评一些不良的学风起笔，继而笔锋一转，由"正面的例子也很多"引出对本文的点评，称赞"这篇文章没有宏大的理论词汇，却有理论的新意"，其中包括"让我们看到了市场那只手如何作用于文学和语言的演变"。受到权威刊物的称赞总是令人高兴的事，更重要的是，在对掌握的大量第一手资料作归类整理后，此篇是较早撰写的论文之一，《文学评论》的肯定，使我对自己研究的思路与方法更提升了信心。

这篇《编后记》中还有些议论则直指一些学术研究弊端的要害，如"有时候我们也能看到一种令人担心的倾向：偏喜大而无当的词汇和宏大话语"；又如"海德格尔、德里达和福柯等人都有具体的研究对象和特殊的语境，他们的阐发和论辩旅行到中国不免发生种种变异，一旦只剩下词语的空壳，那就有点可悲了"。作为一位高校教师，这些年来一直感受到这种倾向的存在与蔓延，这在某些学科中有时表现得更为严重。相应的论文撰写重心不在问题的研究与解决，用力甚勤处却是辞藻的华美和用词的时髦，或炫耀从西方搬来的新名词，或故作骇人听闻的议论，一层简单的意思可以弯弯绕绕地讲上一大堆话。各种所谓的新理论、新术语源源不断地现身纸上，阅读这类论文感觉上就像是在观看一场搬运大比赛。时下有些刊物还在不断地刊载这样的论文，故而使某些学者——特别是青年学者误以为这是标榜荣耀与风采的捷径，至今仍乐此不疲。《文学评论》的编辑们不断地要审读大量的这类稿件，够辛苦也够烦心的。

上述《编后记》刊于五年前，今天读来，仍有强烈的针对性与重要的现实意义。由此又联想到六十年前《文学研究》创刊时何其芳先生撰写的那篇《编后记》。他在文中指出，《文学研究》"将以较大的篇幅来发表全国的文学工作研究者的长期的专门的研究成果。许多文学历史和文学理论上的重大问题，都不是依靠短促的无准备的谈论就能很好地解决的，需要有一些人进行持久而辛勤的研究，并展开更为认真而时间也较长的谈论"。这是老一辈学者的嘱咐，也是六十年来《文学评论》的坚守，它既表现为中文学界重要研究成果的展示，同时也起到了引导扎实严谨的学风，以及提倡以发现问题、解决问题为目标的研究思想与方法的作用。一代代主编与编辑的努力，一代代学者的支持，使《文学评论》成为全国文学研究者交流、切磋、争鸣的最高平台。六十年的坚守不容易，但它却是被学界公认为权威的前提。六十年来《文学评论》上刊发的文章数以千计，若能具体地梳理其历程，与中文学科的发展相对照，观其对推进学术研究的作用或得失，如发表过多少人的成名作或代表作，有多少论文至今尚有显著的学术活力，又如刊物引导过多少重要的讨论，等等，根据史实总结出其间的规律，这对刊物今后的发展当是有益之事。

目前，各高校都制定了对教师科研考核的指标体系，名目繁多，内容实质却相当一致，其中论文发表是重要的一项，而论文发表的刊物又有权威与一般之别，中文学科列为权威刊物榜首的就是《文学评论》。对中文学科的教师——特别是青年教师来说，能否在《文学评论》刊发论文已成了至关紧要的大事，因为这已与职称晋升、各类荣誉称号的获得相挂钩，而与之相联系的则是各种实际利益。其实何止是教师个人，在当下各高校的竞争中，刊文数量的有无或多少，也会成为导向性指标之一，即涉及单位的利益。目前学界对这类从上层直至各高校的指标体系有不少非议，但不可否认它又确有公正性与必要性，故而在今后相当长的时间内还会继续有效。这一现状对《文学评论》会产生两方面的意义。权威性的基础原先只是学界的共识，如今又加上了各高校与科研机构在法理上的认定。这对

《文学评论》来说是件好事，但如何沿着推进学术研究的方向善用此契机却非易事。同时，由于各高校已和实际利益挂钩，在《文学评论》上刊文已非单纯的学术成果的展示，它在客观上已增添了复杂的社会因素以及各种利益计较的内容，在各高校形成的压力会传递到编辑部，其间难免会发生夤缘钻营、蝇营狗苟等有悖学术研究道德规范的事端，编辑部审读环节承受的压力会骤然增大，这种压力还可能是形式多样的。当然，审读环节偶尔的失误还不至于造成怎样的伤害，可是随着时间的推移，点滴的积累却有可能使权威的光环逐步黯淡。总之，各高校评价体系的建立，给编辑部同时带来了耀眼的契机与潜伏的危机，使老刊物遇上了新问题。此局面究竟该如何应对？这恐怕须得通过实践中的摸索并形成行之有效的方法，而其总的原则，似应是继续并强化六十年来的一贯坚守。这也是作为一个作者与读者，在庆贺《文学评论》创刊六十周年时提出的希望。

(作者为华东师范大学教授)

与《文学评论》学术相伴

胡大雷

我自 1977 年考入大学，便立下志愿从事古代文学的教学与研究，至今已近四十年了，在《文学评论》也发表了几篇论文。回想起来，我每在《文学评论》发表一篇文章，对自己都意义非凡，起码标志着我在文学研究上迈出了新的一步。这新的一步或颤颤巍巍、或胡乱莽撞，却激励着我在学术的道路上更坚定地走下去。

《汉魏六朝人对小说观赏性质的认识》(1985 年第 1 期)，是我在《文学评论》上发表的第一篇论文，接到刊发通知是在 1984 年 10 月，那时我硕士研究生即将毕业，同学们纷纷向我表示祝贺，戏称我是三年不鸣，一鸣惊人，因为我入学三年未曾发表过论文，这是收到的第一个刊发通知，故有如此戏谑。鲁迅先生在论述逸事小说时说："记人间事者已甚古，列御寇、韩非皆有录载，唯其所以录载者，列在用以喻道，韩在储以论政。若为赏心而作，则实萌芽于魏而盛大于晋，虽不免追随俗尚，或供揣摩，然要为远实用近娱乐矣。"我是把鲁迅先生的这个观点放大了来叙说，把小说的观赏性质放在古人"有意为小说"的观念之下，从各方面来论证，又论及小说虚构的原则、小说的艺术性原则，都受到其影响。论文投出去后，一天听到广播里讲陈云同志谈评弹的娱乐性，我想，我的观点也没错吧。论文正式刊出后，一次在校园里遇到我们中文系的前后两位主任——文学理论界的老前辈林焕平、黄海澄，他们也都表扬了我。文章的发表离不开陈祖美先生的支持，我当时路经北京去《文学评论》请她提意见，她说："文章可以写得更好一点的。"这句话我至今难忘，是啊，做学问的境界之一就在于做得更好一点吧。

我在《文学评论》上发表的第二篇论文是《论南朝宫体诗的历程》(1998 年第 4 期)，论文的一个中心意思是：宫体诗并非具有统一的格式、风格，南四朝就不一样，有一个发展历程，如刘宋时期，以拟前代文人诗作出现的写男女交往；齐代诗人是以咏物带出吟咏女性；齐梁之际前述咏物的重点不在物而在人，名为咏物实为咏女性的局部身体，如沈约《十咏》等；梁代直接题名吟咏女性，描摹女子容色形貌神态，间或引向衽席床帷，是宫体诗的极致；陈代的吟咏女性诗作，其兴趣点转移到对淫靡曲调的追求与对放浪的吟咏方式的向往上。自己觉得文章的长处还在于，论证了宫体诗也写出了诗人对自身情感怀抱的追求以实现诗人自身的社会责任，这是宫体诗及其美学特征在南朝是怎样发生、发展与演化的内在原因。责编胡明、张国星两位先生对论文提出了具体意见，感谢他们，使我在时隔十三年后又上《文学评论》。

《关于传统文论的特质及当代化的理论思考》一文，发表在《文学评论》2003年第1期上，论述传统文论有无"当代化"的可能及怎样"当代化"。文章论证传统文论具有的特质：一是整体性，从其表现形式的理论、评论、创作三位一体与思维方式上可以看出；二是其范畴的意义有开放的一面；三是古代文论家以对经典著作实施创造性解读来实现其自身超越；四是其理路是强调与现实的结合上述四方面可以说明传统文论具备了实现"当代化"的可能。五四以来传统文论在隔断中又有延续的现实给了我们实现传统文论"当代化"的自信。如何实现传统文论"当代化"，一是发挥传统文论开放性与现实性的特点；二是坚持与生活实践对话；三是实现与西方文论的对话。那时钱中文先生到我校给文艺学研究生讲学，我也坐在那里听，有了些想法便写成此文。因此，文末责编是黎湘萍，但实际上的引领者应该是钱中文先生。

《〈玉台新咏〉为梁元帝徐妃所"撰录"考》（2005年第2期），完全是依照前辈章培恒先生的学术思路与方法来写的，是在章先生新探后的再一次新探。文章认为徐陵《玉台新咏序》中的"丽人"与张丽华的生平不符，倒与梁元帝徐妃的生平极为相近，徐妃有撰录《玉台新咏》的条件与可能：她本人擅长诗歌创作；其兄徐君蒨为宫体诗大家；徐妃所在的西府是当年宫体诗基地；徐妃所在的西府有撰录艳歌集的经验，等。感谢胡明先生不嫌拙文浅陋而支持刊发。与章先生相识，缘于我博士毕业时，承蒙导师詹锳先生以及论文审核导师袁行霈先生的厚意，推荐我到复旦大学跟章先生攻读博士后学业，复旦大学中文系也审核通过了，但最后研究生院没通过，说我超龄了，全国博士后办公室是不会同意的。我给章先生打电话，表达了我的失望之情，当然也述说了渴望跟章先生做学问的心愿。该文写成后，在武汉中南民族大学的一次学术会议上，我把文章交给章先生看，章先生说："顺着你的思路来看，是可以这么说的。"老一辈学者做学问的胸怀令我非常感动。

时隔八年，我又在《文学评论》上发表文章。

一是《从"谈说之术"到"文以气为主"》（2013年第3期），我提出考察"口出以为言"时的行为动作、语言态度，如所谓"或辩口利舌，辞喻横出为胜；或呿弱缀跲，踒蹇不比者为负"可以观人的性格乃至品性，提出"气在口为言"与"听其声，处其气"而有了"口出"之"言""以气为主"的观念；故"笔书以为文"的"文以气为主"是接受其影响而形成的。孟子在"口出以为言"的问题上提出"善养浩然之气"，而荀子提出"谈说之术"，都是说语言态度可培养而致；曹丕则提出文气"不可力强而致"，二者虽然角度不同，却殊途同归，都提出"气"是每个语言文字表达者身体中根深蒂固的东西。别人都从宇宙之气、哲学之气等探讨"文以气为主"的源头，我则从"口出以为言"之语气来探讨，恐怕这就是创新点所在吧。

二是《六朝诗歌用典论》（2014年第5期），探讨诗歌用典为什么能够成立。其一，古往今来延续着讲史、爱古、引古的传统；其二，古代有"善士"之"尚友"传统，把自己与古人的"比事"并列；其三，文学创作的知识化使然；其四，"询事考言"的传统，于是事典则重于语典。文章提出用典给诗歌提供了一种新型诗歌意象——具有故事性、戏剧性的历史意象，为诗歌开出直抒胸臆传统之外新的一路。成功的诗歌用典，把自我与诸历史人物并列起来、融合在一起，实现了《毛诗序》所谓"以一国之事，系一人之本"的诗歌吟咏，实现了诗歌既是自我的又是自觉的集体意识的表达。

三是《"文笔之辨"与中古社会政治、文化》（2015年第6期），讨论"文笔之辨"的历史逻辑。两汉为"文笔之辨"的第一阶段，以"政事"面目出现的"笔"体文字，在儒学的沾溉下，雅驯化程度有所提高；曹丕时，以"奏议、书论"为代表的"笔"体文字，不但正式进入"文章"序列，而且位列"铭诔、诗赋"的"文"之前。两晋为"文笔之辨"的第二阶段，高门士族视"文"的撰作为高尚身份所独有，重"文"的文化品位，视"笔"的撰作为文案小吏所为。南北朝为"文笔之辨"的第三阶段，刘宋以来，寒族士人多依靠"笔"体文字进入核心统治阶层；梁陈时，梁武帝要求高级官员亲自撰作"奏事"，要求贵游子弟熟悉文书簿领的撰作；除了政治地位，"笔"在文化品位上也有所提升，一是其自身原有的特质如用典扩张到"文"的撰作，二是在声律、对仗、辞藻诸方面向"文"学习，在古今之争的进程中，在"文笔"的撰作手法相互渗透的进程中，最终形成的骈体为"笔"确立了写作规范与审美趣味、文化品位，与"文"颉颃相称，"文"与"笔"最终在地位相当中达到更高层次的界限分明。把"文笔之辨"与中古社会政治、文化结合在一起讨论，应该是本文的创新点。承蒙责编不弃，文章登上《文学评论》的大堂。

  回顾自己做学问的历程，一是靠导师的指点、前辈文章的榜样，二是靠专业学术刊物的支持，文章只有刊发在专业学术刊物上，自己做学问的某些瞎打乱撞才有高尚的归宿，才算是踏上了专业学术研究的殿堂。有《文学评论》《文学遗产》如此的专业学术刊物与我们相伴、与我们同行，我们更有信心前行。前几年，我的硕士同学蒋寅进入《文学评论》的编辑团队，蒋寅的硕士导师们很为他的学术成就而高兴，为他承担起更重的责任而骄傲。在广西桂平的一次诗歌学术讨论会上，我遇到了《文学评论》主编陆建德、编辑邢绍涛带领的学术研究团队，我们谈起1980年代初的《文学评论》，谈起当今的《文学评论》，言谈理论中，又无不对《文学评论》的将来有所憧憬，《文学评论》的将来是什么样子呢？

（作者为广西师范大学教授）

《文学评论》办刊特色之我见

郭英德

作为一名文学研究领域的初学者和实践者，数十年来我一直保持着阅读《文学评论》的浓厚兴趣，也时常给《文学评论》投稿，蒙编辑不弃，得以刊用。出于学术研究的职业习惯，对任何社会现象的观察和思考，我首先要探究它与其他类似现象相区别的特色。所以我常常会琢磨这么一个问题：同其他文学研究类的杂志相比较，《文学评论》的办刊特色是什么呢？这个问题也可以换个角度提问：为了更为充分地体现《文学评论》的特色，我们应该将什么样的文稿投给《文学评论》呢？

这也许是一个很幼稚、很肤浅的问题。因为常言道"酒香不怕巷子深"，如果是一篇有创见、有内涵、有价值的学术文章，无论《文学评论》坚持什么样的办刊特色，应该都能够不拘一格地予以刊用。但是我们也还可以进一步追问，如果同样是有创见、有内涵、有价值的学术文章，具有什么特色的文章更适合《文学评论》，或者说更能为《文学评论》"增值"呢？

客观地说，六十年来在《文学评论》上刊登的文章，不都是"中规中矩"地适合《文学评论》办刊特色的。虽然大多数的文章都能给《文学评论》增色，彰显《文学评论》的鲜明特色，但平心而论，还是有些文章难免给《文学评论》"减分"。当读者阅读《文学评论》的这些文章时，不免心生疑窦：这样的文章居然也能在《文学评论》上刊发？接着他们便心存侥幸：我写的文章，内容、质量和这些文章大略相似，甚至写法上还更"美观"一些，为什么就不能投给《文学评论》呢？于是大量并不符合或并不完全符合《文学评论》办刊特色的文章便蜂拥而至，在《文学评论》编辑的案头堆积如山。《文学评论》的编辑难免陷入一种窘困的境地：要么不得不硬着头皮审读这些文章，要么不得不狠着心肠弃掷这些文章，要么不得不闭着眼睛刊发这些文章。

所以，在这里谈谈我心目中的《文学评论》办刊特色，也许对《文学评论》"刷新"作为学术性刊物的面貌不无小补。

《文学评论》的办刊特色不妨先从这份学术性刊物的命名谈起。因为名字是一个符号，它不仅仅具有标识的作用，还蕴含着某种难以言明或者无须言明的特殊意味。两千多年前孔老夫子就对子路说："必也正名乎？名不正，则言不顺；言不顺，则事不成；事不成，则礼乐不兴；礼乐不兴，则刑罚不中；刑罚不中，则民无所措手足。故君子名之必可言也，言之必可行也。君子于其言，无所苟而已矣！"（《论语·子路》）在孔子看来，"名"和"实"之间居然存在着这么一种车轱辘似的错综复杂关系，而且"名正"居然成为"言顺""事成""礼乐兴""刑罚中""民有所措手足"等所有社会行为的发端、基点，这怎能不慎之又慎呢？

《文学评论》也经历过这么一个"正名"的过程。众所周知，在1957年3月创刊时，《文学评论》原名《文学研究》，当时的办刊方针是"中外古今，以今为主"，"百家争鸣，保证质量"。过了将近两年，在1959年2月，《文学研究》正式改名为《文学评论》，并且一直沿用至今。换句话说，这份学术性刊物的对象自始至终是"文学"，这是历六十年不变的，将来也不会变化；但是，它却在不到两年的时间里，将学术行为从标举"研究"转变为倡导"评论"了。我觉得，这恐怕不仅仅呈现出一种"对象"的转变，即加强对社会主义文学现状的关注，加强对当代作家作品与文学现象的评论，更重要的是呈现出一种"行为"的转变，由此体现出一种风标独异的办刊特色。

一般而言，"研究"是个中性词，它涵盖着相当丰富、当然也相当庞杂的学术行为。我曾经将中国古代的文学研究简略地概括为三个相互联系而又各自独立的结构层次：第一个层次是中国古代对文学资料的整理与考订，包括历代的文学文献编纂、校勘、注释、评点、考证、目录编制、资料汇编等；第二个层次是中国古代对文学现象的记述和评论，包括作家传记与评述、作品评论与鉴赏、文体分类与研究、文派构成与特点、文学传播与接受等；第三个层次是中国古代对文学规律的探索和总结，包括对各种文学现象的发生、发展、性质、特点及其内在联系的深入分析、阐释和批评，对断代或通代的文学发展过程的描述，对文学的写作方法、鉴赏方法、研究方法的探讨，对文学观念、文学理论的思考和总结，对文学各种体裁、类型之间的比较研究，对文学与其他文化形态之间的关系、文学与时代社会的关系的深入考察等。我觉得,这三个层次同样可以用来概括现当代乃至外国的"文学研究"。从这三个结构层次的构成可以看出,"文学研究"的含义相当宽泛,也相当开放,"文学评论"只是其中的一个组成部分。

同"研究"一词相比较,"评论"一词就不仅带有某种主观倾向性,更重要的是带有某种价值指向性。

在中国古代,"评""论"二词分而言之,既有相通之处,也有相异之处,需要仔细辨析。"评",三国魏张揖《广雅·释诂》释为"议也",北宋《广韵·庚韵》释为"评量",南朝宋刘勰《文心雕龙》释为"平理",南朝宋范晔《后汉书·许劭传》释为"品题"。"论",东汉许慎《说文·言部》释为"议也",《吕氏春秋·应言》东汉高诱注释为"辩也",北宋《广韵·魂韵》释为"说也"。最值得注意的是,南朝宋刘勰《文心雕龙》将"论"释为"伦也",也就是《诗·大雅·灵台》南宋朱熹《传》所说的"言得其伦理也"。而"伦理"本身是带有主观倾向和价值判断的,所以"论"就蕴含着"辩疑惑,释凝滞"(刘知几《史通·论赞》)、"言得失"(萧统《文选序》唐李周翰注)的意思,甚至表现出"评议臧否,以当为宗"(《文选》陆机《文赋》唐李善注)的价值指向。

正因为如此,一旦"评""论"二字合成一词,它们共同拥有的"议"的释义便得到特别的彰显。"议"除了一般的言说之义以外,更重要的是与"宜"相关,所以《说文·言部》徐锴《系传》释为"定事之宜",朱骏声《通训定声》释为"论事之宜",段玉裁《注》释为"言得其宜"。也就是说,"评论"绝不仅仅是"畅所欲言",甚至可以说绝不是"畅所欲言",更重要的是"言所宜言",带有非常鲜明的价值取向。

因此,凡是以资料翔实、考证细致、叙述平实、描述全面等见长的"文学研究"论文,便难以纳入"文学评论"的范畴,因为它们过于"拖泥带水",过于"四平八稳",过于"冷静客观"。只有那些观点鲜明、见解独特、论述犀利、鞭辟入里的文章,突出地表现以认知为基础的评价性阐释,才足以跻身于"文学评论"之列。而更重要的是,只有那些"以当为宗""言得其宜"文章,才能得到《文学评论》杂志的青睐。

也正因为此,把中文的"评论"译为英文的"review",便成为极其准确的翻译。因为这一翻译既采纳了"review"应有的"评论"的意思,也涵容了"review"含有的"审查"或"审核"的意思。《文学评论》办刊特色,便是发表带有鲜明的价值取向、经过慎重的审核的学术论文。

《文学评论》杂志强调"以当为宗""言得其宜"的"评论"特色,在某种意义上,更为凸显的是"文学的研究",而不是"文学史的研究"。胡适晚年曾分辨这两种文学研究方法,并称自己的古典小说考证是文学史的看法,不是研究文学的看法。

我曾在胡适论述的基础上展开更为仔细的辨析,指出文学研究有两种不同的范式,一种是文学研究范式,一种是文学史研究范式。这两种范式面对着大致相同的研究对象,即历史地存在的文学现象,包括作家、作品、文体、流派、思潮、文法等,但是二者的研究角度、研究目的和研究方法却有着明显的区别。

我认为,当《文学研究》杂志改名为《文学评论》之时,就以明显的姿态呈现出与"文学史研究"迥然有别的"文学研究范式",即更看重文学现象的当下性,看重历史在现实中的存在和发散,强调以当代意识烛照历史地存在的文学现象,或者说将历史地存在的文学现象纳入当代人的思维视野之中,借助于对文学现象的研究,认识当代人的生存状态,满足当代人的精神需求,丰富当代人的审美生活,发展当代人的文学理论。

清人编撰《四库全书总目》时,曾经以"论文之说"的知识内容为依据,将历代"诗文评"类图书分为五种类型:(1)"究文体之源流,而评其工拙",即评论文体的图书,如南朝宋刘勰《文心雕龙》;(2)"第作者之甲乙,而溯厥师承",即品评作家的图书,如南朝梁钟嵘《诗品》;(3)"备陈法律",即研求文法的图书,如唐皎然《诗式》;(4)"旁采故实",即记载本事的图书,如唐孟棨《本事诗》;(5)"体兼说部",即随感杂录的图书,如北宋刘攽《中山诗话》、欧阳修《六一诗话》。

当我们借用这五种类型来区分学术论文的类型时,我们就可以明白:"旁采故实"的论文,无论多少丰赡、扎实,都显然不适合《文学评论》的办刊特色;"备陈法律"和"体兼说部"的论文,对《文学评论》来说,在可取可舍之间,只有当这两种类型的论文"评论"的特色足够鲜明时,才能入编辑的"法眼";而"究文体之源流,而评其工拙"和"第作者之甲乙,而溯厥师承"的论文,则最为符合也最能彰显《文学评论》的办刊特色。

以我在《文学评论》上发表的几篇文章为例,称得上"究文体之源流,而评其工拙"的,有《关于中国古典文学学术史研究的思考》(与傅璇琮、谢思炜合作，1992年第3期)、《中国古典文学研究的理论品格》(1997年第4期)、《悬置名著——明清小说史思辨录》(1999年第2期)、《论古典文学研究的"私人化"倾向》(2000年第4期)四篇；够得上"第作者之甲乙，而溯厥师承"的文章，有《建构中国叙事学的操作规程——评杨义〈中国古典小说史论〉的方法论》(1996年第5期)、《论先秦儒家的叙事观念》(1998年第2期)、《多重空间的形构、并置与演绎——李玉〈万里圆〉传奇的"空间"解读》(2013年第4期)三篇。至于我写的许多"备陈法律"、"旁采故实"或"体兼说部"的文章，尤其是那些以考辨史实、梳理史迹为主旨的文章，一篇也没有投给《文学评论》。也许可以自诩地说，我是非常爱惜《文学评论》的办刊特色的。

鲜明的办刊特色，是一种学术性期刊的立足之本和价值之源。六十年来，《文学评论》正是以其鲜明的办刊特色，向学术界昭示其生生不息的存在和无可替代的价值。这是《文学评论》杂志的幸运，更是学术界的幸运。欣逢《文学评论》杂志创刊六十年纪念之际，谨以此文表达我的感恩和祝福。

(作者为北京师范大学教授)

人中难得九方皋

吴承学

我们这一代学者和《文学评论》有很深的缘分。1956年下半年《文学评论》（原名《文学研究》）筹办，正是我出生之时。1966年，"文革"开始，《文学评论》被迫停刊，我们的青少年时光也在混乱与浑沌中度过。"文革"结束后，《文学评论》等重要刊物复刊，同时恢复了高考招生制度。1978年2月，《文学评论》复刊第1期出版，我们刚好进入大学读书，从此成为《文学评论》的忠实读者。三十年来，我经历了从《文学评论》的读者到作者，从年轻作者到资深作者的过程。《文学评论》给我带来许多幸运与荣誉，在我的人生中刻下深深的痕迹。

1982年，我从中山大学中文系毕业并考取硕士研究生，随黄海章、邱世友先生学习古代文学。1984年硕士毕业，留在中山大学古文献所工作，主要从事通俗文学文献（车王府曲本）的整理研究，但自己的学术兴趣主要是在传统的诗文与诗文批评方面，遂于1987年考到复旦大学，师从王运熙先生攻读中国文学批评史专业博士学位。当时王运熙、顾易生先生正在带领复旦大学一批老师撰写中国文学批评通史，全面系统地研究批评史上的名家、名著。我与王先生商议，希望能以中国古代文学批评史上的重要问题作为专题研究，另辟蹊径。后来，我的博士学位论文确定为《中国古代文学风格学》。

1980年代，高校的生活条件与学习条件还相当差，也还没有各种严格的管理和考核制度，束缚比较少，研究生读书有些散漫，但自由发挥的空间比较大。比如，那时申请博士学位论文答辩，并不要求在什么刊物上发表论文。其时正值经济高涨，全民经商，高校教师颇受冷遇，有"穷教授、傻博士"之说，许多人不做学问，忙着经商、下海，所以名校博士生毕业之后在高校找工作，基本不成问题。既然申请学位和找工作都没什么压力，读书就比较从容了。在复旦大学读书三年，是我在学术研究中进步最快的阶段。这大概由于学术积累到一定阶段开始收获，也可能因为中山大学与复旦大学不同的学缘与学术传统起了互补的作用。

1989年上半年，我进入撰写博士学位论文的关键时刻，社会环境纷纷扰扰。下半年论文初稿写成了，一边修订，一边想试试投稿。在此之前，我发表过一些文章，但还没有在重要学术期刊上发表过比较有影响的论文。1989年10月，我从博士学位论文中抄写了《江山之助——中国古代文学地域风格论》的一章。此前，学界已注意到中国文学批评中"南北文风不同论"，拙作进而从《文心雕龙》中提取"江山之助"这个在中国古代文论中更具普适性和理论意义的重要命题，并溯流追源，进行比较系统的学理性讨论和理论阐释。抱着大胆尝试一下的想法，我把稿件寄给《文学评论》编辑部。信件投入邮箱后，就没有把此事放在心上，因为觉得可能性不太大。当时能在《文学评论》上刊出论文的，基本是前辈名家，而我还是默默无闻的博士生。出乎意料的是，我很快就收到《文学评论》编辑部的来信，责任编辑胡明先生告知我，《江山之助》一文已被《文学评论》采用，并安排在1990年第2期发表。论文发表后，我收到刊物，惊喜地发现拙作被排列在当期古代文学栏的第一篇，我想可能是题目比较宏大之故吧。1997年，中国社会科学院文学研究所举办"1990年至1996年《文学评论》优秀论文奖"评奖活动，获奖论文共11篇，《江山之助》也是获奖论文之一。由于获奖名单是按论文发表时间为序的，拙作又忝列第一篇。

第一次给《文学评论》投稿便获得出乎意外的成功，首战告捷对我是个很大的鼓舞，学术自信心因此大增。我的学术研究水平的明显提高就是以发表在《文学评论》上的《江山之助》一文为标志的。此后若干年，我正当盛年，精力充沛，撰写论文进入欲罢不能的痴迷和"喷发"阶段，我的研究工作也开始受到学术界关注。从1990年至1998年九年间，我在《文学评论》连续发表了八篇论文。从1990年起至今，我在《文学评论》共发表十八篇论文，同时在《文学遗产》发表了二十多篇论文。我于1990年博士毕业，1994年凭借在《文学评论》《文学遗产》发表的论文数量，以全校文科教师在权威刊物发表论文排名第一的业绩，破格晋升为教授。最近，王兆鹏教授告诉我，根据他的统计，自2000年以来，我发表在《文学评论》上的论文，在全国古代文学研究者中数量是最多的。虽然论文发表量不足以说明作者水平之高下，但至少表明，我在评上教授之后，学术研究仍不敢松懈，并且持续得到《文学评论》编辑部的青睐。

我想，人生有许多可能性和偶然性。我在治学上取得一些成就和影响，与治学初期即受到《文学评论》《文学遗产》等重要学术刊物的青睐和支持是有直接关系的。这大概就是人生的一种因缘际遇吧。如果一开始投稿就屡遭败绩一无所获，恐怕撰写论文的兴趣、学术自信心以及学术影响力或多或少是会受一些影响的。

记得《江山之助》一文发表之后，我曾给责任编辑胡明先生去信表达谢意。胡明先生来信说：不必客气，好的论文为我们杂志增添光彩！此后，他不止一次表达这个意思。这句话让我印象深刻。我反复揣摩和体会胡先生这句话，我以为他的话不仅是对某位作者的勉励之情，更是道出《文学评论》普遍的用稿原则，那就是要发表有"光彩"的论文。论文何谓有"光彩"？以我长期阅读《文学评论》的体会，那就是有思想、有学术、有新意、个性突出、水平高超，在众多的文章中，让人眼前一亮的不同凡响的文章。我也一直把胡先生所说的"光彩"二字作为阅读和写作论文的指标之一。每一期《文学评论》新刊，我都尽快阅读古代文学的论文，从中领略各篇论文的独到之处。我在撰写论文时，则把"光彩"作为心向往之的目标。时常问自己，文章是不是写得有"光彩"。每篇稿件在投稿之前，一定要反复追问自己，是不是已经尽了全力把文章磨出"光彩"来。

无可讳言，学术界存在一些不尽合理不尽公正之处，但我总是鼓励年轻学者和学生，不要被阴暗面所裹挟，要怀着学术界还是有良知和公正的信念坚定前行。我自己在学术道路的跋涉中，就经常感受到这种良知和公正的温暖。其中，就包括了《文学评论》《文学遗产》的支持和帮助。由于我在这些权威刊物上发表论文比较多，有人便揣度我与杂志和编辑有什么特殊的私人关系。我理解和同情这种推测，它主要不是针对我个人的。不过，我与《文学评论》编辑部和相关编辑的关系，是纯粹而简单的文字之交。我所能做的，就是竭尽全力把论文写到自己满意，如此而已。我至今尚未到过《文学评论》《文学遗产》的编辑部，与编辑见面的机会也极少。1989年给《文学评论》投稿，一直到了1997年，因为《江山之助》一文获得"1990年至1996年《文学评论》优秀论文奖"，我被邀去北京参加颁奖大会，才第一次见到责任编辑胡明老师。他当时已担任编辑部的领导，行政事务比较多。后来，我的稿件的责任编辑就由李超老师负责了。胡明与李超两位，年资不同，为人各有特色，但都是谦和细致，非常尊重作者，常常耐心地与作者进行平等对话和商讨，绝没有时下某些编辑居高临下的优越感，这让我感到亲切和感动。我在文字方面颇有洁癖，论文投稿之后，仍反复阅读，若发现提法未确、用字不稳，即如眼中沾尘，必欲去之而后快。一篇稿件从投稿到刊发，往往要反复修订。我自己也兼任编辑工作，深知这种癖好会给编辑程序带来一些麻烦，有人戏称这类作者为"老改犯"，学生则说我是典型的"处女座"性格，我知道这是委婉的批评。好在李超老师对我的"老改"之病不以为烦，总是报以最大的耐心和宽容。

为了撰写这篇感言，我把自己订阅的从复刊以来的《文学评论》全部搬出来翻看。几十年来《文学评论》所刊发的论文中，确实不无平浅粗疏之作，但总体而言，当代许多重要的文学学术论文是在《文学评论》上刊发的，许多著名学者在《文学评论》上发表过论文。在我看来，《文学评论》就是中国文学学科发展的一个缩影，它是新时期以来中国文学学科史研究乃至学者研究极为重要的史料之一。

在当今的学术评价体制中，优秀学者及其成果的被发现、被传播和被认同，最重要的渠道和方式就是在高层次权威学术刊物发表论文。这种现象合理与否，有不同的看法。权威期刊不排除发表低劣文章的可能，而一般刊物也可能发表精品。论文的学术水平，是由它本身的质量而不是由刊物所决定的。判断学者水平与成就的高低，不仅看他在哪里发了论文，发了多少论文，更重要的是看发表了什么论文，这是由同行所认定的，从更长远看，则是由学术史所认定的。这确是事实。但是，不可否认，论文发表在不同刊物上，所产生的影响有很大的差异。目前，学术刊物数量众多，但能够代表学术界最好水平的学术刊物的确如凤毛麟角。比如在文学研究界，《文学评论》《文学遗产》就是优秀文学学者展示成果和学术对话最重要的平台。它们的认可度最高，影响力最大，其特殊的地位和声望，是难以替代的。这种权威地位绝非仅仅因为它们在评估体制内所规定的级别——它们是由于杰出而权威，而不是因为级别而权威。

十多年来，我兼任《中山大学学报》主编，对于学术刊物编辑工作的性质也有所思考。有些编辑喜欢夸谈"培养"了多少人才的成绩，我对此并不太认同。学术刊物在人才成长过程中固然起了重要作用，我本人在学术研究中也经常获教受益于编辑，大至论文观点的提炼，小至标点符号的更改。但我认为，刊物不同于学校，作者并非学生。刊物首要的和主要的任务，并不是培养人才，而是在遴选稿件过程中"发现"人才。其实，"发现"的重要性绝不在"培养"之下。虽然，才华之士如锥处囊中，早晚会脱颖而出，但是关键时刻还是需要有眼光的人去发现和推荐。韩愈说："千里马常有，而伯乐不常有。"黄庭坚诗则云："世上岂无千里马，人中难得九方皋。"在众多作者和稿件中，发现人才，发现优秀稿件，具有这种眼光便是一种了不得的本事。严羽《沧浪诗话》中说："夫学诗者以识为主。"编辑行当又何尝不是"以识为主"呢！当代学术界的许多优秀学者，确实是被好编辑发现的。如果这些学者不被及时发现，其学术研究的发展就有可能被耽搁甚至耽误了。我接触许多青年朋友和学生，在他们学海苦航中，若能在《文学评论》《文学遗产》上发表论文，即被视为在学术上崭露头角的标志。这可谓"一登龙门，则声誉十倍"。

六十年来，《文学评论》肩负着推动中国学术发展的重任，同时，也担负着发现学术研究人才的重任。如果说对《文学评论》有什么期待的话，我的期待是，不仅要在《文学评论》上经常能读到著名学者的论文，更希望《文学评论》能不断发现和推荐年青一代的新人佳作。

（作者为中山大学教授）

学术视野与学术胸襟

——我心中的《文学评论》

左东岭

在纪念《文学评论》成立 60 年的日子里，也恰是我本人 60 岁的年头，盘点一下自己与《文学评论》的缘分，既是对这一全国著名文学研究期刊的纪念，也算是对本人学术生涯的一次反思，这也确实是不无意义的事情。

其实在同代学者中，我在《文学评论》上发表文章不算是数量较多的哪一类当红学者，曾先后发表过《二十世纪以来心学与明代文学思想关系研究述评》（2003 年第 3 期）、《中国文学思想史的学术理念与研究方法——罗宗强先生学术思想述论》（2004 年第 3 期）《高启之死与元明之际文学思潮的转折》（2006 年第 3 期）、《元明之际的种族观念与文人心态及相关的文学问题》（2008 年第 5 期）、《论刘基诗学思想的演变》（2010 年第 5 期）、《龙场悟道与王阳明诗歌体貌的转变》（2013 年第 2 期）等六篇学术论文。在我的心目中，《文学评论》乃是本研究领域的最高专业学术期刊，所以为它撰写文稿从来都是慎重选题、认真构思、精心打磨，丝毫不敢造次，因而所发表的也都是我学术论文中篇幅较长也较为重要的文章，有些还产生了较大的学术影响。其中有几件事至今仍记忆犹新，令人久久难以忘怀。

我在《文学评论》发表的第一篇论文是《二十世纪以来心学与明代文学思想关系研究述评》，那是由于《文学评论》要对 20 世纪的文学研究进行学术总结，所以我的这篇文章也算是"预流"的一次选择。其实，我本人是不主张随意进行学术史文章写作的，我认为从事学术史的研究一般要具备两个基本条件：一个是具有本专业的较为厚实的学术素养；一个是具有较为鲜活的本学术领域的研究经验，否则大可不必动手。而我当时恰好刚刚出版过《李贽与晚明文学思想》和《王学与中晚明士人心态》两部学术著作,而且先后发表了20余篇王阳明心学与明代文学思想研究的论文,在研究过程中,当然要对20世纪的相关学术史进行清理,于是就有了该篇文章的写作。我认为,一位学者写文章固然要考虑刊物的需求,也要及时关注学术潮流的发展,但"预流"不是凑热闹,而是真正有了学术心得,才有可能将文章写好。也许是这篇文章起到了一点自我学术介绍的作用,半年后副主编胡明先生给我打电话,约我写一篇关于罗宗强先生学术思想的评介文章。我当时有些犹豫,因为写这类文章按一般的流行写法都免不了有一些溢美之词,但我无论是跟罗先生攻读博士学位还是日常的学术交流,他都非常厌恶这种吹吹拍拍的不良学风,不仅自己不写此类文字,也告诫自己的弟子不要沾染这种不良习气。因此当时就和胡先生谈了自己的想法:只就中国文学思想史研究的学术理念与研究方法进行学理性的总结与介绍,不做主观的评价,更不会写夸赞性的文字。胡明先生当即表示完全同意我的看法,而且说这也是《文学评论》进行学术史总结的本意。于是,我认认真真地重新研读罗先生的各种著作与文章,并结合自己跟随罗先生读书时的种种体会,写出了《中国文学思想史的学术理念与研究方法——罗宗强学术思想述论》。文章发表后,罗先生曾打电话给我,说周勋初先生看了我的文章后,打电话夸奖文章写得好,真正把罗先生的学术精华之所在总结出来了。后来我常想,在总结20世纪的学术研究的业绩与经验的过程中,通过与《文学评论》的良好合作,自己也做了一点点贡献,更重要的是培养和坚持了良好的学风,为后来的学术史的研究打下了坚实的基础。

另外一件难以忘怀的事是关于《高启之死与元明之际文学思潮的转折》一文发表前前后后的经过。这篇文章是我对易代之际文学思想研究的系列论文之一,当时写作的过程充满了学术的满足与自信,因为这篇文章纠正了自四库全书提要以来的种种学术误解,提出了全新的学术结论,并联系元明之际文学思潮的演变进行了充分的论证,这也是我写的最为满意的几篇学术论文之一。后来在明代文学学术研讨会上宣读时,当场被国内某重要刊物的主编约稿发表。但是后来却发生了一件意外的事,文稿被该刊物的责编断然否定,认为不能在其刊物上发表。当然,研究者被拒稿乃是学界常见的现象。由于学术方法、研究理念乃至学术风格等的差异,编辑与作者不能形成一致的学术判断并不意外。最为重要的是,作为一位严谨的学者,要相信学界自有公道,不是个别人的个人好恶与学术判断所能左右的。由于自己的这篇文章是精心撰写的，而且进行了充分的学术史梳理，自信该文是有学术价值的，而且就文笔而言也是很自我得意的，于是我把文章投给了当时的《文学评论》副主编党圣元先生。党先生长期从事古代文论的研究，无论从其宽阔的学术视野还是长期从事刊物编辑的学术判断力来说，都是令我心服的，所以才会很有自信地将文章投给他。过了几天党先生来电话说："文章写得非常好，本刊决定采用。"当时我非常感动，因为学术的认同与理解是一位学人最为看重的事情，更何况还有那位粗暴的仁兄当头一棒的隐痛尚未消除。文章发表后，迅速在学界产生了良好的影响，不仅屡屡被学界同人引用，而且于发表次年被作为当年的重要学术论文推荐至教育部主办的《中国文学研究前沿》翻译成英文向国外读者展示。而且后来被一位学界好友告知，当时是由国内古代文论学科五位资深学者同时提名这篇文章作为当年的优秀学术论文而被推荐至《中国文学研究前沿》予以转载的。我得知此消息后，既为《文学评论》及圣元先生的学术眼光所折服，也大大为圣元先生的无私支持而松了口气，因为这又一次证明了一个重复了千百次而又常常被某些人忽视的常理：学术乃天下之公器，非个人所得而私也。但由此我更认识到了一个对于刊物来说最为重要的道理，乃是学者型编辑对于一个刊物有多么重要。其实，我与学界向来相处友善，即使有时出言率直，也都是坚持学术理念而非针对个人，而一篇文章之所以在不同编辑那里遭遇不同命运，也主要是学术判断的差异而不是个人恩怨的体现。其实我当时就知道，那位仁兄之所以判断失误，实在是他已经转向其他专业领域从事研究，脱离古代文论的研究领域已经有好多年了。而我之所以把文章寄给《文学评论》的圣元先生，是因为他始终坚守在古代文论的研究领域，所以我相信他及其同人的学术判断力。

第三件事便是关于《元明之际的种族观念与文人心态及相关的文学问题》一文的编辑过程。这篇文章也是我非常用心撰写的一篇重要文章，其中涉及元代的民族关系、文人心态以及元明易代所导致的种种复杂历史状况及一系列的文学问题，尤其是第一次在文章中概括出了元明易代中文人的旁观者心态的命题。由于问题所涉面广，因此该文征引文献繁富，论证过程复杂，篇幅当然也就较长。而当时的《文学评论》要发三万字的长文具有一定的难度，所以需要做一定的删节。当今许多刊物的编辑——尤其是一些重要刊物的编辑，由于身处重要位置，常常被一般学者恭维，久而久之便养成一种居高临下的心态，时常误将刊物的重要性视为自身的重要性，误将刊物的学术地位视为自己的学问水平，因而对文章作者不能平等对待，甚至粗暴简单的处置文章的现象也就在所难免。但是，在处理该文的过程中，令我感到了另外的情形，那就是宽广的学术胸襟和对学者的真诚尊重。当时责任编辑打电话给我，说主编对文章很满意，但是难以容纳这么长的篇幅，需要做一定程度的删节，最好控制在 2 万~2.5 万字。我尽管很不情愿删节文字，但 3 万字的确是太长了，就答复说你们删节吧。但过了两天编辑又来电话说："我们认为阅读了大作，实在不好下手，为了不影响文章的完整性，还是请您本人进行处理。"我虽然也为难，但毕竟是自己写的文章，知道各个部分的轻重缓急，后来就忍痛将第一部分整体删去，从而最大限度地保持了文章的核心观点与论证的严谨性。通过此事，我深深体会到《文学评论》编辑部的学术胸襟与严谨态度，而从中所体现出的乃是编辑部同人与文章作者的平等交流与友好合作，唯有如此，才能真正保证文章的学术水准与刊物的编辑质量。更为重要的是，这营造了良好的学术环境与正常的人际关系，给人一种轻松愉快的心理感觉与如沐春风的温馨友情。学术是严肃的，但又是充满人情味的。我们生活在这个世界本就不容易，如果再在大编们这里遭受压抑，那实在是又增加了一种不幸。庆幸的是我没有在《文学评论》这里受到如此的煎熬，而是享受了关爱与友情。

（作者为首都师范大学教授）

王国维研究平议

——以《文学评论》（1957—2017）为中心

关爱和　朱秀梅

王国维先生去世后五年，陈寅恪先生为其遗书作序云："自昔大师巨子，其关系于民族盛衰学术兴废者，不仅在能承续先哲将坠之业，为其托命之人，而尤在能开拓学术之区宇，补前修所未逮。故其著作可以移一时之风气，以示来著以轨则也。"陈寅恪先生亦可谓王国维先生的"文化托命之人"，他对王国维学术成就及其影响的判断洵为至论，后此学者研究王国维亦多从此处立脚。

以开拓新领域、建构新轨则自期的王国维，其一生从事哲学美学文学的时间不过十余年。然而就是在这十余年里，先生以绝大之天才，广泛涉猎西方哲学美学理论，由此返观中国传统文化、文明，留下了璀璨的文化遗产。就文学论，其以《红楼梦评论》《人间词话》《宋元戏曲史》为代表的成果一直被认为是近一个世纪以来最不容忽视的创获之一。

但是，王国维文艺美学是建构在"美之为物，可爱玩而不可利用者也"这一基本判断之上的，"无用之用""天才说""游戏说"等构成其有关文学的基本观点。这些观点不惟与同时代梁启超诸人倡导之文学界革命的主旨多有抵牾，而且与建国后构筑大一统文学格局的精神也扞格不入。在相当长时间内王国维文艺美学研究注定充满波折、遭受冷落，甚至成为禁区。

《文学评论》作为文艺理论界最具权威最有影响的期刊之一，其所关注的研究目标、方向、方法与路径，都不可能脱离宏观环境的制约。是以在创刊之后将近十年的时间内，《文学评论》掀起了几波评论《红楼梦》的热潮，在对旧红学清算的长长名单里，王国维及其《红楼梦评论》偶尔被提起，比较有代表性的如何其芳的文章《曹雪芹的贡献》（《文学评论》，1963年第6期），在批评了索隐派的牵强附会之后，指出："资产阶级唯心主义的学者王国维在《红楼梦评论》中虽不赞成这种索隐,以为考证曹雪芹和其作书时间比追求贾宝玉写的是谁更重要。……他更企图从《红楼梦》的思想意义来肯定它。……但由于他自己抱有很深的悲观主义思想,他完全看不清《红楼梦》的主要方面,完全抹杀了它积极进步的内容,认为它的价值在于具有'厌世解脱之精神',在于指出'解脱之道在出世'。"

对王国维"资产阶级唯心主义学者"的定性之后,《文学评论》没有再刊登王国维研究的文章,当时其他刊物情况也大致与《文学评论》相仿佛,王国维被湮没于时光深处。

1978 年《文学评论》复刊。20 世纪七八十年代,在某种意义上说,与王国维所生长的近代中国颇多相似之处,国门大开西学东渐,新与旧、中与西、传统与现代等诸概念范畴在不断碰撞与交汇中重新被阐释、被赋予新的意义。置身于此转捩关纽,王国维具有了新的示范意义,王国维哲学美学的现代性内涵也一再凸显出来。王国维研究遂成为热点话题,其热度一直持续至当下。

复刊后的《文学评论》最早刊发的王国维学术研究专题论文是《〈人间词话〉"境界说"寻绎》(杨光治,1984 年第 6 期),这也是《文学评论》创刊后的第一篇王国维研究专题论文。随后,在 1984 至 2017 年,《文学评论》陆续发表 16 篇王国维研究专题论文,论文内容所及,基本涵盖王国维文艺美学研究的主要领域。而有意味的是,研究者的研究范围、方法与视野也在随时间演进而呈现不断拓展不断成熟的总体趋势,学科发展的线索隐约可辨。因此,本文拟以《文学评论》(1957 – 2017)所刊发王国维研究论文为中心,考察王国维文学美学研究六十年的兴衰与得失,虽难免以蠡测海之嫌,却也仍然应该是一件有意义的事情。

一 "境界"说及其相关问题

"境界"说是王国维文艺美学的核心内容,但正如王氏自己的认知,"吾国人之所长,宁在于实践之方面,而于理论之方面则以具体的知识为满足,至分类之事,则除迫于实际之需要外,殆不欲穷究之也"(《论新学语之输入》),是以比照西方"体系灿然步伐严整"之学说,采用传统诗文评方式写作的《人间词话》,以及贯穿其中的"境界说"就显得零散跳跃,不成系统。《人间词话》以"境界"立国，但无论是手稿本、"64则手订本"（刊登于《国辉学报》），还是先生第二次手订的"31则本"（刊登于《盛京时报》），先生都没有对"境界"作一明确清晰的定义。但对最广大的现代读者而言，对"境界"的理解是解读"境界说"以及《人间词话》的入门之钥，正是王国维留下的这个空白或者缝隙，启动了王国维文艺美学研究最热闹的领域。

其一，对"境界"（"意境"）的阐释日益严谨而周密。

王国维的"境界说"包含一系列对举的范畴："有境界""无境界"（真与自然）、"有我之境"与"无我之境"、"造境"与"写境"、"隔"与"不隔"等，由此建构起相对系统的诗学体系。《〈人间词话〉"境界"说寻绎》就以"意的境"来解释意境／境界，认为境界是"读者能感受到的、凝聚着作者思想感情的生活画面"，作者认为如此理解，比较接近"境界"一词的字面意义（空间、范围）；同时也更能突出诗人的主观创造精神。《意境与非意境》（禹克坤，《文学评论》1985年第3期）则认为王国维的境界说揭示意境的两个特征：意与境浑与言外之味。意境的境，是情感化的景物，意境的意，是物象化的情感。

而刘毅青文章指出，立足于中西融汇的徐复观，以传统诗学体系的内在性特质为观照，在传统诗学的批评实践的坐标中，对"境界"说进行批评，显示出和大陆学者不一样的思路。中国诗可以在意境结构上区分主客、情景两种元素，景在中国诗中从来不是独立客体，不具备自身独立意义。景始终是引发、寄寓主观精神的对象，王国维将"景"释为"以描写自然及人生之事实为主"，将"情"释为"吾人对此种事实之感精神态度也"，其实是以近代西方主客二分的诗学概念对中国诗作硬性划分。

关于"造境"与"写境"，徐复观先生不认同这样的二元对立解读，他以"直观"解"写境"，以"想象"解"造境"，认为直观与想象并不对立，理想与写实属于西方不同时代，美学内涵泾渭分明，二者不构成二元对立，而是以理想、写实的结合消解以"情景妙合"为标志的古典审美理想蕴含的和谐美感。（《王国维中西诗学会通的现代检讨——以徐复观为中心》，《文学评论》2010年第4期）

"境界说"中产生歧义最多、最众说纷纭的是关于"有我之境"与"无我之境"。《〈人间词话〉"境界"说寻绎》一文作者以"作诗不可以无我"（袁枚）进入，认为"无我之境"亦有"我"，然"无我之境"是被景物激发而成情怀；"有我之境"则是缘情写景，"我"怀强烈之情感，驱物以抒发之，故物皆着我之色彩。而对于"优美"与"宏壮"，作者认为"无我之境"为悠闲隽永令人陶醉的境界，"有我之境"为比较强烈的、令人激动的境界。而"不知何者为我何者为物"的"无我之境"其实只是情景交融的艺术效果，只要利用拟人手法不难做到，此处作者举出于谦的《石灰吟》作为"无我之境"的典范之作，以上诸说显然未能完全允当。

《〈人间词话〉"境界"说寻绎》发表较早，其对境界说"瑕瑜互见"中"瑕"的指责所指为王氏超功利纯审美唯心文学观，更多立足价值判断而非学理判断，带有非常明显的时代性。

关于"隔"与"不隔"，相比前人，彭玉平先生的论文《论王国维"隔"与"不隔"说的四种结构形态及周边问题》（《文学评论》2009年第6期）分析得更细致，有新见有超越，值得格外注意。

彭先生首先明确了《人间词话》基本文本问题，他指出，一直以来，学界对《词话》的研究所采文本往往混而用之，而事实上，《人间词话》前后经作者两次删定，从手稿本到《国粹学报》本再到作者最后手订的《盛京时报》本，无论是《词话》本身还是"境界说"，都更见体系，重点更加明朗，也最能体现王氏日益成熟的诗学思想。

彭文认为对"隔"与"不隔"的理解局限于《国粹学报》本，是一种局限。对"隔"与"不隔"的认知、理解与把握，既要追溯手稿本中的原始话语，又要同时观照《国粹学报》以及《盛京时报》本，这样才有利于更准确把握"隔"与"不隔"的理论形态。

以《盛京时报》本有关论述为中心，彭文把"隔"与"不隔"细化为"隔""不隔之隔""隔而不隔"与"不隔"四种结构形态，并指出其大体对应意与境浑、意余于境、境多余意、意与境分四种意境形态。这是非常独到的贡献，经过这样的划分，彭玉平试图把王国维原文中含混的"隔"解释得更加清楚明白，比如以"隔之不隔"就可以对手稿本及《国粹学报》本中所谓"陶、谢之诗不隔，延年则稍隔矣；东坡之诗不隔，山谷则稍隔矣"作出合理阐释，同样以"隔之不隔"也解决了王国维一方面反对用典隶事，另一方面又对辛弃疾隶事频密的《贺新郎宋茂嘉十二弟》赞赏有加的矛盾。从某种意义上可以说，"隔"与"不隔"四种形态的区分以及生发，使"隔与不隔"说之破绽得以补缀弥合，"隔"与"不隔"遂成无缝之天衣。

至于作者进一步指出的,"不隔"之被王国维悬以为审美理想,王国维致力的是如何从古典的"隔"转化成融合"隔"与"不隔",并结合高尚之人格与天赋之才能,创造出文学经典,并借此对当时摹拟因袭与形式主义的文风学风进行批评,事实上已经超出了"隔"与"不隔"之畛域,这关乎王国维文学、美学的总体与根基问题。

其二,《人间词话》从某种意义上说就是王国维的一部中国词学发展简史,简笔勾勒,包孕丰富,褒贬分明,而一归于"境界"。在"境界说"烛照之下,王国维的词史并非完全惬心贵当、铢两悉称,尤其品评词人词作,比如对柳永、周邦彦、姜夔、吴文英的贬低与批评就颇多苛刻之处,对秦观、冯延巳的偏爱虽事出有因却也未必完全让人心悦诚服。

《评王国维对南宋词的艺术偏见》(《文学评论》1987年第6期,谢桃坊)就是针对《人间词话》对南宋词显而易见的否定而作。文章开篇指出,南宋词的评价历来有纷争,而《人间词话》态度尤其明朗。谢文认为王国维对南宋词的否定经胡适《词选》而推衍发挥,影响深远。文章分析王国维否定南宋词的原因,一是文体进化论,作者认为文体进化观是王国维否定南宋词的基本出发点:"四言敝而有楚辞,楚辞敝而有五言,五言敝而有七言,古诗敝而有律绝,律绝敝而有词。盖文体通行既久,染指遂多,自成习套。豪杰之士,亦难于其中自出新意,故遁而作他体,以自解脱。一切文体所以始盛终衰者,皆由于此。故谓文学后不如前,余未敢信。但就一体论,则此说固无以易也。"但同时作者又指出其文体进化观显然又与王氏"一代有一代之文学"的著名论断相矛盾。

二是个人审美偏好,王国维个人爱北宋词的天然明畅,厌恶南宋词的雕饰晦涩,即所谓"隔"与"不隔"。

笔者以为,在对于南宋词的评价上,文体进化观不是王国维关注的核心问题,王国维否定南宋词的根本原因其实仍在"境界说"之"真景物与真感情"。

> 何以谓之有意境?曰"写情则沁人心脾,写景则在人耳目,述事则如其口出。(《宋元戏曲史》)

以南宋重要词人姜夔、吴文英、张炎、史达祖等而论,无论就表现形式还是情感方式,他们的词作显然都与上述"有意境"之要求不相符合。

而且王国维论词对词人本身之峻伟人格持守甚严:

> 东坡之词旷，稼轩之词豪。无二人之胸襟而学其词，犹东施之效捧心也。
>
> 读东坡、稼轩词，须观其雅量高致，有伯夷、柳下惠之风。白石虽似蝉脱尘埃，然终不免局促辕下。

在王国维眼中，无论东坡、稼轩还是剑南，他们首先是曾经建功立业的绝大之英雄，家国情怀构成了他们作品的质地与分量，也就是王国维文中所说的胸襟与气度，这是最为王国维在意的所在。

那么，终其一生沉沦下僚，甚或终生依人而食而专以精雕细琢之创作为能事、所谓"处乱世而赋悠闲"的南宋诸家，包括北宋之周美成，为王氏所苛责也自是情理之中。

对南宋词的评价一直纷纭众口是学界事实，肯定的一方强调南宋诸家词寄托之遥深与情感之苍凉，每每亦能论述充分而详实。王国维作为对中国词学积淀深厚的词人与词学理论家，对南宋词的价值当有客观认知。只是《人间词话》既悬"境界说"为标杆，则与"境界说"有所抵牾而舍弃不录南宋诸人，也是王国维对"境界说"自身完备性的一种成全。

从概念、范畴、体系到文本，关于"境界说"以及相关问题的言说当然不会就此结束，也终于不会有一个确凿之结论，"境界说"从面世以来就是一个开放的体系，研究不断深入，视野日益开阔，结果让人期待。

二　中西化合的检讨与反思

王国维知识谱系中最引人注目的部分是西学：

> 是时社中教师为日本文学士藤田丰八、田冈佐代治二君。二君故治哲学，余一日见田冈君之文集中，有引汗德、叔本华之哲学者，心甚喜之。……次岁春，始读翻尔彭之《社会学》，及文之《名学》、海甫定《心理学》之半。而所购哲学之书亦至，于是暂辍心理学而读巴尔善之《哲学概论》，文特尔彭之《哲学史》。……既卒《哲学概论》、《哲学史》，次年始读汗德《纯理批评》。至《先天分析论》几全不可解，更辍不读，而读叔本华之《意志及表象之世界》一书。叔氏之书，思精而笔锐。是岁前后读二过，次及于其《充足理由之原则论》、《自然中之意志论》，及其文集等。尤以其《意志及表象之世

界》中《汗德哲学之批评》一篇，为通汗德哲学关键。至二十九岁，更返而读汗德之书，则非复前日之窒碍矣。嗣是于汗德之《纯理批评》外，兼及其伦理学及美学。至今年从事第四次之研究，则窒碍更少，而觉其窒碍之处大抵其说之不可持处而已。此则当日志学之初所不及料，而在今日亦得以自慰藉者也。此外如洛克休蒙之书，亦时涉猎及之。近数年来为学之大略如此。（《三十自序》）

如此广博而深入的西学背景，置于同时代诸人中，不可谓不显赫，而以这样的"批判的武器"返观、省察中国传统文化，王国维的成就自亦不待蓍龟。

事实正是如此，自1904年《红楼梦评论》开始，在不到十年时间内，王国维以《人间词话》《文学小言》《屈子文学之精神》《论哲学家与美术家之天职》《论古雅在美学上之价值》《论近年之学术界》《论新学语之输入》《宋元戏曲史》等一系列论著建构了以审美无功利的纯文学观为根基、包括"无用之用""天才说""游戏说""境界说""文学进化观"等在内的王氏美学、文学大厦，从而确立了自己在中国文学现代转型的关节处的重要地位。

王国维所处的时代是特殊的时代，"三千年未有之变局"所指的乃是西方殖民主义的入侵带来的大清王朝政治、经济、文化诸方面的重大变故和危机，从"师夷长技以制夷"的经世思潮与洋务运动、到维新变法、到辛亥革命、直到"五四"新文化运动，"西学东渐"的热潮席卷中国大地。"西方""西学"成为贯穿始终的关键词。

先行者王国维以难得的机缘与天赋，有意识地致力于中西文化的化合。其对西学的选择、阐释和生发固然有时代的因素，但更多基于个人生命体验，王国维以中国古典学术个人感悟的角度进入西方现代学术体系，理性和感性的纠缠撕扯使王氏的学术带有鲜明的个性色彩，是其个人意志的呈现。

余疲于哲学有日矣。……哲学上之说，大都可爱者不可信，可信者不可爱。……而近日之嗜好所以渐由哲学而移于文学。而欲于其中求直接之慰藉者也。要之，余之性质，欲为哲学家则感情苦多，而知力苦寡；欲为诗人，则又苦感情寡而理性多。诗歌乎？哲学乎？他日以何者终吾身，所不敢知，抑在二者之间乎？（《三十自序》）

王国维的自述有两处需要注意，第一，求人生直接之慰藉；第二，性格中感情与理性的矛盾。

在哲学与文学间彷徨犹疑的王国维，置身于中西学开始交通对话的语境之下，一生学术凡三变：从科考制艺之学到哲学（西方哲学、中国哲学的彼此观照）、从哲学到文学（词与戏曲）、哲学文学到经史之学（国学），前两个阶段时间未久，是深受西方哲学、美学影响的阶段，西学既是王国维学术研究的重要内容，又是他回首观照中学的重要工具。第三个阶段的王国维尽弃旧学，俨然"纯儒"，单纯而纯粹的中国传统读书人，致力于返经信古，此刻往日的西学经验成为他潜在的知识与方法预设，他不可能回到没有接触西学之前的王国维。事实上也正是这样潜在的西学预设，使王国维的国学研究也远远高出同时代人，呈现出异常的光彩。

鉴于西学对于王国维的巨大影响，对王国维"中西化合"的阐发、追踪以及反思，一直是王国维美学、文学研究的重要维度。

这种研究是沿着两个方向展开的，一是阐释发掘王国维中西化合的重大成就与积极影响，关注其开创之功与独到之得；一是辨析考量王国维"中西化合"过程的局限、矛盾甚至破绽。第二个方向无疑更有现实意义。中国的现代化进程走过了很多年，取得了辉煌成就，但也经过很多挫折，有些时候难免行行止止步履维艰，对自身的及时而不断的反省与检讨，有利于朝向未来的路走得更顺畅。

其一，王国维诗学中西化合之阐释与发明

《"无用之用"：王国维"学术独立"论辨析》（《文学评论》，2003年第2期，杜卫）作者认为"学术独立"论是王国维前期学术思想的核心，也是其开一代学术风气的关键性命题。王国维强调"学术独立"，其实是关注学术的形而上意义。王国维力图重建中国的思想文化，创立真正可以与西方对话乃至比肩的中国现代学术，其所援引与借鉴以"与我国固有思想相化"的是西方"形而上之学"。王国维认为西方的形下之学（如科学技术）与"我国思想上无丝毫之关系"，唯有"形而上之学"才可能改造中国的思想文化乃至国民性。从学术的"形而上"意义出发，王国维认为学术独立要打破一切偏见，"毋以为政论之手段"，而发挥"形而上"的功用，即"无用之用"。

作者认为，王国维"无用之用"道出"学术独立"之真谛和"学术独立"之精神实质，即注重西方哲学美学的"形上之学"的思考方法，把美术引向关于人的生存和价值的思考,并由此提升中国学术的思维层次,增强人文关怀的精神指向,这也是王国维"学术独立"论的学术意义之所在。

作者同时也特别指出,在当时的历史语境中,"学术独立"与"无用之用"体现了王国维与主流政治疏离的一种态度与立场;而对王国维中西化合意义与成就的评价也不能脱离过渡时代人物自身的矛盾性,只有全面审视其人其学,才能对他的"学术独立"论以及其他学术思想有比较恰切的把握。

《"意境说"的归属问题——兼论中国文论话语建构的可能路径》(《文学评论》,2013年第5期,李春青)通过对"意境说"理论来源的细致分析,针对罗钢"意境说是德国哲学的中国化"的论断,指出"意境说"虽取径德国哲学甚多,但其基石依然是中国传统的哲学美学。作者意识到在确定"意境"说的理论归属时,对其所指涉的中国美学经验应予以高度重视,中国现代美学中"意境"说的话语建构过程对于我们今天选择美学与文论研究路径具有重要启发意义。

文章指出,近十年来,罗钢指出王国维的"意境"实际上是对德国古典哲学的继承,而非中国传统的概念,罗钢的结论是颠覆性的,他的主要贡献在于梳理出"境界说"的德国美学来源,即直观;并将王氏美学思想的形成置于中国学者为了重建民族文化的主体而进行的"传统的现代化"工程的历史语境中来审视,指出由于中西文化实际中存在的不平等,在实践过程中,这种"传统的现代化"就转化成了"自我的他者",从而进一步加深了近代中国所遭遇的思想危机。罗钢的系列文章启发今日学者对百年来的中国现代文化学术的中西问题进行深入反思。

文章是在肯定罗钢研究成果重大意义基础上的商榷与质疑之作,作者详细分析了王国维、宗白华在"境界说"被经典化的过程中各自的贡献,特别强调指出王国维建构以"境界说"为核心的诗学理论,其志向在于借助西方学术话语来概括中国传统诗学观念,使之更加清晰明了;而宗白华则是站在20世纪世界文化新发展的角度来看待"中国古代艺术方面的世界贡献",他是从现代哲学层面建构自己的理论。他们均借助了德国古典美学的思想资源,但落脚处始终是中国诗学固有传统,即中国固有之学。以西方视角观照中国固有审美经验,从而发见中国传统立场上无法看到的价值与意义,王国维等的"意境说"给予学界的重要启发就在于此。

作者最后指出，面对西方学术的重大影响，具有强大自身传统的"后发现代性"国家，其现代性建构往往通过对学术传统给予新阐释来显现。所谓新阐释，一是根据当下新经验提出新的价值立场与评价标准，二是形成新的审视视角与阐释路径。

二十世纪初年王国维等人开启并践行的"新阐释"于今日仍是学界任重而道远的使命。

其二，王国维诗学中西化合之检讨与反思

对于王国维"中西化合"的省思，《王国维中西诗学会通的现代检讨——以徐复观为中心》（2010年第4期，刘毅青）是一篇非常有分量的文章。该文对徐复观的王国维诗学研究进行了概括总结以及细致分析，指出徐复观的王国维诗学研究最核心最具创见之处在于，徐复观始终以建立在感悟与鉴赏基础之上的中国传统诗学为皈依，不仅对王国维诗学中西会通过程中以西释中甚至"强中就西"的问题提出批评，同时，徐复观还尖锐批评了王国维诗学研究的缺陷。

文章总结徐氏观点，指出王国维是中国现代词学的开端，标志着古典向现代的转型，他的诗学建构采用传统诗话形式，但已融入西方诗学思想，做到了对中国诗学的深度阐释，并具有深厚的本土性。但王国维诗学思想和理论的开创性使得他的诗学思想不可能臻于完善，在对传统诗学的现代阐释中常有不够清晰的地方，主要原因在于他借用西方诗学理论阐释中国时，没有摆脱西方诗学的二元论思路，用西方诗学割裂了中国诗学的自身内在逻辑，使传统成了断片。

现代以来对王国维诗学的研究进一步将王国维以西释中的缺陷扩大，对王国维的研究多集中于对意境概念的梳理，并试图进一步按西方理论结构来建构王国维诗学体系，忽视中西诗学的内在差异，从而更加偏离王国维诗学和中国诗学的内在意蕴。与建立在严格概念定义基础之上的、具有严密逻辑体系的西方诗学不同，中国传统诗学的概念是缺乏体系的，所有概念与范畴均以作品为本位，以审美经验作为基点呈现出来。其内涵不需要本体论的诠释，而需要真实的审美经验来支撑，是以中国文论概念具有经验性和扩展性，对其理解必须落实于具体的作品审美经验中。

要公允评价王国维对境界说的重新发明，则必须明确其境界说的发明是否真正推动了文学批评，如文章所言：我们或许应放弃那种对整个诗学进行严格定义的做法，转而以具体的诗学鉴赏为参照，按照中国诗学自身的体系展开研究。因此，要避免那种以西方诗学的概念化、体系化和理论建构冲动的传统诗学研究，就应该回归中国式的具体鉴赏，摆脱对意境、境界的概念纠缠，重新审理其对中国诗学的理论意义和批评价值，看看王国维的诗学是否真正达到对传统诗歌批评的目的，是否契合中国诗歌实践，从而推进中国诗歌理论的发展。

笔者以为，这样的检讨与反思无疑是非常必要的。王国维诗学诞生在一个多世纪之前，关于中西会通或曰中西化合，都处在曙光初现之际的探索性、尝试性阶段，时代与个人的多重局限使得缺失甚至错讹都在所难免。后世学者研究王国维诗学，并非希望从中找到什么灵丹妙药，藉此完成中国诗学的现代转型。相反，王国维诗学研究的更大价值在于努力发见王国维中西会通的尝试有哪些可以被证明此路不通的、哪些又是当初仅仅开其端绪可以继续拓展的，毕竟时间已经过去了一个多世纪，研究者的思路、视角、方法以及我们面对的中西世界，都已经发生了堪称天翻地覆的变化。究竟如何建构自身的现代诗学理论，王国维诗学的内在缝隙或许可以给我们提供镜鉴：传统诗学的现代阐释还是应该以传统诗学自身体系的梳理为目的。中西之间可以参照发明。但是这种参照并不意味着我们必须将传统纳入到西方的结构中进行格式化。中西会通也应该是"在同一问题下面把这种思路拉拢起来，使之互动、并且不断深化"的过程。

同样是针对王国维中西化合的检讨，《王国维对元杂剧三点批评的当代解读——一个世纪学案的重新讨论》（《文学评论》，2010年第5期，李昌集）以《宋元戏曲史》为批评对象。《宋元戏曲史》是王国维具有开创意义的巨作，其自序云"凡诸材料，皆余所搜集；其所说明，亦大抵余之所创获也。世之为此学者自余始，其所贡于此学者亦以此书为多"，字里行间显示出王氏的自得与自信。

李昌集文章指出，《宋元戏曲史》奠定了中国戏曲学的基本研究框架——以曲词和角色制等戏曲表演元素出发考证中国古代戏曲形态的原始源头和发展过程；以悲剧喜剧等西方概念理解中国戏曲的戏剧精神，以意境、自然为中国本土诗学概念阐释元杂剧的文学风格。《宋元戏曲史》的"学兼中西"学术框架，成为中国戏曲研究的基本模式。

《宋元戏曲史》对元杂剧"关目之拙劣，所不问也；思想之卑陋，所不讳也；人物之矛盾，所不顾也"的批评，无视元杂剧乃至古代戏曲的根本指向在内在情感世界，中西戏曲以情感为戏剧结构的基本要素，与西方戏剧以情节动作为基本要素完全不同。对于元杂剧而言，关目（情节）、思想、人物都不是核心，演杂剧的核心在于诗性思维与抒情性，观众于观戏中宣泄与释放情绪。中国古代戏剧观从来不把戏剧与生活真实混同，从作者到观众，"做戏"只是一种虚构乃为普遍之共识，是为中西戏剧观之最根本的不同。

综上，作者认为，王国维按照西方戏剧理论对元杂剧提出的三点批评，即"关目之拙劣，所不问也；思想之卑陋，所不讳也；人物之矛盾，所不顾也"，带有明显"以中就西"的意味，对根植于中国民间、与西方戏剧有着本质不同的元杂剧，以西方戏剧之所长，来比对中国戏曲之所短，自然不够公允。王国维对元杂剧的批评给予我们的重要警示是：简单运用西方理论研究这个戏曲是不够的，我们必须立足本土文化和中国戏曲的实际建构自己的戏曲学。单纯以传统人文立场设定评价标准是片面的，我们应当以全历史全社会人群的生活为学术视角来解读古代戏曲的思想内涵。

关于李昌集这篇文章，笔者稍有自己的感受，或可与作者商榷，并有所补充。

第一，作者文中针对的王国维对元曲的批评，在《宋元戏曲史》中原文如下：

> 元曲之佳处何在？一言以蔽之，曰："自然而已矣。"古今之大文学，无不以自然胜，而莫著于元曲。盖元剧之作者，其不均非有名位学问也；其作剧也，非有藏之名山，传之其人之意也。彼以意兴之所至为之，以自娱娱人。关目之拙劣，所不问也；思想之卑陋，所不讳也；人物之矛盾，所不顾也；彼但摹写其胸中之感想，与时代之情状，而真挚之理，与秀杰之气，时流露于其间。故谓元曲为中国最自然之文学，无不可也，若其文学之自然，则又为其必然之结果，抑其次也。

细细揣摩王氏意思，这一段话重点不在否定而在肯定，肯定元曲之佳处在"自然"，作者但为"摹写其胸中之感想，与时代之情状"，其它不暇亦不屑顾及。在王氏看来，"关目"、"思想"与"人物"都并非需要特别在意的东西，那么元曲作者不着力于此恰是王氏的题中应有之义。换一句话说，如果作者致力于关目、思想与人物，元曲就很可能失去"自然"之貌,由"活文学"变成"死文学",比如王氏眼中的明曲。所以所谓"关目之拙劣,所不问也;思想之卑陋,所不讳也;人物之矛盾,所不顾也"似乎不应该作为王国维以西方戏曲理论批判元曲的"强中就西"的例子,相反,正可以作为王国维对元曲"中国特色"的清醒认知。

第二,在《宋元戏曲史》中王国维对中西方戏剧互相交流与融汇历史的考源,也是王国维中西化合的认知之一种。王国维指出:

> 至我国乐曲与外国之关系,亦可略言焉。三代之顷,庙中已列夷蛮之乐。……至齐周二代,而胡乐更盛。……至隋初而太常雅乐,并用胡声,而龟兹之八十四调,遂由苏祗婆郑译而显。……有唐仍之。其大曲、法曲,大抵胡乐,而龟兹之八十四调,其中二十八调尤为盛行。宋教坊之十八调,亦唐二十八调之遗物。北曲之十二宫调,与南曲之十三宫调,又宋教坊十八调之遗物也。故南北曲之声,皆来自外国。而曲亦有自外国来者,其出于大曲、法曲等,自唐以前入中国者,且勿论;即以宋以后言之,则徽宗时蕃曲复盛行于世。……至金人入主中国,而女真乐亦随之而入……。
>
> 以上就乐曲之方面论之。至于戏剧,则除《拨头》一戏,自西域入中国外,别无所闻。辽金之杂剧院本,与唐宋之杂剧,结构全同。吾辈宁谓辽金之剧,皆自宋往,而宋之杂剧,不自辽金来,较可信也。至元剧之结构,诚为创见,然创之者,实为汉人;而亦大用古剧之材料与古曲之形式,不能谓之自外国输入也。
>
> 至我国戏曲之译为外国文字也,为时颇早。如《赵氏孤儿》,则法人特赫尔特(Du Halde)实译于1762年,至1834年,而裘利安(Julian)又重译之。又英人大维斯(Davis)之译《老生儿》在1817年,其译《汉宫秋》在1829年。又裘利安所译,尚有《灰阑记》、《连环计》、《看钱奴》,。而拔残(Bazin)氏所译尤多,如《金钱记》、《鸳鸯被》、《赚蒯通》、《合汗衫》、《来生债》、《薛仁贵》、《铁拐李》、《秋胡戏妻》、《倩女离魂》、《黄粱梦》、《昊天塔》、《忍字记》、《窦娥冤》、《货郎旦》,皆其所译也。此种译书,皆据《元曲选》;而《元曲选》百种中,译成外国文者,已达三十种矣。(《宋元戏曲史》第十六章,《余论》)

这里王国维考察了西域以及西域以远地区的乐曲对中原乐曲的影响,

以及中国戏曲在西方的传播,反映了民族文化的交流与融合。对中西文化与戏曲发展关系的研究,使他的中国戏曲史的研究更有深度与广度,也说明元代戏剧所以称为辉煌的一代文学之充分理由。

《王国维与日本明治时期的文学批评——以〈红楼梦评论〉与〈宋元戏曲史〉为例》(《文学评论》,2014年第3期,祁晓明)是对王国维中西化合的起点、源头与结论的追究和辨析。

文章作者以大量事实例子来分析《红楼梦评论》《宋元戏曲史》对明治时期日本学者研究成果的吸收与借鉴,认为日本学者中国小说、戏曲史论的许多观点给予王国维诸多启发。作者的结论是:《红楼梦评论》在研究方法的拓新与开创既不得专美,《宋元戏曲史》所谓"凡诸材料皆余所搜集,其所说明亦大抵余之所创获"亦未必尽然。

这样的分析稍显武断,所有的结论都是作者阅读、比照之后所得,在王国维的《红楼梦评论》与《宋元戏曲史》与日本明治时期的小说、戏曲研究之间作者找到很多共通的内容,但至少从文章中很少看到相关当事者的文字或其他材料证明二者之间的直接关联。

所以,也许文章更大的意义在于提醒学者应该始终关注学术之间的交流、沟通,彼此影响彼此生发,以开新局。1911年王国维作《国学丛刊序》,认为学无新旧、无中西、无有用无用:

> 治学重在别真伪、明是非,故学无新旧。学无新旧,则学者为学,不必一切蔑古,或一切尚古;科学、史学、文学,中西方皆有之,其不同者,只在广狭疏密之间,故学无中西。西学东渐之后,中西学术交融借鉴之势已成,更无需强分中西;"事物无大小、无远近,苟思之得其真,纪之得其实,极其会归,皆有裨于人类之生存福祉。故学无有用无用。

抱持这样的学术胸襟与气度,王国维的学术研究向来门户之偏少而交流融会多,其"二重证据法"所言为学之道亦在是。

事实情况也是如此。王国维写作《宋元戏曲史》是在日本,其对于日本的中国戏曲史研究影响巨大。日本中国戏曲研究的开拓者狩野直喜在1910年在北京开始与王国维交流戏曲史研究,并且很快把王氏的《戏曲考原》介绍到日本。铃木虎雄在1910年发表《〈曲录〉和〈戏曲考原〉》文章,介绍王国维的戏曲史研究。王国维到日本后,1913年铃木虎雄译出

《古剧角色考》。盐谷温 1921 年以《元曲研究》成为日本第一个以中国戏曲研究获得博士学位的人；青木正儿 1925 年到清华拜访王国维，表示欲继《宋元戏曲史》治元以后戏曲学，王国维告之："元以后戏曲无趣。元曲是活文学，明曲是死文学。"五年以后，青木《中国近世戏曲史》温室，序中强调："本书之作，出于欲继述王忠悫公国维先生名著《宋元戏曲史》之志。"王国维的中国戏曲史研究，影响了日本几代学者。

王国维在近代学术、思想领域的特殊意义在于借鉴西学中西化合。随着学界对中西化合诸多层次研究的纵深展开，在给予王国维高度的评价的同时，也不得不日益正视类似这些事实，比如王国维毕竟处在转型时期、其英文日文未必精通全无窒碍、而其从事美学（哲学文学）的时间也不够长，对以上事实的正视更深刻更理性的省察与反思，必将导致新的、也更客观公允的结论。

当然，无论如何，王国维的功绩都不会因此受到质疑，其筚路蓝缕的开创之功是考察中国文化现代转型绕不过去的存在。

三　重新认识王国维"史"的意义

世纪之交以来，对一个世纪学术、思想、文化的回顾、总结，并在此基础上展望未来，准备新的出发，成为学界热点之一。

百年回眸，王国维"史"的意义被凸显出来，人们会再一次回到陈寅恪"故其著作可以移一时之风气，以示来者以轨则也"的论断，从宏观处、历史纵深处正视王国维的意义成为王国维研究的又一重要方向。

其一，开学术新风：王国维学术思路、理念与策略的范式意义

钱竞的文章《王国维美学思想与晚清文学变革》（《文学评论》，1997 年第 6 期）注意到戊戌政变之后，晚清知识分子对西方文化的认同与引进，文章以严复与王国维对举，认为严复所治乃"为人之学"，以他对西方哲学经济学名著的翻译介绍，为中国改革奠定学术基础；而王国维选择西方哲学乃是"为己"，王国维从个体经验出发，进而寻求一种普遍人生哲理的答案，其学术是求解内心困扰的"为己之学"，但身居乱世，人间众生苦难无从规避，其"为己"之学又必然蕴含"为人"的理想。

作者通观王国维致力于哲学、美学的生涯，指出王国维美学思想从多个方面和层次推进了晚清文学变革：（1）首次引进西方哲学美学，确立一

个能够在中国文化系统外来检查检讨传统学术的新坐标系。(2) 依据引进的美学理论框架或重要范畴,应用于中国的文艺作品,建立起一种新批评。(3) 以元曲研究和《人间词话》为一种注重民间动力和融汇中西的诗学奠定基础。以上三个方面,可以看作中国人文知识分子对西方文化包括其深层价值所做出的范例式的回应。

作者认为,无论是对王国维还是其他前辈学者的研究,必须重视历史语境问题,要把历史语境的研究贯彻到更深、更细的层面上,从而得到更多的有益于今日世道人心的成果,有益于重建和传承中国学术的成果。

《感悟诗学现代转型之可能性及其意义——以王国维、宗白华的诗学探索为例》(《文学评论》,2007 年第 1 期,欧阳文风) 观点与前文刘毅青文章所论徐复观的王国维研究有相近之处,同样强调王国维诗学感悟与鉴赏为特色的中国底里。文章指出,为了建构当下诗学的原创性,20 世纪以来,学界先后提出"古代文论现代转换"和"走向文化诗学"等思路,但这些思路并没有取得预期的实践效果。事实上,从中西诗学最本质的差别——思维方式上着手,把词话传统感悟思维和西方理性思维有机融合,建立一种充满现代性的感悟诗学,是建构当下原创诗学的一条可行路径,王、宗的诗学探索充分显示了这种可能性,而王国维到宗白华,二者诗学的前后辉映、继承与创新,也同样说明中国感物诗学的生生不息的生命力。

《论王国维的"新学语"与新学术》(《文学评论》,2007 年第 1 期,刘泉) 指出王国维《论新学语之输入》阐述了他的现代学术语言观念:以既有汉语字汇为新词的构造基础与生成机制,同时附着于讲求准确的语义性质。这一"新学术"观,促成了王国维学术话语的科学性与化生功能,并为王国维科学、独立、先进的学术观提供了相应的语言依据。

文章认为,《论新学语之输入》对现代学术用语及其标准的探讨,既是对汉语现代转型的必要补充,还密切关联自身学术思想和学术话语方式。王氏由语言和思维的相关性入手,形成语言本体性、独立性认识,继而主张建立类似日译新语的学术体系,即以既有汉语字汇为现代学语的构造基础与生成机制,同时附着于讲求精确的语义新质,从而渐趋汉语的现代形态。

王国维的学语观,直接影响到他学术研究的话语方式。以既有语言字汇为构造基础与生成机制,同时附着于讲究准确的语义新质,王国维这一

"新学语"观形成了他学术话语的科学性与化生功能,并借助于这种话语方式,极大地影响他学术思想体系的确立。

准确化科学化的话语方式,使王国维摆脱了传统学术研究类属混杂、过分随意的窠臼,开始自觉地条分缕析地梳理学术研究的门类属性。门类划分体系建设,成为王国维对现代学术的重要贡献之一,而准确科学的话语方式则是实现上述学术目的的重要手段和先决条件。

王国维学术话语的化生功能还催生了他学术思维的再创造性,以及对于学术独立性的价值判断。身处于世纪之交的文化转型时期,王国维的内心充满矛盾和忧郁,西方现代学术虽具有先进的理性特征,但缺乏人的主体内心感受与体验的投射,而中国传统学术的诗性特质则往往阻碍了对人本体生存意义的深刻解释,正所谓"可爱者不可信,可信者不可爱",二者皆无法满足王国维在当时文化语境中的复杂心态与表达欲望,而他学术话语方式的化生功能,有效解决了这一两难问题。对于西方现代哲学思想尤其是叔本华的"意志论",王国维进行了人本主义的个人解读,并以后者"对人生苦痛的审美超越"为学术思考的基点,重新观照传统诗学范畴,化生其中深层内涵。在这场学术新变中,西方哲学思维对人存在状态生命欲望的深层披露,以及汉语所独有的对人情感体验的诗性传达,均被分别固化保存,并且相得益彰地融合为富有新意的、表征着身处苦痛中的个体审美思考的现代诗学范畴。可见借助于化生型的学术话语,可爱与可信之间鸿沟被弥合,诗性的沉淀与理性的灌注成功地糅合起来,使他对于生命的沉郁省悟转化成富含诗意与哲思的学术话语,这不仅是王国维个人痛苦生存体验的升华与超越,还进一步使他认识到学术研究独立的不可替代的地位与影响。

《晚清楚辞学新变与王国维文学观念》(《文学评论》,2015年第1期,彭玉平)从王国维与屈原的关联入手,指出王国维关于屈原与楚辞的论述对传统楚辞学多有生发与超越,推动了晚清楚辞学的新变。

作者在文章中指出,王国维在文学创作和学术研究上对屈原及其作品浸染甚深,其自沉昆明湖也被很多中外学者拟之如屈原湛身汨罗江。屈原及其楚辞在王国维的词学思想和文学观念中具有重要的基石意义。王国维借用《湘君》"要眇宜修"一语概括词之特性,体现了对屈原文句的别有会心以及理论话语的独创性。其《文学小言》总共17则,王国维以6则的篇幅论述屈原,在天才、人格与文学的关系,天才与德性、学问的关系、境遇、人格与创新的关系等问题上，都以屈原为论说之典范，并以此构成其文学观念的基本结构。其《屈子文学之精神》一文以文化地理学为理论依据，彰显了屈子融合南北文化优长的文学精神。在晚清楚辞学发生新变的学术背景中，王国维通过对屈原文学精神的考量来建构自己的文学观念体系，体现了其敏锐而前沿的学术眼光。

其二，重学术传承，文化一脉源远而流长

王国维治学上接乾嘉汉学传统、与康有为、梁启超、严复等人一起在世纪学术之变中各有担当，从不同维度推动文学界革命与文学新变，下启陈寅恪、胡适、宗白华等，随着对中国学术世纪变革研究的深入，王国维的重要性正日益受到关注。

《有学问的文艺学——从王国维到陈寅恪》（《文学评论》，2002年第6期，骆冬青）选取"学问"作为关键词，指出王、陈以"国学大师"身份，从哲学、史学、文化学等学科进入文艺学研究，造就"有学问的文艺学"。王国维、陈寅恪坚守学术本位，保持边缘姿态，形成独特文艺学流派。王国维后期的学术转向，使其文艺学思想进入了更为深广的学术大地。陈寅恪的文艺美学思想贯穿了自由独立的思想和中国文化本位之精神，并以创造性的美学阐释学和对于中国古代边缘文艺现象的研究，提高了文艺学研究的学术层次和水平。

一切学术无不以深厚的学养、学问为根基。这篇文章所提出的"有学问的文艺学"是对文艺学宏观而根本的规定，无论在思想上、方法上，王国维、陈寅恪都是值得景仰的为学典范。

完整而客观地评价王国维诗学"史"的意义，《中国文学的"世纪之变"——以严复、梁启超、王国维为中心》（《文学评论》，2016年第4期，关爱和）也是一篇有自己独到见解的文章。作者把王国维与严复、梁启超并提，对他们各自在中国学术与文学世纪之变中所担当的使命与取得的成就做了尽量客观的评价，并在此基础上勾勒出近代中国学术与文学的嬗变轨迹。作者的研究既始终力图回到原点回到现场，回到近代中国云谲波诡的大动荡中，体察王国维诸人的思想、学术路向及其心路历程；作者的研究同时又是指向未来的，王国维诸人以各自的方式参与了中国学术与文学的世纪之变，同时他们还以自己的心血与精神浇灌与培育了后来者，从龚自珍、魏源、到严复、康有为、梁启超、王国维，再到陈独秀、胡适、周氏兄弟，历史的链条就这样神奇而必然地完成一次次交接与传承，而从来没有中断过。

六十年一个甲子。

这六十年，变化如此迅疾，从建国后到"文革"学术研究的凋敝到改革开放后的复甦，再到世纪之交的总结与反思，王国维研究与《文学评论》本身的起承转合都与大时代风尚、思潮休戚与共，共同走出了一条富有中国特色的学术研究之路。

"千秋壮观君知否？黑海东头望大秦"，1898年海宁青年王国维到沪上未久，即以扇面上的此二句诗见知于上虞罗振玉，诗句出自其《读史》二十首，组诗纵横古今气势阔大境界高远，显示出王国维非寻常之人可比的胸襟气度识见与志向。

在文章结束的时候，笔者亦以王国维《读史》之一，祝福《文学评论》以及王国维研究更恢弘更壮阔的未来：

挥戈大启汉山河，武帝雄才世讵多。轻骑今朝绝大漠，楼川明日下洋河。

（作者关爱和为河南大学教授，朱秀梅为河南大学副教授）

《文学评论》给予我的学术滋养

——写于《文学评论》六十年华诞之际

李 玫

2017年3月,《文学评论》创刊六十年了。《文学评论》带着几代学人的信任、尊崇和感怀,走过了一个花甲。这六十年很不平静,世事变迁,思潮更替。《文学评论》在六十年里见证了中国文学研究的历程。同时,引领着文学研究及文学批评的风尚。半个多世纪过去,《文学评论》以其涵括学术论题宽广和密切关注现实的特点,不仅在文学研究界赢得了举足轻重的地位,同时,对一代又一代青年学子的培养,对广大文学爱好者的吸引和滋养,可谓口碑载道,功不可没。

在这值得庆贺的时刻,我把几十年里记忆深刻的与《文学评论》相联系的往事记录于此,作为一瓣心香,表达一份对《文学评论》这个文学研究界权威期刊的感怀和敬意。产生这一想法,是在收到《文学评论》编辑部的约稿函之后。尽管起初顾虑重重,怕对《文学评论》在我心中真正的分量写不准确,但最终还是下决心写出来,借以表达一份真诚的祝愿。

一件件过去了很久的往事,回想起来,令人感慨。时间流逝看似静无声息,却留下了那么多让人难以平静的记忆。不曾料到,几十年过去,往事历历,如此清晰。我最初读《文学评论》,是在三十多年前上大学本科时。作为"七七级"大学生,1978年春天进入湖北大学中文系。那时,图书馆里新的文学研究期刊数量比现在少很多,但查找旧报纸和旧期刊不是很难。本科学习的最初一两年,由于阅读兴趣没有明确的偏向,读书也就没有明显的范围。大体依照所上课程的内容:现当代文学、外国文学、中国古代文学、文学理论等,从作品到研究文章,感到有兴趣的都找来读。这中间,《文学评论》这个涵括"古今中外"的文学论题、学术视野宽阔的刊物,自然经常阅读。

大约从大学三年级开始,我对古代文学——尤其是元明清文学产生了浓厚的兴趣，滋生了进入文学研究殿堂的梦想。有了这个想法后不久，我对当时湖北大学中文系的元明清文学教授李悔吾先生和王陆才先生谈起这一想法，他们很高兴。记得有一次王陆才先生对我说，多读些高质量的研究文章，见得多了，确切地说是读好的文章多了，能从中学习古代文学研究的方法。从那时起，我就着意在一些我心目中的顶级刊物里找元明清文学研究方面的文章来读，这自然少不了《文学评论》。也就是说，在我偏爱古代文学之后，得益于《文学评论》之处仍然很多。

最近，因为写这篇小文，我找出了几十年前的读书笔记。时隔多年翻开这些旧笔记本，竟然没有觉得所记内容陌生疏远。想想原因，是因为不仅对所记的那些文章的观点记忆犹新，甚至当年在图书馆里翻找发黄的旧报纸杂志的情景，以及当时读文章时的感受，都像发生在不久之前。其中，《文学评论》的印记随处可见。例如，一本很小很旧的笔记本中，记有何其芳先生《〈琵琶记〉的评价问题》一文中的主要观点。何其芳先生的这篇文章发表在《文学评论》1957年第1期（当时名《文学研究》）上。文章说，《琵琶记》是一部复杂的作品，其中的矛盾内容很突出，对传统道德观念的宣扬和对封建道德的一些方面的暴露并存其间；同时，在描写方法上也优长和弱点并存——概念化的写法和现实主义的描写都有。这些观点在学术界的影响毋庸多言，对当时的我——一个初学者，犹如一把理解《琵琶记》的钥匙。我后来对《琵琶记》的理解和思考，得益于这篇文章很多。《琵琶记》之所以成为一部影响巨大的戏曲名作，就是因为其中既有思想道德的冲撞和闪光，又有现实描写带来的沉重感。只有把《琵琶记》中的矛盾与其产生的社会的、艺术的历史背景联系起来看，才能找到这个剧作流传数百年而不衰的奥秘。

1963年，《文学评论》为纪念曹雪芹逝世200周年刊发了一系列关于《红楼梦》的研究文章。那些文章我反复读过，记下了其中一些文章的观点。例如，俞平伯《〈红楼梦〉中关于"十二钗"的描写》（发表于《文学评论》1963年第4期）一文中对《红楼梦》中"右黛左钗"的倾向性以及描写特点的分析。俞平伯先生认为，表面上看，小说中对薛宝钗多用赞美之词，对林黛玉则贬抑之词较多。但是实际上，对薛宝钗用的是一种隐晦的贬抑的笔法。读者可以从"褒钗贬黛"的文字中读出作者"褒黛贬钗"的倾向性，这主要通过小说中的其他人物，如贾宝玉、史湘云等人物的对话做到的。这个观点和我当时读《红楼梦》的感觉不太相同，所以印象很深。我还记下了何其芳《曹雪芹的贡献》(《文学评论》1963年第6期)和刘世德、邓绍基《〈红楼梦〉》的主题》(《文学评论》1963年第6期)等文章里的一些观点。在很长一段时间，我喜欢读各类关于《红楼梦》研究及评论的文章。这个兴趣延续了几十年，与当初读《文学评论》这组文章（还包括《文学遗产》1950年代和60年代初刊载的大量《红楼梦》研究文章等）不无关系。我们这一代人与我有类似经历的人大概不在少数。上中学时就喜欢读《红楼梦》，但家长不赞成，只好暗地里读。由喜欢读《红楼梦》，引起对关于《红楼梦》研究及评论文章的兴趣。一度囫囵吞枣，能找到的相关文章都读。几十年过去，我发现这个阅读积累有个特殊的效用，那就是现在读新发表的《红楼梦》研究及评论文章，很快能知道是新观点还是前人说过的观点。今天的期刊种类多，数量大，发表的讨论《红楼梦》的文章不少，其中确有"炒冷饭"的论点存在。近几年，因为我研究的课题涉及戏曲折子戏在清代的流传问题，所以写了几篇关于《红楼梦》中所描写的戏曲演出、人物点戏及其与人物刻画的关系的文章，文章中谈了一些多年来读《红楼梦》的心得。尽管重点讨论的是《红楼梦》中与戏曲有关的问题，诸如王熙凤、薛宝钗、贾元春等人物点戏及其意义以及相关剧目在清代中期流传的问题，但是写这些文章时常有诚惶诚恐之感。因为涉足"红学"这个积累深厚的专门领域，要做到论述恰如其分，又避免拾人牙慧，殊为不易。

笔记还记有同时刊载在《文学评论》1963年第4期的王季思先生《怎样探索汤显祖的曲意——和侯外庐同志论〈牡丹亭〉》一文的观点。这篇文章当时觉得很有趣，是由于其针对的侯外庐先生的观点很奇特。侯外庐认为，《牡丹亭》之所以思想价值超过《西厢记》，主要由于《牡丹亭》反映了当时的社会矛盾，而这是通过创造了冥府中的花神和判官两个形象达到的。文章举《牡丹亭》第二十三出《冥判》中判官和花神的对话为例，判官不相信杜丽娘因恋青年男子"一梦而亡"，找来花神"勘问"，甚至猜测是花神"假充秀才，误人家女子"。花神一口气说出四十多种花名，说是"天公定下"，自己绝没有"勾人之理"。侯先生认为判官是与阳世对立的形象，花神与判官的对话反映了现实社会的矛盾。王季思先生的文章则立足于《牡丹亭》原著，通过细致分析，对这一观点进行了辩驳，提出了不同意见。同时，还指出侯外庐的另一个"新观点"——汤显祖写《牡丹亭》是为杜甫和柳宗元还魂——是对《牡丹亭》的过度解读，并指出侯先生得出错误观点是对作品不熟悉所致（侯外庐的观点见其《汤显祖〈牡丹亭还魂记〉外传》一文，发表于1961年5月3日《人民日报》和《论汤显祖剧作四种》，中国戏剧出版社，1962）。从这种坦率的批评，从这场文学史家和历史学家的率直对话，可以看到《文学评论》对纯正的学术精神的支持和弘扬。

关于《文学评论》刊载的戏曲研究的文章，我还有一段深刻的记忆。1980年代初，我在《文学评论丛刊》第3辑（1979年）读到吕薇芬先生的《元代后期杂剧的衰微及其原因》一文，很受启发。正是那段时间，我在艺术学校讲授中国戏曲史课。讲到元杂剧的兴衰问题时，曾经参考吕先生文章中的观点。所以，载有吕薇芬先生这篇文章的这期《文学评论》杂志，我翻看过多次，保存了很长一段时间。

总而言之，读《文学评论》中的文章，对一个初学者的引领作用以及学术品味的冶炼培养是无形而深刻的。

我第一次向《文学评论》投稿是在1994年。当时我刚通过博士毕业论文答辩。抱着试一试的想法，打算从博士毕业论文中挑选一个部分向《文学评论》投稿。在颇费了一番斟酌后，决定把博士学位论文中最为"别出心裁"的一个章节——讨论明末清初苏州派剧作家作品中的"戏中戏"问题——整理成单篇文章交给《文学评论》编辑部。稿子交出后，心中的忐忑自不待言。后来，文章受到胡明先生的肯定，这对我是很大的鼓励。最终，《略论明末清初苏州作家群剧作中的"戏中戏"》一文在《文学评论》1995年第1期发表。1995年初的一天，董之林先生拿着刊有我这篇文章的两本杂志，笑容和蔼地在办公室门口把杂志递给我。那个情景，至今想起来还犹如就在昨日。那时，我博士毕业到文学研究所工作刚刚半年时间，这篇文章的发表对我的激励可想而知。

希望上述几段记忆，能如大海里的几点水滴，于《文学评论》六十年里的功绩——对文学研究的推进，对人文精神的弘扬，对学界新人的培养……有所映现。

一个学术刊物的成功，取决于办刊宗旨的正确确立和办刊人自身的学术历练和价值坚守。今天翻看不同时期的《文学评论》，六十年里，主编、编委和编辑换了一批又一批；六十年里，社会变化再变化，《文学评论》的论题的偏向也不断变化，但《文学评论》"中外古今，以今为主"，"百家争鸣，保证质量"的办刊方针一直没有改变，所认定的学术品格一直没有改变。几代学人编者前者呼,后者应,一以贯之、一丝不苟地坚持践行文化传承、文化建设、发展学术事业的使命,终于迎来了创刊六十年这个值得纪念的光荣时刻。作为一名受到《文学评论》滋养的学者,在为它骄傲的同时,最想说的是:深深感谢!

(作者为中国社会科学院文学研究所研究员)

新世纪以来《文学评论》古代文学研究论文作者队伍的格局分布与发展趋势

王兆鹏 宋学达

一个成功的学术刊物，既要有稳定的核心作者群，又要有流动的来源广泛的新生作者群。稳定的核心作者群，代表着一个杂志的凝聚力，是长期维系刊物学术质量和学术高度的人力资源保障。如果一个杂志的作者都是匆匆过客而不愿意回头加持，那么这个刊物很难持续健康地发展，就像那些只是应对匆匆过客而留不住回头客的餐馆，难以长期让生意兴旺。来源广泛的新生作者群，代表着一个刊物的吸引力和向心力，同时又是刊物生命活力的保障。如果一个刊物总是那些固定的作者光顾而无法吸引广泛的新生作者群加盟，它迟早会衰落。《文学评论》作为已创刊六十年的名牌刊物，其作者队伍的构成如何？来源分布是否广泛？发展趋势怎样？我们且对 2000~2016 年的古代文学研究论文（含古代文学理论批评、古代文化阐释、古代文学的学者评介、现当代古体诗词批评等"涉古"论文）的作者进行统计分析，观察新世纪以来《文学评论》古代文学研究作者队伍的格局分布、来源构成和发展趋势。

一 核心作者与普通作者的分布

自 2000 年以来，17 年间有 521 位作者在《文学评论》发表了 855 篇古代文学研究论文。[①] 作者发文量的层级分布，见表 1。

表中的"发文量"，是指一位作者 17 年来发文的总篇数，与之对应的"作者人数"是指发表此篇数的作者人数。

[①] 联合署名的作者，只统计第一署名的作者。

表1　2000～2016年作者发文量的层级分布

发文量（篇）	作者人数	篇数合计
10	1	10
8	1	8
7	2	14
6	3	18
5	13	65
4	18	72
3	42	126
2	101	202
1	340	340
合　计	521	855

表1显示，17年间，《文学评论》古代文学研究的作者队伍中，发文量最高的是10篇，仅有1人；发文量居次的，为8篇，也是1人；发文量居第三的为7篇，有2人。由此可知，发文量居前三甲的有4人：他们是状元吴承学，榜眼蒋寅，张晶和夏静并列为探花。

根据表1的数据，我们可以把作者划分为两大层级，即发文量较高的核心作者（或称活跃作者）群和发文量较低的普通作者群。如果参照计量文献学中"普赖斯定律"对杰出科学家的定义：杰出科学家的发文量是杰出科学家中最高发文量的平方根乘以0.749，那么，《文学评论》的核心作者的发文量应该是2.37篇（最高发文量10篇的平方根乘0.749）。如果取其整数，以发表了3篇以上的作者为核心作者，那么17年来，《文学评论》的核心作者有80人，其发文量累计为313篇，发表1～2篇的普通作者441人，共发542篇。这表明，《文学评论》既有一定数量的核心作者群，也拥有广泛的普通作者和新生作者群。

长期以来，人们似乎有种错觉，以为像《文学评论》这样的超级大刊，只有名流大家才能在上面发表论文，普通作者难以登堂入室。而数据显示，《文学评论》的核心作者只占作者总人数的15.4%，普通作者占84.6%，其中仅发表过1篇论文的普通作者有340人，占作者总人数的65%。由此可见，有六成半的作者是"首发"和"单发"的普通作者。很显然，《文学评论》是面向广大普通作者的期刊，而不是专供名流大家走秀的舞台。

当然，这并不是说核心作者没有优势。当普通作者和核心作者同台竞技争夺"发表权"时，核心作者会占据上风。核心作者的发文量占论文总数的36.6%，而普通作者的发文量占全部论文总量的64.4%。由此看来，核心作者的发文量及其创造力是比较高的，仅一成半的核心作者，其发文量占了发文总量的1/3强。

如果把发表过4篇以上的核心作者视为高发文量作者，那么，高发文量作者有38人，他们是（为避免排座次、较高下之嫌，依作者姓氏的拼音顺序排列）：曹旭、陈飞、程国赋、党圣元、董乃斌、关爱和、郭万金、韩高年、何诗海、胡大雷、黄霖、蒋寅、刘毓庆、罗时进、马大勇、马茂军、彭玉平、邱江宁、饶龙隼、尚永亮、沈松勤、孙逊、王秀臣、王兆鹏、吴承学、吴国富、夏静、杨海明、杨景龙、杨义、易闻晓、于景祥、詹福瑞、张大新、张晶、赵义山、诸葛忆兵、左东岭。这些高发文量作者，既有蜚声学界的老将，也有脱颖而出的新锐。

这些核心作者来自哪些单位呢？经统计，80位核心作者，分别来自50家单位，绝大部分是高等学校。那么，这些核心作者是否都来自重点大学？统计结果表明，来自国家重点大学的核心作者并不占明显优势，只有20人分别来自复旦大学、武汉大学、中山大学（以上各3人），北京大学、清华大学（以上各2人），北京师范大学、华东师范大学、湖南大学、吉林大学、南开大学、山东大学、中国人民大学（以上各1人）。大多数核心作者来自普通高校。这些学校是：上海师范大学（4人），河南大学、首都师范大学（以上各3人），湖南师范大学、辽宁大学、山西大学、上海大学、苏州大学、浙江师范大学（以上各2人），安徽大学、安徽师范大学、安徽省社会科学院、安庆师范学院、安阳师范学院、大连民族学院、广东外语外贸大学、华南师范大学、广西师范大学、广州大学、贵州师范大学、杭州师范大学、河北师范大学、湖南科技大学、暨南大学、九江学院、南通大学、山东师范大学、山西师范大学、陕西师范大学、四川师范大学、西北大学、西北师范大学、扬州大学、漳州师范学院、浙江财经学院、浙江理工大学、中国传媒大学、重庆师范大学、遵义师范学院、香港岭南大学以及中国国家图书馆（以上各1人）等。非重点大学的核心作者有60人，占75%。即是说，七成半的核心作者来自普通大学。这表明，

《文学评论》的核心作者队伍，来源广泛，既有国家重点大学，也有省属重点大学，更有省属普通大学。《文学评论》并不讲究作者的出身和身份，认文不认人。这正显示出大刊物的大气和大度：一如学者，唯有胸襟大、气魄大，才能成就大学者的大学问；唯有气量大、格局大，才能成就大刊物的大境界。

二 作者的单位与地区分布

我们再看作者的单位分布与地区分布①，以见作者的来源是否广泛。

首先从国际化的视野来看，境外作者与境内作者的人数不成比例。数据显示，《文学评论》的作者队伍共计521人，境外学者仅有9人，发表论文9篇，其中来自中国港澳台地区的5人（其中3人原是内地学者），来自美国、韩国和新加坡的学者4人。这9位署名境外单位的作者，在521位作者中所占比例微乎其微，而且全是华人。近邻日本，研究中国古代文学的高手如林，竟然没有人在《文学评论》上发表过论文。看来，《文学评论》作者队伍的国际化有待扩大和提升。对于汉语不是母语的作者来说，要在《文学评论》发表高端的学术论文，确非易事。不过，除了语言的障碍外，似乎还受限于各国各地区的评价机制。作为中外文学研究领域的顶尖级刊物，《文学评论》应该设法吸引更多海外作者的关注。这既有利于加强国际间的学术交流，也能提升《文学评论》在海外的影响力。

其次从区域化的视野来看，国内作者的单位分布与地区分布是否相对平衡。

17年来，在《文学评论》发表过论文的作者有521人，来自国内外157家单位，其中国内150家，境外（含香港、澳门和台湾）7家。这些高校、科研院所等单位，各自拥有多少作者？是势均力敌，还是力量悬殊？且看表2的统计。

---

① 有部分作者的工作单位有变动，本文不求前后统一，均以《文学评论》各期注明的工作单位为统计依据。部分学校有更名的，则按刊物注明的最新名称合并统计。有些学校改名后而无作者发表论文的，则依旧，如漳州师范学院后改名为闽南师范大学，因改名后尚无作者发表论文，故仍依旧名统计。

表 2　2000~2016 年稿源单位的层级构成

单位的作者人数	单位数（所）	类　型
40	1	大户，11 家，占 7%
18	1	
13	1	
12	1	
15	2	
11	3	
10	2	
9	4	中户，35 家，占 22.3%
8	5	
7	2	
6	6	
5	4	
4	14	
3	7	小户，35 家，占 22.3%
2	28	
1	76	散户，48.4%

表 2 显示，在《文学评论》发表过论文的作者人数最多的单位是 40 人，其次是 18 人、13 人，最少的单位只有 1 人。如果我们按作者人数，把 157 家单位分成不同的等级，把拥有 10 位作者以上的单位称为"稿源大户"，把拥有 4~9 位作者的单位称为"稿源中户"，把拥有 2~3 位作者的单位称为"稿源小户"，把只有 1 位作者的单位称为"稿源散户"，那么，稿源大户只有 11 家，中户和小户各 35 家，散户 76 家。其中大户、中户共计 46 家，占总数的 29.3%；小户和散户共 111 家，占 70.7%。也就是说，《文学评论》的稿源大户和中户约占三成，稿源小户和散户占七成。稿源大户、中户，往往是重点大学或名校，人多势众，而小户、散户往往是实力相对较弱的普通院校或科研单位。这表明，《文学评论》的作者队伍，并没有被人多势众的高门大户包圆儿，它们仅占《文学评论》作者来源单位的三成左右，而七成的作者来自普通高校和其他单位。由此可见，《文学评论》并不看重作者的出身，只看论文的质量，唯文是举。

国内究竟哪些单位的发文量较高？表 3 显示，中国社会科学院在《文学评论》发表过论文的作者最多、发文量最高。这固然是得近水楼台之便,但也与其实力相关。如果不是兵强马壮,哪有40位古典文学的研究者能够发表高水平的古代文学研究论文？40人发表论文79篇,人均约2篇。其人均发文量其实并不很高。南京大学12人发表24篇,上海师范大学11人发表23篇,武汉大学11人发表22篇,也是人均发表2篇；中山大学10人发表28篇,人均2.8篇。从绝对数量上看,来自中国社会科学院的作者的发文量很高,但相对而言,其人均发文量并不高。

表3　2000~2016年作者发文量较高的单位

单位	作者人数	发文篇数	单位	作者人数	发文篇数	单位	作者人数	发文篇数
中国社会科学院	40	79	苏州大学	8	19	南京师范大学	5	8
复旦大学	18	30	浙江师范大学	8	15	湖北大学	5	6
北京大学	15	21	山东大学	8	12	江苏师范大学	4	8
北京师范大学	15	21	清华大学	8	10	上海财经大学	4	8
首都师范大学	13	24	四川师范大学	8	9	西北大学	4	8
南京大学	12	24	暨南大学	7	12	湖南大学	4	7
上海师范大学	11	23	南开大学	7	12	吉林大学	4	7
武汉大学	11	22	河南大学	6	16	陕西师范大学	4	7
中国人民大学	11	16	安徽师范大学	6	10	湘潭大学	4	7
中山大学	10	28	华东师范大学	6	10	黑龙江大学	4	6
华南师范大学	10	18	西北大学	6	10	南通大学	4	6
湖南师范大学	9	15	北京语言文化大学	6	8	扬州大学	4	6
山西大学	9	15	华中师范大学	6	8	福建师范大学	4	5
四川大学	9	15	杭州师范大学	5	13	广东外语外贸大学	4	5
浙江大学	9	14	上海大学	5	9	绍兴文理学院	4	5

从表3可以看出,《文学评论》的稿源大户,大多是重点名牌大学。复旦大学、北京大学、北京师范大学、南京大学、武汉大学、中国人民大学和中山大学等重点大学,作者人数既多,发表的论文篇数也多。另有3所地方师范大学表现特别抢眼,首都师范大学的作者人数达13人,位列第五,但其发文量却有24篇,位居第4。上海师范大学、华南师范大学的作者人数和发文量都足与名牌重点大学比肩。

从另一角度观察,重点知名大学,实力确实强劲。表3所列45家稿源大户和中户，共拥有作者364人，发表论文627篇。仅占稿源单位三成的大户和中户，其作者人数约占作者总人数的七成（69.9%），发文量占七成多（73.3%）。

山不在高，有仙则名。学校不在大小，只要有足够的实力，仍然可以登上《文学评论》这个舞台展示自己的风采。像安徽师范大学、杭州师范大学，都是省属普通高校，无论是作者队伍还是发文量，都有不俗的表现。

不同的高等院校、科研院所，隶属于不同的省份。哪些省份的发文量比较高？各省份的发文量是否比较平衡？且看表4的统计。

表4　2000~2016年发文量的地区分布

地　区	发文量	地　区	发文量	地　区	发文量
北　京	201	安　徽	23	江　西	9
上　海	85	山　西	21	贵　州	8
广　东	73	陕　西	18	河　北	6
浙　江	69	福　建	17	云　南	4
江　苏	68	辽　宁	16	重　庆	4
湖　北	42	天　津	13	新　疆	3
湖　南	35	甘　肃	12	澳　门	3
四　川	34	黑龙江	11	内蒙古	1
河　南	27	吉　林	11	台　湾	1
山　东	26	广　西	9	香　港	1

数据显示，北京的发文量最高，有201篇，占论文总数855篇的23.5%；其次是上海，有85篇，约占总数的10%；广东73篇，位居第三。京、沪、广（"广"的统计范围虽是广东，但广东的发文量主要是由广州高校产出）在经济上是发达的一线城市，看来在《文学评论》发表古典文学研究论文也是遥遥领先。浙江、江苏的发文量也不小，与上海、广东接近。上海、浙江、江苏所处的长三角学术圈的发文量（三地合计222篇）与京、津、冀学术圈的发文量（三地合计220篇）旗鼓相当。京津冀和长三角两个学术圈的发文量（442篇）占了《文学评论》发文总量855篇的一半还多。两湖地区的发文量虽紧随长三角之后，但差距较明显。其他省市区的发文量更低。各地区的发文量，与人们平时对各省区市（港台

除外）古典文学研究力量的印象，应该是接近的、相符的。17年间，全国只有青海、宁夏、西藏三省区没有作者在《文学评论》上发表过论文。

三　近五年作者和单位的发文量分布及作者队伍的年龄结构

我们再统计一下近五年（2012～2016）作者和单位的发文量，看看核心作者和稿源单位有没有变化，也顺便了解一下《文学评论》的作者队伍在整个古代文学研究作者队伍中的占比情况。最后统计近五年作者队伍的年龄结构，了解作者队伍的年龄结构是否合理，是趋向老龄化还是趋向年轻化，是薪火相传，还是后继乏人。

近五年《文学评论》共发表与中国古代文学、文化、文体有关的研究论文207篇，年均41.4篇，每期平均6.9篇。这207篇论文，由178位作者所发表，人均1.16篇。这个数据意味是什么？我们试比较另一组数据。

笔者曾据中国人民大学报刊资料索引数据库，抽样统计过2011～2013年国内作者发表中国古代文学研究论文的基本情况。数据显示，2011年全国各种报刊发表中国古代文学研究论文7375篇，作者5479人；2012年发表论文6879篇，作者5265人；2013年发表论文6057篇，作者4720人。取其均值，每年平均有5154人发表过古代文学研究论文。这意味着，全国每年从事古代文学研究的人员在5000人以上（当然，发表过论文的不一定是专业的从业人员，但专业的从业人员不一定每年都发表论文。所以，全国每年从事古代文学研究的专业人员估计应该不少于5000人）。

每年5000多古代文学研究的从业人员中，只有41人能在《文学评论》发表论文，发表的概率是0.82%。也就是说，每年1000位从事古代文学研究的作者中只有8.2人、每100位作者中不到1人才有可能在《文学评论》发表论文。这并不比买彩票中大奖容易。不少学校，将在《文学评论》发表论文作为对教师业绩考核的一个重要评估指标，并作为职称晋升的一个重要条件。这种指标、条件的设定是否科学，值得反思。

再看近五年的活跃作者情况。在178位作者中，个人发文量最高的是4篇，有1人，即中山大学的彭玉平。其次是3篇，有4人，他们是中山大学的何诗海和吴承学、广西师范大学的胡大雷、中国社会科学院的吴光兴。近五年，中山大学古代文学学科的表现最亮眼，有三位活跃作者位居前三。吴承学雄踞十七年间《文学评论》发文量的榜首，如今彭玉平又独占五年来发文量的龙头,何诗海在学界才崭露头角,就跃入近五年《文学评论》发文量的第一梯队(并列第二名),实在令人艳羡和尊敬。

近五年发表过 2 篇论文的有 18 人:陈大康、冯学勤、关爱和、蒋寅、廖可斌、刘锋杰、罗时进、马大勇、马茂军、邱江宁、沙红兵、孙少华、孙逊、王怀义、王兆鹏、夏静、易闻晓、赵义山。这 18 位和上述彭玉平、何诗海、胡大雷、吴承学、吴光兴等 5 位是近五年《文学评论》的活跃作者和"高发文量"作者。与十七年间的核心作者相较,近五年的活跃作者依然有年过花甲的老将,更有初入学界的新锐。像何诗海、冯学勤、沙红兵、孙少华、王怀义等,都是年轻有为、发展势头强劲的"70 后",前途无量。

从单位来看(见表5),近五年发表论文最多的还是中国社会科学院,但其发文量不再遥遥领先。位居第二的中山大学发文量也高达 14 篇,与中国社会科学院的发文量已相当接近。首都师范大学、上海师范大学、华南师范大学和浙江师范大学依旧表现出色,平均每年都有作者在《文学评论》发表论文。

表 5 近五年发文量较高的单位

单 位	发文量	单 位	发文量
中国社会科学院	16	武汉大学	5
中山大学	14	华南师范大学	5
		浙江师范大学	5
中国人民大学	9	广西师范大学	4
北京师范大学	7	河南大学	4
首都师范大学	7	华中师范大学	4
北京大学	6	南京大学	4
复旦大学	6	山东大学	4
清华大学	6	苏州大学	4
上海师范大学	6	温州大学	4

需要说明的是,无论是个人还是单位,在《文学评论》发表论文的多寡,并不足以全面衡量一个学者、一个单位的学术实力。发文量的高低,不是个人和单位学术实力的综合体现,而是一个侧面的实力体现。毕竟,

《文学评论》不是唯一的发表高水平、高质量的古代文学研究的学术期刊,有的学者习惯在其他期刊如《文学遗产》和《文艺研究》等相同量级的刊物发表论文。故而本文的统计结果,虽然反映出个人和单位发文量有高有低,但本文的宗旨并不想以发文量的高低论英雄,而是依据统计数据发现问题、分析问题,透视数据显示的现象和隐含的规律。

为便于比较观察,我们还分别统计了2000~2011年和2012~2016年两个时段的作者队伍的年龄结构。表6的统计结果显示,近五年《文学评论》作者队伍的年轻化趋势相当明显。

表6 两个时段作者的年龄结构对比

出生年代	2000~2011年作者人数	2000~2011年论文篇数	2012~2016年作者人数	2012~2016年论文篇数
1920~1929	2	4	0	0
1930~1939	17	24	4	4
1940~1949	49	98	8	10
1950~1959	107	233	41	51
1960~1969	109	194	40	50
1970~1979	52	86	63	69
1980~1986	7	9	22	23
合 计	343	648	178	207

前12年,作者队伍的主力阵容是20世纪五六十年代出生的作者,这个代群的作者共计216人,占同期作者总人数343人的63%。他们发表的论文427篇,占同期论文总数648篇的66%。三四十年代出生的作者有66人,占同期作者总人数的19%。而七八十年代出生作者为59人,占作者总人数的17%,他们发表论文95篇,占同期论文总数的15%。

而最近五年,"70后""80后"新生代作者的人数激增,共有85人,占同期作者总人数178人的48%,环比(较上一时段)提高了31个百分点。而五六十年代出生的作者为81人,占同期作者总人数的46%,环比下降了17个百分点。一升一降,体现出两个代群实力的消长。当然,"70后""80后"作者的人数虽已超过五六十年代的作者,但发文量只有92篇,比五六十代作者的发文量101篇要低9篇。这又表明,五六十年代出生的作者群虽人数下滑，但发文量仍占优势。预计到下个五年，"70后""80后"作者才能完全取代五六十年代出生的作者的强势地位，而成为古代文学研究的主力军。中国古代文学研究队伍后继有人，薪火相传不断。中国古代文学研究生生不息的生命活力，于斯可见。

（作者王兆鹏为中南民族大学教授，宋学达为武汉大学博士研究生）

堂堂溪水出前村

——《文学评论》与我的文学思想启蒙

傅道彬

《文学评论》创刊的时候我还没有出生，真正了解这本刊物是1978年上大学以后。1978年是中国最值得纪念的日子，这一年中共中央召开了著名的十一届三中全会，经过"实践是检验真理的唯一标准"的讨论，确立了改革开放的政治路线。那一时期的中国理论界也从一段特别的思想禁锢中解放出来，东风初暖，冰雪消融，生机无限。"万山不许一溪奔，拦得溪声日夜喧。到得前头山脚尽，堂堂溪水出前村"，新的思想新的理论宛如冲破千山万岭阻拦的溪水，终于汇成不可阻挡的洪流，浩浩荡荡，奔腾入海。也是那一年，被迫停刊的《文学评论》终于复刊，课堂上老师们经常提起的一本刊物就是《文学评论》，正是通过以《文学评论》为代表的各种报刊的积极理论探索，让我们那一代大学生有了最初的学术研究兴趣和文学理论启蒙。早期订阅的有限的几本刊物就有《文学评论》，《文学评论》的许多文章启人心智，在思想解放的潮流中，陪伴我度过了文学启蒙的岁月。

一

20世纪80年代的中国文学理论是从恢复常识起步的。当下的青年研究者们很难想象文学研究是从恢复常识开始的艰难起步，那些被颠倒了的理论常识需要我们重新扶正重新理清。记得《文学评论》复刊的第一期刊出的文章是《毛主席给陈毅同志谈诗的一封信》，在这封信里毛泽东强调了"诗要用形象思维，不能如散文那样直说，所以比、兴两法是不能不用的"，而毛泽东这封信的发表引发了关于"形象思维"与"比兴手法"的影响广泛的文学讨论。文学不同于哲学，是形象思维，区别于抽象思维；

诗要用比兴，要有兴味，而不仅仅是一览无余的"直言之也"，这是简单的文学常识，却是我们那个时代文学理论研究起点。一位作家说过，文明犹如一件精美的瓷器，一旦打碎了，就要从重新掘土开始。理论也是如此，一旦理论被颠倒了，常识被曲解了，就要从重新掘土开始，从恢复常识开始。

而正是从恢复常识开始，理论界有了向纵深发展的生机勃勃的气象。这一时期《文学评论》对文学与政治、文学与人性关系的讨论，对于廓清"四人帮"极"左"文艺思想的影响，恢复文学人的主体地位起到了开拓作用。而刊登在1980年第4期上的袁行霈先生的《论意境》则是这一时期给我影响较深的一篇论文，在热烈的思想、政治、人性的讨论中，袁先生对中国古典文学艺术意境的探讨格外醒目。尽管《论意境》侧重的是对古典文学意境生成的研究，却有着强烈的现实寄托。袁先生在该文的最后提出了"创造新意境，需要艺术的勇气"，需要诗胆，他特别引用谢榛《四溟诗话》里的话："赋诗要有英雄气象。人不敢道，我则道之；人不敢为，我则为之。厉鬼不能夺其正，利剑不能夺其刚。"叶燮论诗强调才、胆、识、力，而袁先生则认为与古人相比我们不缺少才、不缺少识、不缺少力，所缺少的"恐怕就是一个胆字"。意境问题看似一个古典美学概念，在从僵化空洞的文艺模式艰难出走的过程中，却有了文学创作借鉴的当下意义。这一时期的文学理论渐渐走出简单的社会批评模式，湖畔诗人、七月诗人、新月派、九叶诗人等艺术流派也渐渐进入人们的研究视野。

二

20世纪80年代的中国文学理论研究有鲜明的问题意识，对人性与人的主体精神的研究是当时文艺理论界最为关切的问题。对人性的关注首先源自80年代初人道主义创作的思潮。这一时期发表的俞建章的《论当代文学创作中的人道主义潮流》，对新时期文学展现人性美的追求和对理想人物的塑造的思想潮流进行了理论描述。而白烨《三十年人性论争的情况》，则对五十年代到八十年代初文学人性问题的讨论做了资料上的分析归纳。1982年初《文学评论》专门召开就"文学创作的人性和人道主义问题"展开讨论，会后发表的王蒙的《"人性"断想》、刘锡诚的《试谈新时期文学中的人道主义问题》的论文，对前一时期人性与人道主义唯一性的阐释，表现出更全面更理性的认识。文学应该表现人性表现人情，但将整个文学仅仅理解为人道就显得过于简单了。

那时候觉得《文学评论》是一本高高在上的理论刊物，是硕儒名家议论风生的思想平台。真正感到《文学评论》可亲可近，是大学同学王杰（发表论文时署名王进）在《文学评论》1981年第3期上发表的一篇文章，文章的题目是《试论社会主义文学中的普通人形象》。这篇论文是王杰同学大学三年级时的一篇作业，而我们就读的四平师范学院又是一个极为普通的地方本科院校，这也是他的第一篇学术论文，居然被当时《文学评论》编辑部看中，赫然发表在文学理论界最有影响的刊物上。同学们为王杰高兴，也切实感受到《文学评论》唯文是举、不问出处的良好学风。几十年过去了，我不知道还有什么期刊，能像80年代初的《文学评论》那样发表一个普通院校的本科生的作业？

针对一个时期文坛上充斥的居高临下的"高大全"一类的英雄人物形象，王杰在论文中提出，社会的主体并不是英雄而是普普通通的人民群众。这些生活长河中激流勇进的普通人形象，感情丰富，语不惊人，貌不出众，没有神圣的光环，缺少睥睨世俗、叱咤风云的气度，却成为社会的中坚力量，也理应成为文学艺术的主角。这样的见解代表了改革开放之初文学理论界的思考，也记录了那个时代的文学高度。

《文学评论》发表王杰这样普通本科生的论文，也发表钱锺书这样一代大师的文章。至今我仍然记得读到钱先生《诗可以怨》时的震动。这篇文章发表在《文学评论》1981年第1期上，文章是在日本早稻田大学的演讲，所以更口语化，更能反映钱先生率真自由的个性。钱先生的演讲旁征博引，幽默风趣，他以"他发明了雨伞"讽刺"无知使人胆大"，现在想起来仍然忍俊不禁。钱先生的文章以风趣开篇，论证的却是一个苦难的问题。他从尼采把"母鸡下蛋的啼叫和诗人的歌唱相提并论，都是'痛苦使然'"开始，罗列种种理论，提出了"中国文艺传统里一个流行意见：苦痛比快乐更能产生诗歌，好诗主要是不愉快、苦恼或者'穷愁'的表现和发泄"。这与刚刚从灾难岁月走出来的文学理论的思想脉搏正相契合，于是成为抚慰伤口控诉苦难反思历史的"伤痕文学"的理论说明。2007年我在《文艺研究》上发表了《"诗可以怨"吗？》的文章，虽然我想说明的是孔子的"诗可以怨"的理论是在春秋时代礼乐文化背景下提出的，与近代西方"愤怒出诗人"的现代意义上的发愤抒怨的文学理论有着本质差别，钱先生不过是在为伤痕文学提供理论说明时的因题作文，并不是探讨文本意义。我的看法与钱先生的观点不尽相同，但这不能否认钱先生这篇长文对我的深刻影响。

三

20世纪80年代的中国文学理论研究是有情感温度的。我始终认为学术研究并不是冷静的不动声色的理性活动，而是充满感动力量的。感动天文学家的是满天的星斗，感动物理学家的是世界的神秘，感动历史学家的是人类的故事，你要想研究你就得感动。与其他学科相比，文学更需要感物而发，文学创作如此，文学的理论批评也是如此。80年代初的一些批评文字，并不是来自理论家而是作家、诗人。丁玲、王蒙、刘绍棠、徐怀中、蒋子龙、冯骥才、公刘等一批在现当代文学史上卓有成就的作家，也常常在文学理论上发表令人耳目一新的理论见解。钱锺书认为作家们的思想灵感强于某些学者的长篇大论，他说："文人之颖悟胜于学士之穷研。"虽然他们的思想吉光片羽，灵光乍现，却因为源于创作实践而格外值得珍视。

丁玲的《我所希望于文艺批评的》（1980年第1期），严格说不是论文，而是杂感，虽然谈不上严密的逻辑构思，却兴之所至，有感而发，颇有启发意义。她说："作家要读书，批评家也要读书；作家要深入生活，理解社会，熟悉人物；批评家也要有广阔的生活知识，掌握时代的脉搏。在和劳动人民的共同斗争中，作家要使自己具有劳动人民的品质，感情；批评家也应这样。只住在高楼大厦里，空谈阔论，指指点点，是不会被欢迎的。"不难看出丁玲的感慨，是从作家的立场出发的，对批评家居高临下指指点点有某种抵触情绪，但这种直面现实的提醒，对警戒批评家的轻率任意的自负行为，还是有积极意义的。

源自作家的批评与理论家不同，他们更重视感觉更重视经验，而不是从既有的理论出发，不是学者式的诗云子曰、甲乙丙丁的资料罗列、旁征博引，却有作家的灵机异趣活泼清新。《文学评论》1982年第3期，开设了"关于王蒙创作的讨论"专栏，而评论者就是刘绍棠、徐怀中、冯骥才等几位作家，而没有专门从事理论研究的学者。与一般学者的资料宏富渊源有自的论证不同，作家的评论则是即兴的脱口而出，表现出某种率性天然的特点。刘绍棠《我看王蒙的小说》，一方面激赏王蒙的小说创作的艺术，佩服其创作达到的艺术高度，另一方面也能批评他某些作品"连篇累牍地使用翻译小说的语言和句式，每句长达几十字甚至一二百字，却损伤了祖国语言的纯洁"。日常交往中，王蒙亦庄亦谐地告诉刘绍棠，"你写不了政治性太强的作品，这个题材应该我来写。你还是写你的运河、小船、月光、布谷鸟……田园牧歌"。而刘绍棠也意味深长地告诫王蒙："大体说来，在写工人、农民、青年、学院知识分子和市民生活上，都另有强手，王蒙主要以写干部见长。"友人之间，襟怀坦白；你来我往，毫不遮掩。作家之间的批评不是宏论滔滔，高头讲章，而是天机忽来，片语只言，却一语中的，正中要害。想起"王蒙主要以写干部见长"的评论，仍然感到朋友间的坦诚相见、颇有余味。

四

1980年代的中国文学理论研究是有世界目光的。所谓文学的世界目光，用钱锺书的话说就是"打通"，打通古今之间、中外之间的文学阻隔，形成不同民族、不同国家、不同历史时期、不同文学形式之间的相互交流相互融合。我们这代人大都是在相对封闭的文化环境中成长的，对外面的世界缺少应有的常识性了解。正是在党的十一届三中全会思想解放的环境中，春风吹起，门窗敞开，使我们有了看清世界的机会。80年代初《文学评论》发表的许多文章，在挖掘传统文化资源的同时，也不断介绍西方先进的理论成果。对80年代中国文学理论的新思想、新方法、新名词的大规模引进，常常因为其急切匆忙，一时间还来不及消化而有粗疏简单之讥，但我仍然认为那一时期的理论热还是为后来的学术深入开辟了道路，至今许多学者还得益于那个时代的理论影响，我们不能忘记自己的精神出处。

郑伯农《心理描写与意识流的引进》（《文学评论》1981年第3期）是较全面介绍"意识流"的文章，习惯了按部就班有头有尾从前至后叙事模式的读者们，对跳跃的潜意识的幻觉般的意识流动式描写一时间难以习惯，而这样的介绍让我们感受到在现实主义手法之外的艺术笔法。最早了解到"接受美学"的概念，也是在《文学评论》（1983年第6期）读到了张黎先生的《关于"接受美学"的笔记》。过去我们对文学的理解仅仅停留在作家、作品层面上，而这样的理论让我们知道文学是作家、作品、读者的三维世界,读者并不仅仅是被动地接受作品,读者的审美趣味也决定作家的艺术创造,也是文学研究不可回避的对象。"接受美学"现在已经是一个流行的词语了,而最初看到这样的理论还是有种"若受电然"的感觉。

语言原本只是当作交流的工具、思想的载体,而当时程文超、王一川、季红真等一批青年学者将其纳入存在、纳入人生、纳入本体的思考。比较文学也是作为一种新的文学批评方法出现在80年代文学理论里的。《文学评论》发表了相当数量的比较文学的论文,为比较文学学科的建立和方法贡献了力量,其功厥伟。比较文学也是文学比较,即将不同形态、不同地域、不同语言文学之间进行思想、审美、风格等多方面的比较。而正是在比较文学的视野下,催生了"世界文学"这一具有时代意义的理论的产生。

当时还是青年的学者黄子平、陈平原、钱理群联合发表了《论"二十世纪中国文学"》(1985年第5期)长篇论文,所谓"二十世纪中国文学"不仅是一个时间概念,更是一个空间概念,即将中国文学放置到"世界文学"的总体格局中进行理论与美学审视,力图描述"一个由古代中国文学向现代中国文学转变、过渡并最终完成的进程,一个中国文学走向并汇入'世界文学'总体格局的进程,一个在东西方文化的大撞击、大交流中从文学方面(与政治、道德等诸方面一道)形成现代民族意识(包括审美意识)的进程,一个通过语言的艺术来折射并表现古老的中华民族及其灵魂在新旧嬗替的大时代中获得新生并崛起的进程"。这样气吞八荒的学术精神,是那个时代雄心万丈精神高蹈的集体气象。

借《文学评论》六十周年纪念活动的机会,重新翻阅1980年代初的《文学评论》,仿佛又回到了与思想启蒙相伴的青春岁月,心情久久难以平静。90年代之后中国学术发生了重大转向,文学研究的专门化、学者化倾向更加浓重,理论研究更为成熟稳重,但我们不能忘记文学理论的拓荒时代,不能忘记理论拓荒的艰难。

(作者为黑龙江师范大学教授)

我眼中的《文学评论》

朱万曙

20世纪80年代，我还在读大学本科，尽管那个时候贫寒得吃饭也要省俭，却自费订阅了《文学评论》。这些年随着书籍越来越多，为了给书房腾出一些空间，我清理了不少的刊物，但唯独对纸张已经发黄的《文学评论》，却舍不得清理掉，因为那些杂志中的文章都曾经认真阅读过，留有我作为文学青年的记忆。如今，《文学评论》更是每期必看的刊物，并非因为它是中文学科的所谓"A刊"或者"B刊"，而是对于我本人而言，它有着自身的风格，从而有其学术魅力。

我眼中的《文学评论》是这样的一份刊物。

一是学科视野开阔。《文学评论》刊发的文章，涵盖了文艺学、现当代文学和古代文学的研究以及当代文学批评。它们传递着最新研究和批评的信息，让研究者可以及时了解文学研究的前沿动态。编辑部还经常推出一些专栏，就某一话题集中刊发文章，引起学界的关注和思考。当然，作为个体研究者，因为术业有专攻，所关注的研究领域各有侧重，但不同研究领域的文章不仅可以扩展自己的学术视野，也能够对本人所从事相关领域的研究有所启迪。我本人主要从事古代文学的研究，但从《文学评论》所刊发的其他领域的文章，特别是文艺学研究的文章中，得到不少的收益。

二是所刊发的文章大多具有"中观"层级的问题追问。文学研究的方法、路径应该可以多样化。宏观研究可以豁人耳目，但也容易流于空泛；微观研究可以深进细致，探幽烛微，却易走向碎片化。中观层级的研究首先需要把握一个问题层面，在"追问"的过程中需要论说，也需要文献的支撑。既不空泛，也不至于碎片化。《文学评论》所刊发的文章基本上如此，或是对某一问题的阐发，或是对某一文学现象的论说。即便是对微观问题的讨论，往往也能够提升到更高的文学史或者理论层面予以分析，因而能够启发读者的思考。这是我本人对《文学评论》所刊文章特点的认识，也比较喜欢读这一类的文章。当然，这并不意味着本人不看重微观考证的文章，相反，考证文章往往更可能解决难点问题，也往往见出一个学者的功力，只是因为微观考证的文章领域更细小，关注它们的学者相对有限。

三是所刊发文章的文笔讲究。我向来认为，文学研究的论文除了具备学术的逻辑性外，还应该有"文气"，因为所研究的对象本来就是属于精神的、审美的文学。近年来，源于工作，我读了不少文学研究论文，包括每年参加答辩的博士学位论文，有的过于堆砌资料，文气不畅；有的注重学理逻辑，文字打磨不够，佶屈聱牙、文句不畅不通者在在有之，乃至将本来给人以美感愉悦的文学和有情感有生活的作家，变成了乏味枯燥的僵尸。《文学评论》刊发的文章不仅注重学理逻辑，也注意文笔的打磨，这既是对所研究、所评论的对象属性的尊重，也让刊物更具有阅读的愉悦感。

以上三点是我读《文学评论》所刊发文章特点的认识，合起来则成为我眼中的刊物形象。刊物如同人一样，都有自身的风格特点，久而久之就拥有了自身的形象面貌。作为一个创办已经60周年的刊物，其风格特点是逐渐形成的，是编辑者和作者互动的结果。这种风格特点使得其区别于其他文学研究的刊物，拥有了自身的学术魅力。我想，这种长期积累、形成的风格特点，正是《文学评论》吸引学者之所在。至于因为当下学术体制所决定的"权威期刊"或者"A刊"之类的"级别"倒在其次。

最后，我还想说的是，我虽然在《文学评论》发表文章不多，但实实在在感受到编辑朋友的细致和认真，在此要珍重地表达我对他们的敬意。

（作者为中国人民大学教授）

冷淡生涯与《文学评论》

刘 石

上苍待人总的来说是公平的，比如，煊赫一世、荣华尽享者未必没有触霉头心绪黯淡的时候，不如意事常八九的平头百姓，当检点平生，也难免有令其眼睛一亮的往事。何以知之？不才如我，久而难忘的事亦竟有三桩。虽然在大人物看来必为区区小焉者，然而我不这样看，既为一介细民，事大又能大到哪儿去？

此所谓三事，按时间顺序，第一事是1984年初，在四川大学本科快毕业时考本校硕士生，因为我是考生中唯一答对"湖上，闲望，雨潇潇"是温庭筠词句的，导师成善楷先生（入学一年后根据系里工作安排转到了项楚老师名下）坚谓可免复试，直接录取。当时内心里的那种侥幸感和荣耀感，实不亚于今日诗词大会的胜出者。

第三事发生在21世纪初，虽然已届不惑，还算年轻气盛，写了一篇商榷性的短文《读什么音听谁的》发表在《中华读书报》上，此实即大学者所说的豆腐干，壮夫不为者。可是江海不择细流，没承想收到杨之水先生的一张明信片，上面几行钢笔小行楷记忆犹新，最后一句记"当为君浮一大白"。此事又何以值得夸耀？因为天底下如果还剩一位不虚与委蛇的人，那就是女史，所以我拿她的话当真。

第二事，就要说到正题了。入研究生的第二年，邱俊鹏老师给我们授唐宋文学专题课，所讲均为老师平日思考的各类问题。其中提到陈子昂，认为历史评价过高，可以再作审视。此恰与我之前所读印象相合，所谓心有戚戚焉，于是重读陈集，旁搜材料，仔细研判，分别是非，写成《关于陈子昂的重新思考》一文，觉得还有些新意，投到哪里去呢，管他，《文学评论》吧！

这真是初生牛犊不怕虎！那时远不像今天把刊物划作三六九等，再以刊物等级的马首是瞻，但从老师和师兄那里也早知道中国文学的学术期刊,最牛的大咖就是北京办的《文学评论》,最牛,说的不是等级,是口碑!而且进大学不久,我就读到过上面的一篇文章,钱锺书先生的《诗可以怨》,是这篇文章,让我从三十多年前开始就成了铁杆的钱粉。

满怀期待却又出乎意料的事发生了,约摸过了两三个月的时间,我都快忘记(或者说不敢去想起)这事的时候,竟然收到了考虑刊用的来信,署名是《文学评论》编辑部。这真给一个22岁初出茅庐的年轻人带来了王侯不易的喜悦!接下来却是差不多两个年头的音信全无,我倒也觉得正常,《文学评论》嘛!硕士毕业,留校工作,接着又上北京考博士,文章终于登了出来,是1988年第2期,题目改成《陈子昂新论》,文更简而意更显了。

过了几年,博士又毕业了,刚入职中华书局没多久,首届国际陈子昂研讨会准备召开,主办者记得《文学评论》上的那篇文章,也给我发了邀请,这就使我进一步思考陈子昂历史地位形成缘由及今人如何辩证看待的问题。我与中华书局文学室副主任徐俊兄同入蜀中,拜谒射洪陈子昂墓,参观陈子昂读书台,那里的百姓对乡先贤的崇仰让人感动。我在会上简略报告了自己的看法,回京后敷衍成《文学价值与文学史价值的不平衡性》一文,寄给《文学遗产》副主编陶文鹏先生,不几天就得到他如风卷夏云般的大草信札,寥寥一二十个字就布满一页信纸,记得差不多就是两句话,角度、内容均有新意,用!快人快语的陶公写信也如此,这已经是后话了。

到北京念书后,在一次会上遇见陈祖美先生,得知我姓名后笑着说:"当年那篇文章是我给你发的。我立刻有遇到失散多年的亲人的感觉。当时就想,做一个好编辑对小人物来说多有意义!后来我果真作了编辑,就不自觉地拿陈祖美先生当榜样,不废大名家,重视普通人,尽量认真地去阅读没有请托的自然来稿,一旦留用了,心里就揣摩着对方如何同我当年一样的偷着乐,然后自己也抿嘴笑了!

后来,《文学评论》陆续刊出《试论尊词与轻词》(1995年第1期)、《实学研究与文化探索——傅璇琮先生的学术思想》(1996年第6期)、《关于胡适的两部中国文学史著作》(2003年第4期)、《中国古代的诗画优劣论》(2010年第5期)等几篇文章,主要是经胡明、张国星二位之手发表的。国星兄还告诉我,在讨论写傅先生这篇文章的时候,编辑部起意设立"当代学人研究"栏目,于是很荣幸地,拙文成了开栏之作。胡、张二先生处理稿件的认真和专业，给我留下了非常深刻的印象。

我不是一个高产的人，所以在《文学评论》上发的文章虽然不多，就比例来说不算低了。《文学评论》对我而言起的是一种标杆的作用，每当动笔的时候就想，嗯，争取这篇写成拿得出手给《文学评论》的水平吧，于是写还是不写，自己就会踌躇；开始写了，就会认真再认真一些。在我心目中《文学评论》是什么样的呢？那就是有视野，有思想，有才情，而又不趋时，不虚浮，不酸腐。一个人哪来那么多的见解和才情呢，于是我的文章就只能损之又损，以几于无为。把最好的文章投给《文学评论》，我相信有这种想法和做法的学者应该有很多。一个刊物办到这个份上，够了！

另外，我的文章中跟《文学评论》有点关系的还有一篇，是发表在《文学遗产》2003年第1期的《梁启超的词学研究》，获2003年度《文学评论》学术论文提名，名单刊于《文学评论》2004年第1期。假如这算得上一个荣誉，那真正只能算作小小不言级别的荣誉。什么叫小小不言呢，它不设奖金不说，还不颁奖状，是为小小；不颁奖状不说，连消息都懒得通知到本人（是别的朋友看见了转告我的），是为不言：可见连主办者都没拿它当回事。可我就是挺珍视这个提名的，没别的，就因为它是《文学评论》弄的。另外还有一个因素，它是不需要个人申报的。

如今越来越多的人感觉到了，凡是需要申报的奖，申报过程中往往就容易发生不可言说的事，味道变了。所以，很难说是不是受《文学评论》的触发，若干年后的2010年，我为兼职的《清华大学学报》（哲学社会科学版）从马来西亚百盛基金会主席潘斯里陈秋霞女士那里谋到了一笔捐款，编辑部决定设立两年一届的"百盛－清华学报优秀论文奖"，首先制定的一个原则就是不用个人申报，全交给可以信赖的同行专家来评选，评选完了才通知获奖者。结果是，北京大学的东方学专家、乡贤王邦维教授有一天打电话给我，说接到自称清华学报编辑部的电话，告知获奖而且还有一大笔奖金。"现在哪有晓都不晓得就把奖都评上了，而且还有奖金的呢，不会是骗子吧！"哈哈！

20世纪末刚调入清华大学的时候，知网草创，想去翻翻杂志还只能上学校图书馆。我在学术期刊阅览室排查了好几遍也不见《文学评论》的踪影，心想这图书馆当年可是"祥云缭绕的地方"（语出宗璞回忆清华图书馆文章的题目），钱锺书一进清华就发誓横扫它的啊，虽然后来中道衰落，怎么说清华文科复建也有十来年了！心有不甘，转求管理员查阅电脑，果然发现了《文学评论》的芳踪，原来它被安放在文学期刊室，与《当代》《十月》等刊物比邻而居。问为什么，答曰，它不是有"文学"二字吗？得！虽说这比打发顾客到五金店去找《管锥编》的书店店员靠谱些，我还是见微知著地感觉到，清华图书馆太缺乏文科出身的人才了。于是我在一些能说上话的场合呼吁图书馆多进文科毕业生，指名道姓地推荐应该购入的图书，反复强调方兴未艾的电子资源的重要性。也许是我人微言轻的呼吁起了作用，清华图书馆确实是一件件去做了的，我也一度被图书馆聘为学院联络人，还奖励了一张400元的馆内复印卡，到今天都没用完呢！

我与《文学评论》的故事，到这儿说得差不多了。"冷淡生涯别有天"（宋人郑清之句），谢谢编辑部约稿，为我提供了翻腾一遍三十年冷淡生涯与一份杂志之关系的机会。谢谢《文学评论》杂志，是她让我的冷淡生涯平添了一抹玫瑰色的前尘梦影。在这里，我要祝贺《文学评论》的六十华诞，更祝福她有美好的明天！

（作者为清华大学教授）

长在学术春风里

——《文学评论》创刊六十周年有感

彭玉平

获悉《文学评论》杂志因创刊六十周年要编一本纪念文集,受邀撰文,一时竟不知从何说起。这学期我在大学授课时说到曹丕的《典论·论文》,我马上联想到其中的一段话:"年寿有时而尽,荣乐止乎其身,二者必至之常期,未若文章之无穷。是以古之作者,寄身于翰墨,见意于篇籍,不假良史之辞,不托飞驰之势,而声名自传于后。"古人重视文章的意思,这里说得够细致而深刻了。但古人比今人还是要任性一些,寄身翰墨,见意篇籍,乃是一种自在自然的行为,他们并不十分在意当世的学术认同。任性的好处,便是可以两耳不闻窗外事,一心只读眼前书,不受干扰,精心研究。不好的地方,便是缺少充分的交流和对话环节。刘勰早就发现在学术评论中往往存在"鲜观衢路,各照隅隙"的情况,这种情况的出现当然原因种种,但与不能将文章及时公之于世,接受学术界的审视有关。所以广泛的学术交流与对话,乃是现代学术得以长足发展的重要因缘之一。

期刊在这一因缘中担当了重要的角色。作为文学研究的权威刊物,《文学评论》一直以引领学术方向和发展,关注研究前沿和热点,重视传统学术的新发现,而在学术界享有盛誉,被视为文学学术界的风向标。陈寅恪在《陈垣〈敦煌劫余录〉序》中曾提出学术研究的"预流"之说,强调对新材料、新问题的参与,实际上是呼吁对新的学科领域如敦煌学等的关注。这种预流侧重在对前沿学科、学术的关注上,但事实上,这只是学术研究的一部分,基础的学术研究其实还包括对传统学术材料的新解读、传统问题的新思考等。如果要与陈寅恪的"预流"说相对应的话,也许可以用"回流"来概括这种非"预流"的学术取向。这种"回流"虽然大体是回到传统的学术领域,但讲究用新的眼光、新的思路、新的方法来勘察旧的文学现象和文学问题,并得出新的结论。以此而论,我觉得《文学评论》在"预流"和"回流"上都做得非常出色。我本人的学术研究,未能慨然"预流",基本上处于"回流"的境地。回想我对"回流"数十年的坚守,离不开《文学评论》杂志长期的学术哺育和大力扶持。

我近年的主要精力放在对词学特别是王国维的词学与学缘的研究方面,先后在《文学评论》发表了五篇论文,其中两篇对词体之"潜气内转""松秀"说的分析,另外三篇分别对王国维词学的"隔与不隔""有我之境与无我之境"以及王国维词学与屈原之关系展开的专论。因为借助于《文学评论》的平台,这些成果的发表受到了一定程度的关注。我在后来入选"国家哲学社会科学成果文库"并由中华书局出版的《王国维词学与学缘研究》(上、下)一书的跋中,曾经说及此十年间多承师友关爱、帮助,"荷佩厚眷,感怍无量",虽然因为文言表述的限制,难以一一列出期刊和编辑的名字,但在我心中,《文学评论》正是我要郑重感谢的杂志之一。

所谓"回流"的研究不仅不时髦,而且很容易给人以选题重复之感。若无编辑对学术史的充分了解,则这种对旧话题的新开掘,很可能会被轻视甚至忽略掉。而事实上,学术史虽然会关注很多问题,但关注并不等于解决。我的老师复旦大学的王运熙先生曾说:"有的时候,真实的还原就是一种创新。"我觉得这句话潜在的意思正是指出了学术史真假杂陈的现象还相当普遍,甚至偏见和误解可能已经成为学术史的一种主流。在这种情况下,仔细勘察语境,力图还原真实就变成了一种很重要的工作。如关于王国维的"隔与不隔"说,历来的研究文章非常多,其中当然也多有发明,但基本上是针对"隔"与"不隔"两种形态来立论。但王国维在《人间词话》中分明还提出过一个"稍隔"的概念,而这个"稍隔"才是文学中的常态,这与王国维往往悬隔于两极,但立说常在中间状态的思维习惯也可直接对应起来。"有我之境"与"无我之境"的问题也类乎此,两境的区别并非在"我"之有无,而是有个怎样的"我"而已。我对这些问题的探讨,当然不敢说是定论,但至少对以往的学术史有调整、有推动。这种调整和推动幸得《文学评论》的平台,而逐渐在相关领域受到比较广泛的关注。

近年我对民国词学用力较多,在上述王国维研究之外,对况周颐也下了不少功夫。除了对《蕙风词话》中的"重拙大"之说提出了一些新的看法之外，我发现况周颐词学其实充满着矛盾：他一方面秉承其师王鹏运之说，一直在多种词话中强调着"重拙大"说；但另一方面，因为天性所在，使得他常常在词话中逸出其师之说，更多地贴合着自身的审美感受，"松秀"便是在《蕙风词话》中频繁出现但一直为词学界所忽略的范畴。仔细考察况周颐以"松秀"评说词人词作之例，其与"重拙大"难以调和的矛盾乃是显然可见。由此我觉得在况周颐的《蕙风词话》中，既有晚清民国代相传承的"重拙大""明流"，也有夹杂隐含在其中、契合其天性所在的"松秀""暗流"。这是属于从旧材料中发现的新问题，我为此专撰《论词之"松秀"说》一文，也有幸获得编辑的青睐而在《文学评论》发表。

一个学者的学术成长之路，往往会有很多因缘，而得到一个优秀杂志的关注与扶持显然是其中非常重要的一环。现代学术日新月异，那种如古人一般"藏之名山，传之后人"的想法，已是浪漫得近乎奢侈了。"旧学商量加邃密，新知培养转深沉"，无论学之新旧，这种"商量"和"培养"，对学术史的贡献是毋庸置疑的。而"商量"和"培养"正离不开如《文学评论》这类优秀的学术杂志。

欧阳修曾因为嘲少年惜花，而有"春风自是无情物，肯为汝惜无情花"之句。我觉得把这两句改为"春风自是有情物，但为汝惜有情花"，就很契合《文学评论》与学术研究的关系了。

我祝愿《文学评论》长在学术春风里。

（作者为中山大学教授）

《文学评论》引领我走向学术人生

汪春泓

《文学评论》的学术地位，在学界备受尊崇，如今她将迎来创刊六十周年华诞，此是中国文学研究界的喜事！回视其一甲子风雨历程，她依然屹立于当代学术之高地，细细想来，洵为伟业。编辑部几代学者耕耘于这方沃土，为中国文学慧命之承传，付出了无数心力，令此名刊记录了研究者与古今中外文学的对话，彰显出中国文学悠久的传统和蓬勃的生命力，为新中国文学之发展，起到了立此存照的作用，其文学与史料等多方面的价值，几乎大到不可估量。

我与《文学评论》结缘，时值我在南开大学中文系读硕士研究生时期，当一件震动全国的大事件发生之后，校园里显得十分寂静，我跑到邵逸夫先生捐建的新图书馆读书，线装书库少有人来，记得管理员贺先生桌上登记的名字，经常有朱凤瀚老师和我，朱老师和我后来均去北京大学教书了。我当时看到库里有一部西南联大时期藏的《大藏经》，线装本，纸质极好，我对此产生了阅读的兴趣。阅读中我发现南朝译经对于齐梁时代文人产生某种影响，此与梁代宫体诗的形成，亦存在内在的关联。我就此写出了我的硕士学位论文，导师罗宗强先生，答辩委员会主席太老师、王达津先生均表示满意。罗先生还将此文推荐给《文学评论》，主编侯敏泽先生不出几天就给我写来一封信，表示可以发表。此令我深受鼓舞。

我在南开读本科与硕士研究生，学业成绩都很好，但是，当时经济大潮扑面而来，我对人生前程之瞻望，也出现了犹豫，当时已经想离开学校，到社会上去工作了，而不经意间，硕士论文写得还算好，就此改变了我的人生规划，南开大学本来也要让我留校，我向往家乡嘉兴边上的上海，于是转到复旦大学继续读博。刚到复旦大学，我的关于佛教与宫体诗关系的论文就在1991年第5期的《文学评论》上刊出了，这给我的治学增强了信心，所以到博士毕业，就有幸在张少康先生的帮助下，北上北京大学，走到了治学的人生道路上。

　　随后十几年，在《文学评论》编辑部胡明副主编的审阅和指正下，陆续还有几篇论文在《文学评论》发表。前年，北京大学袁行霈先生的高足——现在哥伦比亚大学任教的商伟教授应浸会大学张宏生老师的邀请，到浸会作学术演讲，我出席了招待他的晚宴，席间承蒙商老师垂询，他表示对我当年在《文学评论》上发表的关于宫体诗的论文留有印象。时光荏苒，《文学评论》亦留存了我在学术研究中的一些思索，虽雪泥鸿爪，我当悔其少作，然而，我将永远铭记侯敏泽先生对我一生所起的引领作用，也感谢胡明先生睿智的点拨。衷心祝愿《文学评论》在下一个甲子中，后出转精，再接再厉，在学术性方面，办得更加精粹和深厚！

（作者为香港岭南大学教授）

我与《文学评论》的学术因缘

潘建国

予生也晚，与《文学评论》的学术因缘始于1999年，那时，我还是一名在读博士生，却有幸在那年第2期发表了《稗官说》一文，考辨周秦两汉文献中"稗官"的身份职能及其流变。同一年，我还在另一份学术刊物《文学遗产》上发表了《唐传奇文体考辨》（1999年第6期，与导师孙逊教授合作）以及短文《徐兆玮与〈黄车掌录〉》（1999年第2期），这对于一名刚刚涉足学术的年轻人来说，其产生的鼓舞和激励之大，是不难想见的。可以毫不夸张地说，它甚至改变了我的人生方向，因为那时候，三十而立的我正面临着所谓"仕途"与"学术"的人生选择，而正是这三篇论文的发表，令我初尝学术研究的喜悦和满足，于是，我义无反顾地踏上了自己的学术之路，也因此幸运地避免了"误落尘网中"。后来，我又在《文学评论》先后发表了《小说征文与晚清小说观念的演进》（2001年第6期）、《魏秀仁〈花月痕〉小说引诗及本事新考》（2005年第5期）、《〈世说新语〉在宋代的流播及其书籍史意义》（2015年第4期）等论文。从1999年至2015年共计十六年的时间内，我仅发表了四篇论文，平均四年一篇，感觉就像是参加四年一度的奥运会比赛，这个成绩自然是不能令人满意的，我也时常觉得有些愧对《文学评论》，尤其是李超老师的期待，她是我这全部四篇论文的责任编辑，十几年来，温婉的她一直非常关心我的学术发展，给予我许多的鼓励、督促和支持。一个刊物，一位良友，还有彼此的点滴成长，如此紧密地发生了关联，念及这一切，常常让我无比感恩。谁说学术研究只有尘封的故纸与冰冷的知识？它们实际上也蕴含着一份独特的温暖和情愫。

从事古代文学研究的人，大概都会将《文学评论》《文学遗产》视为重要的专业学术姊妹刊物。记得我在《作为学术史和学人史的〈文学遗产〉六十年》一文中写道："学术刊物的主体自然是学术论文，而学术论文是学者撰写出来的，因此，学术刊物的核心使命，乃在于吸引组织、扶持培植一支最优化的作者队伍，亦即一个生生不息、充满学术能量的学者群体。此外，学术刊物的编辑团队，上至主编，下至责任编辑，他们本身也是学界中人，除了各自具有专业研究之外，其学术眼光、趣味、立场、态度，也会对刊物乃至整个研究领域，产生特殊的潜在影响。因此，从学人史角度，亦可得以考察一个学术刊物的成就与作用。"很显然，《文学评论》的学科定位以及学术风格，均与《文学遗产》有着较大的区别。就学科定位而言，《文学评论》面向整个中文一级学科，古代文学只是其中的一个组成部分；就学术风格而言，《文学评论》侧重于古今文学现象的综合考察、文学理论的建构论证以及文学文本的解读阐释。这一定位和追求，使得《文学评论》呈现出更为宽广和会通的学术特点，古今文学共舞于一册之内，不仅为主事者提供了更多学术主题与板块设置的空间，也往往会给阅读者带来意想不到的学术触动、联想和启发。

倘若我们为六十年的《文学评论》梳理出一个学人谱系的话，它们的构成和色彩一定也与《文学遗产》不尽相同，换言之，不同风格特点的研究者，或者是处在不同学术阶段的同一位学者，其与上述两份刊物的契合度是存在差异的。譬如我，由于学术兴趣较为偏重于文学文献，在过往的近二十年中，总觉得自己似乎更适合给《文学遗产》写稿，而不适合为《文学评论》写稿。然而，随着年龄的增长，特别是学术经历的累积和发酵，近年来，我意识到自己的学术研究正在发生着某些变化，即在微观考察的基础上，逐渐产生了对于学术宏观层面或者说是长时段层面上问题的关注和思考，或许，在我未来撰写的论文之中，会有更多可以适合投寄给《文学评论》，亦未可知；我和《文学评论》的学术因缘，还会有更多滋长的机会，是所期盼。

事实上，《文学评论》与《文学遗产》于我而言不仅是两份学术刊物，也意味着两种不同的学术体验和学术追求，我希望自己可以游弋在两者之间，努力使自己的学术生命，获得更多的可能性和更大的完整性。我也衷心地希望这两份我所珍爱的学术刊物，能够在新的一甲子中，坚守各自的风格和阵地，砥砺前行，为中国学术的发展与繁盛再铸辉煌。

(作者为北京大学教授)

我的呼兰河，我的迦南地

——与《文学评论》相伴走过的一路

宋莉华

一

萧红在《呼兰河传》中记录了她在呼兰河度过的寂寞童年，描写了这位解事颇早的小女孩每天面对的单调而刻板的生活。如果把 2001 年在《文学评论》上发表第一篇论文视为我在学术上的成人礼，那么在此之前，我也度过了我寂寞的学术童年。这是一段漫长的学术成长期，我几乎一直在四处漫游，从宁波一路到武汉，又从武汉到上海，再赴京畿——与游学生涯相伴的，还有深深的漂泊感。而在学术上，因为生性鲁钝，更多的时候，我只能一个人在黑暗中摸索，那种刻骨铭心的孤独无助令人难忘，一如萧红在呼兰河度过的童年。

不过看似寂寞的呼兰河也有它的乐趣吧，各种各样的声响和色彩，蝴蝶、蚂蚱、蜻蜓、小黄瓜、大倭瓜、露珠、太阳、红霞，还有二伯、老厨子、磨官以及东邻西舍，萧红的文学种子悄然在这个空间播下。对于我，尽管学术成长的过程漫长、孤寂，有时甚至可以说是黑暗，却也常常有意想不到的发现，使我沉浸在我的呼兰河中，欲罢不能。正如王国维先生在《人间词话》中所说："古今之成大事业、大学问者，必经过三种之境界：'昨夜西风凋碧树。独上高楼，望尽天涯路。'此第一境也。'衣带渐宽终不悔，为伊消得人憔悴。'此第二境也。'众里寻他千百度，蓦然回首，那人却在灯火阑珊处。'此第三境也。"

2000 年，我博士毕业了，又一次负笈远游。这一次的目的地是北京，我将在北京师范大学中文系从事两年的博士后研究。由于刚刚完成博士论文写作——关于明清时期白话小说的传播，于是自然地转向了文言小说的传播这一课题,《清代笔记小说与乾嘉学派》一文便是其中的一个章节。初出茅庐的年轻学人,不免好高骛远,刚刚读了一点书,还没理解透彻,就跃跃欲试,急于发表自己的学术观点,而且每每容易夸大自己研究内容的重要性。《文学评论》是以学术品位和学术影响力著称的期刊,而我当时不过是一个一只脚努力往学术之门里迈,另一只脚尚在门外的刚毕业的学生,虽然地理位置上离《文学评论》近了,实际上距它还很遥远。可我竟凭着初生牛犊不怕虎的劲头,斗胆把这篇不成熟的文章寄给了编辑部。一方面可能是年轻气盛,明明知道《文学评论》对论文的遴选非常严格,偏要挑战一下所谓的权威期刊;不过另一方面,或许内心深处就没抱什么希望(因为之前的投稿之举大多以石沉大海告终),我当时只是需要借助投稿这一具有仪式感的举动,对自己前一个阶段的工作做一个了结,以便开始新的写作。

　　没想到,大约两个月之后,这个略嫌冒失的举动居然有了反馈。10月的一天,我在信箱里发现了一封来信,用普通的白色信封装着,信封上的字迹是用蓝色水笔写的,右下角是寄信人的名字,署着"胡明"。胡明先生,我是认得的,时任《文学评论》常务副主编,实际上,也是一位杰出的学者。他曾经应邀到我校举行讲座"胡适与中国文化",我至今还记得当年的盛况,大约能容纳三百人的会场座无虚席。我的心开始剧烈地跳动起来,难道《文学评论》有消息了?不会是退稿信吧?那种既紧张又兴奋的心情至今记忆犹新,在通往北京师范大学主教学楼的楼梯上我就忍不住打开信纸看起来。信是用那种常见的朱丝栏信笺写的,并不长,疏疏地写了两页纸,应该是看完文稿时随手写下的。现在都用电子邮件,不要说编辑亲笔写的改稿信了,连收到的贺卡都是印制的,用董桥的话来说,"收不到是活该,收到是扫兴",这实在是很遗憾的事情。胡老师的逻辑非常严密,用语俭省而蕴含丰足,他肯定了论文的选题,并提出了具体修改意见,以其一贯开阔的学术视野,提出要通过古今演变与历史贯通的研究方法,来呈现乾嘉学派对于清人笔记小说的影响,揭示此前此后的写作变化,十分富于启发性,对于提升这篇论文的学术价值自不待言。不过,对于一个名不见经传的学子而言,这封信更为重要的意义恐怕还是在于精神上的鼓励,论文次年得以顺利发表,可谓"初出茅庐第一功"!这是千禧年的恩典!它点燃了我对学术的信心和希望,向着学术的迦南地继续前行。

二

人事有代谢，往来成古今。《文学评论》已经走过了一甲子，但是一代一代的编辑在对年轻学人的培养和支持上都同样不遗余力。

我与黎湘萍老师的相识始于一次工作坊。2014年初，我收到中国社会科学院文学研究所郑海娟博士发来的邀请函，邀请我4月参加"雅努斯的面孔：传教士与中国社会文化的现代转型"工作坊。这是我感兴趣的题目，因而一口应承。后来才知道原来工作坊真正的"坊主"是黎老师。事有不巧，临出发之前受了一点风寒，咳嗽不止，我想就一个人躲在房间里不去吃饭了，反正没人会注意到我。没想到黎老师的电话很快就打了过来，听说我身体不适，非常着急。黎老师那时刚刚调往《文学评论》担任专职副主编，之前在台港澳研究室，侧重于研究台湾文学，当时跟我并不熟悉。但我立刻从他的话语中感受到真切的关心。黎老师一面忙于接待参会的其他学者，一面不忘安排会务组给我送药和晚餐。后来，我听说文学所的年轻人私下里都管黎老师叫"黎叔"，觉得格外贴切，他确实是一位给人温暖的宽厚的长者。

不过，黎老师在学术上对年轻学者的支持让我更为感念。这是黎老师到《文学评论》走马上任后第一次主办学术活动。工作坊很成功，由于论题集中，讨论深入而有成效。工作坊邀请的学者则是这一领域的翘楚，如台湾"中研院"的李奭学、北京外国语大学的张西平、中山大学的法国籍教授梅谦立、法国利玛窦研究院的赵晓芹、香港中文大学的黎子鹏，还有中国社会科学院的高建平、王达敏、赵稀方、赵晓阳诸位教授。不过特别引人注目的是三位年轻的博士后：郑海娟、姚达兑、林惠彬。尤其是海娟，是一颗熠熠发光的学术新星，当时刚刚发现并整理完贺清泰的《古新圣经》，在学术界声名鹊起。黎老师不仅把会议筹备的具体工作放手交给她去做，充分信任她的能力，而且为她提供了宝贵的学术平台，让她建立自己的学术联系。学术地位高的学者帮一把初出茅庐的年轻学人不一定很难，但是要把一个有天赋的年轻人培养成为卓有成就甚至超越自己的人，并且不以伯乐自居，去分享他的成果和荣光，这就需要有甘为人梯的胸襟和精神。黎老师正是这样一位长者。参加工作坊的三位年轻人在学术上迅速成长起来，并成了《文学评论》的作者。

2015年夏天,我结束了在耶鲁大学一年的学术访问回国,想以"文学的跨界研究"为主题举办一个工作坊,在文学的跨学科、跨文化研究方面做一些探索与尝试,我觉得唯其如此,文学研究才有可能创新。在我看来,黎老师不仅在文学的跨界研究实践上十分出色,而且在研究方法上有许多超拔的学术见解,很想邀请他参加工作坊,但又顾虑自己学术资历尚浅,担心请不动他这样的大学者。没想到邀请函发出后,黎老师很快就回复了我,欣然答应,这对我办会无疑是极大的鼓励。工作坊中,黎湘萍以《诗经》为例指出,研究者如果仅仅从文学观念来解读,只注重"国风",而不注重"雅"和"颂",《诗经》的"经"的意义就会淡化甚至消失。我们不应仅从文章修辞、史料分析的层面去理解古代经典作品,还要从教化层面去理解。他的这一解读的路径对我极有启发。

　　其实除了胡明和黎湘萍,蒋寅、王保生、张国星等好几位老师,都对年轻人爱护有加,从没有将像我这般名不见经传的青年学者拒之门外。如果说我在学术上算是有一点小小的长进,与他们的点拨是分不开的。尽管编辑部人员换了一茬又一茬,《文学评论》对青年学者的厚爱却一以贯之,相信很多学者对这一点都感同身受。现在的很多学术期刊在刊发稿件时,动辄强调学术大家、名家的文章,非教授的论文不发,与《文学评论》对于年轻学人的重视着实形成了鲜明的对比。

三

　　在《文学评论》的年轻编辑中,我与李超的交往最多。张爱玲说,同行相妒,而所有的女人都是同行。女人被认为是天性凉薄、自私小气的物种,彼此之间不可能建立起稳定深厚的情谊。对于这种说法,我实在不能认同。张京媛在《解构神话》里指出,女子情谊在传说中往往被省略,在匮乏或谎言的话语中丧失了意义而被记忆埋葬起来。实际上,它只是被掩盖了而已。

　　我和李超并不经常见面,甚至不经常联系,即使联系也多半是因为稿件和会议。但每次与李超见面,我都觉得很放松,不会有面对陌生人的局促不安。李超是一个特别有亲和力的人,我愿意把她比作一口古井,古井无波,任由四方君子来淘,而且越淘越有。初次见李超是在上海,她那次是到复旦大学参加学术会议。一眼看去,只觉得她面容十分清秀,身材娇小，不过一说话把我吓了一跳，声音又粗又哑。原来，她那几天身体不适，处于失声状态，但因为会议日程早就安排好了，她觉得不能爽约，只好如期而至。那时潘建国兄还在上海，热情相邀，于是哪怕已经说不出话了，她还是穿越大半个上海，风尘仆仆地来到上海师范大学。这就是李超，从不肯拂逆别人的好意，福慧双修，温婉宽厚。她真实而大方，坦诚而锋芒内敛，对哪怕再大的人物，她也不卑不亢，对无名的年轻学子，她也礼貌周到，从不自恃是名刊的资深编辑就盛气凌人，好为人师，或板着一副面孔教训人。

身为年轻的编辑，李超或许特别能体会年轻学者的不易，因而总是尽自己的力量给他们以切实的帮助。我自己经常到国家图书馆查阅资料，有些复制的文献特别是缩微文献需要时间制作，通常不能当场拿到。有好几次我都是拜托李超去图书馆帮我取回资料并邮寄到上海的，尽管我知道从她家到国家图书馆并不方便。但是把这种跑腿的事情交给她去做，我觉得很自然，很安心，不会产生那种欠了别人人情的心理负担。

当《文学评论》的编辑不轻松，有时要承受巨大的压力。一般而言，文章一经发表就没有改动的余地了。年轻人气盛，习惯说话不留情面，在进行评论时可能过于尖锐，不给对方也不给自己留下转圜的余地。这种不够策略的批评有时会给编辑招致不必要的麻烦，因为不是每一个人都有雅量接受批评的，每个人心中都有一个强词夺理的小鬼，要正视并拿住这个"小鬼"并非易事。我曾经在一篇文章中指出了某位学者一个知识性的小错误，不想竟牵连了编辑部，特别是我的同龄人、年轻的编辑李超承担了不一般的压力。这件事对我是一个教训，告诉我要用合适的方式进行学术批评和交流，同时让我对编辑的担当和勇气有了深刻的体会。《文学评论》对青年学者的培养绝不仅仅表现在为他们提供发表学术见解的平台和机会，而且对他们表现出了充分的理解、爱护。年轻的作者和编辑都在这个平台上得以成长。

<h2 style="text-align:center">四</h2>

中国社会科学院被学界戏称为当代的翰林院，在其中供职的自然都是一些饱学之士。从创刊的何其芳先生开始，《文学评论》的历任主编、副主编包括一些资深的编辑以才学论，大概都当得翰林院修撰，而我在无意

之中也从这些优秀的学者身上受教良多。

2002年博士后出站，无论对学术研究还是工作安排，我都感到彷徨，不知该何去何从，于是我决定继续到牛津大学游学。在那里，我的学术兴趣发生了很大的转向。英国的冬天，又冷又湿，无处可去，我常常待在中国学研究所的地下一层阅览室里，在昏暗的灯光下翻阅杂志，打发时光。有一天，偶然看到的一篇文章，让我兴奋异常。那是哈佛大学韩南教授发表在《哈佛亚洲研究学报》上的一篇论文，《19世纪中国的传教士小说》，文中提到西方传教士曾用汉文写作了大量小说，这些作品是我闻所未闻的，让我眼界大开。更为幸运的是，牛津大学博德林图书馆恰好是传教士汉文小说最重要的藏点之一，于是我收集到了最初的一批文献，之后又去了大英图书馆、立兹大学图书馆等地，这些资料构成了我未来十年基本的研究文献。2005年我完成了这方面的第一篇论文《19世纪传教士小说的文化解读》，没想到论文发表后，引起了一些海内外学者的关注，如法国社会科学院的华裔学者陈庆浩教授、韩国崇实大学吴淳邦教授以及香港中文大学黎子鹏教授、复旦大学袁进教授等先后与我联系。这篇论文后来还获得了上海市哲学社会科学优秀成果奖。但是我自己反而变得谨慎起来，对正在展开的这一研究缺乏应有的底气，一来我不是基督徒，二来我对基督教的认知十分有限。

这里涉及一些根本的问题：宗教文学是否等同于宗教徒文学？没有宗教信仰实践的人，有无可能研究宗教文学？这个时候，我看到一篇题为《我信仰，所以我理解》的文章，讨论柯尔律治的"论证循环"，为我的困惑提供了一种似是而非的答案："有的事物我们要知道它，只能成为它的一部分。"然而，如果将此作为答案，似乎会让我们与很多真正具有宗教精神的文本擦肩而过。没有明确宗教信仰的莎士比亚不是比虔诚的清教徒约翰逊更深层地表现了宗教精神吗？信仰和理解也可以体现为另一种逻辑关系。无论如何，这种思考对于我继续研究是有益的。从这之后，我对作者以及他的著作格外留意起来，后来，这篇文章的作者陆建德先生成了《文学评论》的主编。陆先生毕业于复旦大学，在剑桥大学获得博士学位，旧学深邃，新知深沉。不过遗憾的是，他很少在《文学评论》上发表自己的论文，只好读读他每期的《编后记》，权作小补。其间，我还冒昧地给陆先生写过几封邮件，跟他讨论汉语基督教文学的研究状况，居然得到了回复。他的文字犀利，充满洞见，又不乏英式幽默，堪称中国学术界的一枝健笔，正如陈平原先生所言，"以学识为根基，以阅历、心境为两翼，再配上适宜的文笔，迹浅而意深，言近而旨远"。只可惜虽申心翰林，但因风烟悬隔，我竟一直未得机会拜谒。直到2016年5月陆先生受邀到沪参加会议，才第一次见其真容。那天开会时，我迟到了几分钟，落座喘息未定，猛一抬头，就见对面一个清癯的面孔隔桌相望，胳膊标志性地叉在胸前，头略略歪着，紧抿的嘴唇微微上翘，笑眯眯地看着我，笑容里充满善意，还有一丝与年纪不相符的天真和顽皮，桌上的名牌上正是那个熟悉的名字。

以色列人出埃及之后，为什么没能进入神应许的迦南地？因为尽管他们在心中拥有神所赐予的美丽的梦，然而，当以色列人听到派去打探消息的十个人从加底斯巴尼亚带回的错误消息后，便因挫折而变得灰心丧气，抛弃了梦想，也因而失去了未来。1867年3月20日，美国女诗人艾米莉·狄金森在日记中写道："诗就像是一绺金色的线穿过我的心，带领我往梦中才出现过的地方前进……我知道我的生命可以用来织这条线，它会变成一匹够亮的布，充满乐趣，也强韧到能抗拒焦虑，它是所有人的衣裳。"我的心里有一条这样的金线，感谢《文学评论》的一路相伴，给了我坚持梦想的勇气和动力，使我继续向梦中的迦南美地进发！

（作者为上海师范大学教授）

现代文学学科

在《文学评论》的培养和鼓励中成长

范伯群

在"文革"之前,我在《文学评论》上发表的文章大多是与我的同窗好友扬州大学曾华鹏教授合撰的。我记得在《文学评论》上发表的第一篇文章是1962年的《蒋光慈论》,现在看这篇文章还很幼稚,最大的不足是缺乏艺术分析,但《文学评论》还是从培养出发,它发表的本身就是对我们当时作为青年作者的一种鼓励。第二篇文章是1964年的《论冰心的创作》,我们的原题是《谢冰心论》。我与华鹏在1957年的《人民文学》上发表《郁达夫论》后,有志于发表有关现代文学作家论的系列文章。据当时在编辑部工作的蔡恒茂事后告诉我,这篇《谢冰心论》的三审是何其芳同志。他看了这篇文章说:怎么现在还在论冰心啊!赶快把它发掉。我们是在1963年11月寄出的,1964年第1期就刊登了。大概何其芳同志已预感"文革"即将到来的气息,那时极"左"的氛围已浓浓笼罩着文艺界,而冰心作品中对母爱、童心的歌颂在当时是饱受批判的。另外何其芳同志觉得冰心的成就是多方面的,仅评论她的创作不能题名为《谢冰心论》,就为我们改了现在这样的一个题目。他说的"赶快发掉"就是对我们的一种培养,再过些时候也许就无法再刊出了。从此我们就成了《文学评论》经常联系的青年作者了。

在"文革"后,1978年《文学评论》复刊,在第4期上发表了华鹏与我合作的《论〈药〉》。事后也有编辑告诉我们,在1978年第1期至第3期上都没有发表论鲁迅的文章,因为来稿大批判色彩太浓。编辑部想先发一篇有关鲁迅的学术性论文,当时我们的文章大概还有点像学术论文,我记得华鹏还在文章中执笔写了一节"论安德列夫的'阴冷'"。编辑部这样告诉我们,也使我们知道在新时期,回到"学术"上去的重要性。我们当时在许多刊物上发了十几篇论鲁迅小说的文章,都牢记《文学评论》编辑部同志的关怀与提示,这也是对我们的一种提携吧。这些论鲁迅的文章,在1986年鲁迅逝世三十周年时都收在我们两人合作的由人民文学出版社出版的《鲁迅小说新论》中。

还值得回忆的是1983年第1期上,我发表了一篇《论张恨水的几部代表作》。这大概是"文革"后较早的论张恨水小说的文章。编辑部在《编后记》为此文写了较长的一段话:"这一期上还有范伯群的《论张恨水的几部代表作》,也许会引起一些同志的疑惑,张恨水也值得研究吗?我们想还是可以的。张恨水是个写过很多作品而且产生了很大影响的作家,又是与鸳鸯蝴蝶派有密切关系的作家,对于现代文学史的研究来说,是不能采取视而不见的态度的。"而且表示刊物以后对于社团流派的研究是要继续关注的。

当我从文艺界跨行到大学执教之初,我还与作家有很多的交流,特别是陆文夫与我同住在苏州。那时我们经常在一起讨论一些与创作有关的问题。在1986年,我在《文学评论》上发表一篇《三论陆文夫》,《编后记》也给予我很大鼓励:"《三论陆文夫》对这位作家的创作发展作了精辟的论述,写得老到、流畅、耐读。" 2008年《文学评论》还在"学人研究"专栏中发表了一篇评论我的文章:《填平鸿沟 开疆拓土》,这主要是对我在研究"市民大众文学"方向的一种鼓励,我觉得在研究现代文学的多元共生的文坛原生态方面,自己还应该作进一步的开掘与阐发。

我深感半个多世纪以来,在《文学评论》这块园地上我得到了多种"文学氨基酸"的营养。因此,每当我给《文学评论》写稿时也就感到应该特别"隆重":首先自己得评估一下所要写的题目是否能符合《文学评论》的"规格",以后即使有了一个初步的轮廓,也得花半年甚至一年再去充实资料。为写《黑幕征答 黑幕小说 揭黑运动》一文,我在上海图书馆读了1916~1918年近三年的《时事新报》,又知道美国在20世纪初也有一个名为"揭黑运动"的,我还向有关专家去请教。2005年第2期该文发表时,《编后记》对这篇文章的评语是:"作者史料搜集之勤,鉴识之精,辨析之细,视察之远,令人钦佩。"我觉得为《文学评论》写文章,严肃认真——我称之为"隆重"——是会得到编者的肯定的。近年我在《文学评论》发的最后一篇论文是2009年的《1921~1923:中国雅俗文坛的"分道扬镳"与"各得其所"》,也花了近一年时间去搜集资料,让文章凭原始资料说话。

我最近没有向《文学评论》投稿。我觉得《文学评论》近年来的稿特挤，我认为《文学评论》的最重要的任务之一是培养青年一代学者的成长。我曾在年轻时就受益良多。现在我已垂垂老矣，由于腰疾，已不良于行，且老眼昏花，再要我坐定在上海图书馆翻阅资料是不可能的事了；再加上思维能力也比过去衰退得多。现在我在家中读书还有些心得，如能撰写成文，就在不论什么级别的刊物上去游走吧。"文评"的版面得多多让位给青年作者们。但"文评"对我的培养与鼓励，我铭感终生。

（作者为苏州大学教授）

我心目中高张学术大旗的《文学评论》

吴福辉

在学术环境已污染得不轻的当下，迎来了我们研究界公认的代表性刊物《文学评论》创办60周年的日子，心头不免沉重。这种感情有点复杂。如果是想起此刊的历史以及长久以来与自己的交集关系，又像是一股暖流涌入心中。

余生也晚，但也不算太迟。《文学评论》20世纪50年代创刊的过程我虽未亲历亲见，但作为全国广大"文学青年"中的一员，已经耳闻它的名声。等到我当上中学语文教师之后，在一个著名工业城市的公共图书馆里便能够偶然读到这本心仪已久的理论刊物了。促使我充满兴味地去"啃"这本杂志的原因，是我在高中阶段就开始的文学史学习。长期的、大量的课外文学作品的阅读经历（小学、初中读中国古典小说和开明版的现代作家选集，高中读《鲁迅全集》和苏俄欧美经典译本等），引我注意到作家前后思想的演变、作家与社团间的联络、文学现象之间的互动等，自然产生了从历史关系中去理解文学的愿望。我发现用联系的、对比的、质疑的观点（看出矛盾疑问并不容易，加之当年的政治环境越来越紧，要做到这最末一项已相当困难，但我懂得它的重要性）来观察文学是十分迷人的。《文学评论》当时在我这样的青年眼中自然是需仰视的，相信是可以引领你走向文学殿堂的。它所提出的新鲜观点、所讨论的问题，无疑在我们读者看来件件重大，足以引起共鸣。当年给我印象最深的是严家炎老师他们促发的关于柳青长篇小说《创业史》人物梁三老汉和梁生宝形象刻画孰优孰次的讨论。我当时心里是赞成梁三老汉写得好的。若干年后，我知道自己进入了研究生的复试名单，从郊区工作的中学临时搬到市内父亲家里准备进京复试，为的是天天可以到附近的市图书馆去查阅《文学评论》里的文章，为的是了解最顶端的现代文学研究成果。在我的眼里，《文学评论》是当得起这个顶端的。

我第一篇发表于《文学评论》20世纪80年第5期上的论文，是研究张天翼讽刺性人物形象的。而始终让我感动的，却是1982年第5期上所发的不到一万字的沙汀研究论文《怎样暴露黑暗——沙汀小说的诗意和喜剧性》。后来我多次将它选入我的集子里去，不是因为此论文有多么出色，而是我觉得《文学评论》也能稍稍偏离选文时的"重大性""有分量"等原则，同时将注重"新鲜"和"突破"，将注重"文学的欣赏及对形式的理解"这些标准也提到相当的高度。这两个方面的结合决定了它的基本学术倾向。而且可以加上一条：不拘一格培养新人。当年的《文学评论》编辑王信、陈骏涛都告诉我，他们通过了这篇"短的文章"。王信是主管"现代文学研究"稿件的，他的铁面、严苛，他宽大的视野，以及对学术突破性的专业敏感度，他的"热"寓于"冷静"的编辑性格，使人难以忘怀。相信同时代的许多人都会记得。

我的海派小说的都市主题研究论文在1994年第1期的《文学评论》上发了个头条。事先并没有想到，也没有人和我打过招呼。我一共就发过这一回首篇，是我的光荣。刊物出版后，当时的几位编辑在什么会上碰到我还埋怨说，你研究海派这么多年，怎么才把论文交给我们？还有没有了？我答，没有了。差的怎么给？一个研究者不是每一篇文章都能写好的。但《文学评论》应当每期都好，它在中国是代表一个高点！我们都应该把自己可能占有较高平台的论文交给它。所以在我长久编辑《中国现代文学研究丛刊》的时候，如果遇到了非常出色的论文、我这里又暂时不缺头条的情况下，就会与作者商量：你可以先投《文学评论》，看他们欣赏不欣赏，如果不成还可以给我。我在自己的第一本论文集子里，写下过如此的话语："有人问我如何搞研究，我曾答曰：花费三年时间，在《文学评论》上发表一篇文章，然后走自己的路。"（见《带着枷锁的笑》"后记"）我的话有点绝对，真正的用意是将《文学评论》作为衡量学术制高点的一个标志，鼓励青年学者树立起健全的学术自信，以大踏步走向今后必由的个性化研究之路。《文学评论》正是一个标杆，一个学术加油站。

上面提到的《文学评论》代表性编辑之一的王信，他的编辑品质、性格可以举一反三，扩大去看整体的《文学评论》。这是"文学所"应有的风格。因为最早的文学研究所脱胎于北京大学的文学研究所，所以，这也是北京大学的风格——阔大、精细、严格、深邃。20世纪80年代初，王信有一次打电话来向我这后生小子"请教"（年龄上我小不了几岁，但学术辈分上他是老师）。他说收到一篇论述萧乾的论文，开头便说萧乾是"京派"。他问我萧乾是不是"京派"？何谓"京派"？王信是知道我在研究京派才来有的放矢发问的。这是他的编辑风格，一丝不苟，务必站到学术的前沿，来评价一篇论文的真价值。《文学评论》即是由这样的编辑，一代一代，构成自己的个性。偶有偏失却不掩其整体。它是一个高台，只有准备多年、厚积薄发、有跨越能力的人方可在这里驰骋。它是一位严师益友，能引导你直入学术的堂奥，而且督促你，不让你放低学术的高标准，不许你偷懒。它是一个理想的境界，险峰在前，美景在前，只有投身进去并为之献身的人，才能有所收获。

《文学评论》，"往昔"确实是你的光荣所在，但不等于你可以不再坚守、不再前行就能自动保持这个光荣。有人说过，历史往往是为了未来而不断回顾的。从你的过去，我们得到鼓舞，从而吸取到无穷尽的改造当下学术的志气和力量。

（作者为中国现代文学馆研究员）

八十年代的《文学评论》

许子东

我之所以走上"文学评论"这条道路,第一是因为我的老师钱谷融先生(钱先生今年99岁),第二就是因为《文学评论》这个期刊(今年六十岁,祝贺)。

从1981年在《文学评论丛刊》(第8期)发表《郁达夫小说中的主观色彩》起,到最近一篇论文《"文革故事"与"后文革故事"——读莫言的长篇小说〈蛙〉》,我总共在《文学评论》发表过十篇论文,约十六万字。三十多年十篇论文,也不能算太多。但是我的一些重要的文章,大都发表在《文学评论》上。而且其中最早五篇有关郁达夫的文章,全发表在1981—1984年三年之间。没有《文学评论》的支持,我最早的《郁达夫新论》几乎不可能完成。

人生道路回头看,充满偶然性。

记得1979年刚进华东师范大学,宿舍里室友聊起《文学评论》,都很崇敬的表情。我以前读工科,竟然不知道这个期刊,曹惠民说你没看过《文学评论》,怎么考的研究生?令我十分惶恐。最初的论文是钱先生通过好像是董秀玉的辗转推荐,当时和我联系的编辑是王信。王信从名字到书信都是清秀文气,数年后在哈尔滨参加现代文学年会,见面才知是一威猛粗犷豪爽的汉子。会上见到很多各地大学的教授、主任、院长围着王信"套近乎",我很不解。这些教授们对我也很奇怪,怎么这个人当时已连续在《文学评论》上发文,却不认识王信。那时候的作者与编辑的关系,真的比较纯粹。

稍后,我的硕士学位论文的一部分《郁达夫风格与现代文学中的浪漫主义》在《文学评论》发表,附了一个标出年龄的作者简介,当时引来很多关注。这篇文章后来还获得中国社会科学院颁发的"优秀理论文章二等奖"。一等奖是钱中文批评现代派的论文。作为获奖代表发言后,我和樊骏、黄子平一起到王信家里吃了一顿便饭。吃的东西很简单,讲的是接下来应该如何在评论和研究上出"干货"。印象里王信的家很小,但回想起来,那个时期《文学评论》王信和他的同事们对中国文学评论的贡献很大。

我只是1980年代在《文学评论》上出现的一批"年轻"的中国现当代文学研究者中的一个,而且远不是最有成就的一个。在北京,通过《文学评论》,我认识了一批志同道合的文友(我从那时起知道,通过阅读文章比通过友谊交往更能认识一个人):钱理群、赵园、吴福辉、王富仁、黄子平、陈平原、蓝棣之、温儒敏、刘纳、汪晖……在上海,我也有一班同行,大都通过李子云主持的《上海文学》而认识:吴亮、程德培、蔡翔、陈思和、王晓明、夏中义……我后来才知道我很幸运,因为在那个呼唤期望诗和远方的浪漫启蒙的80年代,中国最重要最有成绩的文学评论杂志,就是《文学评论》和《上海文学》(理论版)。

2016年我在《文艺理论研究》上发表一篇论文《现代文学批评的不同类型》,尝试从文学史学术史角度讨论这个大问题:学院批评怎样影响现当代中国文学的变化发展?我所谓的"学院批评"是和"作家批评"和"党派社团组织批评"相对而言的。"回顾起来,其实五四作家文人大都也曾在高等学府教书,不过新文学创作多为课外兼职,学院批评还是以古典为主(如鲁迅、闻一多、郭沫若等)。现代文学(作为学科)进入学院课堂应该还是在朱自清的学生王瑶以后。在1950~60年代,学院的文学批评基本贯彻党派组织批评,成为自上而下文艺观的教材普及版。包括王瑶在内的教授们改造思想与时俱进,有时还是赶不上形势。一不小心如钱谷融等,做文学批评反而成为同行专家和学生进行'文学批评'的对象。如北京大学中文系学生在50年代中期编的文学史,倒是可以证明,当时学院批评基本上就是'学生批评'。学院批评真正介入当代文学的进程,是在80年代初,也就是组织党派批评内部文艺论争相持不下各抒己见的所谓五四以后的'第二个启蒙时期',一边要解放思想,一边要注意社会效果,一会儿强调创作自由,一会儿要清除精神污染……80年代大学体制正在恢复,重新获得话语权的老专家与不同年龄层的新人们互相促进,既重建学术规范,也面对尖锐的问题。"《文学评论》(特别是"我的文学观"栏目)就是在这样一个背景下参与介入了80年代的中国文学,其历史作用值得总结。

"但80年代很短",在同一篇论文里我接着说:"学院批评很快被一种看上去更'学院'的学术研究秩序所取代,学院于是又悄悄退出了当代文学批评的主流。这是一种被李泽厚和陈平原或贬或褒称之为'从思想到学术'的转变。具体说是从注重思想锋芒到讲究学术规范,从强调文化影响到关心项目资金的转变。90年代后学院批评的这种转变,一方面适合大学体制国际化同步;另一方面也和国家对文学管理方法的转变有关。"当然,在近二十多年重建中国文学评论的学术秩序和研究规范的进程中,《文学评论》也毫无疑问起了很大的作用。好像现在年青一代学人要评教授,《文学评论》至关重要。我所任教的香港岭南大学,也将《文学评论》列为A级学术期刊。

但我还是很怀念当年的《文学评论》,以及那个时代那种气氛。我还是固执地不无偏见地认为,《文学评论》六十年了,80年代是它最可爱最闪光也是对中国贡献最大的一个时期。

后来我有自以为重要的文章,还是想投稿《文学评论》。"新时期文学十年"研讨会上我读了一篇《新时期的三种文学》,两万多字,较早提出"通俗文学"与主流文学的相通之处(共创性)。后来还有篇二三万字的《新时期文学与现代主义》,是为一套最后没有出版的《中国新时期文学评论大系》(现代主义卷)写的序言,也发表在《文学评论》上。我前些年做的有关"'文革'集体记忆"的研究,也有一篇寄给《文学评论》,董之林审稿时对我说,你当年写郁达夫的论文,文字多么清新流畅。我明白这是在婉转批评我近作技术繁复文字艰涩。这是追求"学术性"的必然代价吗?我在反省,《文学评论》的很多作者、读者,或者也有类似的思考。

期望《文学评论》继续保卫自己的学术原则,也期望《文学评论》能够再现昔日的思想锋芒。

(作者为香港岭南大学教授)

学术的摇篮与旗帜

——祝贺《文学评论》创刊六十周年

陈思和

《文学评论》杂志创刊六十周年。我想送上两句话，作为我对这个刊物的祝寿词：一句是，《文学评论》曾经是我们一代人学术成长的摇篮；另一句是，《文学评论》应该成为当代学术的旗帜。

为什么说《文学评论》是我们一代人学术成长的摇篮？

以我自己为例，我的学术成长时期是20世纪80年代，我的学术道路是从《文学评论》杂志上起步的。20世纪80年，我与李辉还是复旦大学中文系三年级的学生，当时我们合作写了一篇讨论巴金早期无政府主义信仰的文章，与《文学评论》上刚刚发表的李多文先生的论文进行商榷。李先生的观点在当时是有普遍性的，他认为巴金早期思想不是无政府主义思想，而是反帝反封建的革命民主主义思想；而我们因为阅读了很多巴金早期的文献以及无政府主义的著作，我们认为，巴金早期确是一个无政府主义的信仰者，但无政府主义的核心思想是反专制强权，在中国当时的语境里，主要体现为反对封建军阀专制的强权和反对帝国主义侵略的强权，于是产生了反帝反封建的进步作用。我们不但籍籍无名，而且观点偏激，商榷对象又是在《文学评论》上发表的论文，编辑们随便一个理由就可以把我们的稿子否定掉。但是编辑部的王信老师和陈骏涛老师（可能还有其他编辑）没有这样做，当时陈骏涛老师以编辑部的名义给我们写了一封信，要求我们把文章改为读者来信，字数仍然保持了原样，有是六千多字，中间还分了三小节，分别设了小标题。也就是说，除了格式是"读者来信"外，论文的写法和内容完全没有变。记得那一期刊物上发表了两篇"读者来信"，另一篇是刘梦溪先生写的，谈的是马克思主义文艺思想的问题，认为马克思主义的文艺思想都是用通信形式表述的，虽然是私人通信，但表达了深刻见解。贾植芳先生读到后很有意思地把两篇读者来信联系起来，他对我说，《文学评论》的编辑是有立场的，既要我们把文章改成读者来信的形式发表，又强调了通信是可以表达重要学术思想的。贾先生的推测有没有依据我不知道，后来也没有向《文学评论》的编辑请教过这个问题，但是这篇文章的发表对我们研究巴金起了极大的鼓舞作用，坚定了我们研究下去的信心。后来我和李辉继续合作研究巴金，共写了十篇论文，编成《巴金论稿》一书由人民文学出版社出版。这十篇论文中，有四篇是经过王信老师的手，发表在《文学评论》杂志或者《文学评论》丛刊上。在20世纪80年代上半期，我们差不多每年都有文章发表在《文学评论》上。那时候的高校虽然没有量化的考评机制，但是《文学评论》在学术领域的崇高地位是客观存在的，我毕业留校后，评职称，升教授，成为学术骨干一路顺利，我想都是与《文学评论》对我的支持分不开的。所以，就我个人的学术经历而言，《文学评论》是我学术成长的摇篮，并不为过。

这是我个人的学术经历，也可能与我同代的学者们都有类似的经验，记得那个时期一批志同道合的朋友们的学术文章，大多数是在《文学评论》上读到的。刚去世的王富仁兄是全国第一个现代文学专业的博士生，他的博士学位论文的摘要《〈呐喊〉〈彷徨〉综论》居然是分成上、下两篇在《文学评论》上连续刊登，揭示了鲁迅的小说是中国反封建思想革命的一面镜子。用这样的方法来发表一个博士生的学位论文摘要，在今天是不可想象的。还有，钱理群、陈平原和黄子平三位北京大学学人在1985年5月的中国现代文学青年学者创新座谈会上联袂发表了《论"20世纪中国文学"》的长篇发言，在会上引起热议，仅仅过了几个月，《文学评论》第5期就全文刊登了这篇论文，把它推介到整个学术界，产生了强烈的反响。青年学者的成长道路上，他的成名作和代表作都发表在一家刊物上，并且引起了学界的普遍关注和反响，因此说这家刊物是青年学者学术成长的摇篮，也不为过。

我记得在20世纪90年我去北京大学参加一个学术会议，与王信老师同住在北京大学勺园的一间宿舍，那时我们才有机会比较酣畅的聊天。聊天时，王老师带着不无遗憾的口气与我说，20世纪80年代崛起的青年学人中，有两位他比较看好的学人没有在《文学评论》上发表过文章，其中一位是上海的吴亮，还有一位好像是季红真（——我记不清了）。他说话时带了点遗憾的神态，意思是说，现在他们出名了，刊物发表他们的文章也很容易，但意义已经不大了。这个意思也可以从另一个角度来理解，王信老师所关心的，是当他看好的青年学人还没有足够成名的时候，他就愿意在他们的成功路上用力推一把。这就是当年的《文学评论》编辑们的职业襟怀。

其次是我希望《文学评论》应该成为当代学术的旗帜。

这个祝愿也是《文学评论》本身的学术地位所决定的。《文学评论》依托于中国社会科学院文学研究所，是全国学术研究的领军。《文学评论》上发表的文章不仅是原创的，更应该是前沿的，具有学术风旗的力量，引导学术界去关注、思考和讨论。以前我们阅读每期的《文学评论》，就是希望从中看到学术的发展动向、前沿问题的提出以及进一步的深入。

这曾经是《文学评论》从何其芳时代一直延续下来的光荣传统，到现在半个多世纪过去了，许多文学研究的名篇在我们的回忆里依然如含英咀华，具有经典的意义。正因为有这样一个传统，使我们投稿的时候，会自觉地把自己写得最好，并且觉得对当代学术有所推进的学术论文贡献给它。

这也是我本人向《文学评论》投稿的自我约束。我与《文学评论》的密切关系主要在1980年代，那是一个文学评论高潮迭起、观念不断推陈出新的时代，刊物引领风潮，也培养了年轻的评论团队。刊物与队伍相得益彰，互为动力。我主要偏重巴金研究，发表的论文全是相关成果，但是我的兴趣却时时在当下，1985年我已经完成了《巴金论稿》，开始写《中国新文学整体观》的系列论文，但是很奇怪，我现在也想不起，为什么整体观的论文一篇也没有在《文学评论》上发表。那几年我参与了《文学评论》举办的各种会议，与编辑们的关系也更加熟悉了，但是反而没有勇气把自己的研究成果给他们。也许是在我的潜意识里，对新文学整体观的系列探索，还是没有达到真正满意的把握。1986年，我完成了《当代文学中的文化寻根意识》，这是一篇我很用力写的文章，企图对于文化寻根文学做比较全面的探讨。那是学术界正忙于纪念"新时期文学"十周年的研讨会，也是《文学评论》最关心当下文学的时期，我就尝试着把这篇文章交给了陈骏涛老师，很快就得到他的鼓励，在《文学评论》上头条刊登了。我很高兴，其实那个时候我的学术研究方向正处于调整阶段，从巴金研究转向新文学整体观的研究，又想朝着当下文学评论的方向转。但当下文学评论并非我的强项，尤其是《上海文学》杂志周围另有一圈评论家活跃着,风生水起,我对参与当下文学批评缺乏把握,所以那篇研究寻根文学的文章多少是有一点试水的意思,没有想到,《文学评论》的鼓励改变了我以后的关注重点,——整个20世纪90年代,我就比较多的朝着当下文学评论和研究着力了。

我在这里谈一点以往的故事,只是想说明,像《文学评论》这样高规格的刊物,对于学人的研究导向是非常关键的。我个人自己两次研究方向的确立,一次是研究巴金,一次是研究当下文学,都是在关键时候《文学评论》给了我重要的鼓励。这种鼓励,就决定了我的一生的学术走向。

(作者为复旦大学教授)

我和"文评"的两代编辑

李 今

前几天,看了一场电影,就是最近微信圈热议的《天才捕手》,实际上其英文名是"Genius"。我想,原名"天才"的含义应该具有双重性,既指天才作家托马斯·沃尔夫,也指天才编辑麦克斯·珀金斯吧,中文译名仅仅聚焦于后者。一般而言,所谓"天才"强调的是具有不可习得的天赋之人,似乎很少和编辑职业挂钩。据说,这部电影改编自 A. Scott Berg 的《麦克斯·铂金斯:天才们的编辑》,其标题本身也说明了这个意思。由此看来,电影剧作家约翰·洛根(John Logan)将编辑麦克斯·铂金斯与小说家托马斯·沃尔夫并称为"天才"就是有意为之了,这一改写产生了作家作品形象=作者+编辑的新意。

由此我想到,《文学评论》作为中国学术界最具影响力的刊物,其形象也是由几代编辑和学者们建立起来的,它的权威性声誉和现今中文核心期刊的排名位置无关。

从1980年代走过来的学人都知道,《文学评论》就是当年的"龙门",现在的学术大腕几乎都因登上《文学评论》而崭露头角。我是落伍者,虽然从80年代中期我就成为《中国现代文学研究丛刊》的编辑,但并未获得近水楼台先得月的幸运。记得1985年我在《中国现代文学研究丛刊》发了一篇《试论巴金中长篇小说中的软弱者形象》的论文,赵园老师总结该年现代文学研究状况时,曾提了一笔说"以角度的新异见长"。没想到这篇无足轻重的文章居然引起王信老师的注意,在一次《中国现代文学研究丛刊》编委会议上,他主动约我给《文学评论》写稿。这让我心潮澎湃,马上突击写了一篇文章奉上,以为有大腕编辑王信老师约稿在先,那还不是探囊取物?又是没想到,王老师居然翻脸不认人,无情地枪毙了这篇稿子,我也再没有勇气拿出去发表,如今更是连写的什么题目都想不起来了。

王老师的拒绝，无疑狠狠打击了我的自尊心。为一雪此耻，第二年我就报考了北京师范大学的硕士研究生，闷头钻研了三年，写出了硕士学位论文《个人主义与五四新文学》。当时，导师朱金顺老师和我商量答辩请谁时，我唯一想到的人选就是王信老师，其他任谁都行。尽管是在思想解放的80年代，我的论题多少还是有些犯忌的。但作为共产主义无私教育下成长起来的红色一代，一遇上五四堂堂正正倡导的个人主义思潮，就无法不一探究竟。

20世纪90年代的社会转型，让我和不少人文学者一样茫然无所适从。开始我去研究和中国现实关系不大但在精神上与80年代探讨现代人性问题相契合甚至更深化的港台文学，于是有了《在生命和意识的张力中——谈施叔青小说的创作》一文，刊载于《文学评论》1994年第4期。这是我第一篇发表在《文学评论》上的文章，由于跨学科，那时又没有编者署名，谁是我的责编都不清楚了。只记得曾借文学所办事之便，专门到编辑室致谢，但编辑只抬头说了一句"是你文章写得好，不必谢！"，就又低头看稿去了。让我再次领教了《文学评论》的编辑只认稿不认人的流风。

在90年代我个人的生活也发生了根本性的变化，虽说海派作家予以且认为人的生活史是从结婚开始，但我的体会是从有孩子肇端，不管是否结婚，有无儿女是两种人类、两重生活的分界线。儿子的降生让我发现了一向为政治文化所不容、被文人文化所轻蔑的世俗生活的价值，开始在生活中生活，我的人生也因获得这一意义的支点而趋于平衡和稳定。我的博士学位论文以海派小说作为论题正源自我对日常生活领域的认知和审视。读博时，我已把自己满意的相关论文陆续发表，因自感论题的非重大和非主流，一直没有问津《文学评论》。答辩时，我仍请了王信老师，仍没想到王老师慧眼独具，让我把分析海派作家作品的一章压缩成一万多字给他。这一章本有五万字，分着发起码可以得三篇论文，虽说敝帚自珍，终抵挡不过在《文学评论》发表的诱惑，于是大刀阔斧，忍痛割爱，经过删繁去冗的清理，文章面目竟意想不到的焕然一新，凝练而精微。后来这篇题名为《日常生活意识和都市市民的哲学——试论海派小说的精神特征》于1999年在《文学评论》发表后，就成为我研究海派文学的代表作，并于2002年荣获首届中国现代文学研究会"王瑶学术奖优秀论文二等奖"。

为写这篇文章，我清点了一下在《文学评论》上发表的文章，数量实在不多，只有六篇。让我欣慰的是，我发现每次研究领域的转换都在《文学评论》上留下了自己探索的印迹，除前面所说港台研究、海派文学研究之外，尚有经典细读和汉译文学研究。我读解鲁迅小说的论文《文本·历史与主题——〈狂人日记〉再细读》《析〈伤逝〉的反讽性质》在中国知网上的下载量达三四千次，这样的反响在我已非常满足，感觉文章没有白写。近十几年来，我一直致力于汉译文学研究，相继发表了《周瘦鹃对〈简爱〉的言情化改写及其言情观》《以洋孝子孝女故事匡时卫道——林译"孝友镜"系列研究兼及五四"铲伦常"论争》两篇论文。虽然我的论文称不上为《文学评论》添彩，但自信都在平均数以上。我总是把有所发现、有所心得的文章最先投给《文学评论》，也为被采用而感到踏实，说明我每次重新启程的探究都达到了《文学评论》的水准。

在为《文学评论》间断投稿的三十多年中，《文学评论》的编辑已经换了一代。王信老师退休后，一直做我责编的是范智红。按照同门辈分排起来，她应是我的师兄。记得第一次见到她，正是我准备报考严家炎老师博士生的时候，我已年近"不惑"。朋友指着看似大学生的范智红说，"你不考是她的老师，你若考上就成她的师妹了！"她的专著《世变缘常——四十年代小说论》出版后，我认真拜读了一遍，她对 20 世纪 40 年代小说家及其整体走向的洞见，的确是发潜阐幽，识解深透，不时会有灵光四射、让人惊觉之感。和她平时聊天也是如此，她的话一出总是一针见血，一语中的。2016 年发表研究林纾将西方小说翻译成洋孝子孝女故事的文章时，范智红将编辑过的稿子发给我，上面用红笔涂了不少修改的标记，谦虚地征求我的意见。我一看，自己词不达意的地方经过她的修改，不仅文从字顺，而且句意显豁而透辟。现在想想觉得自己很可笑的是，文中征引了清代名臣、理学家汤斌为老师孙奇逢《理学宗传》作序的一段话，由于我使用的是光绪庚辰岁浙江书局刻本，不得不根据自己的理解句读，为此我也是琢磨再三，因而见到范智红的纠正还和她讨论，是不是也可以这样断句，直到她最后告诉我是根据权威版本校正时，才让我无言以对。撰写研究林纾的论文暴露了我古文修养的浅薄，所幸的是范智红的编辑让我免于露怯。文章发表后，我又对照着将自己的原稿修改了一遍，心中不能不神服，"师兄就是师兄啊！"

我不过是借《文学评论》显名的普通投稿人，而不是为《文学评论》撑门面的学术大家，本不觉应该为这次纪念活动写什么，但组委会的一再诚挚邀请，让我再也无法推辞。想想天才毕竟难遇，绝大多数的作者都是普通学者，我们和编辑发生的故事更有普遍性，更反映常态。仅从我能在《文学评论》上发表的区区几篇文章就可见，编辑为抓稿、看稿、改稿所付出的智慧和劳动，我们也在投稿的过程中获得指点和提升。

刊物和书籍一个很大的不同就是作者队伍庞大，更何况建国后出版事业的国家体制化，使《文学评论》作为最高学术期刊需要覆盖全国的学者群。不能不说"人择出人意"，学术编辑和作者的关系更需要相互的理解与默契，编辑的品格和眼光是决定《文学评论》总体学术风貌的重要因素。它创刊六十年以来，能在全国学者心目中保持着最具影响力的地位，与它一直拥有一批最优秀的编辑分不开。如果检点它六十年以来所发表的论文，相信可以汇集成一个巨大的学术文库，做出几部学术史的博士学位论文。谨在此向《文学评论》的几代编辑们致敬！感谢他们兢兢业业，对我们个人的学术成长所付出的辛劳，为中国学术的健康发展做出的巨大奉献！

(作者为中国人民大学教授)

在挑战自我的路上

孙　郁

我的父亲生前常写一点评论的文章，对于《文学评论》颇为看重，他很早就订阅了这本杂志，一直到逝世，算起来总有三十余年的光景。我自己喜欢上批评工作，受到了他的影响，具体来说，是他使我知道了批评的有趣，《文学评论》上面的文章，开启了我认识另一种文体的大门。1985年1月，我在《当代文艺思潮》上发表了一篇长文，接着又在《当代作家评论》上连续有几篇批评文字刊出，参考的就有《文学评论》上的一些文章的格式。不久我的野心大了起来，给《文学评论》投寄了一篇《茅盾早期小说的苦恼意识》，几周后收到刑少涛先生的回信，云文章留用。这给了我很大的鼓舞，1987年、1988年连续在《文学评论》刊发了两篇论文，我也就这样走上了批评之路。

年轻时期对于《文学评论》印象深刻，当我到大学读书时，它是最活跃的时期，许多新思潮是从这本杂志上知道的。1980年代是文学启蒙的时代，杂志上许多叛逆的思想和包容的意识，让我感到思考的快乐。印象深的是刘再复关于性格组合的讨论和李泽厚讨论美学的文章，还有王蒙谈论当代文学的笔谈，都在冲击我们头脑里的积垢，这才知道自己过去的审美意识囚禁在什么地方。文学评论好像是关于文本的文本，但实则是带着诗意的非哲学的哲学，对于认知自己的精神，有穿透的力量。沉浸在文学文本的时候，一旦有心得行诸文字，那就是一篇评论的文字，而它的价值与文学文本比起来，也不能以孰高孰低简单判断。

文学研究与文学批评，是另一种精神劳作，它介于诗趣与哲思之间，直觉与理性之间，文字的分量不亚于那些感性的诗文。我们现在谈论《文心雕龙》，亦叹息其博大精深，那岂是一般的诗文可以比肩？钱锺书的《谈艺录》，乃难得的智性的文本。在前人的诗文里得到的惬意，能够以如此潇洒的笔法言之，那是审美世界里有趣的一隅。我们看一个时代的文学，不能不关照那些相伴随的文论和鉴赏文字，其间的时代因素和文学因素都暗藏于中，在审美史上，它的标志性意义，是得到人们普遍认可的。

大概是 1986 年，我在《文学评论》上读到王富仁博士学位论文的片段，一时惊异不已，觉得发现了一种奇异的精神高地。他在远离流行思维的地方，建立了新的鲁迅研究的坐标，从思想史上重新定位鲁迅的价值，一改过去的泛意识形态语调，流动的哲思荡涤着陈腐的文风，背后有精神史的另一道风景。他的论文跳动着思辨的音符，马克思主义以及俄罗斯个性主义批评家的神采，于字里行间飘动出来。在中国人的文章里，很少有类似的力量感，坦率说，这种惊讶是在阅读西方经典的文学评论文章的时候才会有的。

不久注意到了汪晖在该杂志刊发的《鲁迅研究的历史批判》，它延续了我对于王富仁文章的同样的感受。汪晖的文字显然受到近代哲学的影响，他的现代主义式的笔触对于鲁迅精神哲学的勾勒，无疑深化了相关的研究。同样是面对鲁迅文本，思考的方式如此不同，既让我们意识到鲁迅文本的价值，也意识到批评的价值。而以理性的目光重新梳理过去的遗产的沉思，显出自身的劳作的神圣性。

20 世纪 80 年代文学研究的生气不仅仅在于对于经典的重新认识，还有对于湮没的作家的发现。有一年我从沈阳到北京探亲，火车上读到赵园那篇关于沈从文解析的文章，心魂为之一动，那是我青年时代读到的最为漂亮的文学研究的文字，细微的品鉴，深沉的打量，幽婉的陈述，仿佛进入精神的高地，大有一览众山小的味道。现代作家研究竟还能够有如此美妙的文字，在我是一种震惊，而对于现代文学研究的自信，也是从这个时候开始的。

现代文学研究在 20 世纪 80 年代的红火程度，今天的青年未必能够了然于心。作为从那个时代过来的人，至今不能忘记重新建立自己的思维方式带来的快慰。那时候人们从极"左"的文化走出来，不得不回到五四的起点，重新思考旧路里的问题。80 年代与五四的关系，相当程度是现代文学与现代史研究者们建立起来的。文学研究带动了文化风气的变化，是近代以来思想史特有之现象，在八十年代所亲历的一切，可以感受到精神谱系的联系性。

说起我自己与《文学评论》的联系，共有两个时期，除了 20 世纪 80 年代，便是最近八年。主编换了几届，而风格有着变中不变。中国重要的批评家差不多都在此留下了痕迹，从20世纪80年代开始，《文学评论》推出了许多新人。那些新面孔的加入，增加了诸多的生气。陈思和的巴金研究，丁帆的贾平凹透视，陈晓明的批评理论，高远东的七月派小说的论述，谭桂林眼里的新文学与佛教文化，都有虎虎生气。待到现在常看到程光炜、张清华、王尧、王彬彬、郜元宝、张新颖的论文，觉得无论就思想的厚度还是认知的视角，都不同于前人，有了诸多的变化。而蒋寅、吴承学、赵敏俐等人的古代文学研究，也常有冲击波的存在。这些不同的知识结构的学者提供了认知世界的不同的视角，我们在这里看到了时代的风气和思想者的风气。

《文学评论》的多样性文章对于青年人的影响不言而喻，个性化的写作的必要性是流露其间的。那时候编辑的严谨、思想的多元和敢于突围的胆识，远远走在时代的前列。即便到了21世纪，这种遗风犹在，其传统贯穿于整个的编辑意图中。后来所读到的古代文学、美学、比较文学的文章，都感受到文学鉴赏与研究的广阔意味，而且我们中断了的古代文论的格式，也开始出现在我们的世界中。

一百年来，中国的批评家和学者对于文学文本的读解经历了诸多的实验过程。欧洲模式、俄国模式和美国模式都匆匆一过。我们汉语写作的隐秘以何种方式勾勒，怎样以恰当的方式对应新旧文学的风格和词语方式，还都在尝试过程中。唐弢那代人希望以书话的韵致改造论文，严家炎等人则在文献陈述的基础上开始严谨的论述，而到了赵园、钱理群那代人，五四式的忧患笔法流溢其间，诗意与杂文式的笔锋常常流露一二。陈平原的文学研究融进了史学意识，史家趣味和文学感觉弥漫开来，形成了新的文体。80年代开始，上海的批评家在《上海文学》以感性的方式对于新时期文学的叙述，王晓明、吴亮、李劼、吴俊等人的文章与北京《文学评论》相比形成很大的反差，前者对于经验的表达颇为鲜活，后者则因历史的厚重和理论的新颖而受人关注。现在的批评界基本被学院派所占领，学术体制外的声音殊少，无疑抑制了表达的多样性。而刊物的引领作用也是不能不有的功能。我们的批评的多元性远远不及创作的多元性，学术体制如果规范了批评的发展，那是一个错位，80年代的情形所以让人回味，在于批评家没有体制里的规范意识，文体的各种可能性得以自然地生长。

这个现象是值得注意的：当代中国的文化风潮一直在摆动里流动着，文学研究和评论其实面对着各种因素的袭扰。这里有复杂的原因，除了大的语境的限制外,学科意识被制度化后,文学研究的功利化考验着作者和编者的良知。当大学扩招、学科评定出现的时候,超功利的思考面临考验。文学研究刊物在各类风潮的袭扰之下,自然也会面临诸多的困扰,但那些默默无闻的编辑们,还是恪守着精神的底线,80年代开启的精神,还是保存其间的。我以为《文学评论》所以被人们持续关注,与此大有关联。

有时候看域外的作家与批评家的互动,便感到不同思维的交叉的重要。一个刊物的生命力,除了有好的作者群外,能够有问题意识的提出和风格的引领都意义重大。环顾四周的批评刊物,如今的情况发生了很大的变化,职业批评家与学者占据了主要位置,而作家、哲学家们的批评尚少。我个人以为作家的批评是很有生气的,他们的感觉、语态都非学院派的人可以比肩,而吸收他们的文字是不能不考虑的工作。鲁迅、茅盾、郁达夫、汪曾祺、王蒙、韩少功等都是很好的作家,其批评文字亦让人心动。记得韩少功曾经以很感性的方式提出许多批评的话题,他的感性背后的思想式的表达,都给批评带来了生气。

王小波生前写过许多谈论各国小说的文章,形式不同于别人,有哲学家的气质,诗意的意味亦多。就力度而言,他不亚于那时候流行的批评家。他对于不同时代作家的品评,有着传统文人少有的光泽,比如不喜欢托尔斯泰式的表达,厌恶本质主义的词语,显出异样的思想品质。他的知识结构属于科学主义范畴的地方殊多,罗素、维特根斯坦的逻辑延伸在词语的深处。这样的文字在文坛是罕有的存在,儒家的迂腐之气和感觉派的滥情化,在他那里已经绝迹。我以为他的批评文字是健康的,真正远离了左派幼稚病的老路。目前文学研究中的科学主义传统在整个生态中所占比例不大,不知道什么原因,但它的能量可能会改变我们的思想的格局。我自己在面对他的文字的时候,便感到诸多认知的盲点,他的许多智性的词语,让我意识到自己的认知空间还有狭窄的部分。作为一面镜子,王小波暗示着读者,挑战自我的路是没有止境的。

在这个意义上说,今天的作家与批评家共同的互动显得异常有趣。历史上许多作家的批评和研究推动了文学的发展,歌德、伍尔芙、卡尔维诺、博尔赫斯的文章,有职业批评家没有的内力,而一些哲学家对于诗文的读解,也丰富了相关话题。我们现在缺少一种不同学科的交叉里的互动,文学文本背后的隐含,有时候需要在对话里得到表达。而批评家的队伍也有待扩容，研究哲学的邓晓芒、刘小枫都曾介入文学研究的话题。他们对于同代作家的认识和互动，也可以带来不同的景象。一直希望能够有人把文学研究与文学批评扩展起来，如果有更多学科的专家介入，批评的多姿多彩，当不是一个问题。

　　重提文学批评史里的旧事，想起思想者经历的风风雨雨，觉得精神劳作的不易。批评与研究，乃一个时代思想的聚焦点，我们民族的许多有价值的闪光，都于此可见到一二。文学研究乃少数人的一种专业化的工作，它不可能成为热点的学问。但思想与审美的高度，可以改变世风则是肯定的。因为有了《文心雕龙》，我们的古代诗学有了高度；因为有了鲁迅，我们的近代的审美判断，增添了值得夸耀的谈资。《文学评论》的几十年的存在，已经积累了丰厚的经验，古今流成一片，中外得以互见，是一个时代的文学研究的标志。我们的历史还没有这样一个时期，持续产生着大量的批评家和思想者。他们与古代文章家的文论相比多了什么？与域外的学者的文论对照，缺少的是什么？这些都是一些问号，将来总会有人意识到这点，从中总结出什么来。对于我们这一代而言，在历史的进程里而未必了解历史。而欣慰的是，我们见证了那些动人的文字的诞生，那些温暖过我们内心的文字，总还是不能忘记的。

（作者为中国人民大学教授）

《文学评论》的王信老师

董炳月

二十五年前，偶然的，我成了《文学评论》的作者。发表的文章，就是《文学评论》1992年第1期上的那篇《从几部现代作家传记谈"作家传记"观念》。

那个年代，中文系出身的人，知道《文学评论》的分量，是轻易不敢投稿的。我当时硕士研究生毕业四年多，在中国现代文学馆做《中国现代文学研究丛刊》的小编辑，只公开发表过一篇论文，标准的无名小辈，并未想过高攀《文学评论》。偶然地成为《文学评论》的作者，是因樊骏、钱理群、吴福辉三位老师推荐。当时，北京十月文艺出版社的"中国现代作家传记丛书"做得有声有色，《周作人传》《沈从文传》《沙汀传》《冰心传》等在读书界产生了强烈反响。《文学评论》要发表一篇综合性、理论性的书评，物色合适的作者，三位老师推荐了我。对这莫大的信任，不能辜负。我在进行了大量阅读、认真思考之后，完成了那篇论文。

一篇论文，收获巨大。论文发表之后，反响出乎预料。1994年第1期《中国社会科学》英文版 Social Sciences in China 译载了论文的主体部分，黄修己先生主编的《中国现代文学研究方法论集》（首都师范大学出版社，1994）收录了该论文，陕籍作家孙见喜先生来信，要把论文作为他正在撰写的《贾平凹前传》的序文（我当然是"欣然应许"）。论文等于给"中国现代作家传记丛书"作了广告，北京十月文艺出版社的李志强老师还按照《文学评论》的稿费标准另给我发了一笔"稿费"，以示鼓励。当时我每月工资大概两百元，生活贫困，这两份稿费超过我两个月的工资，堪称"巨款"。

更大的收获，是因那篇论文认识了《文学评论》编辑部的王信老师。论文是他约的，也是他编发的。论文发表时他调整了论文题目，将原来的副标题作为题目，这样主题更鲜明。王信老师比较严肃，话不多，又是老师辈的人物，所以我与他没有多少交流。但是，发表那篇论文之后，因置身北京的中国现代文学研究界，关注他在某些会议上的发言，听到他的一些传说和对于他的评价，对他多了些了解，渐渐的，他成了我心目中的学术良心、编辑楷模。学界对他比较一致的评价是：牺牲个人研究、专心编辑工作、坚持学术立场、对上不惧权势、对下不讲情面、热情扶植青年学者，等等。甚至有人说王信老师"代表了《文学评论》的一个时代"。那些年，有幸得到王信老师扶植的青年学者应当不在少数。

那篇论文之后，王信老师又编发了我的长文《原始崇拜与曹禺的戏剧创作》（《文学评论》1993年第2期）。连着两篇论文在《文学评论》上发表，对我是很大的鼓励。我觉得自己拿到中国现代文学研究的"入场券"了。如果说我现在也算是"走在学术道路上"，那么王信老师在我起步的时候用力拉了我一把。不仅如此，他的品格也直接影响到我的编辑工作。当时《中国现代文学研究丛刊》编辑部只有三位编辑，工作繁忙。我告诫自己要像王信老师那样敬业、那样对待作者和来稿。某种程度上我还真做到了——能坚持的原则坚持了，从自然来稿中发现、推出了一些有价值的文章，得到了丛刊编委会诸位老师的肯定，也与一些年轻作者建立了良好关系。

1993年底，我把另一篇论文《卢梭与老舍的小说创作》交给王信老师。我本人对论文很有信心，但是，过了一段时间，王信老师把论文还给我，说"没能发出来，你换个地方发"，好像有些郁闷。当时我觉得，大概是《文学评论》的"王信时代"快要结束了。那时候我正准备出国留学，论文1996年才交给《中国现代文学研究丛刊》发表。

留学归国之后，1999年到中国社会科学院文学研究所工作，与《文学评论》一个单位了。那时候王信老师好像已经退休。对于我来说，《文学评论》与王信老师二者是画等号的，既然王信老师已经退休，那么《文学评论》与我也就没有关系了。"缘分"对一个人潜意识的影响就是这么大。在文学所工作十多年，居然没有在《文学评论》上发表论文。直到2012年，才再次成为《文学评论》的作者。那年《文学评论》第3期发表了我的论文《1943：武者小路实笃的中国之旅》。从发表第一篇论文算起，过去了整整二十年。

《文学评论》是当代中国优秀学术成果的展览大厅，《文学评论》的历史就是一部当代中国学术史。它的成与败、得与失、优点与缺点，都与当代中国的历史、学术史密切相关,都值得后人关注、研究。我能够与这本刊物发生关联并与王信老师相识,非常荣幸,值得庆幸。载有我论文的每一期《文学评论》,我都珍藏着。日前翻看王信老师编发我论文的那两期刊物,居然没有找到王信老师的名字。原来,那时候,他不是主编、副主编,没有列名编委会,甚至没有作为责任编辑在所编论文的后面署名。忽然间,对王信老师的了解好像又多了一些。标准的"幕后英雄""为他人做嫁衣"。说得夸张一点,从王信老师身上,我看到了编辑工作的伟大。

(作者为中国社会科学院文学研究所研究员)

感恩与祝福

——我与《文学评论》

杨联芬

说来惭愧，我在《文学评论》只发表过两篇论文，相隔二十五年。然而，我对它感情很深，它是我学术生涯的起点，扶助我无知无畏地踏进了"学界"。

1989年6月8日或9日（确切日期有点记不清了），我们的硕士学位论文答辩如期举行，但鉴于当时北京的特殊情势，我们这届硕士生的论文答辩，破例在"缺席审判"中进行。导师郭志刚先生与答辩小组成员张恩和先生、朱金顺先生、王富仁先生、李岫先生等一起，在空寂的校园，聚在北京师范大学主楼六层中文系会议室，对我们的论文一一进行评议，并在事后将答辩委员会的评议结论通知了我们。

是年秋，暑假结束，我灰溜溜地从四川回北京，到中央财经大学（当时叫中央财政金融学院）基础部报到入职。春节刚过，接到张恩和老师一封信。张老师对我的论文赞赏有加，"答辩"后一直为推荐它发表而奔波。张老师在信中说，我的硕士学位论文《文学评论》已决定采纳，但需要压缩，要我尽快与编辑部王信老师联系。从张老师信中，我第一次知道了王信老师的名字。那时，我生完孩子刚从医院回家，身体异常虚弱，一切事情皆由我先生李双代办。他先打电话到编辑部，跟王信老师取得联系，旋即骑车到建国门，在中国社会科学院文学研究所找到了王老师。回家后，照顾我们母子吃喝拉撒、洗完尿布，便坐下帮我改论文。熬了一个通宵，次日一早，便又骑车直奔中国社会科学院，将改好的文章交给王信老师。6月，我的论文《李劼人长篇小说艺术批评》在《文学评论》1990年第3期发表。

我一直感铭热心提携我的张恩和老师和未曾谋面的王信老师。但此后很多年，却从未见过王老师，直到1999年。那年4月，我到万寿寺中国现代文学馆参加纪念五四的座谈会。会后，一位健硕敦厚的长者跟我打招呼，我这才得知，他就是王信老师。我不善言辞，没有对他讲出心存已久的感激，只是泛泛交谈了几句。那时，我博士毕业留北京师范大学任教已有几年，而王老师也早不在《文学评论》编辑部工作了，他到《中国现代文学研究丛刊》帮忙。后来，我有一篇谈林纾的论文投给他们，发表时被置于头条，后来得知，那期的责编，正是王信老师。

由于愚钝，我很长时间对王信老师知之甚少。后来才知，20世纪80年代《文学评论》上涌现的大量突破禁区、引领学术新潮的论文，如王富仁《反封建思想革命的一面镜子》等，正是王信老师任《文学评论》编辑部主任时期发表的。王信老师不仅是一位兢兢业业的老编辑，也是一位富有担当和魄力的敏锐学者。很多80年代出道的学人，至今谈到他及那个时期的《文学评论》，无不心存敬意。

再见到王信老师，大约是2004年的冬天，北京大学中文系召开王瑶先生纪念会。那天天寒地冻，路有冰雪，我在北京大学世纪讲堂外面，绕来绕去找不到门，不远处有两人，也在寒风凛冽中找寻入口。走近看，是王信老师和樊骏老师。那时，樊骏老师似乎已有些失语，而王信老师也苍老了一些。这两位前辈，于我都有提携之恩，他们正直的人品，令人敬仰。然而当与他们面对面时，我依然木讷寡言。

如今，樊骏老师已不在人世，而我刚刚还领受了他的捐助（王瑶奖）。王信老师也许久不见了，不知他是否安好？感谢《文学评论》编辑部热忱邀约，使我有机会撰此小文，聊以表达我对所有教导和提携我的前辈，以及《文学评论》杂志，由衷的感恩和祝福。

（作者为中国人民大学教授）

哺育与扶植

——我与《文学评论》

吴晓东

每位学人在成长的过程中，大约都离不开一两份学术杂志的哺育与扶植。对我而言，《文学评论》就是这样一份深刻介入了我的问学历程的杂志。

最早听闻《文学评论》还是在我读初中的时候。记得那是一个初冬的大雪天，在外地工作每周回一次家的父亲，和我一起坐在窗边看着漫天的鹅毛大雪，话题似乎也漫无边际。谈了些什么，其他的都忘记了，只记得父亲提到在他看来中国最好的两份杂志，一份是《人民文学》，另一份就是《文学评论》。父亲毕业于老家一个县城的师范专科学校的中文系，当年是一个典型的文学青年，今天回顾起来，父亲是把文学当作自己的生命来体认的，在父亲成长的贫瘠的岁月中，文学阅读差不多构成的是他唯一的精神慰藉。而父亲订的几份杂志中就有《人民文学》，每月邮局送达杂志的那天，对父亲和我来说，几乎有点像在过一个独属于我们父子俩的"文学节"。但父亲提及的另一份杂志《文学评论》，当时在我的心目中还似乎属于遥远的天边的星辰，或者是一个彼岸的异托邦，我还难以对这样一份"中国最好的学术杂志"产生感性的印象，也没有觉得它与我会发生什么关联，但却像一颗神秘的种子无意中被父亲播撒在我当时只能称得上是稚嫩的心田。我当时肯定无法预料，这颗学术的种子会在若干年后，在我考入北京大学中文系的求学生涯中开始生根发芽。

刚进北京大学，迎新会上系主任那句后来越传越广的名言"中文系不培养作家"让不少"文青"同学梦断燕园，垂头丧气地开始了中文生涯。而我自知自己毫无创作才华，于是从大学二年级开始，就懵懵懂懂地立志走学术之路。当时在中文系的学子中间声誉最高的刊物，其一是普及性更强的《读书》，其二就是更有专业权威性的《文学评论》，中文系的师生们更喜欢简称它为"文评"。记得自己曾经立下"宏愿":本科阶段闯进《读书》,研究生阶段则跻身《文学评论》。

今天看来,我在本科阶段阅读的《文学评论》在自己学术成长道路上所起到的作用,是怎么估量都不为过的。本科二年级的时候,大家争相阅读刘再复发表在《文学评论》上的《论人物性格二重组合原理》,尽管如今看来"性格组合论"颇有简单化之嫌,但却让我们这些求知欲旺盛的莘莘学子感到莫名的激动,可能是文章给当时的学术界带来了方法论层面的清新气息吧。记得在文学理论课上,刘烜老师还专门组织一些学生对"性格组合论"进行讨论,还请来中文系已毕业了的一九七九级学长贺绍俊先生对我们予以指导。这一时期认真阅读的文章还有我们的老师黄子平、陈平原和钱理群三人联合署名发表在《文学评论》上的《论"20世纪中国文学"》,我们那一代中文学子对20世纪中国文学的整体性认知,以及文学史观的形成,都与这篇文章有着直接或间接的关联性。也正是这篇文章,促成我读研究生的时候选择了现代文学专业。

也是在本科二年级时,我找到了自己的"学术偶像"——当时已经研究生毕业的一九七八级"学长"李书磊。那是1985年的深秋或者1986年的初春,在燕园32楼的一个中文系的男生宿舍,我们几个本科同学与李书磊聊了一个下午。李书磊当时被我们称为文学"神婴",小小的年纪就已经出道,在我们这些低年级的学弟学妹眼里已经远非"神童"这样的字眼所能概括了。而与李书磊聊天之前,我刚刚在图书馆读完他那篇与《论"20世纪中国文学"》同期发表在《文学评论》上的文章《历史与未来的精神产儿——论新时期"青年文学体"》,深深为之着迷,也意识到自己终于找到了问学道路上的楷模。而正因为李书磊在年纪上只比我大一岁,其榜样的作用似乎是更为切实的。我当时顺理成章地谈起读他的这篇文章的印象,得知那是他的硕士学位论文,从而更坚定了自己硕士阶段在《文学评论》上发表论文的梦想。

1989年的春天,我读硕士一年级。3月底的一天,诗人海子自杀的消息传入母校,在燕园诗人群中激起震荡,继而衍化为文学界甚至文化界所关注的话题。那时的中国文化界、思想界还习于从形而上的角度以及民族性批判的立场对中国文化进行整体性反思,也多多少少影响了我们那一代学子的思维方式。于是海子的自杀,也被我解读为"象征着某种绝对精神和终极价值的死亡",是对生存的终极意义的逼视,也是对华夏文化的逼视。而海子之死,"对于在瞒和骗中沉睡了几千年的中国知识界来说,无异于一个神示"。我在一天里就草成了短论《诗人之死》。今天看来,这篇文章无疑有立论简单化、逻辑极端化的时代特征,并且这种时代特征被我这个初生牛犊演绎到极致。不过这篇短论当时并没有指望能够发表出来,只是与自己的导师钱理群老师见面,谈起海子自杀事件时,提及自己写了一篇《诗人之死》。钱老师表示愿意一读,我就呈给导师,忐忑地等待着老师的意见。历史随后进入了1989年的4月中旬,我本人迅速地把《诗人之死》忘到脑后了,想必钱老师也无暇顾及我这篇幼稚的习作了吧。大概是5月的一天,我跟随钱老师进城旁听《读书》杂志举办的一个座谈会,会议结束后钱老师给我引荐了一位棱角分明、高大脱俗的先生,说这是《文学评论》编辑部的王信老师,并向王老师介绍了我写的那篇《诗人之死》,王信老师当即表示非常有兴趣,让我把文章处理成四千字左右的篇幅后马上寄给他。我当时激动不已,无论文章能否在《文学评论》中发表,仅是给《文学评论》投稿本身,就足以令人欣喜了。10月初开学后,到中文系当时所在的五院翻检信件,发现了寄给自己的印有《文学评论》字样的大信封,迫不及待地翻开杂志,在目录上一眼就看到了自己写的《诗人之死》。一时间百感交集,脑海里浮现出的是王信先生那高大的身影。

1991年夏,钱理群老师请来了王信先生参加我的硕士学位论文答辩。答辩结束后,王信老师建议我把论文删到一万八千字左右后寄给他。由于某种特定的历史原因,删节后的硕士学位论文《论中国现代散文的"闲话"和"独语"》用"余凌"这一笔名,发表在《文学评论》1992年第2期上。对我的学术生涯而言,这或许是最重要的一次发表吧。如果说少年时的那个大雪天,父亲无意中为我播下一颗学术的种子,那么,正是《文学评论》这份杂志的哺育,才使这颗种子得以艰难破土。

如果有一份学术杂志,构成了文学研究者的问学生涯乃至学术生命难以分割的一部分,在我的心目中,恐怕非《文学评论》莫属吧?

(作者为北京大学教授)

我与《文学评论》

郜元宝

最早知道《文学评论》是大学二年级，中国文学史唐宋阶段由刚从中国社会科学院文学研究所转来复旦大学不久的王水照先生主讲，他在课堂上经常提到余冠英、钱锺书、何其芳等，极口称赞他们的道德文章，认为当代中国，无论古代文学、现当代文学、比较文学还是文艺理论研究，其思想方法和文笔格调都是由这些学者们奠定，他们的文章许多就发表在《文学评论》上。水照先生在我们心目中为这份刊物树起了高不可攀的形象，但几个大胆的同学课后竟然真的去系资料室翻看《文学评论》了。他们一回到宿舍，就立刻对其他同学显出"不可与庄语"的傲色来。

接着对中文系本科生强调《文学评论》权威性的是班主任陈思和先生。他在不少文章中感谢《文学评论》编者蔡葵、王信和陈骏涛先生的提携。蔡、陈两位是复旦大学校友，骏涛先生还专门写过一篇印象记叫《书生陈思和》。思和先生既强调《文学评论》的权威性，也消除了它的神秘感，我们和它的距离一下子拉近了。

尽管如此，思和先生帮我们推荐文章，还是绕开《文学评论》，专找一些中小刊物，大概是暗示我们还没有达到在《文学评论》上发表文章的水平吧。1980年代成长起来的他们那一批"青年评论家"对《文学评论》的感情大抵如此，不久前在南京的一个会议上我还听到丁帆先生深情回忆他本人如何第一次给《文学评论》写稿的情景，那种新的生命从此开始的庄严感、神圣感溢于言表。

因为有这些铺垫，当《文学评论》编者董之林女士突然跑来上海组稿，我的意外和激动可想而知。她告诉我这是骏涛先生的意思，也是她本人的主张，《文学评论》应该接纳更多更年轻的作者。之林的热情与坦诚无可怀疑，但我还是不敢造次，磨蹭许久才交稿。这就是我在《文学评论》1994年第3期发表的第一篇文章《余华创作中的苦难意识》。

之林本人主要研究"十七年"和"文革"文学,这在20世纪90年代初还属于相当超前也比较冷寂的领域,我那时则热衷于撰写对当下著名作家作品的评论,彼此专业兴趣迥异,而我的第一本评论集《拯救大地》也才刚刚出版,在这种情况下她那么坚决地向我组稿,不能不令我心存感激,不久便又有了第二篇《匮乏时代的精神凭吊者——60年代出生作家群印象》(1995年第3期)。

一年一篇,不可谓不密集,但按照之林的意见,应该给他们更多的稿子才是,可实际上此后六七年里,我在《文学评论》上只发表过两篇,即《"胡适之体"和"鲁迅风"》(1998年第1期)和《论阎连科的"世界"》(2001年第1期)。当时的主编胡明先生告诉我,谈胡适、鲁迅文体那篇不属当代文学评论,之林转给负责现代文学的同事才得以发表,因此并没有计入之林的"工作量",因此严格说来,1995~2001这六七年,我只给了之林一篇文章。

这样格格不吐,主要因为我把《文学评论》看得很神圣,心想我的率尔操觚的文章实在不配登在《文学评论》上。那时候我还算是勇于作文的,不像如今这么疏懒,但给《文学评论》写文章,总是如履如临,有时甚至不禁想起《故事新编·理水》中那个可笑的灾民,要给"上头"送去"滑溜翡翠汤",必须尽心尽力,慎之又慎,而向其他中小刊物投稿,就不必这么紧张了,有时简直要"漫与"起来。真是罪过。

总之因为我的不上进,纵然有之林的坚持不懈的敦促,但多年来我与《文学评论》的关系总是若即若离。

当然也有别的原因。当时有朋友说《匮乏时代的精神凭吊者——60年代出生作家群印象》是要给60年代生人打出一面旗帜,我听了真的吃惊不小。对自己一代人和在前在后的50年代、"70后"的差异我确实有些感性认识,也在不同场合说过一些话,但从来没有想过要扯出什么旗帜。不仅我,绝大多数60年代生人最大的特点就是在文化界占据要津的意识不那么强烈,迷惘低调、得过且过、卑以自牧、若有所待则是比较普遍的状况。我的错误可能是提到了年龄,这在特别喜欢拿年龄说事、喜欢扯旗帜呼口号的文坛,自然要被视为一种不安分。其实那篇文章的本意是想稍稍挣脱流行的先锋理论的捆绑,提醒读者注意,除了表面上那点"先锋"色彩,60年代出生作家实质性的问题乃是精神上的贫瘠,他们在作品中频频回顾60年代后半期与70年代,"凭吊"自己那一代人(李陀所谓"昔日顽童")青少年时期的各种"奇遇",正是这种思想贫瘠的表现,只是因为采用了拉美魔幻现实主义的狂欢叙述或者现代派文学的故意冷漠的反讽语调,而被误认为是横空出世的中国的先锋。先锋理论无论说得如何天花乱坠,也无法掩盖这一基本事实,因此这一代作家能走多远,不是要看先锋实验能坚持多久,而是要看他们能否正视自己的思想局限。所以这篇文章不仅不是要为60年代出生作家群打出一面旗帜,毋宁倒是想暴露他们的短板,提醒他们要不时摸摸自己身上可悲的思想胎记。直到今天我还是坚持这个想法,2015年在纪念先锋文学30周年的几个会议上也重申了我对先锋们的一贯的怀疑,但无论是1995年还是2015年,我的想法遭到有关作家和批评家的不满,而我因此少写甚至不写莫言、余华、苏童、阎连科们的评论,辜负董之林的期望,也都顺理成章了。

转眼之林就到退休年龄了,但她对我的耐心并没有完全失去,只是将催稿的接力棒传到徒弟刘艳女士手里。2007年《王蒙自传》出版后不久,中国海洋大学开了一个研讨会,刘艳在会上碰到我,说:"董老师交代了,一定要抓住你,一定要你给我们写稿!"我不免暗叫一声惭愧,赶紧先应承了。又是好一阵磨蹭,才写出《从"启蒙"到"启蒙后"——"中国批评"之转变》(2009年第6期)。该文是那几年给广东花城出版社编《中国文学批评双年选》的一个副产品。过去只顾自己写,因为要编年选,不得不大肆看起同行文章。几年看下来,渐渐有了一些想法,老实说就是"不满",这"不满"又促使我静下心来试图对现当代中国文学批评作一番通盘检讨。文章写完交给刘艳,想借《文学评论》呼吁一下,希望日益丧失生机活力的"中国批评"再来一次"转变"。当然这只能是痴心妄想而已。

这以后又"空空如也"了,但刘艳的敦促和鼓励,一如之林那么真诚热切,何况又加上新任主编陆建德先生的关照,真叫我惭愧不已。陆先生有时还亲自出马,命题作文。《打通鲁迅研究的内外篇》(2016年第2期)就是这样被他催逼出来的。陆先生对鲁迅和"鲁研界"有看法,甚至不惮于在一些关键问题和敏感问题上异调独弹,但这并不妨碍他始终关注鲁迅研究,从这里就可以看出一个学者的大度和雅量,所以当他告诉我要在《文学评论》上发一组关于鲁迅研究的笔谈时,我非常乐意参与。这也是我1990年代研究鲁迅以来第一次煞有介事地发表有关鲁迅研究今后应该如何如何的文章。该文不投《鲁迅研究月刊》之类专业刊物而给《文学评论》,足见我与《文学评论》的一种因缘,同时也是想用这篇鲁迅研究的文章缓解一下因为长期负债而造成的愧疚和焦虑。

就在我的评论日益难产的时候，"中国批评"倒似乎出现了某种"转变"。新的作者层出不穷，评论文章新"范式"也不断涌现。从今往后，自己果真写不出评论也绝对不是什么问题。这样一想，上述焦虑便减轻不少。如果还能继续给《文学评论》写当代文学研究方面的文章，不妨像过去那样仍然采取懒洋洋的节奏，也不必费力去追求什么新范式，想到什么就写什么，该怎么写就怎么写。这是我的一点觉悟，也是《文学评论》的宽容精神所允许的吧？抱着这个想法，又写了《为鲁迅的话下一注脚——〈白鹿原〉重读》（2015年第2期）。这类文章还想再写几篇，但如果终于写不出来，也就写不出来了。

本科毕业时，我的兴趣主要都在古典文学上。后来因缘巧合，才走到当代文学评论这条道上。尽管如此，仍然不能忘怀于古典文学，每次打开《文学评论》，先看的倒不是现当代文学研究同行们的新作，而是古典文学研究界大多数只闻其名未见其人的学者们的文章，尽管不是每篇都能看得懂。

不知古典文学研究者们站在他们的立场怎么看，至少我以为让现当代文学研究与评论跟古典文学研究在《文学评论》上同台唱戏，是一件有趣的事。这在1950年代不算什么，那时现当代文学研究尽管受意识形态影响，但基本套路还是直接延续"现代"，而"现代"时期的"新文学"研究主体队伍和古典文学研究几乎重合。1970年代末《文学评论》复刊后两支队伍就日益分化，现当代文学研究越来越脱离过去与古代文学研究同体共生的局面，完全独立出来。这中间得失若何，在专业的现当代文学研究与评论刊物上不容易感受到，《文学评论》则不然，它始终坚持同时发表现当代文学研究和古典文学研究，不同学科方法、学养、文风乃至趣味的差别就特别明显。我想，对现当代文学研究来说这个局面有益无害，至少可以让现当代文学研究者们有幸看到中国文学研究的全局，在这个全局中反思自身，不至于整天和同行酱在一起，不知有汉，无论魏晋。

从"我与《文学评论》"扯到现当代文学和古典文学研究的关系，离题太远，还是打住吧。

（作者为复旦大学教授）

当代文学学科

《文学评论》与华文文学研究

刘登翰

一个新的学科的成长，源自学科自身内在的价值，但与学科外部诸种因素，例如刊物——特别是具有重要影响的学术刊物的培育和推动，有着密切的关系。

20世纪70年代末80年代初，华文文学——它最初叫作台港暨海外华文文学研究——刚刚起步。随着两岸政治关系的松动，一批由台湾移居海外的作家作品，如聂华苓、於梨华、白先勇等，最早登陆祖国大陆。他们带来疏离祖国三十多年的台湾那片土地的信息和迥异于大陆的文学形态及艺术形象，引起大陆读者和学界的兴趣和关注。这些作品在刊发的同时，开始有研究者尝试就作品发表了一点随想式的评论。一方面当时对这些异样的文学毕竟陌生且缺乏全面的了解，无从深入言说；另一方面，当时的政治气候乍暖还寒，台湾、香港还是一个敏感的话题，刚从一场浩劫走来的文人大多心有余悸，一些大学或研究机构对开展这类研究并不持积极支持的态度，许多刊物对发表此类文章也尚在观望之中。因此，初期这一领域的研究就带有某种"试水"的味道，其幼稚和寂寞，有论者自身和论说环境的双重原因。

1982年5月，南方邻近香港和台湾的广东、福建两省六个单位（广东的暨南大学中文系、中山大学中文系和设在广州的中国当代文学研究会的港台文学研究部，福建的厦门大学台湾研究所、福建省社会科学院文学研究所和福建人民出版社的文艺编辑室）联合京、沪等地的研究者，发起举办第一届香港台湾文学研讨会，并议定此后每两年举办一次全国性的研讨会。在研究者内部，开始出现自身的联合，并在资料的建设、论题的深入和与台港作家与学界的交流等方面，有了初步的拓展。不过，此时大陆的学术界，一般并不看好这一领域的研究，也不把它视为一门可资发展的新的学科。这自然不能责怪旁人，还必须从自身检讨。不过随着第二届、第三届台港暨海外华文文学研讨会的持续举行，情况有了一些改观。一方面是研究者对研究对象逐步的深入了解，改变了那种随想式的印象批评和"瞎子摸象"般的研究状态，论题逐步触及这一领域研究的内在价值和尚未被充分认识的意义，论文的质量有所提高；另一方面，随着形势的发展，一些刊物也转变早期对这一领域研究的冷淡和规避，开始能够较多地从刊物的版面上看到它的踪迹，尤其是具有全国影响的重要学术刊物。

这里我首先想到的是《文学评论》。作为中国社会科学院文学研究所主办的学术双月刊，《文学评论》一直以它严肃的学术品格和严格的质量要求受到学界的敬重。1984年第二届台湾香港文学研讨会在厦门大学举办之后，出席会议的一位时在中央人民广播电台台播部的年轻记者应红，在《文学评论》1986年第2期上发表了《从〈现代文学〉看台湾现代派小说》的论文，这可能是《文学评论》发表的第一篇有关台港澳暨海外华文文学研究的文章。同年岁末，第三届台港暨海外华文文学研讨会在深圳大学举行，《文学评论》的彭韵倩女士应邀出席会议。有一天，刚在会上认识的彭韵倩找到我说："听了你的大会发言，我们想在《文学评论》上发表你这篇论文，征求你的同意。"我当然十分高兴。这就是刊载在《文学评论》1987年第4期的那篇《特殊心态的呈示和文学经验的互补——从当代中国文学的整体格局看台湾文学》。连续两届的研讨会都有论文选发在《文学评论》上，意味着《文学评论》对这一新的研究领域的关注。而在全国文学研究刊物中具有某种标杆意义的《文学评论》，其所关注的领域和问题，实际上也是学界所关注的领域和问题。因此，在某种意义上也可以说，它意味着学界对这一新的学术领域的接纳。这对从事这一领域研究的学者当然是一种激励。此后《文学评论》以及其他众多学术刊物的支持和培育，对这一学术领域后来的发展，起着重要的推动作用。

就我个人而言，这也是我学术成长的一个阶梯。1980年代初我回归学术岗位，最初捡起的是当代诗歌研究。那时候朦胧诗的论争正如火如荼，我写了几篇文章。随着朦胧诗的第一个浪潮涌过，时势的忽冷忽热，最初带来新鲜锐气的几位年轻诗人，出国的出国，沉默的沉默，热闹的诗坛又沉寂下来。1985年初，《文学评论》的陈骏涛先生打电话给我，问我能不能写篇评论舒婷的文章。在当时对朦胧诗还毁誉参半的情况下，由《文学评论》出面的这样的约稿颇不寻常。骏涛与我是福建老乡，且又同年，虽然他籍贯福州而我世居厦门，他毕业于复旦大学我就读于北京大学，但偶有几次会议相见，都视为熟人。那时候，舒婷在1981年写完长诗《会唱歌的鸢尾花》后已经主动搁笔三年，正准备"从三年前那段尾声"重新开始。对她而言，这是一段从朦胧诗的风雨喧嚣中走出来的静思的日子，对我而言，何尝不也是面对自己学术道路的惶惑和重新选择。虽然当时手边正开始着手与洪子诚合作撰写《中国当代新诗史》，但仍时时感到福建偏于边缘的文化地位，无法如年轻时候在北京那样处于当代诗歌发展的诸多事件的现场，主观感觉上总有些"隔"。因此便决心在应《文学评论》之约写完《会唱歌的鸢尾花——论舒婷》（1985年第6期）之后，尽快结束手头《中国当代新诗史》的写作，将更多精力转向对我个人而言无论在地理上还是文化上更为贴近的刚刚兴起的台港澳暨海外华文文学研究。所料不及的是《中国当代新诗史》书稿在1988年交付人民文学出版社之后，因为大家知道的原因拖了五年才于1993年出版。

转向台港澳暨海外华文文学研究之后，我先做台湾文学，主编了《台湾文学史》，继而做香港和澳门，主编了《香港文学史》和《澳门文学概观》，然后自然就转向海外，也做了一本《双重经验的跨域书写——20世纪美华文学史论》。由于所做论题大多综合性较强，台港澳暨海外华文文学又是一门新的学科，许多概念、范畴和关系都尚待重新建构和进行学术清理，这使我个人的研究也发生了一些变化，在实证研究的基础上增加了一些理论思考，不仅是借鉴和运用西方的文化理论，更重要的是从自己的研究对象中概括与提升一种来自华文文学本身的自洽性的理论，这才是有别于其他的华文文学的理论建构。20世纪90年代后期以来，陆续在《文学评论》上发表了几篇文章，如《论香港文学的发展道路》（1997年第3期）、《文化视野中的澳门文学》（1999年第6期）、《分流与整合——二十世纪中国文学的整体视野》（2001年第4期）、《关于华文文学几个基础性概念的学术清理》（2004年第4期）、《双重经验的跨域书写——美华文学研究的几个关键词》（2007年第3期，此文被《文学评论》评为2003~2007年度的优秀论文）等。我进入台港澳暨海外华文文学研究不同阶段的一些比较重要的成果，从台湾文学到香港文学到澳门文学再到海外华文文学，大多发表在《文学评论》上。这不仅是《文学评论》对我个人研究的学术眷顾，更重要的是对于台港澳暨海外华文文学——后来被重新命名为世界华文文学——这一新兴学科的眷顾。正是凭借华文文学这一越来越受到重视的新兴学科,我才可能与《文学评论》发生如此密切的关系。

　　学术刊物是学术研究的栖身之地,也是学术成果走向社会的重要中介。如果从1970年代末算起,祖国大陆的华文文学研究从无到有走过了将近四十年的历程,几代学者的努力,华文文学作为一个新的学科正逐渐为社会和学界所认同和接受,这自然与包括《文学评论》在内的许多刊物的支持、培育和推动分不开。值此《文学评论》创刊六十周年之际,作为这一研究领域受惠较多的一名较早参与的研究者,不能不心怀感激和敬意!

　　　　　　　　　(作者为福建省社会科学院文学研究所研究员)

我与《文学评论》

於可训

《文学评论》即将迎来六十华诞。

一个刊物也像一个人一样，到了花甲之年，就会给人以老的印象。但《文学评论》不同，虽然年届花甲，却丝毫也不显老。我比《文学评论》早出生十年，我们相遇的时候，她虽未及而立之年，却已乘改革开放东风，推思想解放大潮，在文坛学界，号令史、论、评三军，呼号呐喊，叱咤风云。我就是在这个风云际会的年代，以一个初出茅庐的青年评论家的身份，走进了《文学评论》。1986 年，由中国社会科学院文学研究所在北京主持召开了新时期文学十年学术讨论会，我有幸与会，得见《文学评论》衮衮诸公。会议期间，听了刘再复先生关于新时期文学主潮的学术报告，参加了陈骏涛、何西来等先生组织的小组讨论，会上会下，多得文学所前辈如许觉民、张炯等先生和编辑部诸先生的教诲。通过这次会议和这些先生，我与《文学评论》有了第一次亲密接触。记得《文学评论》在会后似乎摘编了我们的发言，我的名字也就以这种方式出现在这本名重一时的文学理论批评刊物上。在我的印象中，这期间的《文学评论》有如五四时期的《新青年》杂志，在新时期文学变革，尤其是文学观念更新和文学批评方法革命方面，起了发为先声、引领潮流的作用。这期间一些思想活跃的中青年学者和文学批评家，不但以《文学评论》为阵地，集结文学革新的力量，显示文学观念和理论方法革新的实绩，而且这些力量和实绩，同时也对这期间的文学理论批评，产生了历史性的巨大影响，《文学评论》因而理所当然地成了新时期文学理论批评革命的大本营。我个人这期间虽然只在《文学评论》上发表过诸如《文体的多元和观念的多元》（1988 年第 2 期）之类的笔谈文章，但这期间的《文学评论》对我此后的文学理论批评生涯的影响，却是永久性的。

我个人真正较为集中地在《文学评论》上发表文章，是在 20 世纪 90

年代到 21 世纪之初的一段时间。其时，我的学术兴趣已由文学理论批评转向文学史研究。虽然这期间在《文学评论》上也发表过评论作家作品和研究创作现象的文章，如《论方方近作的艺术》（1993 年第 4 期）和《小说界的新旗号与"人文现实主义"》（1996 年第 2 期）等，但较系统的研究文章却主要是讨论当代文学史问题。也许是受了上述 80 年代文学理论批评观念和方法，尤其是文学史观念和研究方法革新的影响，我感到当代文学史研究长期以来缺少一种有机整体性观念和辩证思维。一些学者满足于分阶段地叙述当代文学的发展状况，有意无意地将不同阶段的当代文学，都视为一个独立的存在，如"十七年文学"、"'文革'文学"、"八十年代文学"、"九十年代文学"乃至"新世纪文学"，等等，却忽略了这些不同阶段的文学之间的相互关联和整体性关系。如"十七年文学"中隐含的"'文革'文学"的萌芽因素，"'文革'文学"中孕育的 80 年代的某些文学胚胎，"八十年代文学"乃至新世纪文学的加入，对当代文学史的整体性格局的改变，等等。因为忽略了这种相互关联和整体性关系，所以在对当代文学史的分阶段叙述中，对作家作品、创作现象和文学思潮的评价，就很难有一个统一的标准和叙述逻辑，因而难免前后矛盾和用直线进化的描述（发展前进）代替文学史自身辩证发展的历史行程。当代文学史研究存在的某些历史断裂和分段自治的现象，即与此有关。鉴于这种情况，我觉得有必要重审当代文学史研究的一些思想理路，重建当代文学史研究的一些叙述逻辑，使当代文学史研究更合乎目的性，也更合乎逻辑性。因为参加学术会议或我所在的单位与《文学评论》共同主办学术会议的关系，这期间我与《文学评论》编辑的董之林女士有较多接触，我把我的这些想法跟她进行了多次交流。她很赞成我的看法，并鼓励我将这些想法写出来，于是，数年之间，就有了先后发表在《文学评论》上的系列文章：《九十年代：对当代文学史的挑战——兼论当代文学史的时间、空间及观念诸问题》（1995 年第 2 期）、《文学史的有机整合》（1998 年第 1 期）、《当代文学史的逻辑建构——兼评当代文学研究的一种思路》（1999 年第 3 期）、《论八十年代文学的若干叙述视角》（2000 年第 5 期），《论"十七年文学"的历史叙述——兼论"十七年文学"研究的方法论问题》（《文学评论丛刊》2002 年第 7 期）等。后一篇文章虽然因故未在《文学评论》发表，但却是由时任《文学评论》常务副主编的王保生先生推荐到《文学评论丛刊》发表的，是这个系列文章的有机组成部分。这期间，我正在独立撰写一部当代文学史教材《中国当代文学概论》，这些文章，既是我写作这部书的思想产品，也是这部书的写作所遵循的一些基本的思想理路和叙述逻辑。这部教材1998年初版后，至今已经过两次修订，在大陆出了三版，台湾版更名为《中国大陆当代文学史》，在学术界产生过一定的影响。为此，我要感谢《文学评论》编辑部，特别是董之林女士，是她的肯定和鼓励，激发了我的思维，使我有信心把我的一些片段想法，整理成文，公诸同好，为当代文学史研究提供一点不无裨益的参考意见。进入21世纪以后，由于诸多情况的变化，我在《文学评论》上发表文章日渐其少，但2006年，因为对现当代文学研究中长期存在的"过度诠释"现象，深有所感，写成《对现当代文学研究中"过度诠释"现象的反思》一文，承董之林看重，经她责编，发表在《文学评论》当年第2期上，在学术界有一定的反响。此后直到2014年，受刘艳女士之约，写下了《方方的文学新世纪——方方新世纪小说阅读印象》一文，发表在《文学评论》当年第4期上，与二十年前发表的《论方方近作的艺术》遥相呼应，算是我在《文学评论》上发表的对一个作家的作品比较完整的评论文章。需要特别说明的是，二十年前，我在《文学评论》上发表《论方方近作的艺术》时，责任编辑是我的同代人、批评家王绯女士，二十年后，在《文学评论》上发表《方方的文学新世纪》，责任编辑却是年轻的"70后"批评家刘艳女士，算上前述同样是我的同代人、批评家董之林女士，我与《文学评论》的女批评家可谓缘分不浅。这三位女批评家个性有别，风格迥异，但待人的真挚热诚，对编辑工作的细致认真，看问题眼光的敏锐独到，都给我留下了很深的印象，都是我多年来引为知已的朋友。

我已近古稀之年，《文学评论》尚在花甲，但我们的缘分还在继续。进入21世纪以后，我的学生叶立文、李遇春、周新民、张均、赵艳、赵黎明、李勇、吕东亮和博士后罗义华等，也陆续在《文学评论》上发表文章。尤其是叶立文、李遇春、周新民三位年轻教授，21世纪以来在《文学评论》上发表文章的数量很多。他们的成长也多得董之林女士和刘艳女士的指导与帮助。刘艳与他们同属"70后"批评家队伍，他们之间在学术上有更多的共同语言，也有更多的沟通和交流。看刘艳不厌其烦地跟他们讨论选题，确定思路，反复斟酌修改稿件，我在羡慕之余，同时也为他们能遇到这样热心敬业的编辑而深感欣慰，深受感动。虽然人们往往误以为，在今天的编辑与作者的关系中，人为地掺杂了一些功利的因素，但我相信，有《文学评论》优良传统的浇灌，有我们两代人与《文学评论》两代编辑之间真诚学术交流的呵护，我们和《文学评论》的那份情缘仍将绵延不绝，天长地久。

以此祝《文学评论》六十华诞。

(作者为武汉大学教授)

为我引路的良师益友

——我与《文学评论》

丁 帆

那是一个拨乱反正的年代，也是我在文学道路上彷徨的青春岁月，是《文学评论》编辑部的老师们让我坚定地走上了文学评论的道路。

1978年至1979年，我在南京大学中文系现代文学教研室做进修教师，那时，我就住在西南大楼一间教室改成的偌大教研室里，天天三点一线：图书馆资料室—食堂—教研室。每天读书写作十几个小时，整整一年，一天不落，说实话，那个时候我正处在一个文学道路选择的彷徨期，一是选择我从十六岁就开始的创作梦，直到1978年我在"伤痕文学"的大潮中写了短篇小说《英子》，投给当时的《北京文学》，一个月后收到编辑部的留用通知书，再半个月，又收到"因主编认为调子过于灰暗"最终不能录用的责编信函，我心有不甘，仍然坚持不停地创作小说。但是，自从我讲授中国现代文学史和中国当代文学史这两门课以来，又不得不为这个职业而关注并潜心于文学评论。于是，我就开始了一边写小说一边写评论的文学生涯。好在那时我心无挂碍，也发下了"先立业、后成家"的誓言，认为只有心无旁骛才能成事，所以，白天泡图书馆资料室、晚上写作至凌晨成为每天的必修课。

南京大学中文系资料室的藏书足有40万册，为全国院系藏书之最，那时，我在中文系的资料室里几乎把从民国到1978年间的所有文学杂志的重要作家作品都通阅了，有些缺失的民国期刊是在南京大学图书馆的期刊部里阅读的，但那时我将主要精力放在了1949年以后的当代文学研究上，在"重放的鲜花"热潮中，便试笔为当年被"四人帮"打入牢狱的峻青作品翻案，写就了《论峻青短篇小说的悲剧艺术风格》一文，斗胆投给了《文学评论》，可见当时的我学术野心之大，孰料责编杨世伟先生专门从北京来南京指导我改稿。记得那是一个晴朗的日子，杨先生一条一条地提出了修改意见，我不停地记录，生怕落下一个字，视其为"圣旨"。把杨先生送到南京大学招待所后，我立即开始对照杨先生的意见，逐字逐句地在大稿纸上修改，于是，大稿纸上页页都是密密麻麻红笔修改的痕迹，满篇红蓝相间的墨迹遂已成为只有自己才能读懂的"密电码"，最后进入誊写已经是晚饭后了。那个年代没有电脑，也没有复印机，一切都是靠手写，按规定是要用钢笔书写的，但为了防止稿件丢失，也是可以允许用圆珠笔誊写的，这样用印蓝纸垫上两层稿纸，便可一式三份了。誊写完全部文稿字，已经是东方既白了，当我将誊清的稿子赶在杨先生回京登火车前交予他时，他十分惊讶，我的心中就像放下了一块大石头那样轻松。1979年《文学评论》第5期上登出了这篇文章，当我接到这本当时还很薄的刊物时，觉得十分沉重，手都在颤抖。我感激《文学评论》为我的文学评论生涯开拓了光明的通衢大道。

不久，《文学评论》编辑部给我发来了他们拟定的一份跟踪作家评论的名单，上面全是当时走红冒尖的中青年作家，我说我对中国乡土文学研究有兴趣，杨先生说，那么你就在1979年获得全国优秀短篇小说奖的"二贾"当中选择一个进行跟踪研究吧，我说，当然是选择贾平凹了。于是，便有了1980年在《文学评论》第4期上的那篇《谈贾平凹的描写艺术》文章的出笼。从此以后，我便成了《文学评论》的年轻"老作者"了。后来，彭韵倩、陈骏涛先生先后担任过当代文学这一板块的编辑，他们都是十分认真的敬业者，对我的教益很大，尤其是陈先生与我的联系逐渐多起来，他也是一个十分勤勉的学者，不仅编稿认真，而且评论文章写得漂亮。我常常与他一起参加一些文学活动，得益匪浅。

我常常谈起《文学评论》编辑的传统，那就是突出两个字："严谨！"有樊骏和王信这样的前辈为《文学评论》把关，其质量是有绝对保证的。曾记得我和一位同事合写了一篇《论茅盾小说创作的象征色彩》的论文，我们特地跑到北京王信先生家里请教，王先生不仅认真地看完我们的稿子，而且提出了许多宝贵中肯的意见，连其中有些措辞都做了修改，让我们十分感动。后来王信先生担任《中国现代文学研究丛刊》的审稿工作，他读稿的认真态度和看稿眼光博得了学界的一致好评，且往往是义务看稿，从不计较个人利益。在80年代和90年代，他与樊骏先生不仅为《文学评论》争得了口碑，确立了该刊严谨的审稿风格与传统，同时也给现代文学界的学风和人品树立了楷模。

《文学评论》还有一个值得许多学术刊物敬重和学习的优良传统，就是他们为了培养青年批评家队伍，肯花大力气。1985年《文学评论》编辑部以文学所的名义举办了第一期"文学评论进修班"，这就是号称"黄埔一期"的青年评论家盛会，从这个进修班里走出了许多著名的学者、杂志主编和评论家，许多人也就此成为《文学评论》的长期作者。因为我是一个"老作者"的缘故吧，我做了这个班的班长，副班长是李明泉。进修班位于昌平的一个村庄里，那是中国社会科学院哲学所的一个叫作"爱智山庄"的"别墅"休假村。说是度假村，其实也就是几排简陋的平房建在离村不远的偏僻地方，生活条件十分差。也好，与世隔绝，心无旁骛，正是一个读书学习的好去处。那时，几乎每天都请一位文坛的大佬级的著名作家、评论家、理论家来授课，除了王蒙、邵燕祥那样一批"五七战士"外，文学所和哲学所的刘再复、李泽厚带头授课。讨论课更是热烈，大家各抒己见，有时会为了一个观点争得面红耳赤，互不相让。记得编辑部还组织我们去小西天的电影资料馆观看了"内参片"。只要一进城，大家都去抢购理论书籍，尤其是当时中国先锋派刚刚崛起，大家争相购买的是那些西方文学理论译丛，以此作为批评的武器，许多人现买现卖，上讨论课时运用西方现代派的文学理论去评价当时火起来的刘索拉的《你别无选择》和徐星的《无主题变奏》，可谓不亦乐乎。

记得那个时期贾平凹自《商州初录》后发表了长篇小说《商州》，其手法是借鉴"拉美爆炸后"作家略萨的"结构主义"艺术方法，我进城时在邮局的报刊柜台上买了一本，等阅读完已经是下半夜一点多钟了，王干往下接力阅读，那时是四个人住一间房，我和王干、费振钟、林道立同居一室，房间里只有一盏挂下来的裸体25瓦的昏暗灯泡，王干要继续读，而林道立开着灯是无法入眠的，一个坚持要关灯，一个坚持要阅读，两个人便产生了龃龉，可见那时虽然条件艰苦，大家的文学热情却是十分高涨的。他们后来都成了《文学评论》的作者。

白天上课讨论，晚上串门聊天，或者就着昏黄的灯光看书写作，分秒必争地撰写论文，昌平堪比延安。那年杨世伟老师与我共同撰写的论铁凝的文章就是在爱智山庄完成的。当然，偶尔也会让食堂炒两个菜，就着小卖部的劣质酒买一回醉。犹记得有一回王干从厨房端来了一大脸盆红烧鸡头、鸡爪，一问才知道北方人是不吃这些"鸡脑袋"和"鸡脚"的，王干便心生一计，给了大师傅香烟和加工费，于是那香喷喷的下酒菜就让我们度过了一个最难忘的醉月时光。想想当年那个艰苦的学习生活时代，人的一生能够经历几回呢？是《文学评论》给了我们历练的机会，许多人把"黄埔一期"当作自己文学跬步跋涉的起跑点，终于在日后成就了文学大梦。这个班里也有作家，那就是整天背着一个书包的老鬼，其实他那时候很少发言说话，并不像他后来在《血色黄昏》里的叙述那样滔滔不绝。

紧接着的1986年，文学研究所所长刘再复召开了"新时期文学十年讨论会"，原定的会议人数不超过80人，后来旁听的人士纷至沓来，竟超过了400人，会议代表住在国务院二招，而许多旁听者就住在附近的饭店。会上的讨论异常激烈，各种观念相互碰撞。会场秩序虽然有些混乱，但是思想情绪的活跃度十分高涨，惊人的观点层出不穷，分会场的讨论更是口无遮拦，串会的人也很多，哪里热闹就往哪里跑。会后在宿舍里也争论不休。与我一起参与《茅盾全集》工作的王中忱当时在丁玲主办的《中国》杂志任职，他来看我，带来了那匹"黑马"，同行的还有徐星和吴滨，我们在宿舍里高谈阔论，主要发言者当然是善于激动的"黑马"了，从鲁迅谈到当前的文艺思潮，再谈到中西哲学，最后落实到中国的国民性和中国当红作家的无耻与堕落。说实话，当时我既惊讶又有些反感，认为他们太狂妄偏激，否定一切成为当时青年批评家的流行病，会后我还专门在《文艺报》上写了一篇文章反驳了这样的激烈言论，如今看来，我的保守观点是有许多值得反思之处的，事实证明，如果没有新的评论思潮、方法的介入，没有"深刻的片面"，光从道德的层面去看问题，的确是有局限的。三十年过去了，如果没有那时文学理论和评论的观念大爆炸，我们的文学创作和文学理论是无法向前发展的，历史证明了评论的活力全然在于它的思想观念和方法能否充分地被激活。从这个意义上来说，《文学评论》编辑部召开的这次讨论会是一次可以载入共和国文学史的历史事件。当时的副所长是何文轩先生，他既是评论的大家，也是理论的先锋，因为种种关系，他与我们有着较多的接触，会里会外，他的谈笑风生给大家留下了深刻的印象，后来在多年的交往当中，他惊人的记忆力和豪爽的关中大汉的性格让我们对他平添了许多尊敬和爱戴，如今斯人已去，不禁使人唏嘘不已。

二十年前，也就是1997年，《文学评论》召开了一次创刊四十周年纪念的研讨会，那时我将自己在读的硕士生和博士生全带去参会了，目的就是让他们感受一下《文学评论》编辑部办刊的宗旨和氛围，向各位老师讨教学识和如何选题的技巧。无疑，那次会议的熏陶对于他们的学术生涯来说是十分重要的，当他们走上各个高校工作岗位或科研院所时，便体悟到了这种学术氛围熏染的益处：他们知道了如何在浩瀚的学海之中根据自身的学术积累和学术兴趣确定自己的学术坐标，圈画出适合于自己的学术领地，更为重要的是，他们学到了《文学评论》的严谨学风。

那一次的学术讨论会是分组的。现代文学、当代文学、古典文学、文学理论、比较文学等，我们当代文学组里有两位北京大学中文系50年代的同学，那就是孙绍振先生和洪子诚先生，讨论地点在中国社会科学院文学研究所的当代研究室，他俩开场的调侃对话十分犀利有趣，人称"孙铁嘴"的孙先生言辞之锋利、行状之率真，至今历历在目。

今年已经到了《文学评论》六十大寿之年，如果再聚会，那是一个什么样的场景呢？那场景里的人物又会使我们想起共和国文学史里发生过的哪些事件呢？

我与《文学评论》交往三十八年，它的主编换了一茬又一茬，编辑也是换了一轮又一轮，尽管办刊的风格与观念有差异，但不变的是他们始终保持的对稿件的严谨态度和对文学事业的高度责任感。这是我永生难忘的！

（作者为南京大学教授）

刻在心碑上的记忆

——由20世纪80年代初给《文学评论》的一次投稿说起

吴秀明

《文学评论》60年的历史时段，与我这个身处江南福地杭州的普通读者兼作者产生"缘分"，屈指算来，大概已有三十五年了。追忆往事，我心里充满温馨的同时，也为岁月的飞速流转而无限感慨。

我心中的《文学评论》，不仅是令人高山仰止的当代中国文学界的权威和顶级学术刊物，它还代表着国家文学研究的最高水平。虽然，在《文学评论》发表的文章不一定篇篇都是杰作，但就总体而言，它毫无疑问是学界之翘楚，是带有标杆性的。在《文学评论》上发表文章，意味着在学术上进入了"国家队"，是非常荣幸的，当然也是很不容易的事。正因此，作为从新时期伊始就进入高校从事当代文学教学和研究的一个"50后"，从1978年《文学评论》复刊迄今，我一直未曾间断地订阅这份杂志。作为它的忠实读者，中间有几期，因邮路障碍出现了漏缺，我都及时通过邮购的方式作了弥补。所以，《文学评论》也就成了我个人藏刊中最齐全的一份刊物，被置于我书架的最显著位置。

当然，我订阅《文学评论》，主要不是为了收藏，而是为了从中获取学术养分，培养和锻炼自己的学术思维，使自己能跟上这个权威刊物的"节拍"，不至于太滞后。那时，我像不少同龄人一样，还血气方刚，正在做着"学术梦"呢，幻想着有一天在《文学评论》上发表文章。所以，暗暗地在作积累，不仅订阅的《文学评论》每期必读，而且从封面读到封底，文艺学、古代文学、现代文学、外国文学（那时《外国文学评论》还没创刊，《文学评论》兼发外国文学评论和研究文章），都囫囵吞枣，统统地读完，希望将自己的思维视野拓展得宽一点，而不是太拘囿于当代文学，也不太拘囿于评论。把理论、批评与文学史等方面的文章尽量都浏览,尽管当时的我,并不知道韦勒克、沃伦早在20世纪40年代已在《文学理论》中提出理论、批评与文学史三者打通的观点(那时这本书也没有翻译过来)。同时,我还在阅读中有意识地将《文学评论》的文章当作潜在的参照标准来衡量和比照自己,努力与之形成一种"对话"的关系,借以提高自己的专业水平和学术涵养。

读得多了,加上有点积累和想法,于是慢慢就发酵,滋生了要给《文学评论》投稿的念头。20世纪七八十年代之交,历史题材小说忽如一夜春风,在短短几年呈现出"千树万树梨花开"的奇特景观,集束式地冒出了《李自成》《金瓯缺》《戊戌喋血记》《九月菊》《曹雪芹》等一批带有史诗规模的长篇历史小说。我在集中地阅读了不少作品之后,先是尝试着写了一篇近七千字的文章《虚构应当尊重历史》,寄给了《文艺报》,很快就收到了责编孙武臣很长的来信,并将其作为重点文章在《文艺报》上刊发出来。这对我是莫大的鼓励,也大大激发了我进一步冲刺的决心。于是,我就自然而然地想到了《文学评论》。在进一步搜集和占有更多的材料、对那几年历史小说面上的情况及其有关热点、难点问题作了一番盘整和思考以后,就不揣谫陋地写成了一篇一万五千多字的长文《评近年来的历史小说创作》,寄给了《文学评论》。那时时代历史语境刚刚发生变化,理论批评界还是现实主义占主导,真实性原则和典型论被奉为圭臬,西方各种各样的理论和"主义"还没有大面积地进来,大多数评论和研究将重心放在文学与生活、文学与政治甚至文学与世界观维度上作对照勘比,是比较简单粗糙的。我自然也不例外。尽管拙文是当时第一篇全面探讨当代历史小说创作的文章,并在思想与艺术及真实性等问题上都有自己的一些想法,有关材料也收集得比较齐全,但限于学识和素养,亦难免有不尽如人意之处。所以,稿子寄出后很有些忐忑。没有想到,一个月左右,就收到了《文学评论》"拟录用"的通知和一封署名为陈骏涛的责编来信。这样的消息,对于像我这样只有30岁、名不见经传的小人物来说,所带来的惊讶和狂喜是不难想象的。

正巧,这时,也就是1982年初,中国作协在主办首届"茅盾文学奖"(即长篇小说奖)的评选活动,经《文艺报》孙武臣的推荐,中国作协邀我去京参加为期两个月的初评工作。所以,在评选的某天间隙,我一早就从"茅盾文学奖"初评的所在地——位于北京西郊的香山别墅出发,如约去陈骏涛所在的中国社会科学院大楼的办公室拜访。陈骏涛那时四十多岁,戴着金丝镶边的眼镜,披着米色的风衣,风度翩翩,正是风华正茂、精神旺盛之际。他在那间名副其实的"陋室"里热情地接待了我。开始,他从编辑为什么"拟录用"的角度对我寄呈的这篇文章作了评价和分析,在充分肯定拙文选题具有创新性和现实意义以及论证比较周全的同时,也对存在的不足及今后需要注意的问题,坦率地发表了自己的看法,体现了一位名刊编辑敏锐精准的学术判断力和张弛有度的风采,让我钦佩不已。接着,他从历史小说创作尤其是从历史小说创作中的历史真实与艺术虚构之间的关系,海阔天空地与我聊了起来,彼此交流在这个问题上的看法。谈着谈着,不知怎么,我就将话题转到了自己这篇文章所提及的那几部有争议的作品上来。我告诉他,为了搞清某部描写陈胜起义长篇历史小说中有关"人兽相斗"场面的历史真实,考证和辨析秦朝是否真有像古罗马斗技场那样"用斗技来娱乐"的历史风俗,我曾为此分别专门向姜亮夫、黎子耀等精通文史的老教授作了请教,同时还广泛地翻阅和参考了《史记》《汉书》《秦会要》等诸多史书。陈老师听得津津有味,探根究底地不断追问。言谈中,他也援引了文学研究所老所长何其芳1960年代在历史剧讨论时的观点,明确表示自己对此的认同和赞赏。这让我很受鼓舞,也对拙文所持的真实观自信心倍增。最后,他将话题拉回到正在处理的我寄呈的这篇文章。告诉我,我的文章有可能发1982年第2期的"头条"位置,说如果真是这样,嘱我千万不能骄傲,等等,等等,态度十分诚挚,充满了师辈学者的关切和期待。不知不觉就到了中午,他就邀我去他附近的家吃个便饭,并将他复旦大学的校友、在作协专门从事报告文学评论和研究且是我的同龄人的李炳银请来作陪,一起在饭桌上再聊。与陈骏涛老师见面,倏忽之间,如今已过去30多年,当年还是年轻小伙子的我,也转眼已60多岁即将退休、"淡出江湖",但陈老师对年青一代的扶持和关爱,他的亲和力,他对我的文章的一语中的的点评,包括他那略微瘦削而又不失挺拔的身材,他那带着明显南方口音的普通话,都给我留下了深刻印象。

我们这代人不同于"70后""80后",甚至不同于"60后",大多有连绵不断的苦难而积累起来的丰富的人生经历,其中不少还有下乡或回乡从事艰苦体力劳动的经历,一般是在新时期,通过读书或进一步考研深造而进入学术圈子的。因为历经苦难,所以对文学及其他所赖以生存的生活往往有着比较深刻的认识,特别珍惜这一来之不易的机会,在研究中也会自觉不自觉地逸出狭隘的纯文学,从文学与生活关联的角度来对文学进行审视。用现在比较时新的话来说，就是比较强调和突出文学的"及物性"特点。而在这一点上，像陈骏涛这样的师辈——他们一般是"30后"或"40后"，比我们年长一二十岁，也同我们一样经历了那段特殊的历史时期，也可以说是饱经风霜的一代，所以一俟置身学术主流而被赋予职责之时，就毫不犹豫地向我们伸出了援手。为什么呢？因为我们虽然年龄有差异，但彼此在文学观和价值观上却有惊人的相似或一致之处。这也就是当时陈老师颇认同我这篇文章的原因。显然，在这背后，有它特定的历史原因，并不单纯是个人的爱好。这与今天在多元化时代下人文学科内部分化、出现明显的"代际"之隔的情形，是完全不一样的。顺便一提，大概是2016年下半年吧，在某家杂志上看到陈老师八十大寿的一则报道，说他精神矍铄，在退休后一直热情不减，在编书，且笔耕不辍，我真为他感到高兴，也借此机会，向他献上这份晚到的生日祝福。我相信，像我这样受惠过陈老师及《文学评论》的当年的年轻晚辈而现在已逾花甲的"50后"肯定还有不少，至少，我在各种场合就不止一次地听到不少同龄或相近年龄的学人，对他有类似的评价和褒扬。

当然，作为由郑振铎、何其芳开创并传承下来的一个极其宝贵的办刊传统，《文学评论》对年轻人的扶持，对学术的推崇，不仅在陈骏涛老师这一代身上得到突出的体现，而且在嗣后也得到了很好的践行，它已成为这个编辑团队的共同的特点，以及一种文化基因般的存在。这一点，在近二十年因投稿与蔡葵、王保生、杨世伟、董之林、李兆忠、刘艳等接触，我是有切实的体会的。虽然自此以后，我没有再遇到像陈骏涛老师那样，为文章事专门找人面谈的情况，而往往是直接诉诸书信、电话和电子邮件交流沟通，且彼此的个性和处事风格也不尽相同，但是，就学术敏感性和判断力，就新颖、开阔和大气，就高度、深度和厚度而言，他们往往有惊人的相似或一致之处。因为这个缘故，所以我很愿意将自以为有点想法的稿子寄呈他们，而他们呢，针对来稿，往往三言两语就能作出非常准确的评判。在以后投寄《文学评论》的有关高阳历史小说创作、历史文学真实性问题、"后金庸"时代的武侠小说、历史小说中的明清叙事、沈从文《边城》以外的"另一个世界"、当代文学学科与当代文学史料、当代文学研究的"及物性"问题等文章，之所以被采用而在《文学评论》上刊发，都与他们基于上述传统的悉心指导和把关密不可分，包括在他们指导下所作的加减乘除的修改，都让我学到了很多东西。

也因为这个缘故，我通常是比较关注他们发表的有关文章的。这不仅因为《文学评论》本身就藏龙卧虎，这里的编辑几乎个个都是各自领域的学术高手，同时还因为他们的工作使其有机会接触国内最优秀的顶级学者，并将其融含于一篇篇文章中也因此而格外引人注目。就自己从事当代文学领域及其研究话题而言，我阅读较多并从中获益颇多的，主要是当代小说（尤其是历史小说）和文学史这两部分。比如蔡葵有关当代历史小说的评论，他对《星星草》《风萧萧》真实性和思想艺术特点言简意赅的概括，对我如何评价和把握现实主义形态的历史小说启发很大。董之林有关《李自成》和赵树理作品的研究，对我如何探讨历史小说中文学与历史关系，如何建立一种自律性的历史叙述客观评价"十七年文学"提供了方法论的参考。刘艳有关立足文本细读而又辅以史料互证的几篇文章，对我如何从"事实"而不是从"观念"出发触摸和把握当代文学具有很大的启发。有意思的是，刘艳在2016年6月刊发的那篇《学理性批评之于当下的价值与意义》（《文艺争鸣》2016年第6期），与我稍后发表于《文学评论》的《当代文学应该与如何"及物"》，不仅在基本观点，而且在引用的史料和所举的例证上竟有不少惊人的暗合之处，而我，在写作之时，因拙于电脑又孤陋寡闻，竟还茫然不知此文，直到她看到我的投稿告知时才去拜读的。这是否也是一种学术"缘分"呢？

学术刊物是"现代学术共同体"不可或缺的一个重要构成，它的主体是人，即办刊的编辑。衡量和决定一家刊物质量最重要、最根本的因素是编辑，尤其是学术刊物，因为涉及比较幽深的学问，更是如此。也正是基于这样的理解，我写下了如上这篇粗浅的短文，将它献给六十华诞的《文学评论》及其用洪荒之力默默办刊、使之成为享誉中国学界的一家名刊的历任编辑们，并衷心地表达对它和他们的美好祝福。

（作者为浙江大学教授）

在《文学评论》发表第一篇文章

程光炜

1983年6月，我因父亲几次生病住院，放弃某省省会的公务员工作，调到父亲所在的那所大学的中文系当助教。我当时热衷于写诗，已在《诗刊》《人民文学》发表诗作，俨然一个小有名气的青年诗人。我那时以为，写诗比做学问更有才华，这种观念影响了身边的学生，也阻碍了自己尽早在大学里潜心治学的状态。直到1984年底，我看到《文学评论》上发表了某著名诗歌批评家写的一篇文章，心里不以为然，于是产生了写篇与之商榷文章的念头。

这样，我到学校图书馆查资料，看相关理论书，为这篇商榷文章做各种准备。到1985年夏秋之间，文章在图书馆写好，因为当时没有电脑，是钢笔写在格子稿纸上面的，有八九千字的样子。因为要与《文学评论》上的文章商榷，文章自然就投寄给了这家杂志。之后有好几个月音讯全无。我倒没有着急，或许也渐渐忘记了。对一个尚未真正进入学术研究殿堂的青年教师来说，《文学评论》在20世纪80年代是至高无上的，有极高的学术声誉。所以，私下里也自觉是一时孟浪，没有特别放在心上，因此也便没有"着急"之嫌。大约这年年底，我正准备办理调动工作手续，有一日，忽然收到《文学评论》编辑王信先生的来信，说是文章已"留用"，却没有说什么时候发表。等到我调到湖北省的另一所大学，生活工作逐渐稳定下来后，我才给王信先生写信，告知单位地址等情况。

我们这一代人经常说80年代是"黄金年代"，主要是当时大学和社会上的学术氛围比较好。一个是大学没有评估、审核之类的事情，评聘职称，也不需要在"核心杂志"上发表文章，只要各级评委觉得你的水平达到副教授、教授的要求，便会通过。偶尔还会破格。再就是没有"核心杂志"这种高门槛。不仅是我自己，恐怕全国学界对《文学评论》的好印象，都与刘再复和何西来两位先生那时执编这家杂志有关系。王信先生就是该刊负责中国现当代文学稿件的一位资深编辑。说起来不可思议,在投稿给《文学评论》之前,我不知道有王信先生这个人,也完全没有想到竟是这么一个与我素昧平生的先生给我回信,告知文章留用的情况。可以自慰的是,我从1986年第4期在《文学评论》上发表第一篇比较正式的学术研究文章,直到今天,每一篇文章都是我自己投寄,从来没有经过任何人的"介绍""推荐"而发表的。现在的人动不动找人、走路子,等等,大概也是无奈之举。但是对我来说,不是我有什么特别本事,只是身逢一个好的年代,有王信先生这种难得的好编辑。没有他的抬爱,也许我还需要很长时间,才会走上学术研究的道路罢。所以,称王信先生是我治学道路上的"第一个老师",不算是过誉之词。

九年之后我到中国人民大学中文系任教,有几年曾有去《文学评论》编辑部当面感谢王信先生的冲动。但又想,也许王先生做过很多此类善举,早把这件事忘到九霄云外去了,假如贸然拜访,会不免唐突。大概又过了十几年,2008年或2009年,我在中国现代文学馆参加全体编委会,巧遇作为《中国现代文学研究丛刊》"顾问"的王信先生。我趋前向老先生问好,说起二十多年前那件旧事,借此感谢他的栽培。只见王先生表情淡然,好像不曾发生过什么一样。因为居京日久,早有王信先生高风亮节的美誉在耳,所以对眼前一幕,也不感到失望。反而内心却觉得温馨,释然,坦荡。对王信老师,对已逝的80年代,都是如此。

这件事在我心中存着,放了三十二年,没有《文学评论》这次约稿,大概会永远存放在我心底也未可知。

(作者为中国人民大学教授)

我与《文学评论》三十年

陈晓明

我与《文学评论》的直接关系始于1985年，那一年我还在福建师范大学读硕士研究生。临近毕业，收到当时的编辑曹天成先生的一封来信，信中告知我投去的一篇文章《作家群与读者群的审美反应》确定发表。曹先生提出了几点修改建议，记忆中只是略加修改，随后发表于1986年第2期的《文学评论》上。迄今为止，已有三十一年，那时对于一个在读硕士生来说，算是一个不小的鼓励。1986年秋天，我向中国社会科学院研究生院申请硕士学位，当时全国有硕士学位授予权的单位寥寥无几，福建师范大学自然没有授予权。于是孙绍振老师出面努力，他显然是与文学所几位先生沟通过，随后我递交上去材料。1986年的秋天我从福建到文学所的科研处拜望汤学智处长。汤先生那时正值盛年，儒雅谦和，给我极大的支持。顺便我想拜望一下曹天成先生，于是到了《文学评论》编辑部门外，但未见到曹天成先生，那天可能不是曹先生的上班时间。直到1987年，我到中国社会科学院读博士学位，师从钱中文先生，这才算进入中国社会科学院的大门。于是也很顺利地见到曹先生。谦逊、平和、宽厚，这是曹先生给我的印象。后来常见面，也只是点头之交。晚辈如我，也只是默默尊敬而已。

读博期间，因我搞的那一套解构主义及先锋派小说，与《文学评论》当时的主旨及风格有些距离，除了有几篇短文外，数年未在《文学评论》发表文章。当时有几家刊物是我的主要阵地，如《艺术广角》《当代作家评论》《上海文学》《当代文艺思潮》等。直到我毕业后进文学所当代室工作，张炯老师那时任当代室主任，后来任所长兼《文学评论》主编。他常听我说起"先锋派"如何如何，张炯老师倡导现实主义，对"先锋派"多有疑虑，但张老师其实是一个十分开明的人，他对年轻人的探索也会给予支持。他要我写一篇关于先锋派的文章，初稿写出后，他还提了不少修改意见，有些我觉得他的意见很好就改动了，有些我也没有全改，张老师也不勉强我。随后发表，即《最后的仪式》（1991）那篇文章，篇幅有二万字。不久，"新写实"开始热起来，当时的副主编蔡葵老师约我写一篇关于"新写实"的文章，约稿原委则有一个小故事。那时当代文学研究会举行研讨会，徐怀中先生和冯牧先生说起，他的公子在北京电影学院读书，"收集有陈晓明的很多文章，认真研读，十分喜欢"。蔡葵老师当时也在座，他更正说："应该是王晓明吧？是华东师大的。"徐怀中先生说："不，是陈晓明，就是文学所的。"蔡葵老师当时找到我，叫到徐先生和冯牧先生面前。得老一辈先生肯定，给青年时代的我极大鼓励。已近三十年还记得这个故事，确实是对徐怀中先生父子的"知音"心存感激。写文章能为青年人喜欢，我以为是最大的激励。当然，我也确实因同名之幸沾王晓明兄的光，大家误以为叫"晓明"的都能像王晓明兄那么有才情、人好、文章好。多数是"误读"之下博得眼球，让我捡得便宜。多年来我只要见到王晓明兄都亲切有加，感激之情溢于言表。也因此，我和胡晓明、伍晓明都是不错的朋友，这是题外话。蔡葵老师人在当代室，兼任《文学评论》副主编，算是我的老师辈同事，他为人善良谦逊，平和宽厚。他对我搞先锋派解构主义之类也有了解，他关心我、帮助我的方式，是让我尽快地与现实主义对话。不日，蔡老师就约我写一篇关于"新写实"的文章，他希望我以平实的思路和风格来写。说实话，蔡葵老师的这个要求，对我帮助是极大的，使我从理论的玄奥观念走向现当代的平实风格。当然，此前张炯老师对我的《最后的仪式》的写法提出的要求，对我已经是一次非常有效的改进。我的导师钱中文先生就对我偏好理论的玄奥方法多次提出过批评，先生说得很委婉，我并未有紧迫感。现在是刊物要求发表的文章，自然是要认真对待。蔡葵老师约写的文章发表于《文学评论》1993年第2期，这就是《反抗危机：论"新写实"》。文章发表后，各方面反应还不错。确实的，在"文评"发表这两篇文章后，我写文章非常注意简洁明晰的风格。《文学评论》是这样的一份刊物，它有能力和资格培养作者。从我的经验来看，《文学评论》形成了一种在主流的意义上最好的风格。

后来我还有数篇文章发表在《文学评论》上，如《"历史终结"之后：九十年代文学虚构的危机》（1999），《无根的苦难：超越非历史化的困境》（2001），《现代性与文学研究的新视野》（2002），《"人民性"与美学的脱身术》（2005），这些文章的发表，要感谢董之林兄的辛劳编辑。我与之林在当代室是多年同事，跟着蒋守谦老师叫"小董"，我和金惠敏、张德祥都是这样叫，她比我们略长二三岁，她也不为怪，应承得也十分自然，这又可见我们当代室同事关系很是亲切融洽。此后有数年我未在《文学评论》发文章，主要是我有多年在写《德里达的底线》和《中国当代文学主潮》这两本书，前者的理路与《文学评论》的旨归可能有些出入；后者是文学史，也不适宜《文学评论》刊用。加之那时有几家刊物，如《当代作家评论》和《文艺争鸣》，主编林建法兄、张未民兄盯我盯得紧，他们都是极敬业的主编，对我厚爱有加，有限的文章只能尽（jǐn）着他们。后来这两家刊物换了主编，高海涛、韩春燕、王双龙诸兄，都是十分友善认真的主编，我自然顺势而为。直至2013年，我才又在《文学评论》发文，这就是那篇《在历史的"阴面"写作》。此前我在山东师范大学应魏建先生邀请做个重读《长恨歌》的讲座，刘艳得知讲座题目和角度，觉得有价值，约我写成文章。要不是她携建德主编和湘萍兄之命再三敦促，我还很难完成这篇文章。原来计划是放在数年之后再来作的一组文章，被这么一逼就完成了。这篇文章我找了一个比较独特的角度，从文本的修辞来解读转化为美学投射的时代意识。对于作家来说，他的时代意识，复杂微妙的心理，如何表达为那些富有文学性的文本语句，我以为这是文学与时代关系的最为确切的而又生动的体现。所有对文学作品的理性概括其实都超出文本很远，通过概括来揭示说作品表达了什么云云，我以为中间还有很大的空隙，甚至存在脱节和跳跃。这尤其表现在对那些意识形态的批评理论所作的分析中，回到文本，就是回到把文学作品看成语言的构造物这样一个朴素的常识上。这两年还有几篇文章陆续发表于《文学评论》，一篇是《他披着"狼皮"写作》，另一篇是《"歪拧"的乡村自然史》，题目都有点怪怪的，我也感激《文学评论》现在的理路尺度有所放宽。这显然得益于建德兄的国际视野和宽厚的人文胸怀以及他对文学研究的个性化追求。这两篇文章都是研究已经被经典化的作家——贾平凹和莫言，研究他们的文章汗牛充栋，要再说出什么惊人之论怕是难上加难。说起来，咱也是被逼到这份上，做文常奉行"语不惊人死不休"，既要在意料之外，又要在情理之中，角度和理路就要另辟蹊径。这两篇文章确实也要感谢责编刘艳，若无她的坚持和敦促也很难成文，或者给了别的刊物。她非常敬业，认真细心，个性又较真，她能直率地提出意见，有些确实是非常好的建议。

粗略统计起来，我从业三十多年，在《文学评论》发表文章大约十四篇，除几篇短文外，大都是二万字左右的文章，《文学评论》对我算是宽仁为怀了。我的深切体会是，《文学评论》始终是一份高标准、严要求、炼精品的刊物。前二十年我们无法评价，就这改革开放四十年，《文学评论》无疑代表中国当代文学研究最高水平。《文学评论》是值得尊敬的一份刊物，它只以文取文，我自己的经验是，给《文学评论》写文章从不敢马虎，不敢有任何松懈。说起来，我的导师钱中文先生担任主编多年，我当年的直接上司（当代室主任）张炯先生也担任主编多年，我的同事董之林兄也编辑当代版多年，同学黎湘萍负责理论版多年，但这些关系与发表文章均无关，他们也绝不会因为有这层关系就迁就文章，我也绝不敢有任何失敬之举。甚至我从未给《文学评论》推荐过一篇我的学生的文章，以至《文学评论》有编辑还对我提出批评：不支持《文学评论》工作。因为，《文学评论》在我心目中享有崇高、神圣、纯洁的地位。我对他一直保持有我读硕士时第一次投稿及发表文章时的那份初心。

六十年风云激荡路漫漫，上层楼引领风骚创辉煌！祝愿《文学评论》永葆青春！不辱使命！

（作者为北京大学教授）

天下担当的气象与胸怀

——我所见的《文学评论》

吴 俊

我与《文学评论》其实没有太多联系，虽然近三十年间我和《文学评论》的几代编辑、几任领导都有交往，有的甚至堪称朋友，但投稿和发表文章的事却很寥寥，连推荐文章的事也同样很少。可以说我是《文学评论》的一个"熟悉的旁观者"。也许因此才有了这次难得的说话机会。太熟或只是旁观者，其实是不容易说话的。

《文学评论》的权威地位不用我费词，要说的是它为什么能从创刊以来一直保持了这种公认的权威地位。答案或许很简单，因为它发表的多是高水平、高质量的文学论文。如果再加一句说明的话，就是它发表的多是能够代表或引领文学前沿的好文章。

文章是作者写的，这说明《文学评论》一直拥有着中国最好的作者资源，而且，更重要的是它受到了中国几代最好的作者的信任。这恐怕是《文学评论》所独有的了。为什么《文学评论》能获得如此的信任？这就要连到另一句话了——文章是编辑发表的。《文学评论》的编辑决定了这本刊物的品质和地位。编辑和刊物从来就是一体的。

《文学评论》的编辑有什么特别之处吗？好像也没啥特别的。我的答案很平常，《文学评论》的编辑多是学者。编辑是工作身份，学者属专业人士。从工作上看，《文学评论》的编辑因为具有了专业水准而保障了刊物的学术性；从专业上看，《文学评论》的编辑其实多是学者而兼了编辑工作之职。首先是学者，学者而兼编辑，这是我要说的《文学评论》编辑的特别之处。而且，这特别之处还在于，这是《文学评论》几代编辑所共有的整体特征。这就不是其他任何一个刊物可与之相比的了。或许，它的芳邻《文学遗产》差堪近之，仅在专业面向上稍逊风骚。

学者而兼编辑，近义是编辑的学术有了保证；往远里说，其实还有一点深意，编辑的学术取向保证的更是刊物的公器品质。所谓学术乃天下之公器，而学术刊物的公器性乃由学者的编辑行为所保障，并非只是编辑的职业行为所致。所以学者而兼编辑的特征隐含的其实是《文学评论》的一种"担当学术天下"的刊物格调和精神品质，说到底就是编辑的自我期许的学术人格。这种人格经由几代编辑的承传发扬，已经内化为《文学评论》的刊物文化传统。《文学评论》正是拥有自身文化传统的一份刊物，它的地位归根到底终究是由自身的强大传统而奠定的。如果仅从制度设计方面考评《文学评论》的源流从属，而疏于探察其中的编辑人格及价值诉求，非但恐致一般的皮相之论，且十足远离了《文学评论》之所以拥有超拔于所有刊物的大气象之内因根源。

《文学评论》的大气象可谓渊源有自，在在皆是。仅举个人一例也能助窥大概。近三十年前我在《文学评论》首发文章时，尚是在读博士研究生。其时正是文学批评风云际会、英雄辈出之时，无名小子如我者冒冒失失径往京师牛耳大刊投稿，也不丝毫考虑自己的不自量力。不曾想未几时竟收到编辑来信，嘉言奖励之间，循循诱导修改润色之处，忐忑之余，更有心悦诚服之感。改稿复投，很快顺利刊出。从此，即便我很少再在《文学评论》上发表文章，但它的温情和诚意则一直留在了我的心里。需仰望而见的大刊俯下身来与一个年轻人自然轻语对话，这是只有虚怀若谷而又包罗万千的大气象才能呈现的姿态。这就是《文学评论》的编辑人格之体现。由此也就明白了为什么年轻学者的文章反而能够在《文学评论》上有机会发表且发表数量如此之多的原因。

就当代文学批评而言，《文学评论》塑造的是中国文学批评的当下生态和未来可能。没有《文学评论》担当天下的胸怀抱负，没有它的专业品第的出色眼光，新时期以来的当代文学批评或许就会是另一副历史面貌了。那么，《文学评论》完全该是一本具有文学史评价意义的刊物。理解《文学评论》的特征和精神，就像是理解中国文学一样，需要有对它的气象胸怀的真诚体悟，我们个人的经历遭际则是对它的一种案例文献支持。

时过境迁，沧海桑田，这些话在新媒体时代已经不足以形容时间之速，天地之渺，中国文学却又何去何从？看《文学评论》吧。至少，我的热情和期待仍将在跟随着《文学评论》的目光中。

（作者为南京大学教授）

感谢《文学评论》

王彬彬

长期以来,《文学评论》在中国文学研究和文学理论研究中发挥着重要的作用。现在,《文学评论》满六十岁了,这无疑是值得庆贺的事情。

但我知道《文学评论》的显赫却是很晚的事情。在《文学评论》上发表文章,就更晚了。

我的中小学教育基本上是在"文革"期间的安徽农村完成的。1978年7月参加高考,一心想学中国文学,第一志愿斗胆填了复旦大学中文系,但最初被最先介入的部队院校录取,学的是外语。虽然自己在外语学习之余也看一点中国文学的书,但那时根本不可能知道《文学评论》这个刊物。学校图书馆是否订阅了这份刊物,都很难说。我想,十有八九是整个学校都没有一份这个刊物的。1982年7月毕业,先是在大别山。那地方山清水秀,但再大的风暴也刮不起一张纸片。在那山沟里,应该无由知晓《文学评论》这样一个刊物。后来,单位整体性地迁回南京(单位本来就在南京,"文革"开始后隐蔽到大别山),被安置在总统府边上。办公室就是当年总统府的一部分,宿舍的原址则是现在南京著名的美食街区"1912"。那时候,每个市镇最大的书店就是"新华书店",而且往往就是该市镇唯一的书店。江苏省的新华书店在新街口,这是江苏省的新华书店总店。总统府所在的大行宫离新街口只两站路,于是,我便常跑新街口新华书店,总是走着去。那时候,拿着部队军官的工资,每月六十多元,在20世纪80年代初,还算是比较高的收入,买书便很多,也肯定从胡乱买来的书刊上知道了《文学评论》这个刊物。

1985年有"百万大裁军"的举措。也许与此有关,军队的总政治部下发通知,现役军人可以报考地方院校和研究所的研究生。在此以前,一直是不允许的。我大喜过望。当初想进复旦大学中文系未能如愿,这回决定报考复旦大学中文系的研究生,但我那时对大学的中文系是怎么回事,一无所知。研究招生简章，有"中国现当代文学"专业。因为对鲁迅有兴趣，而鲁迅属于"中国现当代文学"范围，于是决定报考中国现当代文学专业。

要考中国现当代文学专业的研究生，总得知道一点这个专业是怎么回事、考试要注意些什么吧，南京大学近在咫尺，也有这个专业，何不去向已在这个专业读研究生的人请教请教。于是，请一个同事做伴，骑车到了南京大学。居然找到了中国现当代文学专业硕士研究生的宿舍。那时候，南京大学中国现当代文学专业的研究生，招生数应该很少，我居然找到了他们的宿舍，怎么找到的，现在完全忘了，肯定费了不少劲。

找到的当然是男生宿舍。在那间很窄小的宿舍里，一位同学接待了我们。这位同学三十岁左右，坐在一把木椅上，文雅地微笑着。他肯定说了很多话，但现在都忘记了，只记住了一句。听说我要报考复旦大学的中国现当代文学专业研究生，他问："你发表过文章吗？"停了几秒钟，没等我回答，又说："你如果在《文学评论》上发过文章，那考上肯定没问题！"

我那时谈不上发表过文章。问我是否在《文学评论》上发表过文章，就等于问我是否上过月球。但我从此知道了《文学评论》这个刊物的厉害！

我终于被复旦大学录取。1986年9月进入复旦大学中文系，开始研究中国现当代文学。那些年，文学创作和中国现当代文学研究十分热闹，文学理论界的新观念也层出不穷。一会是"观念年"，一会是"方法年"。这其中，《文学评论》扮演了重要的角色。许多产生重大影响，引起广泛讨论、争议的文章都是由《文学评论》推出的。而我个人，对于《文学评论》的学术特性、学术地位，当然知道得很清楚了。

但我开始在《文学评论》发表文章是很后来的事了。我向来不求上进，一直没有动过向《文学评论》投稿的心思。那些年，每年总有几次在会议上遇到胡明先生、王保生先生和董之林大姐，与他们谈得很投机。所谓投机，并不是观点完全一致。例如，我与董之林大姐在关于当代文学的某些问题上就经常争论，董大姐也毫不介意。与董大姐相识后，她便向我约稿。我开始以为是一种客气，没有往心里去，后来，有一次董大姐很严肃地说："王彬彬！我是诚心诚意地向你约稿！"这让我感动，于是便向《文学评论》投稿。从那以后，我成了《文学评论》比较经常性的作者。胡明先生、董之林大姐等人退休后，我则通过陆建德先生、刘艳女士与

《文学评论》保持联系。由于陆建德先生、刘艳女士待人的真诚和对学术的热情，我与《文学评论》的友好关系也便愉快地延续着。

十多年来，《文学评论》以极其宝贵的版面发表了我多篇文章，借此机会表示由衷的感谢！

（作者为南京大学教授）

我与《文学评论》

张清华

我是1980年上大学的。刚上大学时,知道我们有一位老师特别厉害,因为据说是在《文学评论》上发表了文章。懵懂中便注意到了这本杂志。那时正值朦胧诗的大讨论,在批评界掀起了巨大的风波。作为不明就里的学生,当然并没有真正理解这论争风波中的含义,只是觉得有一种同情——同情被批评的朦胧诗的写作者,还有谢冕、孙绍振和徐敬亚几位先生,但又不知道该用什么武器来回应那些气势汹汹的批评。但有一天,我随机地翻到了《文学评论》中的一篇丁玲的文章,那应该是1981年的第1期,题为《我所希望于文艺批评的》,便觉得很有道理,很解气。文章的大意应该是文学批评要讲道理,要尊重作家,不要以地位压人,以上压下,以多压少,以组织压个人,等等。于是便对丁玲有了更多的尊重。

当然,这尊重的基础还是对于她早年创作的喜欢,源于读《莎菲女士的日记》时的那种陌生感与冲击力。但是不幸,我后来又读到了丁玲在20世纪50年代初的一篇《致萧也牧的一封公开信》,读到了那里面也并非完全的不扣帽子、不打棍子的,而且知道了萧也牧作为一个并不张扬的作家,在写出了《我们夫妇之间》那种羞羞答答犹抱琵琶半遮面的"厌弃糟糠之妻主题"小说之后,居然也受到了批判,受到了丁玲这样的老作家的上纲上线的批评,并且在之后销声匿迹,再也没有写出什么东西……便知道,这文学批评可不是好玩的,一个曾经受人尊敬的作家也并不总是正确的,即便是说出了如今这样好的观点,她从前也还做过那样足以无地自容和令人追悔莫及的事情,写过那样的文章。

这便是我最早接触到的《文学评论》,最早所感受到的文学批评的分量与价值,以及陷阱与罪过。后来从工作到读研究生,到成为一个从事中国现当代文学专业的教师、一个专门从事文学批评工作的从业者,这种最初的欢喜和恐惧伴随始终。

1994年秋，我31岁，任教于山东师范大学。在写出了一篇文字之后，终于在长辈老师的鼓励下，鼓起了勇气，第一次给《文学评论》投稿，希望能够像我的老师那样，成为这家名刊的作者，而不只是读者。我记得我的文章是关于后现代主义问题的，当时正值后现代主义问题热，学界有几位风头正健的青年学者，如陈晓明、张颐武、王一川、王岳川等，都在推动后现代主义的理论输入和批评实践，也都有非常凌厉和影响巨大的文章，我不揣谫陋，大着胆子，在懵懵懂懂还并未弄清楚什么是后现代主义的情况下，便冒冒失失写了一篇《认同或抗拒——关于后现代主义在中国的思考》，随后借了我的业师之一著名批评家宋遂良先生的推荐，又借故来京城，直接闯到了位于建国门的中国社会科学院大楼的编辑部，找到了当时负责当代文学稿件的蔡葵先生。蔡先生是宋老师的大学同学，自然对我态度和蔼，他放下手里的事情，耐心地与我聊了一会儿。我呢，因为紧张，觉得自己整个脸都在发烧，嘴巴也不怎么听使唤，磕磕绊绊在叙述自己文章的意旨，好在蔡老师仍然和蔼平易，微笑着说，好，年轻人，我看看再说，会尽快给你一个回复。

　　随后，到了当年的晚些时候，蔡老师终于来信，说该稿尚可，有些想法与刊物的指导思想刚好吻合，准备发于1995年第2期。我自然内心欢喜，有些忐忑，也有些飘飘然，觉得自己似乎还不太够格，文章能够发表实属幸运。不管怎样，自己终于跻身于在《文学评论》发表文章的学人行列了，这终究是件值得庆幸和骄傲的事。

　　事情进展顺利，到了次年春天，杨柳吐绿时节，我终于收到了散发着油墨香气的刊物，自然也免不了要在几位师长面前显露一下，得到的自然是鼓励，说，小张不错，勤奋，也有点才气，好好干。得到这样的鼓励，自然是高兴的，觉得自己也可以从事那先前一直觉得"危险"的文学批评了，可以装模作样地与那些自己喜欢和尊崇的学者、批评家对话了。

　　就这样，我也像很多同行朋友一样，"不可挽救"地走上了文学研究和批评的道路，并且一下走了二十多年，走进了不再年轻的岁月深处。但是与《文学评论》的情缘，却一度中断。在1995年到2014年几乎整整二十年间，未曾再在上面发表文章。这当然是因为自己的愚钝和怠惰，不曾写出像样的文字，多年中一直贪恋于给那些不太讲究格式和规矩的评论刊物与文学期刊投稿，既不太受字数的限制，也不用刻意去适应其文风，这是一个主要的原因。

但记忆中还是有一次投稿。那是 1997 年秋，我当时关注"新历史主义"理论和"新历史小说"已久，觉得有些心得，在当年完稿的《中国当代先锋文学思潮》一书中，也以专章讨论了"新历史主义文学思潮"的问题。便将这部分稿子做了些修改，投寄给《文学评论》，但很快收到了退稿信。信中大意说，稿子审阅后，认为不适合在刊物发表，请自行处理。我自己也觉得问题不少，至少在格式和篇幅上都并不适合，两万多字的篇幅和拉杂的举例分析，都可能是退稿的原因。但另一方面，我又觉得该问题在当时非常显豁，《文学评论》这样重要的刊物不应将这样的选题错过。后来我蛮郁闷地在抽屉里压了大半年，直到 1998 年夏季才发现《钟山》杂志当时开有一个叫作"思潮反思录"的栏目，便投寄了过去。这次意外的顺利，当时正调离《钟山》杂志的名编，也是批评家王干，将此稿留给了继任者贾梦玮，很快在年末发出。没想到，这篇文章给我带来了很多幸运的机遇，1999 年德国海德堡大学的研究员、汉学家洪安瑞看到这篇文章，居然与她的老师，也是海德堡大学的副校长、汉学家魏格林教授一起邀请我到海德堡讲一个学期的课，他们是以给我一笔学术奖学金的方式，让我给汉学系高级班的同学讲一门叫作"新历史主义文学在中国"的课程——当然，我出于各种考虑还是将名字改为了"中国当代文学中的历史叙事"。这一邀请造就了我长达半年时间的欧洲之旅，让我获益良多，长了不少的见识。

说来说去，与《文学评论》的情缘还是显得浅了些。不过，最近的三年中，倒是得到了一些青睐，连续在刊物上发了两篇文章，一篇是《潜结构与革命文学的"文学性"问题》，一篇是《莫言与新文学的整体观》，两篇文章似乎都有不错的反响。这要感谢年轻但也已资深的刘艳编辑，她的认真严谨而不无"严酷"的编辑风格也让我感受良多，得益良多，没有她的督促和建议，这两篇东西或许不一定能够如期诞生。

最后，我还是要说，一个研究者和批评角色的成熟，永远离不开刊物平台的托举，离不开好的编辑的学术眼光和学术交流。我内心的感念无以言表。所能够做的，是常常而又默默的自我反思与鼓励：反思自己是不是忘记了批评的初衷，是不是违背了一个学人的基本良知，是不是维护了文学和人的尊严，是不是把古今中外的一切优秀的作品和研究作为了自己的学习目标。只有这样的不断自省，才会在正确的道路上前行。

（作者为北京师范大学教授）

《文学评论》与我的"十七年文学"研究

张 均

我与《文学评论》杂志的关系,主要是读者和刊物之间的关系。作为作者,我在《文学评论》发表论文的数量是较少的,但我之所以能在"十七年文学"研究的"偏僻小道"上流连经年,却多受益于《文学评论》的启发与肯定。《文学评论》近几年刊发我的几篇论文,基本上属于"十七年文学"研究的范围。身处"学术边陲"之地,青年学者的思考自然会更多一些寂寞与自我怀疑,但《文学评论》犹如暗夜灯火,激发了我的一些不信任和不乏犹豫的尝试。

在跟随於可训师从事博士后研究工作之前,我基本上未曾涉足"十七年文学"研究。尽管从本科时代起(我本科念的是机械专业),我就对《创业史》之于"吾乡吾土"的精湛笔力留有深刻印象,但最初我的研究却是从"华美的但是悲哀的"张爱玲开始的,先后出版过《张爱玲传》(再版3次)、《张爱玲十五讲》等著作。当时正值21世纪之初,"十七年文学"研究经过"重写文学史"的持续冲击,已陷低谷久矣。但亦在此时,洪子诚先生的一篇原刊于《文学评论》的《关于五十至七十年代中国文学》一文的广泛流传,尤其是他的《中国当代文学史》与《问题与方法》两书的相继出版,以完全不同的立场和方法打开了"十七年文学"的问题空间。洪先生不大赞成"二十世纪中国文学"论和"重写文学史"实践对于"十七年文学"的"非文学化"处理,相反,他明确认为:"这三十年的文学,从总体性质上看,仍属'新文学'的范畴。它是发生于本世纪初的推动中国文学'现代化'的运动的产物,是以现代白话文取代文言文作为运载工具,来表达20世纪中国人在社会变革进程中的矛盾、焦虑和希望的文学。"[1] 他还借亲历者的体验与眼光将文学组织、批评体制、读者

---

[1] 洪子诚:《关于五十至七十年代中国文学》,《文学评论》1996年第2期。

反应、出版与传播等"外部研究"问题悉数纳入"十七年文学"研究。这种史识在当时给予学界重大"震动",甚至可以说是以一人之力重新启动了一个学术领域。我自己也从中看到了一片新鲜的充满未知的学术"原野",正好此时於可训师建议我跟随他做一个涉及"十七年"的"中国当代文学接受史"的课题,我也就由此踏上了"十七年文学"研究的道路。

於可训师交给我的"中国当代文学接受史"课题严格讲来并没有完成,经他同意,我将这一课题改造成了"中国当代文学制度研究（1949~1976）"。这项研究后来由北京大学出版社出版了同名专著（台湾秀威资讯出版公司出版了它的增订本）。2008年,《文学评论》第一次从来稿中选发的我的论文《"普及"与"提高"之辩——论五十年代精英文学与通俗文学的势力之争》,即属于文学制度研究的一部分。我做当代文学制度（1949~1976）研究,自然与洪子诚先生的理论启发有关,但与当时也在关注"十七年文学"研究的部分学者不同,我愿意将自己在现实中"冷眼观世"的经验与学术对象"打通"起来思考问题。以我在企业和大学完全不同的工作经历来看,构成普通中国人生命经验的,较少是政治权力与个人自由之间无解的悲情冲突,频频可见的却是单位内外因利益差异（也小概率地因观念差异）而展开的此未伏而彼又起的势力冲突。少年时代读过的《五代史》中那些围绕皇权而展开的残酷的"丛林竞争",更加深了这种"暗黑"的"历史感"。因此,我在研究时对那种流行的将"'政策'与'对策'的历史"以及党与"文学上持不同政见者"（Literary Dissent）[①]之间的故事演绎为"十七年文学""主导性"的甚至唯一的历史的做法,多少是不信任的。相反,对洪子诚先生所说的文学史变迁中"不同文学成分、文学力量之间的冲突"则心有戚戚焉。以我看来,在中国这种极端复杂的社会环境中,制度（规则）说到底只是被建构之物,它在交错互斥的"力的关系"中被建构出来,又在变动不测的"力的关系"中被运作。而它最终可达成怎样的实践效果,仍取决于"力的关系"最终的博弈结果。而我们最为关注的国家力量,实亦只是这"力的关系"中以较大概率处于强势地位的一方而已（遭到未必易于察觉的抵制、歪曲或挪用亦为"常例"）。这大约是我在制度研究中有意与官方/民间、主流/异端等二元

[①]《"文艺理论与通俗文化：四〇—六〇年代"研讨会记录》,《中国文哲研究通讯》（台北）1996年第3期。

对立思维保持距离的复杂性思维,《"普及"与"提高"之辩——论五十年代文学精英文学与通俗文学的势力之争》一文即是其中一次试探性的史事清理。这篇稿子讨论20世纪50年代初期的刊物编辑制度。当时出于毛泽东革命民众主义的推动,中宣部规定全国地方刊物"最好办成通俗文艺刊物,以主要篇幅发表供给群众的文艺作品材料"。① 这一政策的执行,严重冲击了精英文学的阵地与队伍,结果《文艺报》两度出现"普及"与"提高"之辩。尤其在1953年冯雪峰主持编务期间,接连刊出三封"读者来信"(实系伪造),批评通俗化后地方刊物"陈词滥调老一套","读起来不仅不方便,而且乏味",发行量也是"减少得可怜"。② 这番"讨论",以刊物执行政策不力为借口,最终将政策"推"入巨大的尴尬。最后,在中宣部默许下,这一通俗化政策被无声"埋葬"。在这一具体事件背后,是存在于毛泽东、中宣部高层官员、刊物编辑、读者等不同力量之间的"力的关系",而且以编辑为代表的精英文学势力最终占了上风。在"一体化"大趋势下,这一具体的历史"细纹"或许不为史家所注意,但引起当时在《文学评论》负责当代文学板块的董之林老师的注意。在她的发现与支持下,这篇稿子得以发表。这对刚刚进入"十七年文学"研究的我是个巨大鼓励。借用在国家、制度、势力之间建立的多元主义研究方法,我如期完成了文学制度研究。相关专著出版前后,我又集三年之力,完成了《中国当代文学报刊研究(1949～1976)》一书(即将出版)。我的研究领域,也由此明确落实在"十七年文学"研究之上。

《文学评论》第二次选发我的"十七年文学"研究论文是《小说〈暴风骤雨〉的史实考释》(刊发于2012年第5期)一文。这是我的"十七年文学"研究的第三个不大不小的目标——"中国当代文学本事研究(1949～1976)"——的一部分。从制度研究、报刊研究转向本事研究,大约与我对21世纪"十七年文学"研究多拘泥于"外部研究"的不满有关。比较起史料的发掘与梳理,我更向往某种"内""外"互动、史料与阐释可相互激发的研究。换言之,若能将洪子诚与海外"再解读"熔冶一体,在我看来,当是"十七年文学"研究再度自我突破的又一个"缺口"。在有关"重返八十年代"的学术工作中,程光炜老师的"后现代加历史分析"

---

① 全国文联研究室:《关于地方文艺刊物改进的一些问题》,《文艺报》1951年第3卷第6期。
② 嘉季等:《对地方文艺刊物的意见》,《文艺报》1953年第7期。

的研究方法，实在是很可取法的对象。在这样的学术考量下，有关以"真人真事"为据的"红色经典"的本事研究就成为我在"十七年文学"这片"原野"上继续"作业"的另一个小小园地。相对而言，本事研究在古代文学研究中较为常见，如"本事发微""本事考略"一类的工作，但毋庸讳言的是，古代学者在"释"的层面用力不深，也不以为陋，但长期以思想力量为本的当代文学研究却断不可以"考"为满足。我写《暴风骤雨》这类稿子，"本事考"当然是基础的和必需的。为此，我曾专门去过故事发生地黑龙江省尚志市元宝镇（小说中易名"元茂屯"）实地探访（后来还实地到访过微山湖、沙家浜、渣滓洞、温泉屯等"红色经典"原型地作田野调查）。但我的兴趣却不愿止于单纯的"考"。汇聚于眼前的各类"毛茸茸"的、似乎仍留有当年历史脉搏的原始史料，令我欣喜，更令我在理论上陷入困惑。譬如，土改中农民、地主、共产党之间的三边博弈，进入小说就被改写成革命的启蒙与被启蒙；又如，现实中集义士、悍匪、叛徒于一身的"座山雕们"进入小说后就变成了"看不见的敌人"，而在"杨子荣"英雄面影下那个真名为杨宗贵的普通青年农民的内心痛楚又何曾引起作者与读者的兴趣？诸如此类的疑惑，无疑需要适当的理论解释。出于这种解释的压力，我在近年对有关《暴风骤雨》《红岩》《林海雪原》《保卫延安》《铁道游击队》等文本的研究中，逐渐形成一种可以称之为"实践叙事学"的本事分析方法。它包括两个主要层次。一是从现实生活中的本事到作家准备讲述的故事，哪些经验史实可以进入故事、哪些又不可进入，其间存在特定的故事策略的选择。二是从"可以叙述"的本事史实到作品中最后呈现出来的情节，其间又经过了特定的因果叙述机制的重组。关于这种不太成熟的分析方法，我后来专门撰成文章《实践叙事学与中国现当代文学研究》发表，但在以《暴风骤雨》为例展开最初的本事研究时，对它是否具有学理价值，心里实在是忐忑。幸运的是，《文学评论》以及素不相识的编辑给了我及时的鼓励，几乎第一时间就选用了《小说〈暴风骤雨〉的史考释》这篇稿子。这使我对自己"内""外"结合的本事分析方法有了一点信心，并在此后陆续完成的系列本事考释的文章中，总是力图将本事、故事的辨异过程与社会主义现实主义的"实践叙事学"结合起来，希望在各类被"重新讲述"的"真人真事"的背后发现其"新人叙事学"、反面人物叙述与社会再现的某些"结构"。这种理论企图，虽然多少有些过时的本质论的痕迹，但于我自己，确实有些不足为人道的思考的快乐。

由于本事研究对于田野调查的要求，这项工作在我手中可能还将持续两到三年。但与此同时，我也在思考，自己下一步的工作将往哪里去？对此，我着实是一度陷入迷茫的。但在2014年，我所供职的中山大学中文系一位前辈对我说："学术可贵之事，乃在于'啃'下本学科的'硬骨头'。"此话于我，犹如醍醐灌顶，一语惊醒梦中人。实际上，在踏足"十七年文学"研究的十余年里，我一直有个困惑："十七年文学"的价值究竟何在？对此，丁帆老师、王彬彬老师都是坚决否定的，甚至反对其他学者从相对正面的角度研究这一时期的文学。陈晓明为此和王彬彬发生了引人注目的论战，不过如果对"十七年文学"不宜轻率否定，那么它的价值究竟何在，陈晓明老师亦言之未详。而就我而言，"烂苹果论"这类矫枉过正的判断的确不大符合自己的阅读经验。实际上，在念机械系本科的时候，课外阅读中外小说甚多，一次竟偶尔读到书名乏味之极的《创业史》（那时尚不了解此小说在文学史上的地位），竟然被心理逼真至极的梁大、素芳、改霞深深吸引，很是叹服此书作者对于乡土伦理、人心的精细把握。数年后，考研进入中文系，发现洪子诚先生所著《中国当代文学史》竟称《创业史》是"图解政策"之作，不由令人深感可惜，学养深厚如洪先生者其实对于乡村生活也是存在自己意识不到的阅读障碍的。而本系前辈的学术经验，突然让我意识到："十七年文学"价值何在，不正是一个当代文学学科至今未能解决的"硬骨头"吗？这倒不是要"逆转"时论、罔顾事实地"论证"它的杰出，而是如汪晖所言，"如何重新理解中国革命，重新理解社会主义遗产，重新理解这一遗产中的成就与悲剧，是当代中国知识界迫切需要回答却未能回答的重大课题"[①]。文学亦如是。这是一段兼具成就与悲剧、"遗产"与"债务"的特殊文学史，在经过长达30余年的拒绝与排斥之后，我们是否可以把它们看成表达"中国人在社会变革进程中的矛盾、焦虑和希望的文学"？如果"五四文学"、"八十年代文学"以自由为诉求，那么"十七年文学"的核心诉求显然不在此处，那么它的价值又系于何处呢？这些问题牵涉甚广，事实上也超出了我的理论储备，但它又是不可绕过的"硬骨头"问题，我必须尝试回答自己。为此，

---

① 汪晖：《去政治化的政治：短20世纪的终结与90年代》，生活·读书·新知三联书店，2008，第153页。

我花费半年时间完成了一篇较长的稿子《重估社会主义"遗产"》，从"人的文学""发现社会""新文化"创造等几个方面讨论了"十七年文学"的核心价值诉求及相应叙事实践。幸运的是，《文学评论》再次给予了我及时的支持，于2016年将它刊登出来，《新华文摘》（数字版）也在第一时间予以全文转载。这些支持，无疑让初步接触这类问题的我感到温暖。尽管"重新理解社会主义遗产"未必在我能力范围之内，但人之一生，总得做一两件自以为有价值的事情吧？对"十七年文学"的"重估"，或可列入其中。

以上是接近十年的时光里我与《文学评论》偶然而又重要的几次"交接"。时光流逝，令人慨叹。"十七年文学"研究还在进行中，我自己的工作在其中是"仅仅微小而又微小的波浪"。这或许是多数学者已经面临或将要面临的学术生涯。因此之故，我总不能忘记诗人穆旦写在1976年的几句诗："我冷眼向过去稍稍回顾，/只见它曲折灌溉的悲喜/都消失在一片亘古的荒漠，/这才知道我的全部努力/不过完成了普通的生活。"或许，有了这种大悲悯，我们的学术才会变得从容而又安静。"心静乃能见众生"，在一个安静的世界里，我们才能既听得见自己内心的声音，又容得下自己之外的万千种声音，甚至是和自己完全异质的万千种声音。而这，实亦我作为读者之于《文学评论》的期望。希望在未来的岁月里，《文学评论》继续是一个"众声喧哗"的世界，继续是不同立场、不同方法、不同问题意识相互竞争而并存的场所。《文学评论》之于当代学术的价值，以此最是相宜。

（作者为中山大学教授）

永恒的学术引领着我们飞升

——我与《文学评论》的学缘

李遇春

作为一个"70后"青年学人，我无疑是幸运的，因为我是进入21世纪以来《文学评论》上发表学术论文较多的作者之一。近些年来常常听到一些师友对我的嘉许，他们谈及的话题往往离不开《文学评论》对我的扶持和培养。我深知，没有《文学评论》的关爱就没有我的今天，我就是在《文学评论》的引领下不断地朝着学术天空展翅飞翔的青年雁阵中的一员，《文学评论》就是我心目中永恒的学术高地和灵境，就是我们每一个有志于文学研究的当代中国学人的神圣殿堂，唯有在它的引领下登堂入室，才能见证学术上质的飞跃乃至辉煌。我感恩于《文学评论》十多年来对我的无尽恩泽，因此在这个庄严的时刻到来之际——《文学评论》六十周年华诞，我必须献上我的心底絮语，讲述我与《文学评论》的深厚学缘。

我生于1972年，中小学时代是在如今时常被人用来怀念的"八十年代"里度过的，但坦率地说，我们这代人并没有亲身领略到"八十年代"中国文艺和学术繁荣的盛况，因为那时候年少无知，一心埋头走高考的独木桥，是无暇顾及当时盛极一时的中国文学与学术的，虽然偶尔也能从影视和课外读物上关注到一点当代文学的最新讯息，但大抵是与"八十年代"的文学盛况相隔膜的，这是我们这代人的遗憾。1990年我考上大学，从此开始了我的高等教育生活，除了短暂的工作经历，整个"九十年代"里，我基本上是在大学校园度过的，直至获得文学博士学位。众所周知，"九十年代"是中国社会向市场经济和消费社会转型的时代，也是所谓"思想淡化"而"学术凸显"的时代，这个时代与"八十年代"的文学环境和学术语境已经有了很大的不同，我们这群置身校园的硕士和博士们大都亲身体会到了时代的变迁在我们学术生命中的投影。简单地说，那个年代的我们大都深刻地体验到了文学研究中"思想"与"学术"之间相互撕裂的痛楚。一方面,我们身上还残存着"八十年代"遗留下来的"思想"冲动,每每下笔都有主观倾诉或抗辩的冲动;另一方面,师长们又不断地训诫着我们要回到"实学"或"实证"的传统,不要做那些贩卖西方理论的"假洋鬼子",然而,要想在西方思想资源与中国文史传统之间寻找到恰当的学术平衡点又谈何容易!回过头看,我30岁那年完成的博士学位论文《红色中国文学史论》(原名《权力·主体·话语——20世纪40~70年代中国作家的话语困境》)就带有强烈的时代印记,它记录着我在"九十年代"的求学心迹,这就是在"思想"与"学术"两种范式之间的徘徊和调整。

不难想见,我最初向《文学评论》投稿是以失败而告终的。那是2002~2003年的事了,那两年我将博士学位论文中自以为得意的章节抽出来投稿,但都如泥牛入海。我开始系统阅读《文学评论》上的名家论文,以此反观自己习作上的弱点。我逐渐悟到《文学评论》的学术奥秘,那就是倡导"本色"学术,切忌生搬硬套西方思想和文论资源,而是将西方思想和文论资源消化于心,仿佛如盐入水虽有味而不留痕迹,此之谓学术本色。明乎此,我开始尝试着个人的学术转型,虽然我至今不悔少作,但我必须承认,本色学术才是学术的正途,舍此,虽不见得是学术的歧途,但肯定是学术的旁门小道。回想起来,2004年应该是我在学术上正式开窍的一年,那一年我的论文《告别与寻找——关于张一弓小说的话语转变》刊发在《文学评论》第4期上,那是我平生第一次在《文学评论》上发表论文,从此与《文学评论》结缘。我至今记忆犹新的是,那年得知自己的论文即将刊发《文学评论》时心中的那份狂喜!这份狂喜中可谓五味杂陈,其中也隐含了一个学术青年跋涉的艰辛与苦涩。冷静下来我才意识到,我的学术反思和方法调整已初见成效,剩下的就是坚持学术的正轨,不断地积累和夯实自己的学术功底,待时机成熟再努力开拓新的学术疆域了。正所谓豪华落尽见真淳,从此我努力开启本色学术之旅。虽然我依旧关注西方理论,但我不再像过去那样膜拜西方理论;我开始不断汲取中国传统文史学术的滋养,但又时刻注意着与西方现代知识社会学、知识考古学相交通,从中领悟和探索真正的当代中国学术奥秘。

回顾十几年来与《文学评论》的学缘,我深切地感受到《文学评论》就是当代中国青年学人寻找治学门径的灯塔,它永远坚定地站在高处指引着我们的学术航向。每一次成功的投稿经历都是对我个人治学之路的一次重要鞭策,我感觉自己有限的学术潜能正在被这家资深学术刊物所唤醒,每当我有所懈怠之时它就在无形中敦促我再度启航。《文学评论》不只是发现了我这个无名作者,它还塑造了我的学术人生。正是《文学评论》改变或修正了我的学术范式或治学路径,从此在学术研究中我与《文学评论》之间仿佛有了深深的默契。这种学术默契首先体现为倡导文学史视野中的作家作品论。从《告别与寻找——关于张一弓小说的话语转变》开始,我在《文学评论》上发表过多篇作家作品论,如《在"现实"与"规范"之间——贺敬之文学创作转型论》(2005)、《六十年代初历史小说中的杜甫形象》(2006)、《陈忠实小说创作流变论——寻找属于自己的叙述》(2010)、《焦虑的踪迹——论路遥小说创作心理嬗变》(2011)、《"进步"与"进步的回退"——韩少功小说创作流变论》(2014)等,这些作家作品论都不是泛泛的孤立的作家作品解读,而是立足于宏观的文学史视野对特定的作家作品展开历史的批评,文风大抵朴实本色,粗看似乎少了理论色彩,细读才能发现思辨的张力。我慢慢意识到,只有文学史视野中的作家作品论才能构成真正意义上的文学史的基石,而那些印象式的浮泛的作家作品论往往很快成为过眼烟云。

  我与《文学评论》的第二种学术默契是崇尚文学本位的文学评论或文学研究。长期以来,国内文学研究界流行着跨文学研究或反文学研究模式,学者或评论家们习惯于拿着中外思想文化的利器肢解我们的文学家和文学作品,诸如哲学、心理学、文化学、社会学、政治学的学术利刃,常常无情地刺向了众多的中国作家作品,仿佛他们或它们不是活生生的艺术个体生命,而是种种高大上的理论的牺牲,这样就无形地剥夺了作家作品的艺术独立品格。这是一种失位的文学批评,这种文学批评家往往缺乏对文学艺术的敬畏和同情,他们在学术跨界或越界的同时丧失了自己的文学本位和审美本位,把文学论文写成了社会学论文,写成了哲学论文,写成了文化学论文,就是不愿写成文学论文。而这样的打着文学旗号的非文学论文,我们在《文学评论》刊物上是很难见到的,因为《文学评论》的编辑队伍有着自己深厚而独特的文学研究素养,他们坚定地捍卫着固有的学术传统,不会轻易地向学术时尚和评论流俗投降,他们的存在就是对当代中国文学研究学术品格的深情守望。与此相类,我的那些文学史视野中的作家作品论大都坚守着文学审美形式分析的本位,无论对于革命年代的作家作品，还是对于改革时代的作家作品，我都尝试着贴近作家作品的审美形式和艺术结构进行文本分析，努力揭示其在时代变迁中的艺术流变，将古人所谓"辨章学术、考镜源流"的实证精神落实到具体的当代作家作品论中。我在这方面的综合性研究成果主要体现在《"传奇"与中国当代小说文体演变趋势》一文中，原刊《文学评论》（2016年第2期），旋即被《新华文摘》（2016年第11期）和《中国社会科学文摘》（2016年第9期）全文转载。此文被中国文联和中国文艺评论协会联合授予2016年度中国文艺评论优秀作品"啄木鸟杯"，后又获得第六届唐弢青年文学研究奖，授奖词中对我立足文学文体本位的艺术考察方式作了较高评价。这其实更是对《文学评论》选文标准和学术崇尚的肯定和表彰。

说到第三种学术默契，我最难忘的是《文学评论》对中国当代文学研究中新的学术生长点的开掘和培植。细数起来，我在《文学评论》上发表过三篇当代旧体诗词论文，分别是《沈从文晚年旧体诗创作中的精神矛盾》（2008）、《胡风旧体诗词创作的文化心理与风格传承》（2009）、《田汉旧体诗词创作流变论——兼论他与南社的诗缘》（2012）。这大约是《文学评论》集中向旧体诗词研究敞开学术大门的标志，带有某种开风气的性质。记得那几年国内学界围绕旧体诗词是否能够入史的问题展开了激烈的学术争鸣，支持者与反对者互不相让，各自都有鲜明的文学史立场，一时难以取得共识。就是在这种学术背景下，我没有轻易地卷入旧体诗词及其研究的合法性论争，而是潜心研究当代旧体诗词名家个案，将其置放在"五十至七十年代"的整体文学史语境中加以考察，既探讨诗词作家文化心理的生成，也剖析诗词作品艺术风格的流变，从而摆脱了那种习见的鉴赏式或评点式的旧体诗词研究模式，试图为新的历史语境中的旧体诗词研究开辟新的学术路径。记得随后不久《文学评论》还刊发过吉林大学马大勇教授关于网络旧体诗词研究的论文，进一步将当代旧体诗词研究推向新的学术前沿。这显然体现了《文学评论》兼容并包、海纳百川、独领风骚的学术风范。

如今，我已步入中年，虽然在学术道路上我曾得到过很多文学研究杂志的青睐，但我最难忘的无疑还是《文学评论》对我长期的扶持和关爱！我深知，自己学术道路上的每一个重要的进步都离不开《文学评论》的支持，继2009年入选教育部新世纪优秀人才支持计划之后，我又入选了2016年度教育部长江学者奖励计划青年学者。这些重要荣誉的取得，都凝聚着《文学评论》诸位主编和编辑老师的心血！我深深地感激他们！放眼未来，在《文学评论》的引领下，我的学术视野必将越来越开阔，无论是小说评论还是旧体诗词研究，我都将其纳入中国文学传统的创造性转化中，争取向着更高远的学术境界飞升。

（作者为华中师范大学教授）

《文学评论》"稿约"的历史变迁与中国当代的文学研究

寇鹏程

《文学评论》(简称"文评")即将迎来创刊 60 周年的日子,这样一份权威杂志 60 年的历程自然分外引人关注。《文学评论》直接参与了中国当代文论的历史进程,一定程度上塑造了中国当代文论的学术生态结构;这份刊物的历史从一个角度说就是中国当代文论的历史,具有广泛的社会影响,很值得研究。对一份杂志的研究可以有多个层面,笔者注意到,《文学评论》近 60 年"稿约"的历史变迁——这个看上去无关紧要的"附件"——却也大有文章,一段段"稿约"折射出中国当代文学研究的曲折历史。"稿约"对于中国当代文学研究的某种"规约"与倡导,已经成为中国当代文学领域"学术写作史"的一部分,具有很高的史料价值,值得我们重视和研究。这个"稿约"的历史明显可分为两个阶段:第一个阶段是 1949 年到 1966 年这"十七年",第二个阶段是 1978 年复刊以来这 30 多年。

一 "十七年"时期的"稿约"

《文学评论》1957 年创刊,创刊时名为《文学研究》,为季刊;1959 年改名为《文学评论》,变为双月刊。从 1957 年创刊到 1966 年第 3 期停刊,整整十年,共出杂志 53 期。从创刊一直到 1966 年第 2 期,每一期的封三都是固定栏目"稿约"。1966 年第 3 期封三空白,没有了"稿约"的内容。1957 年第 1 期发表的"稿约"共 286 字,共六项内容,主要就发表稿件范围、书写格式、是否退稿、稿酬、寄稿地址进行约定。这一时期的52 篇"稿约"几经变化,让我们从一个侧面看到了一份名刊的诞生,看到了中国当代文学研究的生存状态与历史。

（一）寄稿地址问题

我们先从看上去最简单的"寄稿地址"这一条说起。仅是"稿约"最后一条的"来稿请寄"在这十年中就经过了五次变化。1957 年第 1 期为："来稿请寄北京西郊中关村科学院社会楼文学研究编辑部，不要寄私人。"而仅仅在 1 年后的 1958 年第 3 期，这一条变成了："来稿请寄北京西郊中国科学院文学研究所'文学研究'编辑部，勿寄私人，以免延误。"这个变化是把先前的"科学院"变成了全称"中国科学院"，加上了办刊单位"文学研究所"，杂志"文学研究"加上了引号，表明是一种特指的刊物名称。"不要寄私人"变成了"勿寄私人"，主要是文雅了一点，关键是后面又加上了"以免延误"，解释了一下为什么"勿寄私人"。这一细微的变化可以看出办刊者严谨的学术态度、认真的作风以及对读者的关心体贴。而就在紧接着的 1958 年第 4 期"稿约"中，这最后一条又变成了："来稿请寄北京建国门内'文学研究'编辑部，勿寄私人，以免延误。"当然这主要是因为中国文学研究所的办公地点搬到了建国门内，所以要及时告诉读者。但这一条在接下来的一期即 1959 年第 1 期的"稿约"中又变成了："来稿请寄北京建国门内《文学评论》编辑部，勿寄私人，以免延误。"这里，刊物名称变为"文学评论"，刊物名的引号变成了书名号，其余没有变化。这一修改可以看出编辑部对于规范化的严格要求。但这个地址的变化并没有就此完结，1965 年第 1 期，寄稿地址又变成了："来稿请寄北京建国门内大街 5 号《文学评论》编辑部，勿寄私人，以免延误。"把"建国门内"变成了"建国门内大街 5 号"，这是把地址变得更加规范、更加具体、更加准确了。短短 10 年里，这么简单的一个寄稿地址，"稿约"就变化了五次，简单的事情也变成不简单的了，附着了大量的历史信息，着实让我们感慨当时办刊者的严肃与认真。

（二）稿件退还问题

我们再看"来稿是否退还"，这个问题似乎也没有那么容易，经历了三次变化。在创刊号的"稿约"中写明："来稿如不刊用，一律退还，但本刊人力有限，不一定提意见。"刊物能够将不刊用稿件"一律退还"已经很不容易了，"不提意见"当然可以接受。这一条在 1958 年第 3 期的"稿约"中变成了："来稿如不刊用，5000 字以下的短稿不退，请投稿者自留底稿；长稿退还，但不一定提意见。"从"一律退还"到有的退有的不退，看来这是为了减少编辑部的工作量；不退稿，这似乎也并没有什么不妥，是可以理解的。而且此"稿约"还折中了一下，长稿退还，只是短稿不退，还体现了一些人情味。显然考虑到书写"长稿"的不容易，而为作者着想了，所以将"长稿"退还。但是仅以稿子的长短来决定退稿还是不退稿，这似乎也有点不合理，所以1961年第2期开始的"稿约"里，这一条又变更为："来稿如不刊用，一律退还，但不一定提意见。"所有稿件现在又一视同仁，回到"一律退还"的起点，从"一律退还"到"短稿不退"再到"一律退还"，这种"犹豫"充分显示了刊物对于作者的尊重，随时在校正自己，体现了办刊者的科学严谨与人文情怀。

（三）稿酬问题

那时候"稿约"的每一条似乎都不简单，在用稿是否致稿酬这一看似简单的问题上，"稿约"也经历了三次变化。从创刊号开始，"稿约"即标明："来稿刊用后，即致稿酬。"这看上去似乎并没有不妥。但1958年第3期，这一条改成了："来稿一经发表，即致稿酬。"这一"咬文嚼字"的变化好像没有太大差别。从"刊用后"致稿酬到"一经发表"致稿酬，其实，这一变化耐人寻味。因为如果稿件被刊物确定使用了，但可能还没有公开发表出来，这中间可能还有一段时间，这时候不能给稿费，要等到公开发表了才能给稿费，这种字斟句酌的"较真"让人佩服。现在很多刊物的"投稿须知"里常用"一经采用，即致稿酬"，其实应该纠正。因为刊物通知作者采用了他的稿子，但往往还需要排队等待，有时一年半载才发表出来，虽然"采用"了但并没有"即致稿酬"，而是等到"发表"出来后才给稿酬。从这儿我们可以看到，"十七年"时期《文学评论》的"稿约"是多么认真，"稿约"也充满了学术态度，确实不是一个小事情。而到了1965年第6期的"稿约"，又有了变化，这一次的"稿约"里已经没有"来稿一经发表，即致稿酬"这一条了。

（四）发表论文范围问题

如果说上面三条是"稿约"中"形式"部分的内容，相对比较简单，那么，"稿约"中对来稿"内容"要求的变化则更加耐人寻味，对文学研

究格局的影响也更大了。在创刊号中,"稿约"提出刊物发表稿件的范围,其第一条"本刊发表下列稿件"中共列出五方面内容:

  1. 论文:包括对我国和外国古代至现代的作家、作品、文学史上的问题、文艺理论和民间文学的研究,对文学研究论著的评论,对错误的文艺思想和文学研究的错误的观点、方法的批评。
  2. 有关作家、作品和文学史上的重要问题和重要材料的考证。
  3. 有关文学研究的重要资料和经过整理的有参考价值的文学资料。
  4. 对国内外新出版的文学研究、理论批评等方面的著作的简短评价。
  5. 讨论文学研究方面的问题的通信。[①]

  同时,"稿约"第二条专门指出"除外国学者专为本刊撰写的论文外,不发表译稿",也是对发表文章范围进行的约定。我们可以看到,在"百花齐放、百家争鸣"的背景下创刊的《文学评论》,对于来稿的要求还是比较宽泛的,从形式上说,严格的学术"论文"与整理的"资料"、"考证"以及"短评"、"通信"都可以。来稿内容看上去也没有特别的要求,古今中外作家、作品研究以及文艺批评、文艺理论、书评等都可以。然而,这一来稿要求在1958年第3期的"稿约"中发生了较大的变化,把"论文"部分逐条细化,分别列出,稿件范围变成了八条:

  1. 对当前文学作品、当前创作问题的评论;
  2. 对当前资产阶级唯心主义、修正主义及其他错误的文艺思想的批评;
  3. 对当前重要文艺理论的研究和讨论;
  4. 对我国和外国文学史上的重要作家、重要作品和重要问题的研究;
  5. 对我国各民族的民间文学的研究和评论;
  6. 对国内新出版的文学创作、文学研究和理论批评方面的著作的书评;
  7. 关于我国文学史上的重要作家、重要作品、重要问题的资料和考

[①]《文学研究》1957年第1期的封三。

证，特别是有关现代文学的重要资料；

8. 讨论文学创作、文学研究和文艺理论方面的问题的通信。①

我们可以看到，这个"稿约"最明显的是前三条对"当前"的重视，连续三个"当前"特别醒目，稿约大大加强了对于"当前"的要求，其他方面的内容都靠后了。第二条特别提到"对当前资产阶级唯心主义、修正主义及其他错误的文艺思想的批评"，这是由于1957年下半年"反右"运动的兴起，"放"的政策变成了"收"，对于文艺界中"人性论"等的批判大大增加，"稿约"也应时强调了这种批判的需要。从这个"稿约"中我们完全可以读出当时学术环境的改变。对于考证资料，新的"稿约"第七条也强调了"特别是有关现代文学的重要资料"，显示了对于"现代"的特别关注，这与当时的古今之争也有密切关系，明显地向"今"倾斜。1958年初，文学研究所举行了一次关于文学研究方针任务问题的辩论，会上有人批评当时的研究者不研究当前文艺运动中的问题和作品，在实际工作中以研究古典作品为主，存在着脱离乃至轻视实际斗争的倾向。为了摆脱这种现状，"稿约"大力加强了对于"当前"的要求。

这一"稿约"对于《文学评论》上发表的论文有着直接的影响，现当代文学研究与当前理论批评的文章一下子多起来，改变了文学研究的格局。1957年《文学评论》总共发表"书评"以外的学术论文39篇，古代文学方面的就有20篇，占一半左右的分量。而1958年"稿约"后，"古代文学"方面的论文马上大幅下降，1959年全年"古代文学"只发了5篇论文，而"现当代文学"与当前的"理论批评"方面的论文大幅上升，1959年两者共发表了39篇，而当年总共发表的学术论文为49篇，"现当代"与当前"理论批评"占了79%。而且在以后各期的论文格局中，"现当代"这一块一直占着重要的位置，发表论文数量都居于各板块的前列。这一"稿约"到了1959年第2期再次发生了微妙的变化，后面四条没有变化，前面四条变成了：

1. 对当前文学作品和创作问题的评论；
2. 对我国和外国文学史上的重要作家、重要作品和重要问题的研究；

---

① 《文学研究》1958年第3期的封三。

3. 对重要文艺理论问题的研究和讨论；

4. 对资产阶级唯心主义、修正主义及其他错误的文艺思想的批判。[①]

这一"稿约"没有了此前连续的三个"当前"字样，只有第一条冠以"当前"字样。1958年"稿约"中的第四条"对我国和外国文学史上的重要作家、重要作品和重要问题的研究"上升到了第二条，而原来的第二条"对资产阶级唯心主义……的批判"下降到了第四条，这种排序的升降说明了《文学评论》对于文学史上"重要作家、重要作品"研究更加重视，降低了对于当前"资产阶级唯心主义、修正主义"批评在研究中的重要性，这似乎是为了保持刊物更多的学术性，减少一些即时性的批判，所以1961年、1962年发表的"古代文学"方面的论文又有了明显的上升。1961年全年发表了10篇古代文学方面的论文，1962年则发表了17篇古代文学方面的论文。同时"稿约"第二、第三条前面都没有了"当前"两字，表明也注重历史上"重要文艺理论问题"的研究而不仅仅是"当前重要文艺理论问题"。这一"稿约"到1965年第1期，又发生了微妙的变化，原来排在第四位的"对资产阶级唯心主义、修正主义及其他错误的文艺思想的批判"重新回到了第二条的位置，对作家、作品的研究顺降为第三条，这一排位的再次更迭，表明对于"资产阶级唯心主义、修正主义"的批判重新重要起来了，时代的政治风云激荡似乎又通过这一条位置的上升隐隐透露出来。而且这一期开始的"稿约"也删掉了接受"资料考证"文章这一条，不发表"考证"类的"资料"文章了。这与当时"大写十三年""厚今薄古"的时代思潮不无关系。这一来稿内容的变迁史，真是茶杯中见风暴，看出好多问题来。

（五）论文质量标准问题

对于来稿质量方面的要求，"稿约"也经过了几次变化。从1957年创刊号到1958年第2期，并没有提出具体的评价标准。从1958年第3期开始，"稿约"增加了对于稿件质量方面的要求，"稿约"字数也一下子增加到了485字。当时对于论文质量标准提出了五点要求：

1. 对作家和作品的研究要求观点正确并能提出新的见解；

[①] 《文学评论》1959年第2期的封三。

2. 对错误的文艺作品、文艺思想和学术思想的批评要求观点正确并能打中要害;

3. 对新出版的作品和论著的批评、书评要求论点明确,敢于充分地肯定优点、尖锐地指出缺点,不要只是内容的介绍和复述;书评还要求写得简短;

4. 对问题的讨论要求大胆地提出创见;

5. 各种稿件均要求文字准确、鲜明、生动,并力求精练。①

对于稿件质量,根据不同类型文章提出了不同的要求,"关键词"是"观点正确""新的见解""打中要害""充分肯定优点""尖锐指出缺点""大胆提出创见""准确、鲜明、生动、精练"等。而1959年第2期,这一质量标准有了变化,第一条对于作家、作品研究从"要求观点正确并能提出新的见解"变成了"要求经过认真的研究并能提出新的见解",去掉了"观点正确",增加了"经过认真的研究",表明只要是"认真"的学术研究,似乎都是可以争鸣的,而不一定是绝对"正确"的。这一字斟句酌的考量充分显示了一种学术宽容、科学探索的精神,继承了一种兼容并包的学术理想。第二条对错误的文艺作品、文艺思想的批评从"要求观点正确并能打中要害"变成了"要求能打中要害",同样没有再强调"观点正确",这说明"稿约"注意了论文的学术争鸣性质,淡化了"正确",增强了学术民主。这两条都是去掉了"正确"一词,可以看出刊物对于学术标准的思考。这一标准的改变需要很大的学术勇气,是很不容易的,因为当时"政治标准第一"的政治化氛围使得很多文学批评、文学研究变成了"思想鉴定",只求政治上过关,往往忽略了研究的学术争鸣性质,而《文学评论》"稿约"的质量标准却从"观点正确"转到"认真研究",这充分表明了刊物的学术姿态。1959年第2期"稿约"质量要求的第三条对于新出版的作品论著的评价也从"敢于充分地肯定优点、尖锐地指出缺点"变成了"敢于肯定优点、指出缺点",去掉了"充分地"与"尖锐地",这也就去掉了一些火药味,增加了学术争鸣性。原来"稿约"中的最后两条则没有什么变化。

这样的质量标准一直坚持到了1965年第1期,从这一期开始,"稿

---

① 《文学研究》1958年第3期的封三。

约"取消了"来稿质量标准"一栏,没有给出具体的要求了;或许这些标准被批评为高高在上的反动学术权威的标准,不利于工农兵劳动人民发表意见;或许这些标准实际上已经名存实亡,难以执行了。究竟为什么取消"稿约"的质量标准,个中原因还有待继续深入研究。毫无疑问,"稿约"中突然取消了关于论文质量的这些要求,留下了让人思索想象的空间。我们看到《文学评论》在"十七年"时期的十年办刊历程中,一直陪伴着它的"稿约"也和时代文艺一样曲折跌宕,足以成为一种具有史料价值的文献。

二 新时期以来的"稿约"

"文革"结束以后,中国各项事业都进入了一个拨乱反正的新时期,《文学评论》杂志也于1978年正式复刊。从1978年复刊到笔者写作此文的2016年,《文学评论》双月刊又出版了整整38年,到2016年第5期,共出刊了233期。这一历史时期的杂志,不再每一期封三都固定是"稿约"了,而是灵活地在各个"补白"的地方见缝插针刊出"稿约"。在这233期中,共刊出正式的"稿约""本刊稿约"89次,刊出各种相当于或部分相当于"稿约"内容的"致读者""启事""本刊启事""本刊重要启事""本刊处理稿件启事""来稿须知"等20次。刊出编辑部名义发表的"严正声明"4次。"稿约"二字在2000年前出现的频率很低,除1978年第5期和1980年第3期出现过"稿约"外,直到1998年再没有出现过"稿约",这期间偶尔出现几则"启事""本刊启事",交代了与作者投稿有关的一些事情。从1998年第6期开始,《文学评论》才开始大量出现"本刊稿约"。1999年到2001年、2003年到2012年这13年,每一期都在不同的"补白"处刊登有"本刊稿约",这13年共刊出78则"稿约",占这38年89次的88%。2013年后则是不定期刊出"本刊稿约"。这一时期"稿约"的历史变迁同样染上了鲜明的时代色彩。我们还是先从看上去简单的问题说起。

(一) 退稿问题

这是一个简单而复杂的问题,这种纠结主要是因为编辑部对广大作者拥有深厚的感情所致。作为复刊后第一份正式的"稿约",1978年第5期

"稿约"中提出:"退稿不一定都提意见。如三个月内未见本刊采用通知,作者可自行处理。四千字内短稿不作退稿处理。"可见,还是采取的折中办法,4000字以内的稿件不退,4000字以上的"长稿"还是要退还作者的。对于退稿"不一定都提意见",那说明有的稿件要提出"退稿意见"。相对于"十七年"时期"5000字"以内的不退,这实际上扩大了退稿的范围。这一做法坚持到1987年有了变化。1987年第4期《文学评论》刊出了一则"启事"指出:"投寄本刊的稿件,凡铅印稿、油印稿、复印稿,一律不退寄,两个月内未收到采用通知者,可自行处理。"这时候技术的进步带来了"复印""油印"的便利,作者很方便自留底稿,不退稿恐怕也不会引起什么怨言。从这则信息看,"手写稿"可能还是要退还的。而且作者"可自行处理"的时间从"三个月"提升到"两个月",可见处理稿件的效率提高了。

1989年第1期《文学评论》刊出"启事",强调"因财力所限",决定自1989年2月15日起,收到稿件后立即寄给作者"收稿通知","不再退稿"。但是如果实在要求退寄稿件,则来稿时要"附寄足够的邮资"。可见编辑部实际上是愿意退还作者稿件的,不退的原因主要是"财力所限",如自己"附足邮资",还是会退稿给作者的。这样的"启事"在1989年第2期、1990年第6期、1991年第2期以及1995年第3期的"启事"上都刊出过,都强调因"经费困难""限于人力物力"才"一律不退"的,可见不退稿实属无奈。而作者"可自行处理稿件"的时间从1995年第3期的"本刊启事"开始重新变为"三个月内"。从此以后的所有"稿约",留给编辑部处理稿件的时间周期都变为"三个月"了。而1997年第1期"本刊启事"提出"来稿一律不退,请自留底稿,也不要附寄邮票",这表明所有稿件真的"一律不退"了。"不要附寄邮资"的"稿约"一直坚持到2013年,2014年全年没有发表过"稿约"。

(二)稿件格式问题

在新时期的"稿约"中,对于稿件格式的要求也随着形势的发展,有着各种不同的要求。1978年第5期复刊后第一份正式"稿约"要求:来稿用稿纸每字一格进行书写,书写一定要清楚;不能用铅笔抄写或复写;引文一定要核对准确并注明详细出处;来稿写明通讯处和真实姓名,发表时用笔名听便。这反映出那个主要用"手写"年代的特征。这一要求一直到1997年第1期的"本刊启事"则变化为:"来稿要求稿面整洁,字迹清楚,引文、注释务必核对无误。稿件中数字等用法请严格遵照国家语言文字工作委员会、国家出版局等单位颁发的有关规定。"没有再提"稿纸""铅笔"之类的细节了。对稿件格式的要求到1998年第6期的"本刊稿约",除了要求"稿面整洁"外,还增加了一条"来稿请附内容提要,不超过300字",从此稿件要求有"内容提要"也就一直延续到现在。在文章的长短问题上,1980年第3期"稿约"上曾经提出:"经过充分研究的、有内容的长文章我们欢迎;内容充实、言之有物、生动活泼、较有意义的短文、资料等等,我们同样十分欢迎。"除了这则"稿约"以外,在其他的"稿约"里则没有出现对于稿件形式的其他要求了。由此可见,"稿约"对于稿件格式的要求是比较宽泛和基础的。

(三) 稿件投递问题

新时期的"稿约"中一直有对于稿件投递形式的要求。在投稿地址这个问题上,只有1978年第5期和1980年第3期的"稿约"中写明请投寄"北京市建国门外日坛路6号",从这以后各种"启事"与"稿约"中都没有再出现过"投稿地址"这一栏,想必大家拿到杂志,自然知道编辑部所在的地址,所以不必专门写进"稿约"。而从复刊后第一份"稿约"开始,每一次的"稿约"都无一例外强调稿件要直接寄到"编辑部",不要寄给私人,以免延误。从2011年第3期开始,《文学评论》刊出了"来稿须知",要求"来稿请一律采用纸质文本",先直接邮寄给编辑部,等到审稿结束,决定刊用后,再通知作者把"电子文本"寄责任编辑。到这时《文学评论》还是坚持纸质文本稿件作为投稿的基础。到了2013年第5期《文学评论》刊出的"本刊重要启事"中,这一规定又有了变化,这一启事要求"来稿请同时寄纸质文本和电子文本,纸质文本直接寄给编辑部,电子文本发送至编辑部专用邮箱",并同时公布了投稿的电子邮箱。从坚持只要纸本投稿到先纸本再电子版、到纸本与电子版同时投稿,《文学评论》"稿约"对于投搞形式的要求真是一部生动的技术发展史。

"稿约"中关于稿件投递说得最多的另外一个问题就是"一稿两投"的问题。在1980年第3期的"稿约"中第一次出现了"请勿一稿两投"

的要求，从这以后所有正式的"稿约"中都有这一条，而这之前所有"稿约"中都没有这样的约定，想必这个问题在这之前不是一个问题。这个担心并非多余，一来由于编辑部处理稿件需要一定的周期，二来由于学术刊物逐渐增多，三是有些作者本身心态急躁，新时期"一稿两投"现象不少，所以各个刊物对于独家首发都越来越重视。2011年第4期《文学评论》《编后记》就指出，2010年《文学评论》所发表的文章中两篇有"炒冷饭"或"一稿多投"之嫌，文字与作者发表的旧作十分相似；另一篇文字复制比差不多达到一半，电脑审查结果为"疑似抄袭"，编辑部对此也颇觉无奈。一直到2012年，每一期"稿约"最后一条一直都是"切勿一稿两投"，到了2013年第1期则变成了"请勿一稿多投"，从"两投"到"多投"，可见这一现象越来越严重了。但是，2013年第2期的"稿约"中又变回了"切勿一稿两投"。有意思的是，2013年第5期刊出的"本刊重要启事"中，这一条又变成了"切勿一稿多投"。不管是"两投"还是"多投"，《文学评论》"稿约"中这"两"与"多"的"较量"充分说明了当时学界投稿中普遍存在的一个问题。

（四）稿酬问题

在1978年第5期复刊后第一份正式的"稿约"里，标明"来稿一经发表，即致稿酬"，这样的约定在1980年第3期的"稿约"中，同样写明了。除了这两份"稿约"写明"即致稿酬"外，在以后所有的"稿约"中都没有再出现"即致稿酬"的条款。到了中国开始实行社会主义市场经济的转型期，这样一份高端的人文社会科学杂志的办刊经费变得相当困难，杂志在"启事"中多次提到"经费困难""财力所限"。虽然经费紧张，"稿约"中也没有再出现"即致稿酬"的条款，但实际上只要发表了文章，《文学评论》还是坚持给了作者稿费。在近些年学术界有些急功近利的背景下，各高校和各科研单位"量化"考核甚嚣尘上，学术买卖与学术不端越来越多，一些杂志把版面卖给"中间人"，让他们去"组稿"，学术论文发表"明码标价"，这造成了学术界的混乱甚至学术的腐败。《文学评论》顶住了经济诱惑，一直不出卖版面，坚持不收版面费，坚守学术标准和学术规范，保证了刊物崇高的学术声誉，获得了学界的赞同。2014年第3期，2015年第4期、第5期，以及2016年第2期《文学评论》四次刊出"严正声明"，指出有人冒用编辑部名义"组稿"，趁机收受钱财，为此特严正声明未委托任何单位和个人代为组稿,也不收取任何版面费,只按照稿件质量决定是否录用,表现了一种难得的学术操守。这样一份严肃纯粹的高端学术刊物也不得不连发四份"严正声明"维护自己的学术声誉,在操心学术论文本身的同时还要去"打假",也反映出当前中国学术界存在着的学术考核机制以及学风浮夸等问题。

(五) 编辑部的权益问题

新时期以来的"稿约"与此前相比,有一个重要的不同就是开始逐渐明确提出了编辑部自身的权利,而以前的"稿约"主要是对于投稿者的一些约定,没有标明编辑部自身所享有的权利,这表明一种双向的权利义务意识的觉醒。1995年第3期的"本刊启事"中第一次明确提出"本刊对采用稿可酌情删改;不愿删改请随稿注明",这是对编辑行使改编权向作者的一个约定。从此以后,这种"改编权"成为"稿约"中的一项基本内容。1997年第1期的"本刊启事"将"可酌情删改"变为"本刊对采用的稿件有权删改",从"酌情"到"有权",这是一种双方权利意识的明确,从这以后,《文学评论》刊出的"稿约"中都明确指出编辑部对所采用稿件"有权删改",这成为编辑部的一项基本权利。

"稿约"指出刊物自身所享有的另一项权利是对于所发表稿件的版权。1997年第1期"本刊启事"中指出"凡在我刊发表的文章,须经本编辑部同意方可由其他单位印行或编入其他公开出版品",这是刊物对自身首发作品版权的一种觉醒与维护。但是这一条在随后1998年第6期的"稿约"以及1999年1~6期、2000年1~6期的13份"稿约"中都没有再出现过。到了2001年第1期,"稿约"中则增加了一条,内容为:"本刊所载文章编辑部有权使用。任何转载、摘要、翻译、出版均须得到本刊编辑部的许可。"这里,再次明确指出了编辑部对自己所发表稿件的"使用权"。从这以后,《文学评论》所有的"稿约"中都明确提出了编辑部所享有的这一权利。从"有权删改"到"有权使用",编辑部这两项权利意识的逐渐觉醒与要求,是一种进步的表现。

(六) 发表论文的范围问题

对于《文学评论》接受稿件的范围,在1978年复刊第1期的"致读者"中表明,刊物"除发表评论当代作家和作品的论文外,将发表研究和评论我国文学历史、我国古代作家与作品的论文以及有关这方面的资料；发表研究和总结'五四'以来我国革命文艺的成就和经验的论文以及有关资料"，同时指出刊物"也需要刊载研究外国文学的文章和这方面的资料"。仅从这个"致读者"来看，刊物发表文章的范围还是很广的，除了秉承强调现当代以外，古今中外的作家作品以及文学史上的各种问题都可以发表。但是从"也需要刊载外国文学"的表述来看，外国文学已经不是《文学评论》要发表的主要领域了。在随后1978年第5期复刊后第一份正式"稿约"中，则明确地将发稿范围分为五类：

1. 以马列主义毛泽东思想为指导，研究评论创作的现状和问题，我国古代近代现代文学历史上的重要问题的文章。
2. 批判修正主义和资产阶级反动文艺思想，当前特别是批判"四人帮"反革命修正主义文艺谬论的文章。
3. 关于我国文学作品及作家研究的文章。
4. 关于外国文学的重要作家作品研究的文章。
5. 关于文学战线的动态、通讯；书评及有关资料等。

从这一份用稿范围的清单来看，除了配合当时"思想解放"，要求正本清源，批判各种"反动文艺思想"的文章是特殊时代背景下的产物外，其他各条所要求的范围基本上也还是古今中外，很广泛的。这五条用稿范围的清单在1980年第3期的第二份"稿约"中基本维持不变。一直到1985年，《文学评论》没有再发表过"稿约"。在1985年第3期的"致读者"中，新任主编刘再复开始主持刊物，要求提高文学研究的境界，将刊物办成一个富有时代特色的"高级文学研究刊物"，要求"加强对国外文学理论以及国外研究中国文学情况的搜集、研究、介绍和评论"。此后，发表的对于外国文学理论的研究论文明显增加，多次"启事"里则再没有出现关于用稿范围方面的内容。

直到1997年第1期刊出的"本刊启事"，《文学评论》用稿范围的基本格局才以官方的形式定型。"启事"提出"本刊大体上设有中国古典文学、现代文学、当代文学和文艺理论四个方面的学科分野及相对固定的专门栏目"，至此《文学评论》算是正式定下了用稿范围四大块的基本格局，不再发表关于外国文学研究方面的论文了。复刊后《文学评论》"稿约"中虽然提出要刊载"外国文学"方面的论文，但实际上刊载的论文很少，一共刊载过 7 篇①，这相对于复刊后整个刊载文章量来说是一个很小的比例。而"十七年"时期《文学评论》共发表除"学术动态""补正""补白""通信"等之外的学术文章 497 篇，其中发表外国文学方面的论文 83 篇，约占总发表量的 17%，与"古代文学""现代文学""当代文学""基础理论"共同形成了"五大部分"的格局。② 由于"外国文学研究所"的独立运行以及《外国文学评论》的创刊，外国文学从《文学评论》中撤出也是历史发展的必然。1997 年"启事"基本奠定了"文评"的格局，此后所有的"稿约"中没有再出现过关于用稿范围方面的约定了。

（七）论文质量标准问题

新时期以来，《文学评论》"稿约"关于论文质量的要求总的来说都是比较宏观的。1978 年复刊第 1 期的"致读者"提出："要求发表的文章要以马克思列宁主义、毛泽东思想为指导，做到材料和观点的统一，努力建立毛主席历来提倡的革命的、实事求是的学风和文风。"可以看出，这主要是在写作论文的指导思想上的一种比较基础的要求。1978 年第 5 期的"稿约"中只提了"以马列主义、毛泽东思想为指导"，没有特别的质量标准的要求。而 1980 年第 3 期的"稿约"中则增加了"坚持双百方针，充分发扬学术民主"的内容。这些对论文质量的要求都是较为原则性的，不是具体性的细节要求。1985 年第 5 期"致读者"中则特别强调要发表"新角度、新观点、新见解而又实实在在的文章"，这种"求新"是当时"文评"给出的关于论文质量较为具体的一个要求了。1997 年第 1 期的"启事"中则希望论文在"学术上有真知灼见和视野开阔"，申明刊物坚持"百家争鸣"的方针，提倡"科学严谨"的学风，"鼓励不同学术观点"的相互切磋，注重学理探索的"深度"和"广度"，这种标准虽然看上去也还是原则性的，但是已经比较学术化了，具有较大的可操作性与延展的

---

① 这 7 篇是：李健吾《巴尔扎克与空想社会主义者》（1979 年第 4 期）、柳鸣九《论乔治·桑的创作》（1980 年第 1 期）、方平《从〈第十二夜〉看莎士比亚的喜剧创作》（1980 年第 4 期）、何其芳先生的遗作《雨果的〈九三年〉》（1981 年第 3 期）、罗大冈《谨向国内的巴尔扎克研究家们提供一点参考资料》（1981 年第 3 期）、熊玉鹏《雨果的局限与人道主义的两重性》（1981 年第 6 期）、张捷《当代苏联文学三题》（1984 年第 5 期）。以后《文学评论》就基本没有发表过专门的外国文学研究的学术论文了。

② 寇鹏程：《"十七年"〈文学评论〉中的"外国文学"研究》，《社会科学战线》2015 年第 4 期。

空间。从这以后刊出的几十份"稿约"中，没有再出现过关于论文质量标准方面的具体要求了。随着专家审稿制的建立以及文学研究学术性与民主性的加强，究竟怎样才是好论文，这个质量体系的标准恐怕难以一言蔽之，除了一些原则性的要求外，可能只有在具体实践中由专家们自己来掌握了，所以这时候再列出多少条具体的论文标准，可能也有点勉为其难了。"稿约"中不再单方面提自己关于论文质量的要求，在我看来，这也是"学术民主"思想的体现，是真正"兼容并包""百家争鸣"学术思想的体现，是学术的一种进步。

"稿约"是有效实现编者、作者、读者之间互动沟通的一个很好的桥梁，编辑部的一些想法和要求都透过"稿约"迅速地传达给了广大作者。从《文学评论》"稿约"的历史来看，它是非常重视"稿约"这个板块的，具有很强的"稿约意识"，它希望通过"稿约"实现学术方向、学术质量、学术理想、学术规范等方面的"规约"引导与创新建构，从而建立新的学术共同体，这对于中国现代学术形态的形成有着非常重要的意义。同样是1957年创刊的《学术月刊》则较少刊登"稿约"。正因为此，《文学评论》这60年"稿约"变迁的历史，也就成了反映中国当代文学研究历程的一份珍贵史料。

（作者为西南大学教授）

图书在版编目(CIP)数据

《文学评论》六十年纪念文汇 / 中国社会科学院文学研究所编. -- 北京：社会科学文献出版社，2017.9
ISBN 978 - 7 - 5201 - 1312 - 0

Ⅰ.①文… Ⅱ.①中… Ⅲ.①中国文学 - 文学评论 - 文集 Ⅳ.①I206 - 53

中国版本图书馆 CIP 数据核字（2017）第 210587 号

《文学评论》六十年纪念文汇

编　　者 / 中国社会科学院文学研究所
出 版 人 / 谢寿光
项目统筹 / 宋月华　张倩郚
责任编辑 / 张倩郚
出　　版 / 社会科学文献出版社·人文分社（010）59367215 　　　　　地址：北京市北三环中路甲 29 号院华龙大厦　邮编：100029 　　　　　网址：www.ssap.com.cn
发　　行 / 市场营销中心（010）59367081　59367018
印　　装 / 三河市东方印刷有限公司
规　　格 / 开　本：787mm × 1092mm　1/16 　　　　　印　张：24.5　字　数：410 千字
版　　次 / 2017 年 9 月第 1 版　2017 年 9 月第 1 次印刷
书　　号 / ISBN 978 - 7 - 5201 - 1312 - 0
定　　价 / 149.00 元

本书如有印装质量问题，请与读者服务中心（010 - 59367028）联系

版权所有　翻印必究